[고전번역＋비교문화학연구단] 총서 5

주변의 보편과 문화의 복수성

[고전번역＋비교문화학연구단] 총서 5

주변의 보편과 문화의 복수성

김성환 김정현 서민정 손성준 이상현
이효석 임상석 장정아 하상복

역락

이 저서는 2007년 정부(교육과학기술부)의 재원으로 한국연구재단의 지원을 받아
수행된 연구입니다.(NRF-2007-361-AM0059)

주변부의 문화적 횡단과 새로운 인문정신의 필요성에 대해

왜 주변인가? 어떻게 주변은 침해와 억압의 장소에서 자유와 정의, 그리고 평등한 생태적 사유의 발원지가 될 수 있는가? 세계의 문화적 무대에서 조연처럼 취급당해왔고 또 당하고 있는 주변부에 새로운 창조적 인문정신을 위한 지혜를 구하는 것이 과연 가능한 일인가?

사미르 아민은 중세 유럽의 봉건제가 급속한 자본주의적 발전을 이룰 수 있었던 것은 당시 유럽이 아시아와 아라비아를 비롯한 당시의 중심부에 비해 상대적으로 주변부에 위치해있었기 때문이라고 했다. 기존의 질서에서 더 많은 이익을 얻고 있는 중심의 세력은 기존의 질서를 계속 유지하려고 할 것이지만, 이 질서를 타파하여 보다 새롭고 보다 진보적인 세계를 만들어내려는 창발적인 동력은 자연히 주변부에서 나온다. 탈식민의 작가 치누아 아체베의 말처럼 강한 문화와의 접촉은 주변부의 "모든 것을 무너져 내리게 하는" 엄청난 고통을 주면서도 "그 순간, 거기에서" 중심의 폭력과 주변부의 자기폐쇄의 한계를 넘어서는 계기를 제공한다. 요컨대, 주변부는 강한 중심과의 접촉을 통해 영향을 받으면서 상대적으로 보다 유연하게 변화하는 대응 능력을 가지고 있다.

오늘날 우리는 근대성의 위기를 목격하고 있다. 근대성은 우리에게 계몽과 이성과 진보를 통한 인간 해방의 가능성을 제공하기도 했지만, 전지구적 차원에서 볼 때 그 해방의 혜택은 특정 지역이나 소수의 엘리트들에게만 국한되었다. 즉 그것은 인간의 해방을 선언하는 바로 그 와 중에도 서양과 비서양, 제국과 식민, 문명과 자연, 이성과 비이성, 중심과 주변, 남성과 여성, 백인종과 비백인종, 지배계급과 서발턴 등 다양한 이분법적 구조를 형성함으로써 전 지구적인 차원에서 새로운 차별들의 체제를 구축해왔다. 이는 근대성이 그 기원에서부터 자신의 어두운 이면으로 이미 식민성을 갖고 있었음을 보여준다.

우리는 일차적으로 근대성 극복을 위한 계기나 발화의 위치를 서구와 그 중심부에서 찾기보다 비서양의 주변과 주변성에서 찾고자 한다. 주변의 범주에는 서구 내부에도 있음은 물론이다. 그러나 우리는 주변성을 낭만화하거나 일방적으로 예찬하지는 않을 것이다. 왜냐하면 주변은 한계와 가능성이 동시에 공존하는 장소이자 위치이기 때문이다. 그곳은 근대의 지배적 힘들에 의해 억압된 부정적 가치들이 여전히 사람들의 삶에 질곡으로 기능하는 지점이며 중심부의 논리가 여과 없이 맹목적으로 횡행하는 장소이기도 하다. 하지만 이런 질곡의 이면을 들여다보면 근대에 의해 억압되었고 중심부의 논리에 종속되어야만 했던 잠재적 역량들이 그 내부에 집결해 있다는 사실을 알 수 있다. 그러므로 주변은 새로운 해방과 가능성을 잠재적 조건으로 갖고 있는 장소이기도 한 것이다. 우리는 주변의 이런 가능성을 주변성이라 부르며 그것을 어떻게 키워나갈 것인가에 주목하고자 한다.

우리는 주변성이나 주변적 현실에 주목하되 그것을 고립해서 보거나 그것의 특수한 처지를 강조하지 않을 것이다. 오히려 주변은 스스로를 횡단하고 월경함으로써, 나아가서 주변은 비슷한 처지에 있는 다른 지역과 위치들과의 연대를 통해 자신의 잠재성을 보다 키워나갈 수 있을 것이다. 종국적으로는 특수와 보편의 근대적 이분법을 뛰어넘는 새로운 차원의 보편성(들)을 실천적으로 사고해나갈 수 있을 것이다. 그동안 중심부가 만들어낸 근대적 보편성은 주변부가 자신의 특수한 위치를 버릴 때만 초월적이고 보편적인 지점에 도달할 수 있는 것으로 주장해왔다. 그리고 그 보편적 지점을 일방적으로 차지했던 것은 항상 서구였다. 그 결과 서구의 보편성은 주변에 동질성을 강제하는 억압적 기제로 작용했고, 주변의 삶이 스스로를 부정적으로 인식하도록 만든 결정적 계기가 되었던 것이다. 근대성과 식민성이 여전히 연동하고 있는 오늘날의 전지구적 현실에서 서양적이고 초월적인 보편성은 더 이상 순조롭게 작동하기 어렵다. 이제 필요한 것은 주변들과 주변성의 역량이 서로 횡단하고 접속하고 연대함으로써 복수의 보편들을 추구하는 작업이다. 우리는 이런 과제에 기여하는 것을 꿈꾸고자 한다.

부산대학교 인문한국(HK) 「고전번역+비교문화학연구단」은 2007년 '고전번역학과 비교문화학을 통한 소통인문학의 창출'이라는 아젠다를 설정하고 출범한 이래 지난 10년간 다양한 연구의 결과물들을 세상에 선보였다. 우리 연구진은 특히 지난 4년간 <창신의 인문정신학>을 주제로 하여 연구를 진행하였으며, 이 책은 그 동안 우리가 뿌리고 거두어온 연구의 결실 가운데 비교적 잘 익은 것들을 주제별로 골라 모은 것이다. 우리의 연구가 문화소통과 고전번역의 학문적 토양에 기름진 거름으로 기능하기를 감히 기대하며 이렇게 두 권의 총서로 내어놓게 되었다.

현재까지 이루어지고 있는 세계의 문화소통과 고전유통의 상황은 그것이 상호이해와 관용을 지향하고 있으면서도 여전히 서구 중심의 경제와 정치의 상황에 따른 권력관계에 강하게 지배받고 있다. 상호문화적 이해는 자칫 공허한 이상에 머물고 다문화적 현상은 상대주의적 가치의 인정으로만 기우는 경향도 목격된다. 이러한 상황 하에서, 문화의 생태적 소통이 이루어지는 토대는 어디에 있고 또 무엇이며, 고전이 종국에는 인류를 위한 보편적 가치에 대해 질문하고 인간 해방의 길잡이가 될 수 있는 창신의 인문정신의 근거의 가능성은 무엇인가를 고민하지 않을 수 없다. 단순한 교류의 차원을 넘어서 진행되고 있는 세계의 민족적, 문화적 '혼융'의 상황에서 주변부의 고전은 과연 어떤 역할을 할 수 있는가? 개별 민족 혹은 지역의 고전은 결국 서로의 존재를 알리고 개성을 보여주는 증거 이상의 가치는 없는 것인가? 중심의 위세가 강하게 밀어닥치는 세계의 주변부는 근대의 한계를 극복하기 위한 세계인의 노력에 과연 어떤 역할을 할 것인가? 여기서 우리는 주변부의 문화와 고전에 주목하여 서구의 한계를 극복하고 진정한 세계의 생태성을 보장하고 창조적 인문정신의 생명력이 여기 '주변부'의 보편적 가치(들)에 있다는 것을 밝히고자 했다.

이번 총서의 5권은 <주변의 보편과 문화의 복수성>이라는 큰 주제 하에 구성된 글들이다. 유럽적 보편주의를 넘어서기 위해 주변의 보편성과 보편의 주변성을 검토하고 다양한 문화적 보편들의 존재를 인정하고 보편적 보편의 확보를 위한 주변의 연대를 다루고 있다.

5권의 1부는 '단일한 보편의 비판과 문화적 복수성의 관점'에서 그 조건들을 검토한다. 「유럽적 보편주의 비판과 보편적 보편주의의 조건」은 유럽적 보편주의의 유럽중심주의를 비판하고 이마누엘 월레스틴, 가라타니 고진, 호미 바바, 응구기 와 시옹오의 보편적 보편주의를 들여다본다. 이들은 특수한 보편이 절대적 보편의 자기모순에 빠지지 않기 위해 '보편적 보편주의'를 제안하며 다양한 보편들의 연대가 필수적이라고 주장한다. 「문화 복수성의 조건과 해석학적 타자 이해」는 가다머의 해석학, 특히 지평융합의 개념에 기초하여 문화 복수성을 확립하려는 테일러의 작업을 분석한 글이다. 문화 간 바람직한 관계를 위해서는 자문화중심주의적 동화의 지양과 타문화에 대한 교정 불가성 테제(incorrigibility thesis)의 부정 모두가 요청된다는 점을 다룬다. 「문화 복수성의 관점에서 읽는 식민지의 언어」는 1930년대 표준어 제정 당시에 이미 표준어의 문제점들이 제기된 사실에 주목하고, 그 당시 제기된 문제점들이 현재 어떤 방식으로 이어지고 있는지 최근 표준어 관련 논의와의 비교를 통해 살펴보고자 한 논의이다. 또 「식민지 역사 다시 쓰기」는 이병주의 『관부연락선』을 중심으로 작가의 학병체험을 바탕으로 쓰인 이 작품이 한일수교가 이루어진 1960년대 후반의 시점에서 작가가 식민지 역사의 다시 쓰기를 시도한 것이라는 것을 밝힌다. 개인의 체험과 역사를 융합하는 다층적인 글쓰기를 통해 식민 이후의 식민성이 어떻게 영향을 미치고 있었는지를 확인할 수 있다.

5권의 2부는 '중심의 해체와 주변의 연대'가 일어나는 지점들을 역사적 현장, 문학적 텍스트, 고전의 번역의 현장 등에서 다루고 있다. 「유럽'의 해체─데리다의 『다른 곶』을 중심으로」는 일생에 걸쳐 유럽중심주의를 비판한 데리다의 '유럽' 해체 작업을 분석한 글이다. 데리다는 유럽에 관한 담론에서 유럽의 지리적 표상으로 등장하는 '곶'의 의미를 실마리 삼아 새로운 유럽의 정체성을 제시하고자 한다. 「이동하는 주체와 연대의 가능성」은 디아스포라적 공간 속에서 경험하는 주체의 변화의 문제를 다루고 이것을 주변부의 보편성의 확보의 문제와 연결해 연구했다. 조지프 콘래드와 타예브 살리흐의 소설에서 보여지는 분열적 주체가 헨리 제임스와 이창래의 소설에서 극복되는 양상과 주변부 주체 간의 연대의 가능성까지를 살핀다. 「남아프리카공화국과 좌절된 새로운 세계의 전망」은 파농과 비코의 탈식민 사유의 확산과 연대에 대한 논의를 토대로 오늘날 남아공의 현실을 분석하며, 자본과 시장 중심이 아닌 인간 중심의 해방 기획이 왜 필요한지를 논의하고 전지구적 차원에서 보다 인간적인 삶으로의 전환을 모색하기 위해 필요한 사유와 실천을 파악하고자 한다. 또 「근대 지식과 전통 가치의 공존, 가정학의 번역과 야담의 번안 및 개작」은 『가정잡지』의 연구를 통해 근대국가의 장에 본의 아니게 끼어든 한국에서 벌어신 가지의 충돌을 생생하게 보여준다. 『가정잡지』는 일본의 중역을 거쳐 수용된 가정학과 번안을 통해 다시 살아난 봉건가치 등이 혼재한 대한제국이라는 과도기적 문화적 공간을 미시적으로 중계하고 있다고 본다.

5권의 3부는 '주변부의 시각과 고전의 해석'은 창조적 미래를 위한 새로운 인문학적 지혜를 주변부의 고전을 통해 살펴보고 있다. 「프란츠 파농의 '새로운 인간주의'와 탈식민 사유」는 진정한 보편성과 실천성을 지닌 인간과 휴머니즘의 출현을 모색하는 파농과 비코의 탈식민 사유의 확산과 연대를 살펴보고, 이를 바탕으로 제3세계 주체들이 연대하며 제시하고 있는 진정한 보편성을 담고 있는 새로운 사상과 의식의 가능성을 짚어본다. 「反-코기토」로 읽는 보들레르와 『악의 꽃』」은 보들레르의 『악의 꽃』에서 도출되는 자아의 확장 혹은 와해는 탈근대적 자아의 모습이자 '反-코기토'의 한 양태임을 증명하고자 한다. 이는 탈근대적 인식 체계로 문학 텍스트를 읽는 소통인문학의 예이자, 근대가 낳은 주변/중심의 경계 자체를 문제시하며 횡단을 모색하는 예이다. 「〈춘향전〉의 번역과 민족성의 재현방식」은 한국의 근대지식인 이광수의 〈춘향전〉 다시 쓰기, 외국인의 〈춘향전〉 번역의 양상을 통해 주변부 고전인 〈춘향전〉과 한국문학의 문화생태를 고찰했다. 다양한 〈춘향전〉 텍스트들은 〈춘향전〉의 원본을 다시 상상하게 만들며, 〈춘향전〉을 한국 민족/국경의 경계를 넘어 세계성을 지닌 주변부 고전으로 변모시키는 모습을 드러냈다. 또 「한국근대문학사와 「운수 좋은 날」 정전화의 아이러니」는 「운수 좋은 날」의 정전화 과정을 시대별 평론 및 문학사 서술, 그리고 작가의 대표작에 대한 인식의 변천 등을 통해 살펴본 것이다. 1960년대 후반 다양한 현대문학의 쟁점들을 배경으로 한국 단편의 정점에까지 오르게 된 「운수 좋은 날」은 텍스트와 시공간의 상호작용이 빚어내는 정전화의 아이러니를 보여준다.

이번 총서의 6권은 〈주변의 횡단과 문화생태성의 복원〉이라는 주제로 구성한 글들이다. 주변부의 문화적 현현인 언어와 사상, 고전과 번역이 로컬과 글로벌의 건전한 문화적 생태성을 확보하기 위한 방안을 검토한다. 이로부터 우리 사회의 문화적 미래를 비추는 작은 창이 될 수 있기를 기대한다.

6권의 1부는 '고전의 번역과 문화생태'의 문제를 다룬다. 고전과 이를 둘러싼 번역의 행위가 문화의 생태성을 확보할 수 있을지를 검토한다. 「『열하일기(熱河日記)』 번역의 두 주체」는 고전어 한문에 근거한 식민지 한국의 전통적 문화질서에 대한 서구 및 일제의 학문적 승리를 수반하는 식민지 상황에서 이루어진 최남선의 『열하일기』 번역과 아오야기 츠나타로의 번역을 비교분석하여 근대 초기 식민지에서 고전과 번역이 가지는 의미를 제시한다. 「'연암'이라는 고전의 형성과 그 기원」은 박지원이 우리시대의 '고전'으로 어떻게 자리잡게 되었는가를 보기 위해 20세기 초에서 일제강점기 연암을 호명한 前史들을 살피고, 일제강점기 민족주의와 사회주의 진영이 '연암'을 정위시키고자 했던 맥락과 논리들을 조선적 특수성과 세계사적 보편성의 길항 속에서 살펴본다. 「라깡의 '상징계'에 대한 번역가능성 하나」는 라깡의 주체 구성에 있어 탈소외화 과정인 '분리'를 말라르메와 유식불교에 기초하여 재조명하여 이것이 주변부와 중심부, 지역과 지역이 소통하는 세계시민성을 추구함으로써 문화(문명)의 생태성과 대안적 보편성을 추구하는 입장과 다르지 않음을 보여준다. 또 「포스트식민 작가/번역가의 곤경과 가능성」은 영어 번역을 통해 아프리카 외부와 소통하는 한편 아프리카 다양한 지역어로의 번역을 통해 내부와 소통하는 응구기의 이중적인 전략을 살펴본다. 그의 '두터운 번역'은 번역을 다양한 보편들의 대화와 연대, 나아가 보편적 보편을 탐색하는 매체로 간주하는 그의 주장과도 관계한다.

　　6권의 2부는 '주변부의 언어와 문화생태'를 주제로 하여 주변부의 언어, 교과서, 번역의 문제를 다룬다. 「'문화재 원형' 개념의 형성과정과 한국어의 문화생태」는 한국의 이중어사전, 한국/서양/일본 근대 지식인의 고고학/고전학 논저 등을 중심으로 문화재 원형 개념의 한국적 형성과정을 고찰한다. 이를 통해 서양인, 일본인 그리고 한국인이라는 세 주체들이 함께 펼친 역동적인 당시 한국어의 문화생태를 살핀다. 「제정 러시아 카잔의

러시아어·한국어 이중어 교재와 번역」는 제정 러시아의 고려인을 대상으로 출판된 초기 러시아어 학습교재를 소개하고, 소수민족의 언어인 고려말이 중심언어인 러시아어와 맺는 상호과정을 살핌으로써 20세기 초 한국어의 문화생태의 한 양상을 이해하고자 한다. 「언어생태적 관점에서 보는 20C 전반기 표준어에 대한 논의」는 언어순혈주의의 위험성에 대해 문제의식을 가지고 일제강점기의 언어에 대해 문화 생태성의 관점에서 읽고자 한다. 일제강점기 한국어에 대해서, 언어 민족주의적 관점, 서구적 언어 규범에 대한 동경, 제3의 언어에 대한 시도 등 다양한 측면에서 '언어'를 고찰하고 있다. 또 「번역이라는 고투(苦鬪)의 시간」은 염상섭의 사례를 중심으로 1920년대 소설 문체의 형성 과정 이면에 작가들의 번역 체험이 핵심 변수로 놓여있었다는 것을 밝히고자 한 것이다. 염상섭에게 번역은 '고투의 시간'이었다. 그러나 이 시간을 거치며 그는 조선어를 재발견하고 자신의 소설 문체를 확립할 수 있었다.

6권의 3부는 '주변부의 서사와 문화생태'의 관계를 다룬다. 주변부적 서사가 중심적 서사를 변화시키고 대체하는 과정과 이를 위한 주변의 연대, 주변부 서사와 문학 양식 간의 연대의 양상을 다룬다. 「조선후기 필기의 문화생태성과 새로운 지표(들)」은 정재륜의 <감이록>을 사례로 사대부 사회의 주변에서 견문한 내용을 기록하며 고려말 조선전기에 성립된 필기(筆記) 양식이 부조리한 현실을 '귀이(鬼異)'적 현상에 대비하여 '복선화음(福善禍淫)'의 논리로 해석한 새로운 문화생태적 양식임을 조명해 보았다. 「조선시대 사군(四郡)의 도교 문화적 공간인식」은 조선시대에 사군(四郡)이 도교의 공간이라는 인식이 있었고, 후기로 갈수록 점층되었음을 당대 문헌을 통해 규명한 글이다. 사군은 점차 지상선(地上仙)의 공간으로 인식되어 갔고, 피난처 또는 길지라는 인식도 강해져 십승지에 포함되기도 한 정황은 이를 반증한다. 「하층민 서사와 주변부 양식의 가능성─1980년대 논픽션을 중심으로」는 1980년대 들어 대중적 인기를 모은 다양한 장편

논픽션, 르포소설이 기존 문학과는 다른 형식과 구조를 통해 소외된 하층민의 삶을 효과적으로 재현하면서 위기 극복의 전망을 제시했다는 점에서 하층민 서사의 가능성을 보여준 점을 평가한다. 마지막으로, 「마술적 리얼리즘의 범 주변부적 편재의 양상」은 트리컨티넨탈 지역뿐만 아니라 유럽에서 관심을 모으고 있는 마술적 리얼리즘이 서구의 문화제국주의적 중심주의를 극복하고자하는 동일한 문제의식을 가진 주변부의 공동의 문화적 대응양식이자 주변부의 전 지구적 연대의 가능성을 보여줄 수 있는지를 살펴본다.

우리는 이 총서를 준비하며 이 책들이 주변의 연대의 필요성과 복수의 보편이 실재하는 현상을 낱낱이 조사하고 고전이 번역되는 현상과 번역행위 자체가 문화적 생태성을 담보할 수 있는 중요한 도구적 가능성을 정밀하게 충분히 다루었다고 감히 말할 수는 없다. 다만 이 책들이 토대가 되어 독자에게 고전번역과 문화연구가 상생과 창신의 새로운 인문학적 성찰의 빛줄기를 일부라도 제시할 수 있다면 그것으로 큰 보람을 삼고자 한다.

2017년 5월
부산대학교 인문한국(HK)「고전번역+비교문화학연구단」

13

차 례

01

보편의 비판과 복수성의 관점

[고전번역＋비교문화학연구단] 총서 5

유럽적 보편주의 비판과 보편적 보편주의의 조건[1)]

이 효 석

1   들어가며–유럽이라는 특수한 보편

서구가 자신을 중심에 두고 말한 주장은 이제 낯설지 않다. 막스 베버(Max Weber)는 『프로테스탄티즘의 윤리와 자본주의 정신』에서 근대 유럽 문명의 우수성을 강조하며 "보편적 의의와 가치를 지닌 발전 선상에 놓여 있는 듯한 문화적 현상이 (…중략…) 오직 서구 문명에서만 나타난 사실"(7)을 지적했다. 베버는 오직 서구에서만 "발전 단계에 오른 과학이 존재"하며 이 현상은 예술, 음악, 건축 등에서도 유사한 사례를 찾을 수 있으며 "법률과 행정의 합리적 조직"처럼 "서구 문화의 특수하고 독특한 합리화"가 그 이유라고 보았다(8-19). 물론 그의 책이 프로테스탄티즘의 직업윤리가 자본주의 발전에 어떻게 관계하고 있는지를 설명하려는 의도에서 작성된 것이고 또 그러한 논의에 지면을 할애하고 있지만, 비서구 문명은 과거의 것이기 때문에 인류사회 전체의 발전과 분리된 부분적인 것인 반면 서구 문명은 더욱 발전되고 사회 전체와 유기적으로 결합되어 있으며 그것이 서구를 우수한 체제로 만들었다는

1) 이 글은 『코기토』 77 (2015)에 게재된 논문으로서 내용의 일부를 수정한 것이다.

주장은 전형적인 유럽중심주의적인 것이다.

영국의 역사학자 잭 구디(Jack Goody)는 『역사의 절도』(The Theft of History)에서, 서유럽은 18세기 이후 산업혁명과 제국주의를 거치며 세계의 역사를 서유럽의 시각에서 기술해왔다고 주장한다. 그래서 유럽은 "인간사회의 폭넓은 지역에서 발견되는 제도들"(1) 즉, "민주주의, 상업 자본주의, 자유, 개인주의"와 같은 가치와 기구들을 오직 유럽만이 "창안"한 것처럼 주장하며 세계역사를 왜곡시켰다는 것이다. 유럽의 역사가들은 이러한 가치들이 오로지 유럽에서만 발견되는 유럽 '고유의' 가치일 뿐만 아니라 이로부터 세계는 유럽을 모방하기 시작했다고 주장한다.

사무엘 헌팅턴(Samuel Huntington)과 같은 보수적 정치사상가조차도 잭 구디처럼 생각하기도 한다. 헌팅턴은 그의 문제적 논문인 「문명의 충돌」 ("The Clash of Civilizations?")에서 '보편문명'(universal civilization)이라는 개념은 서구적 개념일 뿐이라고 했다.

> '보편문명'이 가능할 수 있다는 생각은 단지 서구적 생각일 뿐이다. 이는 대다수 아시아 사회의 특수주의(particularism)를 볼 때, 그리고 하나의 민족을 다른 민족과 구별하는 차이에 대한 강조로 볼 때 서로 맞지 않다. 상이한 가치를 가진 100개 사회를 비교 연구한 결과를 바탕으로 어떤 학자가 내린 결론에 따르면, "서구사회에서 가장 중요시하는 가치가 세계적 차원에서는 하나도 중요하지 않다." 현대 민주주의 정부도 서구에 기원을 두고 있지만 그것이 비서구 사회에서 발생할 때는 서구의 식민주의나 강제의 산물일 경우가 일반적이다.2)

헌팅턴이 볼 때, "서구의 식민주의나 강제"는 서구가 비서구 사회에

---

2) Samuel P. Huntington, "The Clash of Civilizations?" *Foreign Affairs* (Summer 1993). http://www.foreignaffairs.com/articles/48950/samuel-p-huntington/the-clash-of-civi lizations (검색일: 2014. 10. 21)

"민주주의와 자유주의의 가치"를 "보편적 가치"(universal values)로 정립시키고 군사적 지배를 유지하고 경제적 이익을 증진시키기 위해 행해졌다. 이를 통해 서구문화는 "표면적으로는" 비유럽 세계 속으로 스며들어가 있는 것처럼 보이지만 사실은 유럽의 가치가 나머지 세계에 얼마나 설득력을 가지고 있느냐는 다른 문제라는 것이다. "내부적으로는" 서구문화의 가치들에 대한 개념들은 다른 세계에서 판이하게 다르기 때문이다. "개인주의, 자유주의, 입헌주의, 인권, 평등, 자유, 법치, 민주주의, 자유시장, 정교분리(individualism, liberalism, constitutionalism, human rights, equality, liberty, the rule of law, democracy, free markets, the separation of church and state)"의 개념이 "이슬람문화, 유교문화, 일본문화, 힌두문화, 불교문화, 정교회문화"에서 서로 다르다는 것이다.

제국주의와 경제적 세계화를 통해 서구가 비서구에 끊임없이 행한 간섭을 인정하고 세계에 다양한 가치와 개별성이 존재한다는 것을 부정하지 않는다는 점에서는 헌팅턴의 세계인식은 틀리지 않다. 그러나 그가 에드워드 사이드(Edward Said)로부터 받은 비판은 혹독한 것이었다. 냉전 이후 세계가 이제는 문명 간의 충돌로 혼란 속에 빠질 것이라는 그의 비관적인 역사 인식도 문제지만, 그 해결책으로 유대-기독교 문화권인 "유럽과 북미"를 중심으로 결집하여 점차 그들에 동조하는 세력을 규합하여 다른 문명의 도전에 맞서야한다는 주장은 위험하기 짝이 없다. 사이드는 헌팅턴의 사고의 한계를 다음 두 가지 즉, 첫째, "문명"과 "정체성"을 "폐쇄되고 봉인된 실체(shut-down, sealed-off entities)"로 보고 둘째, 세계를 "서구 대 나머지 세계(West versus the rest)"로 나누는 냉전적 사고방식을 그대로 가지고 있다는 것에서 찾는다.[3] 세계에는 다양한 가치들이 공존하고 있는 것은 명백한 사실이다. 그것이 때로는 "종교전

---

3) Edward Said, "The Clash of Ignorance," *The Nation* (Oct. 2001).
http://www.thenation.com/article/clash-ignorance (검색일: 2014. 10. 21)

쟁과 제국의 정복전쟁"의 역사로도 나타나기도 한 것 역시 사실이다. 하지만 다양한 가치들이 "교환, 상호교류, 공유(exchange, cross-fertilization and sharing)"의 역사를 낳았다는 점을 헌팅턴은 주목하지 않는다는 것이다. 그에게는 다양성이 '충돌'의 원인으로만 보일 뿐, 그것들 간의 '소통'과 '상호영향'의 관계의 역사는 보이지 않는 것이다. 따라서 사이드가 볼 때, 9.11 테러나 지역의 충돌은 헌팅턴을 포함하여 문화의 소통과 교류의 역사에 무지한 자들이 벌이는 '무지의 충돌'일 뿐이다.

2   특수한 보편과 보편적 보편

문명 간의 충돌을 예상하고 내어놓은 헌팅턴의 해결책은 사실 과거 유럽이 비유럽 세계를 대할 때 취한 힘의 외교를 지속하는 방식과 다르지 않다. 다양한 문명의 공존이 투쟁으로 나타날 것이라는 그의 염려는 토마스 홉스(Thomas Hobbes)의 '만인에 대한 만인의 투쟁(*bellum omnium contra omnes*)'의 연장으로도 보인다. 헌팅턴에게는 세계의 다양성이 절대불변이 아니라 가변적인 실체라는 인식이 결여되어 있다. 유럽중심주의가 비서구 지역에 문제가 되는 이유는 서구의 물질적 성공을 선망하는 비서구 지역이 중심주의의 한계까지 추종하고 있다는 점이다.

예컨대 프란츠 파농(Franz Fanon)은 유럽과 백인을 보편적 기준으로 보는 유럽중심주의에 대해 잘못 대응할 경우 유색인 역시 자기중심주의의 나락으로 떨어질 수 있다고 보았다. 그는 유색인이 가져야할 자세는 자기중심주의가 아니라는 점을 명백히 하며 "흑인도 흑인성 속에 갇혀 있다"(11)고 비판했다. 많은 유색인 지식인들에게 "유럽의 문화는 국외자의 허울"(314)일 뿐이고 "흑인은 서구의 영원한 이방인"이라는 사실은 분명하다. 그렇다하더라도 흑인에게 남아 있는 유일한 길이 "흑인의 문명을 열광적으로 발굴하는 것뿐일까?"라고 반문한다. 그는 '다양한 중심'의 가치를 인정하지만 하나의 중심에 권위를 부여하고 그것에 매달리는 것은 옳지 않다고 말한다. 파농이 제시하는 길은 명확하다. 절대적 보편성을 가진 개인이나 공동체는 없다는 것을 주장하면서도 그들이 각자의 폐쇄적 공간으로 퇴각하려는 상대주의도 비판하는 일이다. 다양성의 인정이 다문화주의로만 귀결된다면 그것은 불만족스러울 수밖에 없다. 호미 바바(Homi Bhaba)의 말대로, "상대주의와 보편주의는 근본적으로 동일한 과정의 일부분"("The Third Space" 209)이기 때문이다.

이매뉴얼 월러스틴(Immanuel Wallerstein)은 『보편적 보편주의』에서, 유럽이 "16세기에는 자연법과 기독교, 19세기에는 문명화 사명, 20세기 후반과 21세기에는 인권과 민주주의"(55)를 보편적인 윤리적 가치로 내세우면서 세계의 지역에 개입해온 억압의 역사를 비판한다. 그가 볼 때, 이러한 가치는 유럽이 내세우는 것과 달리 하나의 보편주의 즉, '유럽적 보편주의(European universalism)'에 지나지 않는다. 이에 대한 대안으로 그는 특정 지역과 공동체의 특수한 보편주의를 넘어선 '보편적 보편주의(universal universalism)'를 제안한다. 그는 이것이 "사회적 현실에 대한 본질주의적 성격 부여를 거부"하고, "보편적인 것과 특수한 것 모두를 역사화"하며, 이른바 "과학적인 것과 인문학적인 것을 단일한 인식론으로 재통합"함으로써 약자에 대한 강자의 지배 논리를 비판적으로 분석하는 "회의적인 시선"(138)이라고 규정한다. 월러스틴은 이러한 수준의 인식을 이룬 대표적인 사람으로 레오폴드-쎄다르 쌍고르(Loopold Sedar Senghor)를 들면서 쌍고르가 "근대 시기의 완벽한 혼종"적 지식인으로서, 진선미의 통합을 추구한 '분석가'이자 '윤리적 개인'이며 '정치가'(139)였다고 평가한다. 따라서 월러스틴이 생각하는 보편적 보편주의

자는 '다방면의 지식을 갖춘 사람들(generalists)'(142)로서 현실을 그것이 작동하는 보다 더 큰 역사적 구조 속에서 바라볼 줄 아는 사람들이다. 이들의 목표는 "보편적 보편주의들의 네트워크와 유사한 다수의 보편 주의들"(145)의 시대와 쌍고르의 "주고받는 만남의 세계"(146)를 여는 일이다. 보편이 억압적으로 변질되지 않기 위해서는 다른 보편들과 "함 께" 해야만 한다. 필자가 볼 때, 이것은 인류가 가져야할 일종의 윤리적 의무이다.

유럽적 보편주의를 넘어서 보편적 보편주의를 향해 나아가야한다는 생각은 호미 바바에게서 이미 일관되게 확인되고 있다. 바바는 1990년 조나단 루터포드(Jonathan Rutherford)와 나눈 대담에서, 보편주의가 성립 불가능한 것은 문화적 차이 때문이라고 주장한다. 그가 볼 때, "문화적 차이는 보편주의의 틀로 수용될 수 있는 그런 것이 아니다"(Rutherford 209). 다른 문화, 문화적 관습의 차이, 문화가 구성되는 양식상의 차이가 문화들 사이에 "통약불가능성(incommensurability)"을 낳는다. 그런데 이러 한 문화적 차이가 곧 문화적 상대주의의 조건은 아니다. 앞에서도 언급 했듯이, 바바는 상대주의를 보편주의의 쌍생아로 보았다. 특정 사회가 문화적 다양성을 인정하는 것이 기존 중심부 문화의 영속과 지배구조 를 그대로 유지하기 위한 전략으로 활용되는 중심주의의 변형일 수 있 기 때문이다. 따라서 바바에게 중요한 것은 문화적 다양성의 유지가 아 니라 문화적 차이를 만들어내는 "문화의 번역(cultural translation)"이다. 문화는 '내부적 타자'를 토대로 문화적 상징을 생산하고 유지한다. 그런 데 이렇게 만들어진 상징은 주체를 구성하고 그를 호명하기 위해 애쓰 지만 모든 상징은 기호이고 기호는 해석되어야만 한다. 문화적 기호 혹 은 상징이 공동체의 구성원에게 동일할 수 없는 이유가 바로 여기에 있 다. 문화는 이미 내부적으로 유동적이며 외부와 접촉할 때 적극적으로 번역되고 전유되는 그 무엇이다. 따라서 일종의 문화적 기호이자 상징인 문화적 가치 역시 역사적으로 제한된 보편성만을 가질 수밖에 없는 것이다.

호미 바바는 1995년 미첼(W. J. T. Mitchell)과 나눈 대담4)에서도, 보편주의의 역사적 조건성 혹은 우연성을 지적하며 다양한 보편들이 만드는 "제3의 공간"에 주목할 것을 조언한다. 바바가 볼 때, 기존의 "일반성 혹은 보편성(generality or universality)"의 개념이 현실에서 사용될 때는 "이론/구체, 일반/특수, 보편/역사, 조건/맥락" 등의 이분법적 사유를 위한 도구적 개념이었다. 이를 극복하기 위해 그는 "보편"을 "우연적 조건의 한 형식"으로 이해하자고 제안한다. 보편은 일종의 "'틈새적' 발화"로서, 이분법적인 것들을 "서로 결합하고" 그것들의 틈새 "사이로 끼어들어감"으로써 그것들의 정체성을 "간섭, 방해, 훼방, 삽입"하여 모든 것을 "가능하게 하면서도 문제를 일으키는 동시적 활동(making possible, making trouble, both at once)"으로부터 구성될 수 있다는 것이다. 그는 보편이 특수를 전제하는 이분법적 개념으로 사용되어 왔고 그리고 그것이 절대적 모방의 기준이자 중심으로 군림해온 것을 비판한다. 따라서 보편성의 구성조건을 절대불변성이 아니라 들뢰즈적인 의미에서, "반복과 전치(repetition and displacement)"로 파악하자는 것이다. 이는 그가 말하는 '번역'의 개념과도 유사하다. 그는 1990년의 대담에서 "번역이란 언제나 모방의 활동이지만, 원본을 장난치고 뒤집는다는 의미에서 모방한다"(Rutherford 210)고 했다. 결국 원본은 흉내, 복사, 전이, 변형, 시뮬라크럼의 대상일 뿐이다. 어떤 공동체도 보편성의 원본으로 유지되지 않는다. 그것은 다양한 보편들의 변주와 사본, 원본과 달라진 문화적 기호로 구성된다.

우리는 바바가 말하는 제3의 공간의 효과에 주목할 필요가 있다. 그

---

4) W. J. T. Mitchell, "Interview with Homi Bhabha," *Artforum* 33.7 (March 1995), 80-84. http://prelectur.stanford.edu/lecturers/bhabha/interview.html (검색일: 2014. 10. 20)

는 이 공간에서 보편이 구성될 수 있는 조건을 본다. 이 공간에서 일어나는 "이것도 아니고 저것도 아닌 그 옆의 다른 무엇(neither the one, nor the other, but something else besides)을 생각하는 상태"를 우리는 변증법적 모순과 연결하여 생각해 볼 수 있다. 하지만 이 공간은 정과 반에 대한 질적 비약을 통한 초월적 합을 전제하는 전통적으로 생각하는 변증법적 해결 방식을 살짝 비튼다. "변증법적 모순의 초월적 운동성과 함께 나타나는 보충적이고 틈새적인 조건"(the supplementary or interstitial "conditionality" that opens up alongside the transcendent tendency of dialectical contradiction)이 바로 이 공간이라는 것이다. 월러스틴이 보편들의 연대를 구상했듯 바바는 보편들의 사이공간인 '틈새'에 주목한다. 이 공간에서 보편들은 "상대방을 내포하지 않으면서 원래의 상태로 회귀하지도 않는 무언가"를 만들어내고 이를 통해 이전과는 다른 역사적 행위주체가 탄생할 수 있다는 것이다.

월러스틴이 말하는 다양한 보편들의 연대와 바바가 말하는 "이것도 아니고 저것도 아닌 그 옆의 다른 무엇"은 모두 수직적인 것이 아니라 수평적인 그러한 운동과 공간을 상정한다. 이는 가라타니 고진(柄谷 行人, Karatani Kojin)의 사유와도 연결된다. 가라타니 고진은 특수한 보편주의로 구성된 특정한 공동체를 벗어나는 길은 다른 규범과 가치를 가진 다른 공동체들 '사이'로 나가는 길 뿐이라고 주장한다. 그는 '의심하는 주체' 즉, '사고 주체'는 "공동체 외부로 나가려고 하는 의지로서만 존재한다"(『탐구 1』 16)고 생각한다. 그가 볼 때, 다른 언어 체계 즉, 다른 문화와의 소통만이 진정한 대화를 가져온다. 이는 "공통의 언어 게임(공동체) 안에서 출발하는 것이 아니라 그러한 것을 전제할 수 없는 장소"에 선다는 것을 의미한다. 이는 곧 바바가 말하는 제3의 공간과 유사한 공간으로서 "보편적인 것" 즉, "모든 세계와 그 간극을 포함하는 무한 공간"(『탐구 2』 135)으로 나아가는 입구가 된다. 그런데 이 공간은 공동체의 위나 아래로 이동하는 것이 아니라 "횡으로 나가는"(『탐구 2』 88) 운동을 통해서만 성취된다. 자기를 벗어나 타자와 교섭하기 위해서는 수평적인 이동이 필수적인 것이 된다. 둘을 통합하고 부정하며 이를 메타적으로 초월하는 것은 아니라는 것이다.

> 거듭 말하지만 '무한'은 조금도 신비롭지 않다. 도리어 그것만이 초월적인 힘들이나 신비적인 관념들을 부정할 수 있다. 내부/외부, 중심/주변의 분할을 무화시켜 버리는 '무한'을 어떤 초월적인 곳에서 구해서는 안 된다. '무한'은 말하자면 현실적인 것이다. 그것은 어떤 자기의 중심화도 타자의 초월화도 허용하지 않는 장소에서의 타자와의 마주침이다.(『탐구 2』 283)

이는 공동체 내부에만 머물지 않고 공동체 "외부에 있는 타자를 전제할 때 비로소 '보편'의 지평이 열리기 때문"(안천 197)이다. 이때의 '보편적 지평으로서의 세계'는 공동체 밖에 있다. 공동체 밖을 향한 횡적 이동은 자기 파괴의 위험을 안고 있기에 고진은 이를 '목숨을 건 도약' 혹은 '어둠 속의 도약'(『탐구 1』 54)으로 부른다. 보편의 문은 자기를 죽일 위험을 감수할 때 비로소 열리는 것이다.

월러스틴의 보편의 연대, 바바의 옆의 공간, 가라타니 고진의 횡적 운동에 대한 관심은 곧 주체가 타자를 파괴하지 않으면서 소통하는 방법에 대한 제안이다. 오래 전에 미하일 바흐친(Mikhail Bakhtin)은 타자에 대한 주체의 책임을 지적한 바 있다. 그는 주체와 타자의 불가분의 관계를 설명할 때, "사람은 절대적으로, 언제나 경계에 서있다. 자신의 내부를 들여다보는 동시에 다른 사람의 눈을 들여다보거나 다른 사람의 눈으로 바라본다"(287)고 주장했다. 이를 토대로 바흐친은 "나는 다른 사람 없이는 해나갈 수 없다. 다른 사람 없이는 나 자신이 될 수 없다. 나는 나 자신 속에서 다른 사람을 발견함으로써 (상호반영과 상호수용 속에서) 다른 사람 속에서 나 자신을 발견해내야만 한다. 자기정당성은 정당성이 아니며 자기인식은 인식이 아니다. 나는 나의 이름을 다른 사람들로부터 받는다. 나의 이름은 다른 사람들을 위해 존재한다(자기명명은 사기다). 자기 자신을 향한 사랑도 불가능하다."(287-288)고 했다. 공동체의 외부로 나아가는 것, 그리하여 보편의 지평을 향해 나아가는 것은 선택이 아니라 인간 존재의 의무라는 점을 지적한 것이다.

3 응구기의 탈중심주의 —특수한 보편을 넘어 다양한 중심을 위해

세계에 다양한 보편들, 다시 말해 특수한 보편주의가 존재하고 이것들 간의 이해, 관심, 소통이 의무라는 사고는 응구기 와 시옹오(Ngugi wa Thiong'o)의 사상과 문학론을 이루는 초석이다. 그의 사상은 특수와 보편의 이분법의 허구성, 특히 유럽적 보편주의의 초월적 지위를 비판하기 위한 것이었으며 문학론 역시 이와 같은 맥락에서 이루어졌다.

응구기는 세계 속 다양성의 평등한 지위를 말하기 위해 '언어'를 예로 든다. 그가 볼 때, 인간이 사용하는 수많은 언어들 사이에 차이는 있지만 우열은 있을 수 없다. 따라서 당연히 "언어 간의 접촉은 평등을 기초로 이루어진다."[5] 그러나 근대 이후 유럽의 비서구 지역에 대한 식민지배와 세계화의 진행 이후 나타난 역사적 현실은 전혀 그렇지 못하다.

---

5) Ngugi wa Thiong'o, Interview, "From the Garden of Languages, the Nectar of Art: An Interview with Ngugi wa Thiong'o," *Postcolonial Text*, With Uzoma Esonwanne, 2.2 (2006). http://postcolonial.org/index.php/pct/article/view/567/859 (검색일: 2014. 9. 25)

예컨대 아프리카에서 영어라는 강한 유럽어는 소수언어인 아프리카의 수많은 지역어를 억압하며 질식시킨다.

응구기가 볼 때, 언어처럼 문화는 특수성과 보편성(particularity and universality)의 요소를 동시에 가지고 있다. 각 개별 문화는 보편성 때문에 "더욱더 많이 공유할 필요"가 있으며 보편적 요소를 공유하고 있기 때문에 대화하고 소통할 필요가 있다. 또 개별 문화가 가지고 있는 각각의 특수성 때문에 그것의 "특이성"이 나타난다. 따라서 특이성은 "보편이 자신을 표현하는 양식(the form that universality... would express itself)"(Ngugi, "From the Garden")이 된다. 그런데 이들 특수는 "정원에 핀 다채로운 꽃"처럼 그 자체로 열등과 우열이 있을 수 없다. 따라서 "인간 경험의 보편성을 특정한 하나의 문화에서 찾을 필요는 없다." 하나의 문화의 "특수성은 보편적인 것이 아니다. 그것이 보편성의 요소를 가지고 있다하더라도 그것이 보편성 자체가 될 수는 없다." 따라서 유럽적 보편주의의 근거는 없는 것이다.

응구기는 특수성과 보편성의 관계를 언어의 차원에서 다시 설명한다. 그가 볼 때, "언어란 특수하면서도 보편적이다." 어떤 언어도 그 자체 스스로 보편적인 언어가 될 수 없다. 한국어든 영어든 혹은 이그보어든, 그것들은 모두 언어의 보편성이 "지역적(local)" 특수성으로 표현된 사례들이다. 따라서 영어라고 해서 어떤 언어보다 더 보편적일 수는 없는 것이다. 우리는 "보편을 개별적인 표현으로 체험"한다. 언어적 체험은 기본적으로 "지역적"이기 때문에 우리가 사물을 체험할 때 그것은 보편적인 체험이 아니다. 꽃으로 비유하자면, 흰 꽃이나 붉은 꽃이나 모두 그것의 꽃다움은 그 흰 색이나 붉은 색에 담겨 있다. 그러므로 개별들 사이에 우열을 가리는 것은 무의미하다. 붉은 꽃만이 "다른 꽃보다 더 꽃답다고 할 수 없다." 이는 흰 꽃의 경우도 마찬가지이다. 개별적 꽃들 사이의 평등한 관계는 언어에도 적용되며 문화에도 적용된다. 꽃밭이

다양한 빛깔의 꽃으로 구성될 때 아름다운 것처럼 세계는 다양한 언어, 다양한 문화, 다양한 중심으로 구성될 때 아름다운 것이다.

여기서 중요한 것은 응구기가 관점과 사상과 문화의 다양성을 중시하면서도 개별적인 것들 사이의 소통과 개방성을 더 한층 강조한다는 점이다. 「로컬 지식의 보편성」("The Universality of Local Knowledge")[6]은 응구기의 이런 생각이 가장 잘 나타난 글이다. 이 글에서 그는 인류학자인 클리포드 거츠(Clifford Geertz)의 책 『로컬지식: 해석인류학 시론』(*Local Knowledge: Further Essays in Interpretive Anthropology*)을 대체적으로 수긍하면서도, 거츠가 각 문화를 독립적 개체라는 점을 지나치게 강조하며 문화의 "투쟁, 운동, 변화(struggle, movement and change)"의 속성을 간과한다고 비판한다(*Moving the Centre* 27). 거츠는 세계의 민족들, 예컨대 "모로코인, 인도네시아인, 회교도, 힌두교도 등"이 "사물에 대한 접근방식(their approaches to things)이 서로 너무나 다르다"(Geertz 10)고 말한다. 따라서 "자바인이 감정을 구별하는 방식, 발리인이 아이들의 이름을 부르는 방식, 모로코인이 친척을 칭하는 방식" 등과 같은 문화적 관습을 이해하려는 인류학자의 작업은 "번역"과 같다. 그것은 "사물을 이해하는 그들의 방식을 우리의 방식으로 단순히 고쳐 쓰는 작업이 아니라, 사물을 이해하는 그들의 방식의 논리를 우리의 방식으로 드러내는 작업"이다. 거츠에 따르면, 이는 "시를 설명하기 위해 비평가가 하는 작업"에 가깝다. 그래서 거츠는 자신의 문화인류학을 '해석인류학(interpretive anthropology)'이라 부르며 방법론으로 "이해의 이해(the understanding of understanding)" 즉, "해석학(hermeneutics)"을 제안한다.

응구기는 다른 민족과 문화를 이해하려는 거츠의 해석학적 방법론에 대해서는 긍정한다. 하지만 거츠의 작업은 "현상의 상호 대립성을 강조"

---

6) Ngugi wa Thiong'o, "The Universality of Local Knowledge," *Moving the Centre: the Struggle for Cultural Freedoms* (Oxford: James Currey, 1993), 25-29.

하는 방향으로 흐르고 있으며 문화 간의 "연결관계 나아가 진정한 차이"를 보지 못하는 한계를 드러낸다고 비판한다(Moving the Centre 26). 거츠가 문화의 차이를 강조한 나머지 수천 년의 시간 속에서 문화가 상호 영향을 주고 받아온 역사적 사실 나아가 그로 인해 변화를 경험하는 측면을 간과하고 있다는 것이다. 응구기가 볼 때, 문화는 "한 민족의 자연 및 사회와의 투쟁"의 결과물이다. 도덕적, 심미적 및 윤리적 가치의 담지자가 된 문화는 사람들의 의식에 영향을 주며 역으로 사회와 사회 구성원들 사이에 일어나는 다양한 변화에 따라 문화도 변화한다. 따라서 문화는 "정지가 아니라 쉼 없는 운동"(27)의 상태를 유지한다. 그러므로 문화연구는 "움직이고 있는 강을 연구하는 것"과 같다. 그런데 거츠는 문화연구에서 문화의 "투쟁, 운동, 변화"의 측면을 완전히 배제하고 있다는 것이다.

응구기의 설명에 따르면, 응구기 자신이 주목하는 것은 바로 문화의 운동성과 가변성이다. 문화의 변화는 사회의 내부적인 문제 즉, "문화 자체의 모순이나 사회의 다른 요소들과의 관계에서 발생"하는 것이기도 하지만, "다른 사회와의 접촉이라는 외적 환경으로 발생"하기도 한다. 근대 이후 주로 서구의 주도에 의해 야기된 이러한 접촉은 "적대, 무관심, 또는 상호호혜"(Moving the Centre 27)에 바탕을 둔 접촉이었다. 지난 4백년 간 서구사회 역시 이로부터 영향을 받음으로써 현재의 결과를 가져왔다. 따라서 '서구 이외의 지역'을 의미하는 '로컬'의 지식을 탐구하기 위해서는 로컬과 상호영향의 관계를 지속해온 서구 자체에 대한 분석과 이해가 수반되어야 하는 것이다. 왜냐하면 서구의 발전은 서구 자체의 "내적 사회적 역학의 결과일 뿐만 아니라 아프리카, 아시아, 남미와의 관계의 결과"이기도 하기 때문이다.

유럽의 자기 이해를 촉구하는 응구기의 주장은 서구의 근대 역사와 문화는 비서구의 존재를 필수적인 조건으로 한다는 엔리케 두셀(Enrique Dussel)과 월터 미뇰로(Walter Mignolo)의 사상과 같은 맥락에 있다. 예컨대, 서구의 르네상스는 "고전시대 유산의 부활이자 인간해방의 인문학의 구성"으로서의 의미와 함께 "식민지 팽창을 정당화하기 위한 수단으로서의 고전 전통의 부활"인 동시에 그 이면에 "식민과 포스트식민의 계보학을 탄생"시킨 어두운 역사도 함께 가지고 있었던 것이다. 요컨대 "르네상스는 (…중략…) 그것의 어두운 이면과 함께 잉태되었고 근대 초기는 식민 초기와 함께 잉태"(Mignolo vii)되었던 것이다. 서구의 근대성은 식민지를 발견하고 타자화한 제국주의와 함께 형성되었기 때문에 그것은 비서구가 없어서는 구성될 수 없었던 것이다. 그런데 거츠의 문화인류학은 서구의 바깥에 대한 세밀한 분석과 이해를 이야기하지만 '서구 바깥'으로 인해 가능해진 서구 자체의 문화에 대한 세밀한 분석을 이야기하지 않는다. 그런 의미에서 서구의 '불완전한' 문화인류학에 대한 응구기의 비판은 타당하다.

> 만약 문화에 대한 연구가 지난 사백년간 형성되어온 국가 내부의, 그리고 국가 및 인종 간의 지배와 통제와 저항의 구조를 무시한다면 그 연구는 왜곡된 그림을 만들어낼 위험에 빠지게 된다. 예컨대 서구의 학문은 그러한 구조로부터 발생한 인종주의로부터 자유롭지 못하다. (…중략…) 특정한 어휘들 즉, 원시니 부족사회니 단순한 사회니 하는 어휘들을 계속해서 사용하는 것은 학문과 식민주의 사이에 친소관계가 형성되어 있다는 반증이다. (…중략…) 학문연구의 세계는 여전히 서구의 권력의 언어와 중심으로부터 파생된 구조에 지배를 받고 있다.(*Moving the Centre* 28)

거츠의 문화연구의 한계는 문화적 현상을 "고립된 것이 아니라 다른 현상과 역동적 관계를 맺고 있다"(28)는 사실을 말하지 않는다는 점이다. 로컬이라는 특수한 보편에 대한 지식은 "섬"처럼 분리된 지식이어서는 곤란하다. 그것은 지구촌이라고 하는 보편적 보편의 "바다의 일부"이다. "그것의 경계는 인간으로서 우리가 소유한 창조적 잠재성의 가없는 보편성 속에 놓여있다." 응구기는 특수한 보편(들)이 맺고 있는 상호연관성을 중시하지만, 거츠의 문화인류학은 근대성과 식민성의 발현과 더불어 형성된 로컬 사회의 세계사적 의미와 그 문화의 변화의 과정을 간과하고 있기 때문에 불만족스러운 것이다. 이는 헌팅턴이 세계의 지역 문화의 다양성을 인정하면서도 그것들을 몇 개의 종교적 문화 단위로 구별하고, 이것이 시대를 초월한 영구불변한 범주인 양 파악하고, 특수한 보편들 간의 교섭과 상호작용의 관계를 무시하는 방식과 크게 다르지 않다.

응구기는 집과 감옥의 비유를 들어 다른 문화와의 역동적 관계를 외면하고 자폐적인 세계에 빠져든 문화를 "감옥"과 다를 바 없다고 생각한다.

우리에게 집이란 참으로 좋은 것이다. 그러나 다른 집과 아무런 관계를 맺지 않는 집은 감옥과 같다. 감옥이란 하나의 거주지를 다른 거주지와 구별하여 제한한 장소이다. 따라서 집이란 다른 집과 관계할 때 그것의 특수한 실체가 부여된다. 우리 집의 안전, 우리가 집에 있을 때 느끼는 안정감은 우리 집이 다른 집과 서로 연결되어 있다는 사실과 깊은 관계가 있다. 집 자체만을 두고 볼 때 집이 주는 안전함은 감옥이 주는 안전함과 다르지 않다. 우리 집이 다른 집과 연결되어 있다는 사실이 우리 집만의 독특함에서 파생되는 체험과 안정감을 제공한다. 이것이 세계화된 세계에서 언어와 문화의 특수성과 보편성에 대한 나의 관점이다.7)

응구기가 말하는 다양한 로컬적 특수성(들)은 월러스틴이 말하는 다양한 보편(들)에 해당한다. 월러스틴이 특정한 보편에 절대적 중심이나 권위를 허락하지 않는 것처럼 응구기는 로컬의 개별적 특수성을 존중하지만 절대적 권위를 두지 않는다. 개별적 보편들이 다른 보편들과 맺

---

7) Ngugi wa Thiong'o, Interview, "Ngugi wa Thiong'o *Penpoints, Gunpoints, and Dreams.*" *Left Curve,* With Charles Cantalupo, 23 (1999). http://www.leftcurve.org/lc23webpages/ngugu. html (검색일: 2014. 10. 1)

고 있는 불가분의 관계성을 강조하는 응구기의 생각은 보편적 보편을 위해서는 한 발 옆으로 벗어나야 한다는 호미 바바의 생각과 개별 의식의 경계 바깥으로의 도약을 강조하는 가라타니 고진의 사유와 공유하는 바가 크다. 세계에 존재하는 특수한 보편들을 존중하면서도 그것들의 역동성과 관계성을 강조하는 응구기의 사상은 보편적 보편을 지향하는 월러스틴의 제안과도 맞물려 있다. 따라서 개별 특수한 문화는 자신만의 개성적인 중심을 구성하면서도 다른 문화들과의 상호 연결을 추구하고 끊임없는 자기갱신의 변화를 추구하는 것이 자연스러운 일이 된다. 특수와 보편에 대한 이러한 관점은 '예술'에 대한 응구기의 생각을 이해하는 바탕이 된다.

4 다양한 보편의 예술론

응구기의 문화적 전략은 잘 알려진 대로 '다수의 중심(a multiplicity of centres)'을 향한 운동 즉, "유럽의 좁은 토대로부터 아시아, 아프리카, 남미로 중심을 이동"(Moving the Centre 6)시키는 일이다. 응구기는 2차 세계대전 이후 아프리카, 아시아, 중남미에서 일어난 "전통과의 통합을 위해 노력하는 새로운 문학"이 이들 지역을 유럽의 문화적 권력에서 해방시킴으로써 다양한 문화를 확보할 수 있게 할 것이라고 예견했다. 이 문학은 "세계를 자신의 시각으로 명명할 수 있는 권리"(3)를 주장하는 주변부의 주체적인 문학으로서 유럽중심의 단일한 문화에 대응하는 다양한 중심을 형성할 것이라는 것이다. 진정한 문제는 "전 세계에 걸쳐 존재하는 다수의 중심들에서 분출하는 모든 목소리를 이해하는 문제인 것이다(10-11)."

사실, 응구기는 『아이야, 울지 마라』(*Weep Not, Child*, 1964), 『밀알 한 톨』 (*A Grain of Wheat*, 1967), 『피의 꽃잎』(*Petals of Blood*, 1977) 등의 영어소설로 처음부터 세계 문단의 주목을 받았었다. 그랬던 그가 후기로 오며 극히 제한된 독자만을 겨냥하여 굳이 기쿠유어로 소설을 쓰고자 하는 이유는 영어와 영문학이 세계적 차원에서 보편적인 언어와 문학의 지위를 차지하는 것에 반대하기 때문이다. 그런데 이는 트리컨티넨탈의 운동이기도 하지만 각 지역의 사회 내부에서도 일어나야하는 운동이다. 예컨대, 응구기는 케냐에서부터 다양한 중심을 만들어야 한다고 주장한다. 서구의 권력과 결탁한 케냐의 엘리트가 향유하는 서구문화라는 중심으로부터 케냐 민중의 전통문화로 이동함으로써 다수의 중심을 만들어야한다고 보았던 것이다.

응구기가 볼 때, 식민주의 시대에 유럽은 "문자와 교양계층"과 동일시되고 아프리카는 "농촌, 구전, 반역사성"(*Penpoints* 108)과 동일시되었는데, 식민주의가 끝난 케냐에서 영어로 인해 새로운 지배와 억압의 관계가 재생산하고 있다. 영어가 그것을 자유롭게 이해하고 구사하는 케냐의 엘리트 "교양계층"과 고등교육을 받지 못한 기쿠유 노동자와 농민들 즉, "대중"을 만들고 구별하는 역할을 하기 때문이다. 응구기에 따르면, "유럽어 아프리카문학(europhone African literature)"은 "유럽어 문화와 문학"의 일부이다. 그러므로 아프리카 문학이 영어로 창작될 경우 케냐의 '정신의 독립'은 어려워진다는 것이다. 응구기는 유럽어 문학의 중심에 대항하기 위해 "구연예술, 문학, 아프리카어"(128)를 회복하자고 제안한다. 예컨대 그는 기쿠유의 전통 예술양식인 기칸디 구연예술(orature)을 소설의 장르와 결합하고 영어가 아닌 기쿠유어를 소설 언어로 선택함으로써 기존의 영어소설과는 다른 양식의 소설을 구현하고자 했다. 요컨대 로컬의 예술 양식에 로컬의 언어를 통해 로컬의 문화를 복원하려는 것이 응구기의 새로운 중심 만들기의 핵심이다. 『십자가의 악마』 (*Devil on the Cross*, 1982)와 『마티가리』(*Matigari*, 1986)는 그러한 문제의식 속에 창작된 후기소설들이다.

그러나 이 지점에서 주목해야할 사실은, 응구기가 포스트식민주의적 상황을 돌파하기 위해 아프리카의 전통 예술양식이자 기쿠유 민족의 예술양식인 구연예술을 후기소설에서 차용하면서도 이 양식을 절대적인 기준이나 문학적 권위로 내세우지는 않는다는 점이다. 확실히 응구기의 초기소설과 후기소설은 그 양식과 주제에 많은 차이를 보이고 있다.

비평가 사이먼 기칸디(Simon Gikandi)에 따르면, 응구기의 초기소설은 문학적 토대를 영문학의 전통 특히, 케냐의 "식민지 학교와 대학이 제국주의적 차원에서 추진한 매슈 아널드(Matthew Arnold)와 F. R. 리비스(F. R. Leavis)와 연결되는 영문학주의(Englishness)의 원리"(250)를 기초로 하였다. 이는 후기로 갈수록 "미학적 원리를 마르크스(Marx)와 파농에 의지"하게 되는 것과 확연히 차이를 보이는 것이다. 초기소설의 소설언어와 독자는 영어이자 영어권 지역 시민과 케냐에서 영어를 아는 중산층과 지식인이었던 반면, 후기소설은 기쿠유어이자 피지배계급인 기쿠유민족이었다. 이에 따라 응구기는 아널드가 말하는 교양과 리비스의 도덕적 삶의 비평을 지향하는 영문학의 "위대한 전통의 이상"과 "도덕과 감수성"을 굳게 믿는 작가에서 심미적 이념을 "역사와 인식론"(253)에서 찾는 작가로 전향한 것처럼 보인다. 따라서 소설의 주제와 양식에 확연한 단절을 볼 수 있는 것은 자연스럽다.

그러나 이러한 소설 주제와 양식의 외형적인 변화에도 불구하고, 응구기가 일관되게 추구하는 것은 "문화라는 관념을 식민주의와 민족주의 모두로부터 구출하는 일"(Gikandi 144)이었다. 응구기는 영문학의 탈정치적인 문화론도 비판하지만 기쿠유 민족주의만을 위해 자신을 폐쇄적인 울타리 속으로 가두지는 않았던 것이다. 그는 후기소설의 양식을 전통의 예술양식에서 차용하면서도 그 내용을 케냐의 역사적 현실, 유럽의 기독교적 전통, 나아가 영문학을 포함한 외국의 문학에서까지 원용함으로써 열린 형식의 다성악적 서사를 지향한다. 나아가 구연예술의 양식은 로컬의 예술가를 다른 지역, 나아가 세계와 소통하는 예술가로 만든다고 주장한다.

> 예술양식의 혼합을 특징으로 하는 구연예술은 흑인 예술가에게 국제적인 성격을 부여할 것이다. 예술가이자 문화노동자로서 흑인 작가들은 (…중략…) 영국과 유럽 내부에 자신의 입지를 찾을 필요 없이 아프리카, 아시아, 카리브해 연안에서 불어오는 영감(inspiration)의 중심들과 연계한다. 이런 의미에서 구연예술은 게토와 주변을 지향하지 않는다. 구연예술은 주변과 중심에 역동적 상호작용을 일으켜 무엇이 주변이고 무엇이 중심인지 구분하는 것을 무의미하게 만든다.(*Penpoints* 115)

응구기에 따르면, 아프리카의 구연예술은 "구비문학과 문자문학과 공연예술"을 통합한 예술이다(*Penpoints* 119). 이 양식은 공연자가 구전되는 텍스트를 시간과 장소, 그리고 청중에 따라 즉석에서 자유로이 변형하여 춤, 노래, 사설 등을 종합적으로 공연한다. 『십자가의 악마』와 『마티가리』는 영어로 쓴 이전의 소설과는 달리 소설 텍스트에 시, 노래, 속담, 수수께끼, 이야기 등을 적절히 활용함으로써 소설 자체를 구연예술의 수행적 실천으로 만든다.

그러나 응구기가 강조하는 것은 문화의 역동성이며 다른 문화와의 교섭과 변화이다. 그는 기쿠유 민족의 언어와 문학만을 강조하는 편협한 민속주의자가 아니기 때문에 기쿠유의 문화적 전통을 종교적으로 맹신하지 않는다. 그는 문화의 중심과 주변의 구조와 수직적 관계를 깨기 위해 다른 문화를 향해 문을 열어 수평적 관계의 망을 구축하고자 한다. 왜냐하면 "삶은 역동한다. 무카비(크와비 마사이족 유목민)는 한 곳에만 머물지 않는다. 좋은 씨앗은 다른 박통에서 얻는 법"이기 때문이다. 따라서 "우리의 손때 묻은 담배통 안에 든 것들" 즉, 전통과 유산을 "남들과 공유"해야 하며 "문학 역시 (담배처럼) 우리끼리 나누고 또 남과 공유해야하는 무엇"(Preface 46)이다.

그래서 응구기는 후기소설을 기쿠유 예술적 전통에서 차용하면서도 그것을 세계의 문학적 전통과의 교감 하에서 작업하고자 한다. 그래서 『십자가의 악마』는 케냐의 전통 속에 서구, 나아가 한국의 문학적 전통까지 수용함으로써 주제와 기법의 '보편성'을 확보하고 있는 것이다. 이를 위해 그는 유럽문학에 등장하는 물질적 풍요와 세속적 욕망을 위해 악마에게 영혼을 파는 "파우스트의 주제"와 "기쿠유 구연예술의 식인 도깨비"의 모티프를 결합한다. 또 한국의 김지하 시인의 『오적』의 "구전양식"과 "풍자"의 기법을 차용하여 "제국주의라는 외국의 악마에게 자신의 영혼과 나라를 팔아먹는 사람들의 이야기," "악을 자랑하는 악의 이야기," "민중을 강탈하는 것을 자랑하는 강도들의 이야기"(Decolonising 81)로 만들고 있다.

또한 『마티가리』는 속담, 노래, 우화를 담은 구전서사양식, 예수와 민족의 영웅의 행적을 연상시키는 성인전, 민족의 탄생과 역사를 담은 신화, 경이와 기적이 일상적으로 일어나는 마술적 리얼리즘, 나아가 고정된 해석을 거부하는 열린 결말의 포스트모던적인 해체적 실험기법(Balogun 1-19) 등으로 구축하는 "멀티장르적 미학(multigenre aesthetic)"(18)의 소설이며 "영원히 변화하며 끝이 없는 경이로움과 즐거움을 창조하는 활동"이 된다. 응구기는 자신의 소설을 글로컬적 의식을 담아내는 서사양식으로 만들고자 하는 것이다.

5 결론-평등한 수평적 문화를 위해

응구기가 구연예술적 서사양식을 중요하게 생각하는 이유는 그것이 서구의 도덕주의적 리얼리즘과 다른 다양한 문학적 전통을 보여주기 위함이며 나아가 어떤 예술양식도 수용하고 담아낼 수 있는 멀티장르적인 유연성에 주목하기 때문이다. 또 민중의 오랜 예술양식인 구연예술의 정치적이고 문화적인 기원을 복원하기 원하기 때문이다. 응구기는 이러한 자기갱신과 변화의 운동이 예술의 일반적 속성이라고 생각한다. 영원한 자기혁명은 국가와 그것의 작동기제의 속성이 아니다. "자신에 대한 항구적인 혁명, 재창안은 바로 예술의 속성"[8]이다. 따라서 모든 종류의 "근본주의"에 맞서 싸울 수 있는 동력은 예술로부터 온다. 헌팅턴이 문명권의 근본주의 문화를 목도하고서도 이를 힘의 논리로 맞서가려고 할 때 응구기는 "이러한 근본주의 세력에 맞서 싸우는 방법"으로 "예술"의 힘을 든다. 그가 볼 때, 예술은 인간과 인간을 "연결"시키는 힘이다. 예술의 기능은 "분리하려는 경계를 돌파하는 것(To break boundaries and borders that separate)"에 있다. 예술은 민족과 인종과 문화의 경계를 넘어서게 하는 통로가 된다. 고정되고 폐쇄된 정체를 지향하지 않고 자신을 시공간 속에서 계속해서 변화시켜나가는 힘을 가진 예술은 이는 응구기가 주장하는 다양한 문화들이 상대주의로 빠질 위험을 막아줄 수 있을 것이다. 그런 의미에서, 응구기의 문화와 예술론은 자신의 특수성을 인식하기 위한 수평적 운동을 강조한 호미 바바와 가라타니 고진의 생각과 닮아있다. 응구기는 월러스틴이 말하는 다양한 보편들의 연대의 힘을 예술에서 보고 있는 것이다.

---

8) Interview, With Charles Cantalupo.
   http://www.leftcurve.org/lc23webpages/ngugu.html (검색일: 2014. 10. 1)

응구기는 서구의 중심부 문화에 저항하기 위한 다양한 로컬의 문화를 강조하면서도 그것의 열린 수평적 운동을 위해 예술의 기능에 주목한다. 이와 비슷하게, 그는 '번역'을 문화 간의 대화 행위이자 매개체로 간주한다. "문화의 접촉은 문명의 산소(culture contact is the oxygen of civilization)"[9]와 같은데, 번역은 이 역할을 할 수 있다는 것이다. 앞에서 보았듯이, 응구기는 언어의 평등한 관계를 이야기했다. 그러나 현실은 여전히 제국의 언어로부터 많은 영향을 받고 있다. 예컨대 영어를 사용할 줄 아는 피식민지배민은 영어를 통해 영어권 세계에 "가시적인 존재"로 모습을 드러낼 수 있는 기회도 되었지만 식민주체의 모국어는 "비가시적인 것"으로 만들어버렸다. 따라서 다양한 중심을 위해서는 다양한 언어와 문학양식의 복권이 중요할 뿐만 아니라 다양한 언어 간의 "대화로서의 번역"이 중요한 역할을 부여받는다.

유럽의 문화적 중심으로 단일성의 세계로 빠져들지 않기 위해서는 "지배언어와 주변부 언어 간의 대화 및 주변부 언어들 간의 대화"가 요긴해진다. 이때 필요한 것이 바로 "번역"이라는 것이다. 응구기의 번역론은 번역을 문화의 대화뿐만 아니라 개별 문화들이 단독자의 고독한 동굴로 후퇴하지 않고 소통하고 결합하고 연대함으로써 보편 문화를 낳을 수 있는 수단으로 본다는 점에서 상당히 중요한 의미를 띤다. 응구기의 번역의 개념은 다양한 보편들의 연대와 보편적 보편주의의 가능성을 열어주는 일종의 바흐친의 대화주의적 개념이기 때문이다.

---

9) Interview, With Uzoma Esonwanne.
   http://postcolonial.org/index.php/pct/article/view/567/859 (검색일: 2014. 9. 25)

참고문헌

가라타니 고진, 송태욱 옮김, 『탐구 1, 2』(새물결, 1998).

김지하, 『오적: 김지하 담시선집』(솔출판사, 1993).

베버, 막스, 박성수 옮김, 『프로테스탄티즘의 윤리와 자본주의 정신』(문예출판사, 2013).

안천, 「가라타니 고진과 '보편'」, 『한국학연구』 29 (2013), 181~206.

월러스틴, 이매뉴얼, 김재오 옮김, 『유럽적 보편주의: 권력의 레토릭』(창비, 2006).

파농, 프란츠, 이석호 옮김, 『검은 피부 하얀 가면』(인간사랑, 2013).

Bakhtin, Mikhail, *Problems of Dostoevsky's Poetics*, Trans. Caryl Emerson (Minneapolis: U of Minneapolis Press, 1984).

Balogun, F. Odun, "*Matigari*: An African Novel as Oral Narrative Performance," *Oral Tradition* 10-1 (1995), 129-65.

Bhabha, Homi, Interview, "Interview with Homi Bhabha," *Artforum* With W. J. T. Mitchell, 33.7 (March 1995), 80-84.
http://prelectur.stanford.edu/lecturers/bhabha/interview.html (검색일: 2014. 10. 20.)

_____, "The Third Space: Interview with Homi Bhabha," *Identity: Community, Culture, Difference*, With Jonathan Rutherford, Ed. Jonathan Rutherford (London: Lawrence & Wishart, 1990), 207-221.

Gikandi, Simon, *Ngugi wa Thiong'o*, (Cambridge: Cambridge UP, 2002).

Geertz, Clifford, *Local Knowledge: Further Essays in Interpretive Anthropology* (New York: Basic Books, 2000).

Goody, Jack, *The Theft of History* (Cambridge: Cambridge UP, 2006).

Huntington, Samuel P., "The Clash of Civilizations?" *Foreign Affairs* (Summer 1993).
http://www.foreignaffairs.com/articles/48950/samuel-p-huntington/the-clash-of-civilizations (검색일: 2014. 10. 21.)

Mignolo, Walter D., *The Darker Side of the Renaissance* (Ann Arbor: U of Michigan Press, 2003).

Ngugi wa Thiong'o, *Decolonising the Mind: the Politics of Language in African Literature* (Oxford: James Currey, 1986).

_____, *Devil on the Cross* (London: Heinemann, 1982).

_____, Interview, "From the Garden of Languages, the Nectar of Art: An Interview with Ngugi wa Thiong'o," *Postcolonial Text*, With Uzoma

Esonwanne, 2.2 (2006).
http://postcolonial.org/index.php/pct/article/view/567/859 (검색일: 2014. 9. 25.)
_____, Interview, "Ngugi wa Thiong'o Penpoints, Gunpoints, and Dreams," *Left Curve*, With Charles Cantalupo, 23 (1999). http://www.leftcurve.org/lc23webpages/ngugu.html (검색일: 2014. 10. 1.)
_____, *Moving the Centre: the Struggle for Cultural Freedoms* (Oxford: James Currey, 1993).
_____, *Penpoints, Gunpoints, and Dreams: Towards a Critical Theory of the Arts and the State in Africa* (New York: Oxford UP, 1998).
_____, "Preface to Devil on the Cross," trans. Evan Mwangi, Appendix to "Gender, Unreliable Oral Narration, and the Untranslated Preface in Ngugi wa Thiong'o's *Devil on the Cross*," *Research in African Literatures* 38.4 (2007), 45-46.
Said, Edward, "The Clash of Ignorance," *The Nation* (Oct. 2001).
http://www.thenation.com/article/clash-ignorance (검색일: 2014. 10. 21.)

문화 복수성의 조건과 해석학적 타자 이해[1]

김 정 현

1 서론

이 글은 다른 문화를 이해하는데, 그것도 자문화중심주의를 극복하면서 이해하는데, 역사적 텍스트의 이해를 목표로 하는 한스 게오르크 가다머의 해석학적 이해 모델이 기여할 수 있음을 주장한다. 찰스 테일러(C. Taylor)에 따르면, 가다머의 해석학이 추구하는 이해의 모델은 (문화적) 타자 이해에도 적합하다. 그것은 타문화, 혹은 문화적 타자를 올바르고 온전하게 이해하려는 노력을 방해하는 자문화중심주의(ethnocentrism)와, 타문화에 대한 교정 불가성 테제(incorrigibility thesis)를 피할 수 있는 가능성을 제시한다. 물론 이것이 문화 간 위계적 권력 관계에서 발생하는 문제들을 일거에 해결할 수 있는 어떤 절차나 방법을 해석학이 제공한다는 것을 의미하지는 않는다. 오히려 자문화와 타문화의 관계를 새롭게 볼 수 있는 시야를 열어줌으로써 문화적 주체로 하여금 타문화에 대한 바람직한 입장을 형성하고 견지하는데 기여한다는 의미로 이해하는

---

1) 이 글은 『해석학연구』 34 (2014: 103~132)에 「자문화중심주의와 해석학적 타자 이해 −가다머(H. G. Gadamer)의 해석학에 기초한 테일러(C. Taylor)의 논의를 중심으로−」 라는 제목으로 게재되었던 것으로 이 책의 구성취지에 따라 제목이 수정 되었다.

것이 타당할 것이다.

내재주의에 기초한 교정 불가성 테제가 지난 세기 인류학을 위시한 사회과학에 등장한 것은 타문화에 대한 제국주의적 인식에 대한 서구의 자기반성이라는 맥락이 있다. 교정 불가성 테제가 함축하는 것 가운데 하나는 자신의 기준을 타자에게 적용, 관철시키지 않겠다는 것이다. 다문화주의는 이러한 입장이 문화들의 관계에 적용될 때, 등장할 수 있는, 문화들의 공존 방식에 대한 한 관점이다. 한 문화는 자신만의 기준, 규범이 있으며, 그것은 타문화에 의해 존중되어야 한다는 생각은, 분명 제국주의적 성격을 지닌 동화주의적 관점에 비하면, 문화적 억압과 갈등을 줄이는데 현저하게 기여한다. 그러나 다문화주의가 현실에서 주류 문화의 위상을 유지하는 또 다른 방식일 수 있다는 비판 외에도, 그것은 근본적으로 문화 간 교류나 대화를 촉진하기 보다는 현상의 유지에 더 조점이 맞춰져 있다는 것을 부정하기는 어렵다.

상대를 비난하는 것보다 더 나쁜 것이 무시하는 것이라는 말이 있듯이(물론 우리는 이 말에 담긴 일리에 주목할 뿐이다), 타문화의 존재를 기계적으로 인정할 뿐, 아무런 관계의 움직임을 보이지 않는다면, 그것은 무관심의 다른 모습일 뿐이다. 어쩌면 그런 의미에서 동화주의적 접근은 타문화의 존재에 대한, 연대의 의지가 없는 인정 보다 더 나은 것일 수도 있다(이 말도 역시 일리를 표현할 뿐이다). 그것은 최소한 타 문화와 관계를 맺으려는(?) 의지를 표현하기 때문이다.

인간 존재의 근본 조건의 어떤 측면을 반영하는 자문화중심주의는, 그것이 타문화를 자문화의 잣대로 오롯이 해석하고, 규정할 때, 하나의 문제가 된다. 이때 자문화의 표준은 보편적인 것, 진보한 것으로 간주된다.[2] 하나의 제국이 식민지를 자국의 제도, 규범 안으로 포섭하려는 동

---

2) 물론 모든 자문화주의가, 로티(R. Rorty)의 자문화중심주의에서 보듯, 이 보편성과 진보성을 본질적이거나 필연적인 것으로 상정하는 것은 아니다.

화주의의 밑바탕에는 대체로 이러한 입장이 깔려 있다. 자기의 기준, 규범이 보편적이고 진보된 것임을 믿지 못하면서 동화주의를 실천하는 제국을 상상하는 일은 어렵다.

제국주의적 문화관의 해체, 곧 자문화의 보편성과 진보성에 대한 믿음과 그 위에서 형성된 타문화에 대한 오만한 관점과 태도의 해체는 한때, 한쪽에는 영광을, 다른 쪽에는 굴욕을 주었던—어떤 의미에서 지금도 계속되는—시대를 끝내기 위해 수행하지 않을 수 없는 우리의 과제이다. 해석학적 타자 이해의 모델은 이러한 과제의 수행에 일익을 담당할 수 있다.

본론에서 드러나겠지만, 해석학적 이해가 문화적 타자를 이해하고, 그에 대한 바람직한 입장을 형성하는데 기여할 수 있는 것은 그것이 이해 주체의 유한성을 철저히 인식하고, 이해 과정에서 이해 주체와 이해 대상(즉 다른 주체)의 상호 연관성을 충분히 고려하며, 이해의 지역성을 전적으로 부정하지 않으면서 그것을 초월할 것을 주장하기 때문이다.

해석학적 관계의 기본적 특징은 이해의 과정에서 이해 주체와 이해 대상 양자가 변화와 무관한 것이 아니라 상호 연관적으로 변한다는 것이다. 해석학적 이해는 이러한 관계를 잘 포착한다. 이해의 과정에 대한 가다머의 해석학적 분석에서 특히 테일러가 주목하는 것은 '지평 융합'이다. 테일러는 이 지평 융합에 담긴 함축들을 끄집어내어 타자 이해에 대한 일반성 있는 서술을 내어놓는다.

이 글은 다른 문화와 진정으로 관계를 맺기 위해서는 자문화중심주의와, 타문화의 교정 불가성 테제를 동시에 극복할 필요가 있으며, 그러한 극복 가능성을 가다머의 해석학적 모델을 통해 탐색하는 테일러의 시도를 검토, 평가한다. 따라서 이 글은 그 중앙에 가다머의 해석학에 대한 분석을 두지만, 말미에는 타문화와 바람직한 관계 설정을 위한 테일러의 다른 여타의 시도를 배치한다. 그럼으로써 해석학을 통해 시도

된 타문화 이해의 작업이 다른 방향에서 진행된 작업과 어떻게 연결될 수 있는지를 제시하고자 한다.3)

2 본론

2.1. 자문화중심주의와 해석학적 이해 모델

타문화 (주체)를 이해하는 문제는 이십세기 동안 인류학, 사회학, 정치학의 주요 문제였고, 지금도 그렇다. 유럽인, 혹은 서구인이 자신들의 경험과 문화를 인류 전체가 지향할 규범으로 간주했던 시기에 타자는 서구인들이 걸었던 길4)에 아직 접어들지 못한 존재로 이해되었다.5)

---

3) 본문에 들어가기 전에 '해석학적 타자 이론'에 내재되어 있는 긴장을 언급할 필요가 있을 것 같다. 해석학 이론은 기본적으로 '이해'를 추구한다. 따라서 거기에는 급진적 의미의 '타자성'이 보존될 수 없다고 해야 할 것이다. 이와 관련하여, 가다머 자신 이렇게 자문하고 있다. "해석학적 차원을 자기 의식 너머에 있는 것으로 제시하는데, 다시 말해 이해 속에서 타자의 타자성을 부정하지 않고 보존하는데 나는 얼마나 성공했는가?"(*GWI*, p. 5, R. Bernasconi, "'You don't know what I am talking about': alterity and the hermeneutical ideal," *The Specter of Relativism: Truth, Dialogue, and Phronesis in Philosophical Hermeneutics*, Lawrence K. Schmidt ed. (Northwestern University Press, 1995), 194에서 재인용). 이러한 긴장에 담긴 함축을 분석하는 것은 그 자체로 중요한 연구 주제가 될 수 있다. 그러나 필자는 이 글에서 그것을 다루지 않는다. 그 이유는 이 글이 일차적으로 '해석학적' 타자 이론의 분석을 목표로 삼기 때문이다. 해석학은 "타자성에 대해 보충을 하도록 기획"(R. Bernasconi)된 이론이다. 그런 점에서 해석학은 타자 이론으로서, 혹은 그 기초로서 어떤 한계를 지닐 것이다. 그러나 이 한계가 담론과 현실의 모든 층위와 맥락에서 한계로 작용하지는 않을 것이다. 이런 점들을 염두에 두면서, 문화 간 바람직한 관계 정립에 기여하고자 하는 목적에 따라 이 글은 해석학적 타자 이론의 덕목을 드러내는데 우선적으로 집중한다.
4) 다른 언급이 없을 때, 강조는 필자의 강조이다.
5) C. Taylor, "Understanding the Other: A Gadamerian View on Conceptual Schemes"

타자의 문화를 자기의 문화를 기준으로 이해하고 평가하는 방식을 우리는 자문화중심주의라고 부른다. 그런데 여기서 좀 더 세밀하게 살펴야 할 것이 있다. 만약 자문화중심주의가 인간은 자신이 속한 문화의 영향 하에서 (타문화를 인식하기) 시작할 수밖에 없는 존재임을 주장하는 것이라면, 다시 말해 가다머가 이해의 조건으로서 제시한 선판단, 선입견과 같은 성격의 것이라면, 그것은 인간의 조건에 대한 테제로서 부정하기 어렵다.[6] 오히려 특정 문화에 속한 주체가 이러한 인간의 조건, 혹은 유한성에 대한 충분한 성찰 없이 자문화의 기준을 보편적인 것으로 여겨 자신의 연구를 자문화중심주의와 무관한 것으로 상정한다면, 그것이 더 심각한 문제일 것이다.[7] 그렇다면, 우리가 극복해야 할 자문화중심주의란 주체의 유한성에 대한 인식이 없는, 이와 연관하여, 타문화적 주체를 인류의 삶의 가능성을 함께 구현할 파트너로 생각하지 않는 그런 관점이다.

타문화와 진정한 관계를 맺기 위해서 우선적으로 요구되는 것이 자

---

in *Gadamer's Century* (The MIT Press, 2002), 279 참조.

6) 데이비드 호이(David Couzens Hoy)의 다음과 같은 언급 참조 "해석학이 주장하듯, 해석자가 세계를 그 자신의 고유한 자기 이해를 통해 바라보는 것은 불가피하다고 주장하는 것은 교활한 자문화중심주의가 아니다. 대신에 문제가 되는 것은 **세계에 대한 모든 다른 이해들이 자신의 고유한 이해로 수렴되어야 한다**는, 더 나간 기대이다. …… 오직 수렴 요구만이 억압적인데, 왜냐하면 그것은 차이에 대한 이러한 인식을 방해하기 때문이다. 따라서 오직 수렴의 요구를 덧붙이는 것이 해석학을 교활하게 자문화중심적인 것으로 만들 것이다"(D. C. Hoy, "Is Hermeneutics Ethnocentric?" in *The Interpretive Turn*, Edited by D. R. Hiley (Cornell University Press, 1991), 156). 로티 역시 이와 유사한 언급을 한 적이 있다. "나는 **불가피한 조건** - 대략 '인간의 유한성'과 동의어인 - **으로서의 자문화중심주의와 특정한 에트노스(ethnos)에 대한 참조로서의 자문화중심주의**를 구분했어야 했다"(R. Rorty, "Introduction" in *Objectivity, Relativism, and Truth* (Cambridge Univ. Press, 1991), 15).

7) 다음과 같은 가다머의 언급은 이에 대한 성찰로 읽을 수 있다. "탐구방법의 객관성에 의지하여 자기 자신이 처해 있는 역사적 제약을 부정함으로써 스스로 편견에서 벗어났다고 자신하는 사람은 필경 부지불식간에 닥쳐올 편견의 막강한 위력에 뒤통수를 얻어맞을 것이다"(한스 게오르크 가다머, 『진리와 방법』2, 임홍배 옮김 (문학동네, 2012), 271).

문화중심주의의 극복인 것은 분명하지만, 그것만으로 충분한 것은 아니다. 타문화는 교정할 수도, 교정할 필요도 없다는 교정 불가성 테제 역시 폐기되어야 한다. 이 주장은 타문화에 대한 진정한 존중, 곧 타문화를 자문화와 적극적으로 관계를 맺을 상대로 바라보는 것을 방해하기 때문이다.

테일러는 우리가 자문화중심주의와 교정 불가성 테제를 동시에 넘어설 수 있는 가능성을 가다머의 해석학에서 발견한다. 그가 주목하는 것은 가다머의 이해 개념이다. 『진리와 방법』에서 가다머는 인간의 역사에서 기원하는 텍스트 혹은 사건의 이해(Verstehen)는 공통의 이해(Verständigung)에 도달하려는 대화참여자들의 모델에 기초하여 분석되어야 한다고 제안한다.

> "해석학의 과제가 흔히 텍스트와의 대화라고 할 때, 그것은 단지 비유가 아니라 해석학이 애초에 추구했던 본연의 과제를 상기시킨다. …… 그리하여 문헌의 형태로 전승된 것은 문자로 고정된 소외상태로부터 벗어나서 생생한 현재진행형의 대화로 복원되며, 그 대화의 본래적 수행방식은 언제나 질문과 응답인 것이다."[8]

> "해석학적 현상을 두 사람 사이에 오가는 대화의 모델에 따라 탐구하고자 할 때 텍스트 이해와 대화적 의사소통은 매우 상이한 별개의 상황처럼 보일 수도 있다. 그럼에도 양자에 공통된 주도적 생각은 무엇보다도 모든 텍스트 이해와 대화적 의사소통은 우리 앞에 가로놓인 어떤 문제를 염두에 두고 진행된다는 것이다. 어떤 사태에 관해 대화 상대와 의사소통을 하듯이, 텍스트 해석자 역시 텍스트가 그에게 말해주는 어떤 사태를 이해하는 것이다."[9]

> "대화와 마찬가지로 해석이라는 것은 질문과 답변의 변증법을 통

---

8) 한스게오르크 가다머, 『진리와 방법』 2, 283.
9) 한스게오르크 가다머, 『진리와 방법』 2, 296.

해 완결되는 순환적 구조를 갖는다. 그것은 언어를 매체로 수행되는 진정한 역사적 삶의 관계에 해당되며, 따라서 텍스트 이해를 대화에 비견할 수 있는 것이다."10)

이러한 제안에 전제된 것 가운데 하나는 대상에 대한 자연과학적 인식과 역사적 존재(대화 모델에서 대화의 한 당사자로 설정된)에 대한 해석학적 이해의 구분이다. 전자의 경우, 지식의 목표는 그 대상에 대한 완벽한 지적 통제권을 획득하는 것이다. 이 목표는 지식을 추구하는 과정 내내 변하지 않는다. 이와 대조적으로 이해는 통제를 목표로 삼지 않는다. 목표는 대화상대방과 "함께 작용하는 것"(to function together with)이다. 이것은 말하는 것 뿐 아니라 듣는 것을 의미하며, 따라서 이해는 나의 애초 목표를 바꾸도록 요구할 수도 있다.11)

역사적 존재에 대해 가다머가 적용한 이해 모델은 문화적 타자, 문화적 이방인에 대해서도 적용될 수 있다.12) 테일러에 따르면, 어느 문화에 속했든 인간은 인간의 삶에 대한 기본적 이해, 혹은 "인간이 된다는 것이 무엇인지"13)에 대한 이해를 암묵적으로 지니고 있다. 이러한 이해는 아주 명백하고 근본적이어서 평상시에는 명시적으로 공식화되어 나타나지 않는

---

10) 한스게오르크 가다머, 『진리와 방법』 2, 309.

11) C. Taylor, "Understanding the Other", 281 참조.

12) C. Taylor, "Understanding the Other", 296 참조. 물론 이것은 가다머 자신의 주장에 근거를 두고 있다. "전통을 향해 열려 있는 이러한 [영향사적] 의식은 **타자의 경험에도 그대로 적용된다.** 이미 살펴보았듯이 인간관계에서 가장 중요한 것은 타자를 타자로서 제대로 경험하는 것이다. 다시 말해 타자의 요구를 흘려듣지 않고 타자의 목소리에 귀를 기울이는 것이다"(한스 게오르크 가다머, 『진리와 방법』2, 272). 달마이어(F. Dallmayr) 역시 이에 동의한다. "Hermeneutics and inter-cultural dialog: linking theory and practice" in *Ethics and Global Politics*, Vol. 2, No. 1, 2009. 참조.

13) C. Taylor, "Understanding the Other", 285. 인간이 된다는 것이 어떤 것인지에 대한 암묵적 이해를 인간이라면, 누구나 가진다는 주장이 인간됨의 구성 항들, 다시 말해 무엇이 인간됨을 규정하는지에 대해서 모든 인간이 일치한다는 것을 함축하지 않는다.

다. 우리는 이러한 이해를 배경적 이해라고 부를 수 있다. 이 배경적 이해의 차이에서 타문화 이해의 어려움이 생긴다. 예를 들어 서구(화된) 사회의 구성원은 모든 사람들이 특정한 주제들, 예를 들어 종교적 주제들에 대해 개인적인 의견을 가지거나 가져야만 한다는 일반화된 이해를 지니고 있다. 문제는 이러한 이해 방식을 모든 비 서구 문화에도 통용되는 것으로 생각하여, 다른 문화의 사회적 관행들을 이해하는데 그대로 이전하는 것이다. 이처럼, "우리가 자문화중심주의로 들어가는 것은 우리가 공식화하는 테제들 덕분이 아니라, 우리가 부지불식간에 이전하는 이런 배경적 이해, 혹은 특정 이슈에 대한 이해의 전체 맥락 덕분이다."14) 한 문화 성원의 기본적인 자기 이해를 구성하는 배경적 이해가 자문화중심주의의 핵심 장소라는 것은, 자문화중심주의가 "특정한 태도를 취함으로써 단번에 그리고 영구적으로 해결할 수 있는 위험"이 아님을 의미한다.

인간됨, 혹은 "인간 조건에 대한 우리의 암묵적 감각(sense)이 타자에 대한 우리의 이해를 방해할 수 있다면,"15) 그리고 그것을 타자 이해의 여정을 시작하는 시점에서는 중립화할 수 없다면, 우리는 어떻게 타자 이해에 이를 수 있는가? 혹 우리에게 "무반성적 전망 속에 갇히는" 것 외에 다른 가능성이 존재하지 않는 것은 아닌가? 이에 대해 부정적인 답변만이 가능하다면, 교차 문화적인 이해에 도달하려는 모든 시도는 포기되어야 할 것이다.16) 테일러에 따르면, 이러한 관점은 교차 문화적 이해를 구성하는 언어는 우리의 것 아니면, 그들의 것이어야 한다는 오류에 빠져 있다. 이 경우 남은 선택은 '각 문화는 그 고유한 개념들로 이해해야 한다'라는, 따라서 타문화의 오류에 대해 교정한다는 것은 어

---

14) C. Taylor, "Understanding the Other", 284.
15) C. Taylor, "Understanding the Other", 285.
16) C. Taylor, "Understanding and Ethnocentricity" in *Philosophy and the human sciences* (Cambridge Univ. Press, 1995), 124 참조.

불성설이라는 '교정 불가성 테제'17)를 받아들이거나, 아니면 자문화중심적으로 되거나, 둘 중 하나이다.18)

타문화를 교정이 불가능한 것, 혹은 불필요한 것으로 상정하는 입장은 사실, 자문화의 자기반성과 연관되어 있다. (어떤 이들에게는) 타문화를 자문화의 범주로 접근할 수 없는 존재로 설정하는 것 보다 자문화중심성을 벗어날 수 있는 더 유력한 방식은 없으며, 그런 점에서 타문화를 교정 불가능한 것으로 설정함으로써 "자문화중심주의에 대한 유일한 실제적 안전장치"19)를 확보했다고 믿을 수도 있다. 아잔데 족에 대한 에반스-프리차드(E. E. Evans-Pritchard)의 분석을 비판하는 피터 윈치(Peter Winch)에게서 이러한 입장을 확인할 수 있다.

> "에반스-프리차드는 과학적 문화의 구성원이 가지는 실재의 관념이 주술을 신봉하는 아잔데 족의 실재 관념과는 다르다는 점을 강조한다. 그러면서도 그는 이 사실을 단순히 서술하여 이 두 영역의 차이를 드러내는 데에 그치지 않고 나아가 무언가를 더 밝히고자 한다. 그리하여 과학적 사고는 실재가 진실로 어떠한지와 일치하는 반면에 주술적 사고는 그렇지 않다는 결론에 이른다."20)

이 글에서 윈치가 말하고자 하는 바는, 에반스-프리차드가 실재에 대한 아잔데 족의 관념과 서구의 과학적 문화의 구성원이 지닌 관념의 차이를 드러내는 것에서 멈추었어야 한다는 것이다. 이러한 비판은 다음의 인용문에서도 거듭 나타난다.

---

17) 이것은 곧 비판 불가성 테제이기도 하다. C. Taylor, "Is Hermeneutics Ethnocentric?" 172 참조.
18) C. Taylor, "Understanding and Ethnocentricity", 125 참조.
19) C. Taylor, "Understanding and Ethnocentricity", 125.
20) 피터 윈치, 『사회과학의 빈곤』, 박동천 편역(모티브북, 2011), 239.

"내가 지금까지 그의 책으로부터 인용해 온 대목들에서 그가 말하는 바를 본다면, 그 책을 쓰면서 그가 여기에 그치지 않고 무언가 한 마디를 덧붙이고 싶어 하였음은 분명하다. 즉, 그는 이에 더하여 아잔데 족은 틀렸고 유럽인이 맞다고 말하고 싶어 하는 것이다. 바로 이 덧붙임이 내가 보기에 부당하다."[21)]

"[에반스-프리차드의 지적은, 그 자신 충분히 인식하지는 못했지만, 다음과 같은 점을 시사한다.] 모순이 존재한다는 주장이 이루어지는 맥락 즉, 우리의 문화적 맥락과 마법에 관한 아잔데의 믿음이 작동하는 맥락이 같은 수준에 놓이지 않음을 말해주고 있는 것이다. 아잔데의 마법 관념이 어떤 이론적 체계를 구성하여 그 체계를 준거로 삼아 그들이 세계에 관한 준-과학적 이해를 얻으려 노력하는 것은 아니다. 이러한 점들을 고려한다면 오해의 혐의를 써야 할 쪽은 아잔데 족이 아니라 유럽인이라는 주장이 가능하다. 아잔데 족의 사고가 자연스럽게 진행하지 않는 곳으로- 모순으로- 밀어붙이는 데에는 유럽인의 강박관념이 작용하고 있다. 사실 유럽인은 거기서 일종의 범주 오류를 범하고 있는 것이다."[22)]

이처럼 과학 문화 속에서 살아 온 서구인들이 아잔데 족의 사회적 관행을 이해하는 과정에서 보여주는 자문화중심성을 비판하는 윈치의 입장은 자연스럽게 "원시 민족이 사용하는 개념은 그 사람들의 삶의 방식이라는 맥락 안에서만 해석될 수 있다"[23)]는 주장으로 이어진다. 한 문화에서 통용되는 개념은 그 문화 고유의 맥락에서만 해석될 수 있다는 주장은 합리성의 개념에도 똑 같이 적용된다.

---

21) 피터 윈치, 『사회과학의 빈곤』, 258.
22) 피터 윈치, 『사회과학의 빈곤』, 267.
23) 피터 윈치, 『사회과학의 빈곤』, 270.

"누군가에게 어떤 것이 합리적으로 비친다고 할 때, 그것은 오로지 무엇이 합리적이며 무엇이 그렇지 않은지에 관한 그의[이하 저자 강조] 이해를 통해서만 그렇게 될 수 있다. 이제 우리의 합리성 개념이 그의 개념과 다를진대, 어떤 것이 우리의 의미로 그에게 합리적으로 비치느니 마느니 하는 것은 애초에 말이 되지 않는 소리이다."[24]

자문화의 중심성을 극복하는 길이 타문화의 교정 불가성을 내세우는 것 외에 달리 없다는 주장은 보편적 동의를 얻기 어려울 뿐 아니라, 바람직하지도 않다. 테일러에 따르면, 타문화에 대한 자문화의 접근에서 자문화중심성을 탈피하면서도 타문화의 교정 불가성을 수용하지 않을 수 있는 가능성을 가다머가 제시한다. 그 가능성의 핵심에 '지평 융합'의 개념이 있다. 이 개념에는 이해의 과정에서 나와 타자의 지평 모두가 변화될

---

24) 피터 윈치, 『사회과학의 빈곤』, 275. 인용된 부분은 윈치가 매킨타이어(A. MacIntyre)의 견해를 비판하는 맥락에서 등장한 서술이다. 매킨타이어와 윈치의 견해를 전체적으로 비교 분석하는 일은 별도의 연구가 필요할 만큼 복합적이고 중요한 문제이다. 윈치의 주장에 대한 짧은 소개를 마치면서 테일러가 윈치를 소환한 맥락과 무관하게 윈치의 분석이 지닌 의의를 평가할 필요가 있다. 타문화는 그 문화 고유의 개념으로 접근되어야 한다는 윈치의 글은 테일러에 의해 타문화의 교정 불가성을 주장하는 것으로 (부정적 의미에서) 인용되었지만(C. Taylor, "Understanding and Ethnocentricity", 125 참조), 그의 말대로 윈치의 분석은 "아주 설득적"이다. 필자의 판단으로, 그의 글이 지닌 중요한 의의 가운데 하나는 자문화중심주의를 반성하고 방지책을 마련하는 일은 하나의 입장으로서 교정 불가성 테제를 수용하는 것이 아니라, 타문화에 대한 자문화의 이해에 담긴 자문화중심성을 세밀하고 철저하게 인식, 반성하는 것임을 탁월하게 보여 준 데 있다. 다시 말해, 자문화중심성에 대한 철저한 반성, 폭로가 없다면, 교정 불가성 테제의 단순한 수용만으로는 타문화를 이해하고, 그와 공존하는 데 별다른 기여를 하지 못한다. 아울러, 윈치를 보다 공평하게 다루기 위해서는 그에게 테일러가 수용하는 가다머의 입장과 유사한 면모 역시 존재한다는 사실이 언급되어야 할 것 같다. "우리가 정말로 구하는 것은 사물을 바라보는 방식에 있어서 기존의 방식을 넘어서는 어떤 것이다. 여기서 '넘어 선다'는 것은 우리와는 나는 방식, 즉 S의 구성원들이 사물을 바라보는 방식을 어떤 식으로든 감안하고 포섭하여야 한다는 점에서 그렇다. **우리의 방식과 다른 종류의 생활 방식을 진지하게 연구하는 데에는 필연적으로 우리 자신의 생활 방식을 기존의 경계선 밖으로 연장하는 일이 포함될 수밖에 없다**"(피터 윈치, 『사회과학의 빈곤』, 279~280).

가능성이 함축되어 있다.25) 이 개념의 분석에 앞서, 해석학적 관점에서 미리 서술하자면, 타자 이해란 "타자의 실재를 왜곡하는 우리의 암묵적 이해의 국면들에 대한 지난한 확인과 말소를 통과"26)하여 도달하는 과정이다.

타자를 만나기 전에 주체가 타자에 대해 지니고 있는 왜곡된 이해는 타자와 조우함으로써 교정의 기회를 얻는다. 이 조우는 우리가 "그들의 삶 속에 있는 [우리 자신의 것과] 다른 것에 의해 도전을 받고, 질의를"27) 받도록 우리 자신을 개방할 때 실현될 수 있다. 이것을 테일러가 참조하는 가다머는 다음과 같이 서술한다.

> "그렇다면 우리에게 익숙한 어법과 텍스트의 어법 사이의 차이를 대체 어떻게 구별해낼 수 있는가? 일반적으로 말하면 그것은 우선 우리가 어떤 텍스트에서 받는 당혹감의 경험이라 할 수 있다. 경우에 따라서는 아예 텍스트의 의미를 읽어내지 못할 수도 있고, 텍스트의 의미가 우리의 기대치와 맞아떨어지지 않을 수도 있다. 어떻든 그로 인한 당혹감이 우리를 멈칫하게 하고 우리와는 다른 언어사용의 가능성에 주목하게 만든다."28)

인간과 세계에 대한 우리의 이해 방식에 제기된 타자의 도전으로 인해 우리는 "우리 자신의 특이성을, 인간 조건 자체의 당연한 특징(a taken-for-granted feature of human condition as such)이 아니라 우리에 관해 공식화

---

25) 이 함축을 좀 더 상세하게 다음과 같이 풀어 볼 수 있다. 지평 융합이 진정한 교차 문화적, 혹은 상호 문화적 조우에 대해 유의미한 참조점이 될 수 있는 것은 융합 이전의 지평들이 교정 불가능한 것도 소모적인 것도 아닌 것으로 상정되는 것처럼, 상호 문화적 대화에서 지역적 전통들 혹은 문화들도 그렇게 상정되어야 한다는 것이다. 대화의 측면에서 서술하자면, 상호 문화적 대화에서 참여자들은 자신을 지워서도, 상대를 종속시켜서도 안 된다는 것이다. 이에 대해서는 F. Dallmayr, "Hermeneutics and inter-cultural dialog", 32 참조.
26) C. Taylor, "Understanding the Other", 285.
27) C. Taylor, "Understanding the Other", 285.
28) 한스 게오르크 가다머, 『진리와 방법』 2, 140.

된 사실(a formulated fact about us)로서"29) 볼 수 있게 된다. 이런 과정을 통해 우리는 그들의 삶의 형식에 대한 왜곡되지 않은 이해에 도달한다.30) 타자에 대한 이해는 "고통스럽게 성취되는 구체적 발걸음"으로 이루어지는 긴 여정이며, 이 지난한 과정으로부터 우리를 면제시켜 줄 "초월적(disengaged) 관점"31)으로 도약하는 것은 가능하지 않다.

2.2. 해석학적 이해, '지평 융합', '대조의 언어'

가다머가 역사적 존재의 이해 가능성을 분석하면서 제시한 개념이 '지평(들의) 융합'이다. 역사적 텍스트의 지평과 해석자의 지평이 융합됨으로써 이해의 사건은 일어난다. 이것은 달리 말하면, "알려고 하는 자와 알려지는 자 양자의 언어"32)가 조우하고 연결되는 것이기도 하다. 지평은 처음에는 구별된 상태로 존재한다. '융합'은 한쪽(혹은 양쪽)이 전이(shift)될 때 발생한다.

타문화의 신앙 체계를 분석하는 사회 과학의 예를 든다면, 우리의 체계와 다른 신앙 체계를 이해하기 위해서 우리의 지평은 애초 그것의 한계 너머에 존재했던 가능성을 수용할 수 있도록 확장되어야 한다. 그렇게 될 때, 우리는 어떤 것을 믿는 데에는 상이한 방식들33)이 있다는 것을 알게 된다. 이러한 과정을 확장으로 부르기보다는 '융합'으로 부르는 것이 더 적절한데, 그것은 그들의 믿음에 대해 말하기 위해 수행된 우

---

29) C. Taylor, "Understanding the Other", 285.
30) 뒤 이은 절에서 서술되겠지만, 여기서 타자에 대한 왜곡되지 않은 해명이란, 우리 자신의 지평을 완전히 초월하여 타자의 지평 내부로 들어가 진행된 타자 해명을 의미하지 않는다.
31) C. Taylor, "Understanding the Other", 286.
32) C. Taylor, "Understanding the Other", 287.
33) 그 방식들 가운데 하나는 서구 사회의 방식처럼, 그것들을 '개인적 의견'으로서 보유하는 것이다.

리 지평의 확장이 동시에 "그들의 언어와 관련된 확장(an extension in relation to their language)을 나타내는 언어를 도입하기 때문이다."[34] 아마 그들은 최소한 종교 같은 영역들에서 우리가 '개인 의견'이라고 말하는 것이 무슨 의미인지를 모를 것이다. 다시 말해 그들의 체계에서 신앙은 개인적인 의견의 영역으로 간주될 수 없는 어떤 것이다. 그들은 신앙의 대상에 대한 입장을 개인적 의견으로 치부하는 것을 그 대상에 대한 거부, 저항으로 여겨, 그러한 입장을 이단으로 여길 수 있다. 따라서 어떤 새로운 언어가 '의견들' 역시 다른 믿는 방식들 가운데 하나로서 자리매김한다면, 그 언어는 "최초의 것들 모두를 확장하고 어떤 의미에서는 그것들을 결합하면서 보다 넓은 지평을 연 것이다."[35]

융합된 지평은 우리의 지평도 타자의 지평도 아니다. 그것은 우리의 것도 타자의 것도 아닌 우리와 타자 모두의 것이다.[36] 이것은 앞에서 서술된 바, 이해의 대화적 성격에서 파생되는 것과 평행적이다.[37]

> "진정한 대화의 결론이 대화 참여자의 어느 한 쪽의 일방적 소유물이 아닌 것과 마찬가지로, 진정한 이해의 결과는 우리 자신의 선입견들이 일방적으로 지배하는 것도 아니고, 전통의 견해가 일방적으로 지배하는 것도 아니다. 오히려 대화에서와 마찬가지로, 진정한 이해의 결과는 서로 다른 참여자들(여기서는 이해하려는 사람과 전통)의 애초의 입장들을 넘어서 있는 새로운 통합체 혹은 의견일치이다. 따라서 이해를 통해 생겨난 의견일치는 새로운 견해이며, 따라서 전통의 새로운 단계인 것이다."[38]

---

34) C. Taylor, "Understanding the Other", 287.
35) C. Taylor, "Understanding the Other", 287.
36) 물론 이 융합된 지평 속에서 해석을 수행하는 주체는 나 혹은 우리이다. 그러나 가다머가 예술작품의 존재에 대한 분석, 그리고 텍스트 자체의 의미의 대한 분석 등에서 거듭 강조하듯, 해석 주체는 임의로 해석을 수행할 수 없다.
37) 이것은 기본적으로 지평 융합이 "대화의 수행형식이기도 하기]" 때문이다. 한스 게오르크 가다머, 『진리와 방법』 2, 308 참조.

가다머의 '지평' 개념은 내적 복합성을 지닌다. 한편으로 지평은 정체 확인이 가능하고 구분될 수 있다. 그러나 동시에 지평들은 고정되어 있지 않고 진화하며, 변한다.[39] A의 지평과 B의 지평은 A와 B가 조우하기 전의 t 시점에서는 구별될 수 있으며, 그런 점에서 그들의 상호 이해가 불완전할 수 있다. 그러나 A와 B가 조우하여 일정 기간 시간이 흐른 어떤 시점 t+n에서는 단일한 공통의 지평을 가지게 될 수도 있다.[40] 그때 양자는 비교적 완전한 상호이해에 도달할 수 있다.

테일러는 「이해와 자문화중심성」이란 글에서, 우리로 하여금 다른 사회를 이해할 수 있도록 하는 언어는 "우리의 이해 언어도, 그들의 이해 언어도" 아니라, 오히려 "명료한 대조 언어"(a language of perspicuous contrast)라고 부를 수 있는 언어라고 주장한다. 이 언어 속에서 우리는 타자와 우리의 삶의 방식을 "양자 모두에서 작동하는 몇몇 인간적 특성의 상수(常數)[41]와 관련하여 대안적 가능성들로 공식화(혹은 형식화)할

---

38) 조지아 윈키, 『가다머의 철학적 해석학』, 이한우 역 (사상사, 1993), 175.
39) **지평은 오히려 우리가 그 안으로 들어가고 우리와 함께 움직이는 어떤 것이다.** 움직이는 것에게[움직이는 자에 대해] 지평은 변한다(필자 번역. 테일러가 "Understanding the Other", 290에서 인용한 책은 H. G. Gadamer, *Wahrheit und Methode*, Gesammelte Werke I (Tübingen: J. C. B. Mohr [Paul Siebeck], 1986)이나, 필자는 H. G. Gadamer, *Wahrheit und Methode* (J. C. B. Mohr (Paul Siebeck) Tübingen), 1960을 사용함).
40) C. Taylor, "Understanding the Other", 292 참조.
41) 물론 어떤 것을 상수로 보는가에 대해서도 자문화중심적 사고가 전혀 작동하지 않는다고 말할 수는 없을 것이다. 그러나 윈치가 인용하는 비코의 다음 글에서 보듯, 인간 삶에서 문화들을 관통하는 어떤 상수가 있다는 주장도 부인하기 어렵다. "야만적이든 개명되었든, 시간과 공간상으로 서로 멀리 떨어져 있음에도 불구하고, 모든 나라가 다음 세 가지 인간적 관습을 가지고 있음을 관찰할 수 있다: 모든 나라에 어떤 형태로든 종교가 있고, 결혼의 서약이 엄숙하게 행해지며, 죽은 이를 묻는다. 아무리 야만석이고 원시적인 나라라고 일시다토, 종교, 결혼, 장례의 의식 이외의 행동을 그보다 더 정교한 의례, 더 성스러운 엄숙함으로 수행하는 나라는 없다"(피터 윈치, 『사회과학의 빈곤』, 307에서 재인용). 윈치는 인간 삶의 이러한 성격과 관련하여 다음과 같이 서술한다. "인간의 삶이라는 개념 사체에 모종의 근본적 관념이 포함된다는 점을 나는 지적하고 싶다. 그러한 관념들

수 있[다]."42) 다시 말해, 이 대조 언어는 우리와 타자 간의 상이한 삶의 형식이 바로 "가능한 인간적 변이들"(variations, 혹은 편차들)임을 보여 준다. 이 경우, 각각의 문화적 특이성43)은 인간의 동등한, 다른 존재 방식들일 뿐이다. 대조 언어의 덕목은 타인의 이해 언어와 우리의 이해 언어가 "어떤 점에서 왜곡되어 있거나 불충분한지를" 보여줄 수 있다는 데에 있다.

테일러는 '명료한 대조 언어'라는 개념이 가다머의 '지평 융합' 개념과 유사하며, 그것에 상당히 빚진 것이라고 말한다.44) 테일러는 이러한 대조 언어가 사용된 예로 몽테스키외의 『페르시아인의 편지』를 든다.45) 과연 이 책이 타자에 대한 왜곡되지 않은 서술에 성공한 책인가를 두고는 많은 논란이 있다. 테일러 자신도 이 책의 시도가 성공적인 것만은 아니라고 말한다. 그럼에도 불구하고, 유럽과 페르시아를 비교할 수 있

을 나는 '구획적 관념'(limiting notions)이라 명명하겠다"(피터 윈치, 『사회과학의 빈곤』, 298~299).

42) C. Taylor, "Understanding and Ethnocentricity", 125.

43) 테일러에 따르면, 특정한 문화에 속한 인간(의 삶)을 해명(account)하는 데에는 크게 두 가지 상이한 입장이 있다. 하나는 인간의 본성을 문화라는 외피 아래에서 찾고 해명하려는 입장이다. 이러한 입장에서는 대부분의 문화적 변이는 부수현상적인 것으로 간주된다. "다른 하나는 전자의 해명을 인간 삶에서 가장 중요한 피설명항을 회피하는 것으로 보는 입장이다. 거기서 간과되는 그 항은 문화적 차이의 평면에서 발견될 수 있다." 가다머는 이 진영에 속한다. 그의 관점에서 문화적 변이는 인간 본성으로 환원불가능한 것이다. 이런 까닭으로 한 사회 혹은 시대를 이해하기 위해 고안된 언어는 자동적으로 다른 사회로 이전될 수 없다. "최선의 해명을 구성하는 항들[혹은 용어들]은 연구되는 사람[혹은, 연구되는 것] 들과 더불어 변할 뿐 아니라, 또한 연구자들과 더불어 변한다. 로마 제국의 쇠퇴에 대한 우리의 해명은 18세기 영국에서 제출된 것과, 혹은 25세기 중국이나, 22세기 브라질에서 제출된 것과 같지 않을 것이며, 같을 수도 없다"(C. Taylor, "Understanding the Other", 283).

44) C. Taylor, "Understanding and Ethnocentricity", 126 참조. 대조의 언어에 대해, 그것이 대조를 구성하는 두 개의 평면을 전제하고 있다는 점에서, 지평들의 융합으로 인한 새로운 지평과 유사한 성격을 지닌다고 할 수 있다.

45) C. Taylor, "Understanding and Ethnocentricity", 126 참조.

는 평면을 확보함으로써, 다시 말해 대조 언어를 생산함으로써 유럽의 자기 이해와 페르시아 이해 양자에서 일정 부분 성과를 내었다고 주장한다.46)

대조 언어를 통해 타자 이해의 가능성을 말하는 것은 타자 이해의 문제가 또한 비교의 문제이기도 하다는 것을 의미한다. 테일러는 「비교, 역사, 진리」에서 타자 이해가 지니는 비교의 성격을 분석한다.

타자와 진정한 만남을 위해서는 타자가 제기하는 질문과 도전에 직면해야 한다. 예를 들어 우리가 이해하기 어려운 다른 관행을 지닌 사회를 만날 때,47) 그 사회 전체를 병리적인 사회로 여겨 제외하지 않는 이상, 우리는 그 관행을 타자가 우리에게 던지는 하나의 도전으로 받아들일 필요가 있다. 우리는 우리 자신의 이해를 확장함으로써 이에 대처할 수 있다.48) 그런데 우리가 우리의 이해를 확장하기 위해서는, 암묵적 상태로 있던 우리의 배경적 이해를 하나의 문제로 삼아 명료화해야 한다.49) "특히, 이전에는 이해의 한계였던 것들을 명료화해야 하는데,

---

46) 테일러가 말하는 몽테스키외의 실패는, 그의 작업이 낯선 페르시아 사회에 대한 "실제 이해"(a real understanding)에 기초를 두지 않았다는 것이다. 그런 점에서 『페르시아인의 편지』의 대조 언어는 실제 지평 융합의 결과로 볼 수 없다. 프랑스 사회, 문화에 대한 몽테스키외의 지평은 실제의 것이되, 페르시아에 대한 그의 지평은 간접적인 것, 상상의 것으로 보아야하기 때문이다. 여기서 우리는 『페르시아인의 편지』의 성과와 한계를 확인할 수 있는데, 성과는 비교의 평면을 확보했다는 것이고, 한계는 비교의 한 축인 페르시아 사회가 실제와 다를 수 있다는 것이다. 이러한 치명적 한계에도 불구하고, 『페르시아인의 편지』의 성과를 테일러가 말하는 것은 그 만큼 비교의 평면 자체가 제공할 수 있는 것을 높이 평가하기 때문일 것이다.
47) 테일러는 아즈텍 사회를 예로 들고 있다.
48) C. Taylor, "Comparison, History, Truth" in *Philosophical Argument* (Harvard University Press, 1995), 149 참조.
49) 여기서 다시 텍스트 이해에 대한 다음과 같은 가다머의 언급을 기억할 필요가 있다. "텍스트를 이해하려는 사람은 텍스트 스스로가 말하게 할 마음의 자세를 가져야 한다. 그래서 해석학에 단련된 의식은 처음부터 텍스트의 생소함을 받아들이게 되는 것이다. 그렇지만 생소한 텍스트를 받아들인다고 해서 엄정히 '중립성'만 지켜야 한다거나 자신의 생각은 완전히 버려야 한다는 뜻은 아니며, 오히려

그것들을 새로운 맥락 속에서 바라보기 위해, 더 이상 인간 동기의 벗어날 수 없는 구조들로서가 아니라, 가능성들의 범위 속에서 바라볼 수 있기 위해 그렇게 해야 한다."50) 여기서 확인하듯, 타자 이해는 자기 이해를 변화시킨다. 이 경우 우리의 자기 이해 상의 변화는 구체적으로 "우리를 과거 우리 문화의 가장 고정된 몇몇 틀로부터 자유롭게"51) 하는 것이다.

이처럼, 처음 접근할 때, 이해할 수 없었던 타문화의 사회적 관행을 이해하기 위해 우리 자신의 이해의 한계를 확장하는 길은 우리 자신의 이해의 틀을, 가능한 여러 틀 가운데 하나로 보는 것이다. 그럴 때, 우리는 다른 문화를 이해하기 위한 진지하고 합리적인 과정에 들어서는 것이다. 이 지점에서 우리는 자문화중심주의가 극복될 수 있는 모델을 확인할 수 있는데, 이 모델은 한편으로는 극복가능성을, 다른 한편으로는 그 극복의 현실적 어려움을 동시에 보여준다. 그 어려움은 바로 타자에 대한 올바른 이해가 요구하는 바, 우리의 자기 이해의 특징들을 상대화하는 것에 있다. 왜냐하면 우리의 자기 이해를 구성하는 특징들에는 (이미) 우리가 부여한 가치가 붙박여 있기 때문이다.52)

이러한 모델에서 "타자 이해는 항상 어떤 의미에서 비교 성격을 지닌다."53) 이것은 우리가 "인간에 대한 우리의 이해를 통해" 타자를 이해하려고 하기 때문이다. 만약 이 점을 간과하고, 우리가 마치 중립적인 방식으로 타자를 이해할 수 있는 양 한다면, 그것은 우리를 더 자문화중심적으로

자신의 선입견과 편견까지도 명시적으로 취할 수 있다. 다만 텍스트 자체가 내 생각과는 다른 의미를 드러내고 텍스트의 객관적인 진실이 나의 선입견을 극복할 수 있는 가능성을 열어놓기 위해서는 나 자신이 선입견을 갖고 있다는 사실 자체를 자각하고 있어야만 한다"(한스게오르크 가다머 『진리와 방법』 2, 142).

50) C. Taylor, "Comparison, History, Truth", 149.
51) C. Taylor, "Comparison, History, Truth", 149.
52) C. Taylor, "Comparison, History, Truth", 149 참조. 우리는 우리 자신을 구성하는 것으로 생각하는 여러 특징들을 소중하게 여긴다.
53) C. Taylor, "Comparison, History, Truth", 150.

만들 것이다.54) 인간 존재에 대한 각자의 이해를 비교함으로써55) 쌍방 간의 대조적 차이를 확인할 수 있을 때, 우리의 이해 틀로부터 타자를 해방시켜 (우리의 이해의 평면에서) '그들 자신으로 존재하게'('let them be') 할 수 있는 길이 열린다. 물론 이 경우 타자를 이해하려는 자로서 우리는 "자기 지역적 이해(home understanding)"56)을 넘어서야 한다.

이러한 대조가 자문화중심주의를 벗어날 수 있으리라는 희망은, 그것이 이전의 자기 지역적 이해를 초월하고 종종 방해한다는 사실에 기초한다. 그러나 다음과 같은 반론도 가능하다. 새로운 이해 역시 '우리의' 이해이며57), 그런 점에서 그것은 자기 지역 문화(home culture)의 공동체

---

54) C. Taylor, "Comparison, History, Truth", 150 참조.
55) 이 '비교'가 제대로 이루어질 것임을 가다머의 해석학, 그리고 그것에 기초한 테일러의 이론은 보장할 수 있을까? 테일러는 원리상 이 질문에 대한 답은 부정적인 것일 수밖에 없음을 인정한다. 그렇다면, 테일러에게 요청되는 것은 이 비교가 제한된 의미의 객관적 평면에서 이루어질 수밖에 없음에 대한 자각일 것이다. 필자의 판단으로, 테일러에게 이러한 자각이 없는 것 같지는 않다. 그러나 그 자각의 철저함의 정도는 다음과 같이 말하는 매킨타이어에 비하면, 덜하지 않을까 생각한다. " …… 우리가 이 점을 인식하는 방식으로 비교 연구를 시작하면, 우리는 곧 우리의 과제가 유교와 아리스토텔레스주의를 비교하는 것이 아니라 유교와 아리스토텔레스주의의 **유교적 비교들**과 유교와 아리스토텔레스주의의 **아리스토텔레스적 비교들**을 비교하는 것임을 발견할 것이다. 비교 연구의 핵심은 비교들의 비교인 것이다"(A, MacIntyre, "Incommensurability, truth, and the conversation between Confucians and Aristotelians about the virtues" in *Culture and Modernity: East-West philosophic perspectives*, Eliot Deutsch ed. (Univ. of Hawaii Press, 1991).
56) '자기 지역적 이해'란 우리가 우리 자신들 그리고 다른 이들의 동기와 행위를 이해하기 위해 의존하는, 우리의 자기 지역 문화(home culture)로부터 형성된 일종의 선이해와 같은 것이다. C. Taylor, "Comparison, History, Truth", 148~149 참조.
57) 호이는 다음과 같이 테일러를 비판한다. 테일러가 말하는 '명료한 대조 언어'를 말하는 이가 '그들'이 아니라 '우리'이며, 그런 점에서 자문화중심주의가 회피되었다고 보기는 어렵다. 또한 테일러는 연구하는 자의 언어와 연구되는 자의 서로 다른 언어들이 수렴될 것이라고 선제하는 듯이 보인다. 이러한 진제는 "일원론에 대한 퇴화한 투신"이다(D. C. Hoy, "Is Hermeneutics Ethnocentric?", 172~173 참조). 호이는 기본적으로 해석의 다원론과 일원론 사이에서 전자를 지지한다. 그는 테일러가 가다머의 지평 융합 개념을 다원론적 방식으로보나는 일원론적 방식으로 해석한다고 생각한다. 그러나 호이는 다원론과 일원론 모두 가다머의 텍

에 속한다. 아울러 이 새로운 이해 역시 새로운 배경이 되어 자문화중심적 타자 이해의 맥락으로서 작용할 수도 있다.58)

이러한 반론에 대해 해석학적 타자 이해에 입각한 입장은 "원리상 이러한 비난들에 대한 해결책은 없다" 는 것이다. 계속해서 대조하고, 그 속에서 새로운 한계를 확인하고, 그러한 과정에서 '타자가 그 자체 존재하도록' 노력하는 것 외에 다른 해결책은 없다. 이것이 계속적으로 진행되는 한계 인식과 그 극복의 단계들에서 이전 단계의 작업을 무가치한 것으로 만들지는 않는다. 그 과정에서 심각한 왜곡들은 교정될 수 있을 것이기 때문이다.59)

2.3. 겸허한 자문화중심주의?-로티의 경우

타문화 이해와 관련하여, 해석학적 모델이 자주 소환되는 까닭 가운데 하나는 해석학이 해석 주체의 유한성, 다시 말해 이미 어떤 조건 속에 연루된 채 해석에 나설 수밖에 없음을 끊임없이 환기시키기 때문일 것이다. 물론 이것이 타자에 대한 왜곡되지 않은 이해에 이르기 위한 필요하고도 충분한 조건은 아니겠지만, 참된 앎의 출발이 무지의 자각에 있다는 사실을 생각해 보면, 자신의 조건성에 대한 인식이 진정한 타자 이해에 얼마나 중요한지는 말할 필요가 없다.

다른 문화를 어떻게 이해할 것인지, 자문화와 타문화의 차이를 어떻게 평가할 것인지는 오늘날 우리 앞에 놓인 중요한 과제이다. 자신의

스트에서 지지를 발견할 수는 있다고 주장한다. 예를 들어 "영향사의 개입에 의해 형성된 조건" 속에 해석자가 있음을 가다머가 강조할 때, 그것은 다원론을 지지한다. 그러나 서로 다른 역사적 세계들이 존재하지만, 그 세계의 언어성을 가다머가 주장할 때, 그것은 일원론을 지지한다(D. C. Hoy, "Is Hermeneutics Ethnocentric?", 171 참조).

58) C. Taylor, "Comparison, History, Truth", 150 참조.
59) C. Taylor, "Comparison, History, Truth", 150 참조.

문화적 형태, 정체성을 타문화에 비해 본질적으로 우월한 것으로 파악했던 서구 근대의 자기중심성60)을 넘어서려는 어떤 노력은 문화-자문화든, 타문화든-에 대한 평가 자체를 포기하기로 선택하기도 한다. 해석학적 전망은 이와 다르다. 타자를 이해하고 평가하는 것은 가능하며, 필요한 것은 타자와 만나기 위한 해석 주체의 자기 인식, 자기 변화이다.

해석자의 유한성에 대한 철저한 인식을 강조하는데 해석학적 통찰의 중요성이 있다고 주장할 때, 여기에는 해석자 자신의 유한성을 드러내는 것이 가져올 교정의 효과가 감안되어 있다. 다시 말해 자신의 유한성을 인식하지 못한 채 자신의 관점과 틀의 중립성, 보편성을 주장하는 데서 오는 폐해가 극복될 것이라는 기대가 있는 것이다. 그런데 자신이 속한 문화의 성취들이 보편적인 것이 아니라 특수한 것, 지역적인 것임을 인정하는 (의식된) 자문화중심주의는 어떻게 판단해야 할까?

로티는 자신이 속한 북미 문화, 구체적으로 "'부유한 북대서양 민주주의'라고 부르는 것의 사회정치적 문화"61)의 우월성을 주장하지만, 그것이 지역을 벗어나 보편적 타당성을 지닌 것으로 상정지는 않는다. 그가 내세우는 입장인, 반(反)자문화중심주의에 대한 반대(anti-anti-ethnocentrism)는 다음과 같이 주장한다.

"절차적 정의와 인간 평등의 이상은 국지적 타당성을 지닌(parochial) 것이며, 근래의 것이며, 특이한(eccentric) 문화적 진보들이라는 사실

---

60) 이것은 담론 윤리학을 주창하는 하버마스에게서도 확인된다. "현대적 서양은 이러한 심성이 이성의 자리를 차지할 수 있는 세계를 위한 정신적 전제조건과 물질적 토대를 만들어냈다. 이것이 니체 이래로 실행되고 있는 이성비판의 진정한 핵심이다. 서양이 아니라면 누가 자신의 전통으로부터 비선을 시닌 통찰과 에너시와 용기를 길어낼 수 있겠는가?"(위르겐 하버마스, 『현대성의 철학적 담론』, 이진우 옮김 (문예출판사, 2002), 423).

61) R. Rorty, "Introduction" in *Objectivity, Relativism, and Truth* (Cambridge Univ. Press, 1991), 15(각주 29).

을 받아들일 것을 촉구한다. 그리고 그런 다음 이것이 그런 이상을
얻기 위해 싸울 가치가 덜하다는 것을 의미하는 것은 아니라는 사실
을 인식할 것을 촉구한다. 그것이 주장하는 것은, 이상들은 지방적이
며 문화 기반적이며, 그럼에도 불구하고 인류의 최선의 희망일 수 있
다는 것이다."[62]

　이러한 태도는 분명, 자신의 문화에서 성취된 것들을 보편적 타당성
을 지닌 것으로 설정한 근대 서구중심주의자들의 입장과는 다르다. 로
티의 입장은 이런 것이다. 북미에서 생산된 여러 이상들, 그리고 그것을
구현한 제도들은 분명 모든 인류가 추구할 만한 것이지만, 그렇다고 하
여 지구상의 모든 사회가 자신들이 생산한 이념과 제도들로 수렴되어
야 할 필연성이 있는 것은 아니다. 결국 수렴될 것이지만, 그것은 본질
적, 혹은 필연적인 과정이 아니라 우연적 과정일 뿐이라는 것이다. 이러
한 주장은 표면상 자문화중심주의를 부정하지만, 실질적으로는 자문화
중심주의를 수행하는 것은 아닐까?
　로티는 어느 상상의 미래에 서구 문화와 은하 제국 행성들의 문화가
조우하더라도, 서구의 (자유주의적 정치) 제도에는 어느 정도 변화가 일어
날 수 있겠지만, 서구적 정신은 변하지 않을 것이라 주장한다.[63] 상상
의 세계 속에서 조차 서구 자유주의자들은 세계시민적 사회를 구성하
는 다른 문화 구성원들이 제안하는 사회 개혁 안에 대해 "현저히 서구

---

62) R. Rorty, "On ethnocentrism" in *Relativism, and Truth* (Cambridge Univ. Press, 1991), 208.

63) R. Rorty, "Cosmopolitanism without emancipation" in *Relativism, and Truth* (Cambridge Univ. Press, 1991), 212 참조. 이러한 로티의 입장은 다음과 같은 윈치의 주장에 비추면, 비판의 여지가 드러난다. "이방의 문화를 연구함으로써 우리가 배울 수 있는 것이 단순히 일을 다른 방식으로도 할 수 있다는 가능성, 즉 우리와는 다른 식의 기술技術이 있을 수도 있다는 가능성에 국한되는 것은 아니다. 인간의 삶에서 의미를 찾는 방식상의 다양한 가능성을 우리가 배울 수 있다는 점이 더욱 중요하다"(피터 윈치, 『사회과학의 빈곤』, 296).

적인 사회 민주주의의 열망들과 조화시키는 작업을 거친 후에야 수용"[64]할 것이라고 말한다. 로티의 말대로, 이 주장을 타자로부터 우리가 무엇인가 수용할 때, 통상적으로 취하는 방식을 보여주는 것으로 본다면, 그것은 그렇게 비난받을 만한 주장은 아니다. 그러나 간과하지 말아야 할 것은, 로티가 지금 이러한 주장을 일종의 이념적, 원리적 평면에서 전개하고 있다는 점이다. 타문화와 조우하는 상황을 상정하면서 그는 테일러가 고통이 따르는 자기 변화라고 할 만한 그런 자기 변화를 염두에 두지 않는다. 그런 점에서 그의 주장은 타자를 자기화하는 것, 자기 쪽으로 동화시키는 것에 더 가깝다. 자기 변화로 이어지지 않는 타자 이해, 타자 조우의 경우를 로티는 생각하고 있다고 해야 할 것이다. 여기서 다시 한 번, 해석학적 통찰의 윤리성을 생각하게 된다. 우리는 다양한 문화들이 상호 조우하면서 상호 변화하는 미래의 사회를 바람직한 사회로 여기지, 한 문화로 다른 문화가 일방적으로 수렴되는 사회를 바랄만한 사회로 여기지 않는다.

3 결론을 대신하여−타문화 이해와 인정의 문제

타문화의 이해라는 과제에 접근하기 위해 테일러가 기대고 있는 가다머의 해석학은 기본적으로 "이해를 가능하게 하는 조건"[65]에 대한 탐구이다. 그런 까닭에 철학적 해석학에 기초한 타문화 이해는 아무래도 원리적 성격을 띤다. 이것은 그 자체로는 흠이 아니겠지만, 타문화

---

64) R. Rorty, "Cosmopolitanism without emancipation", 212.
65) 한스게오르크 가다머, 『진리와 방법』 2, 177.

이해라는 과제의 현실적 복합성을 감안하여 해석학적 타자 이론을 그 과제와 관련된 구체적 사안들을 경유하게 함으로써 그 이론의 구체적 면모를 조금이나마 제시해 보고자 한다.

오늘날 타문화와 제대로 된 관계를 맺는 일에서 '인정'(recognition)의 문제는 중요한 자지를 차지한다. 필자가 이 글에서 다루고 있는 테일러는 이 주제를 심도 있게 다루어 온 연구자이다. 그는 인정의 문제를 다문화주의와 관련하여 논의하는데, 그에 따르면, 모든 다른 문화들에 대한 동등한 가치의 인정을 (진정성 없이) 주장하는 그런 다문화주의는 극복되어야 한다. 아울러 "자문화중심적 기준들 내부에 머무르는 자기 칩거(self-immurement)"[66] 역시 탈피해야 한다. 테일러가 생각하는 진정한 다문화주의, 혹은 인정의 정치학은 이 양 극단[67] 사이에 자리 한다.

테일러가 제시하는 인정의 정치학에 따르면, 모든 사람들은 "그들의 전통적 문화가 가치를 지닌다는 추정을 누릴 수 있어야 한다."[68] 이 추정은 다른 문화에 접근할 때, 견지해야 하는 하나의 출발 가설이기도 하다. 이러한 추정의 타당성은 문화에 대한 실제 연구의 장에서 확인되어야 하는데, 그렇게 되기 위한 조건이 바로 지평 융합이다. 상이한 지평들이 융합됨으로써 우리는 보다 넓은 지평 속으로 들어가며, 그렇게 확장된 지평 속에서 우리의 이전 삶에서 가치 부여의 배경 역할을 했던 지평이 과거에는 우리에게 "친숙하지 않았던 문화의 다른 배경 곁에 하나의 가능성으로서[가능한 다른 하나의 배경으로서]"[69] 자리 잡는다.

상이한 문화적 지평들의 융합은, 다른 문화를 진정으로 이해하려는

---

66) C. Taylor, "The Politics of Recognition" in *Multiculturalism* (Princeton University Press, 1994), 72.
67) 자문화중심적 '자기 칩거'의 한 양상이 피상적 다문화주의로 표현될 수도 있다고 한다면, 이 양자의 극단성은 사실 눈가림 성격을 띤다.
68) C. Taylor, "The Politics of Recognition", 68.
69) C. Taylor, "The Politics of Recognition", 67.

현재의 맥락에서는, 자문화와 타문화의 "비교를 위한 새로운 어휘들을 계발"하는 과정과 다르지 않다. 이 어휘들로 우리는 문화들의 대조적 지점들을 명료하게 표현할 수 있다. 문화들을 대조할 수 있게 되었다는 것은, 애초 이해하기 어려웠던 타문화의 사회적 관행들이 이해되었다는 것, 우리와 다른 그들의 삶의 형식의 특징들이 이해되었다는 것이다. 달리 말하면, 그들의 가치 부여 방식과 우리의 방식의 차이를 이해하게 되었다는 것, 그 방식은 다르지만, 그들 역시 가치 부여의 존재라는 것을 이해하는 것이다. 이것은 가치를 판단하는 우리의 기준들의 위상에 대한 우리의 이해가 변형됨으로써, 달리 말해 우리의 기준이 유일하게 보편적이라는 인식이 바뀜으로써 가능한 일이다. 이러한 지평 융합 없이 앞질러 내려진 판단은, 그것이 비록 타문화에 대한 호의적인 판단일지라도, 자문화의 우월함에 대한 반성 없는 "생색내기일 뿐 아니라 자문화 중심적이다."70) 거기서 타자는 "우리와 같다는 이유로" 존중될 뿐이다.

결론적으로, 타문화의 인정과 관련하여 테일러는 다음과 같은 추정은 합리적으로 수용될 만한 것이라고 주장한다.

"다양한 성격과 기질을 지닌 다수의 인간들에게 오랫동안 의미의 지평을 제공해 온 문화들, 달리 말해, 선한 것, 거룩한 것, 경탄할 만한 것에 대한 그들의 감각을 명료하게 표현해 온 문화들은 우리의 경탄과 존중을 받을 가치가 있는 어떤 것을 지니고 있다는 것은 거의 확실하다고 가정하는 것은 합리적이다."71)

타문화의 인정과 관련하여 테일러는 두 가지를 보여주는 듯하다. 그는 타문화를 무작정 인정하지는 않는다. 타문화는 최소한 추정상이긴 하지만, 우리가 존중할 만한 가치를 담지할 때, 인정을 받는다. 어떤 기

---

70) C. Taylor, "The Politics of Recognition", 71.
71) C. Taylor, "The Politics of Recognition", 72.

준－자문화중심주의의 영향에서 전적으로 자유롭지는 않은－으로 가치 있다고 평가할 만한 것이 타문화에 있을 때, 비로소 그 문화를 인정할 수 있다고 여긴다. 그러나 동시에 그 기준이 보편적이고 불변하는 것이라고 생각하지 않는다. 그것은 변화에 개방되어 있다. 로티가 상상한 미래에서 서구 문화의 핵심이 변화되는 가능성은 상정되어 있지 않았다. 그에 비해 테일러는 다음과 같이 (자기 이해가 변화를 겪는) 상상을 한다. "우리가 마침내 근대성을 유럽이 패러다임인 단일한 과정으로 바라보는 시각을 극복하고 … 결국에는 여러 가지 가운데 하나의 모델로서, [따라서 유럽을] 우리가 질서정연하게 나타나기를 … 바라고 있는 다형적인 세상의 한 지방으로서 이해"[72]하는 날이 있을 것이다.[73]

유럽을 하나의 지방으로 이해하는 날이 도래하도록 하기 위해서는 유럽을 하나의 지방 이상으로 설정한 특정한 관점을 극복하는 것이 필요할 것이다. 달리 말해, '식민주의,' '식민성'의 극복이 요청될 것이다.

테일러에 따르면, "진정한 이해는 항상 정체성 손실(identity cost)을 동반한다."[74] 물론 이 손실은 타자에 대한 진정한 이해에 도달하기 이전 기준으로 평가된 것이다. 타자를 이해한 뒤, 다시 말해 타자의 존재 방식, 삶의 방식에서 우리가 생각하는 것 외에 "다른 인간적 가능성들이 존재"한다는 것을 발견할 때, 이 손실은 이익으로 재평가될 것이다.

오늘날 극복해야 할 근대적 질서를 형성한 이들의 대표자라고 할 수 있는, 아메리카를 침략한 유럽의 정복자들, 비서구를 식민지로 만들었던 서구의 지배자들은 그들이 조우했던 타자를 이해하는 과정에서 조

---

72) 찰스 테일러, 『근대의 사회적 상상』, 이상길 옮김(이음, 2010), 296.
73) 테일러는 그런 날이 올 경우에만, 비로소 "상호 이해의 구축 작업"이 시작될 수 있으리라 생각한다. 이 생각은 식민주의가 득세했던 멀지 않은 과거에 이루어진 타문화에 대한 이해, 그리고 여전히 식민성의 영향력이 종식되지 않은 현재에 이루어진 이해 역시 극복되거나 교정되어야 하는 것임을 강하게 함축하고 있다.
74) C. Taylor, "Understanding the Other", 295.

금의 정체성 손실도 경험하지 않았다.

　"지배 집단이 피지배집단에 대해 지녔던, 정복자들이 비정복자들에 대해 지녔던 이해의 종류－지난 몇 세기 동안 널리 퍼졌던 유럽 제국들에서 가장 현저하게 확인되는－는 [타인들을 이해하기 위해] 그들이 필요로 하는 용어들이 이미 그 자신들의 어휘 속에 있다는 강한 확신75)에 기초하고 있었다."76)

　타자를 이해하는데 필요한 자원을 자신의 언어는 이미 내장하고 있다는 확신을 가진 지배자들은 자기 변혁의 필요성을 느끼지 못했다. 피지배자들을 통치하면서 그들이 얻은 것은 전리품, 노동력, 불평등한 교환을 통한 이익뿐만이 아니었다. 자신의 정체성을 조금도 상실하지 않고 재긍정하는 데서 오는 만족 역시 식민지 통치를 통해 얻었다.77) 테일러의 관점에서 볼 때, 식민주의를 극복한다는 것은 타자와 조우하는 과정에서 발생할 수 있는 정체성의 손실이 이전에 비해서는 덜 불평등하게, 혹은 덜 일방적으로 배분되는 것을 포함해야 한다.
　전체적으로 평가할 때, (해석학의 통찰을 수용한, 혹은 그와 독립적으로) 타문화 이해와 관련하여 테일러가 산출한 성과는 무엇인가? 우선적으로 언급할 수 있는 것은 자문화중심주의가 발생하는 장소를 부각시킨 것이다. 자문화중심주의는 바로 우리의 배경적 이해가 자리한 바로 그 장소에서 발생한다. 그렇기 때문에 그것은 인간의 유한성과 관련된 어떤 것이며, 그 만큼 현실적으로 극복하기 어렵다는 것을 테일러는 보여 주었다. 그 어려움에도 불구하고, 테일러는 그 가능성을 포기하지 않았으

---

75) 이러한 확신은 서구의 근대 자체가 지녔던 확신이기도 하다. 모든 인간의 문화는 (서구 언어로) 번역 가능하다는 확신. 이에 대해서는 A. MacIntyre, *Whose Justice? Which Rationality?* (University of Notre Dame Press, 1988), 385 참조.
76) C. Taylor, "Understanding the Other", 295.
77) C. Taylor, "Understanding the Other", 295 참조.

며, 타문화의 교정 불가성 테제로 손쉽게(?) 도피하지도 않았다. 그는 타문화에 대한 우리의 이해가 지역적 자문화의 권역에서 출발할 수밖에 없다는 것을 인정하면서도, 그것이 타문화와 만남으로써 변화를 겪으면서 그 지역성을 벗어날 수 있는 가능성을 주장했다.78)

다음으로, 진정한 타자 이해는 자기 변화의 고통을 통과함으로써 가능하다는 것을 보여주었다. 타자를 이해하기 위해서는 자기의 지평을 확장해야 하며, 그것은 곧 자기의 변형이기도 하다. 이러한 자기 변형 없이 타자 이해에 이를 수 없다는 것을 그는 설득력 있게 제시했다.

테일러의 한계는 자기 이해와 타자 이해가 연결되어 있음을 드러내었지만, 타자 이해를 가로 막는 여러 유무형의 장애들을 충분히 고려하지 않았다는 것이다. 그는 자기와 타자, 자문화와 타문화가 조우하고 관계를 맺는 현실의 장에서 작동하는 다양한 권력의 역학을 충분히 검토하지 않았다. 예를 들어 서구와 비서구, 식민자와 피식민자 사이의 (문화적) 상호 이해와 공존을 가로 막는 다양한 힘들과 이데올로기들은 무엇이며, 그것들을 극복하기 위해서는 어떤 노력, 작업이 필요한지 충분히 다루지는 않았다. 물론 이런 문제들의 해결에 대한 짐을 그가 모두 져야 하는 것은 아니라는 점에서, 결정적인 흠이라고 말하기는 어렵다. 오히려 이것은 우리에게 남겨진 과제인 것이다.

---

78) 이러한 입장은 말(R. A. Mall)이 상호문화 철학을 "장소에 기반을 둔, 그럼에도 장소를 초월하는(orthaft, jedoch ortlos)" 철학으로 규정한 것에서 볼 수 있는 입장과 일맥상통한다. R. A. Mall, "Das Konzept einer interkulturellen Philosophie" in *Polylog*, No. 1(Wiener Gesellschaft für interkulturelle Philosophie, 1998) (http://www.polylog.net/ aktuelles-heft/polylog-1).

참고문헌

김정현, 「리처드 로티의 미국적 애국심에 대한 검토」, 『코기토』 74 (2013).
최유신, 「로티의 관용에서 가다머의 관용으로」, 『철학탐구』 18 (2005).

Bernasconi, Robert, "'You don't know what I am talking about': alterity and the hermeneutical ideal" in *The Specter of Relativism: Truth, Dialogue, and Phronesis in Philosophical Hermeneutics*, Ed. Lawrence K. Schmidt (Northwestern University Press, 1995).

Dallmayr, Fred, "Hermeneutics and Inter-cultural Dialog: Linking Theory and Practice", *Ethics and Global Politics* 2.1 (2009).

Gadamer, Hans-Georg, 임홍배 옮김, 『진리와 방법』 (문학동네, 2012).

Habermas, Jürgen, 이진우 옮김, 『현대성의 철학적 담론』 (문예출판사, 2002).

Hoy, David Couzens, "Is Hermeneutics Ethnocentric?" in *The Interpretive Turn*, Ed. David R. Hiley (Cornell University Press, 1991).

MacIntyre, Alasdair, *Whose Justice? Which Rationality?* (University of Notre Dame Press, 1988).

_____, "Incommensurability, Truth, and the Conversation between Confucians and Aristotelians about the Virtues" in *Culture and Modernity: East-West Philosophic Perspectives*, Ed. Eliot Deutsch (Univ. of Hawaii Press, 1991).

Mall, R. A., "Das Konzept einer interkulturellen Philosophie", *Polylog* 1 (Wiener Gesellschaft für interkulturelle Philosophie, 1998) http://www.polylog.net/aktuelles-heft/polylog-1 (검색일: 2017. 03. 22.).

Rorty, Richard, *Objectivity, Relativism, and Truth* (Cambridge Univ. Press, 1991).

Smith, Nicholas H., *Charles Taylor: Meaning, Morals and Modernity* (Polity, 2002).

Taylor, Charles, 이상길 옮김, 『근대의 사회적 상상』 (이음, 2010).

_____, *Philosophy and The Human Sciences* (Cambridge Univ. Press, 1985, reprinted 1995).

_____, "The Politics of Recognition" in *Multiculturalism* (Princeton University Press, 1994).

_____, *Philosophical Arguments* (Harvard Univ. Press, 1995, second printing 1997).

_____, "Understanding the Other: A Gadamerian View on Conceptual Schemes" in *Gadamer's Century* (The MIT Press, 2002).

Warnke, Georgia, 이한우 옮김, 『가다머의 철학적 해석학』 (사상사, 1993).

Winch, Peter, 박동천 편역, 『사회과학의 빈곤』 (모티브북, 2011).

문화 복수성의 관점에서 읽는 식민지의 언어[1]

1 머리말

1.1. 일제강점기의 '언어'

언어의 '변화'에는 시간의 흐름이나 다른 문화와의 직·간접적인 영향, 그리고 제도의 변화나 이데올로기적 요구 등 다양한 요소들이 작용한다.[2] 20세기 전반기는 사회문화적으로도 큰 변화가 있었지만, 일본의 식민 지배를 받으면서 기존 질서의 변화와 가치관의 혼란을 경험하게 되었다. 언어에도 그러한 시대적 변화에 따라 기존의 언어 질서와는 전혀 다른 방식의 언어 질서가 요구되면서, 한국어도 '혁명'에 가까운 변화를 경험하였다.[3] 그리고 그 변화에는 언어 내적 요인 못지않게 서구

---

1) 이 논문은 『코기토』 76(2014: 7~30)에 실은 서민정(2014)의 「문화 복수성의 관점에서 읽는 식민지의 언어」를 이 책의 논지에 따라 수정하였다.

2) 이러한 복합적인 측면을 가진 언어의 변화에 대해 하나의 잣대로만 접근한다든가 한 면을 일반화하여 설명한다면, 자칫 언어 변화에 내재하고 있는 진정한 모습을 찾지 못한 채 특정한 면만 강조되고 강화되어, 결국엔 언어 변화 그 자체뿐만 아니라 그 변화가 일어난 시대와 문화까지도 왜곡될 가능성이 있는데, 기존 한국어학의 연구에 이러한 측면이 있었다는 문제의식에서 이 연구는 출발하였다.

3) 독일 역사학자 라인하르트 코젤렉(1923~2006)은 그의 『개념사 연구』에서 유럽의 전통사회로부터 근대사회로의 대전환기에 언어혁명이 있었고, 이 언어혁명을 통해 유럽사회가 더욱 빠른 속도로 근대화되었다고 지적한 바 있다. 일제강점기 한

문화와의 접촉이라든가 일본의 식민 지배 등과 같은 언어 외적 요인 또한 크게 작용하였다. 그런 과정에서 당시 언중들은 한편으로는 '한국어와 한글'에 대해 강한 애착과 자부심을 느끼는 것으로, 다른 한편으로는 '서구적 언어 규범'을 이상적으로 생각하게 되는 양면성을 가지게 되었다.

그런데 이 시기의 한국어의 변화에 대해서는 '언어민족주의'적 관점, 즉 '한국어와 한글'에 대한 강한 애착과 자부심에 대한 증명과 고찰을 중심으로 논의되면서,[4] 한국어의 변화에 영향을 준 언어외적 요인들에 대한 논의는 많이 이루어지지 못했던 것이 사실이다.[5] 즉 이 시기의 언어의 변화에 대해서 서구 언어 규범과 일본 지식인들의 일본어 인식, 그리고 조선 지식인들의 그에 대한 동경이나 수용에 대해서는 많은 논의가 없었다. 뿐만 아니라 이 시기 지식인들 가운데는 '조선어:일본어' 이외의 에스페란토와 같은 제3의 언어에 관심을 가지고 수용하고자 했던 시도에 대해서도 부분적으로는 논의가 이루어졌으나, 일제강점기 언어 전반에 대한 고찰에서는 늘 배제되어 왔다. 그러나 식민 통치라는 정치, 사회적 상황과 식민지 지식인들의 활동이나 의식들을 동시에 고려하면, 이 시기의 한국어를 둘러싼 문제들이 민족적 '저항'으로만 설명하기에는 한계가 있을 수밖에 없다.

국의 언어의 변화와 사회 변혁의 관계도 코젤렉이 지적한 언어혁명과 무관하지 않다. 코젤렉에 대한 자세한 내용은 나인호(2011: 142~152) 참조.

4) 1910년 이후 40여 년간 '조선'은 국가의 주체가 바뀌고 '국어'가 달라지는 상황 속에 있었다. 그에 따라 언어 또한 식민 정책과 관련되어 있을 수밖에 없다. 지금까지 한국어학에서는 이 시기의 한국어문의 변화와 한국어 연구에 대해 이대로(2011: 22~26)의 입장에서와 같이 '억압'과 '저항'이라는 이분법적 구도로 주로 설명해 왔다.

5) 서민정(2013ㄴ)에서는 20세기 전반기 문헌의 검토를 통해 1920~30년대를 전후로 언어에서 큰 변화가 있었음을 확인하면서, 이러한 큰 변화는 너무 짧은 시기에 이루어진 것이기 때문에 언어의 변화에 언어 내부적 요인보다는 외부적 요인이 크게 작용했음을 밝힌 바 있다.

따라서 이 연구는 일제강점기에 언어의 문제에 대해, 서구적 언어 규범에 대한 동경과 수용, 제3의 언어에 대한 시도, 민족적 자부심으로서의 한국어에 대한 가치 부여 등 식민지인으로서 극복하고자 했던 혹은 회피하고자 했던 논의들을 고찰하고자 한다. 이러한 논의는 문화의 다양성을 인정하고 문화 생태계의 복원을 위한 문화 복수성의 관점에 서 있다.

1.2. 문화복수성의 관점

최근에 다문화주의에 대한 논의가 활발하다. 다문화주의는 거칠게 표현하면, 여러 문화를 상호 존중한다는 이론이자 정책인 동시에 이념이며 실천이다.6) 다문화주의에 대응하는 개념이 단(일)문화주의라고 한다면, 한민족이라는 의식이나 한국어의 순수를 강조하는 것은 다문화주의라기보다는 단(일)문화주의에 가깝고, 한국어에 대한 단일문화주의 혹은 순혈주의는 언어민족주의와 깊은 관련을 가진다. 한국어에 대한 단일문화주의적 입장은 19세기 후반을 거쳐 일제강점기에 본격적으로 시작되었다고 한다면, 이 연구에서 일제강점기의 언어를 문화 복수성(plurality)의 관점에서 읽고자 하는 것도 언어순혈주의의 위험성에 대한 문제의식 때문이다.

그래서 이 연구의 목표는 제국에 동조(?)한 식민지 지식인에 대한 고발이나, 제국을 배신(?)하여 식민지 언어를 연구한 제국 지식인의 옹호가 아니다. 단지 이러한 시대적 상황으로 한국의 언어민족주의가 어떻게 강화되었는가 하는 것과 그러한 강화의 출발이 시대가 요구하는 이데올로기에 따른 오역과 발췌에서 있었음을 확인하고자 한다.7)

---

6) 다문화주의에 대한 자세한 연구는 다문화 콘텐츠 연子 사업난(2010) 참조
7) 자연생태계에서와 같이 문화생태계도 다양한 문화 상호간의 조화가 이루어져야

이러한 논의를 위해 이 연구에서는 먼저 식민주의와 제국주의에서 '민족주의'와 언어가 어떤 방식으로 작동하는지를 고찰하고, 식민지 조선의 언어에 대한 다양한 시도들을 살펴보고자 한다.

2 식민주의-제국주의-민족주의와 언어의 관계

2.1. 알려진 바와 같이, 식민주의와 제국주의가 동전의 양면과 같은 관계라면 민족주의는 이들에 공통적으로 들어있는 공통분모이자 이들을 연결시키는 연결고리라 할 수 있다. 그런데 식민주의나 제국주의의 바탕에 '민족주의'가 놓여 있다면, 이 민족주의는 '언어'로도 표상될 수 있다.

먼저 제국에서 민족주의와 언어의 관계를 어떻게 설정하고 이해되는지를 일본의 경우를 중심으로 고찰하고자 한다. 일본에서 '국어'라는 이데올로기가 어떻게 만들어지고 유포되는지를 방대한 실증적 자료를 동원하여 증명한 이연숙(2006)에서는, '국어'라는 말이 '대일본제국'의 욕망을 현실로 옮기는 강력한 무기였다는 점을 논증하고 있다. 이연숙 (2006)에서 일부를 인용한다.

> (1) ㄱ. "'국어'라는 표현은 그 자체는 '정치적 개념'이면서도 실은
> 그 정치성을 은폐하고 언어를 자명화하며 자연화하는 작용

하고, 언어생태계도 언어다양성이 각 지역과 민족의 언어적 특질을 상호존중하고 언어적 차이를 인정해야 한다는 것이다. 자기가 쓰는 언어로 세상의 언어가 통일 혹은 표준화되어야 한다는 주장은, 언어적 획일성을 가진 단일언어주의로 궁극적으로는 언어생태계 나아가 문화생태계를 파괴하는 폭력성을 가지게 될 것이다.

을 띠고 있다"

ㄴ. "우에다 이전에는 '국어'라는 이념이 존재하지 않았다. '국
어'라는 이념과 제도는 일본이 근대 국가를 스스로 만들어
가는 과정에서 창안해 낸 하나의 작품이자 픽션이었다."

(1)의 설명을 통해 일본에서도 '국어'라는 개념이 과거부터 존재한
근원적이고 절대적인 것이 아니며 근대 이후 만들어진 개념이라는 것
을 알 수 있다.

한편, (1ㄴ)에서 언급된 우에다는 "언어는 이것을 쓰는 인민에게 있
어서는 흡사 그 혈액이 육체상의 동포를 나타냄과 같이 정신상의 동포
를 나타내는 것으로, 그것을 일본 국어에 비유해서 말하면 일본어는 일
본인의 정신적 혈액이라 할 수 있다"고 주장한 바 있다. 이러한 주장은
식민지 조선에서 조선 지식인들이 주장한 언어 특히 국어와 정신의 관
계와 같은 맥락이라는 점에서 주목된다. 제국과 식민이라는 상반된 입
장에 있는 지식인들이 '언어'와 정신의 관계를 각자의 목적이나 입장에
따라 활용하고 있다고 할 수 있다.

한편 이연숙(2006)에서 밝히고 있는 바와 같이, '대일본제국'의 국어
정책을 학문적으로 총괄한 사람이 바로 우에다 가즈토시의 제자인 호
시나 고이치였는데,[8] 일본어가 일본인의 정신적 혈액임을 주장한 우에
다 가지토시와 그의 제자 호시나 고이치는 '국어'인 일본어의 대외 진
출을 위해서 표준어 제정과 표기법의 통일 등 '국어 개혁'을 시도하였
고, 이것은 곧 식민지인 대만과 조선에도 적용되었다.[9]

---

8) 또한 알려진 바와 같이 제국 일본의 모델이었던 독일의 경우도 대표적인 언어철학
자인 훔볼트의 사상이나 피히테의 '독일국민에게 고함' 등에서 언어민족주의의 양
상을 보이고 있다.
9) 즉 일제강점기 조선에서 활발하게 진행되었던 한글맞춤법 통일안과 표준어 사정
원칙이 일본어의 '국어개혁'에서 영향 받았음을 인정해야만 우리가 이 시기의 언
어민족주의에 대해서도 좀더 정확하게 이해할 수 있을 것이다.

이와 같이 제국 일본의 언어 정책은, 자국의 '국어'의 형성, 그와 관련한 '표준어'의 확정, 그리고 표준어를 규범화한 사전의 편찬과 관련되어 있는데, 이것은 식민지의 언어 정책에도 적용되어 식민지 언어를 표준화하고 식민지 언어의 사전을 편찬하고자 하였다. 그러나 알려진 바와 같이, 그것은 식민지를 위한 것이라기보다는 식민지 통치의 편의성 때문이었다. 즉 여러 개의 방언을 이해한 뒤에 각 지역의 식민지인과 소통하기보다는 한 개의 방언[즉 표준어]이 있으면 그 방언으로 여러 지역의 식민지인과 소통할 수 있기 때문이다.10)

따라서 식민지를 효율적으로 통치하기 위해서는 식민지 언어에 대한 연구나 이해는 당연히 필요한 것이었고, 조선어의 정리와 규범화는 조선을 식민지로 만든 일본에서도 당연히 필요한 것이었다. 그러한 입장에서 조선총독부에서는 1912년 <보통학교용언문철자법>을 발표하였는데,11) 이 언문철자법에는 1908년 국문연구소의 결정안도 일부 반영되었다. 하지만 식민지 언어의 규범을 정하겠다는 의도로 결정된 것이기

---

10) 이 내용과 관련 있는 연구로 식민지 시기 언어정책과 언어사회에 관한 분석을 통해 식민지 권력의 침투과정과 조선사회의 대응에 대해 살피고 있는 미쓰이 다카시(2003, 2012)의 논의에 주목할 필요가 있다. 미쓰이 다카시는 조선에서 식민지 시대 이전에는 언어-문자 내셔널리즘을 토대로 네이션(nation)을 만들 만한 "국어(national language)"의 정비가 추진되었지만, 일본의 식민지가 되자 그 시도가 관철되지 못하게 되었고, 식민지로 접어들면서 두 개의 "국어"의 논리가 충돌하기 시작했음을 언급하였다. 그리고 일본어의 지위가 높아지기는 했으나 일본어가 조선 사회로 쉽게 침투하지는 못하고 있을 때, 조선총독부가 그러한 사태를 타개하기 위해 '조선어'를 관리하는 방식으로 언어지배를 전개하여 갔음을 지적하였다. 그에 따라 총독부가 조선어 규범화 과정에 나서게 되었는데, 총독부의 그러한 방침은 한편으로는 식민 지배의 시작단계에서 지적되었던 '국어=일본어'를 통한 '동화(同化)'의 논리와는 어긋나는 일이었다는 것이다. 따라서 식민지 시기 언어 환경을 단순한 지배와 말살이 아닌 복잡한 권력관계로서 그려낼 필요가 있음을 주장한 바 있다.

11) 이 <언문철자법>은 이것이 일제 강점기의 철자법으로 처음이었는데, 1920년 『조선어사전』이 출간되고 1921년 개정안이 나왔다. 그리고 다시 1930년 조선어학회의 안을 받아들여 다시 개정되었다.

때문에 식민지 언어의 원리적인 것보다는 쉽게 익히고 표현할 수 있는 발음 위주의 철자법을 선호하였다. 이 규정은 당시 보통학교용『조선어급한문독본』에 채용되었고, 조선총독부에서 편찬한『朝鮮語辭典(1920)』의 표기 기준이 되었기 때문에 당시에 적지 않은 영향을 미쳤을 것임을 짐작할 수 있다.

한편『朝鮮語辭典(1920)』의 표제어와 국립국어원의『표준국어대사전』의 표제어를 비교해 보면,『朝鮮語辭典(1920)』의 한자표제어는『표준국어대사전』에 거의 다 올라가 있다. 대표적인 몇 개의 표제어를 비교하면 다음과 같다.(비교를 위하여『조선어사전』(1920)의 671쪽의 표제어를 중심으로 일본어로 된 풀이의 번역을 제시하였다. 그리고 각 표제어에 해당하는『표준국어대사전』의 표제어와 풀이를 같이 제시하였다)

『朝鮮語辭典(1920)』	뜻	『표준국어대사전』	뜻
음복 (飮福)	祭祀畢りて祭官の飮酒する禮。 제사를 마치고 제관(祭官)이 제사 음식이나 술을 먹는 것	음복	제사를 지내고 난 뒤 제사에 쓴 음식을 나누어 먹음
음셔 (飮暑)	伏暑 복셔(伏暑)와 같다.	음서	더위를 먹음
음식 (飮食)	飮食物 음식물	음식	1. 사람이 먹을 수 있도록 만든, 밥이나 국 따위의 물건 2. =음식물
음약ᄌ쳐 (飮藥自處)	毒藥を飮みて自殺すること。 독약을 마셔서 자살하는 것	음약자처	=음독자살
음쥬 (飮酒)	酒を飮むこと。 술을 마시는 것	음주	술을 마심
음아 (瘖啞)	言語を發し得ざる病。舌瘖喉瘖の二種あり、前者は舌動かすして言語の發せざるをいひ、後者は喉頭の障礙によりて發音し得ざるをいふ。	음아	한자 다름 (한자의 뜻과 음은 같음) 혀가 굳거나 성대에 탈이 나서 말을 하지

『朝鮮語辭典(1920)』	뜻	『표준국어대사전』	뜻
	말소리를 내지 못하는 병, 혀가 굳거나 성대가 망가지는 두 가지 원인이 있고, 전자는 혀가 움직이지 않아 말소리를 내지 못하고, 후자는 후두 장애에 의해 소리를 낼 수 없다.		못하는 병. 설음(舌瘖)과 후음(喉瘖)의 두 가지가 있다.
음관 (蔭官)	蔭職の二 음직의 2와 같다.	음관	과거를 거치지 아니하고 조상의 공덕에 의하여 맡은 벼슬. 또는 그런 벼슬아치.
음덕 (蔭德)	祖先の餘澤。 조상이 남긴 덕	음덕	1. 조상의 덕 2. =그늘
음도 (蔭途)	蔭官の官途。 음관(蔭官)의 벼슬길	음도	과거를 보지 아니하고 조상의 공덕에 의하여 벼슬살이하는 길
음보 (蔭補)	祖先の餘澤によりて官職に補せらるること。 조상의 덕에 의해 관직에 오르는 것	음보	조상의 덕으로 벼슬을 얻음. 또는 그 벼슬
음ㅅ (蔭仕)	蔭職の二 음직의 2와 같다.	음사	=음관03(蔭官)
음직 (蔭職)	一 祖先の餘澤によりて任官すること。 二 生員　進士又は幼學の人の官途に就くこと。 1. 조상의 덕에 의해 관직에 오르는 것 2. 생원, 진사 또는 유학한 사람이 벼슬길에 오르는 것	음직	=음관03(蔭官)
음퇴 (蔭退)	蔭官が文科に及第すること。 음관이 문과에 급제하는 것	음퇴	음관(蔭官)이 문과에 급제하던 일
음우 (霖雨)	구진비와 같다.	음우	=장맛비
읍 (邑)	邑內の略。 읍ㄴㅣ(邑內)의 줄임	읍	1. 시(市)나 군(郡)에 속한 지방 행정 구역 단위의 하나. 인구 2

『朝鮮語辭典(1920)』	뜻	『표준국어대사전』	뜻
			만 이상이 되어야 하나, 2만 미만인 경우도 있다. 2. =읍내(邑內)
읍각부동 (邑各不同)	各邑の規則の同一ならざること。 각 읍의 규칙이 제각각임	읍각부동	1. 규칙이나 풍속이 각 고을마다 차이가 있음 2. 사람마다 의견이 서로 다름
읍권 (邑權)	邑の權勢。 고을에 속한 권리	읍권	읍에 속한 권리. 행정권, 징세권 따위가 있다.
읍긔 (邑基)	州府郡縣の官衙の所在地。 시(州), 부(府), 군(郡), 현(縣)의 관아 소재지	읍기	읍의 터
읍너 (邑內)	州府郡縣の官衙所在の部落。 시(州), 부(府), 군(郡), 현(縣)의 관아가 있는 지역의 마을	읍내	1. 읍의 구역 안 2. 조선 시대에, 관찰 관아가 아닌 지방 관아가 있던 마을
읍뎌 (邑底)	邑內 읍너(邑內)와 같다.	읍저	=읍내(邑內)
읍리 (邑吏)	郡の衙前。 군의 구실아치	읍리	지방의 읍에 속한 구실아치
읍리 (邑里)	邑內の里。 읍내에 속한 리	읍리	1. 읍과 촌락을 아울러 이르는 말 2. 읍내에 속한 리(里)
읍막 (邑瘼)	邑幣 읍폐(邑幣)와 같다.	읍막	=읍폐
읍무 (邑務)	邑內の事務。 읍내의 사무	읍무	읍에 딸린 모두 사무적인 일
읍션싱 (邑先生)	嘗て守令たりし人。 예전에 수령이었던 사람	읍선생	예전에, 그 고을 원으로 있었던 사람을 이르던 말
읍쇽 (邑俗)	邑內の習俗。 읍내의 풍속	읍속	읍의 풍속
읍속		읍속	지방의 읍에 속한 구

『朝鮮語辭典(1920)』	뜻	『표준국어대사전』	뜻
(邑屬)	郡衙の衙前使令等の總稱 고을 수령의 구실아치		실아치를 통틀어 이르던 말
읍양 (邑樣)	邑內の狀況。 읍내의 형편	읍양	읍내의 모양이나 형편
읍인 (邑人)	邑內の人民。 읍내에 사는 사람	읍인	=읍민(邑民)
읍ᄌᆞ (邑子)	邑內に住する儒生。 읍내에 사는 유생	읍자	예전에, 읍내에 사는 유생(儒生)을 이르던 말
읍중 (邑中)	邑內 읍ᄂᆡ(邑內)와 같다.	읍중	=읍내(邑內)
읍지 (邑誌)	一郡の歷史 地理を記したる書。 한 고을의 역사, 지리를 기록한 책	읍지	한 고을의 연혁, 지리, 인물, 산업, 문화, 풍속 따위를 기록한 책
읍징 (邑徵)	郡の吏員が公金を消費したる時其の金額を親族より徵收するも尙ほたらざる場合に郡內より之を徵收すること。 고을 구실아치가 공금을 마음대로 썼을 때 그 금액을 친족으로부터 징수하고 또 부족한 경우에 고을에서 징수하는 것	읍징	1. 구실아치가 공금(公金)을 사사로이 썼을 때, 그 금액을 고을에서 징수하던 일 2. 읍에서 쓸 비용을 마련한다는 명목으로 조세에 덧붙여 징수하던 일종의 부가세. 또는 그 부가세를 받아 내던 일
읍촌 (邑村)	邑內の村落。 읍내의 촌락	읍촌	1. 읍에 속한 마을 2. 읍과 촌을 아울러 이르는 말
읍폐 (邑弊)	邑內の弊害。 읍내에 있는 폐해	읍폐	고을의 폐습이나 폐해
읍하 (邑下)	邑內 읍ᄂᆡ(邑內)와 같다.	읍하	=읍내(邑內)
읍호 (邑豪)	邑內の有力者。 읍내의 유력가	읍호	1. 고을이나 읍내에서 으뜸가는 부자 2. 고을이나 읍내에서 가장 유력한 사람
읍간	泣きて諫むること。	읍간	임금이나 웃어른에게

『朝鮮語辭典(1920)』	뜻	『표준국어대사전』	뜻
(泣諫)	울며 간절히 간언하다.		눈물을 흘리면서 간절하게 간함
읍청 (泣請)	泣きて請ふこと。 울며 청함	읍청	눈물을 흘리면서 간절히 청함
읍톄 (泣涕)	涙を流して泣くこと。 눈물을 흘리며 우는 것	읍체	=체읍
읍혈 (泣血)	父母の喪に孝子の血涙を流して泣哭すること。 부모상을 당한 효자가 피눈물을 흘리며 읍곡하는 것	읍혈	눈물을 흘리며 슬프게 욺
읍진 (浥塵)	小雨。 적은 비	읍진	겨우 먼지를 축일 정도로 비가 적게 옴. 또는 그렇게 온 비
읍례 (揖禮)	拱手の禮。 손을 포개 모으고 취하는 예	읍례	남을 향하여 읍하여 예를 함. 또는 그 예
읍양 (揖讓)	禮を以て讓ること。 예로서 사양함	읍양	1. 읍하는 예를 갖추면서 사양함 2. 겸손한 태도를 가짐 3. 읍하는 동작과 사양하는 동작

위의 표는 『朝鮮語辭典』 672쪽 한 페이지에 실린 표제어를 대표적으로 제시한 것인데 다른 페이지도 위와 크게 다르지 않다. 표제어와 그것을 설명한 풀이가 『朝鮮語辭典(1920)』과 『표준국어대사전』이 거의 일치한다. 이것은 『朝鮮語辭典』 편찬 당시 조선인의 적극적인 참여를 반증하는 것일 수도 있고, 이후 한국어 사전들이 『朝鮮語辭典』에 많이 의존적임을 보여주는 것일 수도 있다.

한편 서민정(2013ㄴ)에서 조선총독부의 '조선관보'에 실린 『朝鮮語辭典』(1920)에 대한 기사에서 『朝鮮語辭典』을 기획하고 준비하는 단계에서 참여한 조선인에 대해 고찰한 바 있다. 이 당시 조선인은 '조선어 사전'의 '편찬위원', '조사위원', '심사위원' 등으로 참여하였는데, 1911년 조

선어 사전 편찬을 위한 초기 단계에 참여한 조선인은 현은(玄檃), 유길
준(兪吉濬), 강화석(姜華錫), 박이양(朴彝陽), 김돈희(金敦熙), 정만조(鄭萬朝)
등이 있었고, 1914년 어윤적(魚允迪), 삼위삼(森爲三), 송영대(宋榮大) 등이,
1918년 조사된 조선어 어휘 항목 등에 대한 심사를 위해 참여한 조선인
은 현헌(玄櫶), 이완응(李完應), 어윤적(魚允迪), 정병조(鄭丙朝), 정만조(鄭萬
朝), 현은(玄檃), 김한목(金漢睦), 박종렬(朴宗烈), 윤희구(尹喜求), 한영원(韓永
源) 등이 있었다.

이 외에도『동광』40호(1933. 1. 23.)에 논설로 실린 김윤경의「最近의
한글運動, 朝鮮文字의 歷史的 考察(18) (최근의 한글운동, 조선문자의 력사적
고찰(18))」에서 총독부의 학무국에서 1929년 5월 22일에 발표한 심의위
원 13명 가운데 조선인은 장지영(張志暎, 조선일보사 지방부장), 이완응(李完
應, 조선어연구회장), 이세정(李世楨, 진명여자고등보통학교 교원), 권덕규(權悳
奎, 중앙고등보통학교 교원), 정렬모(鄭烈模, 중동학교교원), 최현배(崔鉉培, 연희
전문학교교수), 김희상(金尙會, 매일신보 편집국장), 신명균(申明均, 조선교육협
회 이사)으로 8명이었다. 위의『朝鮮語辭典(1920)』편찬에 참여한 조선인
들은 이른바 주시경의 제자이거나 조선어학회의 회원으로 한국어 문법
서를 집필하였거나, '국어' 교육 등에 큰 영향을 끼친 인물들이다. 그리
고 이들은 광복이후 일제의 어문 정책에 강력하게 반대하고, 조선어를
지키기 위해 노력을 한 인물들로 주로 묘사되어 왔다.

제국의 입장에서는 식민지를 통치하기 위해서 제국어로 식민지 언어
를 동화시키는 동화정책을 쓰고 싶을 것이다. 그러나 제국어로 바로 동
화시키기가 힘들기 때문에, 제국의 입장에서는 결국 식민지 언어의 '통
일'이 선행될 수밖에 없다. 따라서 식민지어의 '통일' 혹은 표준화는 결
국 제국어로의 동화를 위한 선행 작업이라고 할 수 있다. 결국 이 시기
의 '조선어'의 연구와 규범화는 식민지인의 입장에서는 식민지어를 보
호하기 위하여 시도한 것이었지만 궁극적으로는 제국어를 모방한 것이

었고, 제국의 입장에서는 제국어로의 동화를 위한 선행 작업이라는 양극단의 목적에 따른 불편한 '협력'과 '저항'의 결과로 설명할 수 있을 것이다.

2.2. 1932년 『한글』에 실린 김선기의 '피히테의 언어관(上)'과 '피히테의 언어관(下)'는 식민주의, 제국주의, 민족주의의 관계와 이들의 표상 가운데 대표적인 것이 '언어'임을 단적으로 보여주는 글이다. 김하수(2005: 486)에 따르면 김선기가 『한글』에 소개한 피히테의 언어관은 독일의 관념 철학자 피히테가 1807년 나폴레옹의 침략으로 프로이센의 수도 베를린이 함락된 상태에서 독일 정신의 고양을 위해 베를린 아카데미에서 '독일 국민에게 고함'이라는 강연을 하였는데, 그 중에서 민족정신과 민족어 문제를 강조한 제4장과 제5장이라고 한다. 아래는 김선기(1932)의 일부이다.

> (2) (전략) 나는 그의 名著 『德國民에게 告함』 이란 책을 읽는 가운데에 言語에 對한 思想에 接하고 깊은 느낌을 받았다.(중략) 原書를 直接 읽지 못한 것을 遺憾으로 생각한다. 나는 岩波文庫版 大津氏의 日譯을 읽었다. 大津氏는 德語에 能하든 사람이요, 또 이 책은 文部省의 부탁을 받아 飜譯한 것이니까 別錯誤는 없는 줄 믿는다. (중략) (김선기: 1932(상), 17)

> (3) 피히테의 言語觀의 基本立場은, 一民族이 本來의 國語를 바꾸면, 그 結果가 어떠한가를 精密히 論究함에 잇다. (김선기: 1932(상), 17)

> (4) (전략) 第一 生命 잇는 맘을 가진 民族에 잇어서는 ㄱ 精神的 發達이 바루 生命에 作用한다. 反對의 境遇에는 精神的 發達과 生命과 沒交涉이다...(하략)(김선기: 1932(하), 64)

(5) (전략) 나는 이 끝을 마치며, 우리 숙에 흐르고 잇는 民族의 文化的 生命에 對하야, 많은 自覺이 잇기를 바라며, 우리와 外的 環境에 微底한 認識을 가지자는 것이다. (김선기: 1932(하), 66)

위의 글을 통해 보면, 김선기는 언어와 민족, 정신적 발달의 관계를 설명하면서 민족과 국어의 불가분의 관계를 강조하고 있다. 김하수(2005: 489)는 피히테에 대한 김선기의 논의가 그후 한국사회에서 민족주의적 언어관의 전형을 만들었다고 하면서, "일본과 함께 제국주의와 파시즘의 길을 걷던 독일의 대표적인 보수 철학이 식민지 지식인 사회에서 대단히 날카로운 대항 담화를 엮어냈다는 것은 역사의 아이러니처럼 보인다."고 지적한 바 있다. 이러한 김하수의 논의는 식민지 이후 한국 사회에서 '언어(국어)'에 함의된 모순된 이데올로기의 문제에 대한 근본을 지적한 것으로 생각된다. 즉 우리가 일제강점기를 겪어온 정신적 지주라고 생각한 '언어민족주의'가 일본과 크게 다르지 않은 제국 독일의 철학을 대표하는 철학자의 담론을 번역한 것이라는 사실에 대한 인식이, 국어에 포함된 많은 모순을 인식하게 되는 계기가 될 것이다.

3 식민지 조선의 언어에 대한 입장

3.1. 언어 독립의 의미

19세기 이후 많은 지식인들은 '개화'를 위해, 그리고 '국가'를 바로 세우기 위해 언어의 독립이 가장 중요함을 직, 간접적으로 피력하고 있다.

(6) 박영효 '내정 개혁에 관한 건백서' 8개 항 중 6항에 국문 사용
과 관련(1888년)

(7) 法律勅令 제 1호(1894년 11월 21일, 고종)
國文爲本 漢文 附譯 或 混用 國漢文

(8) 유길준(1904) 『조선문전』
그리하여 우리가 조상 대대로 한(漢)나라의 문자를 빌어
우리의 언어와 혼합하여 사용하므로 국어(國語)가 한문의 영
향을 받아
언어의 독립을 이미 잃었으나 어법의 변화는 일어나지 않았다.
그러므로 문전은 따로 세운 문호를 보존하여
외래 문자의 침식을 받지 않은 즉
만약 우리 문전을 지어 조선의 고유 언어를 표출한다면
국문 한문의 구별이 스스로 나누어질뿐더러
한문이 국문의 범위 안에 들어 우리에게 이용될 것이니

(9) 최현배(1947), 『글자의 혁명』
이제, 우리 는 남 의 힘 과 덕 으로 말미암아, 정치적 해방 을
얻었다. 우리 가 이 정치적 해방 을 완전히 또 영구히 우리 의
것 으로 누리랴면, 모름지기 자력 으로써 문자적 해방 을 이루
어 내여야 한다. 곧 우리 는 오백 년 내려 오는 한자 의 속박
을 벗어 버리고, 사십 년 동안 의 일어 의 압박 을 덜어 버리
고, 우리 민족 교유 의 훌륭한 말 과 과학스런 글 로써 자유스
런 교육 울 배풀며, 새로운 문화 를 세우며, 자주하는 생활 을
일삼지 아니하면 안 된다. 나 는 외치노니:
한자 는 쓰지 말고, 한글 만 쓰기로 하자.
세로 글씨 의 낡은 골 을 벗어 버리고, 한글 을 가로씨기 로 하자.
그리하여 민족 문화 의 비약적 발달 을 이루며 민족 생활 의
빛난 번영 을 꾀하자. (최현배, 1947: 195)

위의 (6)~(8)에서 주장하는 언어의 독립은 '한문'으로부터의 독립을 의미한다. 그런데 일본으로부터의 식민지를 경험한 이후 출판된 (9)에서는 '한문'뿐만 아니라 '일본어'로부터의 독립을 주장한다. 하지만 (9)에서 새롭게 제안한 한글은 '로마자화된' 한글로 '영어'에 대한 새로운 종속을 내재하고 있다는 점에서, 1970년대 이후까지 지속된 언어민족주의라든가 국어순화 운동에 함의된 언어의 문제가, 단순히 한문으로부터, 혹은 일본어로부터의 독립이라든가, 일본어휘를 한국어휘로 순화하는 등의 문제로 단순화할 수 없는 것이다.12)

한편, 근대의 눈을 통해 중세를 본다는 가라타니 고진(2011: 117~148)의 가정을 받아들인다면, '훈민정음'도 근대적 문자로 '발견'한 것으로 볼 수 있다. 그래서 당시 서양 선교사들이 높이 평가한 문자로서 '훈민정음'에 대한 평가 등을 바탕으로 '훈민정음'은 재조명되었다고 해도 과언이 아니다. 즉 '훈민정음'은 이 당시 한자를 능가하는 문자로서의 가치를 인정받기 시작했는데, 이러한 대내외적인 평가는 '민족'적 자부심을 주기에 충분한 것이었기에 식민지에서 '훈민정음'에 대한 가치 평가는 더 높아질 수밖에 없었을 것이다. 그래서 식민지를 거친 후 '훈민정음'에 대한 다음과 같은 평가는 어떻게 보면 당연한 것이다.

> (10) 이것은 「訓民正音」이라는 이름 그 自體가 바로 訓民正音을 制定하게 된 窮極의 目的을 表象해 놓은 것이라고 하겠다. 이 이름이 表象하는 槪念에서 미루어 볼 때 訓民正音은 어디까지나 「國語의 表記」와 「國民의 敎化」를 爲한 手段으로서 制定되었음을 알 수 있는 것이다. (유창균, 1969/1982: 46)

---

12) 서민정(2011ㄴ)에서 최현배(1947)의 논의에 대해 1443년에 창제된 훈민정음과 비교하여 글자와 문화의 관계로 설명한 바 있다.

3.2. 국어-표준어에 대한 갈망

근대의 언어 변화 가운데서 가장 큰 변화 중의 하나는 자국어 내지는 민족어에 대한 인식이었다. 조선의 경우는 '식민지'라는 특수한 상황 때문에 언어민족주의를 바탕에 두면서 제국 특히 일본의 제도와 언어규범13)에 어느 정도 영향을 받아 근대어로 변화되어 갔다.

특히 식민지 시기 조선어를 근대어로 만드는 데 많은 역할을 했던 이극로의 생각을 통해서 이 당시 식민지 지식인들의 의식을 엿볼 수 있을 것이다. 독일에서 박사 학위를 받고 서구의 경험과 민족주의적 사상을 가지고 귀국한 이극로14)는 '국어'에 대한 갈망이 강하였다. 특히 '규범화, 통일화, 표준화'에 대한 이극로의 생각은 『조선일보』(1935. 7. 8)에 투고한 그의 글을 통해서 알 수 있다.

> (11) 현대 문명은 모든 것이 다 표준화한다. 철도 궤도의 폭은 세계적으로 공통화하였으며, 작은 쇠못으로부터 큰 기계에 이르기까지 어느 것이나 대소의 호수가 있어 국제적으로 공통된 표준이 없는 것이 없다. (중략) 더욱이 한 민족사회 안에서 생각을 서로 통하는 언어에 있어야 통일된 표준이 없지 못할 것은 환한 일이다. 그러므로 각 민족은 제 각각 표준어 통일에 노력하였고 또 노력하고 있다.(『조선일보』(1936.11.1.), 3면, 「표준어 발표에 제하야」)

(11)에서 보면 이극로는 작은 쇠못으로부터 언어에까지 모두 통일된 표준이 있어야 함을 강조하고 있다. 공장에서 찍어내는 쇠못과 인간의 언어가 어떻게 같을 수 있겠는가. 그런데 이러한 의식을 가진 이극로와 서구적 언어 규범에 따라 조선어도 근대화해야 한다는 입장을 가진 당시 지식인들을 통해 조선어는 '한글맞춤법의 통일안, 표준어 규정'과 같

---

13) 근대 일본의 언어 제도와 근대화에 대해서는 이연숙(1996) 참조.
14) 이극로에 대한 자세한 연구는 박용규(2005), 서민정(2009ㄴ) 참조.

은 어문규범이 확립되었고, '우리말사전'의 편찬 등이 진행되었다. 그리고 이러한 식민지 시기 이루어진 표준어와 국어 규범화 작업은 식민지 이후에도 계속 강화되었고 언어 규범이 법률로 규정되는 데까지 이르게 되었다.

이러한 표준어 제정의 필요성과 표준어에 대한 동경은 이 당시 언어 민족주의와 직접적으로 관련을 맺고 있었고, 이후 언어순혈주의나 국어 순화운동과도 무관하지 않다. 또한 이러한 국어와 표준어에 대한 인식은 방언의 주변화나 한글맞춤법의 한계 등 현재 국어정책 등에서 드러나는 문제들과 관련 있다는 점에서 일제강점기의 표준어에 대한 인식에 대한 새로운 관점의 고찰이 필요하다고 할 수 있다.

3.3. 세계공용어에 대한 갈망

20세기에 들어오면서 서구적 근대를 받아들여야 하는 과제와 일본으로부터 나라를 지켜야 하는 과제는 언어의 문제에 이르러서는 한편으로는 서구 언어를 포함한 제국의 언어를 습득해야 하거나, 또 한편으로는 민족어를 제국어로부터 지켜야 하는 상충되고 복잡한 상황이 되었다. 이것은 기존의 언어 질서와 새로운 언어 질서 사이의 충돌과 그 사이의 언어적 혼란을 포함하는 것으로, 당시 지식인들은 이러한 상황에서 각자의 입장 이를테면, 이데올로기나 본인의 관심 영역 등에 따라 다양한 시도와 방안들이 제안되기도 하고 치열한 논쟁들이 벌어지기도 했다.

이러한 언어적 혼란의 상황에서 김억, 원종린 등과 같은 지식인들은 당시 세계공용어로 제안된 '에스페란토'를 인정하면서 돌파구를 찾고자 했던 것 같다. 다음은 일제강점기에 에스페란토에 대해 언급한 글들의 일부이다.[15]

(12) 6세 때 시내에서 놀 때 이민족 간에 투쟁하는 것을 보고 비참
함을 느꼈다. 원래 이 시에는 러시아, 독일, 폴란드, 유태의 4개
민족이 거주하는 곳으로 물론 이 민족들은 각각 상이한 언어
를 사용하여 조금도 우의적인 관계가 없었던 것이다. 이것을
보아온 그는 무엇보다도 언어의 상이함이 의사 전달에 문제를
일으켜 반목질시(反目嫉視)가 생기게 만들고, 인간이라는 관념
이 없어지고 야수적 행동을 감행하게 하는 것이라고, 어린 그
에게 깊은 인상을 남겼다. 이것이 그에게 공통어 연구의 동기
라 한다. (백남규, 「에스페란토 창안자 자멘호프박사 칠십일주
탄일을 맞으면서(2)」, 『동아일보』(1930년 12월 17일))

(13) 이 논문은 "에스페란토"의 창안자 "자멘호프" 선생이 1911년
에 영국 런던에서 열렸던 세계인종대회를 저술한 것이다. (원
문은 "에스페란토") (중략)
각 민족 간 증악(憎惡)의 중요한 원인 혹은 유일한 원인은 대
체 무엇일까?
정치적 사정 즉 우리가 국가라고 부르는 인류 집단 간의 경
쟁이 그 원인일까? 아니다. 우리가 아는 바 독일에서는 독일
인이, 오스트리아에서는 독일인에 대해 자연적 증악(憎惡)을
갖는 법이 없다. 동일 국내에서 태어나서 동일 국내에서 거주
하는 독일인과 슬라브인과는 서로 외국인으로 대하며, 만일
그들의 인간성이 집단적 이기주의를 초월하지 못하는 경우에
는 서로 증오하며 투쟁까지도 하지만, 출생과 거주를 각 나라
에서 하는 독일인 간에는 서로 동정을 갖는 법이다. 그렇게
생각하면 국가의 존재가 민족이나 민족 간 증악(憎惡)을 창조

---

15) 이 시기의 에스페란토 관련 글은, 1922년 2월 19일자 잡지 『개벽』의 기사 가운데
김억이 쓴 「구제공통어에 대하여」를 대표로 많은 신문과 잡지 등에서 확인될 수
있으며, 그 외에 학습서도 김억(1923)의 『에스페란토 독학』과 원종린(1925)의 『에
스페란토 독습』 등이 있다. 에스페란토에 대한 자세한 연구는 구인모(2011), 김경
미(2006), 김삼수(1976), 김영미(2008), 김윤식(1968), 김신수(1998, 2003), 조세
현(2007), 허재영(2012) 등 참조

하는 것은 아니다.(장석태 역, 「민족과 국제어 (1)」, 『동아일보』
(1931년 2월 21일))

(14) (전략) 그가 맨 처음으로 에스페란토를 창안하려고 한 동기
는 즉 이러하다. 자멘호프씨의 고향인 비아위스토크에는 러
시아인, 폴란드인, 독일인, 유태인의 4개 민족이 거주하고 있
는데 그들의 상호 간에는 언어, 풍속, 습관 등이 전여 같이 않
은 까닭에 모든 일에 대해 자연히 이해가 적으며 충분한 이해
가 없는 관계로 항상 민족 간에 불미한 반목질시가 계속하여
강등이 끊이지 않게 되었다. 그러므로 자멘호프씨는 그들 사
이에 충분히 의사를 소통할만한 공통어가 필요하다는 것을
느끼게 되어 비로소 세계공통어를 창안하기로 결의하게 되었
다.(「국제공통어의 의의」, 『동아일보』)1935년 12월 14일) 사설)

(15) 두 가지語學ㅣ母國語와 밋國際共通語, ㅣ 이必要하게됩니다.
(중략) 어찌하엿스나 母國語, 나면서부터 배운말, 쏘는 사람
의自然的情動으로 생겨난말은아모리하여도 버릴수가 업습니
다. 이야말로 어쩌한民族을勿論하고 그民族의精神이며, 쏘한
그民族을 살리는것이기째문에, 어쩌한强力的課徵으로도 이것
을 닛게하거나, 쏘는使用치못하게하거나할수는絶對로 不可能
한일입니다. (중략) 母國語가 民族의民族的精神을保持하기째
문에植民策으로는 반듯이 征服者가被征服者에게 母國語의使
用, 쏘는忘却을要求합니다. 그리하고 自己의(征服者)言語를
强徵시킵니다. 그러나, 우리는 얼마나 그러한植民政策이 成
功하엿는가를생각할째에는 더욱母國語의偉大한精神을 힘잇
게 느끼지아니할수가 업게됩니다. 이點에서 國際共通語는
自己의言語를 被征服者에게强徵시켜, 써 그固有의精神을 쌔앗
는것으로 唯一政策을삼는征服者에게 咀呪의猛烈한讚辭를 들
인것이라하지아니할수가업습니다. (김억, 『개벽』(1922년 2월
19일) 「國際共通語에 대하여」)

에스페란토를 인정하고 보급하고자 했던 당시 지식인은, 위의 자료에서 보는 바와 같이 세계에서 일어나는 민족 간의 다툼은 언어의 다름에서 발생한다고 분석하고 있다. (12)의 백남규의 글에서 보면, 물론 자멘호프의 이야기를 인용한 것이기는 하지만, "언어의 상이함이 의사 전달에 문제를 일으켜 반목질시(反目嫉視)가 생기게 만들고"라고 언급하는 것은 백남규 자신도 이러한 생각에 동의하고 있는 것이다. (14)의 동아일보 사설에서도 자멘호프가 에스페란토를 창안하게 된 계기를 언급하고 있는데, 그 내용은 민족 간에 의사소통이 안 되어 늘 반목과 질시가 끊어지지 않으므로 "그들 사이에 충분히 의사를 소통할만한 공통어가 필요하다는 것을 느끼게 되어" 에스페란토를 창안하게 되었다는 것이다. 이와 같이 에스페란토 관련 글이나 학습서 등에서는 민족 간의 갈등의 가장 큰 원인으로 '언어의 다름'으로 파악하고 이를 해결하기 위해서는 '세계공용어'가 필요하다는 입장에 서 있다.

한편, (15)에서 볼 수 있듯이 에스페란토를 옹호하는 입장이라 해서 언어와 민족의 관계를 구분하고 있는 것은 아니다. 언어와 민족의 관계에 대한 입장은 언어민족주의적 입장과 크게 다르지 않기 때문에 민족어를 지키기 위해 세계공용어가 필요함을 역설하고 있는 것이다.

이와 같이 식민지라는 상황에서 에스페란토를 선택하고자 한 일제강점기의 지식인들의 입장은, 세계와 소통하기 위해 영어와 일본어와 같은 제국어에 대한 필요성을 에스페란토라는 세계공용어로 바꾸었다는 점에서는 다른 지식인들과 구별되지만, 궁극적으로 언어에 대한 인식과 서구어를 기반으로 하는 에스페란토를 선택하고 있다는 점 등은 이들도 넓은 의미에서는 언어민족주의와 식민주의에서 자유로울 수는 없을 것이다.

4 마무리

지금까지 이 연구에서는 한국어에 대한 단일문화주의적 입장이 19세기 후반을 거쳐 일제강점기에 본격적으로 시작되었다고 한다면, 일제강점기의 언어를 문화 복수성(plurality)의 관점에서 읽고자 하는 것은 언어 순혈주의의 위험성에 대한 문제의식 때문이었다. 이러한 문제의식에 따라 일제강점기 한국어에 대해서, 언어 민족주의적 관점을 포함하여 서구적 언어 규범에 대한 동경, 제3의 언어에 대한 시도 등 식민지인으로서 경험하고 극복하고 혹은 회피하고자 했던 문제와 식민 지배자인 일본의 관점 등에 대해 문화 복수성의 관점에서 '언어'에 초점을 두고 논의하였다.

이러한 논의를 위해 이 연구에서는 당시 언중들의 '한국어'에 대한 강한 애착과 자부심과 '서구적 언어 규범' 혹은 일본어의 언어규범에 대한 동경이나 모방, '조선어:일본어' 이외의 제3의 언어인 에스페란토에 대한 시도나 동경에 대해서 종합적으로 고찰하였다. 이것은 일제강점기에 제국의 식민 통치, 당시 식민지 지식인들의 활동과 의식 등 여러 상황을 동시에 고려하면, 이 시기의 한국어를 둘러싼 문제를 민족적 '저항'만으로 설명하기에는 많은 한계가 있기 때문이다.

이러한 20세기 전반기 식민지 시기의 제국어와 민족어의 관계와 같은 언어의 문제는 식민지 이후에도 영어의 권력화나 표준어와 방언의 관계로 계속 이어지고 있다는 점에서, 이 시기의 언어의 문제에 대한 정확한 파악을 통해 현재 언어의 문제와 한계를 극복할 수 있는 실마리를 찾을 수 있을 것이라고 기대한다.

참고문헌

1. 자료

김윤경, 『조선어문자급어학사』(1938), 역대한국문법대계 ①47, (박이정, 2009).

유길준, 『서유견문』(유길준 전서 편찬위원회 편(1971), 『유길준 전서』, (일조각, 1895).

유길준, 『조선문전』(1904), 역대한국문법대계 ①01, (박이정, 2009).

정렬모, 『신편고등국어문법』(1946), 역대한국문법대계 ①61, (박이정, 2009).

최현배, 『글자의 혁명』, (문교부, 1947).

한국고전번역원 한국고전종합 DB(http://db.itkc.or.kr/)

한글디지털박물관(http://www.hangeulmuseum.org/)

『훈민정음』(1446)

2. 논저

가라타니 고진, 『문자와 국가(조영일 역)』, (도서출판 비, 2011).

김경미, 「1920년대 에스페란토 보급 운동과 민족운동 세력의 인식」, 『역사연구』 16, (역사학연구소, 2006), 133~163.

김삼수, 『한국 에스페란토 운동사』, (숙명여자대학교 출판부, 1976).

김영미, 「한 근대시인의 오뇌와 그 궤적-안서의 경우-」, 『현대문학이론연구』 33, (현대문학이론학회, 2008), 151~177.

김영수, 「세계 사회의 발전과 세계 시민의식의 확산-에스페란토 국제 민간단체를 중심으로 한 연구」, 『동아연구』 41, (서강대학교 동아연구소, 2001), 243~292.

김윤식, 「에스페란토 문학을 통해 본 김 억의 역시고」, 『국어교육』 14, (한국어교육학회(구 한국국어교육연구학회), 1968).

김윤식, 「내가 찾은 자료『폐허』에스페란토 표지 시와 中野重治의 <비 내리는 품천역>」, 『역사비평』 19, (역사비평사, 1992), 366~373.

김진수, 「프랑스에서의 에스페란토 운동(1890~1905)」, 『한국프랑스학논집』 25, (한국프랑스학회, 1998), 71~80.

김진수, 「프랑스와 국제 보조어 에스페란토」, 『프랑스학연구(프랑스문화읽기)』 26권, (프랑스문화학회, 2003), 345~366.

김하수, 「제국주의와 한국어 문제」(『언어제국주의란 무엇인가』(미우라 고부타카 외 지/ 이연숙 외 역, (들베게, 2005).

나인호, 『개념사란 무엇인가』, (역사비평사, 2011).

다문화 콘첸츠연구사업단, 『다문화주의의 이론과 실제』, (도서출판 경진, 2010)

미쓰이 다카시, 식민지하 조선에서의 언어지배 -조선어 규범화 문제를 중심으로- ,

한일민족문제연구 4권, (한일민족문제학회, 2003), 203~233.

미쓰이 다카시, 식민지하 조선의 언어 정치학, 한림일본학 20권, 61~104, (한림대학교일본학연구소, 2012).

박용규, 『북으로 간 한글운동가 이극로 평전』, (차송, 2005).

박홍규 옮김, 『오리엔탈리즘』, (교보문고, 2007). (Edward W. Said, Orientalism, New York: Viking, 1978.)

서민정, 「주변어로서 조선어, '국어' 되기」, 코기토 65, (부산대학교 인문학연구소, 2009ㄱ).

서민정, 「주변부 국어학의 재발견을 위한 이 극로 연구」, 우리말 연구 25. (우리말학회, 2009ㄴ).

서민정, 「한국어 문법 형성기에 반영된 서구 중심적 관점」, 한글 288, (한글학회, 2010ㄱ).

서민정, 「조선어에 대한 제국의 시선과 그 대응」, 『민족의 언어와 이데올로기』 (박이정, 2010ㄴ).

서민정, 「훈민정음 서문의 두 가지 번역-15세기와 20세기」, 『코기토』 69, (부산대학교 인문학연구소, 2011ㄱ).

서민정, "'글자"에 대한 인식의 변화와 문화 번역 - 『훈민정음』(1446)과 『글자의 혁명』(1947)을 바탕으로-」, 우리말글 29권, (우리말글학회, 2011ㄴ)

서민정, 「20세기 전반기 지식인의 에스페란토에 대한 관심과 언어 인식」, 『한글』 300, (한글학회, 2013ㄱ), 159~182쪽

서민정, 「20C전반기 한국어문 변화에 영향을 준 외부적 요인」, 우리말연구33, (우리말학회, 2013ㄴ).

서민정, 「언어적 측면에서 본 일제강점기의 에스페란토와 코스모폴리탄」, 우리말글 58, (우리말글학회, 2013ㄷ).

서민정 · 김인택, 『번역을 통해 살펴본 근대 한국어를 보는 제국의 시선』. (박이정, 2010).

이극로, 「에스페란토와 민족어」, 『한글』 11권 2호, (한글학회, 1946), 99~100.

이대로, 「한글문화 자강활동과 한글독립투쟁의 발자취 - 한글학회의 성립과 발전을 중심으로 -」, 『한국어정보학』 13-1, (한국어정보학회, 2011), 16~32.

이연숙, 『국어라는 사상』, (임경화, 고영진 옮김, 소명출판, 2006)

조세현, 「에스페란토(世界語)와 중국 아나키즘 운동」, 『역사와 경계』 63, (부산경남사학회, 2007), 233~273.

허재영, 「안서 김억의 언어관과 한글 문법론」, 『인문과학연구』 35, (강원대학교 인문학연구소, 2012), 207~226.

홍형의, 「新興 國家의 국어 발전과 에스페란토」, 『한글』 12-3, (한글학회, 1947), 28~32.

식민지 역사 다시 쓰기
—1960년대와 이병주의 『관부연락선』—[1]

김 성 환

1   일본이라는 타자, 혹은 경로

1965년 일본을 복귀시킨 한일수교는 정치·외교의 지평 이상에서 해석되어야 할 사건이었다. 식민지배 종결로부터 20년이 지난 시점에 한국과 일본의 관계에는 식민-피식민, 가해-피해의 대립 외에도 20세기 후반의 세계사적 의미가 중첩되어 있었기 때문이었다. 외적으로는 미국 중심의 냉전적 세계질서가 한일회담을 매개로 한국에 영향을 끼쳤으며, 내적으로는 일본의 재등장이 경제침략, 혹은 문화침략으로 간주되었다. 한편으로 냉전체제의 반대급부로 떠오른 제3세계론이 한국 내 민주주의 문제와 관련되어 새로운 선택지로 제출되기도 했다. 1960년대 후반 한일수교는 세계사의 여러 층위가 한 번에 몰려든 담론과 이데올로기의 공간이었다.

한국의 반응은 한일회담이라는 표면적인 사건에 집중되었다. 1964년의 한일회담 반대운동을 통해 선보인 첫 번째 반응은 일본에 대한 분노

---

1) 이 논문은 『한국현대문학연구』 46 (2015: 301~344)에 실은 김성환(2015)의 「식민지를 가로지르는 1960년대 글쓰기의 한 양식: 식민지 경험과 식민 이후의 『관부연락선』」을 이 책의 논지에 따라 수정하였다.

와 배척의 감정이었다. 군사정권의 대응과 맞물려 일본은 격정적 감정의 대상이 되었으며, 이 과정에서 일본은 '재침(再侵)'의 키워드로 해석되었다. 한일회담의 가장 중요한 쟁점이었던 경제협력 문제는 일본의 경제적 침략으로 해석되었고, 4·19 직후 붐을 일으켰던 일본문화는 한일회담 국면을 통해 문화 침략, 문화 식민지라는 부정적 인식으로 전환되었다. 1960년대 초 일본문학에 대한 관심이 4·19의 부수적 효과라면, 일본의 문화적 침략이라는 감정은 한일회담 반대운동이 낳은 정치적 산물이었다.[2]

그러나 적대적 감정으로 한일관계를 설명할 수 있는 부분은 제한적이다. 군사정권이 한일회담의 경제적 성과를 내세워 권력 체제를 강화한 반면, 반대진영의 지식인은 한일수교라는 현실과 군사정권의 권력 앞에서 담론적 대응력을 소진하는 형국이었다. 한일회담의 최대 관심사인 경제문제, 즉 식민지 배상금은 정권의 경제정책의 토대가 되었으며 경제제일주의의 슬로건은 반론을 허락하지 않는 국가적 이데올로기로 자리 잡았다.[3] 게다가 한일회담의 주선자인 미국의 존재 앞에서 『사상

---

2) 1950년대까지 일본문학을 포함한 해외 출판물 수입은 허가제로 통제되었다. 이승만 정권의 배일정책과 맞물려 일본문학은 1950년대까지 정식 번역되지 못했다. 이봉범, 「1950년대 번역 장의 형성과 문학 번역-국가권력, 자본, 문학의 구조적 상관성을 중심으로」, 『대동문화연구』 79(2012). 그러나 4·19 직후 해외도서의 수입, 번역이 비교적 자유로워졌으며, 대표적인 수혜자는 일본문학이었다. 1960년 고미카와 준페이의 『인간의 조건』을 시작으로 수많은 일본문학이 번역되기 시작했고, 신구문화사와 청운사에서 각기 『일본전후문제작품집』, 『일본문학선집』 등의 전집이 기획·출판될 정도로 일본문학은 붐을 일으켰다. 『설국』, 『가정교사』, 『빙점』 등이 베스트셀러 목록에 오를 정도로 일본소설은 1960년대 대중 독서시장을 휩쓸었다. 1960년대 일본문학 번역 상황에 관해서는 윤상인 외, 『일본문학 번역 60년 현황과 분석: 1945-2005』(소명출판, 2008)을 참조.
3) 한일회담 이전부터 일본 자본은 한국 경제성장에 필수적인 동력으로 인식되었다. 한일회담 반대운동의 국면에서 일본 자본은 경제침략의 첨병으로 이해되었지만, 수교 이후 일본자본에 대한 반감은 줄어들고, 오히려 일본자본의 '선용(善用)' 방안을 논의하는 상황으로 전개되었다. 이 과정에 대해서는 김성환, 「일본이라는 타자와 1960년대 한국의 주체성-한일회담에 관한 논의를 중심으로」, 『어문논집』 61

계』중심의 지식인의 한계는 분명했다.4) 한일회담이 일본을 대리인으로 하는 미국의 동아시아 정책에 편입됨을 의미할 때, 이 체제를 거부하기는 어려운 일이었다. 미국 중심의 '반공-자유주의-자본주의'에 대한 근원적인 의문을 제기하지 않는 상황에서 대중의 감정적 반응은 담론의 공간을 갖지 않은 채 소진되는 수순을 따른다.

한일회담 이후 한국은 일본이라는 정치적 실체를 통해 근대적 보편성의 기획을 실천할 수 있었다. 문제는 이 기획에 한국사의 특수성이 필연적으로 투영된다는 점이다. 군사정권은 20세기 후반 신생 독립국의 특수성을 인정함으로써 세계질서 상의 좌표를 확인할 수 있었다. 이러한 상황은 1960년대 한국에서 식민 이후의 담론을 가능케 하는 조건이다. 한국은 '트리컨티넨탈', 즉 식민 이후의 세 주변부의 일부로서 식민성의 주체적 해결을 민족-국가 수립의 필수적인 과제로 부여받은 것이다.5) 따라서 한국은 일본을 세계체제의 편입의 준거로 삼는 동시에 식민지 역사의 기원으로, 극복의 대상으로 맞이하게 된다. 이때 가장 핵심적인 준거는 경제였다.6) 제3세계의 지도자와 마찬가지로 한국의 군사

(2015), 3장 참조

4)『사상계』지식인의 친미적 경향에 관해서는 박태균,「한일협정 반대운동 시기 미국의 적극적인 개입정책」, 국민대학교 일본학연구소 편,『한일회담과 국제사회』(선인, 2010)의 논의를 참조. 제3세계론과 중립국 논의가『청맥』을 중심으로 전개되었지만, 실질적인 힘을 발휘하지 못했다. 김주현,「『청맥』지 아시아 국가 표상에 반영된 진보적 지식인 그룹의 탈냉전적 지향」,『상허학보』39 (2013); 이동헌,「1960년대『청맥』지식인 집단의 탈식민 민족주의 담론과 문화전략」,『역사와 문화』24 (2012) 참조.

5) 트리컨티넨탈리즘이라는 용어는 로버트 J. C. 영의 제안에 따른 것이다. 포스트식민주의를 대신한 트리컨티넨탈리즘이라는 용어는 포스트 식민주의의 인식론의 원천뿐 아니라 그 국제주의적인 정치적 동일시까지도 정확하게 포착할 수 있다는 장점을 가진다. 로버트 J. C. 영, 김택현 옮김,『포스트식민주의 또는 트리컨티넨탈리즘』(박종철출판사, 2005), 24.

6) 박정희는『국가혁명과 나』(향학사, 1963)를 통해 군사혁명이 경제발전을 목표로 삼고 있다는 점을 천명했고, 이는 근대적 합리성의 핵심에 경제적 합리성이 있다는 의미로 재규명된다. 김경창,「새 정치이념의 전개-민족적 민주주의의 방향」,

정권은 경제제일주의를 표방했으며, 근대성의 핵심이 경제라는 정위[7]를 거쳐 근대적 보편성의 실천 가능성을 타진했다.

1960년대 이후 일본을 경유하는 보편성의 기획은 문학의 영역에서도 펼쳐졌다. 식민지의 기억을 형상화하는 글쓰기는 4·19세대의 신세대 문학론과 길항하면서 문학 담론을 형성한다. 이른바 학병세대 작가는 분단이후 단절된 듯 보이는 식민지 기억을 형상화함으로써 4·19세대 문학론과 다른 지점에서 글쓰기를 이어나갔다. 이를 대표하는 작가 이병주의 광포한 지적 경험과 글쓰기는 1960년대 고유의 정치-경제의 문제와 일정하게 대응한다. 식민지 경험을 1960년대의 지평에서 해석한 이병주는 정치-경제의 이면에서 이어진 역사의 연속성을 전제로 식민지 기억을 소환했다. 이병주의 소설은 독립 이후 한국이 세계체제에 진입하기 위한 정체성의 문제와 연결된다는 점에서 식민 이후의 범주에서 설명된다. 한일회담이 정치-경제의 투쟁의 장이라면, 그의 소설은 문학 장에서 담론의 공간을 형성한다. 이 글은 식민지 경험과 이를 형상화한 문학 장의 결과물로서『관부연락선』을 주목한다.『관부연락선』에서 식민 이후의 문학적 사유와 사상의 극명한 한 사례를 발견할 수 있기 때문이다. 주인공 유태림이 겪은 식민지-학병체험과 해방공간의 갈등과 분단이라는 사건은 1960년대 한국의 근대적인 민족-국가의 담론 장에서 하나의 사건으로 해석된다. 정확히 말해,『관부연락선』은 한일회담이 선사한 민족의 타자이자 세계인식의 경로인 일본에 대한 분석을 통해 식민 이전과 이후가 동일한 지평에서 의미화될 수 있음을 증명했다.『관부연락선』을 통해 식민과 분단, 두 사건을 관통하는 글쓰기가 어떻게 식민 이후의 한국의 정체성과 연결되는지, 혹은 식민 이후의 지

『세대』(1965.8), 58~59.

7) 민족적 민주주의 이념과 경제 개념이 결합하는 양상에 관해 김성환,「일본이라는 타자와 1960년대 한국의 주체성-한일회담에 관한 논의를 중심으로」4장을 참조.

평에서 해석되는지를 살피는 것이 이 글의 목표이다.

2 식민 이후, 일본에 대응하는 양식

2.1. 정치-경제와 민족주의의 행방

1960년대에 식민성의 문제가 제기된 데에는 일본의 역할이 결정적이었다. 과거의 식민종주국 일본은 세계질서의 수용을 요구했고 한국은 내적 변화에 직면했다. 그 과정에서 일본에 대한 반감과 수용의 양가적 태도는 식민 이후의 일반적 정황과 일치한다. 식민지배가 접목시킨 근대적 합리성의 환영은 식민 이후에도 여전히 피식민 민족-국가의 지배체제에 효과적으로 작동한다는 분석이 식민론의 핵심이다.[8] 식민지적 근대성은 1960년대 한국에서 경제라는 이름으로 부활했다. 6억 달러에 달하는 차관(借款)이 촉발한 경제성장의 이데올로기는 정치적 대립을 초월한 지점에서 국가 정체성을 구성했다.[9] 그러나 경제성장으로 성취되는 근대적 합리성은 식민지배보다 식민지배에 저항한 민족주의의 기획에 더 큰 영향력을 발휘한다. 식민지배에 대한의 저항논리가 식민지적 근대성에서 비롯되었기에 민족주의적 저항은 식민성을 강화하는 모순

---

8) 이 글에서는 postcolonial의 번역어로 '식민 이후'라는 용어를 사용하였다. 정치적 식민 종결 이후 피식민 민족에게서 재현되는 식민성의 양상을 설명하는 데 적합한 것으로 판단했다. 빠르타 짯떼르지는 식민국 이데올로기와 피식민 민족의 독립의 기획은 각기 다른 시공간의 역사성으로 인해 개별적인 문제틀(problematic)을 형성하지만 본질적인 주제틀(thematic)에서는 통일된다는 사실을 인도의 역사에서 확인한 바 있다. 빠르타 짯떼르지, 이광수 옮김, 『민족주의 사상과 식민지 세계』(그린비, 2013), 2장 참조.
9) 김성환, 「빌려온 국가와 국민의 책무: 1960-70년대 주변부 경제와 문화 주체」, 『한국현대문학연구』 43 (2014), 3장.

을 배태하고 있다. 이 모순은 식민 이후의 한국을 비껴나지 않았다. 근대적 보편성을 지배의 기제로 전유한 식민지 기제와 1960년대 군사정권의 근대화 기획의 차이는 분명하지 않았으며, 한일 두 나라가 차관으로 연결될 때 세계체제 내의 상동성이 부각되었다.

근대적 보편성이 식민의 역사를 거쳐 피식민 민족에 당도할 때 식민성은 피식민 민족의 특수성과 결합하여 새로운 양상으로 전개된다. 짯떼르지의 용어를 빌자면, 이는 식민성의 '도착국면'이라 할 수 있다. 해방 이후 한국은 일본을 통해 1960년대의 세계체제에 부합하는 새로운 식민성을 맞이했다. 피식민 민족이 정치적 독립과 문화적 민주주의를 기획할 때 첫 번째 과제는 세계사적 보편성에 의탁하여 민족사를 서술하는 일이다.10) 민족사에서 보편성을 발견함으로써 식민지 역사를 일시적인 일탈로 처리 할 수 있으며, 보편성을 박탈한 식민성으로부터의 해방도 기대할 수 있다. 그러나 식민 이후의 민족사가 지향한 보편성에 과거 식민성의 함정이 숨어 있었다. 빠르타 짯떼르지는 인도 현대사에서 민족사 서술이 지향한 보편성과 과거 식민지 모국이 중계한 세계사적 보편성, 근대적 합리성을 구분하기란 쉽지 않다는 사실을 발견한다. 일본을 통해 한국에 도달한 보편성은 어떠했을까. 한국이 보편성의 구축을 위해 제시한 민족과 민주의 두 담론은 과연 일본제국이 제기한 식민성의 한계를 넘어섰던가.

일본과 미국을 경유한 냉전체제는 불가침의 이데올로기 형식으로 제출되었으며 그 중핵인 경제는 대중의 반일감정과는 차원을 달리했다. 이 시기 군사정권의 정치적인 수사로 고안된 '민족적 민주주의'의 구호는 반일감정에 대응하는 내치(內治)의 수단으로 활용되었다. 동시에 이 구호는 민주주의라는 보편성과 한국의 특수성이 결합하는 식민 이후의 담론공간이 되기도 했다. 민족과 민주를 결합한 '민족적 민주주의'라는

---

10) 빠르타 짯떼르지, 『민족주의 사상과 식민지 세계』, 286.

기표를 이해하기 위해서는 전후 일본의 정치 상황을 참조할 필요가 있다. 일본의 전후 사회운동은 민주주의의 '민족적', 혹은 '국가적' 가능성을 보여준 사례이면서 한국과 밀접하게 연결되어 있기 때문이다. 전후 세계질서가 내세운 민주주의의 기표는 일본에서도 보편적 가치로 실천된다. 안보투쟁, 한일회담 반대운동, 베트남전쟁 반대운동 등 1960년대의 사회운동은 한국을 수신자로 상정함으로써 일본의 특수성을 극복하려 했다. 즉 한국을 냉전적 제국주의의 희생자로 지목하여, 이를 근거로 진보세력의 국제적 연대를 시도했다. 민주주의라는 보편적 가치 내에서 일본의 특수성을 고려할 때 비로소 한국이 시야에 들어왔던 것이다. 일본 지식인의 인식은 필연적으로 한국 민주주의와 민족주의 비판으로 이어진다. 국제프롤레타리아 연대 혹은 반제국주의의 입장에 선 일본 좌파는 군사독재 정권과의 수교협상을 민주주의 가치에 대한 도전으로 평가하면서도, 한일회담 반대운동 과정에서 드러난 한국의 배타적 민족주의가 식민지적 한계에 머문다는 점 또한 냉철하게 비판했다.11)

일본발 비판은 트리컨티넨탈의 모순이 여전히 잔존하는 한국의 상황에 맞춰진다. 일본의 좌파 지식인들은 식민 이후에도 식민성이 한일관계에서 반복된다는 사실을 발견한 것이다. 피식민 민족의 근대성의 기획 속에 내재한 모순이란, "이성의 간계(Cunning of Reason)"가 남긴 함정이다.12) 근대 이성의 간계는 식민성을 형성하는 것은 물론, 피식민 민족의 나라 만들기에도 개입한 것인데, 한국의 민족적 민주주의 기획도 여기에서 자유롭지 않았다. 군사정권이 내세운 민족적 민주주의란, 근대적 합리성을 바탕으로 민족주의와 민주주의를 포괄하는 담론의 외형

---

11) 국민대학교 일본학연구소 편, 『한일회담과 국제사회』(선인, 2010); 최종길, 「전학련과 진보적 지식인의 한반도 인식-한일회담 반대 투쟁을 중심으로」, 『일본역사연구』 35(2012); 小熊英二, 『<民主>, <愛國>: 戦後日本のナショナリズムと公共性』(新曜社, 2002), 13상 참조.
12) 빠르타 짯떼르지, 『민족주의 사상과 식민지 세계』, 54.

의 갖추었다. 그러나 담론에 내재한 식민성은 민족적 민주주의의 구호
가 통치 이데올로기에 지나지 않음을 증명했다. 이는 한일회담 국면에
서 분명해졌다. 내부에서는 군사정권의 폭력성이 드러났으며, 외부에서
는 민족적 민주주의의 비판이 일본에서부터 제출되었다. 이같은 상황은
일본을 경로 삼아 받아들인 세계체제의 본질적인 모순, 그리고 해방이
후에도 지속되는 식민성의 곤란함을 보여준다. 일본 자본을 통해 세계
체제에 편입되었으며, 곧이어 불균형성장론, 도약이론 등의 논리로 권
력을 구축했을 때,13) 군사정권은 민족주의와 민주주의의 양립불가능성
을 스스로 실증한 셈이었다.14)

　식민성의 한계는 군사정권을 비판한 지식인의 논리에서도 발견된다.
한일회담 반대운동이 한일간 국제적 협력으로 고양된 시점에서 한국의
비판적 지식인은 일본측의 논리를 참조했다. 그러나 일본 좌파의 기획
이 한국에 당도했을 때, 그 내용과 형식은 한국적 특수성의 굴절을 거
쳐야만 했다. 일본측 비판이 사회당, 공산당 등의 좌파적 기획으로 제출
되었다는 점에서 비판적 지식인, 특히 『사상계』를 중심으로 한 비판론
은 한계를 드러낼 수밖에 없었다.

　　한일 제협정이 우리의 남북통일을 저해한다는 주장은 한일국교가
　　재개되어 일본의 경제적 및 정치적 세력이 이 땅에 뿌리박는 날에는
　　그것이 우리의 통일을 저해하는 작용을 하게 될 수 있다는 의미에서

---

13) 한일수교 이후, 군사정권은 미국 중심의 자본주의 체제를 받아들여 균형개발론을
　　폐기하고, 무역위주의 불균형개발론을 경제정책의 기조로 삼는다. 여기에는 로스
　　토우의 도약이론이 결정적인 영향을 미쳤다. 김성환, 「빌려온 국가와 국민의 책
　　무: 1960-70년대 주변부 경제와 문화 주체」, 3장 참조.
14) 군사정권의 대표적인 대중동원의 사례인 새마을 운동에서 다수 대중의 삶의 근거인
　　농촌의 전통문화는 전근대적 비효율과 후진성의 상징으로 비판받았다. 1970년대 이
　　후 농촌이 민족전통의 보고(寶庫)이자 타락한 근대성의 치유의 공간으로 급격히 전
　　환되기까지 군사정권의 대중동원의 기제는 대중적 감각의 민족 인식과는 거리가 먼
　　것이었다. 황병주, 「유신체제의 대중인식과 동원 담론」, 『상허학보』 32 (2011), 172.

는 수긍할만한 면이 있다. 그러나 이미 우리는 남북이 각각 미국이나 쏘련, 중공과 맺고 있는 군사동맹관계와 같은 통일에 대한 제약적 조건들을 가지고 있는 터이므로 대일본 국교가 각별히 통일에 대하여 결정적인 장해를 구성하리라고는 생각할 수 없는 것이며 더욱이 일본 사회당이 참으로 우리의 통일을 저해할까 염려하여 한일 제협정에 반대하는 것이라고는 볼 수 없다.15)

일본의 한일회담 반대 논리의 핵심은 미국의 제국주의적 책략이 한반도 분단을 고착하고, 냉전적 위기를 고조시킨다는 점에 있었다. 따라서 한반도 통일의 문제는 한일회담 반대의 중요한 논리적 거점이었다. 그러나 접점을 확인한 후에도 한국의 지식인은 미국이라는 구심점에서 벗어나지 못했다. 오히려 일본의 비판론이 좌파 진영에서 비롯되었다는 점만을 부각하며 냉전체제 속에 매몰되는 오류를 범한다. 일본 좌파 역시 진영논리의 한계를 안고 있었지만, 냉전적 세계질서에 대한 반성을 포함했고, 무엇보다 군사독재정권을 비판하며 민주주의의 본질을 공유할 가능성을 열어놓았다. 그러나 친미-보수적 지식인의 시야는 여기에 미치지 못했다.

냉전체제 속에서 한국의 비판적 지성은 보편적 가치를 지향했지만, 이는 냉전 체제를 인정하는 한에서 상상된 것에 불과했다. 민족주의 논의가 한일수교 이후 대응력을 상실하고, 권력에 의해 전유된 것은 당연한 귀결이었다. 일본과의 관계 속에서 불거진 민족주의는 수행적인 가능성을 상실한 채16), 배제와 억압의 형식으로 변형되는 후기식민지의 한 전형으

---

15) 김철, 「일본사회당의 대한정책」, 『사상계』 (1965.11), 69.

16) 식민성에 대응한 수행적(performative) 언설/독법이란 발화와 담론을 사회적 실천으로 이해하는 방식을 말한다. 하정일의 경우 바흐친의 이론을 바탕으로 탈의 적 민족주의의 한계에 대응하여 수행적 독법의 의의를 강조한 바 있다. 하정일, 『탈식민의 미학』 (소명출판, 2008), 28~32. 1960년대 민족주의 담론 또한 내재된 식민성에 맞서 사회적 실천으로서, 즉 수행적인 방식으로 대응할 가능성이 있었음은 물론이다.

로 떨어진 셈이다. 세계질서가 일본에서 경제적 합리성의 외연으로 재현
되고 다시 한국으로까지 확장되는 1960년대의 상황은 식민성의 본질이
민족의 주체성의 형식으로 귀착되는 식민성의 도착국면으로 평가할 수
있다. 동아시아의 구도가 냉전질서에 따라 재편되는 사이, 한국은 이에
대응하기 위한 민족과 민주의 두 과제를 떠안았다. 그러나 다각적으로 펼
쳐진 가능성에도 불구하고 한국의 민족주의는 보편성 자체에 대한 의문
을 제기하지 못한 채, 민족주의의 부정적인 한계 안에 머물렀다.17)

한일회담 국면에서 일본의 의의는 한국의 민족주의의 한계와 맞물리
며 분명해진다. 일본이란 반대운동의 대상이자 동시에 반론의 기원, 혹
은 참조지점의 하나였다. 일본을 통해 민족주의의 상상력이 시작되었으
며, 민주주의의 가능성을 일본의 사례에서 확인했다. 그럼에도 한국의
민족주의는 분단을 야기한 냉전의 이데올로기를 넘지 못했다. 이 한계
속에서 일본을 타자화하는 민족주의는 공전을 거듭했다. 저항의 대상이
자 보편성의 기원이라는 양가성은 보편성의 또 다른 기획인 민주주의
실현에서도 부정적인 원인이 되었다. 한국은 세계사적 보편성을 기획했
지만, 일본이라는 경로가 남긴 식민 역사의 잔여에 묻히고 만다. 여기서
잔여란 일본에 대한 적대적 감정이기도 하며, 피식민국에 남겨진 역사
적 특수성이기도 하다. 이는 정치-경제보다 더 복잡한 역사 문제를 제
기한다. 4·19 이후 해빙기를 맞은 일본문화가 불과 몇 년 만에 다시
침략의 첨병으로 매도된 것은 이 때문이다. 일본은 그 자체로 식민의
상징이 되었다.

---

17) 일본 내에서의 '일한회담 반대투쟁'은 일본공산당과 사회당의 협력 하에 제국주
   의적 확장에 대한 비판으로 시작되었지만, 투쟁 논리에 내재한 일본 민족주의에
   대한 비판이 제기되며, 한국의 군사독재 및 민족주의 전반에 대한 투쟁으로 전환
   된다. 이에 따라 신좌익 및 비공산당계열 전학련을 중심으로 프롤레타리아 국제
   주의가 제출되어 국제관계 인식의 문제점을 노정했다(小熊英二, 『<民主>, <愛
   國>: 戰後日本のナショナリズムと公共性』, 571~572).

2.2. 양가적 대상으로서의 일본문화

정치-경제의 명료성으로 민족주의의 이행의 서사(transition narrative)[18] 에서 주변부성이 가시화된 반면, 문화의 영역에서 근대성의 기원과 영향의 관계는 불투명한 상태로 남는다. 문화의 영역에서 주체성과 자율성의 복원이 시도되지만 식민성의 기원을 은폐하는 효과를 낳을 수도 있기 때문이다.[19] 일본을 청산하고 부정해야 할 대상으로 호명하는 작업은 일제 식민지라는 명백한 역사적 기원과 항상 부딪친다. 일본문화는 전면적으로 도입되지 못한 채, 저질, 왜색이라는 반대급부와 길항할 수밖에 없었다. 특히 문화 침략이라는 키워드를 통해 일본문화에 대한 적대적 감정이 유통되면서, 1960년대 이후 일본문화는 한국 민족문화의 타자이자 적대의 대상이 되었다.[20] 일본문화 전반과 비교한다면 문학의 사정은 나은 편이다. 1960년대 이후 독서시장에서의 비중과 더불어, 일본문학에 대한 인식은 문학 일반에 대한 인식의 범위 내로 들어와 있었다. 일본 대중소설에 대한 저질시비에도 불구하고 일본문학은 번역의 중요성과 함께 '좋은 문학'으로서 가지는 기대가 유지될 수 있었던 것도, 문학이 여타의 대중예술보다 우월한 지위에 있었기 때문이었다.

---

18) 경제정책의 경우 한일회담의 구조에서 보듯이 발신과 수신의 주체가 비교적 분명하다. 한국은 미국 중심의 세계체제의 요구를 받아들여 피식민국가에서 독립국가로, 세계의 주변부에서 중심으로 향하는 민족적 이행을 선언할 수 있었다. 그러나 민족의 이행은 "제국주의가 선사한 서구적 근대성의 기획을 수용한 일종의 파생담론"의 한계를 벗어나기 어렵다. 김택현, 『트리컨티넨탈리즘과 역사』 (울력, 2012), 66.

19) 전후 민족주의는 근대적 보편성에 기초한 민족문화의 독립을 통해 적법성을 갖는다. 근대적 보편성은 피식민 민족의 문화 정체성의 근거로 자리매김하지만, 그로 인해 보편성에 내재한 제국주의적 성격은 은폐된다. 빠르타 짯떼르지, 『민족주의 사상과 식민지 세계』, 1장.

20) 여기에는 오독과 왜곡이 개입되는데, 그 예로 신일철의 '왜색문화론'을 들 수 있다. 신일철은 야나기 무네요시(柳宗悦)에 기대어 일본문화의 특징을 색정(色情)의 왜색문화로 규정한다. 야나기가 말한 '색(色)'을 '색정(色情)'의 동의어로 파악한 신일철의 오독은 일본문화 경계론의 일반적 오류와 일치한다. 신일철, 「문화적 식민지화의 방비」, 『사상계』 (1964.4), 60~61.

　　나로서는 한국작가 것보다 낫다면 제발 그것을 읽으라고 권하고
싶다. 물질은 국가경제를 위해 조잡하나마 국산을 써야 하지만, 정신
계까지 국산이니까 하고 끌어내릴 수는 없다. 얼마든지 외국작품을
읽어야 한다. 다만 좋은 것을 말이다. (중략) 거듭 말하는데, 신문, 잡
지, 출판의 일선 담당자들은 돈벌이에만 급급할 게 아니라 더 공부해
서 자기를 높이고, 필자의 선정에 과감하고 신중해야 한다.21)

　　인용문에서 비판의 기준은 국적이 아니라 문학 그 자체이다. 여기에
는 일본문학 역시 문학적으로 평가되어야 하며, 한국문학보다 뛰어날
수 있다는 인식이 전제되어 있다. 일본문학이 '정신계' 발전에 기여할
수 있다는 가정은 몇 해 뒤인 1968년 가와바타 야스나리의 노벨 문학상
수상으로써 증명된다. 노벨 문학상이 일본문학의 보편성을 확증하자 일
본문학은 '예술적 감상물로서 시민권'을 얻는다. 능동적인 발의가 아니
라 "국제적 공인에 대한 승복"이라는 형태로 이루어졌지만22) 일본문학
에 대한 도덕적, 정서적 비판을 무화시키기에는 충분했다. 그만큼 노벨
문학상의 권위는 절대적이었다.

　　타의에 의한 복권으로 인해 일본문학에는 이중의 잣대가 적용된다.
저급한 일본의 문화는 배제하되, 세계적으로 예술성을 인정받은 고급한
문학작품은 선별적으로 수입할 수 있다는 논리가 그것이다. 따라서 일
본문학은 한국문학의 기원으로도 자리잡을 수 있게 된다. 김승옥은 일
본문학의 영향에 관해 구체적으로 언급한 바 있는데, 이는 일본문학의
예술적 복권과 연관되어 있다.23) 기원과 영향의 불가시성에도 불구하

---

21) 한말숙, 「일본문학을 저격한다」, 『세대』 (1964. 2), 227.
22) 윤상인, 「한국에게 일본문학은 무엇인가」, 윤상인 외, 『일본문학 번역 60년 현황
　　과 분석: 1945-2005』, 20.
23) 김승옥은 문리대 잡지 『형성』에서 "청준이는 뭐니뭐니 해도 토마스 만이고 나는
　　太宰治인데 작품 두 개를 쓰고서는 내가 왜 太宰를 승복할 수 없는가 하는 생각
　　이 들더군. (중략) 太宰에서 얻은 것이 있다면 표현을 어떻게 이렇게 할 수 있을
　　까? 이런 표현이 가능한가? 하는 것이지."라며 일본문학의 영향을 분명하게 언급

고 1960년대의 한국 문학/문화의 '혁명'의 배경에는 일본이 존재하고 있었다. 4 · 19이후 한국 문학의 감수성의 비밀은 일본이었다. 일본문학의 영향이 "청년문화의 중층성 내지는 민족주의의 다의성"을 시사하며, 68혁명과 같은 세계성과 접속하는 지점이었다는 분석은 타당한 것으로 보인다.24) 이에 따른다면, 1960년대 초반 한국에 들어온 일본문학은 세계보편성에 대한 열망이 한국적 맥락 속에서 수용된 사례이다. 일본문학은 한국의 역사적 특수성 속에서 수용 가치를 가질 수 있었던 것이다. 이 열망의 행방에 따라 1960년대 문학적 감수성에는 분열증이라는 진단이 내려질 수도 있다. 분열증이란 일본 대중문학에 대한 폭발적 수용—예컨대 『빙점』, 『가정교사』, 『청춘교실』 등의 번역, 번안을 포함하며, 1968년 가와바타 야스나리의 노벨 문학상 수상 이후 일본문학의 위상 변이까지도 함께 고려할 수 있다—과 민족주의적 저항/검열의 기제들이 공존한 사실을 가리킨다. 일본의 저급한 대중문학/문화의 범람을 막아야 한다는 배타적 민족주의의 한편으로, 고급한 일본 문화를 수용하려는 문화 생산자의 태도가 오랫동안 어색하게 공존했다.25)

그러나 문화금수의 정치적 아이러니가 낳은 두 결과를 문화적인 분열증으로 진단하기에는 무리가 따른다. 전후 일본문화와 직면했을 때, 신구 세대가 각기 저항적, 보수적 민족주의로 나아간 이항대립적 상황으로 일본과의 관계를 정확히 해명할 수 없기 때문이다. 이항대립을 확정할 경우, 기원과 영향으로서의 일본문학의 성격은 논의하기 어려워진다. 그만큼 일본이라는 기표에는 식민지 역사와 1960년대의 세계체제의

___

했다. (『형성』 2-1 (1968), 78.) 그러나 이후 김승옥은 일본문학의 영향에 대해서는 적극적으로 발언하지는 않았다. 이런 사실이 김승옥의 감수성에 대한 기대를 배반하는 것으로 보였을 가능성이 컸기 때문일 것이다. 「4월혁명과 60년내늘 나시 생각한다」(좌담, 최원식 외, 『4월혁명과 한국문학』, 창작과비평사, 1999.)에서 다시 언명하기까지 일본문학의 영향은 본격적인 논의의 대상에 오르지 않았다.

24) 권보드래 · 천정환, 『1960년을 묻다』 (천년의상상, 2012), 529~530.

25) 『1960년을 묻다』, 11장 참조

구조, 그리고 이를 받아들이는 한국의 심성이 고루 엮여 있었다. 추종 혹은 거부의 대상이 아니라 경로와 기원으로서의 일본을 상정한다면, 일본을 통해 도입된 정치-경제의 문제성이 문화 영역에서도 재현될 수 있다. 즉 일본이라는 경로를 거칠 때, 한국의 특수성과 세계사의 보편성의 충돌은 문화 영역에서도 문제지점을 형성한다. 경제적 침략은 경계하되, 일본의 자본으로 한국의 근대화를 추진해야 했던 모순과 같이, 왜색 시비를 거쳐 일본의 보편적 문학성으로써 한국의 현대적 감수성을 갖출 수밖에 없는 것이 1960년대의 문학 풍경이었다.

일본은 한국의 특수성을 인식하게 만드는 역할을 한다. 요컨대 일본은 싫지만 일본을 통해 보편성을 도입할 수 있다는 양가적인 태도는 일본이라는 경로의 소산이다. 민족의 타자인 동시에 보편성의 기원이 된 사례는 지식인의 일본 기행문에서도 볼 수 있다. 수교 이후 20년 만에 발 디딘 일본은 식민지 역사의 흔적과 함께 전후 부흥을 체현한 선진국의 겉모습을 갖추고 있었다. 전자가 과거사에 대한 분노를 촉발했다면 후자는 경제성장의 전망을 제시했다. 특히 한국전쟁의 참화가 고스란히 일본의 경제적 이익으로 전환되었기에 부러움과 배신감은 노골적일 수밖에 없었다.

> 별수없이 나도 재떨이氏한테 일금 십원을 빼앗겼다. 생각하면 일본까지 와서 기막힌 일이다. 우리나라에서 바꾼 딸러이기에…… 재떨이도 돈을 버는 나라, 아무리 생각해도 일본은 기계를 시켜 착취하는 나라만 같았다.26)

> 길건너 저편은 화려한 문화생활과 주지육림의 세계이건만 이쪽은 굶주림과 질병과 신음의 연쇄세계이다. 슬럼가 釜崎에서는 芥川賞에 빛나는 문학가가 나왔다는 말도 들린다. 釜崎와 山谷의 큰 빈민가를 보지 않고 일본사회의 화려한 면만을 본다는 것은 매우 치우치기 쉽다.27)

---

26) 오소백, 「여권 4457호-닥치는대로 본 일본사회의 저변」, 『세대』 (1964.9), 180.

일본의 집요한 상업화의 이면에는 추악한 빈민가가 존재한다. '앵무새'같은 상업적 친절이란 진실성이 의심되는 가식일 뿐이며, 돈이라면 수치심마저 던져버리는 곳이 일본이다.[28]

상업화 극복 가능성은 오히려 경제성장의 그늘을 겪지 않은 한국에서 발견된다. 한국은 여전히 인간미가 살아 있는 곳이며, 미국의 영향으로 영어 간판 일색인 일본과는 달리 자주적인 문화가 살아 있는 곳이 한국이다.[29] 양가적 감정으로 전후 일본을 채색한 기행문은 민족적 이행을 위한 두 과제로 경제성상과 인간성 회복을 제안한다. 경제성장이라는 명제를 인정하면서도 그 부정성을 윤리로 극복하려는 태도는 식민지 시기의 저항감정과도 유사하다. 식민지 체제 내에서 식민지의 부정성을 극복하려는 태도가 상상적인 보상으로 이어진 것과 같이[30] 일본의 경제성장은 한국에게 전망을 제시하는 동시에, 인간성 회복의 과제 또한 주문한다.

일본에 대한 양가적 감정은 민주주의 문제에서 더욱 분명하다. 기행문은 일본이 식민지의 원흉이지만 동시에 자유진영의 파트너이기도 하다는 사실을 발견하고 민주주의의 모범적 사례로 일본을 꼽는 데 주저함이 없다. 한일수교라는 사실을 수리한 결과 일본은 반공 체제의 일원임이 강조되고 전후 민주주의 체제는 긍정적으로 평가된다.

---

27) 「여권 4457호 – 닥치는대로 본 일본사회의 저변」, 185.
28) 오소백, 「스트립 쇼와 대학모-닥치는대로 본 일본사회의 저변」, 『세대』 (1964.11).
29) 지명관, 「일본기행」, 『사상계』 (1966.2), 227.
30) 식민지 체험을 다룬 1900년대 논픽션에는 윤리식 태노가 일본에 대한 저항의 숭요한 기제로서 등장한다. 주인공의 동료는 차별적인 일본인 교사에 맞서, "廣島 高師를 나온 놈이 누구한테 함부로 떠들어, 흥, 우리 아버지는 그래도 동경제대 출신이야."(박숙정, 「만세혼」, 『신동아』 (1966.9), 387)라고 말하는데, 여기서 제국의 기제로써 제국의 억압을 극복하는 윤리적 저항방식의 아이러니를 볼 수 있다.

그는 하는 수 없이 역사의 방향을 간 것이니 중립적으로 취급해야 한다는 의견이 우세하였다. 그러나 우리는 그러한 구실이 바로 일본을 지배하기 시작한 복고조를 대변하는 것이라고 하였다. 東條가 아니라도 누군가 그 일을 담당하였을른지 모른다. 그렇다고 하여 윤리적인 판단을 포기할 수는 없다. 東條를 부정적으로 판단하려는 데 사실은 지난날을 비판하고 민주주의적으로 결단하려고 하는 일본인의 결의가 있다고 보기에 우리는 교과서에 東條가 복귀하려는 데 의아스러운 생각을 가진다.31)

일본인들이 전범 도조 히데키(東條英機)를 '중립적'으로 이야기하는 풍경은 일견 의아스럽다. 그러나 여기에는 진지한 반성이 전제되어 있으며 민주주의적 과정을 거쳤다는 점 또한 인정된다. 이 경우 식민지에 대한 반성 혹은 무관심은 결과적으로 일본의 전후 민주주의의 성과로 평가된다. 이에 따라 일본은 민주주의를 공유하는 가치 있는 협력대상이 될 수 있다.

한국사람들의 오인의 하나는 일본이라든가 일본사람을 완성된 나라 사람들로 잠재적 인식을 갖고 있다는 점이다. 일본사람이란 아직 미숙한 우리들과 꼭 같은 사람들이다. 서구 사람들과 달라 이제부터 완성에의 길을 찾고자 하는 사람들이다. 이 일본에 대해 서구 사람들과 같이 대해서는 차이가 생긴다. 일본 실책(失策)에는 이것을 지적하고 충고를 하여 실수 없게 이웃 사람의 책임과 긍지를 가져야 한다. 적대와 반박을 버리고 도의의 선도역을 하여야 한다. 이러한 관점에 입각하여 일본이란 나라와 사람들을 우리는 대해주어야만 되겠다. 이것이 곧 우리가 일본사람들로부터 대등한 입장과 존경을 받게 되는 유일한 길이기 때문이다.32)

---

31) 지명관, 「속 일본기행」, 『사상계』 (1966.9), 219.
32) 전준, 「일본교과서에 나타난 한국관–한국 민족사를 왜곡하는 일본인」, 『사상계』 (1965.5), 173.

인용문에서 적대감정은 희박하다. 일본인은 한국과 마찬가지로 좋은 점과 나쁜 점을 모두 가진다. 그리고 일본의 세계성 역시 미완의 형태이기 때문에 그 완성은 한국에서 선취될 수도 있다. 다만 역사적 차이로 인해 완성의 가능성의 지점은 각기 다르다. 일본이 경제성장이라는 실체로서 완성했다면, 한국은 '도의'의 실현으로 역사성에 대응한다. 민주주의의 가능성은 일본보다 우위에 선 도의 속에서 형성된다. 전후 일본이 도조(東條)를 객관화할 정도의 민주주의에 이르렀다면, 한국은 그보다 더 성숙한 민주주의로써 일본을 선도해야 한다는 과제가 제출된 것이다.

1960년대 이래 한국은 일본에 대한 추종과 거부의 양가적 감정을 통해 보편적 가치들을 실천할 수 있었다. 문학에서 일본의 영향을 거부하되, 기원으로 삼는 것, 일본을 경제성장의 모델로 삼되 그 부정성을 극복하는 일, 그리고 일본의 식민지 역사를 경계하되 그로부터 민주주의의 가능성을 확인하는 일 등, 일본은 양가적 감정 속에서 한국의 정치-경제와 문화의 참조지점이 되었던 것이다. 이는 일본이라는 경로, 혹은 한국과 일본 역사의 특수성에서 비롯된 것임은 상술한 바와 같다. 식민지 기억에도 불구하고 일본을 경유하여 보편성으로 접근할 때, 한국은 그 장점과 단점을 동시적으로 체현한 이중의 보편성을 떠안았다.

3 식민지 경험과 『관부연락선』 글쓰기의 기원

3.1. 보편으로서의 문학에 대한 열망

일본에 대한 양가적 태도는 민족 정체성의 위기를 불러일으킨다. 특히 문화와 문학의 영역에서 이 위기는 지식인 고유의 사상의 위기로 증폭된다. 한글세대와 달리 식민지 체험세대에게 일본이 정체성 위기의 기원이라는 사실은 분명했다. 그러나 식민지의 지적 체험이 식민 이후에 작동하는 구조를 파악하는 일은 자동적이지 않았다. 1960년대 근대화 기획 속에서 식민지의 기억을 정확히 재현하는 것은 물론, 이를 현재화된 상황으로 해석하는 작업을 담당할 작가는 많지 않았던 탓이다. 이른바 '학병세대'는 식민지 전후 체험을 기술할 수 있는 유일한 세대였으며, 이병주는 학병세대를 대표하는 작가였다. 『관부연락선』은 학병세대의 글쓰기의 총합으로서, 식민지 전후 시기, 즉 학병으로 동원된 태평양 전쟁기와 해방공간의 이데올로기 대립의 시기를 가장 적실하게 재현한 1960년대 말의 성과이다.

『관부연락선』에서 이병주는 특유의 박람강기(博覽强記)를 선보인다. 그가 체험한 1930년대 말 문헌들은 주인공 유태림의 행적을 서술하는 배경으로 충실히 활용된다. 식민지 유학생에서 학병, 그리고 좌우 이데올로기 대립의 희생자인 유태림의 사유의 근저에는 동서고금을 아우르는 방대한 독서체험이 자리잡고 있다.[33] 『관부연락선』에 펼쳐진 지적인 풍요를 "쇼와 교양주의"라고 말할 수 있지만, 출세의 수단이 아니라는 점에서 일반적인 제국의 교양주의와 구분해야 한다.[34] 『관부연락선』에 인용된 문헌들은 당대의 쓰임새를 떠나 서술 시점에서 체험과 기억을 역사로 재구성하는 원동력이다.[35] 여기에는 식민지 경험을 역사화

---

33) 『관부연락선』의 주인공 유태림은 작가와 주변 인물의 경험이 투영된 인물이다. 유학시절 에피소드는 작가와 친밀한 관계를 유지해온 황용주의 실화와 유사한 점이 많으며, 학병체험과 한국전쟁기의 에피소드는 이병주와 거의 일치한다. 이병주의 식민지 경험에 대해서는 안경환, 『황용주, 그와 박정희의 시대』 (까치, 2013); 손혜숙, 「이병주 소설의 '역사인식' 연구」 (중앙대 박사논문, 2011), 2장을 참조

34) 노현주, 「이병주 소설의 엑조티즘과 대중의 욕망」, 『한국문학이론과 비평』 55 (2012), 105.

35) 기억과 역사 서술의 관점에서 이병주의 소설을 분석한 연구로 손혜숙, 앞의 논문; 손혜숙, 「이병주 소설에 나타난 '식민지 기억'과 역사 다시 쓰기―『관부연락선』과 「변명」을 중심으로」, 『어문론집』 53 (2013); 손혜숙, 「이병주 소설의 역사

하는 것은 물론 작가가 직접 겪은 1960년대의 정치적 현실에 대응하는 글쓰기 전략이라는 의미도 포함된다.[36] 작가의 경험이 서사의 전면에 배치된 글쓰기는 이병주 고유의 글쓰기 전략으로 이해하는 것도 이 때문이다. 식민지와 1960년대를 가로지르는 이병주의 독서체험은 따라서 하나의 세계인식의 방법론으로 자리잡는다.[37] '세계책'이라는 개념을 상정했을 때 책읽기는 곧 세계인식이자 실천이며, 이를 통한 사유의 체계는 다시 글쓰기로 재생산된다. 소설 쓰기는 온갖 책읽기로부터 촉발된 사건이기에 독서체험의 기원이 소설 속에 선명하게 침전된 것은 당연한 결과일 터이다.

여기서 중요한 과제는 이병주의 독서체험을 1960년대 후반의 시점에서 재의미화하는 작업이다. 한 개인의 문화적 역량으로 계량될 것이 아니라면,[38] 그의 독서체험은 식민지 전후의 사건을 매개하는 근거라는 점에서 주목해야 한다. 『관부연락선』에 등장하는 여러 작품들은 1930년대 말 실재한 텍스트로, 1960년대 한국의 일반적인 독서와는 다른 벡터에 존재한다. 작품 목록 중 몇몇은 당시까지 한국어로 번역되지 않았

서술 전략 연구—5·16소재 소설을 중심으로」, 『비평문학』 52 (2014) 등을 들 수 있다.
36) 고인환, 「이병주 중·단편 소설에 나타난 서사적 자의식 연구」, 『국제어문』 48 (2010): 이정석, 「이병주 소설의 역사성과 탈역사성」, 『한국문학이론과 비평』 50 (2011) 등을 참조.
37) 황호덕, 「끝나지 않는 전쟁의 산하, 끝낼 수 없는 겹쳐 일기 식민지에서 분단까지, 이병주의 독서편력과 글쓰기」, 『사이間SAI』 10 (2011).
38) 『관부연락선』에는 방대한 문헌사항과 식민지 일본의 풍경과 관련한 고유명사들이 등장하는 만큼 오류도 빈번하다. '이무란(移賀亂)'을 '이하란(移賀亂)'으로 표기한 것(『관부연락선1』, 247)은 출판과정의 오식(誤植)일 가능성이 크다. 그러나 인명과 지명의 경우 작가의 착각이나 부주의에서 비롯된 오류도 흔히 발견된다. 『관부연락선』이 문친텍 기원을 찾는 일은 사칫 삭가의 시식의 양과 질을 실제와 대비하여 계량하는 결과를 낳을 수 있다. 이 비교는 1968년 『월간중앙』 연재본과 1971년의 단행본, 그리고 최근의 전집판을 비교했을 때에 좀더 정밀할 수 있다. 본고의 작품인용은 이병주, 『관부연락선1, 2』 (한길사, 2006)을 저본으로 삼았다. 이하 인용에서는 서명과 면수만 병기.

다. 무엇보다 학병이라는 특수한 식민지 경험을 의미화하고 있으며, 이로부터 분단의 문제까지도 확장시켜 이해하려 있다는 점에서 1960년대 대중교양의 독서와는 구분된다. 식민지 전후를 한데 묶는 시도는 이병주의 '책읽기'에 내재한 기획들 중 하나이다. 그런데 정작 문제는 그의 책읽기가 사상적, 정치적 의도를 가지지 않은 순수한 교양주의의 산물이라는 점이다. 스스로 '딜레탕티즘'이라고 말하고 긍정한바,[39] 그의 지적인 편력은 오히려 순수한 지성의 세계, 순수한 문학의 세계를 겨냥하고 있다. 한국의 발자크가 되고자 공언했던 만큼[40] 그의 순문학적 태도가 어떻게 역사성을 담보하는 근거가 될 수 있는지를 살펴야 한다.

순문학 지향과 역사적 서술의 관계에서 먼저 고려해야 할 점은 책읽기가 형성된 식민지라는 시공간적 조건이다. 1930년대 말 조선 유학생들의 문학적 소양은 일본인들과 유사하게 지식인의 자의식을 그려내는 데 유용하게 작용한 것으로 보인다.

> 고등학교는 엄두도 못내고 3류 대학의 예과에도 붙을 자신이 없는 패들이면서 법과나 상과쯤은 깔볼 줄 아는 오만만을 키워가지곤 학부에 진학할 때 방계입학할 수 있는 요행이라도 바라고 들어온 학생은 나은 편이고 거의 대부분은 그저 학교에 다닌다는 핑계를 사기 위해 들어온 학생들이었다. (중략) 모파상의 단편 하나 원어로 읽지 못하면서도 프랑스 문학을 논하고 칸트와 콩트를 구별하지 못하면서 철학을 말하는 등, 시끄럽기는 했으나 소질과 능력은 없을망정 문학을 좋아하는 기풍만은 언제나 신선했기 때문에 불량학생은 있어도 악인은 없었다.[41]

유태림이 속한 '3류 대학 전문부 문학과'는 식민지 핵심기제의 변두리

---

39) 이병주, 『허망과 진실1』 (생각의나무, 2008), 236.
40) 안경환, 『황용주, 그와 박정희의 시대』, 89.
41) 『관부연락선1』, 13.

이다. 이들에게 문학이란 출세의 교양주의와는 거리가 먼 비현실적인 유희였다. 그러나 문학에 진지하게 접근할 경우 문제의 발단이 될 수 있다. 지방 부호의 아들 E와 중견작가의 아우 H의 등장은 이를 상기시킨다.

현재 일본문단의 대가이며 당시에도 명성이 높았던 중견작가 H씨의 아우라는 사실에다, M고등학교에 들어가자마자 불온사상 단체의 실제 운동에 뛰어들었다는 경력까지 겹친 후광이 있었고(하략)42)

구제 고등학교 출신의 일본인 수재와 식민지 수재 유태림과의 만남은 전문부의 수준을 넘어 식민지 체제와 세계사를 논하는 지적인 유희로 이어진다. 이들의 담화는 프랑스로 대표되는 서구의 문학세계와 고바야시 히데오(小林秀雄), 미키 기요시(三木淸) 같은 당대의 지성을 포괄할 만큼 방대하다. 고등학교-제국대학-고등문관의 출세가도를 포기한 청년들은 문학이라는 관심사를 공유하며 식민지 현실을 비판적으로 인식하기에 이른다.43) 그 결과로 제출된 것이 '관부연락선'이라는 표제를 단 유태림의 수기이다. 이들은 관부연락선으로 대표되는 한일 관계사를 탐구하면서 문명론적인 핵심을 향해 나아가는 담론의 담지자의 위치에 설 수 있었다.

그렇다면 유태림의 문학은 식민지배에 대응하는 가치를 가질 수 있을까. 달리 말해 문학이 식민지에 대한 반성에 효과적일 수 있을까. 이 물음은 보편적 문명을 지향한 유태림의 문학적 열의와 관련된다. 유태림에게 서구문학은 인류보편의 가치를 담지하여 조선의 운명을 구원할 근거처럼 보인다. 이에 따르면 문학의 가치는 두 갈래에서 가능성을 가

---

42) 『관부연락선1』, 15

43) 관부연락선에서 만난 조선인 '권'은 제국의 출세가도를 밟은 인물로 일본인보다 더 철저하게 제국에 충성한다. 그렇지만 권의 논리는 일본인 사내로의 도의론 앞에서 힘을 잃을 수밖에 없다. 유대림은 권의 모습을 통해 제국의 체제에 불응하는 가능성을 확인할 수 있었다. 『관부연락선1』, 285-287.

질 것이다. 문학의 성취가 인류 보편성을 통해 식민성을 비판하는 데 이른다면, 문학은 긍정적인 대응담론을 구축할 수 있다. 이와 반대로 문학이 식민지적 교양 내부에서 차이와 차별을 확정하는 경우라면, 문학이란 식민지의 동어반복이 될 수도 있다. 따라서 유태림-학병세대의 지적인 기원을 밝히는 일은 식민성 해석의 또 하나의 판본을 확인하는 작업이 될 것이다. 『관부연락선』에 풍성하게 삽입된 문학적, 문화적 기원은 당대의 일본의 대중 교양을 위시하여, 일본이 보유한 세계문학의 지평을 모두 망라한다. 그뿐만 아니라 당시 절정을 누렸던 제국의 물질문명과 대중문화들도 포함된다. 일본을 통해 경험한 선진 문화는 학병세대의 지적 자양분이자, 수기 '관부연락선'을 서술하게 만드는 원동력이다. 유태림의 수기는 일본은 통해 전수받은 보편성이 식민지 조선에서 재현될 가능성을 실험한 장이었다.

이 지점에서 유태림의 글쓰기는 근대적 보편성의 식민지적 번역이라고 명명할 수 있다. 예컨대 프랑스 문학의 정수를 받아들이되, 이를 다시 조선의 상황으로 다시쓰기는 작업은 조선을 인식하는 동시에 그 경로가 무엇인지를 노출하는 행위이다.44) 관부연락선의 역사와 독립지사 원주신의 정체를 찾아 나선 도중 유태림과 E는 다시 문학과 만난다. E는 "사색의 훈련을 한답시고" 수학책을 읽은 반면, 유태림은 랭보를 읽는다. 수학과 랭보 사이에 격차가 존재하지만 근대적 학문이라는 범주 속에서는 하나로 묶인다. 차이가 있다면 E가 순수한 사유, 즉 철학을 상상한 반면, 유태림은 랭보의 시를 조선의 상황으로 번역함으로써 문학의 효용을 시험했다는 점이다. 유태림의 번역은 다음과 같다.

---

44) 번역이론에서 번역은 타자의 언어를 전유하는 문화비평의 한 형식으로 정의된다. 문화비평으로서의 번역이란 번역불가능성에 근거한 다시 읽기, 혹은 다시 쓰기의 형식으로 성립된다. 앙드레 르페브르(André Lefèvre)에 따르면, 번역은 본질적으로 재기술(再起述)이며, 재기술의 과정에는 공시적 이데올로기에 따른 다중적인 의미 굴절(refraction)이 개입된다. 早川敦子, 『飜譯論とは何か』 (彩流社, 2013), 63~68.

이 우상, 검은 눈, 검은 머리, 양친도 없고, 하인도 없고, 동화보다
도 고상한 조선인이며 일본인. 그 영토는 오만하게 드높은 감벽의 하
늘, 푸르른 들, 뱃길도 없는 파도를 헤쳐 당당하게도 일본, 조선, 중
국의 이름으로 불리는 해변에서 해변으로 이른다.45)

랭보의 「소년기」에 등장한 프랑스, 멕시코 등의 기호가 일본인, 조선
인으로 번역되었을 때 식민지 현실은 더욱 분명해진다. 그러나 번역은
최종적으로 식민지에 대한 비판대신 원작의 고유한 가치를 재확인하는
지점에 머문다. 원시의 마지막 구절 "아아, 어쩌란 권태일까! '안타까운
육신'과 '안타까운 마음'의 시간"은 번역을 통해서도 변형되지 않았는
데, 이는 랭보가 20세기 문명 앞에서 마주한 권태가 식민지 조선의 현
실에서도 동일하게 유효했기 때문이다. 이것이 랭보와 프랑스 문학의
힘이다. 프랑스 문학의 보편성은 조선의 근대사 탐구를 중단시킬 만큼
매력적이다. 랭보의 문명사적 보편성 앞에서 유태림이 발견한 것은 권
태의 조선적 특수성이 아니라 권태 그 자체의 황홀감이다.

14세에 시작, 21세에 끝낸 시작으로 프랑스 문학사에 찬란한 광망
을 던진 아르튀르 랭보는 우선 그 기구한 운명으로써 우리들을 사로
잡을 마력을 지니고 있었다. 게다가 본인이 말한 대로 연금술사를 자
처했듯이 그 황홀하고 유현한 시는 읽는 사람으로 하여금 일종의 치
매상태에 빠지게 한다.46)

랭보의 시는 조선이 경험하지 못한 권태를 상상하게 만들어 '치매상
태'에 빠뜨릴 정도로 황홀하다. 이처럼 위대한 랭보를 변역할 때 강조
되는 것은 조선의 현실이 아니라 서구 문학의 위대함이다. 제국의 불문
학을 통해 경험한 랭보를 읽는 일, '누런 머리'를 '검은 머리'로, '멕시

45) 『관부연락선2』, 33–34.
46) 『관부연락선2』, 34.

코인'으로 '조선인'으로 고쳐 쓰는 행위는 서구 문학의 보편성을 식민지 청년의 내면에 장착하는 과정이다. 번역은 이를 위한 필수적인 절차였다.47) 서구 문학의 위대함을 확증하기 위해 식민지의 상황에서도 그 보편성이 재현된다는 사실을 실증해야 했기 때문이다. 식민지 학문 체제 속에서 수입한 서구 문학의 보편성을 증명하고 이를 식민지적 상황으로 번역하는 일련의 문학적 행위는 식민지 지식인, 특히 학병세대 내면형성의 필요조건이었다.

보편성을 지향한 피식민 민족의 문명사적 기획은 종종 식민성의 함정에 빠질 위험에 노출된다.48) 그들이 지향한 보편성이 결국 식민성의 범주임이 드러날 때 식민지 비판의 가능성은 의심받는다. 랭보를 번역함으로써 서구 문학의 보편성이 조선의 현실에 의해 굴절되는 현장을 목격할 여지가 충분했지만, 유태림은 그와 정반대로 보편성이 담보한 황홀경에 매몰되고 만다. 서구 문학의 보편성을 상상하는 기제에 일본, 혹은 세계와의 관계가 내재해 있는 한 식민성의 함정을 피하기는 어렵다. 서구 중심의 세계문학이라는 상상 속에 내재한 일본과 서구와의 비대칭적인 관계는 조선에서도 반복된다. 일본이 상정한 세계문학은 조선에서도 여전히 보편성의 기원이 되며, 이를 수용한 지식인에게 세계문학은 불가침의 보편성을 의미하게 된다. 세계문학에 접근하는 지점에서 조선의 현실이 드러나더라도 이는 보편의 해석상의 결과일 뿐이다.

이처럼 『관부연락선』은 일본과 조선의 식민지적 관계를 드러내고 있다. 『관부연락선』의 서사는 일본을 통해 경험된 서구 문학의 가치를 인

---

47) 이 장면에서 유태림은 프랑스어로 된 랭보를 읽고 자신의 언어로 번역했는데, 그 언어가 일본어인지 조선어인지는 명확하게 언급되지 않는다. 사실 여기서 번역의 도착어는 그다지 중요하지 않다. 유태림에게 랭보의 번역에서 언어는 문제시되지 않았으며, 조선과 검은머리라는 식민지의 상황으로 전환되었다는 사실만이 강조되었기 때문이다.
48) 김택현, 『트리컨티넨탈리즘과 역사』, 61~63.

정하는 데서 시작된다. 유태림이 전쟁 중에도 좋은 어떤 보편성은 식민지의 부정성을 드러내기 위한 것이 아니라 체험과 인식의 경로를 드러내기 위한 것이었다. 학병체험 서술이 전쟁 그 자체가 아니라 전장에서 펼쳐진 지식인의 내면에 초점이 맞춰진 것은 이 때문이다.

> 60만 인의 잠이 눈 날리는 새벽의 고요를 이루고 있다는 사실에 태림의 의식이 미치자 빙판을 이룬 듯한 태림의 뇌수 한구석에 불이 켜지듯 보들레르의 시 한 구절이 떠올랐다. "너희들! 짐승의 잠을 잘 지어다!" (중략) 유태림은 터무니없는 국면에서 보들레르의 이단을 모방한 스스로의 오만에 야릇한 감회를 느껴보면서 자기가 하잘 것 없는 일본군의 보초임을 깨닫고, 잠자지 못하는 하잘것없는 보초가 잠들어 있는 사람들에게 대해 깨어 있는 자의 오만을 모방해본다는 것은, 거리를 끌려가는 사형수가 그 뒤를 따르는 구경꾼에게 대해 느껴보는 허망한 오만과 비슷하지 않을까 하는 생각도 가져보았다.[49]

유태림은 보초로서 전장을 지켜보면서 문득 보들레르를 떠올린다. 보들레르의 문학이란 학병이라는 현실을 극복하기 위해 소환된 것이 아니다. 오히려 사형수가 구경꾼을 대하듯, 현실과 동떨어진 심정적인 보상의 차원에서 전개된 지적인 사유의 한 단면이다. 유태림이 말한 '보초의 사상'에는 보들레르 외에도 괴테, 베토벤, 톨스토이, 도스토예프스키 등 서구 문화 전반이 개입해 들어온다. 이때 유태림의 학병체험을 완성시키는 조력자는 철학교수 이와사키이다. 이와사키의 식견과 윤리는 유태림에게 안도감과 존경의 대상이 될 만큼 결정적인 영향을 미친다.[50] 식민지 지식의 체계는 문학에서 철학에 이르기까지 폭넓은 스펙

---

49) 『관부연락선1』, 108~109.
50) 유태림은 "이와사키와의 대화를 생각하고 있으면 마음이 포근할 수가 있다"라고 말하며, 일사병환자에게 수통을 내어주는 이와사키의 윤리적인 태도에 감동을 받는다. 『관부연락선1』, 113.

트럼으로 펼쳐져 있었다.

　문제는 유태림의 식민지적 보편성이 식민 이후에도 여전히 유효하다
는 사실이다. 두 번에 걸쳐 인용된 『루마니아 일기』51)에서 보듯, 식민
지 시기의 문화적 경험은 해방공간에서도 의미화의 준거로서 작동한다.
『루마니아 일기』는 학병지원의 순간에도 인용되지만52) 해방공간에서
여운형 암살 사건의 평가에도 유효하게 활용된다. "“유산탄 하나면 없
어져버리는 인간이 어째서 정신적 통일체일 수가 있단 말인가.” 한스
크라비나의 외침이 나의 가슴속에서 고함을 질렀다.”53)라는 서술은 식
민 이후의 사건이 식민지의 지적 경험에 의해 의미화될 수 있음을 보인
다. 달리 말해 유태림이 인용한 『루마니아의 일기』란 일본이 수입한 서
구 문화를 조선 지식인이 재번역한 판본이다.

　식민지 지식체계는 『관부연락선』이 쓰인 1960년대 후반의 상황에도
적용된다. 작품 속에서 불친절하게 등장하는 지적 배경은 작가 개인의
경험의 차원을 넘어서서 소설이 서술되는 시점의 상황에 대입가능하다.
1960년대 일본문화를 두고 펼쳐진 분열 양상은 세대론적인 차이와 겹
친다. 이 분열이 접합되는 지점에서 이병주/유태림의 지적 환경을 찾을
수 있다. 일본문화 수입에 중추적 역할을 한 이병주/학병세대의 문학적
경험이 비록 신세대 작가에 의해 소외되었지만,54) 그것이 1960년대에
전적으로 단절되었다고 단정하기는 어렵다. 1960년대 고급 일본문학의
번역자들이 주로 학병세대였으며, 중역된 세계 사상도 이들에 지적능력
에 의거했을 가능성이 크다. 이는 일본문학의 맥락들이 한국의 시공간

---

51) 『루마니아 일기』는 일본에서 1935년과 1941년에 두 종의 번역서가 나왔을 만큼
　　대중화되었다. 한국에서는 1970년대에 들어서 처음 번역된 사정을 고려한다면,
　　학병세대의 지적 기원이 어디에 있는지를 짐작할 수 있다.
52) 『관부연락선2』, 364.
53) 『관부연락선2』, 135~136.
54) 김윤식, 『한일 학병 세대의 빛과 어둠』 (소명출판, 2012), 144.

에서 재조정됨을 뜻하는 것으로, 일본문학의 분열이 아니라, 한국에서 문학적 분열이 일본을 통해 가능했다는 점을 적시한다. 1960년대 이병주의 문학적 서술이란 곧 식민지에서 경험된 문화 제도의 1960년식 전환, 혹은 번역의 한 양상으로 읽을 수 있으며, 이는 1960년대 한국 문학이 일본에 대응하는 한 지점이다.

3.2. 식민 전후를 관통하는 역사 쓰기

일본이라는 경로를 거쳐 문학을 서술하는 행위, 식민지 경험을 바탕으로 1960년대의 맥락에서 문학을 의미화하는 행위는 문학이라는 대상의 수용과 전환, 즉 큰 의미에서의 번역의 차원으로 이해할 수 있다. 문학이라는 대상이 일본을 통해 한국에 당도하는 과정을 번역의 차원으로 이해한다면, 식민성을 관통한 1960년대 한국의 역사 서술의 방식도 마찬가지로 분석할 수 있다. 다음의 장면은 이와 관련하여 의미심장하다.

"윤심덕이 지금 살아 있었으면?"

"세키야 도시코關屋敏子 정도는 못되었을 게고 세키타네코關種子 쯤이나 되었을까?"

"그렇다면." 하고 E는 말했다. "윤과 김의 자살사건은 그 원인이 어디에 있었건 한갓 에피소드에 불과하다 이에 비하면 우리의 원주신은 바로 역사다. 여기서 매력은 원주신에게 있다."[55]

유태림과 E는 현해탄에서 자살한 원주신과 윤심덕을 비교한다. 윤심덕은 통속, 원주신은 역사라는 말에는 30여년의 시차를 뛰어넘는 서술

55) 『관부연락선1』, 295.

상황이 드러나 있다. 둘의 대화는, 윤심덕이 당대의 일본 여가수와의 비교를 통해 평가되듯이, 원주신의 존재는 윤심덕을 소재로 삼은 현재의 시점에서 평가될 때 비로소 역사로 성립될 수 있음을 암시한다. 『관부연락선』에 포함된 한일 관계사, 혹은 한국 근대사 서술은 이 지점에서 발생한다. 유태림과 E가 관부연락선의 역사를 발굴하고 원주신의 정체를 규명하는 작업은 식민지 내 학문으로서의 역사를 써나가는 행위이다.

『관부연락선』에는 몇 가지 서술 층위가 존재한다. 첫 번째는 이선생이 서술자의 위치에서 유태림 행적을 서사화한 글쓰기이며, 두 번째는 유태림이 수기에 담긴 관부연락선의 역사, 그리고 한국 근대사의 서술이다. 그리고 마지막으로는 E와 H의 서신으로부터 시작된 이선생의 발화로, 앞의 두 이야기의 외부인 1960년대 후반에 존재하는 이야기이다. 세 이야기가 액자형식으로 구성된 『관부연락선』은 각각의 층위에서 역사로서의 과거와 현재를 서술한다. 첫 번째가 학병과 해방공간의 유태림의 행적을 담고 있다면, 두 번째 층위에서는 20세기 초의 조선의 역사와 1930년대말 동경 유학의 시간을 담고 있다. 그리고 세 번째 층위에서는 액자의 외부에서 20세기 초에서 1960년대 후반에 이르는 시간의 격차를 아우르며 하나의 글쓰기 주제를 형성한다. 그 주제의 핵심에는 식민성이 놓여 있다. 식민지를 관통한 유태림의 글쓰기를 통해 식민지 이전의 역사와 식민 이후 한국이 겪은 분단의 문제가 하나의 서사로서 갈무리 된다. 『관부연락선』의 두 화자인 유태림과 이선생은 연쇄적으로 과거의 사건을 자신의 시간에서 의미화한다. 유태림이 20세기 초와 식민지 현실을 연결하고 있다면, 이선생은 1960년대의 시점에서 학병과 분단을 하나의 사건으로 엮는다. 이들은 현재의 관점에서 과거를 해석함으로써 각자의 역사 쓰기를 진행한다.

우선 유태림의 역사 쓰기를 살펴보자. 유태림의 한일관계사는 『대한매일신보』에 실린 매국노 송병준 관련 기록으로부터 시작하여, 식민지로 떨어질 수밖에 없는 조선의 운명을 파헤친다. 여기에는 조선의 문제점뿐 아니라, 유태림의 역사 쓰기의 욕망, 즉 전쟁의 소용돌이 속에서 제국주의와 민족주의의 위기를 하나의 역사로 확정하려는 욕망이 내재해 있다. 이는 유태림 개인의 욕망을 넘어서 과거를 역사를 재구성하려는 민족적 시도로 확장될 수 있다.56) 민족의 과거를 보편의 역사로 재구성함으로써 식민지를 특수한 사건으로 전환시키고, 민족의 역사를 인류보편성의 틀 속에서 재정립하려는 것이 민족사의 최종목표이다. 그러나 유태림의 역사 쓰기가 식민성을 극복할 수 있을지는 의문으로 남는다. 근대성과 보편성의 향한 민족사의 기획과 식민지 근대성은 뚜렷이 구분되지 않기 때문이다. 역사를 발견할수록 조선의 근대성과 합리성은 미달의 형태로 증명되고, 그 결과 식민의 함정, 혹은 간계 속에 조선의 역사는 고착된다. 유태림의 '관부연락선사(史)'가 발견한 과거도 이 지점에 있다. 송병준의 정체성은 한 개인의 일탈과 인격적 결함으로 설명될 뿐, 전체 역사의 행방은 변하지 않는다.

송병준이 아니었다면 조선의 역사는 어떻게 되었을까.

한일합방은 불가피한 일이었다. 그렇다손 치더라도 송병준 같은 인간의 활약으로 이루어졌다는 것은 한국으로서 치욕이며 일본을 위해서도 불행한 일이라고 생각한다. 이용구, 송병준, 이완용이 없었더라면 한일합방이 이루어지지 않았으리라곤 생각할 수 없다. 그러나 이런 분자가 없었더라면 이왕 합방이 되더라도 민족의 위신이 서는 방향으로 되지 않았을까 한다. 이들 가운데 송병준이 가장 비열하고 간사한 인물이었다는 것은 기록을 종합해보면 안다.57)

---

56) 인류 보편에 부합하는 민족사 만들기는 식민지 과거를 에피소드적인 것으로 바꾸어 놓는다. 그 결과 부정적인 과거는 민족의 본질과는 무관한 것으로 절하될 수 있다. 빠르티 쨋떼르지, 『민족주의 사상과 식민지 세계』, 286~289.
57) 『관부연락선1』, 149.

유태림은 송병준의 인격과 한일합방을 아우르는 역사의 결론에 도달한다. 송병준에 비하면 이완용은 인간적인 면모, "한조각의 진실, 한 가닥 고민의 흔적"[58]을 갖춘 인물이다. 이완용의 인간적인 내면이 미국에서 겪은 모멸과 병치되어 한일합방은 필연적인 결과로 인식된다. 그리고 송병준의 인격은 식민지 역사의 외부로 밀려난다. 예외적인 악인을 제외하면 식민지 역사는 이완용의 내면처럼 역사적 보편성에서 벗어나지 않는다. 송병준에 대한 분노는 『대한매일신보』에 게재된 분노의 시가와 함께 원주신이라는 존재를 통해 심정적으로 해소됨으로써 역사 속에서 용해된다. 시가에 나타난 분노의 감정은 식민지에 대한 분노가 아니라 식민지 현실에 대응하는 보편적 감정이라는 점에서만 타당하다.

1930년대 말의 상황을 고려하더라도 유태림의 역사 쓰기의 한계는 분명하다. 제국주의 체제를 인정하고 송병준의 인격에 의문을 제기하는 데 그친 유태림의 인식은 식민성에 대한 반성으로 이어지지 않는다.

> 나 역시 그런 의문을 가졌다. 흔하게 난무한 테러가 어떻게 송병준을 칠십 가까운 나이까지 살다가 고이 천수를 다하도록 내버려두었을 까하는 데 대한 의문이 없지 않을 수 없었다.[59]

유태림은 식민지 체제가 아니라 피식민 민족의 반응에 의문을 제기한다. 유태림이 발견한 송병준의 패악과 조선인의 대응은 감정적 대응-분노와 테러의 형식으로서만 인정받을 수 있다. 따라서 원주신이라는 저항조직은 조선인의 감정적 대응의 존재를 증명한 채 필연적으로 실패할 수밖에 없으며, 그 실패로써 조선인의 감정이 해소되는 식민지적 논리정합성이 다시금 확인된다. 이를 파헤치는 작업인 역사 쓰기는 유

---

58) 『관부연락선1』, 155.
59) 『관부연락선1』, 158.

태림에게는 환멸과 우울을, E에게는 매력을 선사한다.

학문의 외피를 두른 제국의 지식체계는 조선인 유학생과 일본인 사이의 격차를 줄여주는 역할을 한다. 유태림은 제국의 교양을 통해 E, H와 우정을 쌓을 수 있었다.[60] 제국의 교양은 때로는 식민지 체제에 대응하는 미덕으로 작용하기도 한다. 일본 경찰의 사상적 통제에 맞선 "슬라브적 게마인샤프트와 게르만적 게젤샤프트"니, "핫코이치우(八紘一宇)의 정신은 곧 우주정신"이니 하는 현학적인 언설의 원천이 식민지 제도가 제공한 보편적 학문의 세계임은 충분히 짐작할 수 있다.[61] 유태림의 프랑스 편향이 교양주의의 결과이듯, 그의 역사 쓰기 또한 객관적 학문의 범주에서 벗어나지 않았다.

> "정열 없이 역사를 읽어서도 안 되지만 역사를 읽을 땐 어느 정도 주관을 객관화시키려는 마음먹이가 필요하지 않을까. (중략) 송병준이란 자의 인품이 비열하고 그자가 쓴 책략은 추잡하기 짝이 없지만 그자의 행동방향, 그자가 내세운 목적은 옳았다고까진 말할 수 없어도 불가피했던 것은 아니었을까 하고. 결과적으로 그렇게 되어 있지 않나, 이 말이다."
> 증거로서의 현실이 그렇게 되어 있는데야 내게 할 말이 있을 수가 없다. 그러나 뭔지 그 의견에 동조하기 싫은 기분이 솟았다. 나는 송병준 같은 놈들만 없었더라면 역사가 다르게 씌어질 수도 있었을 게라고 짤막하게 말했다.[62]

유태림이 쉽사리 동조할 수는 없었지만 E가 내세운 역사성 인식, 즉

---

60) 유태림은 E와 H 사이에서 벌어진 고바야시-미키 논쟁에 대해 판정을 내릴 만큼 제국의 교양에 충실한 인물이다. 『관부연락선1』의 '유태림의 수기2' 에피소드는 유태림의 지적 역량을 과시하며 이를 통해 세 청년의 우의가 형성될 수 있음을 보여준다.
61) 『관부연락선2』, 172~173.
62) 『관부연락선1』, 227.

객관으로서의 역사라는 틀은 거부할 수 없다. E가 말한 객관성의 범주를 거부하서고는 유태림의 역사 쓰기는 중단될 처지이다. 이 때문에 유태림의 역사 쓰기는 친일의 논리를 비껴설 수 있었다. 한일합방이 합리성의 결과이듯, 이를 수용하는 유태림의 글쓰기의 흔적들은 역사의 객관성을 증명하는 해(解)인 셈이다.

　대신 유태림의 역사 쓰기는 전근대 조선의 역사로 향한다. 조선 역사의 '프라이드'에 해당하는 다산 정약용은 역사의 객관성 내에서 평가된다. 이에 따르면 『목민심서』란 "어차피 망할 나라였으니까 민족이니 조국이니 하는 관념을 말쑥이 씻어버리라는 데 의도63)"를 가진 저술이다. "가혹한 정황 속에서도 예의를 지켜온 조선민족의 위대성"이라는 자조(自嘲)와 허무를 배제한다면, 정약용의 정신이란 개혁의 가능성을 가리킬 수 있다. 그러나 그 개혁의 방향도 역사성의 사고를 벗어나지 않는다. 다음과 같은 진술은 유학생들의 역사의식의 행방을 볼 수 있다.

　　정다산 같은 현실주의에 처한 사람이 허무주의자로서 낙착되지 않을 수 없을 것이란 확신도 들었다. 만일 스스로의 허무주의를 가슴속에 숨겨두고 개혁의 가능을 믿는 척 목민심서를 썼다면 더욱 위대하다고 아니할 수 없다.
　　황도 최도 나의 의견에 동의하는 성싶었다.
　　"목민심서를 읽고 있으니 동학란이 일어난 사정을 잘 알 수가 있어."
　　이 말에 최가 벌떡 일어났다.
　　"그러면 정다산은 한국의 마르크스다. 그 목민심서라는 것은 자본론에 해당하는 거고…… 그렇다면 정다산은 결단코 허무주의자가 아니다."64)

---

63) 『관부연락선1』, 245.
64) 『관부연락선1』, 248~249.

『목민심서』는 유학생들의 사유를 건너면서 각기 다른 국면 속에서 의미를 획득한다. 처음에는 조선의 몰락, 나아가 한일합방의 당위성을 증명하는 논리와 감정 속에 『목민심서』는 존재한다. 이 감정은 '황'이 말한바, 반어적, 자조적 태도와 연결된다. 반어적 의미의 위대함은 유태림식의 사유와 반성 속에서는 다시 허무주의의 사상으로 이어진다. 그리고 마지막으로 혁명론의 가능성으로도 확장된다. 유학생들의 대화는 과거로부터 의미를 추출하는 역사 쓰기의 한 사례이다. 이를 학문의 이름으로 연장한 지점에 유태림과 E의 글쓰기가 자리한다. 송병준, 원주신이 정념의 차원에 존재한다면, 이를 의미화하고 역사로서 서술하는 행위, 유학생들의 상념의 주고받음 속에서 허무주의와 혁명론이 돌출되는 방식은 여러 층위로 나뉜 『관부연락선』 글쓰기의 본질과 일치한다.

유태림의 식민지 역사 쓰기가 분단 역사 쓰기로 이어질 때 한국사 전체의 기획은 완성된다. 이를 실행하는 화자는 작가 이병주와 가장 가까운 서사적 거리를 유지한 이선생이다. 이선생은 유태림의 행적을 좇으며 해방공간의 상황을 식민지와 연결된 역사로 설명하려는 욕망을 드러낸 바 있다. 학병에서 만난 좌익분자의 기록, 그리고 해방공간에서의 대립과 대화의 기록은 이선생의 서술 시간인 1960년대 후반으로까지 끌어올려진다.[65] 이선생은 1960년대말의 정치적 맥락을 안고 유태림의 기록에 접근한다. 이때는 군사정권이 민족적 민주주의를 시험하던 시점으로, 그에 대한 불온의 가능성도 이때 불거질 수 있었다.

---

65) 이선생은 유태림의 원고 '관부연락선'을 직역하여 싣는다고 진술한 바 있다(『관부연락선1』, 135). 그러나 직역은 유태림이 식민지 유학생의 신분일 때 쓴 것에만 한정되며 학병체험과 해방공간에서의 사건은 이선생의 서술에 의해서 구성된다. 자기는 기억이라는 그 일직 정치를 통원했지만 시간적 격차가 있는 두 시기의 서술은 사실상 『관부연락선』이 쓰인 1960년대 말의 시간으로 수렴된다. 이를 보여주는 증거로 몇 가지의 착오를 들 수 있다. 유태림의 서사의 시간에서 빈번히 등장하는 '한국', '한국인'이라는 표현이 그 예이다. 이와 같은 착오를 통해 서술의 시간의 준거가 1960년대에 있음을 짐작할 수 있다.

그 원고의 대부분이 한일합방과 한국 독립운동에 관한 새로운 해
석으로 이루어져 있는데, 그것을 썼을 당시엔 일본측에서 불온시할
내용이었지만 귀국이 독립한 지금에 와서 보면 되레 귀국측에서 불
온시할 수 있는 내용의 것이 더러는 있다는 점이다. 그러니 E의 간독
성실(懇篤誠實)한 해설이 붙지 않으면 그 원고의 가치가 살아나지 않
는다는 것이다.66)

　　'관부연락선'의 불온성에는 수기가 쓰인 1943년과 소설의 서술된
1960년대의 격차가 개입한다. 전자에 비하면 후자의 불온성은 불분명한
편이다. 해방 이후 이데올로기의 문제에서 온건함을 유지했던 작가의
상황을 고려했을 때, 1960년대의 불온이란 역사 해석의 문제와 연관시
킬 수 있다. 식민지배의 역사를 서술하려는 민족사의 기획에 유태림, 혹
은 이병주의 역사 쓰기가 개입할 경우, 민족사와 상충하는 해석의 지점
이 돌출하기 때문이다. 유태림의 수기 '관부연락선'은 식민지 과거에 대
해 "두 세줄 밖에" 서술하지 않은 공식적인 역사에 대립하는67) 역사를
꾀한 불온의 증거로 충분하다.

　　실상 1960년대의 불온의 혐의는 학병세대의 역사 쓰기의 시도 자체
에 씌워져 있었다. 그렇기에 『관부연락선』의 작가는 1960년대의 상황
에 민감하게 반응할 수밖에 없었다. 민감한 현실감각은 때로는 서사 밖
에서 개입되기도 한다.

　　본문 중, 이름을 바꿔 놓았지만 그 안(安)이란 인물은 6·25 전후
　를 통해 묘한 역할로서 역사에 등장한 실재 인물이다. 그는 귀국하자
　조선공산당에 가입, 당 간부로 활약하다가 6·25 몇 달 전에 체포되
　어 전향하고 이주하, 김삼룡을 잡아 대한민국의 관헌에 넘겨주었다
　는 사실이 오제도라는 검사가 쓴 『붉은 군상』에 기록되어 있다.68)

66) 『관부연락선1』, 26~27.
67) 『관부연락선2』, 57.

이만갑은 본명이다. 일제말기 관부연락선을 이용한 사람은 이 이름을 들으면 대강 기억할 것이다. 이만갑은 한국이 독립하기 직전, 고향인 경남 창원군 진동면에서 살 수가 없어 밀선을 타고 일본으로 건너갔다고 들었다. 지금 버젓한 교포노릇을 하고 있을른지 모른다. 소설에 본명을 기입하는 것은 사도(邪道)인 줄 알지만 그자에게 화를 입은 많은 동포를 위해서 관부연락선의 필자로선 그렇게 하지 않을 수 없는 심정이 된 것이다.69)

위 인용은 주석의 형태로 작가가 개입한 사례이다. 내포 화자 이선생과 실제 작가 이병주가 목소리가 혼재되어 있는 주석은『관부연락선』의 중요한 서술지점을 가리킨다.『붉은 군상』은 실재하는 책으로 주석의 내용과 일치한다.70) 가명 혹은 실명을 선택한 데에는 1960년대의 정치 감각이 작동했을 가능성이 크다. 실존인물 안영달에게는 전향의 문제가 민감하게 남은 반면 이만갑은 단죄의 과정 없이 한국을 떠난 사실이 서술에 영향을 끼친 것이다.71)

실제 작가에 근접한 화자는 체험과 지적 역량을 동원하여 식민지와 해방공간을 하나의 역사로 연결한다. 식민지 전후를 연결하는 결정적인 매개는 좌익 인물들이다. 유태림이 만난 선동가 안달영은 지도자적 영향력에도 불구하고 좌익사상의 본질적인 문제를 드러내었으며, 해방공

---

68) 『관부연락선1』, 97.
69) 『관부연락선2』, 77.
70) 오제도, 『붉은 군상』 (희망출판사, 1953), 102.
71) 1960년대의 현실이 개입한 사례는 학병을 도운 은인의 소개(『관부연락선1』, 134), C시의 출세한 동기들에 대한 자랑(『관부연락선1』, 107) 등을 들 수 있다. 이런 사례 중에는 허구와 구분되지 않은 경우도 있다. 유태림 수기에는 박순근이 경우 "박순근은 경남 진양고 문산면 출신. 1943년 나카노 세이고 씨가 당시의 수상 도조의 헌병대에 강박당해 자인한 직후, 스가모의 하숙에서 자살했다. 나카노의 죽음과 더불어 그의 꿈이 깨진 것을 깨닫고 절망한 탓이 아니었을까 한다." 리고 서술되어 있다(『관부연락선2』, 185). 하지만 이 내용만으로 박순근이 실존 인물인지는 판명하기 어렵다.

간에서 민족의 적이라는 점이 부각된다. 좌익의 이론은 본질적으로 허구적일 뿐 아니라 반민족적이라는 사실을 근거로 식민지와 해방공간은 민족사 구성에서 가장 중요한 시기로 정위된다. 반공 이데올로기를 근간으로 좌파의 책략을 분쇄할 때 민족적 민주주의가 완성될 수 있다는 논리는 식민지와 해방공간의 시기를 관통한 이데올로기였다. 이선생의 서술전략은 식민지 전후를 하나의 민족사로 수렴하는 데 성공한 듯이 보인다. 좌우 이데올로기의 대립이 이미 식민지 시기에 시작되었으며, 이 문제가 해방공간에서 불거졌을 때 유태림과 같은 학병세대 지식인이 주도적으로 사상투쟁을 전개해 나갔다는 점을 강조함으로써 민족사의 핵심에 도달할 수 있었다.

결국 학병세대의 역사 쓰기는 1960년대 현실의 맥락에서 최종적인 의미를 획득한다. 『관부연락선』의 비서사적인 토론은[72] 공산주의의 허구성을 비판하는 데 초점이 맞춰지는데, 이는 "공산주의 이론을 철저하게 연구"하여 "그 생리와 병리에 대해 통달"[73]한 학병세대만의 고유한 지적 성과이다. 공산주의의 문제점을 비판하고 분단의 역사를 사유할 수 있다는 자신감은 이병주의 작가의식과 일치한다. 『관부연락선』 이후 『지리산』(1972)과 『남로당』(1987)에 이르는 작품은 현대사를 사상사적으로 이해하고 평가하려는 이병주 소설 쓰기의 사명이었다. 그리고 그 사명은 항상 현실과 길항하며 실천되었다. 『관부연락선』은 1960년대 이병주가 처한 정치적 입지 속에서 쓰였다. 정치적 억압을 경험한 이병주는 소설로써 자신의 사상을 증명하려 했다.[74] 정치적 포즈 대신 공산주

---

72) 『관부연락선』에는 전형적인 소설 형식과 거리가 있는 발화가 자주 등장한다. 화자의 서술 없이 직접인용된 대화를 연쇄적으로 병치하는 경우를 흔히 볼 수 있다. 이보다 더 일탈적인 경우는 '탁류 속에서', '불연속선' 등의 장에 등장한 극 형식의 토론이다.

73) 『관부연락선1』, 332.

74) 5 · 16 직후 필화사건으로 옥고를 치른 이병주가 소설 양식으로써 정치현실에 맞서려 했다는 사실은 익히 알려진 바이다. 이병주는 「소설 알렉산드리아」를 필두

의에 대한 탐구로써 정치적 상황을 극복하려 한 이병주의 의지가 『관부연락선』에서 번다한 토론과 분석으로 나타나는 것은 당연한 일이다. 식민지와 분단을 지식인 청년으로서 체험한 이병주, 혹은 학병세대는 고유한 지적인 성과를 통해 역사 쓰기의 가능성을 『관부연락선』을 통해 증명하려 했으며, 이는 권력의 의지와 갈등을 빚을 수밖에 없었다.

『관부연락선』에는 여러 층위의 역사 쓰기가 혼재되어 있다. 유태림은 식민지의 한계 속에서 조선의 역사를 서술했으며, 이를 다시 해방공간의 갈등과 연결시켜 하나의 역사로 서술한 이가 이선생이다. 두 역사를 하나의 글쓰기로 묶는 것이 가능할 것인가. 결여로서의 조선의 역사, 이념 갈등에서 비롯한 한국사의 비극은 이병주의 『관부연락선』을 통해 하나의 역사로 통합된다. 두 역사를 엮은 글쓰기로 『관부연락선』이 유일한 것은 아니다. 이병주의 성취는, 두 역사를 당대의 시점으로 끌어올렸다는 점에 있을 것이다. 학병세대의 특수한 식민지 경험을 역사 쓰기로 재현하는 행위는 식민지 과거를 1960년의 정치성 속에서 해명하려는 의지의 표현이다. 이병주의 역사 쓰기는 식민성의 문제가 1960년대에서 비로소 유효한 주제가 된다는 사실을 증명한 것이다.

로 군사정권의 현실을 상기시킬 만한 작품들은 내 놓았다. 그의 소설은 알레고리의 장치를 활용하거나, 환각으로써 현실에 대응했다(손혜숙, 「이병주 소설의 역사서술 전략 연구」 5 10J재 소설을 중심으로」, 2장: 고인환, 「이병주 중·단편소설에 나타난 서사적 자의식 연구」, 3장). 그러나 문학적 전략은 정치상황에 따라 부침을 거듭하기도 했다. 1970년대 중반 이후 이병주는 군사정권에 친화적인 대도를 보이며 초기 소설의 비판적 시각은 상당히 둔화되었다. 군사정권이 다시 소설에 등장한 것은 1982년 연재를 시작한 『그해 5월』이었다.

4 맺음말

『관부연락선』과 이병주는 한국 현대문학사에서 소외된 듯이 보인다. 1960년대 한국문학에 경험으로서의 식민지를 이보다 더 적실하게 다룬 작품이 없었음에도 이병주가 재현한 식민지 역사를 당대의 지평에서 해석하려한 문학적 논의는 찾기 어렵다. 이는 한국 문학의 사상적 폭이 식민지를 성찰할 만한 시간적 거리를 갖추지 못한 탓이 크다. 한글세대의 감수성으로 재단한 기존 문학사의 관점에서, 경험을 내세운 식민지 역사, 식민지 지식의 세계는 벅찬 주제였다. 게다가 학병세대만의 독특성과 이병주 개인의 정치적 위상 등을 고려할 때 그의 소설을 문학사 내에 위치 짓는 데에는 많은 시일이 걸렸다. 2000년대 이후 이병주의 문학세계는 문학과 역사의 주제에서 연구대상에 오르며 그에 대한 온당한 평가가 시작되었다. 그러나 1960년대 문학사의 관점에서 이병주는 여전히 동떨어져 있는 듯이 보인다. 이병주의 체험과 방대한 지적 자산들을 발생과 수용의 지점에서 평가하지 않고서는 이병주 문학은 여전히 변방에 머물 것이다.

이병주를 문학사의 변방에서 끌어올리기 위해서라도, 이병주의 체험이 가진 의미와, 그것이 1960년대에 서술된 구조를 면밀하게 들여다보아야 한다. 이 작업은 이병주 문학의 회복이 아니라 1960년대 지적 구조의 이해를 위한 토대이다. 이 글에서는 식민지 전후의 경험이 서술되는 상황에 초점을 맞추었다. 식민종주국 일본이 다시 도래했을 때 한국이 일본을 통해 세계체제를 받아들인 상황을 고려하면, 식민지 체험을 서술한 이병주 고유의 글쓰기 양식을 짐작할 수 있다. 식민지의 정체를 깨닫고 현재의 상황에서 식민성을 재전유하는 일은 정치-경제의 차원에서 국가 권력에 의해 실천되었으며, 문화의 장에서 대중이 경험한 바이다. 그리고 문학적, 혹은 역사적 글쓰기에서 실천한 결과가 이병주의 『관부연락선』이었다.

『관부연락선』이 상기시킨 식민성의 양상은 이병주가 읽어낸 문헌들만큼이나 다양하다. 문학은 물론, 사상과 철학, 역사 등 인문학적 지식을 망라하려는 시도가 『관부연락선』에서 펼쳐졌다. 이 글은 서구 문학의 보편성에 이끌린 한 식민지 지식인의 내면과 거기에 이어진 역사 쓰기의 양식에 초점을 맞추었다. 『관부연락선』의 주인공 유태림의 서구문학에 경도된 글쓰기는 보편으로서의 문학을 지향하는 한편, 식민지 현실을 인정하는 보편성의 효과마저도 떠안아야 할 처지였다. 구한말과 식민지 조선, 해방공간과 분단으로 이어지는 역사의 단락들은 유태림과 이선생, 혹은 이병주라는 화자에 의해 서술되고 역사 속에 기입된다. 그 역사란 1960년대 후반에 유효한 한국사임은 물론이다. 식민지와 분단을 하나의 역사로 기술하려는 욕망은 권력 외에도 한 작가의 글쓰기 열망 속에서도 실천되었다. 이 과정에서 작가의 욕망과 권력은 상충할 수밖에 없었으며, 글쓰기의 과정에서 형성된 윤리적 내면의 문제 역시 중요한 주제를 형성한다. 식민성과 정치, 식민성과 윤리의 문제는 『관부연락선』 이후 전개된 이병주 문학의 큰 틀 속에서 다시금 면밀히 살펴야 할 주제이다.

참고문헌

1. 자료

이병주, 『관부연락선1·2』 (한길사, 2006).

_____, 『허망과 진실1』 (생각의나무, 2008).

『사상계』, 『세대』, 『신동아』, 『형성』

2. 논저

고인환, 「이병주 중·단편 소설에 나타난 서사적 자의식 연구」, 『국제어문』 48 (2010).

국민대학교 일본학연구소 편, 『한일회담과 국제사회』 (선인, 2010).

권보드래·천정환, 『1960년을 묻다』 (천년의상상, 2012).

김경창, 「새 정치이념의 전개-민족적 민주주의의 방향」, 『세대』 (1965.8).

김성환, 「빌려온 국가와 국민의 책무: 1960-70년대 주변부 경제와 문화 주체」, 『한국현대문학연구』 43 (2014).

_____, 「일본이라는 타자와 1960년대 한국의 주체성-한일회담에 관한 논의를 중심으로」, 『어문논집』 61 (2015).

김주현, 「『청맥』지 아시아 국가 표상에 반영된 진보적 지식인 그룹의 탈냉전적 지향」, 『상허학보』 39 (2013).

김 철, 「일본사회당의 대한정책」, 『사상계』 (1965.11).

김택현, 『트리컨티넨탈리즘과 역사』 (울력, 2012).

노현주, 「이병주 소설의 엑조티즘과 대중의 욕망」, 『한국문학이론과 비평』 55 (2012).

손혜숙, 「이병주 소설의 '역사인식'연구」, (중앙대학교 박사학위논문, 2011).

_____, 「이병주 소설에 나타난 '식민지 기억'과 역사 다시 쓰기-『관부연락선』과 『변명』을 중심으로」, 『어문론집』 53 (2013).

_____, 「이병주 소설의 역사서술 전략 연구-5·16소재 소설을 중심으로」, 『비평문학』 52 (2014).

박숙정, 「만세혼」, 『신동아』 (1966.9).

박정희, 『국가혁명과 나』 (향학사, 1963).

신일철, 「문화적 식민지화의 방비」, 『사상계』 (1964.4).

안경환, 『황용주, 그와 박정희의 시대』 (까치, 2013).

윤상인 외, 『일본문학 번역 60년 현황과 분석: 1945-2005』 (소명출판, 2008).

오소백, 「여권 4457호-닥치는대로 본 일본사회의 저변」, 『세대』 (1964.9).

_____, 「스트립 쇼와 대학모-닥치는대로 본 일본사회의 저변」, 『세대』 (1964.11).

오제도, 『붉은 군상』 (희망출판사, 1953).

이동헌, 「1960년대 『청맥』 지식인 집단의 탈식민 민족주의 담론과 문화전략」, 『역사와 문화』 24 (2012).

이봉범, 「1950년대 번역 장의 형성과 문학 번역-국가권력, 자본, 문학의 구조적 상관성을 중심으로」, 『대동문화연구』 79 (2012).

이정석, 「이병주 소설의 역사성과 탈역사성」, 『한국문학이론과 비평』 50 (2011).

전준, 「일본교과서에 나타난 한국관-한국민족사를 왜곡하는 일본인」, 『사상계』 (1965.5).

지명관, 「일본기행」, 『사상계』 (1966.2).

_____, 「속 일본기행」, 『사상계』 (1966.9).

최원식 외, 『4월혁명과 한국문학』 (창작과비평사, 1999).

최종길, 「전학련과 진보적 지신인의 한반도 인식-한일회담 반대 투쟁을 중심으로」, 『일본역사연구』 35 (2012).

하정일, 『탈식민의 미학』 (소명출판, 2008).

한말숙, 「일본문학을 저격한다」, 『세대』 (1964.2).

황병주, 「유신체제의 대중인식과 동원 담론」, 『상허학보』 32 (2011).

황호덕, 「끝나지 않는 전쟁의 산하, 끝낼 수 없는 겹쳐 일기 식민지에서 분단까지, 이병주의 독서편력과 글쓰기」, 『사이間SAI』 10 (2011).

小熊英二, 『<民主>, <愛國>: 戰後日本のナショナリズムと公共性』 (新曜社, 2002).

早川敦子, 『飜譯論とは何か』 (彩流社, 2013).

짯떼르지, 빠르타, 이광수 옮김, 『민족주의 사상과 식민지 세계』 (그린비, 2013).

영, 로버트 J.C., 김택현 옮김, 『포스트식민주의 또는 트리컨티넨탈리즘』 (박종철출판사, 2005).

02
중심의 해체와 주변의 연대

- '유럽'의 해체
- 이동하는 주체와 연대의 가능성
- 남아프리카공화국과 좌절된 새로운 세계의 전망
- 근대 지식과 전통 가치의 공존 가정학의 번역과 야담의 번안 및 개작

'유럽'의 해체
─데리다의 『다른 곳』을 중심으로[1])

김 정 현

1 서론

생애 마지막 인터뷰에서, 자크 데리다는 "해체 그 자체라고 할 수 있는" 자신의 작업이 그 시초부터 유럽중심주의에 비판적이었으며, "해체란 모든 유럽중심주의에 대한 의혹의 제스처(un geste de méfiance)"[2])로 간주될 수 있다고 말했다. 또한 같은 해 『르몽드 디폴로마티크』에 실린 「희망의 유럽」("Une Europe de l'espoir")에서 자신이 지난 40년 동안 유럽중심주의적 철학자가 아니라 그 반대라는 이유로 비난 받아왔음을 토로했다.[3]) 이것은 그의 철학적 여정에서 비교적 늦게 하나의 주제로─해체의 대상으로─등장한 유럽이 어느 날 느닷없이 끼어든 것이 아님을 의미한다.

데리다가 서구 형이상학의 해체를 통해, 거기 담긴 여러 중심주의,

---

1) 이 글은 『철학연구』 133 (2015: 1~36)에 「'유럽'의 해체-데리다의 『다른 곳』 (*L'Autre Cap*)을 중심으로」라는 제목으로 게재되었던 것으로 이 책의 구성취지에 따라 제목이 수정 되었다.

2) Jacques Derrida, *Le Monde*, 12 octobre 2004.

3) Jacques Derrida, *Le Monde diplomatique*, 8 mai 2004.

이를 테면 음성 중심주의, 로고스 중심주의 등에 균열을 내려고 했다는 것은 잘 알려져 있다. 이러한 작업이 유럽 중심주의에 대한 비판적 의식 하에서 진행되고, 그리로 수렴된다는 것을 데리다는 위의 언급들을 통해 명시적으로 밝힌 것이다. 비교적 이론적 층위에서 시작되었던 데리다의 해체는 시간이 지나면서 보다 (직접적으로) 현실적이고 실천적인, 혹은 윤리적인 주제들로 옮아간다. 타자 환대와 세계시민주의의 문제를 다룬『환대에 대하여』, 이 글에서 다루는, 유럽(의 정체성) 문제를 대상으로 한『다른 곳』, 주권의 해체를 목표로 하는『불량배들』, 민주주의를 해체 대상으로 하는『우정의 정치학』 등이 후자의 경우들에 속한다. 물론 서구의 전통적 형이상학의 해체를 시도했던 초기 작업도 실천적 함축이 없었던 것은 아니다. 초기의 해체가 이론이나 개념 체계를 매개로 현실에 개입했다면, 후기의 해체는 보다 직접적으로 관여했다는 것이다.

  '유럽'(관념)의 해체, 탈구축의 과정을 살피는 이 글은 '유럽'에 대한 데리다의 담론을 검토하는 동시에, 해체의 작업이 '유럽' 혹은 '유럽의 (문화적) 정체성'이라는 주제와 관련하여 어떻게 진행되는지를 살펴본다. 대체로 데리다의 해체적 작업이, 이미 전통이 된 텍스트, 정전이라고 할 수 있는 텍스트의 탈구축, 탈구성의 작업이듯, '유럽'을 해체하려는『다른 곳』(L'Autre Cap) 역시 그런 성격을 띤다. 해체의 대상으로 대표적으로 등장하는 것이 발레리(Paul Valéry)의 텍스트이고, 후설과 하이데거도 중간 중간 언급된다.4)

  '유럽'을 다루면서 데리다는 유럽의 경계를 확정하는 일에 관심이 없다. 그것은 가능하지 않다. 그의 관심은 "아직도 유럽이라고 불리는 것5) 속에 [있는] 독특한 그 무엇"6)에 있다. 유럽에 대한 데리다의 해체가 어떤

---

4) 이들의 텍스트는 데리다가, "유럽중심주의의 근대적 정식화들"이라고 말한 것이다. Jacques Derrida, *Le Monde*, 12 octobre (2004) 참조.
5) 다른 언급이 없을 때, 강조는 필자의 강조이다.

방향성과 내용을 지닐지는, 『다른 곳』이라는 제목 자체에서 이미 드러난다.7) 거기에는 발레리(가 대표하는 유럽인)의 유럽 담론에서 유럽의 지리적 표상으로, 유럽의 본질로 등장하는 '곳'의 의미를 실마리 삼아 유럽의 정체성8)을 검토하겠다는 뜻이 포함되어 있다. 한편으로는 곳의 담론을 계승하면서, 다른 한편으로 그것을 해체하겠다는 의지가 『다른 곳』으로 표현되어 있는 것이다.

Cap은 지리적 형상으로서 곳이라는 의미 외에 '선수'(船首) '머리' '방향' '전위'(前衛) 등의 다양한 의미를 지닌다. 이 여러 의미들을 실마리로 하여 데리다는 유럽의 과거, 현재, 미래를 논한다. 발레리를 포함한 과거의 곳에 대한 담론은 현대적이면서 동시에 이미 낡은 것이기에, 그것은 다른 곳, 곳의 타자를 포함하는 담론이 되어야 한다.

해체된 '유럽'에서 확인할 수 있는 것은 무엇일까? 그것은 일종의 약속, 유럽의 이름으로 제시된 약속이다. 유럽이 약속하는 그것은 실현될수도 그렇지 않을 수도 있다. 그렇기 때문에 유럽에 대한 해체의 담론은 책임의 담론이 된다. 약속은 '이미'와 '아직'의 계기를 동시에 품고 있다. 그런 점에서 그것은 잠재적 실현－보증되지는 않는 실현－이다. 유럽이 약속하는 것, 유럽이 과거의 유산, 기억을 물려받으면서 동시에 그것을 넘어 새로운 전위로서 약속하는 방향, 문법－다른 곳, 곳의 타자－을 해체는 보여줄 것이다.

---

6) Jacques Derrida, 김다은·이예지 번역, 『다른 곳』(동문선, 1997), 12/10(앞의 쪽수는 *L'Autre Cap* (Paris : Minuit, 1991)의 것이고 뒤의 쪽수는 번역본의 것이다. 이하 동일함).

7) 가쉐(Rodolphe Gasché)와 더불어, 『다른 곳』(*L'Autre Cap*)에 대해 본격적 분석을 한 철학자들 가운데 한 사람인 크레퐁(Marc Crépon)은 이 책의 목적이 "우리로 하여금 유럽의 탈동일화와 탈전유의 필연성을 사유하게 하는" 것이라고 말한다. Marc Crépon, "Entretien avec Marc Crépon" *Le philosophoire*, 27 (2006/2) p. 25.

8) 이하에서 정체성, 혹은 동일성은 그때그때 문맥의 자연스러움에 따라 교차 사용된다. 번역본을 인용할 때는 거기 사용된 표현을 가급적 그대로 사용한다.

데리다는 '유럽'에 대한 해체를 통해 유럽 중심주의와 반유럽 중심주의 모두를 극복하기를 원했다. 이 과제는 달성된 것일까? 달성되었다면 어떤 점에서 그런지, 그렇지 못했다면, 또 어떤 점에서 그런지를 생각해 보아야 할 것이다. 이 과정을 통해 우리는 '해체'의 어떤 한계를 묻는 데로 나아갈 것이다. 이것은 또한, 우리로 하여금 유럽의 내부에서 수행된 '유럽'(관념)의 해체가 비유럽에 대해 지니는 함축, 유럽과 비유럽의 소통에 대한 해체의 기여와 그 한계에 대해 살펴보도록 이끈다.

2 본론

2.1. 새로운 유럽의 정체성 모색

9·11 이후 진행된 대담에서 데리다는 유럽에 대한 자신의 생각을 이렇게 피력한다.

"이 모든 격변을 거치는 과정에서 제가 가장 기대를 걸고 있는 건 **새로운**〔데리다 강조〕 모습의 유럽과 미국 사이의 잠재적 차이입니다. 그렇다고 해서 제가 유럽 중심주의에 입각해 있는 것은 아닙니다. 그러니까 **새로운**〔데리다 강조〕 모습의 유럽이라고 말한 거죠. 유럽은 자신의 기억을 부인하지 않고, 오히려 정반대로 그 기억에서 본질적인 자원을 길어냄으로써, 제가 방금 말한 국제법의 장래에 결정적으로 기여할 수 있을 겁니다."9)

----

9) Jacques Derrida, 손철성 외 옮김, 『테러시대의 철학: 하버마스, 데리다와의 대화』 (문학과지성사, 2006) 213. (Giovanna Boradori가 진행한 하버마스, 데리다와의 대담과 해제로 구성된 이 책을 인용할 때, 발언자가 데리다일 경우, 데리다의 저서로

여기서 데리다가 생각하는 '새로운' 유럽, 그것은 곧 해체를 거친 '유럽'이라고 할 수 있다. 해체된 '유럽'이 어떤 것일지는 데리다가 언급한 몇몇 저작에서 확인할 수 있지만, 그중 가장 집중적으로 '유럽'의 해체가 논의되는 저작은 『다른 곳』(*L'Autre Cap*)[10]이다.

유럽이란 무엇이며, 어떤 것이어야 하는가는 유럽 지성사에서 끊이지 않고 제기되어 온 질문이다. 다시 말해 유럽(인)은 항상 "자신의 의미와 중요성"[11]에 대해 관심을 끊지 않았다. 『다른 곳』에서 데리다는 주로, 폴 발레리를 경유하여 '유럽'이라는 관념을 분석하고 해체한다.[12]

유럽이란 무엇이며, 무엇이어야 하는지를 묻는 것은 곧 유럽의 정체성을 묻는 것이다. 데리다는 유럽의 정체성이라는 이 주제가 이미 낡은 주제임을 천명한다. 그럼에도 불구하고 그가 보기에 이 주제는 아직 "동정(童貞)의 몸을 지니고 있는 것 같다."[13] 이와 상관적으로 유럽은

표시). 바로 이 지점에 데리다는 다음과 같은 원주를 달았다. "이 모티브를 발전시킨 몇 가지 글을 여기 언급해둔다. *De l'esprit* (Paris, Galilée, 1987)과 *L'Autre Cap* (Paris, Minuit, 1991, *Khôra* (Paris, Galilée, 1993), 그리고 *Foi et Savoir*, op. cit. 등등."

10) 데리다의 여러 저작 중 이 책, 혹은 이 책이 다루는 내용은 거의 연구되지 않은 편에 속한다. 드물게 이하의 글들이 (부분적으로) 이 저작을 다루었다. 김상환, 「탈근대의 동양과 서양: 현대 철학사에 대한 헤겔식 농담」, 『철학과 현실』 64 (2005), Kyoung Huh, "Le Problème de l'Universalité de l'Universalité Européenne dans Paul Valéry, Jacques Derrida et Edmund Husserl" 『에피스테메』 2 (2008) 고려대학교 응용문화연구소

11) Tamara Cărăuș, "Jacque Derrida and the 'Europe of hope'", www.opendemocracy.net(전자 문서인 까닭에 쪽수를 표기하지 않음).

12) 이 책에 등장하는 후설과 하이데거 외에 '유럽' 관념을 논한 철학자로 체코의 철학의 파토치카(Jan Patočka)를 들 수 있다. 따라서 우리는 문화, 문학비평가로 분류할 수 있는 발레리를 뺀다면, 후설-하이데거-파토치카-데리다로 이어지는 하나의 계보, 즉 '유럽'의 관념, 본질에 관심을 두었던 철학자들의 세보를 만들 수 있다. 이들 철학자들이 '유럽'을 어떻게 생각하는지를 상세하게 다룬 저작이 Rodolphe Gasché의 *Europe, or the infinite task: a study of a philosophical concept* (Stanford : Stanford Univ. Press, 2009)이다.

13) Jacques Derrida, 『다른 곳』, 13/10.

"아직 얼굴이 없는 어떤 것"으로, 그 미래에 대해 "희망과 두려움과 떨림 속에서 자문해"14) 보는 어떤 것이다.

데리다는 정체성의 이름으로 자행되는 폭력들, 즉 "외국인 혐오증·인종주의·반유태주의·종교적 혹은 민족주의적 광신에서 비롯된 범죄들"15)을 직시하는 동시에, 그러한 폭력들의 소용돌이 속에서 "약속의 숨결·호흡, 심지어 <정신>"을 또한 확인한다. 그는 그러한 폭력들 앞에서 정체성이라는 개념 자체를 비난하고, 부정하기보다는 그 폭력들을 정당화하는 정체성 관념을 해체, 탈구축하려 한다.16)

새로운 유럽 정체성의 모색을 데리다는 문화에 대한 자신의 정식─데리다의 표현으로는 '공리'─을 제시하는 것으로 시작한다. "한 문화의 특성은, 그 문화 자체와 동일하지 않다(Le propre d'une culture, c'est de n'être pas identique à elle-même)."17) 바로 이어서 다음과 같은 설명이 부가된다. "[이 말은 한 문화가] 동일성을 갖지 않는다는 것이 아니라, 자기 자신과의 비동일성, 혹은 ... 자기 자신과의 차이(la différence avec soi) 속에서만 자신을 동일화할 수 있으며, 〈나〉 혹은 〈우리〉라고 말할 수 있으며, 주체의 형태를 갖출 수 있다는 것이다. 자신과의 차이 없이는 문화, 혹은 문화적 동일성은 존재하지 않는다."18)

문화에 대한 이러한 규정에 뒤이어, 애초 규정의 낯섦과 난해함을 그

---

14) Jacques Derrida, 『다른 곳』, 13/10.

15) Jacques Derrida, 『다른 곳』, 13/11.

16) John D. Caputo, *Deconstruction in a nutshell: A Conversation with Jacques Derrida* (New York : Fordham Univ. Press, 1999), 114 참조.

17) 'le propre de une culture'를 문화 일반의 속성으로 해석할 수도, 혹은 한 문화가 나타내는 특성으로 해석할 수도 있다. 필자는 이어지는 내용에 비추어 후자의 해석을 취했지만, 어떤 것이든, 정체성은 그 내부에 차이를 포함한다는 것, 정체성은 절대적으로 통일적인 것이 아니라는 것을 이 규정은 함축한다.

18) 역으로, 혹은 상호적으로 문화 없이 정체성 형성은 가능하지 않다. "문화 없이는 자기 자신과의 관계, 자기 자신에의 동일시가 있을 수 없다"(Jacques Derrida, 『다른 곳』, 16/14).

렇게 줄여주는 것 같지 않는 보충적인 서술을, "낯설고 약간은 거친 구문론"을 통해 덧붙인다. 그 구문론에 따라, "자기 자신과"(acec soi)는 "자기 집에서"(chez soi)와 연결된다. 이제, "자기 자신과의 차이" – 이것은 "자기 자신으로부터 구별되고, 자기 자신으로부터 떨어져 있는 것"이다 – 는 "자기 자신과의(으로부터의) 차이"(différence (d') avec soi) 즉, "내재적인 동시에 ≪자기 집에서≫로 환원될 수 없는 차이"[19]가 된다.

이 까다로운 설명의 온전한 뜻이 무엇이든, 분명한 것은 정체성, 동일성의 형성 조건으로서 "자기 자신과의 차이"는 내재적 차이이긴 하되, 그 내부에 타자, 이질적인 것, 낯선 것이 없어 아무런 불편이 없는 자기 집의 동질성으로 환원될 수는 없는 차이라는 것이다. 이처럼 한 문화의 정체성은 그 문화 내부에, 내부로 완전히 동화될 수 없는 차이를 포함함으로써 성립된다.

문화, 혹은 문화적 정체성에 대한 이러한 서술이 지시하는 사태는 정체성, 혹은 동일성 같은 명사 형태보다는 정체성 형성, 동일화 같은 동사적 형태로 접근하면 그 의미가 보다 잘 드러난다. 데리다 역시 "동일시 일반, 어떤 동일성의 형성과 확립, 자기 자신의 제시, 동일성의 대자적 현존"(l'identification en général, la formation et l'affirmation d'une identité, la présentation de soi, la présence à soi de l'identité)[20] 같은 표현을 사용한다. 유사한 의미를 공유하는 이러한 표현 계열들을 제시하면서, 데리다는 동일시를 "자기 내에서 진행되는 자기 밖으로의 외출"(la sortie hors de soi en soi)[21] 이라고 해명한다. 여기서도 확인되는 것은 정체성의 형성, 확

---

19) Jacques Derrida, 『다른 곶』, 16/14(번역 수정. 이하 번역본과 달리 번역이 수정되었을 때에도 언급하지 않음).

20) Jacques Derrida, 『다른 곶』, 31/27.

21) Jacques Derrida, 『다른 곶』, 31/27. 독일어 번역은 "ein-Sich-in-sich-Entäußern"(자신 속에서 자신을 벗어나기)으로 표현하고 있다(Das andere Kap, Die vertragte Demokratie, Zwei Essays zu Europa (Frankfurt am Main : Suhrkamp, 1992), 24).

립은 '자기 내'의 계기와 '자기 밖'의 계기 모두를 필요로 한다는 것이다.22)

자신과의 차이 속에서 성립하는 정체성은 "그 자신 내부에 통로 혹은 간격"(an opening or gap within itself)23)을 지닌 정체성을 의미한다. 동질적 통일성을 지닌 정체성의 경우에는, 그 내부에 차이의 부재로 인해, 차이로 말미암는 어떤 간격, 거리가 존재하지 않는다. 이러한 거리의 부재는 정체성 형성의 가능성을 차단한다. 우리가 사물을 '주체'라고 부르지 않는 이유, 혹은 사물이 '나'라고 자신을 말할 수 없을 것이라고 생각하는 이유도, 사물이 자신과 거리를 두면서 자신을 확인, 혹은 동일시할 수 없을 것이라 여기기 때문이다.24)

이렇게 문화(적 정체성)을 규정한 후, 데리다는 과거, 현재, 혹은 미래의 유럽이 제시된 규정의 단순한 사례에 그칠 것인지, "아니면 이 법칙의 모범적 가능성(la possibilité exemplaire)이 될 것"25)인지를 묻는다. 그에게 이 질문은 중요하다. 왜냐하면 그것은 유럽이 "동일성을 구성하는 자기 자신과의 차이를 배양함으로써 문화의 유산에 더 충실"할 것인지, 그렇지 않으면, "그러한 차이가 [그 안에] 모아져 있는 동일성에 만족함으로써 더 충실"26)할

---

22) "정체성은 오직 다른 정체성들과 **관계를 맺는** 가운데, 그리고 다른 정체성들과 **구별되는** 가운데 의미를 형성하기 때문에, 그것은 처음부터 타자의 도착을 환영하고 타자가 자신의 집에 거주하도록 허용해야 한다"(Rodolphe Gasché, *Europe, or the infinite task: a study of a philosophical concept*, 325).
23) John D. Caputo, *Deconstruction in a nutshell*, 14.
24) 가쉐는 데리다의 문화적 정체성에 대한 서술을 다음과 같이 요약한다. "한 문화의 동일화 가능한 특성(an identifiable property of a culture)이 존재하기 위해 요구되는 '제 자신에 대한 차이(difference to itself(à soi))'는 두 겹의 것이다. 그 구별되면서도 기묘하게 연결된 두 차이들─제 자신과의 차이와 제 자신으로부터의 차이(the difference with and from itself)─이, 제 자신이 자신의 고유한 것 속으로 제 자신을 모으기(for any itself to gather itself into its own) 위한 필수적 분리들을 제공한다. 동시에 제 자신은, 제 자신을 또한 환원불가능하게 분리하는 이 차이들을 맞아들여 머무르게 하는 비용을 지불함으로써만 제 자신과 동일할 수 있다"(Rodolphe Gasché, *Europe, or the infinite task: a study of a philosophical concept*, 326).
25) Jacques Derrida, 『다른 곶』, 17/14~15.

것인지의 문제와 직접적으로 연결되어 있기 때문이다. 이것은 현재와 미래의 유럽이 어떤 유형, 어떤 성격의 정체성을 추구할 것이며, 비유럽과 어떤 관계를 맺으며 자신의 정체성을 유지할 것인가의 문제이다.

문화(적 정체성) 일반에 대한 정식화[27]에 이어 전개된 유럽의 문화적 정체성에 대한 논의에서 데리다는 유럽인들의 자기 인식의 한 특징, 곧 "유럽을 곶과 동일시해 왔던 그 어떤 것을 환기"시킨다.

> "자연지리학상으로나 사람들이 종종 일컫는 바 — 예를 들어, 후설이 <유럽의 정신적 지리학>이라고 부른 것처럼 — 에 의해서이거나, 유럽은 늘상 자기 자신을 하나의 곶으로서 인식해 왔다. 탐험과 발명과 식민지 건설의 출발점을 이루는 서쪽과 남쪽으로 돌출된 한 대륙의 극단 … 으로서 이든, … 어쨌든 하나의 곶으로 인식되어 왔다."[28]

줄곧 자신을 곶으로 인식해 온 유럽, 그 유럽의 새로운 정체성을 논하는 장(場)의 타이틀이 『다른 곶』이라는 것은 무엇을 함축하는가?

> "<다른 곶>이라는 표현은 또 다른 한 방향이 고지(告知)된다는 것, 혹은 목적지 변경이 필요하다는 것을 암시할 수 있다. 방향을 바꾼다는 것은 목적지를 바꾸는 것, 다른 진로를 선택하는 것, 혹은 선장을 바꾸는 것을 … 의미할 수 있다. 게다가 방향을 바꾼다는 것은 또 다른 곶이 있음을 상기시킨다."[29]

---

26) Jacques Derrida, 『다른 곶』, 17/14~15.

27) 해체적 개입이 "자기 폐쇄적 전체들로 하여금 그들 내부에서 이루어지는 내적 변별화 작용(their internal differentiation)과 대면케 함으로써 이 전체들을 탈전체화"(Giovanna Borradori, 『테러 시대의 철학』, 264-265)시키는 것이라고 할 때, 문화의 정체성에 대한 이상의 정식화는 통상의 정체성 개념, 자기 동질적이고 자기 폐쇄적인 것으로서의 정체성 개념을 해체한 결과로서 서술될 수 있다.

28) Jacques Derrida, 『다른 곶』, 24/21.

29) Jacques Derrida, 『다른 곶』, 20/17~18. "타자의 곶은 아마 자신과 타자 [각각] 의, 파괴적인 자기중심주의가 아닌 동일성 혹은 동일화의 첫 번째 조건(le cap de l'autre

데리다는 우리의 곳을 넘어 또 다른 곳(l'autre cap), 특히 타자의 곳 (cap de l'autre)에 도달해야 할 뿐 아니라 그 이상으로 나아가야 한다고 말한다. 즉, 유럽은 곳의 타자(l'autre de cap)에까지 도달해야 한다. 이것 은 "곳의 형식·기호, 혹은 논리에 따르지" 않을 뿐 아니라, "심지어 반 (反) 곳(anti-cap), 혹은 탈 곳(décapitation)의 형식·기호, 혹은 논리에도 따 르지 않는 타자와의 동일성 관계에(à un rapport de identité à l'autre) 도달 해야"30) 한다는 것을 의미한다.

곳의 타자에까지 이르러야 하는 것은 유럽의 기존 자기 인식을 구성 했던 곳의 논리, 문법을 넘어서야 하는 과제의 철저한 수행을 위해 필 연적으로 요구되는 것이지만, 또한 오늘의 유럽이 완전히 새로운 방식 으로 "다른 곳, 혹은 곳의 타자"를 경험하고 있다는 상황과도 연관이 있다.31) 오늘의 유럽에 대한 이러한 진단을, 데리다는 약간의 유보적 태도-"만약 그것이 사실이라면"-를 견지하면서 내린 후, '질문'의 형 태로 유럽이 개방하는 새로운 역사에 대해 조심스럽게 언급한다.

étant peut-être la première condition d'une identité ou d'une identification qui ne soit pas égocentrisme destructeur - de soi et de l'autre)일 것이다"(Jacques Derrida, 『다른 곳』, 20~21/17~18).

30) Jacques Derrida, 『다른 곳』, 21/18. 가쉐는 이것이 "아마도" 비(非)자기중심적 정 체성의 두 번째 조건일 것이라고 말한다. Rodolphe Gasché, *Europe, or the infinite task: a study of a philosophical concept*, 328 참조. 타자의 곳을 넘어 곳의 타자 가 요청되는 것은 '타자의 곳'의 타자가 "자기의 대립인 타자"(an other who is one's opposite)인 까닭이다. Rodolphe Gasché, *Europe, or the infinite task: a study of a philosophical concept*, 329 참조. 이 타자가 곳의 논리, 종국, 목적의 논 리에 의해 정체성이 확립되는 타자라면, '곳의 타자'는 그러한 목적론적 논리에 의해 규정되지 않는 타자이다. 따라서 이 해석을 따른다면, 정체성은 두 겹의 타 자를 필수적으로 전제한다고 할 수 있다. 이에 대해서는 Rodolphe Gasché, *Europe, or the infinite task: a study of a philosophical concept*, 334 참조.

31) Jacques Derrida, 『다른 곳』, 22/19 참조. 다른 곳, 혹은 곳의 타자에 대한 경험의 내용이 구체적으로 무엇인지 데리다는 서술하지 않는다. 그 자신이 말하듯, 최근 "동유럽, 혹은 중부 유럽에서 시작된, 아니 오히려 가속화된 <그 무엇>"과 이러 한 경험이 직접적으로 연관되지는 않았다 할지라도, 그것과 무관한 것이라고 할 수는 없을 것이다.

유럽은 하나의 역사에 대한 개방, 곳의 변화, 다른 곳 혹은 곳의 타자와 맺는 관계가 항상 가능한 것으로 느껴지는 그런 역사(une histoire pour laquelle le changement de cap, le rapport à l'autre cap ou à l'autre de cap est ressenti comme toujours possible)에 대한 개방이 아닐까? 말하자면, 개방과 비 배제−유럽이 그에 대해 책임을 져야하는−가 아닐까?[32]

다른 곳, 혹은 곳의 타자는 예측 불가능한 것, 제어할 수 없는 것, "우리가 그것에 대해 기억을 갖고 있지 않은 어떤 것으로서"[33] 예견된다. 그런데 이 예측 불가능한 것 혹은 완전히 새로운 것으로 예견된 것이 "우리가 이미 그 정체를 확인했던 최악의 것"의 유령 형태로 다시 회귀할 수도 있다. '새로운 것' 혹은 '새로운 질서'가 하나의 선동책 기능을 하는 것은 자주 일어나는 일이다. 따라서 오늘 유럽에, 새로운 역사를 향한 방향의 전환이 이미 진행되고 있다면, 그것은 "기회이자 동시에 위험"[34]인 것이다.

이쯤에서 데리다가 해체의 대상으로 삼고 있는, 곳에 대한 전통적 담론을 제시한 발레리의 주장을 살펴 볼 필요가 있다.

"이 모든 성과들 중에서 가장 많은 수의 가장 놀랍고 가장 풍부한 성과들이, 극히 소수의 인간들에 의해서, 거주 가능한 땅덩어리 전체와 비교해 볼 때 상대적으로 매우 협소한 어떤 영토 위에서 이룩되었다.

---

32) Jacques Derrida, 『다른 곳』, 22/19. 자신이 서 있는 곳의 변화가 항상 가능한 이 역사, 타자의 곳 뿐 아니라 곳의 타자와 항상 관계가 가능한 역사 속에서 자신의 곳, 자신의 방향, 목적은 타자의 곳, 목적 그리고 곳의 논리를 벗어나는 타자와 지속적으로 협상함으로써 확립되고, 유지된다. Rodolphe Gasché, *Europe, or the infinite task: a study of a philosophical concept*, 332 참조.
33) Jacques Derrida, 『다른 곳』, 23/20.
34) Rodolphe Gasché, *Europe, or the infinite task: a study of a philosophical concept*, 331.

유럽이 바로 그 특권적 장소였다. 유럽인, 유럽의 정신이 이러한 기적들을 만들어 낸 장본인이다. 그렇다면 이 유럽의 정체는 대체 무엇인가? 그것은 구대륙의 곶이며, 아시아의 서구 쪽 부속체이다"35)

지리적으로 작은 곶, 아시아의 한 부속체에 불과한 것이 유럽의 실체, 본질이라면, 질문은 유럽은 언젠가 자신의 실재, 곧 작은 곶으로 돌아갈 것인가, 아니면 "자신의 나타난 모습(apparence), 즉 곶의 모습, <수뇌>(sous le cap. le ≪cerveau≫)를 고수할 것인가"36) 하는 것이다.

데리다는 한편으로 자신을 곶으로 인식해 온 유럽의 자기 인식을 계승한다. 그러한 다른 한편으로 그것을 넘어서기를, 그것의 해체를 수행하고자 한다. 그것은 발레리를 포함하여, "유럽에 대한 모든 유럽의 담론들"이 "아르케-텔로스의 논리에 따르는 프로그램(programme archéo-téléologique)"37)의 틀을 탈피하지 못하기 때문이다. 유럽에 대한 탁월한 담론인 발레리의 담론이 또한 "낡은 담론"38)인 것도 바로 이런 이유이다. 가장 현재적이면서 동시에 구식인 이 담론을 데리다는 "현대적인 전통적 담론"(un *discours traditionnel de modernité*)으로 규정한다.39)

---

35) Paul Valéry, *Œuvres*, t, I, p. 1004; Jacques Derrida, 『다른 곶』, 25~26/22에서 재인용.

36) Jacques Derrida, 『다른 곶』, 26/23. "현재의 시간은 이 중요한 질문을 수반한다. 유럽은 모든 분야에서 자신의 우위를 고수하게 될 것인가? 유럽은 **실제 자신의 모습**, 즉 아시아 대륙의 작은 곶이 될 것인가? 아니면 **등장한 자신의 모습**(ce qu'elle paraît), 즉 귀중한 지역, 지구의 보배, 한 거대한 육체의 수뇌로 남아 있게 될 것인가?" Paul Valéry, *Œuvres*, t, I, p. 995; Jacques Derrida, 『다른 곶』, 26/23에서 재인용.

37) Jacques Derrida, 『다른 곶』, 31/27. "유럽적 사고는 아르케(arkhè)... 와 텔로스(telos)... 모두를 자신의 에이도스(eidos)로 지니고 있는 것이다"(Jacques Derrida, 『다른 곶』, 29/25).

38) Jacques Derrida, 『다른 곶』, 32/28.

39) 유럽에 대한 유럽의 담론이 지니는 이러한 성격에 대해서는 또한 다음을 참조. "다시 한 번 말하건대 우리는 늙었다. 늙은 유럽은 유럽 특유의 동일화에 대해 제시할 수 있는 모든 담론과 반(反)담론을 이미 남김없이 다 꺼내놓은 것 같다.

이 현대적 전통의 담론에 오늘의 유럽인은 책임을 져야 한다. 그것은 그 담론에 대해 유럽인이 지닌 "축적된 기억" 때문이다.[40] 이 책임은 유럽인이 선택한 것이 아니다. 그것은 부여된 것이다. 또한 이 책임, 혹은 의무는 "처음부터 필연적으로 이중적"이다.[41]

"우리는 유럽의 이념, 유럽의 차별성의 수호자가 되어야 할 뿐만 아니라, 자신의 고유한 동일성을 고수하는 것으로 그치지 않고 유럽이 아닌 것을 향해, 다른 곳 혹은 타자의 곳을 향해, 게다가―이것은 완전히 다른 것일는지도 모르겠지만―또 다른 구조의 해안, 또 다른 기슭으로서 이 현대적인 전통의 피안이 될 수도 있을 곳의 타자를 향해 본보기적으로 나아가는 어떤 한 유럽의 수호자도 되어야 하는 것이다."[42]

여기에는 전통에 대한 계승과 해체가 복잡하게 얽혀 있다. 물론 이를 '해체적 계승'이라고 한마디로 표현할 수는 있다. 데리다는 이러한 이중적 성격의 과제를 수행한다는 것이 어떤 것인지 자문한다.

"이 기억을 성실히 책임지고 이 이중 명령을 엄격히 따르는 것, 이 것은 반복하는 것인가 아니면 파기하는 것인가, 계속하는 것인가 아

반(反)변증법을 포함한 갖가지 형태의 변증법이 유럽의 이러한 자서전에 늘상 사용되어 왔다. **심지어 유럽이 참회록을 만들려 할 때에도 그랬다.** 왜냐하면 고백·죄의식·자책도 자기 찬양과 마찬가지로 구(舊)프로그램에 들어가 있기 때문이다"(Jacques Derrida, 『다른 곳』, 30~31/26~27).

40) 가쉐에 따르면, "책임이 자유로운 주체에 앞서 존재하는 유산에 대한 반응으로서의 형태를 띠는 것은 바로 기억 앞에서 이다"(Rodolphe Gasché, "Europe, or the inheritance of responsibility" *Cardozo law review*, 27:2 (2005), 587).

41) 이 이중성 때문에, 의무 수행의 과정에서 '분열'과 '파열' 그리고 '위반'이 불가피한 다. 이 이중적 책임을 "아포리아성(性) 책임"(an aporetic responsibility)이라고 할 수도 있다. Matthew R. Calarco, "Derrida on Identity and Difference: A Radical Democratic Reading of *The Other Heading*" *Critical Horizons* 1:1 (2000), 56 참조.

42) Jacques Derrida, 『다른 곳』, 33/28~29.

니면 대항하는 것인가? 그것도 아니면 **또 다른 제스처**[데리다 강조],
타자성으로부터, 다른 곳과 곳의 타자로부터, 완전히 다른 한 해안으
로부터 동일성을 규정하기 위해 기억을 전제하는 긴 제스처를 **발명
하는**[데리다 강조] 것인가?"43)

유럽의 정체성에 관한 전통적 담론뿐 아니라, 데리다에게는 전통적
개념, 담론 일반에 대한 해체의 관계 역시 이중적이다. 「한 일본인 친구
에게 보내는 편지」에서 데리다는 다음과 같이 적고 있다. "해체의 작업
에서, 나는 … 모든 전통적 철학 개념들을 옆으로 밀쳐 두어야 한다, 그
러나 동시에 그것들에게 돌아가야 할 필연성을, 최소한 그것들을 지우면
서, 재긍정한다."44) 이것은 전통에 대한 계승, 혹은 책임과 전통에 대한
해체는 같이 간다는 것을 의미한다.45)

전통에 대한 책임으로서 계승은, 데리다에게 전통의 해체에 다름 아
닌 것이다. 계승과 해체가 같은 성격의 작업이 되는 것은 계승, 혹은 상
속의 대상인 유산이 지닌 성격과 연관이 있다. "하나의 유산은 결코 한
데 모이지 않으며, 결코 자기 자신과 하나를 이루지 않는다. 그것의 추
정된 통일성-만약 그런 것이 있다면-은 선택하면서 재긍정하라는 명령 안
에만 존재할 뿐이다."46)

상속이 하나의 과제라는 것은, 마르크스주의와 관련하여서는, 구체적
으로 다음과 같이 드러난다.

"마르크스주의를 상속하되, 마르크스주의에서 가장 '생생하게 살
아 있는' 것, 다시 말해, 역설적이게도 생명이라는 질문, 정신 또는

---

43) Jacques Derrida, 『다른 곶』, 33/29.
44) Jacques Derrida, *Psyche*, Volume II (Stanford : Stanford Univ. Press, 2007) 3.
45) Rodolphe Gasché, *Europe, or the infinite task: a study of a philosophical concept*,
    386 참조.
46) Jacques Derrida, 진태원 옮김, 『마르크스의 유령들』(그린비출판사, 2014), 46.

유령이라는 질문, 생명과 죽음의 대립을 넘어서는 생명-죽음이라는 질문을 지속적으로 다시 문제 삼는 것을 떠맡으면서 **마르크스주의를 상속해야 한다**[데리다 강조]. 이러한 유산의 상속을 필요한 만큼 근본적으로 전환시키면서 그것을 재긍정해야 한다. …… 상속은 결코 주어진 어떤 것이 아니며, 항상 하나의 과제다."[47]

2.2. 수도(la capitale)와 자본(le capital)으로서의 곳

곳의 담론을 계승하면서 유럽의 새로운 정체성을 탐색하는 데리다는, "곳에 대한 문법 및 구문론과 성(性)의 차이, 즉 남성형인 자본(le capital)과 여성형인 수도(la capitale)의 성의 차이로부터"[48] 새로운 유럽에 대한 명제들을 연역함으로써 이 작업을 구체화 한다.

오늘날 유럽에서, 수도는 회피할 수 없는 문제이다. 물론 이것은 정치적, 행정적 수도의 문제가 아니라, 문화적 수도의 문제이다. 특정한 유럽 내 도시가 유럽 문화의 공식적인 수도가 되는 일은 있을 수 없을 것이다. 그렇다고 수도에 대한 질문조차 사라지는 것은 아니다. 수도의 문제는 이제 문화적 주도권을 위한 투쟁의 문제이며, 문화의 "헤게모니적 중심성의 문제"이다. 문화의 중심지가 되려는 현재의 경쟁은 중앙 집중의 충동에 의해 이루어지고 있으나, 과거와는 다른 양상으로 진행되고 있다.[49]

---

47) Jacques Derrida, 『마르크스의 유령들』, 122. 하나의 과제로서 상속을 제시한 후 데리다는 우리의 존재 자체가 상속이라고 주장하는 데까지 나아간다. "존재라는 주제 또는 존재해야 하는 것(또는 존재하지 않아야 하는 것 or not to be)이라는 주제에 관한 모든 질문은 상속의 질문이다. 이 점을 환기시키는 것이 복고주의적 열정이나 전통주의적 취향을 뜻하는 것은 아니다. (중략) 우리가 상속자들이라는 것은 우리가 이것 또는 저것을 갖고 있거나 받는다는 것을 의미하는 것, 이러저러한 상속이 언젠가는 우리를 이러저러하게 풍부하게 해 주리라는 것을 의미하는 것도 아니며, 우리가 원하든 원치 않든 간에, 그리고 우리가 알든 모르든 간에서, 무엇보다도 우리 자신의 존재가 상속**이라는** 것을 의미한다"(같은 곳).

48) Jacques Derrida, 『다른 곳』, 21/18.

"이제 그 경쟁들은 급속하게 변화하는 어떤 상황, 중앙 집중의 충
동이 항상 국가를 통해 생겨나는 것만은 아닌 어떤 한 상황 속에서
새로운 방식에 의거하여 이루어지고 있다."50)

새로운 문화 지배 양식들이 과거와 같이, 한 국가의 중심을 통해 관
철되는 것이 아니지만, 그렇다고 수도에 대한 참조가 사라지는 것은 아
니다.51) 여기에 어떤 긴장 관계, 모순, 이중적 명령이 있다. 한편으로,
유럽의 문화적 정체성은 한 수도에 의해 독점되어서는 안 된다. 동시에
수없이 분산되어서도 안 된다.52) 독점도, 분산도 안 된다는 자신의 주
장에는 사실 논리적 난점이 있음을 데리다는 자각하고 있다.

"[이러한 논리적 난점에도 불구하고] 그러나 윤리·정치·책임 등
은 **정말 그런 것이 있다면**[데리다 강조] 아포레마(aporema)의 경험
을 수반할 때 비로소 시작될 것이라고 나는 감히 생각하는 바이다.
통로가 주어져 있고, 어떤 지식이 미리 길을 알려 주고, 이미 결정이
되어 있을 때에, 즉 결정할 게 아무것도 없을 때는 책임감을 갖지 않
게 되고 그저 양식에 따라 어떤 프로그램을 실행하게 된다. (중략)
책임이라는 것이 가능하기 위해서는 불가능한 것의 가능성에 대한
어떤 특정한 경험, (중략) **아포레마의 체험**[데리다 강조]이 전제되어
야 하는 것이다."53)

---

49) Jacques Derrida, 『다른 곳』, 39-40/34-35 참조.
50) Jacques Derrida, 『다른 곳』, 39/34.
51) 수도에 대한 참조가 이루어질 경우에도, "기술과학적·기술경제적 여건들에 의
   해 근본적으로 변형된 제 문제들의 내부에서 이전과는 다르게 참조가 이루어져
   야 한다"(Jacques Derrida, 『다른 곳』, 40/35).
52) "유럽의 문화적 동일성은 수많은 지역들로 분해되거나, 수많은 폐쇄적 고유 언어
   들, (중략) 로 분해될 수도 없으며, 분해되어서도 안 된다. 유럽의 문화적 동일성은
   **대순환의 장소들, 번역과 커뮤니케이션의 대로(大路), 즉 병합의 대로를 포기할
   수도 없고 포기해서도 안 된다**"(Jacques Derrida, 『다른 곳』, 41/35). 그러나 또한
   "중앙 집중적 권한을 가진 수도를 받아들일 수도 없고, 받아들여서도 안 된다."
53) Jacques Derrida, 『다른 곳』, 43/37.

유럽의 새로운 문화적 정체성을 모색하는 과정에서, 새로운 문화적 지배 양식의 등장이 수도의 문제에 대해 제기하는 이중적 명령, 즉 독점도 분산도 안 된다는 명령과 이에 따라야 하는 이중적 책임은 구체적으로 다음과 같은 내용을 지닌다.

"중앙 집중적인 헤게모니가 복원되지 않도록 신경 써야 하면서도 국경들, 다시 말해서 변방과 주변 지역들이 증가되도록 놓아두어서도 안 되며, 소수파의 상이점들과 이해할 수 없는 개인어들과 국가 간의 적대관계와 자기 나라 언어의 국수주의 등이 배양되지 않도록 해야 하는 것이다. 오늘날 우리의 책임이라는 것은 이 두 개의 모순되는 지상 명령 중 그 어떤 것도 포기하지 않는 데 있는 것 같다. 따라서 우리는 정반대되는 수도와 無수도(a-capitale)라는 이 두 개의 지상 명령 (중략) 을 결속시키는 정치적·제도적 제스처, 담론, 실천들을 **발명하는**(inventer)[데리다 강조] 데 주력해야 한다."54)

이 같은 책임에 부응하는 것은 불가능하다고 할 만큼 어려운 일이다. 그러나 책임이 가능한 것의 범주 내에 머문다면, 그 책임은 프로그램화되며, 거기서 행동은 "지식과 노하우의 단순한 적용"55)이 되고, 윤리와

---

54) Jacques Derrida, 『다른 곳』, 46/39. 데리다의 '발명'에 대한 분석은, *Psyche : inventions of the other* (Stanford : Stanford Univ. Press, 2007)에 실린 같은 제목의 글 "Psyche : inventions of the other" 참조. 이 글은 영역본에서 번역된 형태로, Derek Attridge 엮음, 정승훈·진주영 옮김, 『문학의 행위』(문학과지성사, 2013)에 실려 있다. 발명의 문제는 지평을 뚫고 발생하는 '사건'의 문제, '혁명'의 문제와도 연결되어 있다. 핵심은 지평성의 중단 없이는 어떤 사건도 발생할 수 없다는 것이다. 이에 대해서는 Rodolphe Gasché, *Europe, or the infinite task: a study of a philosophical concept*, 305~313 참조.

55) Jacques Derrida, 『다른 곳』, 46/40. 이것은 책임의 행동 에서 지식이 불필요함을 말하는 것이 아니다. "앎은 필요불가결하고, 어떤 결정을 하거나 어떤 책임을 질 때, 가능한 한 많이, 또 제대로 알아야 합니다. 그러나 '해야 한다'와 더불어 책임감 있는 결정의 순간과 구조는 앎에 이질적이고, 이실석인 채로 있어야 합니다"(Jacques Derrida, 『불량배들』, 293).

정치는 하나의 테크놀로지가 된다. 불가능한 것의 가능성에 대한 경험을 전제하는 진정한 책임은 우리에게 "다르게 생각하도록" 요구하며, 유럽의 문화적 수도 문제에 대해 정치적, 경제적, 행정적 중심부의 측면에서 접근하는 것이 아니라, "새로운 용어들로, 다른 위상학에 따라"[56] 접근하기를 요구한다.

이 새로운 접근의 윤곽은 『다른 곳』의 말미에서 유럽의 의무들을 언급할 때, 제시된다. 그에 앞서, 데리다는 수도에 대한 문제를 언어의 문제를 매개로 좀 더 검토한다. 문화적 주도권의 경쟁이라는 맥락에서 수도, 중심지의 문제는 곧 언어의 문제이다. 여기서 수도의 문제는 국가의 문제가 된다.

기존 담론에서 국가는 자신의 헤게모니를 정당화하기 위해, 자신이 부여받았다고 주장하는 "책임 속에서 그리고 보편적인 것, 즉(donc) 초국가적인 것, 혹은 초유럽적인 것"에 대한 (신화적, 역사적) 기억 속에서 자신의 특권을 도출하여 내세운다.[57] 이 경우 국가적 자아, 주체가 자신에 대해 주장하는 것의 논리적 뼈대는 이런 것이다. "유럽인이기 때문에 나(우리)는 그만큼 국가적이며, 초유럽적이고 국제적인 사람인만큼 나는 유럽적이다."[58] 역설적으로 보이지만, 여기서 국가주의와 세계주의는 연결되어 있다.[59] 이러한 "<중심지적>"인 동시에 "세계주의적인 담론의 논리" 속에서 특정 국가는 유럽을 위한 곳으로, 유럽은 "인류의 보편적인 본질을 위해 앞으로 나아가는" 곳으로 설정된다.

---

56) Jacques Derrida, 『다른 곳』, 47/41.
57) 데리다는 이에 대한 구체적 사례로 프랑스의 경우를 제시하고 있다. Jacques Derrida, 『다른 곳』, 51~54/43~46 참조.
58) Jacques Derrida, 『다른 곳』, 49/42.
59) "역설적으로 보이겠지만, 국가주의와 세계주의는 늘 좋은 관계를 유지해 왔다. 피히테 이후로 이러한 사실을 증명해 주는 예는 무수히 많다"(Jacques Derrida, 『다른 곳』, 49/42). 여기서 국가(주의)로 번역된 것은 민족(주의)로도 번역가능하다.

"<앞으로 나아가는 것>, 그것은 (중략) 기선을 잡는 것, (중략) 공격적으로 주도권을 잡음으로써 남들을 앞질러 가는 것이다. <앞으로 나아가는 것>, 그것은 또한 위험을 무릅쓰는 것, (중략) 가설을 만드는 것 (중략) 이다. 유럽은 자신을 하나의 전진 초소로, 지리적으로 역사적으로나 하나의 전위로 여긴다. 유럽은 선두로서 전진하면서 끊임없이 타자에게 수작을 걸 것이다(à l'autre elle n'aura cessé de faire des avances)."[60]

'수도'의 문제에서, 앞에서 논의되었던 곳의 논리, 문법이 이처럼 다시 등장한다. 유럽의 특정 국가가, 그리고 유럽이 자신의 정체성에 대한 오래된 기억을 부정하지 않고 계승하면서 새로운 국가, 새로운 유럽의 정체성을 말하기 위해 요구되었던 바, 곳의 논리와 탈 곳의 논리 모두를 넘어선 논리의 발명은 여기서 수도와 무(無) 수도의 문법을 넘어선 문법의 발명과 실천으로 보다 구체화된다.

'수도'와 함께 곳의 의미를 구성하는 또 다른 계기인 '자본'에 대한 분석을 시작하면서, 데리다는 먼저 자본 일반과 마르크스의 『자본론』을 새롭게 읽을 수 있는 "새로운 문화의 창출"이 필요함을 역설한다. 자본과 『자본론』을 새롭게 독해하기 위해서는 교조주의와 반교조주의 사이에 서야 한다.

---

60) Jacques Derrida, 『다른 곳』, 50/43. 데리다는, 유럽의 식민주의도 바로 이러한 앞으로 나아가는 유럽의 속성에 기인하는 것으로 묘사한다. 유럽에 대한 이런 묘사를 비유럽 사상가의 시각에서도 확인하는 것은 흥미롭다. "유럽이 동양을 침입했던 것은 자본의 의지에 의한 것일까, 투기적인 모험심에 의한 것일까, 청교도적인 개척 정신에 의한 것일까, 혹은 뭔가 좀 더 특별한 자기 확장의 본능에 의한 것일까? 우리는 알 수 없다. 그러나 어쨌든 유럽에는 그 욕망을 지탱하고 동양을 필연적으로 침입하도록 만든 근원적인 무엇이 있었음에 확실하다. (중략) 유럽이 단지 유럽인 채로 있는 것은 유럽으로 있는 것이 아니다. 부단히 자기를 갱신하는 긴장에 의해서 그는 다행히도 자기를 보존하고 있다고 할 수 있기 때문이다"(다케우치 요시미, 서광덕 · 백지운 옮김, (소명출판, 2006), 19; 우카이 사토시 (신지영 옮김), 『주권의 너머에서』 (그린비출판사, 2010), 99에서 재인용).

"끔찍한 전체주의적 교조주의도 피하고 그와 동시에 (중략) 자본 혹은 <시장>의 몇몇 효과를 비판할 뿐만 아니라 그 상황을 철저히 조사하여 <자본>이라는 단어 자체를 마치 구시대 교조주의의 악마적인 찌꺼기인 양 추방해 버리는 반교조주의도 피하면서 자본과 『자본론』을 고려할 수 있어야 한다."[61]

데리다는 여기서 마르크스에게 더 가까이 가는 대신, 다시 발레리를 불러들인다.[62] "유럽 문화의 운명"[63]이라는 맥락 속에서 자본의 문제를 고찰하려는 데리다는 '오늘 당신은 무엇을 할 작정입니까?'(Qu'allez-vous faire AUJOURD'HUI?)라는 질문에서 발레리가 강조한 '오늘'의 의미를 묻는 것으로 자본의 문제에 대한 검토를 시작한다. 발레리의 텍스트에서 '오늘'이 강조된 것은 그 텍스트가 "임박함의 표지들을 지닌 어떤 것"을 담고 있기 때문이다.[64]

데리다가 『다른 곳』을 집필한 그 시기의 유럽 역시 임박함을 경험하고 있었다. 베를린 장벽이 무너지면서 독일의 재통일 가능성이 열리고, 페레스트로이카와 여러 <민주화> 운동이 일어나고 있었다.

---

61) Jacques Derrida, 『다른 곳』, 56~57/48~49. 이것은 또한 용기와 명민함으로써 "(새로운 기술사회적 구조 속에서) 자본의 새로운 효과들을 새롭게 비판"하는 것이기도 하다. Jacques Derrida, 『다른 곳』, 57/49.
62) "양차대전 사이인 1919년에서 1939년 사이에 발레리는 정신의 위기를 유럽의 위기, 유럽의 동일성의 위기, 더 정확히 말해서 유럽 문화의 동일성의 위기로 정의하였다. 지금 주제의 방향이 곳, 그리고 자본과 관련되어 있으므로, 여기서 잠깐 발레리에 대해 거론해 보겠다. 발레리를 거론하는 데에는 몇 가지 이유들이 있는데, 그 이유들 모두 **선두와 자본의 문제**에 관련되어 있다"(Jacques Derrida, 『다른 곳』, 37/32).
63) Jacques Derrida, 『다른 곳』, 63/54.
64) 그 임박함은 유럽에 일어날 대혼란, 유럽인들이 그간 '유럽'이라고 불러왔던 것을 (또 다른) 유럽의 이름으로 파괴시킬 대혼란과 연관된 것이었다. Jacques Derrida, 『다른 곳』, 61~62/52 참조.

"바로 오늘, 임박함·희망·위협 등의 느낌과, 예측할 수 없는 형태의 또 다른 전쟁의 가능성 앞에서의 불안과, 종교적 광신이나 국가주의 혹은 인종주의와 같은 구(舊)양상들로의 회귀 등이 예전과 동일하게 느껴지고 있는 것이다. 오늘 가장 불안한 것은 유럽 자체의 국경의 문제, 즉(중부 유럽, 동유럽과 서유럽, 남유럽과 북유럽에서 감지되는) 지리적·정치적 국경의 문제와 소위 <정신적> 국경의 문제이다."[65]

데리다에 따르면, "문화와 지중해를 정의하기" 위해 '자본'이라는 단어를 도입했던 발레리의 '자본' 분석에서 가장 흥미로운 점은 "자본의 국부적 혹은 특정한 필요성이 보편적인 것을 생산하거나, 보편적인의 것의 (중략) 생산을 요구"한다는 것이다. 여기서 주목할 것은 보편적인 것이 특정한 맥락을 지닌 자본의 생산물이라는 것이다.[66]

발레리는 문화의 위기, 혹은 문화 자본으로서의 자본을 위험에 빠뜨리는 위기의 원인을 자본의 구조 자체에서 찾는다. 자본은 "사물의 실체, 다시 말해 물질적 문화뿐 아니라 인간의 존재 역시 전제한다."[67] 문화라는 자본은 우선 사물들로 구성되지만, 그것만으로는 불충분하다. 사물들을 재료로 활용할 사람들이 있어야 그 사물들은 비로소 자본이 된다.

"문화의 재료가 자본이 되기 위해서는 그 재료를 필요로 하고 또 그것을 사용할 수 있는 사람들이 있어야 한다. 다시 말해서, 지식과 내적 변형 능력을 갈망하고 자신의 감수성이 발전되기를 열망하고,

---

65) Jacques Derrida, 『다른 곳』, 62~63/53. 정신적 국경이란 "철학의 이념, 이성, 유일신론을 둘러싼, 유대교·고대 그리스 정교·그리스도교(가톨릭과 신교, 그리고 그리스 정교 포함)·이슬람교의 기억들을 둘러싼 국경, 예누살렘, 그 사세 분할되고 분열된 예루살렘과 아테네와 로마와 모스크바와 파리와, 그리고 <기타 등등의 지역>을 둘러싼 국경"(Jacques Derrida, 『다른 곳』, 63/53~54)이다.
66) Jacques Derrida, 『다른 곳』, 65/55 참조.
67) Jacques Derrida, 『다른 곳』, 66/56.

또한 다른 한편으로는 몇 세기 동안 축적되어 온 문서들과 도구들의 병기고를 이용하는 데 필요한 관례와 지적 훈련·묵계·실전 경험 등을 획득하거나 혹은 실행할 줄 아는 사람들이 있어야 하는 것이다."68)

(문화 자본으로서) 자본의 위기―이와 상관적인 '정신의 위기'―는 그 자본의 한 구성축인 사람들의 소멸에 기인한다. 그들은 자신들이 "처음 듣고 보고 읽고 알았던 것들에 대해 응답하고 책임질 준비가 되어 있는 사람들"69)이다. 문화적 자본의 증식도 이들의 "책임감 있는 기억"에 의해 가능하다.70)

발레리의 자본 담론에 대한 분석이 마무리되면서 "보편성이 가지고 있는 중대한 역설"이 부각된다. 앞에서 언급되었듯이, 자본이 보편적인 것을 생산하거나, 보편적인 것의 생산을 요청하는 것은 특정한 맥락 속에서이다.71) 문화 자본은 "보편적인 것을 창출하기 위해 감성적 경험성 혹은 특수성 일반의 경계들"72)을 넘어서려 한다. 역설은 지역적으로 한정되어 있는 문화 자본이 스스로를 보편적 의미를 지닌 것으로 내세우는 데 있다.73)

---

68) Paul Valéry, Œuvres, t, II, pp. 1089~90; Jacques Derrida, 『다른 곳』, 67/57에서 재인용.

69) Jacques Derrida, 『다른 곳』, 69/59.

70) Jacques Derrida, 『다른 곳』, 69/59 참조. 데리다는, 발레리가 수행한 자본에 대한 이상의 분석에 대해 "한쪽 손만으로" 찬성하는데, "그 이유는 유럽 너머에 있는 다른 어떤 것을 탐구하거나 혹은 그것에 대해 글을 쓰는 데에 다른 한쪽 손을 남겨두고 있기 때문이다. 그것은 (중략) 이미 유럽 바깥에 존재해 있는 것을 찾아내기 위해서 뿐만 아니라 사건의 도래, 지금 오고 있는 것, 아마도 완전히 다른 연안에서 오고 있는 것에 대해 국경을 미리 폐쇄해 놓지 않기 위해서이다"(Jacques Derrida, 『다른 곳』, 68/58).

71) 따라서 "보편성 속에는 갖가지 이율배반들이 서로 얽혀"(Jacques Derrida, 『다른 곳』, 70/59) 있다.

72) Jacques Derrida, 『다른 곳』, 68/57.

73) Fred Dallmayr, "Jacques Derrida's Legacy" in Theory after Derrida, 32 참조. 그런 점에서 자본의 생산물인 보편성은 "관념적[혹은 이상적] 보편성"이며, 유럽 문

문화 자본의 이러한 보편성 주장은 문화적 정체성의 자기 주장에도 이어져, 문화적 정체성은 항상 자신을 "보편적인 것의 소환 혹은 지시에 부응"하는 것으로 주장한다.74) 즉, 정체성은 한편으로는 자신의 특수성—다른 정체성과의 차이—을 주장하면서, 다른 한편으로 항상 보편적인 것과 연결되어 있음을 주장한다.

> "어떤 문화적 동일성도 번역이 불가능한 한 고유 언어(un idiome)의 불투명체로 제시되는 법이 없고, 오히려 그와는 반대로 항상 특수한 것 속에 보편적인 것이 대체할 수 없게 **각인된 것**75)[데리다 강조] (l'irremplaçable inscription de l'universel dans le singulier)으로서, 인간의 본질과 속성의 **독특한 증언**[데리다 강조](le témoignage unique)으로서 제시된다. 매번, 그것은 항상 **책임**[데리다 강조]의 담론이다. 나는, 유일무이한 주체(le ≪je≫ unique)는 보편성을 증거할 책임이 있다."76)

문화적 정체성의 이러한 자기 제시는 발레리의 「프랑스의 사상과 예술」 말미에서 확인할 수 있다. 거기서 발레리는 다음과 같이 주장한다.

> "프랑스에 대한 나의 개인적인 인상을 두 단어로 요약해 말하면서 끝맺고자 한다. 우리의 특이성 (중략) 은 우리 자신을 보편적이라고 생각하고 느끼는 것이다. 다시 말해서 우리를 보편적 인간이라고 생

화의 위기는 바로 이 보편성이 위협당할 때이다. Jacques Derrida, 『다른 곳』, 65/55 참조.

74) Jacques Derrida, 『다른 곳』, 71/61.

75) 보편적인 것이 특수한 것 속에 대체할 수 없는 양상으로 각인될 때, 그 각인의 양상에서 유럽, 혹은 기타 문화는 차이를 보일 것이다. 이 차이 앞에서 유럽이 다시 자신의 각인 방식에 보편성의 지위를 부여하려 할 때, 새로운 유럽중심주의가 발생할 것이다. 다시 말해, 자신의 문화가 지닌, "보편적인 것을 특이한 것 속에 각인하는 범례성(exemplarité)"(Jacques Derrida, 『다른 곳』, 71/60)을 절대적인 것으로 주장할 때, 또 다른 유럽중심주의가 생길 것이다.

76) Jacques Derrida, 『다른 곳』, 71~72/61.

각하는 것이다. …… [원래 생략된 부분] 이 역설을 눈 여겨 보아라. 보편적인 것의 의미를 자신의 특수성으로 갖는 이 역설을."[77]

발레리가 프랑스인의 자기 인식에서 확인한 역설에서, 데리다는 발레리가 생각한 것 이상의 함축을 읽는다. 그래서 발레리에게 '역설'이었던 것은 데리다에게 '역설의 역설'이 된다. 이 두 겹의 역설이 "연쇄 분열"[78]을 통해 곳의 분기(分岐)와 자본의 탈동일화를 야기한다.[79] 자본의 동일성이 깨지고, 곳이 갈라지는 것, 이것은 곧 (유럽) 문화, (유럽의 형상으로서의) 곳, (유럽의) 자본이 "자기 자신과의 차이 속에서, 그리고 다른 곳, 곳의 다른 연안과의 차이 속에서 다시 집결함으로써[80] 뿐만 아니라, 더 이상 재집결할 수 없는 상태에서 열림으로써 제 자신과 관계를 맺는다"[81]는 것을 의미한다.

주장과 주장 사이의 연결 고리를 찾기 어려운 이 대목에서 데리다는, 발레리가 전형적으로 보여 주는 방식—(유럽인들의) 전통적인 정체성 이해 방식, 곧 아무런 거리낌 없이 보편성을 주장하는 특수성으로서 유럽의 정체성을 인식하는 방식—으로 이해된 정체성에는 이미 어떤 균열이 내재하고 있다고 말하는 것으로 보인다. 아울러 분명하게 드러나는 것은 스스로를 다시 모을 수 있는 능력은 정체성의 형성, 혹은 주체의 형성 조건의 전부가 아니라는 것, 즉 문화, 혹은 그것의 정체성은 자신을 재집결시킬 수 있을 때 뿐 아니라 그럴 수 없는 상태로 개방될 때에

---

77) Paul Valéry, Œuvres, t, II, p. 1058; Jacques Derrida, 『다른 곳』, 73/62에서 재인용.
78) 하나의 장치 같은 이 표현을 통해 데리다는 많은 상세한 해명을 생략하면서 자신의 주장을 내어 놓는다.
79) Jacques Derrida, 『다른 곳』, 74/63 참조.
80) 이것은 하이데거의 Versammlung(모음)을 염두에 둔 표현이다. 데리다는 하이데거가 공동체든, 정체성이든 '모음'을 중심으로 하여 사유하는 것에 반대하여, 분산, 분화를 강조한다. 이에 대해서는 John D. Caputo, Deconstruction in a nutshell, 115, 151~153 참조.
81) Jacques Derrida, 『다른 곳』, 74/63.

도 존립 가능하다는 것이다.82)

데리다는 유럽이 이미 "열리기 시작했다"고 말한다. 더 나아가, "타자에 대해, 곧이 자신의 타자로서, 자신과 함께 하는 상대방으로서, 자기 자신과 더 이상 결부시키지 조차 못하는 그러한 타자에 대해 자기 자신을 열지 않은 채, 열림의 영향을 받기(être affecté d'ouverture sans s'ouvrir de lui-même sur un autre) 시작했다."83) 앞에서 "[자신을] 더 이상 재집결할 수 없는 상태에서" 열렸던 유럽의 곧, 자본은 여기서 "자기 자신을 열지 않은 채, 열림의 영향을 받고" 있다.84) 데리다는 이후, 유럽의 의무, 책임을 말하면서 '이미' 시작된 이 열림에 더욱 적극적으로 부응할 것을 요청한다.

2.3. 유럽의 이중적 책임

데리다가 『다른 곧』의 말미에서 제시하는 유럽의 의무, 책임은 유럽이 새로운 유럽이 되기 위한 방향을 제시한다. 따라서 이 의무들의 내용은 앞에서 전개된 데리다의 논의들의 내용, 성격을 보다 구체적으로 이해할 수 있는 기회를 제공한다.

첫 번째 의무, 다른 의무들의 전제가 되는 의무는 "유럽에 대한 기억의 소환에 응해야 하는 의무, 유럽의 이름하에 약속되었던 모든 것85)을 상

---

82) 이렇게 표현할 수도 있을 것이다. 정체성은 타자와 관계를 맺으면서 자기를 수습 (收拾)할 수 있을 때 뿐 아니라, 그렇지 못할 때에도 성립한다.

83) Jacques Derrida, 『다른 곧』, 74~75/64.

84) 자기를 열지 않았지만, 열림의 영향을 받고 있다는 것은, 자기와 타자의 경계가 다공적(多孔的, porous)이며, 따라서 여기서 정립되는 정체성이 다공적 성격의 것임을 의미한다.

85) '~의 이름하에' 혹은 '~의 이름으로'는 그것이 "여전히 구실에 불과하고 순전히 구두적인 서약에 불과하더라도 (중략) 이러한 구실은 심지어 가장 냉소적일 때에 조차도 자기 안에 **어떤 불가침의 약속**이 울려 퍼질 수" 있게 한다. Jacques Derrida, 『테러 시대의 철학』, 208.

기해야 하는 의무, 유럽을 재동일화해야 하는 의무"[86]이다. 이 의무에서 과거는 미래와 연결되고, 기억(의 계승)은 약속과 연결된다.[87] 유럽에 대한 기억을 계승하고, 유럽이 약속한 것을 상기하는 것이 현재의 유럽을 긍정하는 것으로 자동적으로 연결될 수는 없다. 이미 언급하였듯이, 기억의 계승은 해체의 과정을 거쳐 이루어지며, 또한 유럽의 약속은 그 빛이 바랜 채 구현되거나 굴절되어 실현되어온 까닭이다. 그럼에도, 유럽의 기억과 약속은 유럽의 새로운 정체성 형성을 위한 주요 계기이다.

이 기초적 의무에 뒤이은 의무들은 어찌 보면, 첫 번째 의무의 구체화라고도 할 수 있다. 우선 이 의무는 유럽이 "유럽이 아닌 것, 한 번도 유럽이었던 적이 없는 것, 앞으로도 절대 유럽이 되지 않을 것"에 자신을 개방하라고 말한다. 이 의무는 후설이 유럽의 경계 안에 포함시키지 않았던 사람들을 배경으로 하면 그 구체적 성격의 일면이 드러난다.

> "우리는 '유럽의 정신적 형태는 어떻게 특징지어지는가'라는 물음을 제기하고 있다. 그러므로 이 물음은 (중략) 유럽을 지리상이나 지도에 따라 이해해서는 안된다는 사실을 뜻한다. 정신적 의미에서는 영국의 자치령들이나 미합중국 등이 명백히 유럽에 속하지만, 그러나 장날 구경거리로 등장하는 에스키모인이나 인디언부족 혹은 유럽 속에서 지속적으로 배회하면서 유랑생활을 하는 집시부족은 유럽에 속하지 않는다."[88]

후설이 여기서 유럽(인)의 경계를 정신적 측면에서 확정하는 까닭에, 원칙적으로, 인종주의를 드러낸다고 하기는 어렵다. 그러나 어떤 의미로든 배제의 역학이 작용하고 있는 것은 분명하다. 이어지는 유럽의 의

---

86) Jacques Derrida, 『다른 곶』, 75/64.
87) Tamara Cărăuş, "Jacque Derrida and the 'Europe of hope'" 참조.
88) Edmund Husserl, 이종훈 옮김, 「유럽 인간성의 위기와 철학」, 『유럽 학문의 위기와 선험적 현상학』 (한길사, 2007), 429.

무는 "외국인을 통합하기 위해 맞아들일 뿐 아니라, 그들의 타자성을 인식[인정]하고 받아들일 것을 명령"[89]한다. 이 의무는 유럽의 정체성에 대한 후설의 인식이 해체되어야 함을 함축한다.[90]

이 의무는 또한 "자본을 끝장낸다는 구실 하에 민주주의와 유럽의 유산을 파괴했던 전체주의적 교조주의"에 대한 비판과, "우리가 식별할 줄도 알아야 하는 새로운 얼굴들 ... 아래 자신의 교조주의를 구축해 놓은 자본의 종교"[91]에 대한 비판을 명한다. 교조주의적 반자본주의 뿐 아니라, 교조주의화된 자본의 종교 또한 비판할 의무[92]가 유럽에게 있다.

유럽의 의무는 또한 "이러한 비판의 미덕, 비판적 사고, 비판 전통의 미덕"의 배양을 명령하는 동시에 그러한 미덕을 지키면서 그것을 "넘어설 수 있는 해체주의적 계보학에 그 미덕을 종속시키기를 명한다."[93] 비판의 미덕, 혹은 이성의 미덕에 대한 해체적 작업의 내용은 『불량배들』의 두 번째 에세이에서 그 일단이 확인된다. 거기서 "이성(logos 또는 ratio), 그것은 일단 지중해적인 어떤 것"으로 (단언적으로는 아닌 형태로) 서술된다. 그러나 그것은 또한 지중해에서 닻을 올린 것으로, 그럼으로써 "그것의 탄생 장소 및 그것의 지리학 및 계보학"과 단절한 것으로 (확신의 형태로는 아닌 방식으로) 주장된다.[94] 지중해에서 계산하는 이성으로 출범한 이성은 해체를 통해, 계산할 수 없는 것을 고려하는, 그럼에도 비합리주의가 아닌 합리주의를 견지하는 이성이 된다.

---

89) Jacques Derrida, 『다른 곳』, 75/64.
90) 후설의 유럽 인식에 대한 데리다의 전반적 분석에 대해서는, Rodolphe Gasché, *Europe, or the infinite task: a study of a philosophical concept*, 287-302, Marc Redfield, "Derrida, Europe, Today" *South Atlantic Quarterly* 106:2 (2007), 377 ~384 참조.
91) Jacques Derrida, 『다른 곳』, 75~76/64~65.
92) 데리다가 비판하는 프랜시스 후쿠야마가 이런 종교를 대변한다고 할 수 있다.
93) Jacques Derrida, 『다른 곳』, 76/65.
94) Jacques Derrida, 『불량배들』, 245~246.

"계산하는 이성은 그것이 기초하는 계산을 초과하려는 경향이 있는 무조건성에 결합되고 종속되어야 할 것입니다."95)

"이성적인 것(le raisonnable), 그것은 설명이 불가능해 보이는 바로 거기서조차 계산불가능한 것을 설명하기 위해, 그것과 더불어, 즉 도래하는 것[데리다 강조]과 도래하는 자[데리다 강조]의 사건과 더불어 그것을 고려하거나 셈하기 위해 계산불가능한 것을 고려하는 어떤 합리성(rationalité)일 것입니다."96)

이것은 또한 계몽(주의)의 문제와도 연결된다. 포스트모더니스트처럼 계몽을 부정하는 대신, 그것을 계승하되, 도래할 계몽주의에 대해서 열린 태도를 견지해야 한다.

유럽의 의무는 또한 민주주의의 이념이라는 유럽적인, 순전히(uniquement) [데리다 강조] 유럽적인 유산"의 수용을 명령하는 동시에, "민주주의란 여전히 생각할 것이 있고 도래할 것이 있는 어떤 것임을, (중략) 약속의 구조를 지녀야 함을, 따라서 지금 여기서, 미래를 품고 있는 것(ce qui porte l'avenir ici maintenant)[데리다 강조]에 대한 기억의 구조를 지녀야 함을 인식하도록 명한다."97) 이 의무에서 (다시) 확인되는 것은 유산의 계승이 하나의 과제라는 것이다. 아울러 도래의 사태가 지닌 구조가 부각된다. 민주주의가 도래할 것으로서 제시된다는 것은 민주주의가 미래의 어느 특정한 때에 온전히 성취될 것이 아니라 "결코 충만한 현재의 형태로 자신을 현존화하지 않을"98) 것임을, 그럼에도 이미 어떤 명령을 발하고 있음을 의미한다.99)

---

95) Jacques Derrida, 『불량배들』, 288.
96) Jacques Derrida, 『불량배들』, 317~318(번역 일부 수정. 이하 번역이 수정된 경우에도 언급하지 않음).
97) Jacques Derrida, 『다른 곳』, 76/65.
98) Jacques Derrida, 『마르크스의 유령들』, 140.

유럽에 부여된 의무는 "차이·지역 언어·소수파·특이성"의 존중을 명하는 동시에 "또한 형식법의 보편성, 번역의 욕구, 합치와 일의성, 다수파의 법칙"[100]을 존중하고, 인종주의와 민족주의와 외국인 혐오증에 반대할 것을 명한다. 이 이율배반적인 의무를 개별적 맥락 속에서 매번 '결정'하며 해소하는 것이 도래할 유럽, 그러나 이미 시작된 새로운 유럽의 의무이다. 이 의무가 번역 철학의 테제로 표현된다면, 그것은 다음과 같은 것이 될 것이다. "언어적 차이에 대한 민족주의적인 폐쇄적 태도를 피해야 할 뿐만 아니라, 자칭 투명하고 메타 언어적이며 보편적이라는 번역 매체의 중립성에 의한 난폭한 언어 균질화도 피해야"[101] 하는 번역의 지향.

유럽의 의무는 또한 "이성의 권위 아래 놓여 있지 않은 모든 것들을 용납하고 존중하라고 명한다." 이것은 신념, 혹은 신앙의 문제이기도 하다.[102] 또한 "이성과 이성의 역사"[103]에 대한 사유의 문제일 수도 있다. 이러한 사유들은 그 성격상, 필연적으로 이성의 질서를 벗어나지만, 그러면서도 "비이성적으로 되지는 않는, 비합리주의자로는 더욱 되지 않는 사유들"이다. 그것은 이 사유들이 계몽주의의 한계들을 인식하면서도 "오늘[데리다 강조]의 계몽에 힘쓰기 위해 계몽[데리다 강조]의 이상에 충실히 머물러 있으려고 노력하기 때문이다."[104]

이상의 예에서 보듯이 유럽의 의무는 "모순적 이중 명령에 맞추어"

---

99) 데리다에게 민주주의는 궁극적으로는 어떤 '정치 체제'를 가리키는 것은 아니지만, 만약 그것을 가리키는 여러 개념 가운데 하나로 사용된다면, 민주주의는 **"스스로를 반박할 가능성, 스스로를 비판할 가능성, 스스로를 무한정 개선할 가능성**을 환영하는 유일한 개념"(Jacques Derrida, 『테러시대의 철학』, 221)이다. 도래할 민주주의에 대한 포괄적 탐구는 『우정의 정치학』에서 다뤄진다.

100) Jacques Derrida, 『다른 곳』, 76~77/65.

101) Jacques Derrida, 『다른 곳』, 58/50.

102) 이에 대해서는 또한 Jacques Derrida, 『불량배들』, 307~309 참조.

103) Jacques Derrida, 『다른 곳』, 77/66.

104) Jacques Derrida, 『다른 곳』, 77/66.

사유하고 행동할 책임에 대해 말한다. 유럽이 감당해야 할 의무는 언급
된 것들 외에도 무수히 많을 것이며, 유럽은 매 '오늘' 마다 이런 이중
적 명령의 형태를 띤 의무들에 직면할 것이다. 유럽은 이 새로운 형태
의 의무들을 판별하고, 거기 담긴 이중적 구속을 단순히 수용하는 것을
넘어 권리로서 요구해야 한다. 아울러 "그 의무들의 전형적 혹은 회귀
적 형태와 끝없는 특이화 과정"105)에 대해 인식해야 한다.

　사건, 결정, 책임, 윤리, 정치, 이것들은 데리다의 후기 사유를 점유했
던 주제들로서, 데리다가 "현재 혹은 현재화[현존화]의 질서(l'ordre du
présent ou de la présentation)를 넘어설 수밖에 없는 (그리고 넘어서야 하는)
것들"106)이라고 말한 것이다. 바로 이 부류에 데리다는 '유럽'을 덧붙이
고 있다. 유럽을 포함하여 이러한 것들을, 그것들이 넘어서려 했던 그것
에 환원시키고자 할 때, 의무의 수행이 아닌 과오와 무책임이 발생한다.

　유럽의 이중적 의무는 '유럽'이라는 단어의 사용에 있어서도 일종의
이중적 책임을 요구한다. 그것은 한편으로 유럽이라는 낡은 이름을 아
주 소중하게 여길 것을 요구하면서, 다른 한편으로 "어떤 특정 상황에
서 우리가 (우리에게) 상기시키는 그것, 우리가 (우리에게) 약속하는 그것
을 위해, 가장 좋은 고어(古語, paléonyme)로서 (중략) 그 이름을 괄호[혹은,
인용부호(guillemets)] 안에 넣을 것을 요구한다."107) 유럽은 괄호 안에 넣
어져야 할 것이지만, 그럼에도 그것은 유럽으로서 그렇다.

---

105) Jacques Derrida, 『다른 곶』, 78/67.
106) Jacques Derrida, 『다른 곶』, 79/67~68.
107) Jacques Derrida, 『다른 곶』, 80/68. 데리다는 유럽 외에, 수도 혹은 자본을 뜻하
　　는 단어 'capital'도, '동일성'과 '문화'라는 단어도 그렇게 사용할 것이라고 말한
　　다. paléonyme([영] paleonym)은 해체의 한 전략인 paléonymie([영] paleonymy)의
　　맥락에서 이해되어야 한다. 이것은 "새로운 개념을 제시하기 위해 낡은 명칭을
　　간직"(Jacques Derrida, 박성창 편역, 『입장들』(솔출판사, 1994), 99)하는 전략
　　으로, '민주주의'와 같은 옛 명칭을 유지하면서 그것에 새로운 의미를 부여하여,
　　변형하려는 전략이 이에 해당한다. 여기서 '민주주의'가 paléonyme이다. 이에 대
　　해서는 Marc Redfield, "Derrida, Europe, Today", 375 참조.

3 결론을 대신하여

데리다가 제시한 유럽의 이중적 의무는 그 자체로 그의 유럽론의 결말 성격을 띤다. 따라서 유럽에 대한 데리다의 입장이 어떤 (현실적) 함축을 지니는지 다시 검토할 필요는 없을 것 같다. 다만『다른 곳』의 내용, 구조가 그렇게 간단하지 않은 까닭에, 전체의 얼개를 다시 확인하고, 몇 가지 핵심적 주제를 다시 거론하는 것은『다른 곳』에 담긴 내용을 명확하게 파악하는데 도움이 될 것이다. 아울러, 유럽의 '해체'에 담긴 함축, 혹은 한계, 특히 그것이 비유럽에 대해 지니는 의미를 검토함으로써 이 글을 마무리하고자 한다.

데리다가『다른 곳』에서 유럽의 자기 인식, 혹은 그러한 인식을 담은 담론들을 해체적으로 계승하려 했던 것은, 일차적으로는 유럽이 직면한 문화적 혹은 민족적 정체성 문제 그리고 그것과 연관된 여타의 문제들을 다루는데 유럽의 유산이 어떤 역할을 할 수 있고, 해야 한다는 생각이 있었기 때문이다.

'유럽'의 해체는 우선 문화에 대한 공리를 제출하는 것으로 시작된다. 그 공리에 따르면, 문화는 본질적으로 자신 속에 차이를 내장하고 있으며, 그렇기 때문에 동질성을 고집하기 보다는 타자에 개방적이어야 한다. 항상 자신을 '전위'로 인식한 유럽이기에, 데리다는 유럽이 이러한 공리, 법칙의 한 예가 아니라, 그것을 구현하는 데 본보기의 역할을 수행하기를 희망한다.

전통적으로 유럽이 자신의 정체성을 이해하는 형상(形象)으로 상정해 온 곳은 지리적으로 대륙의 일부분이면서 여느 일부와 달리 다른 곳을 향해 돌출된 지역이다. 그것은 시작점이면서, 다시 돌아오는 끝점이다. 유럽은 항상 그냥 있지 않고 다른 곳으로 출발하고, 돌아오곤 했다. 이것은 유럽이 비유럽을 향해 개방되었지만, 그것이 제한적이었음을 함축한다. 데리다는 곳의 담론에서 유럽인이 통상적으로 전개하고 구사해온 것과는 다른 논리와 문법을 읽어 낸다. 곳의 개방성과 관련하여 도출된 새로운 문법의 핵심은, 유럽의 개방성이 제한적인 것, 조건적인 것이 아니라 타자를 향한 전면적인 것, 즉 타자에 대한 비배제의 개방성이어야 한다는 것이다.

'곳'의 담론은 '수도'와 '자본'의 담론으로 분기된다. 과거 유럽 문화는 몇몇 주요 수도들을 중심으로 꽃을 피웠다. 그러나 수도 중심의 체계는 중심과 변방의 문제를 낳는다. 새로운 유럽에서는 문화의 계승을 위한 수도의 역할108)이 부정되지 않으면서도, 문화적 주도권이 수도에 집중되어서는 안 된다. 수도와 함께 '곳'의 담론을 구성하는 또 다른 계기인 자본의 해체를 위해 데리다는 발레리의 문화 자본 담론을 경유한다. 그 과정에서 데리다는 자본이 생산하는 보편성이 특수한 맥락에 기원을 두고 있다는 발레리의 주장을 발굴한다. 이것은 한 문화의 정체성은 자신의 특수성과 함께 항상 보편성을 주장한다는 것을 함축한다. 그렇기 때문에 새로운 유럽은 문화적 보편성이란, 항상 그 내부에 역설을 지닌 것임을 기억하며, 달리 말해 자신 속에 있는 특수성을 기억하며 다른 문화와 조우해야 한다.

현재의 세계 질서를 넘어서는 새로운 질서를 구축하는데, 유럽이 중요한 역할을 할 것이라고 보느냐는 질문에 데리다는 다음과 같이 대답한다.

"그러길 바라지만 그렇다고 보진 않습니다. 저는 확실성이나 앎을 가져다줄지 모를 사실들 속에서는 [유럽이 그러한 역할을 하리라는 것을] 확증할 수 있는 아무 것도 발견할 수 없습니다. 단지 해석해야

---

108) 문화적 수도의 위상은 "창조성과 영향력 그리고 다른 중심에 반응을 야기할 수 있는 능력"에 의해 규정되어야 할 것이다. 이에 대해서는 Paul Ricoeur, "Cultures, du deuil à la traduction" *Le Monde*, 25 Mai 2004 참조.

할 몇몇 신호들만을 볼 뿐입니다. 그 이름에 걸맞는 책임과 결단들이 있다면, 그리고 감당해야 할 책임과 결단들이 있다면, 그것은 위기의 시간과 신앙 행위의 시간에(au temps d'un risque et d'un acte de foi)에 속합니다. 그것은 앎 너머에 있습니다. (중략) 이제 막 제가 '유럽'이라는 주제에 대해 감히 말해본 것도, 제가 어떤 밤의 한가운데서 몇몇 신호들에서 출발하여 물음을 제기하고 있는 것이라고 말해둡시다. 저는 암호를 판독하고, 내기를 걸고, 희망을 보냅니다. '유럽'이라는 말을 비롯해서 이 모든 고유명사들에 제가 그토록 많이 주의 깊은 따옴표[혹은, 괄호(guillemets)]를 쳤다면, 이는 저 자신이 무엇에 관해서도 확신하지 않기 때문입니다."109)

데리다가 희망을 거는 유럽은 따옴표, 혹은 괄호 안에 있는 유럽이다. 유럽이 이 괄호를 벗는 길, 그것이 바로 해체의 길이다. 그러나 이 해체는 어떤 특정 시점에 이르러 완료되는 것이 아니다. 그것은 "아직 예견할 수 없는 기나긴 일련의 격변과 변모들"110)을 거칠 것이다. 아니, 해체 자체가 여전히 '모색 중'인 어떤 것이다. 여기서 해체의 성격에 대한 한 이해를 얻을 수 있을 듯하다. 해체는 한편으로 기존 담론을 매개로 이루어진다. 그 담론에서 표면화되지 않은 것, 흔적으로 남아 있는 것, 혹은 약속으로 존재하는 것을 읽어냄으로써 해체는 수행된다. 그러나 다른 한편으로 해체는 담론이 관계하고 있는 대상이나 사태에서 이미 시작된, 그러나 아직 두드러지지는 않은 어떤 변화의 운동을 감각함으로써 이루어진다. 그런 점에서, 해체의 대상이 유럽인 경우, 해체는 유럽의 과거─담론으로 포착된─와 현재 그리고 미래에 대한 감각과 시야를 요청하는 작업이라고 할 수 있겠다.

데리다는 유럽 중심주의도 반유럽 중심주의도 아닌 위치에서 새로운 유럽을 말하고자 했다. 그의 해체적 '유럽론'은 그 목적을 달성했는가?

---

109) Jacques Derrida, 『테러시대의 철학』, 216.
110) Jacques Derrida, 『테러시대의 철학』, 239.

그는 유럽이 새로운 질서의 구축에 중추적 역할을 하길 희망하지만, 그것을 확신할 수는 없다. 그에게 유럽은, "희망의 유럽"(une Europe de l'espoir)이다. 희망으로서의 유럽이다. 이것은 유럽이 다른 나머지 인류에 대한 희망이라는 점에 방점이 찍히는 말이라기보다는 유럽이 그런 희망이 되기를 바라는 희망에, 혹은 최소한 유럽에 관련된 두 겹의 희망 모두에 동등하게 방점이 찍히는 말이다.111)

데리다가 유럽이라는 옛 명칭에 부여한 또 다른 의미는 '약속'이다. 약속은 그 자체 하나의 (발화) 행위이면서, 성취라는 측면에서는 유예된, 잠재적 행위이다. 약속은 불확실성을 동반하는, 그럼에도 방향성을 지닌 하나의 행위이다. 유럽이 약속한 것은 무엇인가? 대표적으로 "만인을 위한 자유와 평등"112)을 꼽을 수 있다. 이 약속이 가리키는 방향으로 나아가기 위해 주권(의 경계)에 대한 해체와 칸트의 세계시민주의, 곧, 국민국가의 틀과 시민권의 범주 내에 있는 세계시민주의가 아닌 그것을 넘어서는 "보편적 동맹이나 보편적 연대"113)에 대한 사유가 요청된다. 이 맥락에서 환대의 사유는 그 정치적 의미를 획득한다.

유럽을 해체하면서 데리다는 유럽에 거의 종교적 희생에 버금가는 의무, 책임을 부여한다.114) 유럽에 대한 유럽의 전통적 담론은 비록 책임을 말했지만, 그것은 선두로서, 비유럽의 지배와 연결되었다. 그러나 데리다가 말하는 책임은 선두로서의 책임이 아니라, 오직 책임짐으로써

---

111) 유럽이 반세계화, 데리다의 표현으로, "다른 세계화(혹은, 대안 세계화 altermondialisation)의 사려 깊고, 적극적이며, 방사(放射)하는 중심지"가 될 수 있을 것인가라는 자문(自問)에 데리다는 "나의 가설, 나의 희망은 '예'라고 답한 다"(Jacques Derrida, *Le Monde diplomatique*, 8 mai 2004)고 말한다. "세계화에 대한 데리다의 이해 및 '다른 세계화' 개념에 대해서는, Jacques Derrida, 『테러시대의 철학』, 221-227 참조.
112) Giovanna Borradori, 『테러시대의 철학』, 306.
113) Jacques Derrida, 『테러시대의 철학』, 225.
114) "과중한 짐을 진 유럽은 타자를 위한 일종의 자기 희생[을 해야 하는 제물]과 유사하다"(Tamara Cărăuş, "Jacques Derrida and the 'Europe of hope'").

선두가 되는 그러한 책임이다.

유럽은 희망, 약속, 책임으로서 제시된다. 희망을 줄 수 있는 유럽을 희망하고, 이중적 구속의 긴장을 감내해야 하는 책임을 진 주체로서 유럽을 말하고, 유럽과 나머지 세계를 위한 약속의 담지자로서 유럽을 제시하는 것은, 또 다른 의미의 유럽 중심주의가 아닌가? 유럽이 전통적으로 자신의 특성으로 말해 온 '앞으로 나아가는 것'의 또 다른 모습이 아닌가? 왜 유럽인가? 유럽에 대한 비유럽의 이러한 질문, 혐의는 부당한 것인가? 이 질문은 최종적으로 우리를 해체 자체의 한계를 묻는 자리로 이끌 것이다. 그 전에 잠시 이 질문 자체에 좀 더 머물 필요가 있다.

철학자의 경험적 의식과 철학적 주장이 반드시 일치하는 것은 아니다. 따라서 다음과 같은 데리다의 고백을 그의 철학적 주장을 대변하는 것으로 생각하는 것이 무리일 수도 있다. 그럼에도 불구하고, 이 개인적 서술을 통해, 그가 표면화하지 않은, 해체된 유럽에 대한 어떤 생각을 엿보기 위한 실마리로 삼는 것은 그렇게 부당해 보이지 않는다.

> "나는 유럽 사람이며, 분명 유럽의 한 지식인이다. 나는 그러한 사실을 상기하기를 좋아하며, 그것을 나에게 상기시키기를 좋아한다. 그리고 내가 그것을 부정할 이유가 어디에 있는가? 하지만 나는 **속속들이**(de part en part)[데리다 강조] 유럽인인 것은 아니며, 또 그렇게 느껴지지도 않는다. 내 말뜻은, 내가 하고자 하는 말 혹은 내가 **해야만 하는**[데리다 강조] 말인즉, 나는 **속속들이**[데리다 강조] 유럽인이 되고 싶지도 않고 되어서도 안 된다는 것이다.115)

자신이 유럽인임을 내세우는 데 거리낌이 없지만, 정작 그 자신을 철저하게 유럽인으로 느끼지는 않으며, 그러한 느낌을 낭위의 사원으로까지 가져가는 데에는 해체의 정신을 자기화하려는 어떤 의지가 느껴진

---

115) Jacques Derrida, 『다른 곳』, 80/68.

다. 유럽인인 자신에게 이미 비유럽적인 어떤 것이 있으며, 그것을 적극적으로 인정하는 것, 이것을 그가 제시하려고 한 해체된 유럽에 적용하는 것은 불가능한 것일까? 해체된 유럽은, '어떤 의미'에서 철두철미 유럽적인 것이 아닐 수 있다. 만약 이 '어떤 의미'의 경계가 너무 모호하다면, 이렇게 말할 수도 있겠다. 정체성을 자기와 동질적인 것에서만 성립하는 것으로 여기는 입장에서 볼 때, 해체된 유럽은 철두철미 유럽적이지 않을 수 있다.

유럽의 유산을 계승한다는 것에는 분명, 유럽에 대한 어떤 자긍심이 있다. 그러나 그 유산에는 유럽이 과거 자행한 "전체주의, 대량 학살, 식민주의의 범죄"116)가 포함된다. 데리다는 이러한 범죄들에 대해 죄의식을 갖고, 그에 대해 책임지는 자세를 취할 것을 말한다. 일찍이 계몽의 시대, 그 자신이 약속한 것을 배반한 기억을 계승하고, 외국인을 통합하기 위해서 뿐 아니라, 그들의 타자성을 인정하고 수용하기를 요청하면서 유럽이 타자에 대한 "개방과 비 배제"의 책임이 있음을 말할 때, 우리는 이 책임이 다시금 과거처럼, 타자에 대한 자기의 우위를 정당화하는 근거로 작용하지 않으리라 조심스럽게 생각해 볼 수 있지 않을까? 데리다가 그랬듯이, 우리 역시 유럽의 미래에 대해 반드시 그러리라 확신할 수는 없지만.

해체가 기존의 담론, 텍스트를 매개로 이루어진다는 것은 양면적 평가를 요한다. 해체가 기존 담론의 논리와 문법에 어떤 식으로든 연루될 것이라는 혐의를 피하기는 어렵다.117) 해체가 지향하는, 형이상학 넘어

---

116) Jacques Derrida, *Le Monde diplomatique*, 8 mai 2004.
117) "해체가 (중략) 역설적으로 그것이 대체하고자 하는 전통의 동질성을 유지하는 데 기여하는 것은 아닌가 하는 진지한 질문이 존재한다"(Robert Bernasconi, "African Philosophy's Challenge to Continental Philosophy" in *Postcolonial African philosophy: a critical reader* (Cambridge : Blackwell publishers Ltd, 1997), 185.

서기는 그것을 가능하게 하는 "하나의 흔적이 형이상학의 텍스트 내부에 반드시 각인되어 있어야"[118] 함을 전제한다. 이것은 해체가 추구하는 형이상학의 극복의 계기가 "논리적 필연성에 의해 형이상학의 내부에 이미 자리 잡고 있어야"[119] 한다는 것을 의미한다.

해체에 대한 이러한 의혹에도 불구하고, 해체는 분명 전통이 된 담론의 논리와 문법을 흔든다. 따라서 해체가 없다면, 기존의 담론은 여전히 헤게모니를 행사할 것이다. 그런 점에서 유럽의 형이상학, '유럽' 관념의 해체는 유럽중심주의에 대한 무력화작업일 수 있다. 그렇다면, 이것을 비유럽에서는 어떻게 평가하고, 수용해야 하는가? 비유럽에서 제기된 다음의 비판은 적절하고 타당한 것으로 보인다.

> "[해체] 작업이 이미 그 전통 안에 정립되어 있는 입장을 전제하고 있는 한 그의 반복을 통한 비판적 작업은 이미 제한과 한계를 내포한다. (중략) 그러한 작업이 수행하는 성과란 그러한 전통 안에 서 있는 사람에게는 필요하고도 대단한 것일 수 있겠지만 밖에서 보면 제한적이고 불출분한 성과이다."[120]

이 평가를 긍정하면서도, 특히 해체의 성과가 외부에서 볼 때, 불충분할 수도 있다는 평가에 동의하면서도, 그 평가의 내용을 다른 맥락에 위치시킬 수 있으며, 그 경우 외부의 입장에서도 해체의 긍정성을 인정하는 것이 가능해 진다. 해체는 유럽의 전통 속에 담긴 자문화중심성에 균열을 냄으로써 유럽을 타자를 향해 개방시킨다. 달리 말하면, 자신 안

---

118) Jacques Derrida, *Marges de la philosophie* (Minuit, Paris, 1972), 76; Robert Bernasconi, "African Philosophy's Challenge to Continental Philosophy", 185에서 재인용.

119) Robert Bernasconi, "African Philosophy's Challenge to Continental Philosophy", 185.

120) 김진석, 「형이상학적 의미론의 해체를 비스듬히 가로지르며」, 『후설과 현대철학』(서광사, 1990), 308~309.

에 타자를 위한 틈, 공간을 마련한다. 비유럽은 그러한 작업의 성과 위에서 유럽과 (해체 이전에 비해) 평등하게 조우할 수 있을 것이다. 그런 점에서 유럽의 해체가 유럽에 대한 또 다른 방식의 긍정일 수 있다하더라도, 그 작업의 의의를 폄하할 수 없을 것이다. 그것은 유럽이 비유럽을 맞이하기 위한 예비적 작업이기도 하기 때문이다.

참고문헌

김상환, 『해체론 시대의 철학』 (문학과지성사, 1997).

_____, 「탈근대의 동양과 서양: 현대 철학사에 대한 헤겔식 농담」, 『철학과 현실』 64 (2005).

김진석, 「형이상학적 의미론의 해체를 비스듬히 가로지르며」, 『후설과 현대철학』 (서광사, 1990).

다케우치 요시미, 서광덕·백지운 옮김, 『일본과 아시아』 (소명출판, 2006).

Borradori, Giovanna, 손철성 외 옮김, 『테러시대의 철학: 하버마스, 데리다와의 대화』 (문학과지성사, 2006).

_____, *Philosophy in a Time of Terror: Dialogues with Jürgen Habermas and Jacques Derrida* (Chicago: The Univ. of Chicago Press, 2003).

Caputo, John D., *Deconstruction in a Nutshell : a Conversation with Jacques Derrida* (New York: Fordham Univ. Press, 1999).

Attridge, Derek 편, 정승훈·진주영 옮김, 『문학의 행위』 (문학과지성사, 2013).

Derrida, Jacques, 김다은·이예지 옮김, 『다른 곳』 (동문선, 1997).

_____, 이경신 옮김, 『불량배들』 (휴머니스트, 2003).

_____, 진태원 옮김, 『마르크스의 유령들』 (그린비출판사, 2014).

_____, 박성창 편역, 『입장들』 (솔출판사, 1994).

_____, *Marges de la philosophie* (Paris: Minuit, 1972).

_____, *L'Autre Cap* (Paris: Minuit, 1991).

_____, *Das andere Kap, Die vertragte Demokratie, Zwei Essays zu Europa* (Frankfurt am Main: Suhrkamp, 1992).

_____, *Voyous* (Paris: Galilée, 2003).

_____, *Le ≪concept≫ du 11 septembre* (Paris : Galilée, 2004).

_____, *Le Monde*, 2004 octobre 12.

_____, *Le Monde diplomatique*, 2004 mai 8.

_____, *Psyche: Inventions of the Other* (Stanford: Stanford Univ. Press, 2007).

Gasché, Rodolphe, "Europe, or the Inheritance of Responsibility", *Cardozo Law Review* 27.2 (2005).

_____, *Europe, or the Infinite Task: a Study of a Philosophical Concept* (Stanford: Stanford Univ. Press, 2009).

Satoshi, Ukai, 신지영 옮김, 『주권의 너머에서』 (그린비출판사, 2010).

Bernasconi, Robert, "African Philosophy's Challenge to Continental Philosophy", *Postcolonial African Philosophy: a Critical Reader* (Cambridge: Blackwell publishers Ltd, 1997).

Calarco, Matthew R., "Derrida on Identity and Difference: A Radical Democratic Reading of *The Other Heading*", *Critical Horizons* 1.1 (2000).

Cărăuş, Tamara, "Jacque Derrida and the 'Europe of Hope'", http://www. opendemocracy.net (검색일, 2017. 03. 22.).

Crépon, Marc, "Entretien avec Marc Crépon," *Le Philosophoire* 27 (2006).

Dallmayr, Fred, "Jacques Derrida's Legacy" in *Theory after Derrida* (London: Routledge, 2009).

Husserl, Edmund, 이종훈 옮김, 「유럽 인간성의 위기와 철학」, 『유럽 학문의 위기와 선험적 현상학』 (한길사, 2007).

Redfield, Marc, "Derrida, Europe, Today" *South Atlantic Quarterly* 106.2 (2007).

Ricoeur, Paul, "Cultures, du Deuil à la Traduction" *Le Monde*, 2004 Mai 25.

이동하는 주체와 연대의 가능성[1]

이 효 석

1 들어가며 - 유럽이라는 특수한 보편

공동체의 외부로 나아가는 집단적 주체들을 가리키는 디아스포라의 개념과 적용의 범주는 최근까지도 상당히 확장되고 있다. 유대인의 이스라엘 밖으로의 분산을 가리키는 애초의 의미에서 최근에는 근대 이후 이주와 이민에 따른 정체성의 문제를 가리키는 의미로까지 확대되고 있는 것이다. 서구 제국주의 이전과 이후의 디아스포라에 대한 논의는 특정한 민족이나 집단이 경험한 특수한 역사적 문제에 초점을 맞춰왔다. 따라서 학문적으로 논의되는 이주의 주체는 제국에 의해 지배를 받은 아시아와 아프리카 출신 이주민이 중심을 이루었다.

서구중심의 제국주의의 확산과 포스트식민시대의 경제적 세계화와 더불어 진행되고 있는 이주와 이민의 연구는 이제 탈식민주의 연구와 함께 주로 식민주의 혹은 제국주의의 피해자 집단인 제3세계와 주변부의 집단이주의 역사와 체험에 초점을 두고 있다. 그런데 이러한 체험은 비단 제국주의의 피해자 집단인 주변부의 체험에만 한정시킬 필요가 없을 것 같다. 오히려 디아스포라 주체의 범주를 제국주의 정책의 집행

---

[1] 이 글은 『비교문학』 63 (2014)에 게재한 논문을 일부 수정한 것임.

자가 되어 주변부로 이주한 제국의 대리인까지 포함할 때 특정한 문화적 정체성을 가진 집단 혹은 개인이 상이한 지역에서 겪는 문화적 변동과 변화를 살피는 것이 보다 입체적인 관점을 가능하게 할 것이다.

디아스포라와 이주의 문제를 다루는 최근의 연구들은 서구를 향한 주변부 주체들의 이동에만 한정하지 않고 주변부 지역 자체가 겪는 이주와 문화적 변동을 적극적으로 다루고 있다. 예컨대『아프리카와 아프리카 디아스포라의 이주와 창조적 표현물』(*Migrations and Creative Expressions in Africa and the African Diaspora*)은 아프리카 속으로 들어온 외부의 이민과 아프리카인의 외부로의 이주 및 디아스포라의 체험을 역사와 문화, 언어와 건축 등의 다양한 측면을 "다른 문화와의 접촉을 통해 형성된 혼종적 형식"(xi)에서 조명하고 있다. 이 책의 미덕은 아프리카 외부로의 이민의 역사와 문화에만 초점을 두지 않고 아프리카 내부로의 이민의 역사도 함께 다루어 "모국의 아프리카인과 디아스포라의 아프리카인 사이의 연결점(the nexus between Africans in the homelands and those of the diaspora)"을 찾고자 한다는 점에 있다.

이와 비슷하게 마루쉬카 스바쉐크(Maruška Svašek)는 디아스포라의 문화적 변동과 그 변화의 흐름 속에 들어선 개인 주체들의 정서적 변화에 초점을 둔다. 그의 연구가 신선한 점은 상이한 문화적 주체들의 만남의 체험을 주변부 출신 디아스포라에만 한정하지 않고 중심부 주체들의 문화적 체험까지 포괄하고자 한다는 점이다. 그는 이를 변이(transit), 변동(transition), 변형(transformation)의 개념을 사용하여 이질적 문화 간의 접촉에서 일어나는 상황을 세분화한다. 그는 "사람이나 사물이 시간과 공간을 이동함에 따라 지리적, 사회적, 문화적 경계를 넘어설 때 작동하는 과정"을 가리켜 '변이'라는 말을 사용한다. 이때 대상이나 사물에 부여된 가치와 의미상에 일어나는 변화 그리고 그 변화의 과정을 가리켜 '변동'(2), 주체에게 일어나는 변화의 과정을 '변형'(5)이라고 구분하여 부른다. 결국 변이란 "사람, 대상, 이미지의 시공간 상의 이동"(2)을 말하는 것으로서 사람과 대상 모두에 관계한다.

스바쉐크의 개념이 재미있는 점은 문화의 자리를 이동한 물건 혹은 대상의 가치와 의미에도 변화가 일어난다는 점을 지적한 것에 있다. 우리는 의미와 가치가 변하는 사물을 대하는 주체의 태도를 통해 그의 문화적 정체성과 자세를 읽어낼 수 있을 것이다. 근대의 문학은 디아스포라 집단을 구성하고 있는 개인적 주체의 체험을 중요하게 다룬다. 개인의 의식을 중심으로 그/녀의 관점에서 감각하고 사유한 사회적 경험을 기술하는 근대소설은 디아스포라 주체들의 체험을 실감나게 이해할 수 있게 해준다.

필자는 제국의 대리인들과 포스트식민 시대의 식민지 피지배민의 이동하는 주체를 조지프 콘래드(Joseph Conrad)와 타예브 살리흐(Tayeb Salih)의 소설에서 다루고 건전한 디아스포라의 문화적 변동과 변화는 어떤 방식일 수 있을지를 헨리 제임스(Henry James)와 이창래(Changrae Lee)의 소설을 통해 살펴보고자 한다. 콘래드와 타예브는 변화된 문화적 환경 속에서도 끈질기게 남아 있는 과거 문화의 기억 혹은 흔적으로 고통 받고 나아가 파괴되는 주체들을 드러낸다. 이들 주체에게 그들이 속한 공동체는 일종의 정신적 감옥이다. 반면 제임스와 이창래의 소설의 인물들에서는 이와 다른 태도를 확인할 수 있다. 이들은 대상의 의미의 변화를 인정하며 변화를 적극적으로 구하며 이를 통해 자신을 변화시키고자 한다. 이들은 새로운 보편의 지평을 향해 나아갈 가능성을 보이고 있는 것이다. 그들은 자기가 속한 문화에 대한 치열한 각성이 있으며 타자에 대한 열린 마음과 헌신의 가능성을 보이고 있다.

2 콘래드와 타예브의 소설 ─과거로의 회귀와 파괴되는 주체

　유럽은 근대 이후 식민 지배를 전 지구적으로 확장하면서 비서구를 열등과 야만의 부정적인 문화로 묘사하며 유럽 문화를 이상화하곤 했다. 이러한 오리엔탈리즘은 제국 정부에 의해 정책적으로 반영되었다. "동인도에 배속될 식민지 관리들"이 영국에서 고대 그리스 로마의 고전을 읽도록 요구받은 것은 "결코 우연은 아니다"(Young 33). 서구인들이 자신들을 고대 그리스인의 후예로 간주하고 그리스의 문학과 역사 및 철학서를 탐독하던 습관은 르네상스 이후 유럽이 민족국가로 재편되면서 자국의 고전을 구성할 때도 이어졌다. 이것이 식민지 피지배민에 대한 우월의식으로 작용하고 식민지정책과 결합된 것은 당연한 것이었다. 예컨대 영국의 정치가 토머스 배빙턴 매콜리(Thomas Babington Macaulay)의 「인도교육론 초고」("Minute on Indian Education")는 이에 대한 구체적인 사례이다. 매콜리는 1835년 작성된 이 글에서 서구의 과학과 인문학은 서구의 우월성을 증명하며 영어와 영문학이 인도 지배에 효과적으로 활용될 수 있다는 주장을 개진했다. "인도와 아라비아 전체의 문학"의 가치는 "좋은 유럽 도서관의 책장 단 한 칸"의 무게밖엔 없다는 그의 주장은 유럽의 우월성에 대한 믿음을 넘어 "혈통과 피부색은 인도인이지만, 취향과 생각, 도덕과 지성은 영국인인 집단"[2]을 만들고자 하는 기획의 근거였다. 따라서 서구의 문화적 산물인 글과 책은 식민지 지배의 시작이자 끝이었고 제국의 대리인들이 식민지의 문화와 접촉한 이후에도 영원히 되돌아가는 사유의 준거틀이었다. 우리는 이러한 사례를

---

2) 이는 http://www.columbia.edu/itc/mealac/pritchett/00generallinks/macaulay/txt_minute_education_1835.html를 참고할 것.

『어둠의 속』(*Heart of Darkness*)의 커츠(Kurtz)와 『북으로 가는 이주의 계절』(*Season of Immigration to the North*)의 무스타파 사이드(Mustafa Sa'eed)에서 찾을 수 있다.

콘래드의 『어둠의 속』의 커츠는 서구인의 양면을 가장 극적으로 보여주는 인물이다. 그는 아프리카의 콩고에서는 상아 수집에 탁월한 재능을 보인 식민지 대리인이며 아프리카 원주민들을 죽음으로 지배하는 타락한 독재자였다. 그는 유럽에서는 교양 즉, 음악과 미술에 조예가 깊으며 기자이자 정치 지망생으로서 촉망 받는 젊은이였다. 그는 "유럽이 부여한 명분의 지도(the guidance of the cause intrusted to us by Europe)"에 따르는 "연민과 과학과 진보의 사절(an emissary of pity, and science, and progress)"(Conrad 53)로 표상된다. 커츠가 대리하는 유럽 문명은 콩고의 밀림에서 그가 그린 "옷을 어깨에 걸치고 눈을 가린 채 횃불을 들고 있는 여인(a woman, draped and blindfolded, carrying a lighted torch)"(52)처럼 "사악한" 문명이다. 올바른 방향을 상실하고 맹목으로 치닫는 커츠의 운명처럼 유럽문명의 속내는 식민지 회사 '야만의 풍습 억압을 위한 국제기구(the International Society for the Suppression of Savage Customs)'에 전달하기 위해 커츠가 작성한 보고서의 후기처럼 "모든 야만족을 박멸하라!"('Exterminate all the brutes!')(78)라는 선언과 다르지 않다.

콘래드는 서구 지식의 산물인 책이 어떻게 만들어지고 유럽인들에게 어떻게 활용되는지를 잘 보여준다. 커츠의 보고서는 식민지 회사에 의해 유럽에 자신들을 정당화하는 용도로 활용될 것이며 선원 가이드북인 "토우슨의 탐구서"는 커츠의 친구를 자처한 러시아 선원에게 부적처럼 섬김의 대상이 된다. 러시아 선원은 이미 선원이기를 단념하고 커츠보다 더 먼 밀림 속으로 들어가면서도 그 책이 "밀림과의 새로운 만남에 대비해 잘 준비된"(91) 무기나 물건처럼 대하는 것이다.

화자인 말로우(Marlow)가 유럽으로 돌아온 이후 회사에게는 커츠의

보고서를 전달하고 커츠의 약혼녀에게는 그의 편지와 그림을 전달하는
것은 타락해버린 커츠를 보호하고자 하는 마지막 동정심의 발로이지만,
커츠의 야만적인 후기를 삭제함으로써 유럽이 믿고 싶고 확인하고자
하는 문명화의 정책을 합리화하고 커츠의 환상을 재생산하는 한계를
드러낸다. 커츠가 가진 서구인의 교양은 일종의 가면이었다. 그의 실체
는 죽음의 문턱에 이르러서도 공허한 '목소리(voice)'에 지나지 않는다.
그의 가면은 서구로 돌아오는 순간 다시 씌워지지만 아프리카에서는
오두막 앞 "말뚝 위의 머리들(those heads on the stakes)"(85)이 상징하는
악마적 인간으로 변신했다. 그런 의미에서 말로가 상아가 제유하는 유
럽의 야만적 욕망을 감추고 문화와 이성의 환유인 책과 그림만을 전달
하는 것은 제국의 악마성을 목격한 자신의 트라우마를 감추기 위한 방
어수단일 뿐이다. 다른 문화와의 접촉으로도 변하지 않는 문화는 발전
을 멈춘 화석과도 같은 것인데, 서구는 자신의 맨얼굴을 목격한 뒤에도
달라지지 않는 것이다.

커츠의 이상과 가식을 단적으로 보여주는 것은 그가 그렇게 애지중
지한 식민지 회사 '야만의 풍습 억압을 위한 국제기구'에 보내는 보고
서이다. 이 보고서는 "장엄한 자비로움으로 인도된 이국적인 거대함(an
exotic Immensity ruled by an august Benevolence)"(78)의 이상으로 시작하여
후기에 "모든 야만족을 박멸하라!"라는 잔혹한 말로 끝나고 있는 것이
다. 『어둠의 속』이 연재되기 시작한 1899년은 루드야드 키플링(Rudyard
Kipling)이 미국이 스페인을 대신하여 필리핀을 지배할 때 이를 찬양한
시 「백인의 의무」("White Man's Burden")를 발표한 해와 동일한 해였다. 『어
둠의 속』의 위대함은 백인의 문명화의 이념이 커츠의 낭만적 이상주의
만큼이나 근거가 없고 가식적인지를 잘 보여주었다는 점에 있다.

말로우가 다른 유럽인들과는 다르다는 점은 분명하다. 그는 비록 아
프리카에 대한 완전한 이해에는 미치지 못하지만 자신의 지식과 관점

으로는 이해할 수 없는 영역이 있다는 사실은 안다. 따라서 말로우는 시종일관 아프리카의 현실 앞에서 당황한다. 말로우는 병이 들어 죽어 가고 있는 아프리카인의 목에 감긴 "하얀 실"이 "휘장인지, 장식인지, 부적인지, 신을 달래는 행위(a badge—an ornament—a charm—a propitiatory act)" (45)인지 가늠하지 못한다. 유럽의 문화적 산물인 '물건'이 아프리카에서 가지게 된 새로운 의미를 알 수 없는 것이다. 또한 말로우를 비롯한 백인들은 원주민 선원들이 가져온 비상식량인 "썩은 하마고기"(62)를 먹거리로 인정하지 않고 내다버린다. 하지만 말로우는 밀림에서 들려오는 "희미한 북소리"가 "괴이하게 매혹적이고 암시적이며 야성적인" 소리이며 "기독교 나라의 종소리만큼 심오한 의미"(47)를 가진 것으로 이해하고자 한다. 요컨대 말로우는 아프리카의 문화와 유럽의 문화가 충돌하는 지점에서 그 이상 나아가지 못하고 인식의 림보 속을 헤매고 있는 것이다.

그러나 말로우의 한계는 보고서가 내세우는 표면적인 문명화의 이념을 그 역시 포기하지 못한다는 점이다. 그는 커츠의 보고서를 회사 관계자에게 전달할 때 "후기를 찢어버리고"(100) 전달한다. 야만적인 커츠의 내면을 감추려는 말로우의 노력은 그 역시 유럽의 실패를 인정하기 싫은 유럽의 욕망을 대리하는 역할에 충실하다는 사실을 역설한다. 보고서는 회사의 재산으로, 나아가 유럽 도서관의 서가를 채울 역사로 보존될 것이다. 후기의 삭제는 보고서가 상징하는 유럽의 지식과 역사가 얼마나 인위적으로 만들어진 것인지를 잘 보여준다. 그리고 그것이 한 전도유망한 청년의 타락과 희생을 통해 유지되어 왔다는 것, 그리고 그것이 계속 유지될 것이라는 것까지도 말이다. 콘래드는 이 점을 분명히 보여준다는 점에서 당대의 다른 작가들을 넘어선다.

수단의 현대 작가인 타예브 살리흐의 소설 『북으로 가는 이주의 계절』(*Season of Immigration to the North*)은 여러 가지 점에서 콘래드의 『어둠의 속』과 비교된다. 소설의 주인공 무스타파 사이드(Mustafa Sa'eed)는 식민지 수단 출신의 천재적인 원주민 소년으로서 수단의 북쪽에 위치한 이집트와 콘래드의 아프리카에 반대되는 "빛의 속"(heart of light)인 식민지 종주국 영국으로의 북쪽 여행을 거쳐 고향 수단으로 되돌아온 사내이다. 그런데 사이드가 들려주는 그가 겪은 영국의 삶은 커츠가 콩고에서 경험한 것과 마찬가지로 자기혐오와 절망, 그리고 살인의 욕망으로 망쳐졌다. 그는 커츠가 콩고의 밀림에서 상아를 탐하였듯이 유럽의 대도시 런던에서 백인 여성들을 탐한다. 그의 여자들은 사이드의 진정성 없는 욕망에 절망하고 파괴된다. 예컨대 옥스퍼드대학에서 만난 앤 하몬드(Anne Hammond)는 가스를 틀어 자살했고 레스토랑의 웨이트리스 쉘라 그린우드(Shella Greenwood)도 상심하여 자살했다. 유부녀 이자벨라 세이모어(Isabella Seymour)의 가정은 그의 가식적인 사랑으로 인해 파괴되고 만다. 그는 자신의 사랑을 바친 진 모리스(Jean Morris)마저도 살해하였다. 이에 따라 그는 파렴치한 인간이며 살인마라는 혐의로 기소되지만 7년형을 비교적 짧은 형기를 살고 추방된다.

비평가 크리쉬난(R. S. Krishnan)은 『어둠의 속』의 주인공 커츠와 말로우의 관계를 『북으로 가는 이주의 계절』의 주인공 무스타파 사이드와 화자의 관계와 대조하면서 둘의 우정이 서로 유사하며 천재의 출세와 타락이라는 주제를 비롯하여 여러 가지 문학적 장치들이 깊은 관계가 있다고 설명한다(7). 예컨대 무스타파는 고향 마을에 닥친 홍수 속에서 자살로 생을 마감하기 전에 소설의 화자와 친구가 되고 그의 아내 빈트 마흐무드와 아이들을 보살펴줄 것을 요청하였다. 말로우가 커츠의 명예를 지켜주고 약혼녀를 위로했듯이 이 소설의 화자는 무스타파 사이드의 아내 빈트 마흐무드(Bint Mahmoud)를 돌보고자 한다. 그리고 사이드의 정체성을 말해주는 것은 그의 지식 즉, 유럽에 의한, 유럽의, 유럽을 위한 지식이자 그것의 제유는 서재이자 책이다.

『북으로 가는 이주의 계절』의 화자는 말로우가 커츠에 대해 이중적인 감정을 가진 것처럼, 무스타파 사이드에 대해 이중적인 감정을 숨기지 않는다. 그는 사이드를 처음 만난 순간부터 다른 사람들과 구별되는 무언가를 느낀다. 화자에게 낯선 그래서 "잘 모르는 얼굴"(4)로 소개되는 사이드는 자신을 잘 드러내지 않는 비밀스런 사람이다. 유럽에서 7년 동안 유학을 하고 돌아온 지식인 엘리트인 화자가 사이드에게서 지식인의 기미를 감각하는 것은 자연스럽다. 그러나 화자는 사이드에게서 무언가 정직하지 못한 가식을 느끼고 반발한다. 화자는 사이드가 술집에서 무심결에 흥얼거린 "제1차 세계대전에 관한 어떤 시 모음집" 속에 들어 있는 구절을 들으며 "갑자기 땅이 갈라지고 악마가 나타나 내 눈앞에서 두 눈으로 불길을 내뿜었다 해도 이보다 놀라지는 않았을 것"이라고 말하며 충격을 받는다. "마치 가위에 눌린 것 같은 소름 끼치는 기분"(Salih 14)을 느끼게 된다. 그는 영어를 전혀 모르는 것처럼 행동하던 무스타파가 화자도 잘 알고 있는 식민지의 언어인 영어를 잘 알 뿐만 아니라 나아가 영문학에 대한 대단한 지식을 가지고 있다는 사실을 알게 되면서 화자 자신의 현실이 "현실이 아니라 환각"이라는 생각을 하게 된다. 수단의 고향 마을에서 결코 화합하지 못한 사이드의 비밀은 소설의 마지막 그의 서재가 공개되면서 드러난다. 사이드의 비밀은 그가 유색인임에도 불구하고 커츠처럼 유럽에 의해 만들어진 인간이라는 사실에 있다.

프란츠 파농(Franz Fanon)은 유럽중심주의와 오리엔탈리즘이 만들어 낸 내면화된 인종주의를 비판하면서 이러한 의식이 지배하는 사회에서 유색인과 백인 모두 자유로운 편견 없는 영혼으로 사는 것이 쉬운 일이 아니라고 진단한다. 서구의 지배로부터 정치적으로는 독립한 비서구 사회가 입은 피해는 식민지를 잃은 서구보다 더 크다. 그것은 비서구가 서구의 의식을 모방 즉, "흑인은 백인이 되려고 한다"(『검은 피부 하얀 가면』11)는 데 원인이 있다. "백인은 자신의 노예적인 삶을 인간적인 삶으로 위장"해왔는데, 이 때문에 "백인 자신의 백인성의 봉인 속에 갇혀" 있게 되었던 것이다. 그런데 유색인들은 백인이 만든 자신의 고약한 이미지를 그대로 내면화하여 정작 유색인 자신이 유색인을 포기하고 백인이 되고자 한다는 것이다.

무스타파 사이드의 절망 즉, 유럽인이 될 수 없는 아프리카인의 운명은 유럽에서 받은 아내 살인에 대한 재판에서 결정적으로 드러난다. 그는 자신이 인간성을 상실한 "메마른 사막"이며 "사기꾼"이라고 생각한다. 역설적이지만, 그는 '정상적인 유럽인' 악당으로 취급 받고 싶은 것이다. 하지만 서구의 문화와 제도와 지식은 그를 정상적인 유럽인이 아니라 미개한 야만인 흑인으로 규정하며 그를 살려준다. 변호인이 사이드를 변호하여 그의 목숨을 구하는 논리는 사이드가 정상적 인간 즉, '유럽인'이 아니라는 점을 증명하는 것이었다.

> 배신원 여러분! 무스타파 사이드는 고상한 인물로 그의 이성은 서구 문명을 수용했습니다. 하지만 서구 문명이 그의 마음을 짓밟아 놓은 겁니다. 무스타파 사이드는 결코 그 두 여인을 살해하지 않았습니다. 범인은 바로 천 년 전부터 그 두 여인에게 전염되어 있었던 불치의 병균입니다!(29)

변호인이 말하는 고상한 인물 'noble person'은 '고상한 야만인(noble savage)'으로 해석할 수 있을 것 같다. 이는 말로우가 배의 보일러를 관리하는 원주민 화부(fireman)를 교육으로 "개량된 표본"이라고 말하면서도 그 수준을 "반바지를 입고 깃털 모자를 쓰고 뒷발로 걷는 개"(Conrad 64)에 비유한 것과 크게 다르지 않다. 유럽이 사이드의 비인간성을 용서한 것은 마치 어른이 어린이의 잘못을 관대하게 대하는 것과 같다. 따라서 무스타파는 목숨을 구하는 대신 유럽에서 추방당한다. 그를 영국의 엘리트로 만든 것도 유럽이었고 그를 야만인으로 규정하고 추방한 것도 유럽이었지만 그는 살아남기 위해 자신이 유럽인임을 부정하고 야만인임을 인정한다.

수단으로 돌아온 무스타파 사이드의 정체를 계속해서 구성하고 있는 것은 유럽의 지식과 '영문학'이다. 유럽의 지식은 포스트식민주의의 상황 속에서도 여전히 비유럽에서 거대한 권능을 발휘하고 있는 것처럼 보인다. 그것은 무스타파를 유럽에서 수단의 유색인이 아니라 백인처럼 살 수 있게 하는 힘이었고 그의 정체성을 구성하는 근본적인 요소이기도 했다. 유럽 문명에 대한 지식은 식민지의 궁핍을 벗어나게 해주었고 무스타파의 여성편력을 가능하게 해준 동력이었다. 그러나 사이드를 살렸던 이 지식은 그를 철저히 파괴한다. 영국의 대학에서 강의도 할 수 있는 엘리트가 되었던 그는 풍부한 지식과 화려한 언변으로 세 명의 여성을 농락하고 한 여자와는 결혼까지 하게 되었다. 그것은 수단 고향집의 서재를 가득 채우고 있는 엄청난 책과 사진처럼 그의 정체성의 근원이다. 그러나 그가 자신의 유럽적인 정체성을 숨기고 살았다는 사실은 그의 문화적 배경인 수단과 영국 둘 중 어느 것도 진짜가 아니라 허위라는 것을 의미한다. 그는 영국에서 영국인으로 살 수도 없었으며 수단에서 수단인으로도 살 수 없었던 것이다.

무스타파는 자신의 아내 진 모리스를 살해한 이후의 행적 즉, 수단에서 농장을 가꾸고 있는 이유를 "내 삶을 가득 채우고 있던 허위를 없애려고 했던 것"(26)이라고 설명한다. 그러나 이 역시 그가 자살함으로써 사실이 아니라는 것이 증명되었다. 무스타파는 두 문화 사이에서 어디에도 자리를 찾지 못한 실패자이다. 그러나 그는 통상적인 의미에서의 주변인도 부유하는 지식인도 아니다. 그가 수단에서 농장주로서의 생을 계속하기를 포기했다는 것은 그의 내면에 자리 잡은 유럽적 정체성이 좌절된 때문이다. 그는 자신을 만든 유럽인으로 살 수 없는 현실에 절망한 것이다. 유럽의 문화적 상징인 책이 가득한 서재를 같은 지식인인 화자에게만 공개하고 그의 아내와 이들에게까지 비밀로 했다는 것은 그가 수단의 로컬적인 문화를 거부하고 자신만의 세계로 침잠해있었다는 증거이다. 수단의 시골 마을 한 가운데에 마련된 외부와 차단된 사이드의 서재는 백인이 되고자 한 어느 유색인의 분열된 주체가 되돌아가고자한 유럽의 상징이다. 무스타파 사이드가 자살한 이후에야 비로소 화자는 그의 서재를 방문하고 사이드의 실체를 파악할 수 있게 된다.

그러나 무스타파 사이드는 화자의 또 다른 얼굴이다. 그는 사이드의 서재에 처음 들어선 순간 어두운 거울 앞에서 본 자신의 얼굴을 사이드로 착각한다. "꽉 다문 입술에 찡그린 얼굴"은 화자가 본 그 자신의 모습인데, 그는 그 거울에서 "나의 적 무스타파 사이드"의 얼굴을 본다. 사이드의 서재는 철저히 영국식으로 꾸며져 있고 영국에서의 생활이 기록된 사진과 그림, 서류와 엄청난 권수의 문학과 철학, 역사와 언어, 과학과 문화를 총망라하는 갖가지 영어책으로 채워져 있다. 한 마디로 말해, 사이드의 서재는 사이드의 정신의 근원이며 서구문명의 축소판이다. 이집트에서의 소년기부터 영국에서 추방될 때까지의 모든 기억들의 증거가 사진과 그림과 책으로 전시되어 있는 것이다. 거기에서 화자는 사이드가 결코 잊지 못하는 그의 아내 진 모리스의 초상화도 목격한다. 초상화 속 여인은 "쓰디쓴 미소를 짓고 있었다"(112). 커츠가 약혼녀와 유럽을 잊지 못한 것처럼 사이드는 진 모리스와 유럽의 삶을 그리워하고 있었던 것이다. 하지만 모리스는 모리스를 비웃고 있었다. 화자를 분노하게 하는 것은 사이드의 수단과 유럽 사이에 끼인 채 무너진 사이드의 욕망이었다.

이런! 벽의 사면이 바닥부터 천장까지, 책장과 책장마다 책과, 더 많은 책, 그보다 더 많은 책들로 채워져 있었다. 나는 담배를 피워

물고 폐 깊숙이 이 낯선 냄새를 들이마셨다. 너무나 어리석은 사람! 이것이 새사람이 되겠다고 작정한 사람의 행동이란 말인가? 나는 이곳을 전부 뒤엎어 그의 머리 위에 쏟아 부으리라. 그리고 모두 불태워버릴 것이다.(112)

사이드의 서재를 꾸미고 있는 책이 수단의 고향 마을 밖으로 모습을 드러내지 않고 비밀로 봉인되어 있었다는 사실은 커츠의 보고서와 러시아 선원의 책이 그들 자신에게만 의미를 가지고 있으며 그 물건들이 '존재하고 있는' 아프리카의 땅과 무관한 물건이었던 것과 유사하다. 나아가 그것들에게 엄청난 권위와 의미를 부여하려는 커츠, 식민지 회사 관리, 러시아 선원 등은 사이드의 심혈을 기울인 서재만큼 기괴하다. 무스타파 사이드의 한계는 그의 서재의 물건들이 웅변하는 것처럼 철저히 유럽적인 정신을 가진 채 육신은 수단에 살고 있었다는 점이다. 그가 꾸민 서재에 "단 한 권의 아랍어 책도 없었다(Not a single Arabic book)"(114)는 화자의 증언대로 그는 유럽의 문화적 산물들을 고스란히 수단으로 옮겨온 것뿐이다. 새로운 공간으로 이동하는 물건이 전혀 의미의 '변동'을 일으키지 않고서 존재하는 것은 사이드의 유럽적 정체성이 수단이라는 새로운 문화적 공간에서도 '변형'되지 않은 것을 의미한다. 이러한 의미에서 볼 때, 사이드의 자살은 '검은 피부'에 '하얀 가면'을 쓴 유색인 유럽인 사이드가 '유럽'이라는 고향을 상실한 고통을 더 이상 견딜 수 없었기 때문이다. 그는 피부만 아프리카인일 뿐 그의 속은 백인이었던 것이다. 유럽으로 돌아갈 수 없는 흑색 백인, 백인으로 인정받을 수 없는 검은 피부의 백인인 사이드는 자기 파괴의 길을 걸었던 것이다.

제임스와 이창래의 소설
3 ─변이하는 주체와 보편적 지평의 확보

콘래드와 살리흐는 이식된 땅에서 분열된 주체로 실패한 인물들을 보여주고 있다. 이들 인물의 공통점은 그들이 자신의 우월한 지식을 바탕으로 개인의 욕망을 실현하는 데에 관심을 두었을 뿐, 이질적 공간과 인간에 대한 사랑이 결여되어 있다는 점이다. 무스타파 사이드는 자신의 여인과 일시적이고 잠정적인 관계만을 구성하였다. 커츠와 사이드는 그들이 머무는 땅을 자신의 욕망을 채워줄 공간으로만 대했다는 사실로 볼 때, 이들의 비극은 성격적 결함에 덧붙여 유럽 내부의 문화적 편견이 상승작용을 일으킨 것으로 보아야할 것이다.

반면 헨리 제임스의 『황금 술잔』(*The Golden Bowl*)의 주인공 메기 버버(Maggie Verver)와 아메리고 공작(Prince Amerigo)과 이창래의 『네이티브 스피커』(*Native Speaker*)의 주인공 헨리 박(Henry Park)과 그의 아내 릴리아(Lilia)는 앞 두 작가의 주인공들과는 다른 면모를 보인다. 이들에게도 삶이 고통이며 현실은 고달픈 건 매한가지이다. 제임스는 메기라는 미국의 여성과 유럽의 문화적 상징인 이탈리아의 귀족 아메리고 공작과의 사이에서 일어나는 갈등과 그러한 갈등을 넘어서 새로운 관계의 가능성을 구축하려는 메기의 노력을 보여주고 있다. 남편 아메리고는 메기의 친구와 불륜을 저지르는데, 이는 메기 자신이 안주하고 있는 현실은 그녀의 욕망으로 쌓은 모래성과 같다는 사실을 일깨워준다. 메기가 커츠나 사이드와 다른 점은 남편 아메리고의 불륜을 알게 되어 고통스러워하면서도 자기 삶의 구조에 대한 반성으로 나아간다는 점에 있다.

메기의 아버지 아담 버버(Adam Verver)는 사위를 일종의 귀족 문화의 상징으로서 수집한 '대상'임을 숨기지 않는다. 남편은 아담의 "수집품의 일부"이며 "귀한 물건, 아름다운 물건, 값비싼 물건"(James 49)이었던 것이다. 아메리고 역시 그의 입장에서 자신의 결혼을 고가의 '물건'을 수집하는 것에 다름 아닌 것으로 생각한다. 이들의 공통점은 '물건'이 지닌 가치가 새로운 환경과 타협하면서 구성된다는 사실을 망각한다는 점이다. 아메리고는 영국 런던의 본드가(Bond Street)의 상점에 진열된 "은과 금으로 만든 육중한 물건들"을 "아득히 먼 곳에서 얻은 승리의 전리품"으로 이해한다. 그는 백만장자인 아담과 메기를 "자신의 욕조를 향기롭게 해주는 금박꼭지가 달린 향수병"(48)으로 간주한다. 메기는 아메리고 자신의 방을 채워줄 멋진 "가구(furniture)"에 지나지 않는 것이다. 아담이나 아메리고는 물건을 통해 사람을 이해하며 '물건'인 상대방은 자신의 의지대로 고정된 가치와 정체성을 가진 대상으로 이해된다. 다시 말해 그들은 상대방을 자신의 관점으로 의미를 부여한 소유의 대상으로 보고자 하는 것이다.

반면 메기는 물건으로 비유되는 인간의 가치와 관계는 상황에 따라 변모하는 가변적인 존재라는 사실을 깨닫는다. 메기는 남편 아메리고가 저지른 불륜이 자기의 책임이 크다는 것을 이해한 순간 지금까지의 모든 욕망, 원망, 증오를 내려놓고 남편과 새로이 관계를 시작하고자 한다. 그녀는 자신에게 선물로 주어진 '황금 술잔'이 귀한 골동품이라는 사실을 알면서도 그것이 부수어지도록 내버려 둔다. 매기는 황금술잔이 깨어짐으로써 "새로운 무언가가 가능하게 되었다"(448)는 사실을 안다. 그것은 아메리고와의 잘못된 관계를 계속 유지하지 않고 다른 관계를 구성하겠다는 적극적인 신호이다. 황금 술잔은 그녀가 애착을 가진 유럽문화의 상징인 동시에 그것을 미련 없이 파괴하는 행위를 통해 문화적 대상의 가치가 얼마나 유동적인지를 역설적으로 보여준다.

이것은 새로운 세계를 향해 적극적으로 들어서려는 메기 자신의 의지의 표현이다. 그녀의 진정한 주체적 매력은 불안과 공포의 미지의 세계 앞에 용감하게 설 줄 안다는 데 있다. 그녀는 자신의 의식을 "정원"에 비유하고 관찰의 대상인 현실의 '상황'을 마음의 정원에 세워놓은 "석탑"에 비유한다.

> 그녀는 그 주위를 돌고 또 돌았다. 그런 느낌이었다. 그녀는 탑돌이를 위해 남겨진 공간 속을 여태 살아오고 있었던 것이다. 그 공간은 때론 넉넉하게 때론 비좁게만 느껴졌다. 그녀는 너무나 커다랗고 높이 솟아오른 그 멋진 구조물을 한없이 올려다보면서도 거기로 들어서려면 어디로 들어가야 할지 그 입구를 찾지 못하고 있었다. (327)

메기는 불륜의 비밀이 드러남으로써 자신보다 약자의 위치에 있게 된 아메리고를 지배하려들지 않는다. 오히려 그녀는 아메리고가 육체적 매력으로 메기 자신을 지배하는 전략을 쓸 때에조차도 그의 매력에 적극적으로 압도당하고자 한다. 그녀는 자신을 "포기하고, 생각이나 모든 것이 다 사라지도록 내버려두었다"(345). 그녀는 자신의 강한 힘을 바탕으로 세계를 냉혹하게 지배하고 관리하는 커츠와 같은 인간이 아니다. 예컨대 그녀는 불륜에 대한 자신의 '지식'이 남편 아메리고를 지배하는 "힘"이 된다는 사실을 알면서도 "타인을 희생"(482)시키는 데 그 지식을 쓰지 않겠다고 다짐한다. 그것은 물론 남편에 대한 사랑이 있기 때문에 가능한 일이지만 자신을 낮춤으로써 약한 위치에 있는 상대를 자신과 동등한 위치로 되돌려 세우고자한다. 소설의 마지막에 메기가 아메리고의 눈빛에서 "연민과 공포"(580)를 동시에 보는 것은 그녀의 시선이 아메리고뿐만 아니라 자신에게도 향하고 있기 때문이다. 두 사람의 관계는 어느 한쪽으로 기울어진 일방적인 관계가 아니다. 두 사람은 이전의 자기중심적인 공간을 벗어나 긴장과 공포의 미지의 공간으로 다함께 들어서고자 한다. 이는 그들이 대상의 가치의 유동성을 믿기 때문에 가능해진 사태인 것이다.

이창래의 『네이티브 스피커』는 한국계 미국인 헨리 박(Henry Park)의 삶을 통해 이민 2세대가 겪는 정체성의 혼란과 문화적 차이를 잘 보여주는 한편, 한국계 미국인 이민 1세대 디아스포라의 다양성을 통해 문화적 정체성의 구성방식에 대한 사유를 제공한다. 헨리는 그의 아내 릴리아(Lilia)가 쓴 쪽지의 설명처럼 "불법 이방인"이며 "황색 위험"이고 "반역자"이자 "스파이"로 비쳐진다. 요컨대 한국계 미국인인 "신미국인(neo-American)"(Lee 5)의 정체성은 위험하고 수상쩍으며 불가해한 것이다. 그것은 말로우가 아프리카의 밀림과 원주민을 이해하는 방식과 크게 다르지 않다. 다만 릴리아는 그러한 남편을 이해하기 위해 경계의 위험지대로 입장하고자 한다는 점에서 말로우를 넘어서며 메기와 닮아 있다.

이창래는 미국이라는 문화적 공간 속을 살아가는 주체로서의 인물들을 설명하기 위해 '배'의 이미지를 자주 사용한다. 그것은 때로는 "낯선 사람들로 가득 찬 거대한 배(a great vessel of strangers)"(Lee 140)로서의 미국사회를 상징하기도 하고 "몰기 쉬운 사람"처럼 한 개인을 지칭하는 비유로도 쓰인다. 또한 주변과 단절되어 개인의 테두리 내에 머물고 있는 디아스포라 주체를 가리키기도 한다. 예컨대 어머니의 죽음 이후 헨리의 집에서 함께 거주하는 아줌마(Ahjuhma)는 이동해온 공간인 미국사회와 가장 소통이 없는 한국인 디아스포라이다. 그녀가 신고 있는 "작은 카누"를 닮은 "한국제 흰 고무 실내화"(78)는 '고무신'을 의미한다. 고무신은 그녀를 나타내는 문화적 상징이다. 이것은 미국인이 신지 않는 신이며, 주인공 헨리조차도 이름을 모르는 물건이며 오직 그녀에게만 의미를 가진 '대상'일 뿐이다. 고무신이 '작은 카누'를 닮았다는 것은 그녀가 정말 혼자만이 저을 수 있는 카누 속 뱃사공처럼 단절된 주체라는 것을 의미한다. 아줌마의 고무신은 새로운 환경인 미국 사회로 한 발짝도 나아기지 못하고 만 디아스포라의 슬픈 운명을 표상한다. 고무신이 한국의 문화적 산물이라는 사실을 미국 사회가 알 수 없기 때문에 그것은 이민자들이 벼룩시장에 "원주민들에게 팔기 위해 내어놓은"(282) 이민자들의 잡동사니 물건보다 못한 의미만을 가진다. 이민자들의 잡동사니 물건이 벼룩시장에서 정체를 드러내는 순간, 스바쉐크가 말하는 문화의 경계를 넘어선 물건과 주체들에게 일어나는 변화의 조짐을 볼 수 있다. 그것들은 단지 이민자 디아스포라 주체들로부터 용도 폐기되어 버려지는 '쓰레기'가 아니라 미국인 "원주민들"에게 온두라스와 폴란드, 환태평양지대와 멕시코의 문화적 존재를 알리는 기호이기 때문이다.

한국인의 "돈 모임(money club)"인 "계(ggeh)"(50)는 또 하나의 한국계 디아스포라의 문화적 상징이다. 그런데 이 계는 주류 미국 사회가 도무지 이해할 수 없는 전통 조직이며 이러한 문화적 상징은 양날의 칼 혹은 이중적인 의미를 가진 대상으로 된다. 그것은 한국적 문화의 공동체 내에서는 한국인의 재산을 불려주고 그들을 결속시키는 힘이지만 그것이 미국 사회의 제도 속에서 이해될 때는 정치인 존 쾅(John Kwang)의 몰락을 가속화시키는 나쁜 관습으로 이해될 뿐이다. 미국 사회에 누구보다도 확실하게 정착한 것 같던 존 쾅은 정치적 몰락 이후 조용히 한국으로 되돌아간다. 결국 되돌아갈 곳이 있는 그는 일시적 미국인이라는 디아스포라의 불안한 정체성을 표상한다.

이 소설에서 한국문화의 상징인 김치(gimchee)는 디아스포라 주체의 이중성을 보여주는 비유로서 기능한다. 헨리의 집에 온 아줌마가 한국의 집에서 만들어 수천 마일을 여행하여 가져온 김치는 완전히 시어버린 상태가 된다. 김치의 강한 향은 헨리를 당황하게 하는데 이렇게 시어버린 김치는 문화적 대상이 주체의 이동과 함께 그 의미가 변화한다는 것을 잘 보여주는 비유로 읽을 수 있다. 그것은 이미 미국에서 공동체의 시민으로서의 존재가 미미한 아줌마의 정체성을 가리키는 동시에 문화적 환경이 달라지면서 겪는 디아스포라 주체의 변화를 함께 말해준다.

헨리 박의 위기는 미국인과 한국인의 중간에 위치한 혼란한 정체성에서 오는 것이 아니라 오히려 자신과 백인 아내 사이에 태어난 아들 미트(Mitt)가 동네 아이들의 악의적인 공격으로 목숨을 잃는 사고로부터 온다. 헨리와 릴리아가 자식의 죽음이라는 비극에서 경험하는 극단적인 슬픔에서 빠져나올 수 있게 된 것은 바로 서로에 대한 사랑 때문이다. 이 두 사람의 사랑은 메기 버버와 아메리고 공작의 사랑과 유사하다. 헨리와 릴리아는 자신을 위해서도 사랑을 하지만, 상대방을 위해서도 사랑을 한다. 그런 의미에서 사랑은 평등을 실천하고 확인하는 행위이다. 그들은 "서로의 몸을 정교하게 요리"했으며 각자 "스코틀랜드식으로, 그리고 한국식으로 성찬을 벌였다"(229). 이들의 사랑은 서로를 위한 배려인 동시에 서로를 이용하는 이기적인 것이기도 하다. 그것은 상호평등과 호혜의 관계를 나타내는 실천이며 관용의 정신과도 닮아 있다. 메기 버버가 아직 이르지 못한 단계, 하지만 종국에는 다다를 관계를 보여주는 이들의 사랑은 이질적인 문화적 기원을 가진 디아스포라 주체들이 동거하며 함께 새로운 공간을 구성하는 방식을 형상화하고 있다.

『네이티브 스피커』의 마지막에 이르러 헨리 박은 디아스포라의 주체들이 "외국인"이냐 "미국시민"이냐를 가르는 기준은 "자기 나라로 돌아가는" 선택을 하느냐의 여부에 달려있다는 각성에 이른다. 그런 의미에서 자신이 그동안 아내와의 관계에서 언제나 "장기 하숙생"이거나 "영원한 손님"(347)처럼 행동했다는 사실을 깨닫고 이를 교정하고자 한다. 릴리아가 영어를 배우는 어린 학생들 모두를 "훌륭한 시민"이라고 칭하며 그들의 난해한 이름을 서로 다른 "12가지의 멋드러진 모국어"로 불러주는 행위는 다양한 디아스포라의 주체들이 만나는 미국이라는 공간 속 주체들이 서로를 어떻게 대해야하는가를 잘 말해준다.

4 결론

스바쉐크는 "이동하는 사람들"을 "상대적으로 다양한 자아"(13)를 소유한 주체들로 볼 것을 제안한다. 이들은 그들이 현재 거주하고 있는 장소에 대한 새로운 '정동적 가능성(affective possibilities)'을 드러냄으로써 "자신의 정체성에 대한 새로운 관념과 세계를 경험하는 새로운 방식을 만들어낼 수 있다"고 본다. 이들은 다시는 접촉하지 못할 수도 있는 대상과 장소인 먼 고향과 문화적, 정서적으로 연결되어 있는 것은 분명하다. 중요한 사실은 이동하는 주체들이 이전의 기억을 가지고 있으면서도 새로운 경험을 통해 대상과 주체에 일어나는 변화를 체험하게 되며, 각각의 주체들은 다양한 반응을 보이게 된다는 점이다.

커츠와 말로우로 대표되는 제국의 대리인들의 경험은 유사하면서도 차이가 난다. 커츠는 식민지 체험에서 자신의 타락을 목격하며 절망과 공포에 사로잡힌다. 말로우는 절망과 공포를 느끼지만 강력한 반성과 새로운 세계에 대한 인식을 함께 한다. 말로우가 커츠의 명예를 지키기 위해 애쓰는 것은 유럽 근대문명의 가치를 고수하는 한계처럼 보이지만, 백인들 가운데 누구보다도 타자적 존재를 의식하고 있다. 그가 책임진 넬리호(Nellie)라는 낡은 배는 언제든 침몰할 위험을 안고 있는데, 이는 서구 제국주의의 운명을 표상하는 것으로 볼 수 있다. 그가 콩고의 배 위에서 경험한 불안은 제국이라는 거대한 배에 대한 불안이었던 것이다.

사이드는 흑인 커츠로 보아도 무방할 것 같다. 그가 영국의 여성들에게 보여준 지배욕, 복수심, 냉혹함은 백인의 지식과 백인의 정체성을 가지기를 원한 '검은 피부, 하얀 가면'의 과장된 반응으로 보인다. 왜냐하면 그러한 적대적 감정은 백인이 유색인들에게 보여준 정동적 태도였기 때문이다. 그의 서가를 가득 채운 서구의 문화적 산물들은 유럽문화에 대한 그의 신뢰를 반영하며 커츠와 식민지 관리들의 책과 예술에 대한 집착과 닮아 있다. 그들에게 지식과 문화는 권력이었기 때문이다.

메기 부부와 헨리 부부는 커츠와 사이드와 달리 상대로부터 존중을 받기 위해 먼저 자신을 내려놓는다. 그들은 복수 대신 관용을, 분노 대신 이해를, 자기폐쇄 대신 협력관계를 구축한다. 자기희생은 언제나 힘들고 어려운 일이다. 메기가 소설의 마지막에 남편의 얼굴에서 불안을 느끼는 것은 미래의 근거가 추상적인 믿음뿐이기 때문이다. 반면 헨리박과 릴리아의 관계는 소설의 마지막 장면처럼 그들이 공동의 사업을 함께 하기 때문에 구체적이고 단단하다. 그들이 죽은 아들 미트와 같은 또래의 다국적 출신 아이들의 교육을 함께 책임지는 것은 상실한 아들에 대한 보상심리일 수 있지만 그런 만큼 더욱 구체적인 결과를 향해 나아갈 것 같다. 그런 의미에서 볼 때, 이들의 미래는 다른 인물들보다 훨씬 밝아 보인다. 스코틀랜드와 한국 출신의 이동하는 주체들인 이들의 관계는 갈등과 반목의 과정을 거치면서 이해와 연대의 단계로 나아간다는 점에서 디아스포라 주체의 연대는 공동의 목표를 상정할 때 더욱 그 가능성이 커진다는 것을 말해준다. 연대의 토대는 원래부터 선험적으로 주어질 수 없다. 그것은 공동의 목표를 향한 합의와 상부상조의 원칙이 있을 때 가능해진다.

자기중심주의의 함정을 피해 진정 자율적이고 자유로운 주체가 될 수 있는 길은 무엇인가? 파농은 그것을 타자에 대한 적극적인 환대에 있다고 충고한다. "타자를 만지고 타자를 느끼며 동시에 타자를 나 자신에게 설명하려는 단순한 노력"(316)이 절실히 필요하다는 것이다. 앞의 네 소설에서 커츠와 무스타파 사이드는 이러한 단계에 이르지 못하고 정신적 불구를 드러내었다. 반면 메기와 헨리는 자신을 적극적으로 상대에게 내어주며 상대에게 다가가는 자세를 보여주었다. 상대에게 자신을 완전히 포기하거나 넘겨주지 않으면서도 서로를 만족시키는 관계의 가능성을 보여주는 후자나 문화의 소통과 교섭의 단계에 이르지 못하고 자기 파괴적인 나락으로 떨어지는 전자의 소설들 모두 이주와 디아스포라의 시대에 반목과 질시를 넘어서서 협력과 연대의 가능성이 어떻게 가능할지 보여주는 텍스트이다.

참고문헌

파농, 프란츠, 이석호 옮김, 『검은 피부 하얀 가면』 (인간사랑, 2013).

Conrad, Joseph, *Heart of Darkness and Other Stories* (Hertfordshire: Wordsworth Edition, 1999).

Falola, Toyin, Niyi Afolabi, and Aderonke Adesola Adesanya, *Migrations and Creative Expressions in Africa and the African Diaspora* (Durham: Carolina Academic Press, 2008).

James, Henry, *The Golden Bowl* (London: Penguin, 1987).

Krishnan, R. S., "Reinscribing Conrad: Tayeb Salih's Season of Migration to the North," *The International Fiction Review* 23 (1996).

Lee, Chang-rae, *Native Speaker* (New York: Riverhead Books, 1995).

Macaulay, Thomas Babington, "Minute on Indian Education." http://www.columbia.edu/itc/mealac/pritchett/00generallinks/macaulay/txt_minute_education_1835.html (검색일: 2014. 04. 25.)

Salih, Tayeb, *Season of Immigration to the North* (New York: New York Review Books, 2009).

Svašek, Maruška, *Moving Subjects, Moving Objects: Transnationalism, Cultural Production and Emotions* (New York: Berghahn Books, 2014).

Young, Robert C., *Postcolonialism: An Historical Introduction* (Oxford: Blackwell, 2001).

남아프리카공화국과 좌절된 새로운 세계의 전망[1]

하 상 복

1

인종 차별이 공식적으로 폐지된 오늘날의 남아프리카공화국(이하 남아공)이 출현하기까지 수많은 희생이 있었다. 넬슨 만델라(Nelson Mandela, 1918~2013)로 상징되는 지도자들만이 우리에게 잘 알려져 있지만, 짧은 생애 아름다운 청춘을 뒤로 하고 생을 달리한 수많은 이들도 있었다. 그들은 아파르트헤이트 체제의 무자비한 폭력에 의해 죽음을 당한 후 정당치 못한 방식으로 은폐되고 무시되어버린 존재들이었다. 이들의 희생은 분명 귀중한 것이었다. 그러나 오늘날 그들의 희생이 과연 헛되지 않았다고 말할 수 있는가? 과연 그들의 투쟁이 남긴 결실이 온전히 그들의 가족, 그들의 동포, 그들의 흑인 민중들에게 귀속되었다고 볼 수 있는가?

이 물음에 대한 답은 두 사건에서 실마리를 찾을 수 있다. 먼저 언급될 사건은 2012년 8월 16일 발생한 마리카나(Marikana) 학살이다. 세계 최대 규모의 마리카나 백금 광산 노동자들은 영국계 회사인 론민(Lonmin)

[1] 이 글은 『코기토』 80 (2016: 375~415)에 실은 하상복의 「파농과 비코 이후: 포스트-아파르트헤이트 남아프리카공화국과 좌절된 새로운 세계의 전망」을 수정한 글이다.

을 상대로 열악한 작업 조건과 낮은 임금에 항의하며 시위를 시작했다. 이 시위에 대한 정부의 대처는 불행하게도 유혈 진압이었다. 경찰 총격으로 현장에서 34명이 죽고 78명이 다치는 비극이 일어났다. 죽은 노동자들 대부분은 경찰의 진압을 피하려다 등에 총을 맞고 죽었다. 그것도 죽은 이들과 같은 흑인이 대부분이었던 경찰에 의해서 말이다.

두 번째 사건은 1960년 샤프빌(Sharpville) 학살이다. 이 사건은 백인 경찰이 인종차별에 항의하던 흑인들 69명을 살해하고 180명을 부상시킨 비극이었다. 샤프빌 학살과 마리카나 학살의 피해자들은 모두 흑인들이었다. 그러나 가해자는 달랐다. 샤프빌 학살의 가해자는 백인이었지만, 마리카나 학살의 가해자는 대부분 흑인이었다. 이들은 아파르트헤이트 체제에 저항하기 위해 아프리카민족회의(African National Congress, 이하 ANC) 등이 주도한 시위에서 희생되었던 샤프빌의 흑인들과 같은 피부색을 가진 흑인들이었다. 게다가 이들 흑인들에게 발포 명령을 내린 주체도 ANC가 주도하는 흑인 정부였다. 아파르트헤이트 체제 하에서 국가의 폭력으로 희생당했던 흑인들이 이제 자신들의 동포에게 국가의 명령이라는 명분으로 폭력을 행사한 것이다. 그 시위는 국가와 다른 국민을 위협하는 절체절명의 위기를 초래할 사건도 아니고, 살상무기를 동원할 정도로 위급한 상황도 아니었다. 그럼에도 국가는 공권력을 동원하여 자신의 국민들을 살해했다.

ANC 지도자인 제이콥 주마(Jacob Zuma) 대통령도 이 학살을 무마시키고자 했다. 그는 학살에 가담한 경찰에 대한 처벌이 없을 것이라고 밝히며, 오히려 국가 최대산업인 광산업과 외국 투자 보호를 위해 시위를 엄단하겠다고 선언했다.[2] 이 학살의 배경이 분명해졌다. 국가가 자신의 국민을 죽인 이 사건의 배경 중 하나는 저임금을 바탕으로 한 광산업

---

2) 이승선, "학살 부른 남아공 백금 광산 시위사태 지속," 『프레시안』 2012.8.23.

보호와 이러한 산업에 참여하고 있는 초국적 외국기업의 투자 위축을 방지하기 위한 정부의 정책이었다. 그래서 마리카나 학살은 ANC 정부가 철저히 세계화된 남아공 경제를 유지하고 운영하기 위해 국민을 희생시키더라도 국가 폭력을 거리낌 없이 사용할 수 있다는 것을 보여준 상징적 사건이 된다.[3]

그러나 마리카나 학살은 ANC 정부의 실정과 부패를 대표하는 사건들 중 하나일 뿐이다. 1994년 ANC 정부 출범 이후 10년도 지나지 않아 공식 실업률은 25%에 이르렀다. 하지만 이 수치는 일을 원하는 24세 이하 청년들의 절반이 무직이라는 사실을 누락시킨 것이었다. 이를 감안하면 실질 실업률은 40%에 육박한다고 볼 수 있다. 취업한 사람들의 형편도 열악하기는 마찬가지였다. 왜냐하면 직장이 있는 사람들의 1/3의 하루 수입이 2달러 미만이기 때문이다.[4] 결국 오늘날 남아공은 '무지개 국가'가 약속한 희망과 화해의 공간이라 할 수 없다. 이곳은 국민의 약 50%가 절대 빈곤상태에서 삶을 영위하고 있는 고통과 슬픔의 공간이 되어버렸다. 아파르트헤이트 체제부터 지속된 불평등과 빈부격차가 더욱 심해진 것이다.[5] 국민 대다수를 차지하는 흑인들은 흑인이 정부를 운영함에도 불구하고 아파르트헤이트 체제와 다를 것이 없는, 아니 오히려 더 악화된 현실 속에서 하루하루를 연명하고 있다. 따라서 그에 대한 불만이 표출되는 것은 어쩌면 당연한 것일 수도 있다. 이러한 불만은 2008년에서 2009년까지 공공 서비스에 대한 불만으로 거의 3백만 명이 시위에 참여한 사실에서, 공식적으로 2015년에 2천 3백 건의 폭력 시위가 발생한 것에서 알 수 있다.[6] 이런 현실에서 오늘날 흑

---

3) Vishwas Satgar, "Beyond Marikana: The Post-Apartheid South African State," *Africa Spectrum* 47.2-3 (2012), 57.
4) "Sad South Africa: Cry, the Beloved Country," *The Economist*, Oct. 20, 2012.
5) 폴 킹스노스, 김정아 옮김, 『세계화와 싸운다』 (서울, 창비, 2004), 138.
6) Patrick Bond, "South African Student Protesters Win First Big Victory:

인 대중에게 희망과 평화의 상징이었던 만델라는 비현실적인 희망과 실망을 동시에 의미하는 존재로 퇴색되고 있고, 이들 흑인이 품었던 꿈은 서서히 악몽으로 변하고 있다.[7]

이렇게 대다수 흑인의 참혹한 상황이 거듭됨에 따라 ANC 정부와 흑인 엘리트들에 대한 강력한 비판의 목소리가 학자들과 활동가들에게서 나오고 있다. 이들은 현재 남아공 체제가 표면상 검은 피부를 가진 지배 권력이 과거 식민 지배세력을 대체한 것으로 보이지만, 실상은 흑인을 배반한 소수의 흑인 지배세력과 백인 지배세력의 타협을 통한 아파르트헤이트 체제의 형식적 극복이라는 관점을 피력하기도 했다. 명백히 이러한 비판은 구체적 현실을 무시한 과격한 비난이 아니다. 앞서 간략하게 언급했듯이, 오늘날 남아공 흑인 대다수의 삶의 질이 형편없다는 현실에서 비롯된 것이다. 이 현실에서 ANC 정부와 흑인 엘리트들은 이전 백인 권력과의 타협을 통해 대다수 흑인 민중을 배신하고, 진정한 자유와 해방을 위한 대의를 폐기하고 있다는 혐의를 받을 수밖에 없다. 흑인 집권 하의 대다수 흑인이 실업, 주택 부족, 전기와 수도의 부족, 정부 관리들의 부패 속에서 좌절하고 분노하고 있다. 이런 현실에서 이러한 비판들이 분출될 수밖에 없는 것이다.

따라서 이 글은 새로운 시작이 선언되었음에도 여전히 극복되지 않은 남아공의 문제들이 어떤 측면에서 초래되었는지를 살펴보고자 한다. 물론 다양한 측면이 있겠지만, 이 글은 새로운 시작, 새로운 저항과 연대, 새로운 인간을 꿈꾸며 제기되었지만 그 중요성과 그 의미가 퇴색된 흑인 민중을 위한 논의와 관점에 주목하고자 한다. 특히 탈식민 투쟁에 직

Decolonization, Race and Class Politics Fused in Epic Battle," *Counterpunch*, Oct. 27, 2015; Martin Plaut, "The ANC: in Business but morally Bankrupt," *The Financial Times*, Aug. 21, 2012.

7) 샤샤 아브람스키, 칼로 마타바네, 크리스티안 비츠, 안진환 옮김, 『만델라에게 보내는 편지』 (서울, 프롬북스, 2014), 24.

접 참여하며 진정한 흑인 해방을 위해 핵심적인 제안을 했던 프란츠 파농(Frantz Fanon)의 사상과, 이러한 파농 사상의 영향을 받은 스티브 비코(Steve Biko)가 주도했던 남아공 흑인의식운동(Black Consciousness Movement)[8]의 관점에서 포스트-아파르트헤이트(post-apartheid) 시기의 ANC 정부와 흑인 엘리트의 문제들을 따져보고자 한다.[9] 이러한 과정은 오늘날 남아공의 현실이 안고 있는 문제의 출발점이 무엇인지를 확인하는 작업이 될 것이며, 나아가 미약하나마 그 문제를 극복하기 위해 고민해야 할 시각과 출발점을 제공하는 계기가 될 것이다.

2

활동한 시기가 다르기 때문에 파농은 비코라는 이름을 직접 언급하지 않았다. 그렇지만 아파르트헤이트 체제의 남아공에 대해서 관심을 두지 않은 것은 아니었다. 파농은 저서 몇몇 부분에서 남아공의 상황을 거론하고 있다. 그는 『검은 피부, 하얀 가면』(Black Skin, White Masks)에서

---

8) '흑인의식 운동'은 샤프빌 학살 이후 ANC와 범아프리카회의(Pan-Africanist Congress, PAC)의 조직 붕괴로 침체된 흑인 운동이 새로운 시작하는 계기를 제공한다. 이 운동은 1960년대 말 남아프리카 학생조직(South African Students' Organization, 이하 SASO) 결성에서 시작된다. 그리고 이 조직은 흑인운동을 지지하는 백인 학생 주도의 흑백 통합 전국학생단체였던 남아프리카 전국학생연합(National Union of South African Students, 이하 NUSAS)과 백인 자유주의자들과의 결별이라는 문제 제기를 통해 부상한 단체이다. 하상복, 「프란츠 파농과 스티브 비코—탈식민 흑인의식의 연대와 확산」, 『인문사회과학연구』 17.2 (2016), 188.

9) 이 글에서는 포스트-아파르트헤이트 남아공의 문제와 관련하여 파농과 비코가 공유하는 사고와 관점에 대한 논의만 다루고자 한다. 이들이 공유하는 사고와 관점에 대한 전반적인 고찰은 다음 논문을 참조할 것. 하상복, 「프란츠 파농과 스티브 비코—탈식민 흑인의식의 연대와 확산」.

인종 문제와 관련하여 남아공의 사례를 기술하고 있고,10) 『대지의 저주받은 사람들』(The Wretched of the Earth)에서 인종차별적 공간 분할과 샤프빌 학살을 언급하고 있다.11) 또한 파농은 다른 두 저서 『사멸하는 식민주의』(A Dying Colonialism)와 『아프리카 혁명을 위하여』(Toward the African Revolution)에서도 계속 남아공을 기술하고 있다.12)

이에 반해 비코는 파농의 영향을 명확하게 드러냈다. 비코는 파농이 생을 마감한 이후 1968년 무렵 본격적으로 활동을 시작한 관계로 자신의 저서 『내 마음대로 쓴다』(I Write What I Like)에서 직접적으로 파농을 언급하고 있다. 이런 측면에서 비코 자신뿐만 아니라 비코를 연구하는 많은 연구자들은 그의 사상과 '흑인의식 운동'에서 파농이 끼친 영향을 인정하고 있다.13)

파농과 그의 영향을 받은 비코가 공유하는 관점에서 오늘날 남아공 현실을 살펴보기 위해 일차적으로 주목할 부분은 완전한 탈식민화와 진정한 흑인 해방을 수행할 주체로 부각시킨 '민중'의 중요성이다. 이

---

10) Frantz Fanon, *Black Skin, White Masks*, trans., Charles Lam Markmann (London, Pluto Press, 1986), 63~65; 68; 142.

11) Frantz Fanon, *The Wretched of the Earth*, trans., Constance Farrington (New York, Grove, 1963), 37; 75.

12) Frantz Fanon, *A Dying Colonialism*, trans., Haakon Chevalier (New York, Grove, 1965), 26; Frantz Fanon, *Toward the African Revolution*, trans., Haakon Chevalier (New York, Grove, 1967), 150~197. 그리고 2장의 도입부 일부는 다음의 논문에서 요약된 내용이다. 하상복, 「프란츠 파농과 스티브 비코-탈식민 흑인의식의 연대와 확산」, 184~185.

13) 파농의 영향을 받았다는 비코 자신의 진술은 다음을 참조할 것. Gail M. Gerhart, "Interview with Steve Biko" in *Biko Lives!: Contesting the Legacies of Steve Biko*, eds., Andile Mngxitama et al. (New York: Palgrave Macmillan, 2008), 23. 파농과 비코의 영향 관계에 대한 견해는 마보고 p. 모어(Mabogo p. More), 나이절 깁슨(Nigel Gibson)의 글에서 확인할 수 있다. Mabogo P. More, "Biko: Africana Existentialist Philosopher," *Alternation* 11.1 (2004), 83; Nigel C. Gibson, *Fanonian Practices in South Africa: From Steve Bike to Abahlali baseMjondolo* (New York, Palgrave Macmillan, 2011), 44~45.

부분은 민족 국가, 민족 정당, 민족 엘리트와 관련된 민족주의의 위험성과 관련된 것이다. 파농은 독립 이후 보다 진정한 민족 정부의 출현을 위해 이렇게 말하고 있다. "민족 정부가 진정 민족적인 정부가 되려면, 민중에 의해, 민중을 위해, 버림받은 사람들을 위해, 버림받은 사람들에 의해 통치가 이루어져야 한다."14) 파농이 말하는 민족 정부에서 핵심은 소외당하고 억압받은 '민중'이었다.

비코 또한 흑인 해방을 위한 흑인의식 운동의 출발과 주체를 '민중'으로 규정했다. 비코는 "도래할 다른 무언가를 위한 예비로서 필요한 것은 바로 흑인들이 스스로를 옹호하는 것을 배울 수 있고 그들의 정당한 주장을 할 수 있는 가장 강력한 민중에서 만들어진 흑인의식"15)이라고 강조하며 파농과 마찬가지로 '민중'의 중요성을 언급하고 있다. 그에게 진정한 흑인의식의 출현과 형성의 근간은 바로 흑인 민중인 것이다.16)

파농이 '민중'의 중요성, 민중에 기반을 둔 민족주의, 민중의 대의와 함께 하는 민족 정당, 민족 엘리트, 민족 부르주아지의 현실 참여를 강조한 것은 바로 독립 이후 아프리카의 미래에 대한 고민에서 출발한 것이다. 그는 진정한 탈식민화를 성취하기 위해 민족주의, 민족 문화의 필요성을 인정하면서도 민족주의와 관련된 운동들이 가져올 폐해 역시 예견했다. 일반적으로 민족주의에 대한 파농의 비판적 사유는 알제리 민족해방전선의 일원으로, 그리고 알제리 임시정부의 블랙 아프리카 순회대사로서 그가 목격한 아프리카 독립국가와 그 민족주의적 경향의 폐해에서 도출되었다고 할 수 있다.17) 당시 독립한 아프리카 국가들에

---

14) Frantz Fanon, *The Wretched of the Earth*, 205.
15) Steve Biko, *I Write What I Like*, 21.
16) Steve Biko, *I Write What I Like*, 21.
17) Frantz Fanon, *The Wretched of the Earth*, 82: 하상복, 「프란츠 파농의 '새로운 인 간주의'와 탈식민 사유」, 『코기토』 77 (2015), 360. 물론 파농은 이러한 폐해가 독립 이후 피식민지인의 경험과 물질적 토대의 부족, 그리고 그들을 위한, 그들에 의한 가치관과 사회를 확립할 시간이 부족했기 때문이기도 하다고 언급하고 있다.

서 민족 정부와 엘리트들이 민중을 억압하고 착취하기 위한 명분으로 민족주의를 동원했던 작태는 비일비재했다. 그들은 '민족 이익과 발전'이라는 정치적 수사를 동원하며 자신들의 권력과 이익을 도모했다. 이런 결과가 오늘날 대부분의 아프리카의 모습이다. 아프리카는 독립 후 백인 식민 지배자들이 검은 피부를 가진 지배자들로 교체되었을 뿐, 흑인 엘리트들을 제외한 대다수 흑인들이 여전히 불평등하고 열악한 삶의 조건에서 이전과 다름없는 삶을 영위하고 있는 상황이 지속되고 있는 것이다. 안타깝게도 오늘날 아프리카에서 파농의 예견과 경고가 사실로 확인되고 있다.

여기서 첫 번째 문제제기를 할 수 있다. 1994년 ANC의 집권 이후 과연 흑인 정부와 흑인 엘리트들은 자신들의 이익과 권력욕을 폐기하고 흑인 대중의 대의에 온전히 투신했는가? '신(新)아파르트헤이트' 체제라는 비판이 나오는 것처럼 아마도 흑인 정부와 흑인 엘리트들은 이러한 물음에 선뜻 입장을 제시하지 못할 것이다. 아쉽지만 오늘날 남아공도 파농의 예견과 경고를 확인시켜준다. 이러한 확인을 위한 출발점은 아마도 백인 정권과의 협상에 참여한 ANC가 주도한 지배세력에 대한 검토일 것이다.[18] 따라서 ANC와 백인 세력의 타협을 통한 흑백의 통합이 과연 진정한 흑백의 평화적 공존인가라는 물음과 ANC 정부가 주도하는 정부가 파농이 말하는 보다 진실한 민족 정부인가라는 물음을 던지며 첫 번째 문제 제기를 살펴보고자 한다.

이를 위해 정권 이양기 ANC와 백인 세력의 타협을 통한 흑백 통합의

---

18) 타리크 알리(Tariq Ali)의 평가처럼, 만델라에게는 두 가지 모습이 공존한다. 첫째는 아파르트헤이트 체제에 대한 항쟁의 상징이며, 두 번째는 아파르트헤이트 정권과의 협상 테이블에 앉아 (원하는 바를 들어주는 대가로 다른 무언가를 줘야 한다는) 파우스트(Faust) 식 계약서에 서명하면서 남아공 국민들이 기대했던 것과는 전혀 다른 방향으로 나라를 이끈 모습이다. 샤샤 아브람스키, 칼로 마타바네, 크리스티안 비츠, 안진환 옮김, 225-227.

성격을 파악하고자 파농과 비코가 말하는 통합의 의미를 분석한다. 파농에 따르면, 흑백의 진정한 통합은 흑백의 자기인식과 자기해방, 상호인정과 소통을 필요로 한다. 그는 흑백의 진정한 상호인정과 소통이 새로운 진정한 '인간'의 출현의 시작으로 보고, 이를 위해 흑백 각각의 자기인식과 자기해방을 요청했다. 다시 말해 파농은 흑인에게 백인이 강제한 자신의 인간성에 이의를 제기하며 진정한 인간으로의 변형을 모색해야 한다고 권고했다. 이 실천이 흑인의 자기인식과 자기해방으로 나아가는 과정이었다. 아울러 파농은 흑인뿐만 아니라 백인도 자기해방이 필요하다고 주장했다. 왜냐하면 백인은 흑인을 비인간화하고 그들의 인간성을 박탈한 가해자이면서 피해자이며, 이 때문에 그 자신도 인간 가치, 인간 존엄성, 상호 존중을 상실한 존재이기 때문이다. 파농은 진정한 인간성 회복을 위해 흑백 모두에게 "사물화된 과거라는 탑에 스스로를 가두지 말기"[19]를 제안하고, 상호 인정과 소통을 통해 양자 모두 비인간적 상황에서 벗어나기를 촉구했다.[20]

비코도 백인 자유주의자들이 주도하는 다인종 정치 단체와 학생 단체들에 대한 비판에서 언급하듯이 상호인정과 소통이 부재하는 흑백 관계 속의 통합을 거부했다. 비코는 이들 단체의 통합은 "백인은 이야기하고 흑인은 듣기만 하는 일방향적인 관점"[21]에 따라 지속된다고 보았다. 비코는 백인 자유주의자들이 아직도 '사물화된 과거'에서 벗어나지 못하는 한계, 요컨대 그들에게 여전히 우월과 열등의 인종 위계가 내재되어 있음을 직시했던 것이다. 이런 흑백 통합은 흑인의 자기인정과 자기해방뿐만 아니라 흑백의 상호인정과 소통 모두를 봉쇄하는 과정과 구조를 취한다. 그래서 비코는 단호히 "노예의 노예화를 초래한

19) Frantz Fanon, *Black Skin, White Masks*, 176.
20) 하상복, 「프란츠 파농의 '새로운 인간주의'와 탈식민 사유」, 351.
21) Steve Biko, *I Write What I Like* (Oxford, Heinemann, 1987), 20.

모든 상황을 제거하기 위해서 노예가 노예 주인의 자손과 함께 일하는 것을"22) 거부하고자 했다.

파농과 비코가 말하는 통합에 대한 비판을 고려한다면, 포스트-아파르트헤이트 체제의 흑백 통합도 이렇게 상호인정과 상호소통이 부재하는 관계 속의 통합일 수 있다. 이 평가는 백인 자유주의자들이 말하는 통합이 분명 흑인에게 형이상학적이고 이상적인 해결책일 뿐이라는 비코의 주장이 가지는 의미를 다시 되새기게 만든다.23) 또한 비코가 말한 진정한 통합에 대한 설명을 참조한다면, 포스트-아파르트헤이트 체제의 통합의 진실에 다가갈 수 있다. 비코는 진정한 통합을 위해 통합의 중심에는 예견된 자아를 향상시키고 그 자아에 도달하기 위해서 모든 사람들, 모든 집단을 위한 대비가 있어야 한다고 말했다. 또한 각 집단이 다른 집단에 의해 좌절되거나 침해당하지 않고서 자신의 존재방식을 달성할 수 있어야 진정한 통합이라고 말할 수 있다고 보았다. 아울러 상호 존중과 자기 결정의 완전한 자유가 충족되어야만 흑백의 진정한 융합이 있을 수 있다고 단언했다.24) 기본적으로 이러한 관점이 오늘날 남아공에서 만족스러울 정도로 작동하고 있는지를 살펴보면 통합과 관련된 문제제기에 대한 결과가 도출될 것이다.

그러나 통합이 낳은 현재의 상황은 만족스럽지 않다. 흑백의 형식적인 상호 관계와 인정, 그리고 흑인의 일부 권리 회복 이외에 긍정적으로 볼 수 있는 요소가 그다지 많지 않다. 이 통합이 흑인에게 이야기하고 있는 희망, 자유와 해방은 허울 좋은 선언에 지나지 않는다는 숱한 증거들이 이를 증명한다. 여기에는 비코가 말한 진정한 통합이 있을 수 없다. 형식적이고 기만적인 통합의 형태가 최선의 결과로 포장되고 칭

---

22) Steve Biko, *I Write What I Like*, 20~21.
23) Steve Biko, *I Write What I Like*, 90.
24) Steve Biko, *I Write What I Like*, 21.

송받고 있을 뿐이다. 오늘날 통합은 비코가 비판한 백인 자유주의적인 통합 신화의 다른 판본에 불과하다. 분명 오늘날 통합된 남아공은 비코가 소망했던 나라가 아니라고 할 수 있다. "궁극적으로 모든 사람이 자유롭고 당당한 시민으로, 흑인뿐만 아니라 백인도 그렇게 사는 나라"[25]는 아직 남아공에 건설되지 않았다.

다음으로 흑백 통합의 성격을 파악하고 파농이 말하는 진정한 민족 정부로서 ANC 주도 하의 흑인 정부를 평가하기 위해서 '용서와 화해'로 상징되는 흑백의 정권 이양 과정을 자세히 알아보고자 한다. 특히 그 과정에서 무엇이 배제되고 누락되었는가를 확인하는 작업을 전개하고자 한다. 1990년 2월 11일 만델라의 석방과 반(反)아파르트헤이트 단체들의 합법화는 당시 백인 정권의 드 클레르크(De Klerk) 대통령 개인의 결단에서 비롯된 것으로 간주할 수 없다. 이 사건은 명백히 그동안 숱한 죽음과 고통으로 진행된 흑인 해방운동의 과정이 낳은 결과였다. 그리고 남아공을 둘러싼 외부적 상황들이 이런 결과를 촉진시키는 데 일조했다. 클레르크 자신이 회고한 내용에서 알 수 있듯이, 백인들이 아파르트헤이트 종식을 고려한 배경은 우선 "동유럽과 러시아에서 공산주의 쇠락과 붕괴"[26]였다. 이 역사적 사건은 인종 차별과 흑인 수탈에 근거한 자본주의를 구축하고 있던 남아공과 이 경제체제와 연결된 세계 자본주의 국가들에게 그들의 영향 아래 운영될 새로운 남아공의 미래를 계획하는 계기였다고 할 수 있다. 이들 자본주의 진영은 1990년대 동구 사회주의권의 몰락이 반(反)아파르트헤이트 투쟁을 주도한 ANC 내의 좌파 진영의 이데올로기적 쇠퇴를 가져올 것이라고 예측했다. 그리고 자본주의 진영은 이 쇠퇴가 반자본주의 혁명에 대한 좌파 주장들을 약

---

25) 도널드 우즈, 최호정 옮김, 『아자니아의 검은 거인: 반투 스티브 비코』 (서울, 그린비, 2003), 131.
26) 존 아일리프, 이한규 외 옮김, 『아프리카의 역사』 (서울, 이산, 2002), 502.

화시켰다고 판단했다. 이러한 판단으로 남아공 백인 지배 세력과 자본주의 진영은 ANC의 온건 세력과 타협하려는 논의를 시작한 것이다. 남아공에서 반자본주의혁명 발생은 소수 백인 거대기업과 이 기업에 투자한 해외자본이 가장 우려한 사태였다. 이들은 이러한 우려를 불식하고 당시 제반 경제적 상황의 악화에 의한 남아공 경제의 불황을 타개할 하나의 해결책으로 ANC 온건 세력과 타협을 제기한 것이다.27)

이 타협의 결과 ANC가 얻은 것은 차별 정책의 폐지와 흑인의 선거권이었다. ANC 지도부는 여전히 강력한 군사력과 경제력을 가진 백인 세력의 저항 가능성을 과도하게 경계했다. 그러한 경계가 끝내 흑인 대중의 희망을 좌절시키며 기존 백인 지배세력의 이익을 보장하는 결과를 초래한 것이다.28) 그 결과에는 민중의 대의와 요구가 적극적으로 포함되지 않았다. 파농과 비코의 관점에서 본다면, ANC 내의 온건세력은 진정한 새로운 남아프리카를 탄생시킬 수 있는 전망과 흑인 해방 이데올로기를 체득하고 있지 못했다고 할 수 있다. 민중의 대의에 바탕을 두고, 민중의 미래를 위한 전망을 가졌다면, 정권 이양시기에 그러한 타협을 하지 않았을 것이다. 파농이 경고했듯이, 식민주의가 어느 정도의 양보 혹은 전면적인 양보를 취하더라도 그 본질은 한층 완벽한 노예 상태로의 퇴보일 뿐이다. 보다 교묘하게 종속의 고삐를 죄기 위한 수단으로 양보와 타협을 지배 세력이 동원하는 것이다.29)

물론 타협으로 흑백 간의 무력 충동이 야기할 수 있는 최악의 상황을 방지한 것은 긍정적이었다. 그럼에도 반쪽짜리 해방 혹은 "사이비-독립"30)이라는 평가에서 자유로울 수 없다. 정권 이양 과정에서 기존 백

---

27) Nigel Gibson, "Transition from Apartheid," 75~76; Mabogo P. More, "Fanon and the Land Question," 178.
28) Mabogo P. More, "Fanon and the Land Question," 178.
29) Frantz Fanon, *The Wretched of the Earth*, 142.
30) Mabogo P. More, "Fanon and the Land Question," 178.

인 세력의 무력 저항 위협과 인카타자유당(Inkatha Freedom Party)[31]이 주도한 다른 흑인 종족 정당의 반대에 직면하면서, ANC는 만델라 자신이 이미 파악하고 있던 백인 세력의 요구사항, 즉 "소수 권력 양식을 보존하는 것"[32]을 타협과정에서 암묵적으로 동의해버린 것이다. 이 결과 ANC와 백인 정권의 위로부터의 타협은 백인에게는 그들의 자본과 특권을 보장하고, 흑인에게는 형식적 자유, 즉 자유로운 이동과 선거권을 부여하는 것으로 종결되었다. 그래서 ANC의 새로운 시대를 향한 발걸음은 파농이 말한 대로 약간의 개혁, 이를 선전하는 구호와 깃발만이 난무하는 "가장무도회 행진과 트럼펫의 요란스러운 소리"[33]에 불과했다. 그 구호와 깃발 아래 흑인 대중은 "여전히 중세의 삶을 살면서 끝없이 제자리걸음만 하는"[34] 상태에서 내팽개쳐졌을 뿐이다.

결국 일정 정도의 정치적 해방(차별 철폐, 자유로운 이동, 선거권 등)은 획득했지만, 보다 중요한 요인이 묵살되었다. 바로 필수적인 흑인 민중의 경제적 해방이 무산된 것이다. 정권 이양기 위로부터의 타협은 알리가 말한 것처럼 원하는 바를 들어주는 대가(정치적 해방)로 다른 무언가(백인 세력의 경제적 이익)를 줘야 한다는 파우스트 식 계약이었다.[35] ANC는 흑인 대중에게 빵을 제공하고 토지를 회복시키는 과업을 포기해버렸다. 경제적 해방을 포기한 ANC가 정권을 장악하며 선택한 경제 정책도 민중의 삶을 개선하는 방향으로 나아가지 못했다. ANC는 파농이 독립을 위한 협상에서 가장 중요한 것이 경제적 권리라고 말한 주장과 같은 고

---

31) 인카타자유당은 남아공 줄루족(Zulu)을 기반으로 만들어진 정당이다. 1990년대 초 정권 이양기 협상 과정에서 지도자인 망고수투 부텔레지(Mangosuthu Buthelezi)가 자신 세력의 권력 확보를 위해 ANC와의 갈등을 야기했다.

32) 넬슨 만델라, 김대중 옮김, 『만델라 자서신 - 자유를 향한 머나먼 길』 (서울, 두레, 2006), 831.

33) Frantz Fanon, *The Wretched of the Earth*, 147.

34) Frantz Fanon, *The Wretched of the Earth*, 147.

35) 샤샤 아브람스키 외, 안진환 옮김, 『만델라에게 보내는 편지』, 227.

민과 전망을 가지지 못한 것이다.[36] 흑인 정부는 민족 정부의 뿌리가 되는 민중을 위해 파농이 모색하자고 주장한 제3의 경제방식도, 비코가 말한 남아공의 전통에 근간을 둔 경제체제에 대한 전망도 가지지 않았으며, 그러한 전망을 가지려는 노력도 하지 않았다고 볼 수 있다.

파농이 말한 제3의 경제방식은 남아공을 포함한 아프리카에 의미 있는 제안이었다. 이 경제방식은 사회주의도 자본주의도 아닌 아프리카의 역사와 경험에 의해 운영될 수 있는 고유한 양식을 의미했다. 탈식민화와 흑인 해방 이후의 국가 경제 형태를 이러한 방식에서 찾자고 그가 주장한 이유는 민중의 진정한 경제적 해방을 위한 고민에서 나온 것이다. 이런 이유로 파농은 많은 아프리카 국가들이 독립 이후 취한 중립주의 정책을 검토하며 그 정책의 한계를 무엇인지를 분석했다. 파농은 냉전 시기 아프리카 독립 국가가 채택된 중립주의는 양대 진영을 이용하는 일종의 오염된 중상주의라고 진단했다.[37] 이러한 정책은 한편으로는 일정 정도의 경제 지원이라는 혜택을 얻을 수 있지만, 다른 한편으로는 다른 자본주의 혹은 사회주의 국가에 종속당하거나 지배당하는 길로 들어설 수 있는 올가미가 될 수 있다.[38] 그래서 파농은 "다른 대륙과 다른 시기의 다른 사람들이 규정한 사회주의와 자본주의 중에 선택"[39]하는 잘못된 길로 가지 말자고 제안한 것이다. 그는 무엇보다도 독립한 아프리카에 진정으로 필요한 것이 식민주의와 인종차별로 피폐해진 흑인 민중의 삶을 회복시키는 것이라는 점을 분명히 하고, 새로운 국가를 구축하기 위해서 민중의 대의를 지지하는 제3세계의 특수성과 고유성에 입각한 방식과 양식을 모색하자고 주장했다.[40]

---

36) Frantz Fanon, *Toward the African Revolution*, 121.
37) Frantz Fanon, *The Wretched of the Earth*, 82.
38) Frantz Fanon, *The Wretched of the Earth*, 82.
39) Frantz Fanon, *The Wretched of the Earth*, 99.
40) 하상복, 「프란츠 파농의 '새로운 인간주의'와 탈식민 사유」, 360~361.

이러한 경제 체제에 대한 비코의 견해도 파농과 다르지 않았다. 그리고 그의 강조점도 남아공의 특수성과 고유성에 입각한 방식이다. 물론 비코가 소비에트 식의 사회주의는 아니지만 부족 공동체 의식과 관련된 사회주의를 선호하는 것은 분명했다. 비코는 백인 지배 이후의 체제를 확신하지는 않지만, 그렇다고 사회주의 혹은 자본주의를 긍정적으로 선택하지도 않았다. 다만 개인주의적인 그리고 자본주의적인 방식이 가지는 폐해를 아파르트헤이트 체제 속에서 처절하게 경험했기 때문에, 이 체제에 대해서는 단호히 거부하고 있다.[41]

앞서 언급한 것처럼, 경제적 해방을 포기하는 타협을 한 ANC 정부에서 이러한 파농과 비코가 제안하는 제3세계의 방식을 찾을 수는 없다. ANC는 파농과 비코가 가장 경계했던 경제 체제, 그것도 가장 최신판을 선택했다. 이 선택은 흑인 민중과의 연대의 끈을 완전히 단절하는 방향으로 국가를 운영하는 결정이었다. 이른바 신자유주의(neoliberalism)라는 모델이다. 이 모델에는 민중 혹은 인간에 대한 강조보다 자본과 개발에 대한 강조만이 넘쳐난다. 어쩔 수 없이 포스트-아파르트헤이트 체제에서 자본주의 방식을 채택할 수밖에 없는 상황이라면, 선택 자체를 비난할 수는 없다. 하지만 그렇다 하더라도, 그 체제의 운영방식에서 대다수 국민에 대한 고려가 부실하다면, 혹은 방기하고 있다면 문제가 될 수 있다. 이 점에서 ANC 정부와 흑인 엘리트가 가지는 새로운 국가, 새로운 미래에 대한 전망이 부재하다는 비판이 높아질 수밖에 없다.

---

41) 도널드 우즈, 최호정 옮김, 『아자니아의 검은 거인: 반투 스티브 비코』, 229.

3

흑인 민중은 남아공의 새로운 시작이 모든 것을 해결할 것이라는 기대만 했지, 정작 정권 이양기의 ANC가 참여한 타협의 본질을 파악하지 못했다. 그들은 비코가 식민주의와 아파르트헤이트 체제에 흑인을 통합시키는 경제와 정치 구조가 착취에 기반을 둔 통합이며, 이러한 통합은 가난한 흑인을 더욱 가난하게 만들 것이라는 예견을 진지하게 고민하지 않았다.[42] 이런 연유로 흑인 민중은 ANC를 선택할 수밖에 없었다. 그들은 ANC를 신뢰하고 투표를 통해 만델라와 ANC에게 정치권력을 장악하도록 만들었다. 선거를 통해 출발한 흑인 정부에게 아직도 진정한 민족 정부가 될 가능성은 열려있었다. 그것은 ANC가 장기적 전망을 가지고 파농과 비코가 제안했던 민중의 대의와 요구에 부합하는 통치와 정책이 수행한다는 전제에서 가능한 일이었다. 그 맹아도 보였다. ANC 정부는 집권 초기 한계는 있지만, 독립한 그 어느 제3세계 국가 정책과 비교해도 뒤지지 않는 프로그램을 제안하고 시행했다. 그 프로그램이 '재건개발계획'(Reconstruction and Development Programme, 이하 RDP)이다. 흑인 정부는 이 계획을 통해 흑인 민중에게 가장 시급한 부문들(일자리, 토지, 주택, 수도, 전기, 통신, 교통, 위생, 식량, 의료, 사회복지)을 충족시키고자 했다. 구체적으로 RDP는 토지 없는 사람에게 충분한 토지를 재분배하고, 100만 채 이상의 주택을 건설하고, 전 국민에게 상하수도를 공급하고자 했다. 그리고 이 프로그램은 250만 가구에 전기 공급을 늘리고, 전 국민이 이용 가능한 의료시설과 통신설비를 구축하고자 했다.[43]

---

42) Steve Biko, *I Write What I Like*, 91.
43) 폴 킹스노스, 김정아 옮김, 『세계화와 싸운다』, 135. 깁슨은 RDP가 진보적인 프로그램이지만, 신자유주의적인 아젠다를 포함하고 있다고 파악한다. Nigel

RDP가 약속한 개혁은 만델라가 주장한 5년이라는 시간도 못 채우고, 2년 후 1996년 갑자기 신자유주의적 경제정책인 '성장, 고용, 재분배 프로그램'(Growth, Employment and Redistribution, 이하 GEAR)의 도입으로 폐기되었다.44) 이러한 선택은 완전한 후퇴이자 해방운동에 대한 배반이었다. 이 결정은 ANC 정책의 근간이었던 자유헌장(Freedom Charter)의 폐기이며, 사회 민주적 사고의 완전한 부정이었다.45) 이것은 파농과 비코가 새로운 국가와 세계의 건설에서 그 근간으로 강조했던 민중을 배제시키는 퇴보의 시작이었다. ANC 내의 좌파 주장을 어느 정도 수용한 RDP를 폐기하고 ANC 내부에서도 충분한 논의를 하지 않은 GEAR의 도입은 ANC 정부와 흑인 엘리트의 본질을 그대로 드러내는 사건이었다. 도입 과정도 비민주적이었다.46) GEAR는 흑인 정부가 RDP에서 최소한 부여했던 '인간'적 면모를 삭제하고, '자본'과 '시장' 중심으로 남아공을 완전히 고착시켜버렸다. ANC는 자유헌장과 RDP를 통해 민중을 동원하며 정치권력을 잡았지만, 이제 정부의 근본이자 토대였던 대다수

Gibson, *Fanonian Practices in South Africa*, 101.

44) RDP는 ANC가 1994년 선거과정에 수립한 계획이며, 만델라는 이 계획을 바탕으로 흑인의 지지를 호소했다. 또한 만델라는 흑인들에게 보다 나은 삶을 위해 시간이 필요하다고 말했다. 그는 선거 이후 극적인 변화가 없을 것이며, 그 결과를 보기 위해서는 5년을 기다려야 한다고 강조했다. 넬슨 만델라, 김대중 옮김, 『만델라 자서전』(서울, 두레, 2006), 884.

45) "남아공은 흑인, 백인 등 남아공에 사는 모든 사람들에 속한다"라고 시작되는 '자유헌장'은 1955년 6월 26일 소웨토(Soweto) 클립타운(Kliptown)에서 ANC 대의원 3,000여명이 모여 채택되었다. 그 핵심 내용은 평등과 자유, 민주주의와 인간의 기본권 보장과 토지개혁, 은행, 광산, 독점기업의 국유화이다.

46) RDP 수립에 참여한 패트릭 본드(Patrick Bond)가 언급한 것처럼, GEAR 수립에 참여한 이들은 기존 백인 자본과 해외자본을 대변하는 전문가들이다. 이들은 결코 대다수 흑인이 차지하고 있는 빈곤 세상을 염두에 두고 프로그램을 수립하지 않았다. 본드는 참여한 15명의 경제학자 중 2명은 '국제부흥은행'(International Bank for Reconstruction and Development, IBRD)에서 나온 사람이었고, 나머지도 남아공의 대형 은행과 보수적인 경제자문기관에서 나온 사람이라고 말하며 불쾌감을 표시했다. 폴 킹스노스, 김정아 옮김, 『세계화와 싸운다』, 136.

흑인 민중을 방기하고, 심지어 공격의 대상이자 적으로 간주하기 시작했다. 흑인 정부는 집권을 위해 선거에 동원했던 RDP 내용들, 즉 일자리, 토지, 주택, 수도, 전기, 통신, 교통, 위생, 식량, 의료, 사회복지 등의 분야들에 대한 정부 투자와 지급을 효율과 개발이라는 명목으로 축소하거나 중단한 것이다. 가난한 흑인들을 위한 약속은 선거와 권력 유지만을 위한 구호와 연설에서만 확인될 뿐, 실제 삶에서 전혀 지켜지지 않는 공수표가 되어버렸다.

그렇다면 ANC 정부와 흑인 엘리트들이 1990년대 전 세계적으로 맹위를 떨친 세계화와 신자유주의 패러다임을 채택해야만 국가의 발전과 미래가 보장된다는 논리를 아무런 의심 없이 수용한 이유는 무엇인가? 그 시작은 이미 정권 이양기의 타협부터였다. 흑백의 정치 경제적 불평등을 해소하기 위한 전면적인 정치경제 구조 재편성의 좌절에서 시작된 것이었다. 흑인 정부의 권력이 민중에 근거하지 않고, 흑인 정부의 수립으로 인한 혜택이 많은 인종 차별의 희생자에게 돌아가지 않았기 때문이다. 이것은 ANC와 기존 지배세력이 해방의 결실을 독식했다는 것을 의미했다. 파농이 비판했듯이, ANC와 그 정부는 "개별 이익들을 위한 노동조합"47)으로 전락해버렸다. 이전 백인 지배세력과의 타협은 이들 백인들의 이익과 흑인 정부 수립 이후 그 혜택을 독식한 일부 해방운동의 지도자와 흑인 엘리트의 이익을 최대한 보장하는 정책으로 나아가게 했다. 반아파르트헤이트 투쟁에서 최우선적 목표였던 사회 경제 불평등이라는 개념은 낡아빠진 과거의 계급투쟁이라는 담론과 함께 제거되어버렸다.48) 보다 엄밀히 말하자면, GEAR의 시행은 계급적 이익이 이전보다 훨씬 더 강화된 남아공을 고착시키는 결과를 낳았다. GEAR는 통치의 적극적 프로젝트의 일부로서 단순한 인종에서 계급으

---

47) Frantz Fanon, *The Wretched of the Earth*, 170.
48) Nigel Gibson, *Fanonian Practices in South Africa*, 64.

로의 전환이 아닌 보수적 세력의 강화를 위한 인종과 계급의 재편성을 촉진시켰다.[49] 즉 해외 자본과 연결된 백인 기업 자본, 그리고 이에 협력하는 일부 흑인 지배세력과 보수 세력의 강화만을 도모한 것이다.

이러한 재편성은 아파르트헤이트 체제에서 ANC와 흑인 민중의 적이었던 백인 지배세력을 오늘날 ANC와 흑인 엘리트의 동맹군으로 만들어버렸다. 그리고 믿기 어렵지만 현재 가난한 대다수 흑인 민중이 이들 동맹군의 공격 대상이 되고 있는 현실이 벌어지고 있다. 또한 지배세력들은 빈곤과 불평등이 아파르트헤이트 체제의 유산이라는 사실조차 거론할 수 없는 분위기를 조성하고 있다. 이들은 흑인의 빈곤과 열악한 환경의 근원을 더 이상 아파르트헤이트 체제, 오늘날의 흑인 정부의 무능과 실정 혹은 사회구조적 모순에서 비롯된 것이 아니라고 대중에게 강권하고 있다. 신자유주의의 교묘한 논리를 동원하면서, 흑인정부와 지배세력은 그 근원을 흑인 민중의 개인적 노력과 의지 부족 탓으로 몰아가고 있는 것이다.

이처럼 문제의 근원에서 스스로 면죄부를 발급하고, 인종과 계급의 재편성을 통해 지배구조를 더욱 공고히 한 흑인 정부와 지배 세력은 흑인 대중의 일상적 삶의 영역을 포함하여 모든 영역을 피폐화시키는 결과를 낳고 있다. 이 결과는 그들이 시행하고 있는 GEAR의 구체적인 운영에서 알 수 있다. 기본 공공서비스의 기업화와 민영화를 통한 이익 창출을 강조하는 구조조정 프로그램인 GEAR는 필연적으로 다수의 흑인 삶을 더욱 악화시킬 수밖에 없는 요소들이 포함되어 있다.

흑인 다수의 악화된 삶의 질을 확인시켜주는 대표적 예가 전기와 수도와 같은 공공서비스의 민영화가 낳은 결과들이다. 정부의 비용 절감이라는 명분으로 전기와 수도 사업이 외국계 기업에게 매각되면서 미

---

49) Gillian Hart, "The Provocations of Neoliberalism: Contesting the Nation and Liberation after Apartheid," *Antipode* 40.4 (2008), 688.

비한 시설의 확충은커녕 대중에게 요금 부담만 가중시키는 결과를 초래했다. 아파르트헤이트 체제에서도 흑인 민중에게 만족스럽게 부여되지 않았던 전기와 "물을 쓸 권리가 여전히 근본적이면서 존재론적 구분선"[50]이 되어버린 상황이 더욱 강화된 것이다. 부자인지 빈자인지에 따라 전기와 물을 쓸 권리의 유무가 정해졌다. 하루 2달러로 겨우 연명하는 인구 절반에게 비싼 요금은 권리 박탈을 의미했다. 전기세와 수도세를 내지 못한 1천만 명의 집에서 수도와 전기가 끊겼고, 집세를 내지 못한 약 2백만 명의 사람들이 쫓겨났다.[51] 전기와 수도의 공급이 끊긴 주거지는 생활환경의 악화를 가져오고, 질병의 온상이 되었다. 이것은 전기와 수도의 민영화 이후 요하네스버그에서 인체면역결핍 바이러스 (HIV) 감염률이 25% 이상 급증했고, 콜레라와 설사 전염병이 사라지지 않는 것에서 판명되고 있다.[52]

주택 문제에 있어서도 흑인 민중에 대한 흑인 정부의 배반은 분명했다. 이것은 정부의 판자촌 철거 과정과 주택 건설 정책의 변화에서 증명된다. RDP에서 추진하려한 주택 1백만 호 건설은 이 프로그램의 핵심 중 하나였다.[53] 주택 건설은 아파르트헤이트 체제 하에서 도시 빈민가로 유입된 흑인 대중의 삶의 질을 개선하는 긍정적 정책이었다. 판자촌은 식민 시대와 1913년 원주민 토지법(The Native Land Act)[54] 이후 자

---

50) 마이크 데이비스, D. B. 멍크 외, 유강은 옮김, 『자본주의, 그들만의 파라다이스』 (서울, 아카이브, 2011), 163.

51) 폴 킹스노스, 김정아 옮김, 『세계화와 싸운다』, 138.

52) 마이크 데이비스 외, 『자본주의, 그들만의 파라다이스』, 166. 또한 콰줄루 나탈 (KwaZula-Natal) 지역에서도 심각하다. 2000년 8만 명 이상이 콜레라에 감염되었고, 176명이 사망했다. Ashwin Desai, "Neoliberalism and Resistance in South Africa," *Monthly Review* 54.8 (2003), 20.

53) 서상현, 「아파르트헤이트 철폐 이후 남아공의 신자유주의적 정책과 노동운동」, 『아프리카학회지』 21 (2005), 90.

54) 1913년 루이스 보타(Louis Botha) 수상이 이끄는 보어(Boer)계의 남아프리카당 정부는 이 법을 통해 흑인들이 소유할 수 있는 토지를 전 국토의 10% 이내로 제

신들의 토지를 빼앗기고 도시로 유입된 흑인들의 최소한의 생존 공간이었다. 이곳은 식민의 역사, 아파르트헤이트의 역사가 낳은 공간이자, 공간의 분리에 의한 흑백 차별을 적나라하게 보여주는 공간이기도 했다. 따라서 이 공간을 새로운 시대에 적합한 삶의 터전으로 전환시키는 노력은 이전 시대를 극복하는 상징적인 일이 될 수 있다. 그러나 첫 해 6%에 불과한 1만 2천호 건설이라는 저조한 실적 속에서 한계를 드러내고 말았다. 그리고 1995년 만델라 정부는 이 정책의 실패를 공식화하며 포기하고 말았다.[55]

이러한 주택 건설과 판자촌 문제는 아무리 강력한 외부적 요인이 방해한다 하더라도 해결되어져야 하는 과제였고, 이전 체제의 완전한 극복과 새로운 국가의 출현을 모색하고자 한다면 반드시 풀어야 하는 민중의 현실적 문제였다. 그러나 정부는 자신들의 근간인 민중의 문제에 집중하지 않고 신자유주의적 세계화 주역인 세계은행(the World Bank), 다시 말해 서구 자본의 이해에 따라 정책을 포기하고 말았다. 세계은행의 권고에 따라, 아니 오히려 앞서서 정부가 예산과 보조금을 축소하거나 거의 폐지하는 방향으로 사업을 운영한 것이다.[56] 결국 정부의 이러한 주택정책에 따라 흑인들의 거주 환경은 더욱 악화되고 말았다. 요하네스버그의 흑인 판자촌 지역이 이를 보여준다. 정부가 주도하며 지은 거주시설이지만 현재 슬럼이 되어버린 이 지역은 하우텡(Gauteng) 주 1천만 인구의 대다수가 거주하고 있다. 그럼에도 이곳은 아파르트헤이트 시기의 판자촌보다 더 형편없는 공간으로 황폐화되고 있다.[57]

한했다. 또 이 법은 아프리카인들이 유럽인들로부터 토지를 구매하거나 임차하는 것도 금지했다. 흑인들이 소유 가능한 지역들은 보호지역으로 불렸으며, 훗날 반투스탄(Bantustan) 혹은 홈랜드(HomeLand) 정책이라는 흑인 격리 정책에 이용되었다. 김광수 외, 『남아프리카공화국 들여다보기』 (서울, 한국외국어대학교 출판부, 2010), 61.

55) 서상현, 「아파르트헤이트 철폐 이후 남아공의 신자유주의적 정책과 노동운동」, 90.
56) 마이크 데이비스 외, 『자본주의, 그들만의 파라다이스』, 162.

또한 이렇게 악화 일로에 있는 흑인 판자촌 지역은 흑인 엘리트와 백인들을 위한 주거 혹은 업무 공간 확대 정책에 따라 도시에서 보다 먼 변두리로 추방되고 있다. 그것도 판자촌 거주민의 삶의 질을 향상시키기 위한 정책으로 위장하고서 도시 지역의 가난한 흑인들을 소거시키는 방향으로 진행되고 있다. 요컨대 가진 자의 관점에서 도시의 잉여 존재들을 강제적으로 제거하며 아파르트헤이트 시기와 동일한 공간 차별을 강화시키고 있는 것이다.58) 뿐만 아니라 이주 이후 판자촌 거주 흑인들은 얼마 지나지 않아 다시 이주 주택에서 추방당하는 아픔을 겪고 있다. 이는 이주 주택 공급도 무상이 아닌 은행 융자를 통한 개인 부담 때문이었다. 가난하고 일자리를 구하기 힘든 흑인들에게 빚은 곧 파산을 뜻한다. 기업과 정부가 이전 판자촌 지역을 재개발하며 이윤을 남겼음에도 그 이윤은 그들에게 돌아가지 않았다. 돌아온 것은 채무불이행에 따른 은행의 권리 행사와 국가의 행사 지원이 낳은 자기 주택에서의 퇴거 조치였다.

이것은 익히 파농이 아파르트헤이트 체제의 인종 차별적 공간 분할을 가리키며 언급한 차별의 현대판으로 볼 수 있다. 파농은 지리적 배치와 공간 분할에서 식민 세계의 질서와 권력의 경계선을 파악할 수 있으며, 이런 배치와 경계선을 이해해야 탈식민 사회가 재조직되는 경계선을 찾을 수 있다고 주장했다.59) 따라서 포스트-아파르트헤이트 체제에서 이 경계가 해소되지 않고 오히려 강화되고 있는 것은 흑인 정부가 차별의 극복이 아닌 유지와 강화 쪽으로 나아가고 있다는 사실을 알게 해준다. 비록 그 경계 구분이 인종에 근거한 공간 구분이 아닌 자본 유

---

57) 마이크 데이비스 외, 『자본주의, 그들만의 파라다이스』, 162.
58) Nigel Gibson, "What Happened to the "Promised Land"?: A Fanonian Perspective on Post-Apartheid South Africa," *Antipode* 44.1 (2012), 54.
59) Frantz Fanon, *The Wretched of the Earth*, 37~38.

무에 따른 공간 구분이지만, 대다수 흑인이 절대 빈곤 상태에 있다는 점을 참작하면 본질적으로 아파르트헤이트 체제와 별반 다르지 않다는 것을 알 수 있다.

흑인 정부의 토지 문제에 대한 접근도 반민중적이었다. 파농이 주목했듯이, 민중에게 가장 중요한 것은 토지였다. 왜냐하면 토지가 민중에게 식량을 제공하고 자존감을 가지게 만들기 때문이다.[60] 그래서 자신의 토지를 빼앗기고 추방당한 흑인에게 탈식민 과정은 토지 문제의 해결이기도 했다. 남아공의 경우 이 문제는 1913년 원주민 토지법으로 흑인들의 토지가 강탈당한 후 국토의 80%가 백인의 소유가 된 상황을 되돌려 놓는 일이었다. ANC도 이점을 잘 알고 있었기 때문에 자유헌장과 RDP에게 토지의 재분배를 천명했던 것이다. 하지만 정권 이양기 ANC가 주도한 위로부터의 타협은 이 방침을 폐기했다. 이러한 폐기는 마보고 P. 모어(Mabogo P. More)의 주장처럼 진정한 독립의 정치학을 필연적으로 토지의 정치학으로 파악한 파농적 관점의 부재를 증명했다. 분명 토지는 식민지배와 인종차별적 세계에서 인종 갈등과 폭력의 근원적인 동기 중 하나였다. 그래서 강탈당한 토지가 원주민에게 다시 귀속되는 것이 새로운 세상의 시작을 알리는, 그 세계가 안정될 수 있는 가능성을 확보하는 조치가 되는 것이다. 그러나 포스트-아파르트헤이트 시기 흑인 대중은 여전히 강탈당한 자신의 토지를 되돌려 받지 못하고 있다. 그들이 회복한 것은 단지 백인처럼 토지를 소유할 수 있다는 권리 인정뿐이었다.[61]

따라서 이러한 토지 재분배 정책의 좌절과 앞서 논의한 판자촌 철거와 이주, 그리고 주택 공급 비용의 회수 정책은 흑인 대중의 삶에서 근원적인 영역뿐만 아니라 일상적인 영역 모든 곳에 새로운 형태의 아파

---

60) Frantz Fanon, *The Wretched of the Earth*, 44.
61) Mabogo P. More, "Fanon and the Land Question," 180~181.

르트헤이트 체제가 출현했으며, 아울러 강화되고 있음을 확인시켜 주는 증거들이다.62) 이 증거들은 비코가 소망했던 남아공에 가능한 가장 위대한 선물인 "보다 인간적인 얼굴"63)을 만드는 위치에 흑인 대중이 아직도 도달하지 못했다는 것을 말해준다. 아울러 이런 증거들은 파농과 비코가 새로운 세계에서 중시했던 빵과 토지가 아직도 흑인 대중의 몫이 아니라는 것을 증명하며, 그것들을 확실하게 그들에게 귀속시키는 노력이 계속 필요하다는 것을 확인시켜 준다.

4

앞서 언급한 것처럼 흑인 정부는 아파르트헤이트 체제에서 피폐된 흑인 민중의 삶을 개선해야 해야 할 자신들의 책임과 의무를 저버리고, 무능과 계급적 한계를 여과 없이 드러냈다. ANC는 이제 파농이 경고한 대의를 거스르는 아프리카 민족 정당의 양태를 그대로 따라가고 있다. 즉 ANC는 반아파르트헤이트 투쟁에서 민중의 대의를 철저하게 대변한다고 주장했지만 권력을 장악하자마자 "민중을 다시 동굴 속으로"64) 몰아넣어버렸다. ANC는 민중을 또 다른 억압에 의한 질곡과 고통의 현실로 내팽개치면서 이전 백인 세력과 타협하며 자신의 권력과 경제적 이득의 유지와 확대에 열을 올리고 있는 것이다.

파농의 경고가 보여주는 아프리카 민족 정당의 한계는 이것만이 아니다. 민중이 아닌 소수의 권력 집단을 위해 민족주의를 동원한 이후,

---

62) Ashwin Desai, "Neoliberalism and Resistance in South Africa," 19.
63) Steve Biko, *I Write What I Like*, 98.
64) Frantz Fanon, *The Wretched of the Earth*, 183.

여기에 머무르지 않고 자신들의 권력 유지를 위해 쇼비니즘(chauvinism)을 이용했다. 그리고 그들은 최종적으로 식민 지배자들이 교묘하게 활용한 인종주의까지 동원했다.65) 뿐만 아니라 종족에 기반을 두어 독재를 획책하기도 했다.66) 오늘날 ANC의 양태에서도 이런 한계는 고스란히 드러나고 있다.

우선 민중을 거부하고 권력만을 추구하는 ANC 정부의 소수 지배세력은 자신들 세력에 입각한 당파적 입장만을 고집하는 것에서 파농의 경고를 확인할 수 있다. 바로 두 번째 대통령이 된 타보 음베키(Thabo Mbeki)에서부터 ANC를 장악하고 세 번째 대통령이 된 주마에 이르는 과정에서 이러한 민족 정부의 퇴행이 그대로 드러났다. 만델라 재임 시기 부통령으로서 신자유주의적 경제정책을 주도했던 음베키는 민중을 위한 '인간'적 정치경제 정책을 축소 혹은 폐지시킨 핵심적 인물이었다. 말할 것도 없이 신자유주의적 정책이 더욱 강화되고 고착된 시기는 그의 대통령 재임 시기였다. 구체적으로 그의 재임 시기에 오늘날 남아공에서 전문기술 관료적(technocratic) 이데올로기가 구축되고, 엘리트 정치, 시장과 자본 중심적 효율성이 지배하는 세계가 형성되었다. 나아가 풀뿌리 민주주의가 탄압당하면서 정치의 탈정치화를 완성된 시기도 이때였다.67) 또한 음베키의 재임 시기는 외형적으로 민족주의가 동원되는 가운데 신자유주의적 다원주의가 확립된 시기로 평가할 수 있다. 다시 말해 이 시기는 과거 백인 중심적 사회와 정치 경제를 탈인종화시킨 것이 아니라 기존 백인 세력, 이들과 협력하는 소수 흑인 정치세력과 부르주아지가 공생하는 정치 경제의 다(多)인종화를 구축한 기간이었다.68)

---

65) Frantz Fanon, *The Wretched of the Earth*, 156.
66) Frantz Fanon, *The Wretched of the Earth*, 183.
67) Nigel Gibson, *Fanonian Practices in South Africa*, 82.
68) Nigel Gibson, *Fanonian Practices in South Africa*, 82; Nicos Trimiklıniotisa, Steven Gordonb, and Brian Zondob, "Globalisation and Migrant Labour in a 'Rainbow

물론 음베키를 중심으로 한 분파주의적 경향이 위력을 발휘한 시기이기도 했다.

이러한 음베키 정부보다 더 문제적인 퇴행의 신호는 주마 정부로의 전환에서 나타났다. 2009년 주마 대통령이 집권하면서 발생한 많은 현상들은 파농이 비판하는 민족주의가 최종적으로 퇴행하고 타락한 결과들로 볼 수 있다. 음베키와의 갈등에서 주마가 부상한 배경은 외견상 음베키의 통치가 낳은 남아공 해방투쟁의 퇴보와 타락, 신자유주의 정책으로 인한 불평등의 심화, 노동조합 세력들에 대한 탄압으로 인한 불만이었다. 당연히 주마가 ANC 의장이 되고, 대통령에 당선된 것은 바로 이러한 불만과 반발에서 나온 것이었다. 게다가 주마의 집권은 그 자신의 정치적 수완 때문이기도 했다. 그는 정치적 선전을 통해 자신을 엘리트적인 음베키의 이력과 대비되는 행동하는 좌파적 지도자로, 흑인 해방투쟁의 최전선에서 싸운 전사이자 진정한 후계자로 대중들에게 각인시켰다.69) 분명 과장된 정치적 선전이었음에도 대중이 주마에 호응한 것은 이해하기 힘든 측면을 포함하고 있었다. 하지만 분명한 것은 그만큼 음베키가 통치한 남아공이 흑인 대중에게 희망을 주지 못했다는 것이다.

그러나 결과적으로 음베키와 주마는 다르지 않았다. 주마를 선택한 대중의 판단은 결코 좌절을 희망으로 바꿀 수 없었다. 주마의 등장도 자신의 권력 장악을 위해 또 다시 민중을 동원한 민족 지배세력의 퇴행을 말해줄 뿐이었다. 뿐만 아니라 주마가 자신의 집권을 위해 남아공 내의 강력한 종족 중 하나인 줄루족의 종족주의를 이용하면서 종족 독재에 기반을 둔 권력 장악을 도모한 것이었다.70) 이러한 종족 중심적

Nation': a Fortress South Africa?," *Third World Quarterly* 29.7 (2008), 1330.

69) Gillian Hart, "The Provocations of Neoliberalism," 692;. Nigel Gibson, *Fanonian Practices in South Africa*, 83.

70) Gillian Hart, "The Provocations of Neoliberalism," 683.

정치세력의 경향은 1994년 정권 이양기 줄루족에 기반을 두고 ANC에 반대한 인카타자유당에서 이미 볼 수 있었지만, ANC 내에서는 거의 볼 수 없었던 현상이었다. 인카타자유당이 자신들의 세력 확대를 위해 줄루족을 동원하여 ANC 당원들을 공격한 것처럼, 주마 재임 시기 줄루족은 무장을 하고서 정부를 비판하는 판자촌 운동단체에게 폭력을 행사했다.[71] 경찰과 ANC 지역 지도부의 방조 아래 자행된 공격은 명백히 흑인 정부가 권력 유지를 위해 종족주의를 동원했던 민족 정부의 퇴행이었다. 이러한 퇴행을 조장하는 "과거의 종족주의적 사고방식들"[72]은 흑인 해방 이후 새로운 세계에서 반드시 퇴출되어져야 하고 부활되지 말아야 할 악습이다. 아쉽게도 희망과 화해의 무지개 국가라는 남아공에서 이 악습이 목격되고 있다.

그러나 오늘날 남아공에서는 종족주의를 동원하여 가난한 흑인을 공격하는 만행뿐만 아니라, 인종주의적 경향을 띠며 타 국가 흑인에게 폭력을 행사하는 제노포비아(xenophobia, 외국인 혐오증)도 만연하고 있다. "아프로포비아"(Afrophobia)[73]라고 회자되듯이 흑인 간의 폭력과 혐오가 늘어나고 있다. 2008년 요하네스버그에서 촉발된 외국 흑인에 대한 폭력 사태가 가장 대표적이다. 이 과정에서 총 62명이 죽고 수 천 명이 집을 잃었다. 이 상황은 군대가 동원되어서야 진정이 되었다. 가장 최근에는 남부 항구도시 더반(Durban)에서 폭력사태가 발생했다. 2015년 4월 발생한 이 사건으로 6명 이상의 외국인이 살해되고 수많은 외국인 상점이 약탈과 방화를 당하는 상황을 낳았다.

이처럼 백인 지배 체제에서 억압과 차별을 받았고, 그 굴레를 벗어던

---

71) Nigel Gibson, "What Happened," 63~64.
72) Frantz Fanon, *The Wretched of the Earth*, 158.
73) Sibusiso Tshabalala, "Why black South Africans are attacking foreign Africans but not foreign whites," *Quartz* (April 15, 2015). http://qz.com/391598/why-helicopters-havent-evacuated-everyone-from-mount-everest-yet/ (검색일: 2016.07.05.).

지고자 투쟁했던 남아공 흑인이 '다른/외국' 흑인을 혐오하고 심지어 폭력을 행사하는 퇴행의 과정에 있는 이유는 무엇일까? 실제로 남아공 흑인들은 자신들을 억압했던 남아공 백인 혹은 외국 백인이 아니라 동일한 피부색을 가진 이주 흑인 혹은 이주노동자 흑인을 공격 대상으로 삼고 있다. 폭력의 상황을 살펴보면, 이들 가난한 남아공 흑인들의 폭력이 부자, 대규모 슈퍼마켓 체인점 혹은 소규모 백인 혹은 인도인 무역업자에게 행사되지 않고, 똑같이 빈곤 상태에 있는 판자촌 이주노동자에게로 향하고 있음을 알 수 있다.[74] 표면적으로 거론되고 있는 이러한 폭력의 배경은 남아공 흑인의 일자리를 외국 흑인들이 빼앗고 있다는 소문과 이에 대한 남아공 흑인들의 분노이다. 그러나 역사적으로 그리고 정치 경제적으로 복합적인 과정을 통해 형성된 오늘날의 남아공 현실을 고려한다면, 이러한 배경은 피상적이다.

역사적으로 인접 국가 흑인들의 이주노동은 19세기 후반부터 시작되었다. 사실 아프리카에서 상대적으로 경제 상황이 좋은 남아공으로의 이주는 자연스러운 것이었고, 값싼 노동력을 필요로 하는 남아공 시장경제 체제에서 이러한 이주노동을 막을 이유도 없었다. 이러한 이주노동에 대한 혐오가 시작된 것은 불법 이주노동자의 증가로 인한 일자리 부족에서 시작되었다고는 할 수 없다. 핵심 사유는 흑인 정부가 대다수 가난한 흑인 대중을 방기하며 추진한 신자유주의 정책 때문이다. 구조조정의 여파로 인한 실업, 수도와 전기의 부족, 정부의 부패와 무능이 이러한 제노포비아를 야기한 핵심 배경이다. 그리고 흑인 정부와 지배 세력이 자신들을 겨냥하고 있는 증대하는 대중의 불만을 교묘하게 분산시키기 위해 제노포비아 담론을 유포시킨 것에서 시작했다고 볼 수 있다. 그들은 지속적으로 불법 이주민의 수와 그들이 남아공에 문제를

---

74) Nigel Gibson, "What Happened," 56.

일으키고 있다는 공포감을 조장하며 이주노동자들을 '인종화'시키고 있다.[75] "우리의 일자리, 우리의 집, 우리의 여자를 차지하는 외국인"[76]이라고 선동하면서 말이다.

이러한 제노포비아는 포스트-아파르트헤이트 체제의 목표 중 하나인 비(非)인종적인 사회의 건설이 무산되었다는 것을 확인시켜준다. 아프리카 흑인 이주민을 경멸적으로 지칭하는 '마퀘레퀘레'(Makwerekwere)는 피부색에 '경멸'과 '혐오'의 의미를 부여하는 인종적 사고의 부활을 알렸다. 정치가와 일부 언론은 마퀘레퀘레를 최근 남아공 범죄의 증가, 실업의 증가, 심지어 질병을 확산시킨 주범으로 몰아가고 있다.[77] 그래서 이러한 제노포피아는 흑인 대중이 새로운 의식과 새로운 인간을 지향하는 해방 담론을 체득하지 못한 현재의 남아공, 여전히 인종과 인종주의가 차별과 억압의 힘으로 작동하는 남아공의 현실을 말해준다. 그리고 이러한 현실을 조장하며 기득권을 유지하고 있는 흑인 정부와 지배 세력의 퇴행을 증명한다.

5

파농은 진정한 탈식민화와 흑인 해방을 위해 민족 정당뿐만 아니라 민족 지식인, 민족 부르주아지가 마땅히 실천해야 할 일을 명시했다. 파농이 경계했듯이, 민족 엘리트와 지식인은 항상 "일종의 해방된 노예 계급, 즉 개인석으로 사유글 누다는 노예들"[78]이 될 가능성을 가지고 있다. 이

75) Nicos Trimikliniotisa et al., "Globalisation and Migrant Labour," 1324~1325.
76) Nigel Gibson, "What Happened," 56. 재인용.
77) Nicos Trimikliniotisa et al., "Globalisation and Migrant Labour," 1331.

것은 비코가 언급한 흑인 엘리트가 가지지 말아야 할 태도와도 관련된다. 비코는 "흑인들이 백인이 찬탈한 안락함 때문에 그 사회를 선망하는 것"[79]이 가장 나쁜 자세이며, 이것은 흑인 해방투쟁을 방해하는 어리석은 태도로 비판했다. 파농과 비코는 흑인 엘리트들이 한 순간 백인 세계에 동화하고자 하는 욕망을 품고, 개인적 이익을 위해 투쟁을 이용할 경우, 검은 피부를 가진 착취자 혹은 억압자로 추락하게 될 수밖에 없음을 상기시킨 것이다. 그래서 파농은 이들이 자신의 계급 이익을 버리고 서구라는 자신의 우상을 파괴하면서 언제나 "민중에 뿌리박은 전진적인 흐름으로 촉진시키는"[80] 투쟁에 참여해야 한다고 권고하고 있다.

그렇다면 포스트-아파르트헤이트 체제에서 흑인 중산계급, 즉 흑인 엘리트, 지식인, 부르주아지들은 파농의 조언과 같은 사고들을 체득하고 있었는가? 물론 앞서 경고한 흑인 국가의 퇴행과 타락을 주도하는 주체가 흑인 엘리트, 흑인 부르주아지라는 점에서 아니라고 말할 수 없다. 그리고 국가 정책 수립과 운영에서 그들이 이미 자신들의 탐욕과 계급적 이익을 추구하고 있음을 확인할 수 있다. 그래서 한 마디로 요약하자면, 이들은 파농이 말한 대로 신식민 매판계급으로 변절한 것이다.[81] 파농이 예견한 것처럼 민중의 착취가 "검은 얼굴을 가질 수 있다"[82]는 주장이 포스트-아파르트헤이트 체제에서 입증된 것이다.

말할 것도 없이 남아공에서 흑인의식이 파농이 말하는 민족의식이므로, 이들이 보여주는 흑인의식의 약점은 파농의 밝힌 한계와 약점을 그대로 드러내고 있다. 물론 이 경우 흑인의식은 비코가 강조한 보다 고

---

78) Frantz Fanon, *The Wretched of the Earth*, 60.
79) 도널드 우즈, 최호정 옮김, 『아자니아의 검은 거인: 반투 스티브 비코』, 253.
80) Frantz Fanon, *The Wretched of the Earth*, 47.
81) Nigel Gibson, "Upright and Free: Fanon in South Africa, from Biko to the Shackdwellers' Movement (Abahlali baseMjondolo)," *Social Identities* 14.6 (2008), 702.
82) Frantz Fanon, *The Wretched of the Earth*, 145.

양된 흑인의식의 단계가 아니며, 파농의 제안한 진정한 민족의식의 단계도 아닌 것은 분명하다. 흑인 중산계급이 보이는 흑인의식은 파농이 밝힌 약점, 즉 지적인 나태함, 정신적 빈곤을 포함하고 있다.[83] 그들은 정권 이양 과정에서 포스트-아파르트헤이트 체제가 어떠한 전망을 가져야 하는지 치열하게 고민하지 않은 모습에서, 그리고 신자유주의적 정책의 선택에서 대다수 흑인 민중의 현실을 고려하지 않은 태도에서 그들의 지적 나태함과 정신적 빈곤을 드러내고 있다.

흑인 엘리트와 부르주아지는 이러한 자신들의 약점을 드러낼 뿐만 아니라 더 나아가 그들의 탐욕스러운 영리함도 보여주었다. 그들은 자신의 권력과 경제적 이익을 위해 흑인의식을 이용하고자 한 것이다. 즉 그들은 흑인성과 아프리카성의 위대함을 칭송하며 자신들에게만 특혜를 준 정책을 정당화했다. 대표적인 예가 음베키 재임 시기 시작된 소수의 흑인들에게 기업가로서의 성공을 보장하는 '흑인경제육성정책' (Black Economic Empowerment, 이하 BEE)이었다. 이 정책을 통해 많은 흑인 기업가들이 양산되었다. 그러나 해방투쟁과정의 지도자들과 지배세력 내의 소수의 흑인만이 거부가 되었다. 민족의 이름으로, 민중의 이름으로 권력을 가진 이들이 국가의 부를 수많은 가난한 흑인 대중에게 되돌리지 않고, 자신의 금고를 채우는데 사용한 것이다. 파농의 평가를 따르자면, 이들은 "개인의 출세를 위한 수단"[84]으로 해방 투쟁에 참여하고 민족정당에 참여한 전형적인 아프리카 민족 엘리트의 일부에 지나지 않는다. 이들은 BEE 정책의 최대 수혜자이지만, 민중에 대한 대의를 저버리고 오직 자신들의 이익에만 몰두했다. 민중에 예속되어야 할 이들이 자본에 예속된 것이다. 이들의 이러한 탐욕과 개인주의는 파농이 식민 세계에서 비판한 백인이 되고자 하는 흑인들이 보여주었던 잘못된

---

83) Frantz Fanon, *The Wretched of the Earth*, 149.
84) Frantz Fanon, *The Wretched of the Earth*, 171.

태도와 동일한 것이었다.85) 그들은 백인이 차지한 자리를 대신 차지하려는 혐오스러운 민족 부르주아지의 속성을 그대로 가졌다. 이러한 개인주의적이고 속물적인 흑인 중산계급에게서 파농과 비코가 말하는 진정한 흑인의식의 모색을 찾을 수 없다. 뿐만 아니라 이들에게서 포스트-아파르트헤이트 체제에서 고통 받는 사람들과 연대하는 흑인의식을 기대할 수도 없다.86) 따라서 현재 이들 흑인 엘리트와 부르주아지가 흑인 대중에게 선전하고 있는 흑인의식은 공허한 위장이며, 사기일 뿐이다.

파농이라는 이름을 거론하는 흑인 엘리트의 모습에도 그들의 타락과 탐욕을 볼 수 있다.그들은 자신의 권력을 획득하고 유지하는데 파농 이름을 거론하고 있다. 데이비드 존슨(David Johnson)에 따르면, 흑인 엘리트는 파농을 그의 사상과 전혀 다른 맥락에 따라 이용하고 있다. 1994년 이후 흑인 엘리트들, 특히 정치인들은 파농을 만델라와 같은 남아공 지도자들의 영웅적 행위를 찬양하기 위해 언급하거나, ANC의 재집권을 위한 선거 홍보용으로 파농의 새로운 인간, 혹은 새로운 사명에 대한 강조를 인용하고 있다. 이보다 경악스러운 것은 그들이 파농을 신자유주의 정책 아래 흑인 자본가의 출현을 장려하기 위해 거론하고 있다는 것이다. 파농의 '새로운 인간'이라는 사고가 탐욕스러운 흑인 기업가들을 포장하는 수사로 호출되는 허무맹랑한 형국이 벌어지고 있는 것이다.87) 마찬가지로 오늘날 타락한 흑인 엘리트들이 비코를 인용하는 것도 파농을 악용하는 것과 동일하다. 이것은 비코가 말한 흑인성, 흑인이 되는 것의 의미가 남아공의 신자유주의 체제에서 사적 이익에 몰두한

---

85) Nigel Gibson, "Upright and Free," 695.
86) 비코가 주장하는 행위의 연대와 파농이 말한 고통 받는 민중과의 연대에 대해서는 다음 자료들을 참조할 것. Steve Biko, *I Write What I Like*, 97~98; Frantz Fanon, *Black Skin, White Masks*, 176; 프라모드 K. 네이어, 하상복 옮김, 『프란츠 파농 새로운 인간』(서울, 앨피, 2015), 126.
87) David Johnson, "Fanon's Travels in Postcolonial Theory and Post-Apartheid Politics," *College Literature* 40.2 (2013), 59~64.

흑인들을 긍정하는 것으로 이용되거나, 혹은 정치 경제계 지도자의 연설에서 비코의 이름이 아전인수 격으로 호출되어 각주 처리되는 것에서 알 수 있다.[88]

좌파 흑인 엘리트도 포스트-아파르트헤이트 체제에서 자신들의 무능과 한계를 고스란히 보여주었다. 분명 흑인 정부의 삼각동맹에 참여하며 새로운 국가와 새로운 미래를 모색하는 과정을 함께 했지만,[89] 우파적인 흑인 엘리트 주도의 정부 운영과 신자유주의적 정책에 굴복하고 말았다. 이것은 반아파르트헤이트 투쟁 속에서 치열한 논쟁을 통해 이데올로기적 발전을 가져오지 못한 그들의 나태함에서 비롯된 결과였다. 그래서 그들은 흑인 정부와 ANC 내에서 우파적, 친자본주의적 세력과의 치열한 논쟁과 대화를 주도하지 못했다. 그렇지만 이들의 한계와 굴복의 핵심적 이유는 다른 것에 있다. 바로 그들의 나태함과 치열함의 부족은 그들이 가지는 계급적 한계이기도 하고, 더불어 그들이 자신들의 뿌리로 삼은 흑인 민중에 대한 진정한 믿음을 가지지 않았다는 것을 말해주는 것이기도 하다. 이것은 바로 그들이 판자촌 거주민 운동(Abahlali baseMjondolo, AbM)과 반민영화 포럼(Anti- Privatization Forum)과 같은 풀뿌리 대중운동에 참여하고 있는 민중들의 현실을 외면하고 있는 것에서, 그리고 여기서 활동하고 있는 풀뿌리 좌파와 연대하지 않고

---

88) Ahmed Veriava and Prishani Naidoo, "Remembering Biko for the Here and Now," in *Biko Lives!: Contesting the Legacies of Steve Biko*, eds., Andile Mngxitama, et al., (New York: Palgrave Macmillan, 2008), 233~234.

89) ANC와 '삼각동맹'을 맺은 단체는 남아공 공산당(South African Communist Party, SACP)과 남아공 노동조합회의(Congress of South African Trade Unions, COSATU)이다. 삼각동맹은 아파르트헤이트 체제를 무너뜨리는 데 일등공신이었지만, GEAR가 발효되고 ANC와 자본 진영이 밀월관계도 틀어지며 회대의 분열 위기를 맞고 있다 이런 분열의 분위기는 2000년부터 COSATU가 정기적으로 민영화와 GEAR에 반대하는 행진, 집회, 파업을 조직하고 있는 것에서 알 수 있다. 2002년 10월에는 COSATU 회원 200만 명이 민영화를 중단되지 않는 것에 항의하며 전국총파업에 들어가기도 했다. 폴 킹스노스, 김정아 옮김, 『세계화와 싸운다』, 140~141.

그 존재를 부정하는 것에서 알 수 있다.[90]

　이처럼 남아공의 흑인 엘리트와 흑인 부르주아지는 파농이 비판했듯이 편협한 민족주의의 이름으로, 인종을 대표하여 권력을 얻고서도, 민중을 위한 최소한의 인간적인 내용이 담긴 정치, 경제적 프로그램을 운영하지도, 운영할 의지도 가지지 않았다.[91] 그러하기에 그들은 민중에 기반을 둔 민족 국가와 세계를 만들고자 최소한의 노력도 보여주지 않는다. 지금도 그들은 비코가 진정한 민족국가의 형성을 위해 제안했던 소외되고 배제되었던 대중과의 대화를 거부하며[92] 자본과 시장의 논리를 추종하고 있을 뿐이다. 형식적 해방을 해방의 종결로 주장하며 그들은 오직 자신들의 부와 권력 유지를 위해 '하얀' 얼굴을 한 억압자와 착취자를 대신하는 역할을 수행하고 있는 것이다. 깁슨이 주장하듯이, 포스트-아파르트헤이트 체제는 흑인이 백인보다 더 하얀 얼굴을 취하고서 민중을 착취할 수 있다는 파농의 경고가 현실에서 출현하고 있는 공간이 되어버렸다.[93]

6

　물론 지금까지 파농과 비코의 사상을 통해 검토한 남아공의 현실에 대한 논의들이 비판적 진영만의 목소리만을 옹호하는 것일 수도 있다. 하지만 이미 논의 과정에서 분명하게 드러나듯이 현실의 상황이 이러

---

90) Richard Pithouse, "Fidelity to Fanon" in *Living Fanon: Global Perspectives*, ed. Nigel Gibson (New York: Palgrave Macmillan, 2011), 234.
91) Frantz Fanon, *The Wretched of the Earth*, 163.
92) Nigel Gibson, *Fanonian Practices in South Africa*, 56.
93) Nigel Gibson, *Fanonian Practices in South Africa*, 59.

한 비판 목소리를 무시할 수 없을 정도로 심각한 것도 사실이다. 그러므로 지금까지의 논의와 비판 진영 주장을 통해 오늘날 남아공을 간명하게 평가하자면 다음과 같이 주장할 수 있다. 포스트-아파르트헤이트 체제는 "신(新)아파르트헤이트"[94] 체제 혹은 아파르트헤이트와 "대립이 아닌 하나의 연속체"[95]이다. 이러한 체제는 파농이 경고한 것처럼 흑인 정부와 흑인 엘리트들이 대다수 흑인 민중을 방기한 결과이자, 진정한 자유와 해방을 포기한 결과이다.

이런 결과로 형성된 체제이기에 남아공은 ANC와 흑인 정부의 신자유주의적 정책 선택과 운영, 부패와 무능으로 "가장 불평등한 성장의 정치학을 전형적으로 보여주고"[96] 있다. "백인이기 때문에 부자이고, 부자이기 때문에 백인"[97]이라는 파농의 주장을 더욱 고착시킨 이 체제에서 대다수 흑인은 불평등, 질병, 실업, 정부 관리들의 부패 속에서 좌절하고 분노하고 있는 것이다. 따라서 오늘날의 남아공은 완전한 탈식민화를 달성하지 못한 아파르트헤이트 체제의 다른 모습이다. 남아공은 일부 흑인 엘리트가 주도한 협상에서 백인 지배 권력과 타협한 결과물이며, 이 결과로 백인이 던진 조그만 미끼(일부 흑인 엘리트의 부와 권력 확대)에 현혹되어 보다 더 강력하고 지속적인 '백인' 이익과 특권을 보호하는 체제로 고착되어 버렸다. 흑인 자본주의 사회의 창조, 흑인 중산계급의 확장을 대가로 더욱 지속적이고 강화된 백인 특권의 체제가 탄생된 것이다.[98]

그래서 남아공에서 민중들은, 즉 파농이 말한 '대지의 저주 받은 사람들'은 또 다른 해방의 여정을 준비해야 할 출발점에서 서 있다. 그 시

94) Nigel Gibson, "What Happened," 56.
95) Nigel Gibson, "Transition from Apartheid," 71.
96) 마이크 데이비스, D. B. 멍크 외, 유강은 옮김. 『자본주의, 그들만의 파라다이스』, 157.
97) Frantz Fanon, The Wretched of the Earth, 40.
98) Nigel Gibson, "Transition from Apartheid," 81~82; Nigel Gibson, "What Happened," 53.

작이 이미 수많은 풀뿌리 대중운동에서 나타나고 있다.99) 파농과 비코
가 그렇게 강조했던 민중과의 대화와 연대가 중심이 된 실천이 이루어
지고 있는 것이다. 그것은 '살아있는 정치'라고 부르는 가난한 사람들의
새로운 정치가 판자촌 거주민 운동에서 지속되고 있고, 민중의 현실적
요구를 배반한 흑인 정부에게 민중의 목소리를 들려주는 반민영화포럼
의 '카냐사 작전'(Operation Khanyisa)에서 표출되고 있다.100)

이들 풀뿌리 운동은 바로 해방투쟁이 정치적 해방뿐만 아니라 경제
적 해방 또한 달성되어야 한다는 점을 강조한다. 가난한 흑인 민중에게
정치적 자유와 더불어 경제적 자유, 즉 파농이 말하는 빵과 토지가 회
복되어야 진정한 해방, 새로운 국가와 새로운 인간의 완성으로 나아갈
수 있다. 이것이 남아공의 또 다른 세계의 완성을 위해 실천해야 할 목
표이다. 그래서 신자유주의적 정책으로 인한 불평등, 시장과 자본의 우
세에 따른 '인간'의 부정에 대해 시정을 요구하는 운동이 확산되고 강
화되어야 한다.

또한 민중과 대화하고 연대하는 풀뿌리 운동의 확대와 강화가 파농
과 비코가 요청하는 진정한 공동체의식과 흑인의식을 고양시키는 조건
들을 만드는 것이며, 이것은 오늘날 남아공의 현실을 극복하기 위해 반
드시 필요한 토대가 될 것이다. 이러한 조건과 토대 하에서 흑인 엘리
트와 흑인 부르주아지가 오용하고 이용하는 흑인의식의 문제를 극복하
고 새로운 세계와 새로운 인간을 출현시키는 진정한 흑인의식을 창조

---

99) 대표적인 운동조직들의 명칭 소개는 존슨의 글에서 볼 수 있다. David Johnson,
"Fanon's Travels in Postcolonial Theory," 65.

100) '카냐사 작전'은 신자유주의적인 정부 정책에 의해 아주 기본적인 설비(수도,
가스, 전기, 집세)의 사용료가 계속 오르는 것에 저항하는 캠페인이다. 수많은
활동가들이 흑인 거주지역의 단전, 단수된 주택들을 방문하여 사용가능하도록
조치를 취해주고 있다. 정부나 외국계 회사 입장에서는 불법이지만, 가난한 흑
인들에겐 생존의 문제이기 때문에 이러한 운동들이 활성화되고 있다. 폴 킹스
노스, 김정아 옮김, 『세계화와 싸운다』, 129~131.

할 수 있다. 위로부터의 타협으로 얻은 해방이 초래한 한계들을 인식하고 문제들을 극복하는 대안은 이러한 진정한 흑인의식의 관점에서 시작되어야 한다.

나아가 남아공에서 불평등과 차별에 시정을 요구하는 풀뿌리 운동은 개별적, 일국적 차원을 넘어서서 확대되어야 할 필요가 있다. 왜냐하면 오늘날 남아공의 현실은 전 세계적 차원과 분리된 문제가 아니기 때문이다. 지역과 국가의 경계를 자유롭게 넘나드는 자본과 시장의 논리가 촉진시키는 위험들은 하나의 지역 혹은 하나의 국가 차원에서는 대응하기에는 한계가 있다. 따라서 오늘날 전 세계적으로 심화된 불평등과 차별의 문제는 수많은 지역과 국가들의 아래로부터의 '인간' 중심적인 실천들이 연대하고 함께 '아니요'라고 외칠 때 서서히 개선될 것이다. 이러한 국제적 연대와 외침만이 파농과 비코가 바라는 '인간'적 얼굴을 가진 새로운 세계를 앞당길 것이다.

참고문헌

김광수·황규득·서상현·양철준·박정경, 『남아프리카공화국 들여다보기』 (한국외국어대학교 출판부, 2010).

네이어, 프라모드 K., 하상복 옮김, 『프란츠 파농 새로운 인간』 (앨피, 2015).

데이비스, 마이크, D. B. 멍크 외, 유강은 옮김, 『자본주의, 그들만의 파라다이스』 (아카이브, 2011).

만델라, 넬슨, 김대중 옮김, 『만델라 자서전-자유를 향한 머나먼 길』 (두레, 2006).

서상현, 「아파르트헤이트 철폐 이후 남아공의 신자유주의적 정책과 노동운동」, 『아프리카학회지』 21 (2005), 85~116.

아브람스키, 샤샤, 칼로 마타바네, 크리스티안 비츠, 안진환 옮김, 『만델라에게 보내는 편지』 (프롬북스, 2014).

아일리프, 존, 이한규 외 옮김, 『아프리카의 역사』 (이산, 2002).

우즈, 도널드, 최호정 옮김, 『아자니아의 검은 거인: 반투 스티브 비코』 (그린비, 2003).

이승선, "학살 부른 남아공 백금 광산 시위사태 지속," 『프레시안』 2012. 08. 23.

킹스노스, 폴, 김정아 옮김, 『세계화와 싸운다』 (창비, 2004).

하상복, 「프란츠 파농의 '새로운 인간주의'와 탈식민 사유」, 『코기토』 77 (2015), 342~371.

하상복, 「프란츠 파농과 스티브 비코-탈식민 흑인의식의 연대와 확산」, 『인문사회과학연구』 17.2 (2016), 183~213.

Biko, Steve, *I Write What I Like* (Oxford, Heinemann, 1987).

Bond, Patrick, "South African Student Protesters Win First Big Victory: Decolonization, Race and Class Politics Fused in Epic Battle," *Counterpunch*, Oct. 27, 2015.

Desai, Ashwin, "Neoliberalism and Resistance in South Africa," *Monthly Review* 54.8 (2003), 16-28.

Fanon, Frantz, *A Dying Colonialism*, trans., Haakon Chevalier (New York, Grove, 1965).

_____, *Black Skin, White Masks*, trans., Charles Lam Markmann (London, Pluto Press, 1986).

_____, *The Wretched of the Earth*, trans., Constance Farrington (New York, Grove, 1963).

_____, *Toward the African Revolution*, trans., Haakon Chevalier (New York, Grove, 1967).

Gerhart, Gail M., "Interview with Steve Biko" in *Biko Lives!: Contesting the*

Legacies of Steve Biko, eds., Andile Mngxitama et al. (New York, Palgrave Macmillan, 2008), 21-42.

Gibson, Nigel C., *Fanon: The Postcolonial Imagination* (Cambridge, Polity, 2003).

_____, *Fanonian Practices in South Africa: From Steve Bike to Abahlali baseMjondolo* (New York, Palgrave Macmillan, 2011).

_____, "Transition from Apartheid," *JAAS* 36 (2001), 65-85.

_____, "Upright and Free: Fanon in South Africa, from Biko to the Shackdwellers' Movement (Abahlali baseMjondolo)," *Social Identities* 14.6 (2008), 683-715.

_____, ""What Happened to the "Promised Land"?: A Fanonian Perspective on Post-Apartheid South Africa," *Antipode* 44.1 (2012), 51-73.

Hart, Gillian, "The Provocations of Neoliberalism: Contesting the Nation and Liberation after Apartheid," *Antipode* 40.4 (2008), 678-705.

Johnson, David, "Fanon's Travels in Postcolonial Theory and Post-Apartheid Politics," *College Literature* 40.2 (2013), 52-80.

More, Mabogo P., "Biko: Africana Existentialist Philosopher," *Alternation* 11.1 (2004), 79-108.

____, "Fanon and the Land Question in (Post) Apartheid South Africa," in *Living Fanon: Global Perspectives,* ed., Nigel C. Gibson (New York, Palgrave Macmillan, 2011), 173-185.

Pithouse, Richard, "Fidelity to Fanon" in *Living Fanon: Global Perspectives,* ed. Nigel Gibson (New York: Palgrave Macmillan, 2011), 225-234.

Plaut, Martin, "The ANC: in Business but morally Bankrupt," *The Financial Times,* Aug. 21, 2012.

"Sad South Africa: Cry, the Beloved Country," *The Economist,* Oct. 20, 2012.

Satgar, Vishwas, "Beyond Marikana: The Post-Apartheid South African State," *Africa Spectrum* 47.2-3 (2012), 33-62.

Trimikliniotisa, Nicos, Steven Gordonb, and Brian Zondob, "Globalisation and Migrant Labour in a 'Rainbow Nation': a Fortress South Africa?," *Third World Quarterly* 29.7 (2008), 1323-1339.

Tshabalala, Sibusiso, "Why black South Africans are attacking foreign Africans but not foreign whites." *Quartz,* Apr. 15, 2015. http://qz.com/391598/why-helicopters-havent-evacuated-everyone-from-mount-everest-yet/ (검색일: 2016. 07. 05)

Veriava, Ahmed, Prishani Naidoo, "Remembering Biko for the Here and Now," in *Biko Lives!: Contesting the Legacies of Steve Biko,* eds., Andile Mngxitama, et al., (New York: Palgrave Macmillan, 2008), 233-251.

근대 지식과 전통 가치의 공존, 가정학의 번역과 야담의 번안 및 개작[1]
―『가뎡잡지』 결호의 발굴―

임 상 석

1 『가뎡잡지』 결호의 발굴

　1906년에서 1908년 사이에 발행되었던 『가뎡잡지(家庭雜誌)』는 순한 글 문체를 유지했다는 점, 가정을 주제로 삼아 전근대 공론의 장에서 주변부에 위치하던 부녀와 아동의 문제를 주제로 삼았다는 점에서 주목을 받아왔다.[2] 특히 편집겸발행인이 류일선(柳一宣)에서 신채호로 바뀐 1908년부터의 2년차 『가뎡잡지』 발행분에서는 『단재신채호전집』(이하 전집)에 탈락된 원고들이 발견되어 최근 학계의 주목을 받고 있다.[3]
　현재 학계에 소개된 2년차 『가뎡잡지』의 발행분은 1호(1908.01), 3호

---

1) 이 글은 『코기토』 79호(부산대 인문학연구소, 2016)에 게재된 글을 수정한 것이다.
2) 이장우, 「대한제국기 『가뎡잡지(家庭雜誌)』에 대한 일고찰」, 『서지학연구』 4, 한국서지학회, 1989.
3) 이중 『전집』에 부분만 수록된 「익모초」에 대한 연구가 활발하다.(강현조, 「근대초기 단편소설선집 『천리경』 연구」, 『어문논총』 62, 한국문학언어학회, 2014, 참조.) 「익모초」 뿐 아니라, 현재 소개된 『가뎡잡지』 2년차 1,3,7호에 수록된 무기명 원고 중에서 『전집』에서 탈락한 신채호의 원고들을 발견할 수 있다는 연구도 있다.(김주현, 「신채호와 『가정잡지』의 문필 활동」, 『현대소설연구』 58, 한국현대소설학회, 2015.)

(1908.04), 7호(1908.08)호이다. 필자는 이 잡지의 2호(1908.03), 4호(1908. 05), 5호(1908.06: 추정), 6호(1908.07)를 입수하였는데, 이중 5호는 표지와 39쪽 이후가 낙장이다.4) 4호에는 변영헌의 논설 「부인계의 첫째 걱정」(표기는 현대한국어로 수정, 이하 같음)과 "소아교양 5장"이 게재되었는데 5호로 추정되는 문서에 「부인계의 둘째 걱정」과 "소아교양 6장"이 수록되어 있어 호수를 확정해도 큰 무리는 없을 것이다. 이 2,4,5,6호와 이미 학계에 소개된 1,3,7호까지 정리하여 『가뎡잡지』 2년차의 전체상을 개관하려 한다.5)

잡지의 전반적 구성과 기획, 특히 1년차와 2년차의 편집 방향 전환 등에 대해서는 아직 구체적 연구가 미진하기에, 편집자로서 신채호가 가졌던 의도와 『가뎡잡지』 2년차의 전반적 양상이 가지는 관계에 대한 고찰이 필요하다. 『가뎡잡지』의 내용은 축첩, 조혼, 남녀차별에 대한 반대와 여자교육 고취, 개가(改嫁)에 대한 재고 등 계몽기의 전반적 담론들과 공유하는 부분이 많다.6) 이 전반적 기조는 1년차와 2년차가 동일하다고 볼 수 있다. 그러나 2년차는 잡지의 이름을 유지하면서도 발행 호수를 새로 시작한 것에서 나타나듯이, 편집을 혁신할 의도를 가졌던 것이다. 그리고 발굴한 2,4,5,6호에는 신채호의 이름이 명기된 기사들이 수록되었으며 이 기사들은 『전집』에 누락되어 있다. 누락된 기사들의 목록은 아래와 같다.

4호: 「병중의 말질」(평론)/ 「가정경제의 근본적 관념」(가정경제)/
「혼인년기고」(백과강화)

---

4) 김영복 옥션단 대표이사의 도움으로 이 자료를 구하게 되었다. 감사를 올린다.
5) 3호는 연세대 국학자료실 박관규 선생의 도움으로 연구할 수 있었다. 글의 말미에 『가뎡잡지』 2년차의 기사를 정리하여 참조자료로 첨부한다.
6) 전미경,『근대계몽기 가족론과 국민 생산 프로젝트』, 소명, 2005; 홍인숙,『근대계몽기 여성 담론』, 혜안, 2009 참조

5호: 「성질을 인하여 아이들을 가르칠 일」(평론)/ 입을 헤아려 출
　　을 정하는 원칙(가정경제)
6호: 「석금의 필요」(가정경제)
* 괄호 안은 편집 목록의 명칭으로 이 잡지는 "논설-기서(寄書)-평
　론-가정미담-소아교양-가정경제-가정교제-위생-백과강화-가정
　소설-잡보" 등의 체제를 계속 지켰다.

　신채호는 이 잡지의 발행자이기에 저자로 기록되지 않은 다른 원고
들도 그의 것일 확률이 적지 않을 것이다.[7] 이 글은 무기명 원고들의
저자 확정 문제를 논하기보다는 위 원고들의 성격을 『가뎡잡지』 전반
적 편집 양상 속에서 조명해 보고자 한다.
　신채호는 계몽기 언론운동의 선명성을 상징하는 존재로 여겨지고 있
으나, 위의 기사들은 봉건적 가치관이나 외세에 대한 명징한 대결의식
을 보여준 그의 국한문체 문장이 가진 분위기와는 사뭇 다른 완화된 설
유의 양상으로 이는 「익모초」에서 잘 나탄다. 『가뎡잡지』의 전반적 기
조가 근대 지식과 전통 가치의 절충 내지 혼재였다는 점에서 비롯된 바
가 큰데, 이는 정론적 성격이 강한 경파(硬派)와 독자의 흥미를 중시하
거나 수사적 흥취를 담은 연파(軟派)라는 당대 일본식의 매체 구분에 그
대로 대응되는 양상이다.

---

7) 김주현, 앞의 글 참조

2 2년차『가뎡잡지』의 편집: 번역과 번안을 통한 지식의 체계화와 서사성의 강화

이 잡지의 1년차와 2년차에서 가장 두드러진 외형적 차이는 표지이다. "가家뎡庭잡雜지誌"(한글이 한자보다 크다)라는 제목 아래 삽화를 싣고 이를 설명하는 문구를 그림의 가장자리에 배치한 것은 1년차와 2년차 모두 동일하다. 1년차에는 맹자의 어머니가 고기를 자식에게 사다주는 그림을 상단에 배치하고 "孟母無誑"이라 적었고 하단에는 어머니가 맹자를 업고 있는 삽화를 배치하고 "밍즈의 어머니 속이지 안이흔 일"이라 번역을 적었다.[8] 2년차는 "김金유庾신信참斬마馬"라고만 삽화의 상단에 적어 놓고 김유신이 말에게 칼을 들이대는 그림과 이를 바라보는 기녀의 모습을 그려 놓았다. 2년차 1호에는 "가정미담"의 항목에 "김유신의 모친"이라는 이름으로 이 널리 알려진 설화를 소개하고 있다.[9] 일화의 주체가 부모에서 자식으로 변하고 무대도 중화에서 한국으로 변경된 점에도 주목할 만하다.

주지하듯이 이 일화는 역사적 사실로 볼 수는 없으며 현재의 가치관으로는 과도한 폭력이라 하겠다. 다만, 김유신의 당대가 만성적 전쟁의 시대라는 점이 이 일화에 전해지며 전시(戰時)라는 상황을 전제하고 받아들여야 할 이야기이다. 같은 1908년에『호남학보』는 일본의 가정학(家政學) 교과서『新選家政學』을 연재하는 첫머리의 서설 격으로 이기(李沂)

---

8) 맹자의 어머니가 맹자를 업고 옆집의 제사를 구경하다가 맹자가 "저 고기는 누구를 주려 하는 것인가"라고 묻자 장난으로 "너에게 줄 것이다"라고 하였다. 직후에 후회하고 일부러 고기를 사다 주었다는 설화로『小學』등에 실려 있다.

9) "천관녀 설화"로도 알려진 이 이야기는『破閑集』에 최초로 수록되었고 이후에도『동국여지승람』등에서도 나온다.『가뎡잡지』소재의 기사에서는 '김유신이 삼국을 통일하고 말갈을 물리침이 모두 모친의 가르침 덕분이라'는 기술로 마무리 된다.

의 「가정학설」을 게재한다. 이 교과서는 『가뎡잡지』 2년차에서도 「소아교양(小兒教養)」이라는 이름으로 번안되어 지속적으로 연재되었다.

……옛날 조변(趙抃, 1008~1084, 北宋人)이 성도에 출정할 때, 한 늙은 병사가 아이를 안고 뜰아래 서 있는데 철없이 아비의 뺨을 때리거늘 조공이 말하길, "어려서 저와 같은데 장성해서도 또한 짐작할 만하다" 하고 불러들여 죽였다. 세상에서는 과하다 했지만 백성을 키우는 법은 마땅히 이와 같아야 옳다.……10)

가정의 소중함을 고취하는 자리에 가정에 가해진 가장 극단적인 폭력을 호출할 수밖에 없었던 것은 전시와 맞먹는 망국이라는 당대의 위기감이었다고 이해 할 수 있을까?『가뎡잡지』의 "가정미담"에는 죽음이라는 소재가 종종 등장하며 또한, 이는 전근대의 과문(科文) 공부와 직결된다. 「공부 못하면 죽는게 마땅함」(1-5호, 1906.10), 「한참판의 사적」(2-6호) 및 「소 한필과 붓 두자루」(2-7호) 등은 모두 조선시대를 배경으로 공부를 생사를 건 궁극적 가치로 설정한 야담이다. 공부가 존재의 본질로 치환되던 조선시대 독서인들의 가치관이 식민지라는 근대적 위기에 그대로 호출된 양상이다. 가정의 궁극적 의미를 국가에 둔 것이 계몽기의 시대정신이며 가정, 흥학, 식산 등의 다양한 가치들은 결국 국가라는 최종심급으로 귀속된 것이다.

그러나 2년차 『가뎡잡지』의 기사를 전체적으로 살펴보면 표지처럼 생사를 가르는 결의만을 보여주는 것이 아니며, 오히려 전통과 근대가 공존하는 경향이 강하고 독자의 흥미를 노린 기사도 적지 않다. 이는

---

10) "昔趙淸獻公(支那 宋時人 名抃)이 嘗 帥成都홀시 見一老卒이 抱其子立庭下러니 有不知意이 輒批其父頬이어늘 公曰 小而如此커든 長亦可知라 ᄒ고 遂收殺之ᄒ니 世或以爲過나 然長民者ㅣ 法當如是也라."(이기, ʼ가성학설」, 『호남학보』 1, 1908.06, 번역은 인용자 이하 같음.)

편집인으로 기록된 신채호보다는 총무 변영헌11)에서 비롯되는 바가 더 크다. 기명기사를 기준으로 하면, 후자가 전자보다 양이 많을 뿐더러, 특히 4호, 5호, 6호, 7호 등에서는 논설, 가정교제, 가정미담, 위생 등 주요한 편집 항목을 도맡아서 잡지 전체의 논조가 그에게서 비롯되고 있다. 신채호도 "익모초"와 "가정경제" 등의 장기연재를 잡지의 발행 동안 계속 이어갔지만, 4호부터 잡지의 선두격인 논설이 모두 변영헌이 작성한 것으로 보아 전자의 비중이 후자에 비해 계속 감소하는 양상이다. 또한, 7호는 그 표지도 변경되는데, "梧陰還金"이란 문구 아래에 소나무 밑에서 남바위 차림의 두 학동이 서 있는 삽화이다.12) "김유신참마"보다 완화된 분위기로 바뀐 것이다.13)

2년차는 표지의 교체 뿐 아니라, 분량도 20쪽 가까이 늘어난다. 1년차의 매호가 32쪽 정도임에 반해 2년차의 매호는 50쪽에 이른다. 그 구성은 비슷하나 지식을 체계적으로 전달하려 노력했고 서사물의 양이 늘어나 전체 면수도 증가하였다.

2년차와 1년차의 편집 구성은 대체로 동일하다. 1년차의 구성인 "논설-기서(寄書)-평론-동서양가정미담-위생-백과강화-현상문제-잡보"는 2년

---

11) 변일(卞一)의 다른 이름이 변영헌(卞榮憲)으로 『가뎡잡지』에는 이 이름을 쓰고 있다. 1907년 『제국신문』의 주필로 활동하고 『대한매일신보』의 기자로도 활동했다. 1910년부터 1914년까지 『매일신보』의 발행인겸 편집인으로 근무해 식민지 통치에 적극 협력해 2006년 친일반민족행위 106인에 포함되었다.

12) 1년차 『가뎡잡지』의 표지는 『한국여성관계자료집-한말여성지』(이화여자대학교 한국여성연구소 편, 이화여대출판부, 1981)에서 확인 가능하고 2년차 1-6호의 표지는 독립기념관의 한국독립운동사 정보시스템(http://search.i815.or.kr/ImageViewer/ImageViewer.jsp?tid=co&id=3-002152-000)에서 확인할 수 있다. 그리고 2년차 7호의 표지는 『2014 아단문고 미공개 자료총서: 여성잡지』15(아단문고 엮음, 소명, 2014)에 영인되어 있다.

13) 이 삽화의 배경은 오음(梧陰) 윤두수와 그의 동생 윤근수를 주인공으로 하는 설화이다. 두 형제의 소년 시절에 길에서 우연히 거금이 든 주머니를 보았는데, 형이 취하자 동생은 이를 반대했다. 형은 그 주머니를 재치 있게 원주인을 찾아 잘 돌려주었다는 미담이다.(신익철, 한영규 외 옮김, 『교감역주 송천필담』2, 보고사, 2009, 175-176, 참조.)

차에서 "논설-기서-평론-가정미담-소아교양-가정경제-가정교제-위생-백과
강화-잡보"로 확장된다. "가정경제(家庭經濟)"와 "가정교제(家庭交際)", "소
아교양(小兒敎養)"은 지금의 관점으로는 가벼운 상식에 속하는 성격이지
만 연재를 지속하여 지식을 체계적으로 전달하고자 노력한 것으로 평
가할 수 있다. "가정교제"와 "소아교양"은 번역 내지 번안을 통해 일본
의 교과서를 옮겨온 것으로 추정된다. 1년차의 경우 "백과강화"에 편성
된 주시경의 「국문」14), 류일선의 「산술」과 「이과」(자연 상식 성격) 외에
는 체계적인 연재가 없으며 특히 가정교육과 여자교육을 내세우면서도
가정학에 관한 기사가 없었던 것을 보면 큰 차이라고 할 수 있다. "가정
교제"는 변영헌이 저자로 기록되어 있는데 그는 일본의 문헌을 근대적
지식의 원천으로 삼았을 확률이 많다.15) 연재한 장절은 아래와 같다.

> 1장 총론/ 2장 방문/ 3장 대객(待客)/ 4장 향응(饗應)/ 6장 음물(嗜物)
> * 2년차 1호, 2호, 4호, 5호, 6호를 확인한 결과임(이하 같음).

"가정교제"는 6호에는 게재되지 않았고 5호에는 기존연재와 성격이
다른 "사람을 가려서 교제할 일"이란 글이 이 편집 항목에 편성되었다.
"소아교양"은 기자의 이름이 기록되어 있지 않은데 연재한 장절은 아래
와 같다.

---

14) 언어학 개론과 한글 문법을 서술한 것으로 2년차에도 계속 연재되었다. 주시경이
『가뎡잡지』에 주요필진으로 참여했기에 이 잡지의 띄어쓰기에 일관성이 있었다
고 한다.(최기호, 「주시경의 초기 문법의식-『가뎡잡지』「국문」을 중심으로」, 『외
국어로서의 한국어교육』 14, 연세대 한국어학당, 1989, 참조)
15) 6장 음물(嗜物)은 일본어도 선불 또는 뇌물을 니드머 "인모프(いんもつ)"로 읽는
다. 이 "가정교제"가 일본의 문헌을 번역한 것으로 추정할 수 있는 근거가 된다.
또한 변영헌은 2-4호(이하 『가뎡잡지』 소재 기사는 호수만 표기함)의 "가정미담"
에 "日語讀本"이란 설명을 붙이고 일본의 일화를 소개하며, 2-5호에는 神功皇后
의 기사를 게재한다.

1장 총론/ 2장 태내교육{태 안에 있는 아이 가르치고 기르는 법}/ 3장 유포교육/ 5장 소아의 이 날 때와 종두질병/ 6장 소아의 동정과 유희/ 7장 어린 아이 음식을 주의할 일

　1장을 제외하고 2장부터는 시모다 우타코(下田歌子)의 『新選家政學』을 번안한 것이다. 이 번안은 『조양보』, 『호남학보』의 것과는 다른 바가 많다. 특히 총론의 경우, 『조양보』와 『호남학보』의 것이 부분적인 문구는 차이가 있지만 그 전체적 논지가 동일하여 중국어 번역본을 대본으로 삼은 것이 분명한 것에 반해, 『가뎡잡지』의 총론은 논지와 구성이 완연히 다르다. 번역의 저본이 다른 것인지 혹은 자체적으로 저술한 것인지 아직 판단할 수는 없다. 태육과 수유, 위생 등의 구체적 방법을 제시한 2장 이후부터는 전반적 내용과 구성에 큰 차이는 없으나 어휘가 다른 경우가 있다. 대표적으로 3장 유포는 "乳哺"일 터인데, 『조양보』와 『호남학보』는 포육(哺育)으로 되어 있다.

　이 책은 1906년 『조양보』에 순한글로, 1907년 『서우』에 국한문체로, 1908년 『호남학보』에는 순한글과 국한문이 병기되어 연재되었다. 표기의 양상이 다르지만 내용은 중복된 부분이 많았다. 『新選家政學』은 국한문체, 한문체, 순한글로 3종의 단행본이 유통되기도 한 계몽기의 대표적 가정학 교과서이다.16) 임신과 수유 등에 대한 지식을 보급하는 것은 당대의 절실한 급무로 이 책 말고도 전통적인 태교서인 「태교신기(胎教新記)」17)도 『기호흥학회월보』에 7회나 연재된 바 있다.

---

16) 임상석(「근대계몽기 가정학의 번역과 수용」, 『한국고전여성문학연구』 27, 한국고전여성문학회, 2013)을 참조 할 수 있고, 중국어본 『新選家政學』의 역자를 作新社가 아닌 吳汝綸으로 잘못 진술했지만 김경남(「근대 계몽기 가정학 역술 자료를 통해 본 지식 수용 양식」, 『인문과학연구』 46, 강원대 인문과학연구소, 2015)도 참조해야 한다.
17) 저자는 유리(柳李)부인이라 기록되어있다. 유리부인(1739~1822)은 목천현감 유한규(柳漢奎)의 부인이며 전주 이씨로 당호를 사주당(師朱堂)이라 한다.

"가정경제"는 신채호가 주로 담당한 것으로 보이는데 위의 두 연재와 달리 연속성 없는 교훈담 성격이다. 2년차는 넓게 가정학의 범주에 속하는 지식을 번안을 통해 체계적이고 지속적으로 전달하여 1년차와는 다른 면모를 보여주었다. 이와 함께 2년차에서는 서사물이 강화된 양상이다. 대표적으로 "가정소설"이란 이름 아래 계속 연재되었던 「익모초」가 있으며 매호마다 4쪽 이상의 야담 성격의 서사를 게재했다. 야담이나 필기에 가까운 서사물은 주로 "가정미담"에 편성되었으며 우화에 가까운 것들은 주로 "백과강화"에 수록되었다. 이 서사적 기사들은 대체로 근대적 이념과 봉건적 가치가 혼재되어 있다. 대체로 변영헌이 필자로 기록된 기사들의 경우는 전통적 야담에 가까우며 봉건적 가치에 경도된 양상이다.18)

1년차에 "동서양가정미담"이 2년차에 "가정미담"으로 바뀌면서 한국의 사례가 더 많이 소개되기는 하였으나, 후자에도 신공황후(神功皇后), 공보문백(公甫文伯)의 어머니19) 등 외국의 사례 역시 소개된다. 변영헌이 필자로 기록된 "가정미담" 소재의 기사들은 신채호가 지은 기사와는 다소간 부조화가 있다. 특히 5호는 논설과 "가정미담"을 모두 변영헌이 작성했는데, 잡지의 전반적 기조와는 맞지 않는 면모가 많다. "가정미담"에 수록된 「신공황후의 전쟁」은 신공황후가 지아비인 천황의 죽음에 분격하여 일본국 서편의 포악한 도적을 정벌했다는 이야기이다. "서편의 포악한 도적"은 『일본서기(日本書紀)』를 따르자면 신라일 수밖에 없는데, 국가를 궁극의 목적으로 삼는 이 잡지의 기조에서 이런 기사가 "가정미담"에 편성된 것은 변영헌의 친일적 성향이 반영된 것으로 추정

---

18) 한편, 2-7호에 게재된 변영헌의 평논 "생선의 불효자기 시후의 효기"는 '제사를 폐지하는 일도 가능하다'는 발언이 실려 당대로서는 매우 참신한 논조를 보여주기도 한다.

19) 劉向의 『烈女傳』에서 가져온 것으로 추정되며, 공보문백은 춘추시대 노나라의 대부이다.

할 수 있다.

4호와 5호에서는 변영헌이 저자로 명기된 "가정미담"이 큰 비중을 차지하고 있다. "열녀"라는 봉건적 가치관과 조선 신분제에 대한 비판이 혼재되어 나타나는 가운데, 오히려 열녀 서사가 분량과 밀도에서 비중이 훨씬 크다. 이와 달리 신채호는 "백과강화" 아래 야담 성격의 일화를 수록하면서도 아래와 같이 명확한 주견을 말미에 "평"의 형식으로 제시한다.

> "이생원의 평생 욕심이 양반됨에 맺혔으니 누추하지만, 일심 정력을 들여 기어이 그 아들 공부를 독실하게 시켰으니 굳세다. 그러나 지금은 예전 시대와 달라 총리대신을 할지라도 남의 나라 평민보다 귀할 것이 없으니 아들 두고 공부 시키는 동포들은 집 지체 이야기는 그만 두시고 나라 지체 생각하심을 바라노라."(2-1호, 「수원 이생원」, 37면.)

신채호가 과거의 봉건적 가치관에 대해 누추하다고 선을 긋고 달라진 신분질서를 명기하며 가문에 대한 국가의 우위를 선명하게 드러내는 반면, 변영헌의 가정기담들은 전통적 열녀 서사에 가까워, 다분히 수구적인 자세가 강하다. 신채호의 「익모초」도 마찬가지로 전통적인 효를 강조하는 설교가 등장하지만 기자의 평을 통해 국가의식을 강조하기도 한다.[20] 이처럼 서사적 기사들 중에는 새로운 이념을 제시하는 경우도 있지만, 수구적 성격의 것들이 분량상으로 비중이 더 컸다.

2년차 『가뎡잡지』는 생사의 결의를 나타내는 표지와 달리, 근대 지식과 전통 가치가 공존하는 양상을 보여주며 이는 편집인 신채호의 기사보다는 총무 변영헌의 기사에서 두드러지게 나타난다.[21] 2년차 발행분

---

20) 신채호, 「익모초」, 2-7호, 26.
21) 「권도사 부인의 피란한 일」(『가뎡잡지』 2-4호); 「홍씨의 며느리」(2-5호) 등 참조

의 전반적 양상에서 후자의 기사가 지면 기준으로도 많다. 게다가 2년
차 편집 전환의 특징을 근대 지식의 체계적 전달과 서사성의 강화라고
파악할 때, 이 두 가지 지향점에서 변영헌의 기사가 차지하는 비중이
컸던 것이다.

3 전통가치와 근대이념의 공존 그리고 서사적 기사의 번안 및 개작

변영헌의 비중이 강화되던 『가뎡잡지』 2년차 발행분에서 가정학 관
계 지식의 체계적 보급과 함께 봉건적 가치를 현창하는 전통적 서사의
강화가 혼재된 점은 결국 이 잡지의 편집 성격이 다분히 절충적이었다
는 것을 보여준다. 이는 다분히 계몽기 당대의 과도기적 시대상을 반영
하는 것이다. 한편, 그는 당시로서는 비교적 가독성이 높은 선도적인 한
글 문장을 구사하였기에 이론적, 미학적 성취를 차치하고라도, 그 저본
이나 번역 과정을 탐색할 필요가 있다.22)

1907-1908년은 을사늑약에 이어 한일신협약이 체결되어 고종이 퇴위
한 절체절명의 상황이며, 이미 수 십 년간 끊임없는 전쟁과 정변에 시
달리던 시대이다. 전통적 가정윤리 내지 신분질서도 지극히 혼란한 상
황이었음이 당연하다. 태육(胎育), 육아, 위생 등에 대한 근대적 지식이
요청되는 반면에 봉건적인 효, 정절, 입신(立身) 등도 과도기의 혼란을

---

22) 김주현은 『가뎡잡지』 소재 신채호의 기사 및 그의 것으로 추정되는 기사들을 대상
으로 『동패낙송』 등 전통 야담과의 관계를 밝히고, 그의 「백세노승의 일미인담」 같
은 야담 성격 작품들과 이 기사들의 연관을 연구하였다.(김주현, 앞의 글 참조)

추스르기 위한 하나의 축으로 요청되었던 셈이다.

2년차 『가뎡잡지』의 1호는 특히 과거의 봉건적 신분질서나 가정윤리에 대한 도전을 담은 기사들이 평론 항목에 수록되어 있다. 「죽은 사람이 산사람 못살게 하는 폐단」은 삼년상으로 대변되는 전통적 상례의 폐단을 꼬집은 것으로 "삼년상 지내다 소작도 떨어진다 부허한 예문(禮文) 폐지하라"는 구절은 상징적이다. 「사람을 우마 같이 대접함이 불가한 일」은 신분질서에 대한 비판으로 "종 둘만한 형세에 종 안 둔 가정이 화락하고 자선하고 복 있는 가정이다"라는 구절은 의미심장하다. 1년차에도 주시경이 "조혼의 폐해"(4호)를 지적하고 안국선이 축첩제와 양자(養子) 제를 비판하는 "부인을 낮게 봄이 불가한 일"(7호) 등을 게재한 바 있다. 이와 같은 논설들은 봉건적 가치관을 담은 서사적 기사들과 함께 미묘한 부조화를 빚어내는 셈이다.

근대적 지식과 봉건적 가치관의 공존을 보여주는 인사가 바로 변영헌이다. 전술한 "가정미담" 소재 기사들이 봉건 가치에 대한 경도를 나타내는 가운데, 2년차 4호와 5호에 논설 항목으로 연재된 「부인계의 첫째 걱정」과 「부인계의 둘째 걱정」 역시 비슷한 기조이다.

이 논설은 제목처럼 전후로 이어진 연재에 해당하는데, 전편에서 그는 여자에게 길쌈, 살림 보다 학문이 더 중요하며 학문이 없으면 진화가 없고 진화가 없으면 약육강식의 당대에 살아남을 수 없다고 역설한다. 후편에서는 품행을 강조하는데, 결국 여자의 최우선순위는 하늘·부모·가장에 대한 공경과 가정사로 회귀한다. 부인들은 새로운 학문을 가지고 가정 경제의 독립과 재물의 소중함을 지켜야 하지만, 가정과 가장을 떠받들고 지켜내야 하는 것이다.23) 여자에게 근대 학문과 전통 가치를 모두 지키라는 과도한 임무를 부과하는 면모가 전술한 『新選家政

---

23) 변영헌, 「재물이 많은 후에 나라가 문명함」, 2-6호.

學』의 논조와 유사한 것도 간과할 수 없는 부분이다.[24]

당시 윤리와 질서의 혼란은 이 잡지의 지면에 생생하게 재현된다. 6호의 잡보에 실린 기사는 순서대로 1)「홍씨의 개가」-2)「왕소사의 이야기」-3)「가장을 위하여 단지」이다. 홍씨는 운양 김윤식의 외손녀로 일찍 과부가 되었는데 김윤식이 개가를 주선했다는 기사이고 왕소사는 "王召史"로 추정되는데, 상민 과부가 수절하면서 아들 형제를 교훈하는 내용, 셋째는 관원의 부인이 가장을 위해 손가락을 끊어 피를 먹였다는 내용이다. 상신(相臣)의 딸이 개가하고 상민의 아내는 수절하고 있다. 또한, 미신적 관습인 속기(俗忌)와 구기(拘忌)를 타파하자는 기사를 계속 연재하던[25] 『가뎡잡지』라는 동일한 지면에 단지(斷指)라는 봉건적 정절과 효의 상징이 여전히 등장한다. 한편, 2년차 7호 잡보 "무지한 부모"에서는 불륜의 결과로 회임하고 소박맞은 군수 류승동의 딸을 친정에서 낙태시키고 감금해 죽을 지경이 된 사정을 비판하면서도 3호 잡보 "박씨 부인의 열행"에서는 남편을 따라 죽은 부인을 현창하고 있다.

순한글 문체를 고수한 만큼, 주시경의 「국문」을 비롯하여 국문에 대한 인식도 강하게 나타나는 데,[26] 여기서도 과도기적 양상을 보여주는 대목이 있어 흥미롭다. 2년차 2호의 "잡보"에는 「농상공부의 국문 가르치란 훈령」이란 기사가 나온다. 국가의 훈령이었을 것인데 전체적 취지에 이어 구체적 조목을 아래와 같이 제시한다.

　— 우리나라에 통용하는 국문은 비록 궁벽한 시골이라도 한 두 사
　　람은 아는 자가 있을지니 그 사람으로 교사를 삼아 가르치되

---

24) 임상석(2013) 참조.
25) 전덕기, 「속기를 해석함」, 1-5호, 1906.10; 「아이를 구기로 가르치시 닐 일」, 2-2호
26) 「리씨의 기이한 손자」(2-4호)는 서울 정동에 사는 이한룡이라는 소년이 애국을 주제로 국문 노래를 지었다는 사적을 전하고 「국문을 중히 여기는 일」(2-2호)에서는 언문을 국문으로 명칭을 바꾸고 문패를 국문으로 먼저 쓰고 한문을 옆에 써서 국한문의 경중을 알게 했다는 기사도 있다.

남자는 남자가 교사되고 여자는 여자가 교사되어 가르칠 일
― 우리나라 풍속에 상등 여자는 남자에게 배우기를 부끄러워하니
하등여자만 많이 가르치면 상등 여자는 하등 여자 보기 부끄러운
마음에 절로 배우게 될 일

정식교사가 아닌 이들까지 실업개발을 위한 문맹타파에 동원해야 할 국가적 위기상황이건만 남녀유별이라는 가치관은 여전히 강력한 억지력을 가지고 있었던 것이다. 대한제국이 결국 의무교육을 실시하지 못하고 종말을 맞은 것은 주지의 사실인데, 제도와 자본의 부족이 결정적 요인이었겠지만 남녀유별도 적지 않은 억제력을 발휘하고 있었던 셈이다. 여자가 남자와 동등한 능력을 가지고 있음을 누누이 강조한 『가뎡잡지』이지만, "젊은 부인은 혼자 남자를 방문하지 말고"27), "가정과 교육에 관한 일외에는 출입을 삼가라"28)는 등 봉건적 생활방식을 그대로 보여주는 경우도 적지 않았던 것이다.29)

가정이라는 영역이 생리적으로 가질 수밖에 없는 보수적 본성을 생각해보면 의무교육, 남녀평등, 신분제 타파 등의 새로운 이념과 봉건적 가치가 그 안에서 상충을 보이는 것은 당연한 양상이기도 하다. 이 상충이 극명하게 드러나는 것들이 전술한 "가정미담" 소재 기사들이다. 특히 이 기사들은 논설이나 평론에 실린 신분제 타파, 봉건적 가치관 비판, 그리고 적성에 맞는 교육 등의 논조들과 부합하는 경우도 있지만 상충하는 경우가 많다. 다음에 주요한 기사들과 그 성격을 제시한다. 이 기사들은 대부분 전통적 야담에서 번안하여 개작한 것으로 추정된다. 그중 「윤판서 후취 부인」은 『동패락송(東稗洛誦)』에 유사한 일화가 있으

---

27) 「가정교제」, 2-1호.
28) 변영헌, 「부인계의 둘째 걱정」, 2-5호.
29) 이는 한국만의 경우는 아니며, 여성의 투표권이나 교육권은 당시의 구미 각국에서도 보장되지 못하던 상황이었다.

며 「무명방백의 부인」은 "解頤書"(야담, 필기를 모은 책을 이르는 명칭)에서 번역했다고 기록했는데 『삽교별집(霅橋別集)』에 유사한 일화를 찾을 수 있다. 이 두 가지 작품은 『동패락송』, 『삽교별집』 등 기존 야담집과 비교하면 주요한 화소가 생략되거나 창작되어 개작의 양상에 가깝다. 전자에서는 주제의식이 담긴 후취 부인의 서간30)이 생략되었고 후자는 전통야담집의 수록본에 비해 화소가 대폭 확장되어 있다.31)

2년 2호

1) 「윤판서 후취 부인」: 문명 각국의 자유결혼을 소개, '오늘날 우리나라 사람의 지식으로 아직 자유결혼은 못하겠지만 부모 된 이들은 금전과 신분만 보고 혼처를 정하지 마라'

2년 3호

2) 「조정암과 김모의 부인」: 자신을 흠모해 월장한 이웃집 처녀의 종아리를 쳐서 정조를 보존해준 조정암, 그 처녀는 정암의 덕으로 뒤에 권세가에 시집 감

2년 4호(변영헌)

3) 「권도사 부인의 피란한 일」: 임오군란을 당해 피난한 양반 권도사 부인이 상민에게 정조를 빼앗길 위기에 처했으나 기지로 모면한 일화, '열녀가 목숨을 버리는 것만이 열이 아니라 기이한 꾀로 열행을 이루니 부인계의 영웅이라'

2년 5호(변영헌)

4) 「리광사의 모친」: 軍擾의 아들인 이광사를 어머니가 헌신적으로 교육해 명필로 키워냄, 양반이 아니라도 공부해서 입신할 수 있다. '문호를 닫은 옛날의 풍속보다 문호를 연 지금이 못하다.'32)

---

30) 반가의 지위를 가진 가문의 지위를 유지하기 위해 첩실이 아닌 정실 대접을 받아야 후취에 응할 수 있다는 내용이다.(이우성, 임형택 편역, 『이조한문단편집』 중, 일조각, 1997, 68-71, 참조)

31) 앞의 책 상, 277-279, 참조

32) 軍擾의 아들로 태어난 이광사가 모친의 적극적 도움으로 신분의 한계에도 비롯하고 명필이 되었다는 이야기이다. 널리 알려진 한석봉과 떡장수 어머니의 암흑

5) 홍씨의 며느리: 홍재원의 며느리 이야기, 홍재원의 아들을 혼
   인날 계모가 암살했는데 그 신부가 하늘에 빌어 누명을 벗고
   열녀문을 받은 이야기, 전통 가정소설 성격

2년 6호

6) 「한참판의 사적」: 10년 목숨 걸고 글 읽기 하나님을 강조, 야담
   성격

7) 「심씨 조상의 변씨부인」: 심환지의 사촌 심진사의 부인 변씨가
   수절하면서 자식을 살핀 공덕으로 심씨들이 번성

8) 「광산 김씨와 은진 송씨」: 고려시대의 관행이던 개가를 거부하
   고 두 집안의 과부가 피신해 수절하면서 가문의 번영을 이룸

2년 7호

9) 「안성대신의 별실」: 유척기가 소시적에 방종했으나 소실인 전
   직 기생의 계도로 장원급제

10) 「소 한필과 붓 두 자루」: 아들을 죽도록 때려 급제 시킨 안동
    의 김생원

위의 기사들은 모두 각 호에서 차지하는 비중이 큰 기사들인데 1),
4)처럼 새로운 가치관이 다소간 반영된 경우도 있지만, 대체로 열행, 수
절, 후손의 번성이라는 봉건적 가치에 대한 경도가 두드러진다. 전반적
으로 자녀의 적성을 보고 교육하라는 신채호의 평론33)과 어긋나는 과
거제 시대의 가치관을 그대로 유지한 상황이다. 특히 3)은 양반의 부인
이 상민으로부터 정조의 위협을 당하다가 글을 모르는 상민을 속여서
몸을 지켰다는 이야기로 전통 신분질서로 회귀함으로서 독자들의 공감
을 끌어낸 양상이다. 일군의 신소설 내지 활자본 고소설의 양상처럼 흥
미 위주의 글쓰기 성격이 강하게 드러난 것이다. 구체적인 번안과 재창
작의 양상에 대해서는 추후의 작업이 필요할 것으로 생각한다.

속 떡 써는 대결도 소재로 가져와 흥미롭다. 그런데, 널리 알려진 명필 이광사(李匡
師, 1705-1777)는 소론 명문 출신이다. 여기 소개된 일화의 소종래는 불명이다.
33) 신채호, 「성질을 인하여 아이들을 가르칠 일」, 2-5호.

한편, 『가뎡잡지』 2호의 "동서선철격언"란에는 다산 정약용의 「통감절요평(統監切要評)」, 「천문평(千文評)」, 「사략평(史略評)」 등을 발췌, 번역하고 평을 붙여 「안씨가훈(顏氏家訓)」 번역과 양계초의 평과 대구를 맞추어 수록하였다. 자국 한문고전의 순한글 번역으로는 남상에 해당하는 자료이며 1910년대에 출간된 『시문독본』의 번역에 비해 번역의 일관성과 체계성이 우월하다. 전근대적 전통에 대한 선명한 비판과 한학에 대한 풍부한 지식을 감안하면 신채호의 번역일 가능성이 적지 않다. 자국의 전통을 찾아내어 한글로 번역해 한문을 모르는 계층에게 전달하고 원전에 없는 독립에 대한 강조를 평으로 덧붙인 이 기사는 전통과 근대이념의 절충 단계에서 진일보한 경지였다고 평가할 수 있다.

『가뎡잡지』 2년차는 새로운 이념과 봉건적 가치가 가정이라는 영역에서 상충되던 과도기의 현장을 전해주며 질서와 윤리가 혼란한 당대에 수절, 열행, 가문 등의 수구적 가치들도 절충적인 보완재로서 공존했음을 보여준다.

4   여성교육과 남녀유별

이 글은 『가뎡잡지』 2년차 발행분의 전반적인 상을 제시했다. 이 잡지의 주제가 가정이고 "가정미담"에서도 주로 여성의 역사적 미담을 전하고 있어 여성만을 대상으로 삼고 있다는 인상을 준다. 그러나 앞서 인용한 이기의 「가정학설」은 남성 지식인을 일차석 대상으로 삼은 『호남학보』에 연재되었으며, 독자들이 글을 모르는 부인네를 위해 낭독해주길 당부하며 글을 마무리하고 있다. 또한 여성교육의 당위성은 『대한 자강회월보』 등의 주요 잡지에도 누누이 강조되던 사안이다.34) 여성교육과 가정을 내세우고 있지만, 이는 2년차 1호의 축사에도 강조되었듯이 이제 여러 군자들도 같이 보아야만 하는 당대의 현안이다. 이렇게 보면『가뎡잡지』가 설정한 독자를 여성에만 한정할 수 없다. 이 잡지가 제시한 당대의 민감한 사안인 개가, 삼년상 폐지, 제사의 간소화, 신분제의 철폐, 여성의 사회참여와 교육 등은 여성만이 해결할 수 있는 성격의 사안이 아닌 것이다.

그런데 가정은 대체로 회귀적이고 보수적인 성향을 가진다. 일찍이 입헌제를 도입한 서구의 국가에서도 여성참정권은 20세기에 되어서야 보장이 된다. 엘리트를 대상으로 한 과거제를 폐지하고 근대국가를 목표로 삼은 이상, 여성도 불특정한 대중의 일원이 되어 사회교육과 의무교육의 대상이 되어야 한다. 그러나 근대교육의 도입에 있어 남녀유별, 반상구분 등의 유구한 생활습관은 지대한 억지력을 발휘했던 것이다.

『가뎡잡지』는 근대국가의 장에 본의 아니게 끼어든 한국에서 벌어진 가치의 충돌을 생생하게 보여준다. 일본의 중역을 거쳐 수용된 가정학과 번안을 통해 다시 살아난 봉건가치에 경도된 야담들이 빚어내는 묘한 부조화, 미신타파와 가장을 위한 단지(斷指)라는 양립하기 어려운 가치들이 동시에 현창되는 상황 그리고 여성교육을 내세우면서도 남녀유별은 지켜야 했던 훈령 등,『가뎡잡지』는 대한제국이라는 과도기를 미시적으로 중계하고 있다.

또한 근대지식의 도입을 위해서 일본의 가정학 교과서를 번안하고 전통적 가치의 고취를 위해 야담, 필기류 기록들을 번안·재창작한 것도 간과할 수 없다. 과도기의 가정을 위해서는 새로운 지식의 번역을 수행하는 동시에 자국전통인 야담과 필기 등을 번안을 통해 재구성하는 작업도 필요했던 것이다.

---

34) 이기의 「가정학설」 및 당대 여성교육에 대해서는 임상석(2013) 참조.

참고문헌

『가뎡잡지』, 『호남학보』
이우성, 임형택 편역, 『이조한문단편집』 (일조각, 1997).
신익철, 한영규 외 옮김, 『교감역주 송천필담』 2 (보고사, 2009).

강현조, 「근대초기 단편소설선집 『천리경』 연구」, 『어문론총』 62 (한국문학언어학회, 2014).
김경남, 「근대 계몽기 가정학 역술 자료를 통해 본 지식 수용 양식」, 『인문과학연구』 46 (강원대 인문과학연구소, 2015).
김주현, 「신채호와 『가정잡지』의 문필 활동」, 『현대소설연구』 58 (한국현대소설학회, 2015).
이장우, 「대한제국기 『가뎡잡지(家庭雜誌)』에 대한 일고찰」, 『서지학연구』 4 (한국서지학회, 1989).
임상석, 「근대계몽기 가정학의 번역과 수용」, 『한국고전여성문학연구』 27 (한국고전여성문학회, 2013).
전미경, 『근대계몽기 가족론과 국민 생산 프로젝트』 (소명, 2005).
최기호, 「주시경의 초기 문법의식-『가뎡잡지』 「국문」을 중심으로」, 『외국어로서의 한국어교육』 14 (연세대 한국어학당, 1989).
홍인숙, 『근대계몽기 여성 담론』 (혜안, 2009).

[참조자료 『가뎡잡지』 2년차 1~7호 수록 기사목록]

1호(1908.01)

편집항목	제목/ 성격/ 저자	분량
새해 축사	첨군자 가정이 새해 새 가정이 되시길, 힘써 나갑시다/신채호	1
논설	"우리 잡지를 이어 발간하는 일로 보시는 이에게 고하는 말씀"	3
평론	"못 먹을 음식"/술이 몹쓸 것이라, 주정뱅이는 성성이라	3.5
평론	"죽은 사람이 산 사람 못 살게 하는 폐단"/삼년상 지내다 소작도 떨어진다	3
평론	"사람을 우마같이 대접함이 불가한 일"/종 안둔 가정이 화락한 가정이다	7
가정미담	"김유신의 모친"/김유신이 기생집으로 인도한 말을 베어 죽임	1
가정미담	"낼슨의 상학"/명장 낼슨이 십대 때 아버지의 훈계로 폭설을 헤치고 등교한 일	1
가정미담	"악비의 모친"/송나라 명장 악비의 모친이 진충보국 문신을 아들에게 새긴 일	1.5
소아교양	"제1장 총론-2장 태내(胎內)교육"/2장부터는 일본 新選家政學의 번안	4
가정경제	"제1장 총론"/긴요한 제물에 소활하면 안 된다 처자는 무슨 죄인가	1.5
가정교제	"제1장 총론-2장 방문-3장 대객(待客)"/여자도 가정사를 위해 교제를 알아야 함	3.5
위생	"암죽을 먹이는 해"-"놋그릇에 초를 담지말알"/류일선	1.5
위생	"걸레의 위태"-"신발을 조심할 일"-"의복을 조심할 일"/주시경	1.5
백과강화	"수원 이생원"/서사적 기사로 야담에 새로운 이념 부각/신채호	3
백과강화	"산술"/뺄셈 설명/류일선	2
백과강화	"이과(理科)"/단편적 자연 상식/류일선	1
백과강화	"국문"/모음의 근본음을 여러가지로 돌려 쓰는 것 등 국어교과 성격/주시경	7.5
잡보	"주락 조씨의 부인"-"한씨 부인의 자선"/ 두 부인의 선행/신채호	1.5

※제목은 " "으로 구분, 저자가 없는 경우는 기록하지 않음.
※독해의 편의를 위해 현대한국어로 윤문하고 한자를 병기한 경우도 있음.(이하 같음)

2호(1908.03)

편집항목	제목/ 성격/ 저자	분량
논설	"비분(非分)의 사치하는 일을 경계함"/부녀의 사치를 경고	2.5
기서	"자식 사랑하는 법"/부모의 선불선은 자식으로 안다, 백성의 집합이 국가	4
평론	"나이 값들 내시오"/나이 값을 김시습 이덕형 처럼 내시라	5.5
평론	"아이를 구기(拘忌)로 가르치지 말알"-"어린 아이를 억지로 일으켜 세우지 말알"	1
가정미담	"방부인의 지혜"/이순신 부인의 일화-"도미부인의 정절(情節)"	2
가정미담	"워싱턴의 어릴 때 일"/소년 조지 워싱턴의 정직	1
가정미담	"윤판서 후취 부인"/윤강(尹絳)의 이 일화는 <동패락송>에 수록되어 있음	6
소아교양	"제2장 태내(胎內)교육"-"제3장 유포(乳哺)교육"	2
가정경제	"제2장 재물과 화폐"/기초적 경제학 상식	2
가정교제	"제4장 향응(饗應)"/잔치 벌이고 손 접대하는 요령	1
가정에서…	"가정에서 준수할 법칙"-"서언"-"호주와 가족이 서로 준수할 법칙/이기찬	2.5

편집항목	제목/ 성격/ 저자	분량
위생	"아이를 흔들어 재우지 말 알"–"아이가 잘 때에 땀을 흘리거던 자주 씻길 알"	0.5
위생	"아이가 잘 때에 흘리는 땀을 막는 법"–"일본에서 칠 젓가락을 폐지할 알"	1
백과강화	"종달새 이야기"/우화 성격	2
백과강화	"산술"/뺄셈 설명, 산수 문제를 수록	3
백과강화	"이과(理科)"/석탄과 석유, 놋쇠 등에 대한 단편적 자연 상식	1.5
백과강화	"국문"/모음의 가볍고 무거운 분별 등 국어교과 성격/주시경	6.5
동서선철…	"東西先哲格言" 제목 아래 정약용, 양계초, 이덕무 등의 문장 번역	4
잡보	"국문을 중히 여기는 알"–"농상공부의 국문 가르치란 훈령" 등	2

3호(1908.04)

편집항목	제목/ 성격/ 저자	분량
논설	"비분(非分)의 사치하는 일을 경계함(속)"/사내를 종처럼 부리지 말라	3
평론	"남에게 못할 일을 아니할 알"/혼인의 주체는 당사자들이다	7
가정미담	"조정암과 김모의 부인"/조정암이 자신을 흠모해 월장한 처녀의 종아리를 치다	5
가정미담	"무명방백의 부인"/<解顚書>에서 번역했다고 기록, <靑橋別集>에 유사일화 수록	6
가정미담	"가리발디 부인 마리타"/만삭인 채 가리발디와 싸우다 죽은 부인의 일화	2
소아교양	"제4장 어린아이의 의식주"	4
가정경제	낭비하지 말라, 가계부 써라, 의연금도 써야 한다	2
가정교제	"제5장 서신(書信)"/편지 주고 받는 요령	1
백과강화	"아비가 아들에게 훈계하는 절담"/우화 성격	1
백과강화	"산술"	2
백과강화	"이과(理科)"/상추에 잠 오는 아편이 들어 있음 등	2
백과강화	"국문"/국어교과 성격/주시경	7
가정소설	"잇모초"/무기명이지만 신채호임	8
가정에서…	"가정에서 준수할 법칙"/호주(戶主)와 호적 등에 대해 설명	2
잡보	"박씨부인의 열행"/남편따라 죽은 부인	2
잡보	"악한 계집의 몹시 죽은 알"/고약한 후처가 의병-일병 싸움 때 범에 물려 죽음	1

4호(1908.05)

편집항목	제목/ 성격/ 저자	분량
논설	"부인계의 첫째 걱정"/여자에게 학문이 가장 소중/변영헌	6.5
기서	"부인의 의무"/남자의 수 천 년 압제를 벗어나라/강대식	2.5
평론	"벼죽의 말잘"/게으름 병이 무섭다/신채호	2
가정미담	"홍당성과 석시랑의 부인"/사신 홍순원이 명나라 기생을 도움/변영헌	2
가정미담	"권도사 부인의 피난한 알"/임오군란 때 정절을 지킨 부인의 일화/변영헌	7
가정미담	"어문의 자션"/口語讀本이라 표기하여 번역임을 표시/변영헌	2
소아교양	"제5장 소아의 이 날 때와 종두질병"	3

편집항목	제목/ 성격/ 저자	분량
가정경제	"가정경제의 근본적 관념"/사치하지 말라/신채호	1
가정교제	"제6장 음물(飮物)"/변영헌 "가정에서 준수할 법칙/이기찬	3
위생	"감초물 먹이지 말앝"-"병든 아이에 음식 가려 먹일 알" 등/변영헌	2
백과강화	"생쥐 벼락 맞던 이야기"/우화 성격/변영헌-"어리석은 차부"/류일선	4
백과강화	"산술"/더하기/류일선	2.5
백과강화	"이과(理科)"/하품이 나오는 이치 등/류일선	1
백과강화	"국문"/국어교과 성격/주시경	2
백과강화	"혼인년기고(婚姻年期考)"/혼인 관습의 각국 차이와 통계/신채호	2
가정소설	"익모초"/무기명이지만 신채호임	3.5
잡보	"리씨부인의 열심"-"허씨의 집 처녀"/학문을 중시하는 부녀들/변영헌	2
잡보	"무명 부인의 권면"-"리씨의 기이한 손자"/변영헌	1

5호(1908.06)

편집항목	제목/ 성격/ 저자	분량
논설	"부인계의 둘째 걱정"/하늘, 부모, 가장 공경하고 출입 삼가라/변영헌	4.5
기서	"부인사회에 권고"/문명국 부인 본받아라, 부모남편 섬기려 학문 필요/이상익	2
평론	"성질을 인하여 아이들을 가르칠 알"/적성을 따져 교육하라/신채호	2
가정미담	"신공황후의 전쟁"/편집기조에서 벗어나는 친일적 기사/변영헌	2
가정미담	"공보문백의 모친"/劉向의 <열녀전>에서 번역 추정/변영헌	2
가정미담	"이광사의 모친"/이광사가 軍擾의 아들이라 함/변영헌	3.5
가정미담	"홍씨의 며느리"/전통적 가정소설 성격/변영헌	7
소아교양	"제6장 소아의 동정(動靜)과 유희"	3
가정경제	"입(入)을 헤아려 출(出)을 정하는 원척"/신채호	1.5
가정교제	"사람을 가려서 교제할 알"-"가정에서 준수할 법칙/이기찬	3
위생	물 가려 먹고 아편을 조심하라/변영헌	2
백과강화	"학자이야기"/<백설유집>에서 가져왔다 함, 우화적 성격/변영헌	3
백과강화	"지성이면 감천"-"담비가 호랑이 잡는 알"/변영헌	2.5
백과강화	"국문"/국어교과 성격/주시경(37-39까지)	??
※39쪽 이하는 낙장		

6호(1908.07)

편집항목	제목/ 성격/ 저자	분량
논설	"재물이 많은 후에 나라가 문명함"/통상무역을 해설/변영헌	4
기서	"의무를 극진히 해야 권리를 찾을 알"/학문 숭상하자/북산여자 변월당	3
평론	"나의 몸을 갚을 알"/남의 자식 된 이상 내몸을 갚아야 함/변영헌	2
가정미담	"한참판의 사작"/10년 동안 목숨걸고 글읽기	4
가정미담	"심씨 조상의 변씨 부인"/심환지의 사촌 심진사의 부인 변씨의 공덕	3.5

편집항목	제목/ 성격/ 저자	분량
가정미담	"광산 김씨와 은진 송씨"/ 수절하며 가문의 번영을 이룸	5
소아교양	"제7장 어린아이 음식의 주의할 알"	2.5
가정경제	"셕금의 필요"/재화의 유통이 필요하고 은행이 필요/신채호	2.5
위생	"공기의 관계"/변영헌	3
백과강화	"역사"/단군조선과 기자조선 간략하게 서술	2.5
백과강화	"지지(地誌)"-"제1장 전국총론"	3
백과강화	"가정교육의 필요"-"가정교육의 특별한 성질	3.5
백과강화	"토끼가 죽으면 여우가 조상하는 알"/兎死狐悲를 소재로 애국심 환기, 우화적	3
가정소설	"익모초"/신채호	7
잡보	"홍씨의 개가"-"왕소사의 이야기"-"가장(家長)을 위하여 단지(斷指)"	2

7호(1908.08)

편집항목	제목/ 성격/ 저자	분량
논설	"자녀의 그른 것은 부모의 죄"/변일(변영헌)	2.5
기서	"몇 백 년 죄인을 면할 알"/죄인의 모양을 벗고 사회에 나서라/북산여자 변월당	4.5
평론	"생전의 불효자가 사후의 효자"/제사를 폐함도 가하다/변일	2
가정미담	"안성대신의 별살"/유척기가 방종했으나 소실의 계도로 장원급제/용파생	5
가정미담	"소 한필과 붓 두 자루"/안동 김생원이 아들을 죽도록 때려 공부시킨 일/용파생	4
가정미담	"임장군의 어릴 때"/임경업의 일화/용파생	3.5
소아교양	"어린 아이를 하인에게 함부로 맡기지 말 알"/신선가정학이 아님/운장각주인	2
가정경제	"한집의 경제를 한 사람이 못할 알"/경제활동에 온가족이 나서라/신채호	3
위생	"햇빛의 관계"/햇빛을 쬐야 건강함/변일	1.5
백과강화	"역사"/위만조선, 삼한 등 서술	3.5
백과강화	"지지(地誌)"/기후와 물산, 인정과 풍속, 연혁 등 서술	3
백과강화	"가정교육의 목적"-"교육의 효력"/용파생	4
백과강화	"국문"/국어교과 성격/주시경	3.5
가정소설	"익모초"/신채호	2
잡보	"무지한 부모"/소박맞은 딸을 죽이려 하는 금천군수 류승동과 그 부인	1

03

주변부의 시각과 고전의 해석

[고전번역＋비교문화학연구단] 총서 5

- 프란츠 파농의 '새로운 인간주의'와 탈식민 사유
- '反-코기토'로 읽는 보들레르와 『악의 꽃』
- <춘향전>의 번역과 민족성의 재현방식
- 한국근대문학사와 「순수 좋은 날」 징친화의 이이리니

프란츠 파농의 '새로운 인간주의'와 탈식민 사유[1)]

하 상 복

1

　1961년 12월 6일, 프란츠 파농(Frantz Fanon)은 생전에 그토록 혐오했던 미국에서 생을 마감했다.[2)] 짧은 생애 동안 그는 새로운 인간의 도래를 소망하며 피식민지인, 즉 '대지의 저주받은 사람들'에게 열정적으로 헌신했다. 정신의학자이자 정치사상가, 알제리 해방 전사로 살았던 그는, 죽음을 목전에 두고서도 비(非)인간, 하위 인간, 심지어 사물로 취급당한 억압받는 사람들을 진정한 인간으로 해방시키고자 노력했다. 이러한 노력은 온전히 자신의 글 속에 담겨져 인간이 인간을 속박하는 체제를 비판하는 수많은 이들에게 전파되었다. 오늘날 그가 소멸시키고자 했던 직접적 식민 체제는 사라졌다. 그러나 그의 사상의 의미와 중요성은 사후 50여 년이 지난 지금도 퇴색되지 않고 있다. 수많은 분야의 전

문 연구자들의 관심이 이를 말해준다. 이는 식민화된 인간을 거부하고, 모든 억압의 사슬을 벗어던진 '새로운 인간'의 도래를 권고하는 파농의 사유의 무게가 가볍지 않는다는 것을 증명하는 것이다.

그러나 파농의 사상이 오늘날 이해되고 수용되고 있는 상황은 다시 한 번 그가 서구에 던지는 질문의 진정한 의미가 무엇인지를 고민하게 한다. 분명 포스트식민주의(postcolonialism)의[3] 선구자들인 에드워드 사이드(Edward Said), 호미 바바(Homi Bhabba), 가야트리 스피박(Gayatri Spivak)에게서 중요한 제3세계 사상가로 언급되고 있는 것, 그리고 서구의 문화연구의 선구자로, 포스트식민 문화연구의 중요 이론가로 지칭되고 있는 것은[4] 오늘날 파농 사상이 어떤 위치에 있는지를 알 수 있게 한다. 하지만 이와 더불어 파농의 현대적 읽기가 그의 사상의 핵심을 훼손하고 있는 것이 아닌가라는 우려 섞인 목소리들이 나오고 있는 것도 사실이다.[5] 나아가 식민 체제의 붕괴 이후 여전히 그 질곡에서 벗어나지 못한 인간 존재, 또 다른 억압적 체제 속에서 '잉여 인간'의 삶, '쓰레기와 같은 삶'을 강제 받고 있는 주변 존재들의 현실은 우리에게 파농의 물음을 다시금 곰곰이 되뇌게 한다. 즉 오늘날 전지구화(globalization)와 신

---

3) 'postcolonialism'은 '포스트식민주의'로 번역한다. 이 용어를 '탈식민주의'로 번역할 경우, 파농 논의에서 등장하는 'decolonization'와 'decolonialism'의 정치적 입장과 구분되지 않기 때문이다. 'decolonization'와 'decolonialism'는 '탈식민화', '탈식민주의'로 번역한다.

4) Toby Miller, ed., *A Companion to Cultural Studies* (Oxford: Blackwell, 2001), 472; John McLeod, *Beginning Postcolonialism* (Manchester: Manchester UP, 2000), 19; Elaine Baldwin, et al., eds., *Introducing Cultural Studies* (New York: Prentice Hall, 1999), 189.

5) 이러한 우려는 앤소니 C. 앨리산드리니(Anthony C. Alessandrini)가 몇몇 연구자들의 연구가 핵심에서 벗어나는 '파농의 미국화'가 아닌지를 반문하는 것에서, 또한 루이스 R. 고든(Lewis R. Gordon) 등이 오늘날 파농 연구 경향에서 정치경제적 탈식민화를 삭제하고 주체의 탈식민화에 대한 파농의 논의만을 강조되고 있는 경향을 파악한 것에서 알 수 있다. Anthony C. Alessandrini, ed., *Frantz Fanon: Critical Perspectives* (New York: Routledge, 1999), 6; Lowis R. Gordon, et al., eds., *Fanon: A Critical Reader* (Oxford: Blackwell, 1996), 5-7.

자유주의 체제 하에 주변으로 폐기되어버린 약자들의 현실을 고려한다면, 백인과 유색인종 모두에게 새로운 인간으로의 전환을 요청한 파농의 주장은 여전히 유효하다고 볼 수 있다.

이런 측면에서 이 글은 파농의 '새로운 인간주의'(New Humanism)가 그의 탈식민 사유 속에서 어떻게 전개되고 있는지, 그 진정한 의미가 무엇인지를 검토한다. 이러한 검토는 기존 파농 연구들에서 드러나는 문제들을 올바르게 파악하는 관점을 정립하는 계기, 나아가 파농 사상의 핵심을 파악하는 계기가 될 수 있다. 이 글은 파농의『검은 피부, 하얀 가면』(*Black Skin, White Masks*),『대지의 저주받은 사람들』(*The Wretched of the Earth*)을 중심으로 그가 백인과 유색인종에게 권고하고 있는 새로운 인간주의의 의미를 다시 살펴보고자 한다.6)

2

파농의 새로운 인간주의는 그의 저서들에서 반복되는 주제이다. 그의 탈식민 사유, 즉 유럽, 식민주의, 인종주의, 제국주의, 자본주의, 민족주의, 민족정당, 민족 부르주아지, 민족 지식인 등에 대한 그의 비판을 관통하고 있는 핵심이 바로 새로운 인간주의이다. 우리는 새로운 인간, 새로운 인간성(humanity), 새로운 인간주의와 같은 표현들이『검은 피부, 하얀 가면』,『대지의 저주받은 사람들』에서 반복적으로 등장하고 있다는 것을 볼 수 있다.

---

6) 'humanism'은 휴머니즘, 인본주의, 인간주의 등으로 번역되나, 이 글에서는 '인간주의'로 통일하고자 한다.

물론 파농의 유럽 인간주의 비판은 그의 사상적 스승인 에이메 세자르(Aimé Césaire), 그리고 장 폴 사르트르(Jean-Paul Sartre)의 견해와 연결된다.[7] 이 점은 『대지의 저주받은 사람들』의 「서문」에서 보여준 유럽 인간주의에 대한 사르트르의 비판에서 알 수 있다. 여기서 사르트르는 유럽 인간주의를 "인종주의적 인간주의"[8]라고 단정한다. "단지 허위의 이데올로기, 약탈에 대한 완벽한 정당화 … 인간주의의 입에 발린 말들, 짐짓 꾸민 감수성은 우리의 침략에 대한 알리바이에 불과"[9]했다는 사르트르의 비판은 분명히 파농의 글 속에서 반복되고 있다. 사르트르와 마찬가지로 파농도 "인류의 중요한 존엄성에 대한 선언"[10]인 유럽 인간주의의 본질이 인종주의라고 규정한다. 그는 식민 지배에서 주도적 역할을 했던 서구 부르주아지에 대한 논의에서 유럽 인간주의의 인종주의적 본질을 이렇게 말하고 있다.

> 흑인과 아랍인에 대한 서양 부르주아지의 인종적 편견은 경멸적 인종주의이다. 그 편견은 그것이 증오하는 대상을 폄하하는 인종주의이다. 하지만 인간들 간의 본질적 평등을 선언한 부르주아지 이데올로기는 그 자체의 시각으로 볼 때, 인간 이하의 존재를 인간적인 것으로 만들고, 서양 부르주아지 속에 구현된 서양적 인간성을 인간의 원형으로 수용하게 만듦으로써 논리적인 것처럼 보일 수 있게 한다.[11]

---

7) 세자르는 식민지에서의 인간주의는 '사이비 인간주의'이며, 이것이 인권을 위축시켰다고 본다. 그리고 그는 인권 개념 자체도 인종주의적인 지저분한 면모를 지닌다고 비판한다. Aimé Césaire, *Discourse on Colonialism*, Joan Pinkham, trans. (New York: Monthly Review Press, 1972), 15.
8) Frantz Fanon, *The Wretched of the Earth*, Constance Farrington, trans. (New York: Grove, 1963), 26.
9) Fanon, *The Wretched of the Earth*, 25.
10) Fanon, *The Wretched of the Earth*, 163.
11) Fanon, *The Wretched of the Earth*, 163.

파농은 이러한 사상적 배경 속에서 인종주의와 결합된 식민 지배를 통해 유색인을 비인간 또는 사물로 억압하면서, 부(富)와 자유, 평등, 존엄이라는 인간의 가치를 유럽 백인의 특권으로 만든 유럽 인간주의와 정면으로 대결한다. 이 대결에서 보이는 그의 관점은 식민과 포스트식민 상황에서 자신의 몸과 의식의 직접적인 체험을 통해 형성된 것이다. 또한 그 관점은 인종주의와 식민주의의 족쇄가 채워진 대지의 저주받은 사람들의 관점에서 나온 것이다. 이 점에서 파농의 관점은 "유럽 인간주의를 재사유하고 도발적이고 생산적인 출발점"12)을 제공하며, 그 어떤 유럽 사상가보다도 인간과 인간성에 대해 더 진전되고 급진적인 문제 제기를 한다.13)

그렇다면 파농은 새로운 인간주의를 어떤 과정을 거쳐 구체화하고 있는가? 우선 파농은 계몽주의 이래로 유럽에서 실행되었던 인간주의가 인종화된 주체의 자아와 정체성 형성에 어떻게 개입하고 있는지를 질문하는 것에서 출발한다. 그의 새로운 인간주의는 "인종주의와 식민주의가 만들었던 비인간화 상황과의 대결"14)을 통해 시작한다. 그리고 이러한 도전은 그 억압적 상황을 극복하고 넘어서서 새로운 인간과 그 인간을 위한 새로운 공간을 모색하는 것으로 나아간다. 먼저 이러한 점을 『검은 피부, 하얀 가면』에서 유럽 인간주의 비판, 새로운 인간주의의 토대로서 유색인과 백인의 자기 해방, 윤리적 상호 인정(reciprocal recognition)이라는 측면에서 검토하고자 한다.

파농은 첫 저작인 『검은 피부, 하얀 가면』에서부터 새로운 인간주의에 대한 자신의 견해를 밝히고 있다. 그는 이 저서의 서문에서 "나는 왜

---

12) Samir Dayal, "Ethical Antihumanism," in Mina Karavanta and Nina Morgan, eds., *Edward Said and Jacques Derrida: Reconstellating Humanism and the Global Hybrid* (Newcastle: Cambridge Scholars Publishing, 2008), 221.

13) Gordon, *Fanon and the Crisis of European Man*, 10.

14) Nigel C. Gibson, *Fanon: The Postcolonial Imagination* (Cambridge: Polity, 2003), 6.

이 책을 쓰고 있는가?"15)라고 자문하고, 그 대답을 다음과 같이 밝힌
다. 파농의 답은 이렇다. "새로운 인간주의를 위하여 … 인류의 이해 …
나의 흑인 동포… 내가 신뢰하는 인간 … 인종 편견 … 이해하고 사랑
하기 위해서…."16) 이 답을 고려한다면, 이 저서가 전개하고 있는 인종
주의, 흑인의 열등 콤플렉스(inferiority complex), 흑인성(blackness), 흑인의
정신병에 대한 논의는 그 밑바탕에 인종주의와 결합한 유럽 인간주의
의 '보편적'이라는 가면을 쓴 인간 개념의 문제를 담고 있다고 볼 수 있
다. 파농은 열등/우열의 인종 위계 체계, 식민지의 야만/문명의 이항적
마니교 세계(Manichean world), 백인이 되고자 하는 흑인의 욕망과 열등
콤플렉스를 설명하고 분석하며 만인의 평등, 인간의 존엄과 인류의 공
존과 복지 증진을 강조하는 유럽 인간주의가 실패했음을 증명하고자
한다. 그리고 그는 유럽 인간주의가 유색인의 비인간적 상황을 출현시
키고 지속시키는 데 개입하고 있음을 드러낸다.

이를 위해 파농은 『검은 피부, 하얀 가면』에서 우선 인종화된 "식민
주체를 급진적으로 해체"17)한다. 이러한 해체는 유색인을 비인간으로
바라보는 유럽의 존재론과 유럽 인간주의가 말하는 인간 개념을 전복
하고 재구성하는 것이다. 출발부터 파농은 유색인 동료의 반발을 무릅
쓰고서라도 식민 상황에서 "흑인은 인간이 아니다"18)라고 말한다. 그
이유에 대해 그는 단 한 행의 말이면 충분하다고 단언한다. 그 핵심은
피부색 문제이며, 끊임없이 '나는 누구인가'라는 물음을 던지게 만드는
"비존재의 영역"19)에 흑인이 위치하고 있다는 것이다. 그 영역은 흑인

15) Frantz Fanon, *Black Skin, White Masks*, Charles Lam Markmann, trans. (London: Pluto Press, 1986), 1.
16) Fanon, *Black Skin, White Masks*, 1.
17) Dayal, "Ethical Antihumanism," 223.
18) Fanon, *Black Skin, White Masks*, 1.
19) Fanon, *Black Skin, White Masks*, 2.

에 대한 어떠한 존재론적 설명도 차단하는, 그리고 개별 흑인의 삶을 삭제하고 날조된 흑인성에 그들을 봉인시켜버리는 장소이다. 이 영역에서 고귀한 존재로서 인간은 백인뿐이며 흑인이라는 존재는 허용되지 않는다. 그래서 파농은 유럽이 말하는 존재론을 강하게 부정한다.

> 존재론 – 만약 이것이 결국 실존을 방치하는 것을 최종적이라고 인정한다면 – 은 우리들이 흑인이라는 존재를 이해하는 것을 허용하지 않는다. 왜냐하면 흑인은 단지 흑인이어야만 하는 것이 아니기 때문이다. 흑인은 백인과의 관계 속에서만 흑인이기 때문이다.[20]

파농은 백인에 의한 흑인 존재의 부정, 즉 흑인의 비인간화를 "정체성의 상호 인정에 대한 윤리"[21]의 부재라는 맥락에서도 설명한다. 그는 『검은 피부, 하얀 가면』의 7장 중 「흑인과 헤겔」("The Black Man and Hegel")에서 인간은 타자의 인정을 받기 위해 타자가 자신을 받아들이도록 노력한다고 쓰고 있다.[22] 이것은 개별 인간이 자아와 타자와의 상호 관계 속에서 자신의 정체성을 파악한다는 것을 의미한다. 하지만 식민 관계에서 인정의 상호성(reciprocity)은 부재한다.[23] 그것은 식민 상황에서 흑인이 비(非)상호적 인정 관계 속에서 하나의 대상 혹은 사물이 되어버리기 때문이다. 흑인이라는 존재는 단지 백인과의 관계 속에서 의미를 가지지만, 그 반대는 그렇지 않다. 흑인은 자신의 타자인 백인과의 관계 속에서 존재하지만, 백인은 흑인과의 상호 관계 속에서 자신을 위치시키지 않는다. 백인은 흑인과의 관계 속에서 존재를 인정받는 것이

---

20) Fanon, *Black Skin, White Masks*, 82-83.
21) Diana Fuss, "Interior Colonies: Frantz Fanon and the Politics of Identification," in Nigel C. Gibson, ed., *Rethinking Fanon: The Continuing Dialogue* (New York: Humanity Books, 1999), 298.
22) Fanon, *Black Skin, White Masks*, 168.
23) Pramod K. Nayar, *Frantz Fanon* (London: Routledge, 2013), 120.

아니라, 상호 인정 관계에 상관없이 초월적 존재로 위치한다. 백인은 그 자체로 고귀한 지위를 차지하는 초월적 기표인 것이다[24] 이러한 백인의 인종적 응시에서 흑인이 정의되면서, 흑인은 단지 하나의 대상으로 전락한다. 이것은 흑인의 정체성 박탈과 비존재로의 침식을 의미한다.[25]

파농이 증명하는 유럽 인간주의의 실패는 바로 이와 같이 흑인을 비존재로, 이러한 비상호적 인정 관계 속에서 대상이자 사물로 전락시킨 것에 있다. 식민 상황에서 유럽 인간주의는 이를 형성하고 신봉하는 유럽인에 의해 부정되고 타락한 것이다. 모든 인간의 존엄성을 설파하는 유럽 인간주의는 인종주의적 존재론에 따라 흑인을 '보편'적 인간에게서 일탈된 존재, 부정적 존재로 사물, 대상, 비인간으로 추방한 것이다. 이러한 추방이 유색인의 인간 권리와 인간 존엄을 부정하고, 그들을 식민화하는 것을 정당화한 것이다. 따라서 식민 상황에서 인간과 인간주의는 보편적 범주가 아니다. 식민주의와 인종주의적 공간에서는 백인만이 인간이고, 그들만을 위한 인종주의적 인간주의, 배타적 인간주의가 작동할 뿐이다. 유럽이 구성한 인간과 인간주의 개념에 대한 파농의 해체는 이러한 연유에서 대두된 것이다.

또한 파농은 유럽의 인간 개념의 해체와 동시에 흑인이 비인간화에 굴복하는 자기 부정과 자기 소외를 전복시키고자 한다. 그는 흑인이 이러한 비상호적 인정 관계와 백인의 인종주의적인 인간 개념을 성찰하지 않고, 단지 백인이 구성한 흑인과 흑인성에 근거한 자신의 정체성에 열등의식을 느끼는 것을 지적한다. 그리고 그는 흑인이 이러한 열등의식에 휩싸여 백인과 백인성을 욕망하는 존재로 전락한 것을 개탄한다. 그는 흑인 스스로 백인의 "문화적 사기의 노예"[26]를 자처한다고 탄식

---

24) Fuss, "Interior Colonies," 297.
25) Gibson, *Fanon: The Postcolonial Imagination*, 33.
26) Fanon, *Black Skin, White Masks*, 148.

한다. 즉 "백인의 노예가 된 이후 그들 스스로 노예가 되었다"27)는 것이다. 물론 흑인이 열등 콤플렉스에 사로잡혀 있는 이유는 "그의 열등 콤플렉스를 가능하게 만드는 사회, 이러한 콤플렉스를 유지하면서 힘을 얻는 사회, 한 인종이 다른 인종보다 우월하다고 주장하는 사회에 그가 살고 있기 때문"28)임을 분명하게 언급하고 있다. 파농은 흑인의 비인간화를 초래한 식민 체제뿐만 아니라, 자신의 비인간화에 대한 흑인의 반성적 각성을 동시에 촉구한다. 파농은 흑인이 "자신의 인간성에 이의를 제기"29)해야 한다고 주장한다.

백인이 강제한 흑인의 인간성에 대한 반성적 각성은 파농의 새로운 인간주의에서 필수적이다. 파농이 『대지의 저주받은 사람들』을 통해 보다 구체적이고 실천적인 권고로 나아가기 이전, 『검은 피부, 하얀 가면』에서 요청하고 있는 핵심은 흑인의 자기 성찰적 존재로의 전환, 자기 인식과 자기 인정을 도출시키는 진정한 인간으로의 변형을 위한 모색, 바로 "유색인을 그 자신으로부터 해방시키는"30) 실천이다.

식민 상황에서 흑인의 비존재에서 존재로의 전환과 비상호적 인정 관계에서 진정한 상호 인정 관계로의 변형은 흑인만의 자기 인식과 자기 해방으로 달성되지 않는다. 파농은 유럽인에게도 자기 해방을 권고한다. 흑인의 동등한 인간으로서의 인정 요청은 일방적인 제기를 넘어 상호적인 관계로 형성되어야만 식민 상황에서 '진정한' 인간의 출현이 가능하다. 백인에 대한 파농의 권고는 그들 자신의 인간성 복원을 위한 것이기도 하다. 파농은 백인이 흑인을 비인간화하고 그들의 인간성을 박탈한 가해자이면서 피해자로 본다. 왜냐하면 백인도 인간 가치, 인간

27) Fanon, *Black Skin, White Masks*, 148.
28) Fanon, *Black Skin, White Masks*, 74.
29) Fanon, *Black Skin, White Masks*, 172.
30) Fanon, *Black Skin, White Masks*, 2.

존엄성, 상호 존중을 상실했기 때문이다. 파농은 흑인뿐만 아니라 백인에게도 "사물화된 과거라는 탑에 스스로를 가두지 말기"[31]를 제안하고, 상호 간의 진정한 소통, 진정한 인정을 통해 양자가 처한 비인간적 상황에서 해방되기를 촉구한다.

> 양자는 진정한 소통이 가능하도록 그들 각각의 조상들의 비인간적 목소리에서 벗어나야만 한다. … 우월감? 열등감? 타자를 만지고 타자를 느끼고 서로를 알고자 하는 그런 단순한 노력을 왜 그대는 하지 않는가?[32]

그래서 나이절 C. 깁슨(Nigel C. Gibson)의 언급처럼 식민 상황에서 새로운 인간주의는 유색인이 "타자가 내 주위에 무대화한 그 부조리한 연극을 넘어서는"[33] 자기 존재에 대한 해방을 요구하고, 유색인과 백인이 모두 동등한 인간이라는 인식 하에서 상호 인정 관계를 통해 "인간 세계를 위한 이상적인 존재 조건"[34]을 창출하는 것이다. 그것은 식민주의와 인종주의의 소멸과 더불어 새로운 인간주의의 실천이다. 식민 조건의 진정한 종결은 새로운 인간주의를 필요로 하고, 새로운 인간주의는 완전한 탈식민화를 필요로 한다.[35]

---

31) Fanon, *Black Skin, White Masks*, 176.
32) Fanon, *Black Skin, White Masks*, 180-181.
33) Fanon, *Black Skin, White Masks*, 153.
34) Fanon, *Black Skin, White Masks*, 181.
35) Gibson, *Fanon: The Postcolonial Imagination*, 180.

3

파농은 유럽 인간주의를 비판적으로 검토하며, 흑백의 구분 없이 모든 인간의 의식에 개방되는 '보편적인' 새로운 인간주의를 제안한다. 『검은 피부, 하얀 가면』에서 파농이 권유한 새로운 인간주의에 담긴 '새로움'은 충돌하는 인종 경계들과 유럽 인간주의의 인종과 식민 체제를 초월하고 위반한다는 점에서, 그리고 보다 진전한 인간주의의 신성한 특징들을 대지의 저주받은 사람들에게 확대한다는 점에서 새로운 것이다.36) 그리고 대지의 저주받은 사람들의 자기 해방뿐만 아니라 억압자이자 가해자인 백인의 자기 해방을 통해 모든 인간들이 동등하게 서로 인정하는 인간 세계를 위한 이상적인 존재 조건을 창출한다는 점에서 새로운 것이다. 그러나 이러한 새로움은 추상적이고 이론적 차원에 머물러서는 유럽 인간주의와 똑같은 운명에 처하게 된다. 파농이 보기에, 분명 유럽 사상에 인간성의 문제들을 해결할 요소들이 있었다. 그러나 유럽인은 이 요소들을 인류 문제의 해결책으로 승화시켜야 하는 사명을 실천하지 않았기 때문에 그들의 인간주의를 추상적 차원에 머물게 한 것이다.37) 이를 넘어서기 위해 파농은 치열한 '행위'와 '실천'이 필요함을 강조한다.

이런 측면에서 파농의 새로운 인간주의는 혁명적 탈식민화에 대한 비판 이론과 실천, 즉 반인종주의, 반식민주의, 반자본주의적 혁명에 참여하는 것과 결합된다는 점에서 새로움을 가진다.38) 유럽 인간주의가

---

36) Reiland Rabaka, *Forms of Fanonism: Frantz Fanon's Critical Theory and the Dialectics of Decolonization* (Plymouth: Lexington Books, 2010), 274.

37) Fanon, *The Wretched of the Earth*, 314.

38) Rabaka, *Forms of Fanonism*, 274.

그 선언된 목적들을 실현하기 위해 행위를 요청하지 않고, 식민 체제의 진정한 본질을 은폐하는 세련된 말들이라면, 그리고 새로운 인간주의의 특징이 '실천'이라면, 파농의 주장은 이미 유럽 인간주의와 구별되며 새로운 것이 된다.39) 구체적으로 파농에게 이 실천은 필수적으로 혁명적 실천과 연결된다는 점에서 유럽 인간주의와 구별된다.40) 따라서 『대지의 저주받은 사람들』에서 파농은 『검은 피부, 하얀 가면』 보다 더 직접적으로 실천적인 새로운 인간주의를 피력한다.41)

행위와 실천 과정을 통한 새로운 인간주의의 모색은 파농이 제시하는 폭력의 문제와 결합하여 많은 논란을 불러왔다. 특히 파농을 극단적으로 혐오하는 이들은 폭력에 대한 그의 견해를 부각시키며, 그의 인간주의가 진정한 것인지 혹은 그가 진정한 인간주의자인지를 반문한다. 이러한 논란의 중심은 『대지의 저주받은 사람들』의 1장 「폭력에 관하여」("Concerning Violence")이다. "파농의 글이 수천 페이지에 이르는 언어 자료임에도 불구하고, 『대지의 저주받은 사람들』에서 71쪽을 차지하는 이 논의가 수많은 논평자들에게 핵심적 관심사"42)가 된 것이다. 이러한 논란과 관심사는 다시 한 번 파농의 논의들이 누구의 관점에서 출발해야하는지를 강조하게 한다. 그 관점은 바로 대지의 저주받은 사람들의 관점이다. 이를 위해 대지의 저주받은 사람들의 폭력 투쟁이 파농의 새로운 인간주의와 어떻게 관련되는지를 이해하는 것이 중요하다. 또한 폭력 옹호라는 명분으로 파농을 격하시키는 진영의 의도를 정확하게 판단하는 것도 필요하다.

---

39) Robert Bernasconi, "Casting the Slough: Fanon's New Humanism for a New Humanism," in Lewis R. Gordon, et al., eds., *Fanon: A Critical Reader*, 115.
40) Vivaldi Jean-Marie, *Fanon: Collective Ethics and Humanism* (New York: Peter Lang, 2007), 15-16.
41) Rabaka, *Forms of Fanonism*, 273.
42) Gordon, *Fanon and the Crisis of European Man*, 68.

파농은 이미 『검은 피부, 하얀 가면』에서 "나는 이성에 대한 호소 혹은 인간 존엄성에 대한 존중이 실재를 바꿀 수 있다고 믿을 정도로 순진하지는 않다. 르 로베로(Le Robert)에 있는 사탕수수 농장에서 일을 하는 흑인에게, 유일한 하나의 해결책은 '투쟁하라'이다"43)라고 적고 있다. 그리고 그는 진정한 인간으로서 나의 인정을 위해 투쟁이라는 결단을 내려야 한다고 확신한다. "믿을 정도로 순진하지 않다"는 말은 그만큼 식민 체제가 강고하다는 것이며, 흑인의 진정한 인간화와 자기 해방이 시간의 추이에 따라 자연스럽게 실현되지 않는 상황임을 말해준다. 이 상황은 개입의 결단, 해결을 위한 실천의 결단이 요구된다. 폭력투쟁은 이러한 개입과 실천의 연장선이고 일부이다. 따라서 파농에게 폭력은 목적이 아니라 수단이다. 더욱이 피식민지인의 폭력이 대항 폭력이며, 식민지 상황에 내재된 폭력의 결과라는 점은 그의 폭력이 어떤 관점에서 도출된 것인지를 알게 한다.

이미 식민지는 시작부터 유색인에 대한 백인의 폭력으로 형성된 체제이다. 식민지배자와 피식민지인 간의 "첫 만남은 폭력적이었다. 그리고 양자의 동시적 존재 - 즉 이주민에 의한 원주민의 착취 - 는 엄청나게 많은 총검과 대포 덕분에 이루어졌다."44) 식민지배자의 폭력을 통해 피식민지인을 비인간화하고 억압한 조건을 형성했다는 사실은 그 조건을 해체하는 수단 또한 폭력적일 수밖에 없다. 이 점에서 "식민 체제의 폭력과 원주민의 대항 폭력은 서로 균형을 이루며, 매우 상호적인 동질성을"45) 지닌다. "폭력은 식민주의가 부추긴 관계의 본질"46)이 되며, 열등, 야만, 비인간이라는 흑인 존재를 창조한 토대의 수단인 것이다.

---

43) Fanon, *Black Skin, White Masks*, 174.
44) Fanon, *The Wretched of the Earth*, 36.
45) Fanon, *The Wretched of the Earth*, 88.
46) Jean-Marie, *Fanon: Collective Ethics and Humanism*, 4.

흑인의 인정과 그들의 자유와 존엄의 실현은 폭력, 다시 말해 "식민화된 사물이 스스로를 해방시키는 동안 인간으로"[47) 변화하는 탈식민 실천을 통해서 확보된다. 따라서 식민 상황에서 폭력이 자신도 인간이라는 자기 이해와 자기 해방의 유일한 수단이라는 피식민지인의 근본적인 인식은 이러한 측면에서 발생한다. 이러한 식민 상황의 폭력의 본질을 삭제하고서는 파농을 폭력 옹호를 이해할 수 없다.[48) 이에 대한 비난은 식민지배자의 관점을 두둔하는 편견일 뿐이다. 그 비난은 "피식민지인들만 '깨끗해야' 하는가?"[49)라는 물음에 대한 외면이다. 아울러 이러한 비난은 백인도 반복적으로 자신의 인권과 존엄성을 방어하기 위해 폭력을 사용했다는 사실을 은폐하는 것이며, 또한 대지의 저주받은 사람들의 투쟁이 폭력적인 인종주의와 식민주의에 대항하는 폭력[50)이라는 관점을 의도적으로 삭제하려는 시도일 뿐이다.

식민 상황의 비인간화를 고려할 때, 비인간화 자체가 폭력적이라는 점을 이해한다면, 폭력이라는 수단은 식민지배자와 피식민지인 모두에게 이러한 비인간적 상황에서 벗어나야 한다는 자각에 이르게 한다. 피식민지인은 식민지배자와의 폭력적 대결을 통해 자신을 발견한다. 그들은 자신의 삶과 호흡, 심장 박동이 식민지배자와 동일하다는 것을, 그리고 식민지배자의 피부가 자신의 피부보다 더 가치 있는 것이 아니라는 것을 발견한다.[51) 이러한 발견은 피식민지인이 자신의 인간성을 인식하고, 자신이 자유와 존엄성을 가진 인간이며, 자유 의지를 가지고서 자

---

47) Fanon, *The Wretched of the Earth*, 36-37.
48) Jean-Marie, *Fanon: Collective Ethics and Humanism*, 22.
49) Gordon, *Fanon and the Crisis of European Man*, 80. 고든이 설명하듯 식민 상황에서 폭력은 굴복하는가 아니면 굴복하지 않을 것인가라는 선택의 형태이다. 폭력은 내가 소유한 것과 지키고자 한 것을 누군가가 약탈하고 상실시킨 것에 굴복하지 않겠다는 선택의 경우에 존재한다.
50) Rabaka, *Forms of Fanonism*, 277.
51) Fanon, *The Wretched of the Earth*, 45.

신을 억압하는 모든 형태들과 싸워야 한다는 "새롭고 혁명적인 확신"[52] 을 가지게 한다. 피식민지인의 이러한 자기 이해와 확신은 폭력적 대결을 통해 백인의 운명이 아닌 자기 자신의 정치적, 윤리적 운명을 결정하게 만든다. 나아가 그들을 새로운 인간으로 변화하는 결과를 낳게 한다. 따라서 발생하지 않아야 할 폭력이 그 본질인 식민 상황에서 이를 극복할 "탈식민화는 항상 폭력적인 현상"[53]일 수 밖에 없지만, 이 상황에서 더 끔직한 미래를 봉쇄하기 위해서는 탈식민화가 성공적으로 수행되어야만 한다. 그것은 파농이 강조하듯이 탈식민화가 새로운 인간의 창조를 의미하기 때문이다.

> 탈식민화는 그들의 존재에 새로운 인간이 가져온 자연스러운 리듬을 가져다주며, 새로운 언어와 새로운 인간성을 가져다준다. 탈식민화는 새로운 인간의 진정한 창조이다.[54]

식민지배자도 이 과정에서 자신이 만든 비인간적 상황에서 해방되어야 하며, 이 과정은 그 가능성을 포함하고 있다. 탈식민화는 유럽의 관점에서 구성된 인간, 인간성, 인간주의의 한계를 직시하는 계기이며, 유럽만의 인간, 인간성, 인간주의가 대지의 저주받은 사람들의 현실을 수용하며 확대되는 과정이기 때문이다. 식민지배자도 이러한 탈식민화 과정에서 피식민지인을 사물이 아닌 동등한 인간으로 인정하는 변화를 인정할 수밖에 없다. 이를 통해 식민지배자는 그들의 잘못된 인간주의의 이상을 교정하고, 상호성에 기반을 둔 윤리를 마련하는 계기로 삼아야 한다. 이러한 노력이 없다면 그들은 계속해서 과거의 영광 속에 도취되어 자신의 인간성을 타락시키고, 타자의 인간성을 상실시키는 잘못

---

52) Fanon, *The Wretched of the Earth*, 45.
53) Fanon, *The Wretched of the Earth*, 35.
54) Fanon, *The Wretched of the Earth*, 36.

을 반복하게 된다. 이러한 것이 파농이 유럽(식민지배자)에게 제시하는 요청사항이다. 그러나 이미 그 잘못된 결과가 식민 종결 이후 오늘날의 현실에서 목격되고 있다. 여기서 다시 유색인에 대한 백인의 인정, 유색인의 자기 이해와 자기 해방의 인식, 백인과 유색인의 진정한 인간으로서 상호 변화를 포함하는 파농의 새로운 인간주의가 왜 중요한지를 알수 있다. 파농은 굴복하는가 혹은 굴복하지 않을 것인가라는 폭력의 선택을 강요하는 나와 타자의 지배와 종속의 관계에 기반을 둔 세계는 모든 인간의 자유와 존엄을 수호할 없다는 것을 우리에게 증명한다. 그리고 그는 새로운 인간주의에 입각한 상호 인정이 관철되는 세계로 나아가도록 행위와 실천을 권고하고 있는 것이다.

4

파농은 탈식민화 과정에서 형성되는 집단적 윤리로서 새로운 인간주의에 주목한다. 탈식민화는 피식민지인 "각 개인의 의식에 공통의 대의, 민족의 운명, 집단적 역사라는 관념들"[55]을 접하게 하는 계기가 된다. 이 계기를 통해 피식민지인의 개인적 차원의 자기 이해와 자기 해방은 개인과 개인이 연대하는 집단의 목적과 함께 하게 된다. 이러한 개인의 연대로서 집단을 우선시하는 새로운 인간주의는 이를 토대로 하는 새로운 국가에 대한 파농의 구상에서 핵심이 된다. 집단적 윤리로서 새로운 인간주의는 "개인주의적 윤리 체계와 결합한 인간 존엄성에 대한 서구 개념이 피식민지 대중의 목적에 적합하지 않다"[56]는 그의 성찰에서

---

55) Fanon, *The Wretched of the Earth*, 93.

도출된다.

이러한 집단적 윤리로서 새로운 인간주의의 관점에서 파농은 집단과 공동체를 강조하는 민족주의를 검토한다. 보다 구체적으로 이 검토는 탈식민 투쟁과 새로운 국가 건설의 여정에서 민족주의를 표방하는 민족 정당, 그리고 이 민족 정당의 중심 세력인 민족 부르주아지와 민족 지식인이 가지는 서구 가치에 대한 경도와 서구 부르주아지 개인주의 태도, 그리고 계급적 이익 추구에 대한 비판을 통해 진행된다. 파농은 이러한 태도와 세계관을 가진 이들이 투쟁 과정에 침묵하거나 식민 체제와 타협하는 집단, 심지어 탈식민 투쟁을 저해하는 내부의 적이 될 수 있음을 지적한다. 그래서 이들에게 민족의식은 "모든 사람의 내적인 희망을 아우르는 결정체가 아니며 … 속이 빈껍데기일 뿐이고 원작의 치졸한 모방품에 불과하다"[57]는 점이 부각된다.

식민 체제에서 서구 가치와 문화를 "자신의 지성에 가능한 밀접하게 결부시키고자 하는"[58] 민족 지식인은 자신이 "해방된 노예"[59]임을 알지 못한다. 유럽 주인에게서 개인이 자기 자신을 완전히 표현해야 한다고 배운 이들은 자신의 주체성을 유지해야 하고 자신의 생각은 자신만의 것이라는 관념을 신봉한다. 나아가 그들은 피식민지인들에게 이 개인주의를 설파한다. 이러한 서구 부르주아지 개인주의의 체득은 지식인이 투쟁에 나설 때에도 그 자신의 이익이 우선시 된다. 그것도 식민 체계에 동화하고자 하는 자신의 욕망을 은폐하고서 진행된다.[60] 민족 정당과 민족 부르주아지도 자신들의 권력과 이익을 보존하는데 몰두한다. 그리고 그들은 투쟁의 결정적 순간에 '비폭력'이라는 개념을 도입한다.

---

56) Jean-Marie, *Fanon: Collective Ethics and Humanism*, 32.
57) Fanon, *The Wretched of the Earth*, 148.
58) Fanon, *The Wretched of the Earth*, 219.
59) Fanon, *The Wretched of the Earth*, 60.
60) Fanon, *The Wretched of the Earth*, 60.

민족 부르주아지는 탈식민 투쟁으로 자신이 가진 자산과 권력을 상실
되는 것을 원하지 않기 때문에 식민 체제의 유지인 타협을 내놓는다.
독립 이후에도 그들은 경제력도 창조적 정신도 없으면서 자기도취에
빠져 식민 지배국의 부르주아지가 하는 역할을 하며 식민 지배자가 남
긴 부당이익을 수취하려고 획책할 뿐이다.61)

파농에게 치졸한 모방품인 민족의식으로 자신을 포장하고서 서구 문
화와 서구 부르주아지 개인주의 태도를 옹호하는 이들, 계급적 이익만
을 추구하는 민족 지식인, 민족 부르주아지는 새로운 인간과 국가를 위
한 주체가 될 수 없다. 파농은 이들에게 이렇게 권고한다. 민족 지식인
은 서구라는 자신의 우상을 파괴하고 자신의 "퇴보적인 흐름을 민중에
뿌리박은 전진적인 흐름으로 촉진시키는"62) 투쟁에 적극적으로 동참해
야 한다. 또한 파농은 지식인들이 집단적 윤리로서 새로운 인간주의의
체득을 위해 민중의 자발적 집단 모임에 동참해야 하며, 민중이 처음부
터 가진 포괄적인 입장을 공유해야함을 언급한다. 즉 어떻게 해야 토지
와 식량을 얻을 수 있는가를 함께 고민해야 한다고 말한다.63) 이 권고
는 그들이 구체적인 인간 존재들이 안고 있는 현실의 문제를 해결하는
데 동참해야 한다는 것이다. 민족 부르주아지의 경우, 파농은 그들이
"자본주의라는 도구라는 측면을 부정하고, 민중이라는 혁명적 자본의
자발적인 노예"64)가 될 것을 주문한다. 그는 이것만이 그들이 "전통적
인 부르주아지, 즉 반민족적 의미에서 어리석고 비열하고, 냉소적인 속
성을 가진 부르주아지라는 혐오스러운 길"65)에서 벗어나는 방법임을
설득한다. 파농은 이들이 집단적 운명체로서 민중의 대의에 함께 함으

---

61) Fanon, *The Wretched of the Earth*, 149.
62) Fanon, *The Wretched of the Earth*, 47.
63) Fanon, *The Wretched of the Earth*, 47.
64) Fanon, *The Wretched of the Earth*, 150.
65) Fanon, *The Wretched of the Earth*, 150.

로써 그 자신들도 새로운 인간으로 변화하며 각성하는 것이 새로운 인간과 국가의 건설에 필요하다는 것을 역설하고 있는 것이다.

앞서 논의한 민족주의에 대한 파농의 비판적 사유는 새로운 인간을 창조하기 위해 새로운 국가가 지향해야할 정치적 방향성과 밀접하게 관련된다. 이러한 그의 사유는 자신의 새로운 인간주의에 대한 고민뿐만 아니라 알제리 민족해방전선의 일원으로, 그리고 알제리 임시정부의 블랙 아프리카 순회대사로서 그가 목격한 아프리카 독립국가와 그 민족주의적 경향의 폐해에서 도출되었다고 할 수 있다. 또한 이러한 폐해는 독립 이후 피식민지인의 경험과 물질적 토대의 부족, 그리고 그들을 위한, 그들에 의한 가치관과 사회를 확립할 시간이 부족했기 때문이기도 하다.66)

이런 점에서 파농에게 식민 체제를 철폐하는 탈식민화는 새로운 인간주의의 완성이 아니라 그 실현 과정의 일부이다. 특히 그에게 탈식민 투쟁을 통한 이전 피식민 국가의 독립은 새로운 "인간주의를 향한 장기 여정의 단계이자 제한된 목표로 간주된다."67) 파농은 그 자신이 소망하는 새로운 국가로의 여정에 아프리카 독립 국가들이 정상적으로 진입하는데 있어 무엇이 필요한지를 검토한다. 이는 이들 국가들이 취하고 있는 중립주의 정책, 자본주의 혹은 사회주의 국가 모델에 대한 진단을 통해서 이루어진다. 파농이 보기에, 냉전 시기 아프리카 독립 국가의 발전을 위한 수단으로 채택된 중립주의는 양대 진영을 이용하는 "일종의 오염된 중상주의"68)이다. 이를 통해 어느 정도의 경제적 지원을 받을 수 있지만, 독립 국가들이 정치적, 경제적 독립을 유지하면서 충분히 발전할 수 있는 정도는 아니다. 파농이 경고하듯이 오히려 이러한 중상주

---

66) Fanon, *The Wretched of the Earth*, 81.
67) Nayar, *Frantz Fanon*, 123.
68) Fanon, *The Wretched of the Earth*, 82.

의 정책은 자본주의와 사회주의 국가의 개입을 불러오고 또 다른 종속을 야기한다.69) 파농은 독립국가가 그 모델을 자본주의와 사회주의에 두는 것도 반대한다. 이 모델들은 아프리카 개별 독립 국가 사람들의 역사적 경험과 가치로 형성되고 진화한 것이 아니기 때문이다. 파농은 "다른 대륙과 다른 시기의 다른 사람들이 규정한 사회주의와 자본주의 중에 선택"70)하지 말고, 제3세계의 특수성과 고유성에 입각한 방식과 양식을 모색하자고 제안한다. 여기서도 그가 일관적으로 강조하는 관점, 즉 대지의 저주받은 사람들의 관점이 견지된다.

특히 파농은 자본주의적 모델에 대해서는 단호하다. 왜냐하면 이 모델은 자신이 지향하는 새로운 국가의 모습과 대립하기 때문이다. 자본주의가 동일한 인간을 비인간화하며 자원과 노동을 착취하며 부와 발전을 이룬 비인간적이고 파괴적 본질을 가지고 있기 때문이다. 그래서 파농은 자본주의 모델을 따른 "유럽의 복지와 진보는 흑인, 아랍인, 인도인, 황인종의 땀과 죽음을 토대로 건설"71)된 것이기 때문에 "유럽은 말 그대로 제3세계의 창조물"72)이라고 비판하고 있는 것이다. 사회주의의 경우에 파농은 일정 정도 긍정하는 측면을 보여준다. 그것은 "철저히 민중 전체를 지향하고 인간이 재산보다 귀중한 존재라는 원칙"73) 그리고 소수의 사람들의 경제적, 정치적 독점을 허용하지 않는 원칙이다. 그러나 사회주의적 모델의 일부 수용도 파농이 말한 '제3세계의 특수성과 고유성에 입각한 방식과 양식'에 입각하고 있다. 그는 이 모델이 새로운 국가 건설을 더 신속하고 더 조화롭게 전진시키는 데 기여할 수 있는 원칙을 포함하고 있다는 점에서 일부 긍정한다.

---

69) Fanon, *The Wretched of the Earth*, 82.
70) Fanon, *The Wretched of the Earth*, 99.
71) Fanon, *The Wretched of the Earth*, 94.
72) Fanon, *The Wretched of the Earth*, 102.
73) Fanon, *The Wretched of the Earth*, 99.

이처럼 유럽에 기반을 둔 모델은 그것이 이미 역사적으로 인간을 비인간화시킨 결과를 낳았기 때문에 파농에게서 거부된다. 파농은 힘든 여정이지만 탈식민 투쟁을 통해 자기 이해와 자기 해방을 이끌어낸 대지의 저주받은 사람들, 즉 제3세계 민중에 집중하여 새로운 방식과 양식 그리고 가치를 도출하자고 주장하고 있는 것이다. 그는 제3세계 독립 국가의 경제적 소외와 저발전을 극복하는 데 있어 유럽 모델의 추종과 이에 동반하는 유럽의 개입이라는 길에서 찾지 말고 또 하나의 혁명을 수행하자고 말한다. 이것이 파농이 목격한 독립 이후 아프리카 국가의 신식민 상황을 차단하는 방법이다. 독립 이후 민족 내의 빈곤, 문맹, 저개발을 해소하는 그 지난한 투쟁의 과정이 또 다른 종속 체제인 신식민 체제를 봉쇄하고 새로운 인간과 그들이 공존하는 새로운 국가로 나아가는 길임을 파농은 강조한다.[74]

파농에게 이러한 또 하나의 혁명 과정은 피식민지인이었던 제3세계인에게 이전과 다른 새로운 인간 의식을 고양하는 경로가 된다. 파농은 이 과정에서 민족 개념의 "살아있는 표현은 민중 전체의 움직이는 의식"[75]이 될 수 있다고 본다. 이때 민중은 파농의 새로운 인간주의를 실천하는 주체이며, 집단적 윤리에 근거하여 공동의 노력을 통해 공동의 운명을 개척하는 주체이다. 이러한 주체들의 실천과 개입이 형식적이고 서구의 모방품에 불과했던 민족주의를 성장시키고 발전시켜 "사회적, 정치적 필요에 관한 의식, 다시 말해 인간주의로 전환"[76]하게 한다. 그렇지 않다면 아프리카 현실에서 벌어지고 있는 신식민 체제처럼 타자를 배제하고, 상호 소통을 저해하는 막다른 골목에 봉착할 수밖에 없다. 파농은 이미 이러한 막다른 골목에서 "민족주의에서 초민족주의, 쇼비

---

74) Fanon, *The Wretched of the Earth*, 93-94.
75) Fanon, *The Wretched of the Earth*, 204.
76) Fanon, *The Wretched of the Earth*, 204.

니즘으로 최종적으로 인종주의"[77]로 타락하고 있는 제3세계 독립국가의 퇴보를 목격했으며, 이러한 퇴보를 막기 위해 새로운 인간주의가 왜 필요한지를 말하고 있는 것이다.

파농은 새로운 국가 정부는 올바른 경제 정책과 사회관계의 분배에 대한 원칙뿐만 아니라 새로운 "인간과 인간성의 미래에 관한 개념"[78]도 정립해야 함을 역설한다. 그리고 그는 "자국의 모든 시민들에게 존엄성을 돌려주고, 그들의 마음을 충족시켜주어야 하고, 인간적인 것들로 그들의 눈을 즐겁게 해주어야 하며, 의식이 있고 주권을 가진 사람들이 살아가기 때문에 인간적이라는 전망을 창조해야"[79] 함을 강한 어조로 표출하고 있다. 따라서 파농의 새로운 인간주의는 대지의 저주받은 사람들을 비인간화시키는 모든 장애물과 대결하면서, 그들이 현실에서 경험하는 구체적인 삶과 고통을 개선하기 위해 제기되고 있다. 그에게 새로운 인간주의는 현실의 고통을 은폐하는, 구체적 삶과 동떨어진 초월적 진리가 아닌 실천적이고 집단적인 윤리인 것이다.[80]

5

파농은 서구의 모조품으로서 민족주의, 타자를 배제하는 민족주의가 아닌 윤리적 상호 인정에 기반을 둔 새로운 인간과 인간성에 대한 전망을 가진 민족주의를 옹호한다. 이러한 민족주의는 인종, 민족, 문화의

---

77) Fanon, *The Wretched of the Earth*, 156.
78) Fanon, *The Wretched of the Earth*, 203.
79) Fanon, *The Wretched of the Earth*, 205.
80) Nayar, *Frantz Fanon*, 125.

경계들을 초월하여 타자의 구체적 삶과 고통에 공감하는 관점을 포함한다. 파농이 제시하는 민족주의와 민족의식은 보다 '보편적인' 방향을 지향한다.[81] 보편적인 것에 대한 파농의 관점은 앞서 식민 상황에서 흑인과 백인이 상호적 인정을 통해 양자의 진정한 인간으로의 변형을 촉구하는 주장에서부터 이미 내포되어 있다. 파농은 모든 인간의 자기 이해와 자기 해방을 모색하는 관점, 가해자와 피해자를 넘어서는 보편적인 인간을 강조한다. 물론 추상적인 정체성의 관점보다 실천하고, 성찰하는 관점에서 보편적인 인간이라는 점은 말할 필요가 없다.

보편적인 것으로서 새로운 인간주의는 파농의 민족 문화와 민족의식에 대한 논의에서 보다 진전된 형태로 나타난다. 새로운 인간주의의 실현은 기나긴 여정과 실천을 필요로 한다는 파농의 견해를 고려하자면, 「민족문화에 관하여」("On National Culture")에 기술된 새로운 인간주의를 토대로 한 민족문화와 민족의식은 "새로운 인간주의의 최종 형태"[82]라기 보다는 그의 글 속에서 찾을 수 있는 가장 진전된 형태일 것이다.

파농은 민족문화에 대한 성찰을 위해 네그리튀드(Negritude)로 표상되는 흑인 문화운동을 비판적으로 검토한다. 분명 피식민지인의 민족문화는 탈식민화 과정을 통해 출현하는 것이고, 그것은 유럽 문화에 대한 대항문화이자 투쟁적 문화임에 틀림없다. 이러한 문화는 유럽 문화에 대한 대응이고 제3세계의 문화에 대한 정당성을 확보하는 노력이다. 그러나 파농은 네그리튀드에서 흑인 문화의 우월성 강조가 유럽 문화가 보여준 흑인/백인이라는 이분법에서 벗어나지 못하고 있음에 주목한다. 네그리튀드가 강조하는 흑인 문화의 우월성은 흑인 문화의 절대적 우

---

81) 파농의 민족주의에 대한 관점은 깁슨의 평가처럼 3가지의 형태를 취한다(Gibson, *Fanon: The Postcolonial Imagination*, 179). 물론 파농이 옹호하는 것은 새로운 인간주의의 전망을 담고 있는 민족주의이다.

82) Jean-Marie, *Fanon: Collective Ethics and Humanism*, 141.

월성을 취하기에 문화 간의 배제와 비상호적 인정을 초래한다. 다시 말해 "유럽 문화의 무조건적인 긍정에 이어 아프리카 문화의 무조건적인 긍정이"[83]이 나타난 것이다. 파농은 네그리튀드에서 식민 체제 이후 유럽 문화가 다른 문화에게 취했던 배제와 단절의 메커니즘을 읽어내고 있는 것이다.

이러한 비판을 통해 파농은 진정한 민족문화의 실현에서 일차적으로 요구되는 것이 무엇인지 분명히 보여준다. 그것은 새로운 인간의 실현을 위한 흑인과 백인의 이분법적 경계 폐지에 대한 요구와 마찬가지로 흑인 문화와 유럽 문화의 경계를 넘어서야한다는 것이다. 또한 파농은 네그리튀드가 말한 흑인 문화의 보편성, 보편적 흑인이라는 인식을 비판한다. 대항의 관점에서 흑인 문화의 정당성과 통일성을 확보하기 위해 하나의 전략으로서 가능할지는 모르지만, 아프리카의 개별 인종, 민족 그리고 전 세계로 (강제) 이주한 흑인을 '하나'의 흑인이라는 기표 아래 묶을 수는 없다. 이것은 식민 체제에서 백인이 열등과 미개를 표상하는 흑인이라는 기표에 개별 흑인들을 묶어 차별하고 배제한 메커니즘과 같은 것이다. 이러한 추상적 흑인, 추상적 흑인문화는 결국 살아있는 개별 흑인의 삶과 가치를 표현할 수 없으며, 탈식민 투쟁을 통해 그들의 체험에서 분출된 민중의 새로운 인간에 대한 전망을 구현할 수 없다. 그 이유는 파농이 주장하듯이 "민중이 … 투쟁 속에서 민족의 존재를 구체화하는 것"[84]이라면, 그 민족문화는 새로운 국가의 동시대의 역사적 경험과 긴밀하게 연결되어야 하기 때문이다. "민족문화는 민중이 스스로를 창조하고 계속 존재하도록 하는 행위를 묘사하고, 정당화하고, 찬양하는 사유의 영역에서 민중에 의한 모든 노력의 총체"[85]가 되

---

83) Fanon, *The Wretched of the Earth,* 212-213.
84) Fanon, *The Wretched of the Earth,* 223.
85) Fanon, *The Wretched of the Earth,* 233.

어야 한다. 이런 점에서 과거의 전통과 관습으로 회귀하고, 그것에서 민족문화의 내용을 채우려는 시도 또한 파농에 의해 거부된다. 이러한 측면들이 파농이 제시하는 민족문화 실현의 두 번째 제안이다.

파농은 "문화가 민족의식의 표현이라면, 나는 우리가 다루고 있는 사례에서 가장 정교한 형태가 민족의식이라고 단언하는데 주저하지 않을 것이다"[86]고 말하며 민족의식을 규정한다. 파농은 이 민족의식과 관련하여 민족문화에 대한 세 번째 제안을 한다. 그것은 그의 새로운 인간주의적 전망을 포함하고 있는 민족문화의 국제주의적 성격이다. 자기이해와 자기 해방의 길, 새로운 인간의 길로 나아가는 투쟁에서 민중이 구체화시킨 민족문화와 민족의식은 타자의 존재와 문화를 부정할 수 없다. "자신과 타인들 모두를 위해 새로운 인간주의를 규정할 수밖에"[87] 없는 새로운 인간성을 추구하는 민중이 보여주는 자아의식의 총체인 민족의식은 인종, 민족, 문화 간의 상호 인정을 통해 국제적 소통을 지향하는 통로가 되어야 한다. 여기서 민족문화와 민족의식은 국제주의적 성격을 가지는 것이다.

자아의식은 소통의 문을 폐쇄하는 것이 아니다. 오히려 철학 사상이 우리에게 가르쳐 주듯이, 자아의식은 소통을 보장하는 것이다. 민족주의와 다른 민족의식은 우리에게 국제적 차원을 제공하는 유일한 것이다.[88]

이처럼 파농의 새로운 인간주의는 억압적인 유럽(서구)의 인간, 민족, 민족주의, 민족문화의 개념에 보다 보편적이고 진실한 인간의 모습을 되찾는 성찰을 제공한다. 그리고 그는 그 개념들이 상호 인정과 소통을

---

86) Fanon, *The Wretched of the Earth*, 247.
87) Fanon, *The Wretched of the Earth*, 246
88) Fanon, *The Wretched of the Earth*, 247.

지향하는 개념으로, 그리고 추상적 개념이 아니라 구체적 삶과 현실과
결합된 실천과 행위를 담고 있는 개념으로 진전시키고 있다. 그의 새로
운 인간주의는 인간, 문화, 민족 간의 경계를 넘어 상호 인정과 평등한
공존을 지향한다.

6

"유럽을 떠나라"[89]라는 파농의 권고는 유색인에 대한 유럽인의 비인
간화에 대한 질타이다. '유럽을 떠나라'라는 말은 유럽인이 만든 인간,
그 인간을 규정하는 구조와 메커니즘에 대해 비판적 성찰을 하지 않는 유
색인에 대한 충고이다. 이러한 질타와 충고는 그가 열망하는 새로운 인간
과 인간성, 그리고 모든 인간이 상호 인정하고 소통하는 새로운 세계의
실현을 위한 고민에서 나온 것이다. 그래서 파농은 "유럽을 위해, 우리 자
신들을 위해"[90] 새로운 개념들과 새로운 인간을 도모해야 한다고 진정으
로 권유하고 있는 것이다. 즉 그는 가해자인 유럽인과 피해자인 유색인,
즉 모든 인간들을 위해 부단한 성찰과 실천을 촉구한 것이다.

그러나 오늘날 파농이 목격한 그리고 극복하고자 한 인간의 고통, 식
민 체제와 신식민 체제 하의 인간들이 경험한 폭력과 억압, 차별과 배
제의 처참한 현실은 그의 처절한 외침에도 끝나지 않고 있다. 그것은
오늘날 아프리카와 아시아의 빈민가에서 쓰레기를 뒤지며 삶을 연명하
고 있는 아이들, 세계 곳곳에서 세계의 하인으로 불평등한 가사 노동에

---

89) Fanon, *The Wretched of the Earth*, 311.
90) Fanon, *The Wretched of the Earth*, 316.

종사하는 아시아 여성들, 그리고 현대판 노예로서 정당한 대우를 받지
못한 채 인종과 계급의 이중적 차별을 받고 있는 수많은 제3세계의 이
주노동자들과 이주민들의 현실에서 입증된다. 그리고 외국인 혐오주의
라는 유령이 세계 전역을 휩쓸고 있는 상황에서,[91] 인종, 민족, 종교,
정치적 입장의 차이가 '악'으로, '적'으로 낙인찍혀 공격의 대상이 되고
있는 공포의 현장에서 파농의 경고가 오늘날 부활하고 있음을 증명한
다. 그것들은 파농의 외침이 옳았음을, 인간에 대한 인간의 존중이 부재
할 경우 도래할 비극이 무엇인지를 보여준다. 그래서 인종, 민족, 문화,
종교 간의 경계를 넘어 상호 인정과 평등한 공존을 도모하고 그 경계의
충돌로 야기된 비극과 공포를 극복할 가능성 있는 성찰을 제시하는 파
농은 오늘날 다시 부활해야 할 필요가 있다. 파농의 요청은 단순한 폭
력을 위한 '구호'가 아니라 우리에게 '인간'을 위해 부단히 고민하고 책
임을 지고 추진해야할 사명이 무엇인지를 말해준다.

---

91) Zygmunt Bauman, "The Crisis of the Human Waste Disposal Industry," in Donaldo
   Macedo and Panayota Gounari, eds., *The Globalization of Racism* (Boulder:
   Paradigm Publishers, 2006), 36.

참고문헌

Alessandrini, Anthony C., ed., *Frantz Fanon: Critical Perspectives* (New York: Routledge, 1999).

Baldwin, Elaine, Brian Longhurst, Scott McCracken, Miles Ogborn, and Greg Smith, eds., *Introducing Cultural Studies* (New York: Prentice Hall, 1999).

Bauman, Zygmunt, "The Crisis of the Human Waste Disposal Industry," in Donaldo Macedo and Panayota Gounari, eds., *The Globalization of Racism* (Boulder: Paradigm Publishers, 2006), 36-40.

Bernasconi, Robert, "Casting the Slough: Fanon's New Humanism for a New Humanism," in Lewis R. Gordon, T. Denean Sharply-Whiting, Renée T. White, eds., *Fanon: A Critical Reader* (Oxford: Blackwell Publishers, 1996), 113-121.

Césaire, Aimé, *Discourse on Colonialism*, Joan Pinkham, trans. (New York: Monthly Review Press, 1972).

Dayal, Samir, "Ethical Antihumanism," in Mina Karavanta and Nina Morgan, eds., *Edward Said and Jacques Derrida: Reconstellating Humanism and the Global Hybrid* (Newcastle: Cambridge Scholars Publishing, 2008), 220-249.

Fanon, Frantz, *Black Skin, White Masks*, Charles Lam Markmann, trans. (London: Pluto Press, 1986).

＿＿＿, *The Wretched of the Earth*, Constance Farrington, trans. (New York: Grove, 1963).

Fuss, Diana, "Interior Colonies: Frantz Fanon and the Politics of Identification," in Nigel C. Gibson, ed., *Rethinking Fanon: The Continuing Dialogue* (New York: Humanity Books, 1999), 294-328.

Gibson, Nigel C., *Fanon: The Postcolonial Imagination* (Cambridge: Polity, 2003).

Gordon, Lowis R., *Fanon and the Crisis of European Man: An Essay on Philosophy and the Human Sciences* (New York: Routledge, 1995).

Gordon, Lowis R., T. Denean Sharpley-Whiting, and Renée T. White, eds., *Fanon: A Critical Reader* (Oxford: Blackwell, 1996).

Jean-Marie, Vivaldi, *Fanon: Collective Ethics and Humanism* (New York: Peter Lang, 2007).

McLeod, John, *Beginning Postcolonialism* (Manchester: Manchester UP, 2000).

Miller, Toby, ed., *A Companion to Cultural Studies* (Oxford: Blackwell, 2001).

Nayar, Pramod K., *Frantz Fanon* (London: Routledge, 2013).

Rabaka, Reiland, *Forms of Fanonism: Frantz Fanon's Critical Theory and the Dialectics of Decolonization* (Plymouth: Lexington Books, 2010).

'反-코기토'로 읽는 보들레르와 『악의 꽃』[1)]

장 정 아

1   들어가며

"부상당한 코기토"(un cogito blessé),[2)] 데카르트 코기토는 부상당했다. "cogito ergo sum", 즉 사유를 본성으로 하는 실체로서의 나에 대한 존재증명 데카르트 코기토는 그 사유 자체의 확실성이 문제시됨으로써, "반(反)코기토의 타격"(la frappe anti-*Cogito*)[3)]을 입기 시작한다. "자기의식의 불확실성과 기만성을 묻는" 물음을 통해 "니체, 프로이트, 맑스가 함께 모이"고, 그렇게 "탈근대적 코기토"(리쾨르)[4)]의 포문이 열리게 된 것이다.

즉, "사고 작용이 있을 때, 사고 작용을 영위하는 무엇인가가 없어서

---

1) 이 논문은 『외국문학연구』 61 (2016: 443~471)에 실은 장정아(2016)의 「'反-코기토'로 읽는 보들레르 : 『악의 꽃』의 '악'의 '꽃'으로서 자아의 확장 혹은 개화」를 이 책의 논지에 따라 수정하였다.

2) 폴 리쾨르, 양명수 옮김, 『해석의 갈등』 (한길사, 2012) 204; Paul Ricoeur, *Le conflit des interprétations* (Éditions du Seuil, 1969) 173.

3) 폴 리쾨르, 김웅권 옮김, 『타자로서 자기 자신』 (동문선, 2006) 30; Paul Ricoeur, *Soi-même comme un autre* (Éditions du Seuil, 1990) 25. 그러나 본고에서는 '反-코기토'를 "contre-cogito"(Bertrand Marchal, *Lire le Symbolisme* (DUNOD, 1993) 80)의 대역어로 쓴다. 이는 '反-코기토'에 '對-코기토'의 가능성을 열어두기 위함이다.

4) 김상환, 『니체, 프로이트, 맑스 이후』 (창비, 2013) 159 재인용.

는 안 된다는 것은, 행동에는 행동하는 자를 덧붙인다는 우리의 문법상의 습관을 단순히 정식화한 것이다", "데카르트가 의욕한 것은 […] 사상이 실재성 자체를 가진다는 점"이지만, 데카르트 코기토에서 "사상의 '가상성'을 배척할 수가 없는 것"5)이라고 니체가 천명한 뒤, 데카르트 코기토에 의해 정립된 근대적 주체는 상처입고 와해되며, 주체의 해체는 탈근대를 가리키는 중요한 표식이 된다.

위와 같이, 니체의 反-코기토적 입지가 사유작용을 문제시하는 것과 관련있는 것처럼, 하이데거의 反-코기토적 사유도 데카르트의 'cogitare' (사유하다)를 향해있다. 그에 따르면, 데카르트의 'cogitare'는 'percipere (per-capio)', 즉 표-상한다(Vor-stellen)는 의미로 사용되고, 또한 데카르트에게 모든 'ego cogito'는 'cogito me cogitare', 즉 '나는 내가 생각/표상한다는 것을 생각/표상한다'이므로, 인간의 모든 표상작용은 […] '자신'을 표상하는 것이 된다. "표상작용 자체가 표상하는 자의 시계(視界) 내에서 수행되고", "표상하는 자가 표상작용의 구조 안에 본질적으로 속해 있는 것이다."6) 달리 말하면, 표상하는 것은 앞에 세우는 것이므로, 표상작용의 이행 자체는 표상된 것 '앞'의 누군가를 상정하고, 그 누군가는 표상하는 이가 될 수밖에 없으므로, 표상한다는 것은 자기를 표상하는 것이 된다. 그리고 데카르트의 표상작용은 사유작용이므로, 결국 의식은 자기의식이 된다. 이렇게 사유를 통해 자기 존재를 증명하는 코기토의 '나', 즉 표상하는 자는 표상작용에 있어서 표상된 대상 못지 않게 이미 알려져 있으므로, 데카르트 코기토의 'ergo'는 "제거"된다. 나아가 표상작용 자체 안에서 확보되는 표상하는 자의 존재는 표상된 것에 대한 척도로 자리매김한다. 그렇게 '근거'와 '원리'로 자리잡은 표상하

---

5) 니체, 강수남 옮김, 『권력에의 의지』 (청하, 2003) 305.
6) 하이데거, 박찬국 옮김, 『니체와 니힐리즘』 (지성의 샘, 1996) 222・223・225・226・227.

는 자 '나'는 자신을 표상하는 표상작용이라는 의미의 'subiectum', 즉 기체로서의 주체로서, 데카르트 코기토에 내포된 형이상학의 중심을 차지한다.[7]

한편, 反-코기토의 가격에서 프로이트의 무의식을 빼놓을 수는 없다. 프로이트의 의식의 "위상학"에 의해, 주체의 자리가 옮겨졌고, 그러한 자리 이동 후 "의식과 자아가 바탕이나 기원이 되지 못하게 된 것이다". 즉 의식과 자아는 '나'를 이루는 일부일 뿐이다. 이렇게 프로이트의 정신분석학은 "생각 때문에 나의 존재가 확실하다고 해서, 내가 생각하는 (아는) 내가 나라고 할 수는 없다"는 점을 분명히 하여, "추상적인 코기토의 확실성과 구체적인 주체 사이를 벌려놓는" 일을 수행한다.[8]

그리고, '내가 존재한다'와 '내가 누구인가' 사이의 간극에 주목하여 데카르트 코기토의 환상성을 드러낸 또 한명의 주목할 이가 라깡이다. "내가 나에 대해 말할 때 나는 내가 이야기할 때 가리키는 나 자신과 같은 사람인가를 생각"[9]하기 시작하는 데서 라깡의 욕망과 환상의 무의식적 주체가 탄생하는 것이다. 즉 라깡은 "사유하는 나에 대한 인식의 결과로서 존재하는 나에 있어서 언표의 주체와 언술행위의 주체 사이의 간극에 따른 다양한 '나'들을 문제삼"[10]으며, 데카르트 코기토에서 사유의 보증으로서의 어떤 실재를 향한 주체의 분열과 그 분열의 회귀적 반복과 그러한 반복을 주도하는 무의식의 심급을 읽어냄으로써, 언어가 지배하는 상징계에서 무의식적으로 구성되는 환상의 주체를 드러낸다. 이러한 라깡의 주체가 서 있는 지점은 데카르트 코기토의 사유의 보증인인 신이 대타자로서 결함을 갖고 있는 곳이며, 따라서 그때의

---

7) 같은 책 233 · 234 · 237 · 240.
8) 폴 리쾨르, 『해석의 갈등』, 269 · 271 · 274.
9) Jacques Lacan, Écrits (Seuil, 1966) 517.
10) 졸고, 「불교의 '무아'(無我)를 바탕으로 말라르메의 『주사위 던지기』와 라깡이 『세미나 11』에 나타난 '환상의 주체' 연구」, 『동아시아불교문화』 23 (2015) 179.

사유는 그 실체성 및 실재성을 보장받을 수 없다.

이상과 같이, 19세기 말 니체와 프로이트 등에서 시작되어 서양 철학사에 내려오는 反-코기토적 사유 속에는 사유의 가상에 대한 각인이 자리하고 있다. 그런데 이러한 사유의 가상성에 대한 인식은 프랑스 상징주의 시인 말라르메에게서도 확인된다. 말라르메가 존재와 비존재의 공존을 요구하는 자신의 시적 궁극을 허구라는 시 속에서 허구의 존재를 통해 추구함으로써 자신의 허구의 시학을 정립한 것은 사유의 가상성에서 비롯한 데카르트 코기토의 가상성을 적극 수용한 결과인 것이다. 이러한 말라르메의 시 세계를 정신현상을 포함한 모든 존재현상의 비실체성을 의미하는 '무아'(無我) 및 '공'(空)을 중심으로 불교인식론과 비교한 이후, '反-코기토'를 중심으로 포스트모더니즘과 비교를 시작하고 있는 필자의 연구는 말라르메의 시 세계와 비교가능한 인식체계들을 비교분석하는 양태를 띠고 있다. 이에 본고는 말라르메의 인식 체계를 그의 동시대인들과 비교하는 출발점으로서 자리한다. 즉, 프랑스 상징주의 시인들에게서 '反-코기토'적 사유의 징후를 읽음으로써, 한 개인의 세계 인식을 시대의 인식과 연결하여 고찰해야 할 필요성에 대해 생각해보고자 하는 것이다. 그 첫 번째 연구로서 본고는 프랑스 상징주의의 효시로서 이의의 여지가 없는 보들레르의 反-코기토적 사유 체계를 『악의 꽃』을 통해 읽기로 한다. 『악의 꽃』에서 도출되는 자아의 확장 혹은 와해가 다름 아닌 '악'의 '꽃'의 개화이며, 모든 것의 토대이자 중심인 표상하는 자로서의 근대적 주체에서 벗어나 타자를 향해 열려있는 탈근대적 자아의 모습으로서, '反-코기토'의 한 양태임을 드러내고자 하는 것이다. 이에, '미지'로서의 '심연'과 관련하여 『악의 꽃』에서의 '죽음'의 의미를 드러내는 것에서 본고의 보들레르 및 그의 시 읽기를 시작하기로 한다.

2 『악의 꽃』에서 '죽음'의 의미

보들레르가 인식한 '죽음'에 대한 고찰을 시작하면서 본고가 주목하는 것은 무엇보다 『악의 꽃』의 마지막 시 「여행」의 목적지, 즉 "새로운 것을 찾기 위해" 떠나게 될 여행의 목적지와 관련된 '죽음'이다. 이를 위해 우선 『악의 꽃』 <죽음>편의 다음 시를 살펴보자.

나는 사람들이 장애물 싫어하듯 드리워진 막을 미워하며,
줄곧 그 광경에 탐착하는 어린아이 같았다...
그리고 마침내 냉엄한 진상이 그 모습을 드러냈다:

나는 이미 죽어 있었으나, 놀라지도 않았고, 무서운 새벽빛은
나를 감싸고 있었다 - 뭐라고! 이것뿐이라고?
막은 이미 걷히었는데, 나는 여전히 기다리고 있었다.[11]
(『악의 꽃』 <죽음>편 「어느 호기심 많은 자의 꿈」 3-4연)
J'étais comme l'enfant avide du spectacle,
Haïssant le rideau comme on hait un obstacle...
Enfin la vérité froide se révéla :

J'étais mort sans surprise, et la terrible aurore
M'enveloppait. -Eh quoi! n'est-ce donc que cela?
La toile était levée et j'attendais encore.
125. Le Rêve d'un curieux.

---

11) 본고에서 『악의 꽃』의 시편 해석은 다음 번역서를 기초로, 생각이 다른 부분에서 수정을 가했음을 밝힌다 : 보들레르, 윤영애 옮김, 『악의 꽃』 (문학과 지성사, 2003). 그리고 『악의 꽃』 시편 원문은 Charles Baudelaire, *Oeuvres Complètes* (Éditions du Seuil, 1968)에서 인용하였음을 밝힌다.

죽음은 시인에게 "호기심"의 대상이었고, 삶과 죽음을 갈라놓는 "막"
이 죽음의 정체를 가리고 있었으므로, 죽음에 대한 시인의 "탐착"은 더
해갔다. 그리고 마침내 죽음의 "냉엄한 진상"이 모습을 드러내었다. 시
인은 "이미 죽어 있었다." 그런데, 시인이 대면한 죽음은 시인을 충족시
키지 못한다. 죽음을 가리고 있던 "막은 이미 걷히었는데, 나는 아직도
기다리고 있"은 것이다. 즉 시인에게 죽음은 일반적인 의미가 아니라는
것을 알 수 있다. 조금 더 살펴보자.

> 오 「죽음」이며, 늙은 선장이여, 때가 되었다! 닻을 올리자!
> 우리는 이 고장이 지겹다, 오 「죽음」이여! 떠날 준비를 하자!
> 하늘과 바다가 비록 먹물처럼 검다 해도,
> 네가 아는 우리 마음은 빛으로 가득 차 있다!
>
> 네 독을 우리에게 쏟아 기운을 북돋워주렴!
> 이토록 그 불꽃이 우리 머리를 불태우니,
> 「지옥」이건 「천국」이건 아무려면 어떠랴? 심연 깊숙이
> 「미지」의 바닥에 잠기리라, 새로운 것을 찾기 위해!
> (『악의 꽃』 <죽음> 편 「여행」 마지막 35-36연)
> O Mort, vieux capitaine, il est temps! levons l'ancre!
> Ce pays nous ennuie, ô Mort! Appareillons!
> Si le ciel et la mer sont noirs comme de l'encre,
> Nos coeurs que tu connais sont remplis de rayons!
>
> Verse-nous ton poison pour qu'il nous réconforte!
> Nous voulons, tant ce feu nous brûle le cerveau,
> Plonger au fond du gouffre, Enfer ou Ciel, qu'importe?
> Au fond de l'Inconnu pour trouver du *nouveau*!
> 126. Le Voyage.

『악의 꽃』의 마지막 시 「여행」이 제시하는 목적지는 우선 "어둠"이다 : "우린 「어둠」의 바다를 향해 돛을 올리리"(같은 시, 32연). 그리고 그 목적지는 분명 "새로운 것"이다 : "닻을 올리자! [⋯] 새로운 것을 찾기 위해." 또한 "새로운 것", "미지"는 "심연 깊숙이" 있으며, 그 성격은 "지옥이건 천국이건" 상관 없다. 여기서 "죽음"은 새로운 것을 향한 이 여행의 동반자로 혹은 여행의 계기로 등장한다. "죽음" 없는 여행의 목적달성은 없는 것이다. 즉, "죽음"은 시인의 목적지인 "심연", "어둠", "새로운 것"을 위한 통과의례와 같은 것이다. 그렇다면 죽음과 함께 오는 시인의 미지 및 새로운 것, 그리고 그 계기로서의 죽음, 그 정체는 무엇일까.

> 그들의 희망은 오직 하나, 기이하고 어두운 「신전」이여!
> 그것은 「죽음」이 새로운 태양으로 떠올라,
> 그들 두뇌의 꽃들을 활짝 피우게 하리라는 것이다!
> (『악의 꽃』 〈죽음〉 편 「예술가들의 죽음」 4연)
> N'ont qu'un espoir, étrange et sombre Capitole!
> C'est que la Mort, planant comme un soleil nouveau,
> Fera s'épanouir les fleurs de leur cerveau!
> 123. La Mort des Artistes.

죽음은 "새로운 태양"이며, 예술가들의 두뇌는 죽음을 통해 꽃을 피운다. "신비로운 본질을 과녁에 맞추기 위해" "투창"을 던지며(같은 시, 1연), "저 위대한 「창조물」"(같은 시, 2연)을 향해 나아가는 예술가들은 "기이하고 어두운 「신전」" 속에서 죽음이라는 과정을 거쳐야하는 일종의 창조자인 것이다. 즉, 예술가의 장소불을 향한 여행 속에서 신비로운 본질을 드러낼 수 있는 통과의례로서의 죽음은 "화포처럼 팽팽하게 당겨진 우리 정신 위에"(126. Le Voyage 14연) 있고, 그러한 죽음을 통해 피어날 꽃은 "두뇌의 꽃"이다. 그렇다면 죽음이라는 "새로운 태양"이 비추게 되는 -정신적- 현상이란 어떠한 양태일까.

우리는 갖게 되리, 가벼운 향기 가득한 침대,
무덤처럼 깊숙한 긴 의자를,
그리고 선반에는 더 아름다운 하늘 아래
우리를 위해 피어난 기이한 꽃들 있으리,

우리 둘의 가슴은 다투어 마지막 불꽃을 태우는
두 개의 거대한 횃불이 되어,
우리 둘의 정신, 쌍둥이 거울 속에
그 두 개의 빛을 비추리.

신비한 푸른빛과 장밋빛으로 빛나는 어느 날 저녁
우리는 유일무이한 빛을 서로 주고받으리,
영원한 이별로 인한 어떤 긴 흐느낌 같은 것을:

후에 한 「천사」 문을 방긋이 열고 들어와,
기뻐하며 살뜰히, 흐려진 거울과
사윈 불꽃을 되살려내리.
(『악의 꽃』 <죽음> 편 「연인들의 죽음」)
Nous aurons des lits pleins d'odeurs légères,
Des divans profonds comme des tombeaux,
Et d'étranges fleurs sur des étagères,
Écloses pour nous sous des cieux plus beaux.

Usant à l'envi leurs chaleurs dernières,
Nos deux coeurs seront deux vastes flambeaux,
Qui réfléchiront leurs doubles lumières
Dans nos deux esprits, ces miroirs jumeaux.

Un soir fait de rose et de bleu mystique,
Nous échangerons un éclair unique,
Comme un long sanglot, tout chargé d'adieux;

Et plus tard un Ange, entr'ouvrant les portes,
Viendra ranimer, fidèle et joyeux,
Les miroirs ternis et les flammes mortes.
121. La Mort des Amants.

연인이 맞닥뜨린 현실은 "긴 흐느낌"과 같은 "이별"이고, 그것은 "천사"의 방문으로 연결되는 죽음이다. 시의 1연에서는 이러한 죽음을 맞는 상황, 즉 침대와 의자, 꽃장식이 되어있는 선반이 제시되고, 2연에서는 죽음을 통과하고 있는 두 연인이 "마지막 불꽃을 태우는 / 두 개의 거대한 횃불," "우리 둘의 정신"으로서 거울 속에 마지막으로 비추어지고 있다. 그런데 그 거울은 "쌍둥이" 거울이다. 거울이 쌍둥이라는 것은 거울에 비추어진 반영물도 같은 모습이라는 것을 뜻한다. 그리고 죽음 이후 방문하는 천사는 죽음으로 인해 "흐려진 거울과 / 사윈 불꽃을 되살려내"는 존재이다. 즉, 죽음을 통해 두 연인은 정신의 불꽃을 되살리게 되는데, 그것이 둘이 아닌 것이다.

이상의 <죽음> 시편에서, 어떤 새로운 것으로 인도되는 계기로서의 죽음을 확인할 수 있었다. 그리고 그 새로운 것은 "두뇌의 꽃"으로 불릴 만한 어떤 정신적인 상태, 명확하고 정확한 인식을 동반한, 함께 죽은 연인과 둘이 아닌, 인간의 정신적 양태를 의미하였다. 나아가 이러한 인간의 정신적인 상태가 미지의 또 다른 어떤 것이라는 점에서 인간 내면의 "심연"이며, 그 성격은 지옥이선 천국이긴 상관이 없는 것으로 나타났다. 그렇다면, 인간에게 내재되어 있으면서 아직은 도달되지 않은 미지의 심연이자 인간 정신의 일부이며, 그 성격은 천국 혹은 지옥 모두와 상관있을 수 있는 그것은 무엇을 의미하는가. 여기서 주목해야 하는 것이 『악의 꽃』의 '악'이다.

3 『악의 꽃』에서 '악'의 정체

보들레르의 『악의 꽃』은 무엇보다도 "통일 속의 모순"[12]으로 특징지워질 수 있다. 시인은 어느 철학이건 어느 문학이건 본질적으로 인간적인 모순이 그 위를 선회하고 있다고 피력하고, 자연계에서 관찰되는 통일 속의 모순이라는 이원성을 모순의 통일로서 작품화하고자 한다.[13] 그리고, 그 대표적인 모순이 "<이상성>과 <악마주의> 간의 불협화음"[14] 이라고 할 수 있다 : "인간에게는 누구나 '신'과 '악마' 그 둘을 향해 동시에 일어나는 두 가지 청원이 있다. 신 혹은 정신성을 향한 기원은 격을 올리려는 욕망이고, 악마 혹은 동물성을 향한 기원은 하강하는 기쁨이다."[15] 즉, '저기'로 대표되는 천상에서 '여기'의 지상으로 유배된 '시인-나'의 처절한 드라마가 펼쳐지는 작품(2. L'Albatros) 『악의 꽃』에서는, '저기'의 천상이 '이상' 혹은 '이상성'으로(1. Bénédiction 14연), '여기'의 지상이 '우울'과 '권태'의 '지옥'과 '심연'으로 구현되어(1. Bénédiction 1 연) 공존하고 있고, 그리하여 "아름다움", 그 "눈길은 / 선과 악을 뒤섞어 쏟아붓고"(21. Hymne à la beauté 1연) 있으며, 그 선과 악의 이원성에서 벗어나고자 하는 시도 또한 이행되고 있는 것이다. 그 일차적인 방법이,

---

12) 김붕구, 『보들레에르, 평전·미학과 시세계』 (문학과지성사, 1990) 378.
13) 같은 책, 378-379.
14) Hugo Friedrich, *Structure de la poésie moderne* (Le Livre de Poche, 1999) 58.
15) Charles Baudelaire, *Oeuvres Complètes*, 632.

『악의 꽃』의 <악의 꽃> 편을 여는 시 「파괴」에서 드러나고 있는 것과 같이, 파괴적이고 폭력적인 쾌락으로서의 '악'이며, '악마'는 '악'의 방법에 동원되는 존재로 드러난다 : "늘 내 곁에는 악마가 꿈틀거린다"(109. La Destruction 1연). <악의 꽃> 편 이전의 <술> 편에서 술에 의한 일시적 도취와 위안을 거친 뒤, "지상의 생지옥의 음습한 밑바닥에서 피어나는 독버섯의 미"16)가 피어나는 것이다.

그러나, 모순과 통일의 역동성 속에서, '악'에 의한 일시적이고 파괴적인 합일이 궁극적인 지향점이 될 수는 없다. 때문에, 때로는 '미'의 이름으로, 때로는 이원성을 벗어나는 방법으로 등장하는 '악' 혹은 '악마'이지만, 거기서 벗어나고자 하는 욕망 또한 사라지지 않는다 : "나는 언젠가 보았다, 어느 신통치 않은 극장 안에서 […] // 빛과 금과 망사로만 싸인 존재 하나 / 거대한 「악마」를 때려눕히는 것을; / 그러나 한번도 황홀이라곤 찾아온 적 없는 내 가슴은 / 헛되이 기다리는 극장, / 언제까지나, 언제까지나 망사 날개 돋친 그 「존재」를!(54. L'Irréparable 9-10연).17) 즉, 『악의 꽃』에는 "악 속에서의 의식"(La conscience dans le Mal! 84. L'Irrémédiable 10연)이 견지되고 있는 것이다. 그리고 그러한 "의식"은 '악'에 경도된 존재에 대한 의식 및 '악' 자체에 대한 의식으로 나아가 (84. L'Irrémédiable), 마침내 『악의 꽃』의 '악'은 인간의 의식 혹은 정신과 관련하여 새로운 의미를 부여받게 된다. 여기가 본고가 주목하는 지점이며, 그 새로운 의미는 앞 장에서 인간 정신의 양태와 관계되는 것으로 드러난 죽음, 즉 인간 내면의 미지의 지점에 도달하기 위한 하나의 계기로서의 '죽음'과 관련해서 그 면모가 드러난다. 살펴보자.

---

16) 김붕구, 『보들레에르, 명선·비약과 시세계』, 410.

17) "J'ai vu parfois au fond d'un théâtre banal […] // Un être, qui n'était que lumière, or et gaze, / Terrasser l'énorme Satan; / Mais mon coeur, que jamais ne visite l'extase, / Est un théâtre où l'on attend / Toujours, toujours en vain, l'Être aux ailes de gaze!"

오 비너스여! 그대 섬에서 내가 본 것이라곤 오직
내 이미지가 목 매달린 상징적인 교수대뿐…
—아! 주여! 저에게 주옵소서, 이 내 마음과
몸을 혐오감 없이 바라볼 힘과 용기를!
(『악의 꽃』 <악의 꽃> 편 「시테르 섬으로의 여행」 마지막 15연)

Dans ton île, ô Vénus! je n′ai trouvé debout
Qu′un gibet symbolique où pendait mon image…
-Ah! Seigneur! donnez-moi la force et le courage
De contempler mon coeur et mon corps sans dégoût!
116. Un voyage à Cythère.

"고대 비너스의 유령이 사랑과 시름으로 정신을 채우던 섬"[18] 시테르가 시인에게 요구하는 것은 시인의 교수형, 즉 시인 자신의 죽음이다. 즉 <죽음> 편의 시들이 보여준 '죽음'의 통과의례적 성격은 결국 시인이 성취해내야 할 '미'를 위한 것임이 밝혀진다. 앞장에서 죽음을 거쳐 여행을 통해 도달해야 할 곳이 심연이었으므로, 심연, 자아의 이면 등이 미의 모습인 것이다. 여기서, 자아의 양태가 시인이 추구해야 하는 미에 있어서 결정적인 위치를 차지하고 있음을 확인할 수 있다. 그렇게 미의 여신 비너스의 섬인 시테르의 실제 모습이 시인 몽상 속 낙원에서 죽음으로 둘러싸인 메마른 땅으로 드러난다 : "저 초라한 검은 섬은 무엇인가? - 시테르 섬이라고 / 사람들이 알려준다, 노래로도 알려진 유명한 고장. / 늙은 모든 홀아비들이 모두 꿈꾸는 진부한 「황금의 나라」라고 / 그러나 보라, 그것은 결국 가난한 땅이 아닌가!"(같은 시, 2연).[19] 시테르 섬은 "이제 더없이 메마른 땅"일 뿐이며, 거기서 시인이 본 것은 "숲

---

18) 보들레르, 윤영애 옮김, 『악의 꽃』, 302 옮긴이 주 9번.
19) "Quelle est cette île triste et noire? - C′est Cythère, / Nous dit-on, un pays fameux dans les chansons, / Eldorado banal de tous les vieux garçons. / Regardez, après tout, c′est une pauvre terre."

그늘에 싸인 신전”이 아니라 “하늘에 솟아있는 세 개의 가시 돋친 교수대”이다(같은 시, 5-7연). 이러한 시테르 섬의 정황은 시로 이끄는 미의 인도자 베아트리체의 면모와도 상통한다.

나는 (내 자존심은 산만큼 높아
먹구름과 마귀들의 고함 소리를 능가하기에)
내 지존의 머리를 그냥 돌리고 말 수도 있었을 것을,
다만 이 음탕한 무리 속에서
-아, 이런 범죄가 태양을 비틀거리게 하지 않다니!-
놈들과 더불어 내 비참한 슬픔을 비웃고,
이따금 추잡한 애무를 그치들에게 쏟는
세상에 비길 데 없는 눈을 가진 내 마음의 여왕을 보지만 않았더라면.
(『악의 꽃』 <악의 꽃> 편 「베아트리체」 마지막 3연)
J’aurais pu (mon orgeuil aussi haut que les monts
Domine la nuée et le cri des démons)
Détourner simplement ma tête souveraine,
Si je n’eusse pas vu parmi leur troupe obscène,
Crime qui n’a pas fait chanceler le soleil!
La reine de mon coeur au regard nonpareil,
Qui riait avec eux de ma sombre détresse
Et leur versait parfois quelque sale caresse.
115. La Béatrice.

“난쟁이 같은 / 한 떼의 사악한 마귀”가 시인을 보고 “저희들끼리 낄낄대고 소곤거”린다. 그들 앞에서 시인은 “보기에도 불쌍”한 “망나니” “놀고 먹는 광대” “괴짜”이다(같은 시, 1-2연). 그런데, 이러한 상황에서 “산만큼 높”은 “자존심”의 소유자, 시인은 그들의 소리를 무시할 수가 없다. 시인 “마음의 여왕”, 즉 시의 여신 베아트리체가 그 “사악한 마귀” 떼와 함께 시인의 “비참한 슬픔”을 비웃고, 심지어는 “이따금 추잡한 애무를 그치들에게 쏟"기 때문이다. 악마와 같은 부류인 마귀 무리와 시의 여신 베아트리체가 한통속이다!

그런데, 베아트리체와 한통속인 마귀들이 시인을 비아냥댈 때, 마귀들의 눈에 시인은 "흉내낸 햄릿의 허깨비"이고, "공공연한 장광설을 목청 높여 뇌까리려 드"는 이며, 반면 마귀들은 기교면에 있어서는 시인보다 한수 위인 "이 낡은 술책의 고수"이기까지 하다(같은 시, 2연). 그리고 이들 마귀 떼는 "대낮인데 내 [시인] 머리 위로 / 폭풍을 실은 불길한 엄청난 먹구름이 / [⋯] / 싣고 내려"온 것이고, 그때는 시인이 "내 [시인] 생각의 칼날을 / 내 가슴 위에서 천천히 갈고 있을 때"였다(같은 시, 1연). 즉 통과의례로서의 죽음 앞에서 햄릿과도 같은 고뇌에 빠져있던 시인이 정작 그 죽음의 엄중한 요청에 대해 "흉내"만 내고 있을 때, 다시 말해, 죽음을 거쳐 자아의 이면인 심연에 도달함으로써 완성되는 미를 향해 "생각의 칼날을" "가슴 위에서" 갈고는 있지만, 그 벼리는 정도가 무뎌졌을 때, 마귀들이 등장하여 시인 스스로를 질책하며, 시인의 시어에 대해 "공공연한 장광설"이라고 평가하고 있는 것이다. 자존심이 상하더라도 시의 완성을 위해서는 그 목소리를 무시할 수 없는 형국이다. 그렇다면, 시인의 미와 시의 완성을 위해 굳이 악마의 부하들인, 그리하여 악마와 한통속인 "마귀들"이 등장하는 이유는 무엇일까.

> 오 처녀들, 마귀들, 괴물들, 순교자들이여,
> 현실을 우습게 아는 위대한 정신의 소유자들이여,
> 무한을 찾는 여인들이여, 광신자여, 그리고 색마들이여,
> 때론 죽어라 울부짖고, 때론 눈물 가득 흘리는 그대들,
>
> 지옥까지 내 넋이 쫓아간 그대들이여,
> 가엾은 누이들이여, 나 그대들을 측은히 여기고 사랑한다,
> 그대들의 서글픈 고뇌, 채울 수 없는 갈증 때문에,

그대들 커다란 가슴에 가득한 사랑의 항아리 때문에!
(『악의 꽃』 <악의 꽃> 편 「천벌받은 여인들」 6-7연)
O vierges, ô démons, ô monstres, ô martyres,
De la réalité grands esprits contempteurs,
Chercheuses d'infini, dévotes et satyres,
Tantôt pleines de cris, tantôt pleines de pleurs,

Vous que dans votre enfer mon âme a poursuivies,
Pauvres soeurs, je vous aime autant que je vous plains,
Pour vos mornes douleurs, vos soifs inassouvies,
Et les urnes d'amour dont vos grands coeurs sont pleins!
111. Femmes damnées.

"위대한 정신의 소유자"이며, "무한을 찾는" 이며, 따라서 "현실을 우
습게 아는" 이며, "서글픈 고뇌"와 "채울 수 없는 갈증"으로, 무한을 향
한 "사랑"으로 "가득한" 이들, 즉 일상의 한정성 바깥의 어떤 무한을 갈
망하는 이들이 등장한다. 그런데 그들이 거주하는 곳이 시인에게는 "지
옥"으로 인식되고 있다 : "votre enfer"(그대들의 지옥). 그러므로, 일상적
현실 바깥의 비일상성, 이를 테면 "지옥"이라고 불리는 일상 바깥의 비
현실적 무한을 탐하는 자들, 즉 "지옥"에 거주하는 이들이 "마귀"인 것
이다. 그리고 죽음이라는 통과의례를 거쳐 미지의 인간 정신의 양태에
도달함으로써 획득되는 것이 '미'이므로, 미의 여신 "베아트리체"도 그
들 마귀의 편에 서 있는 것이다. 간과하지 말아야 할 지점은, 일상성 바
깥의 비일상적 무한 혹은 자아의 한계를 벗어난 미지의 영역으로서의
무한 모두가 자아의 양태의 일부이며 따라서 다분히 지상의 어떤 양상
이라는 점이다.20) 자아라는 일상적 경계를 넘어선 어떤 부안이시난 그

20) Cf. 심세광, 「미셸 푸코에 있어서 주체화와 실존의 미학」, 『프랑스학연구』 32
(2005) 21 : "보들레르에 있어서 <현재의 지고한 가치는 현실태와는 달리 상상

것은 분명히 또 다른 지점의 자아이고, 일상의 한계를 넘어선 곳이지만 자아의 일부이므로 그곳은 분명히 자아가 영위되고 있는 지상의 '나'의 거주지를 벗어날 수 없다. 그렇기 때문에 이장 모두에서 인용한 「시테르 섬으로의 여행」 마지막 15연에서, 통과의례로서의 죽음을 거치는 것은 나의 "이미지"이며, 죽음 이후 미의 완성을 위해 보살핌을 받아야 하는 것은 나의 "마음과 몸", 즉 지상에서 일상적으로 내가 '나'로서 맞닥뜨리고 있는 것으로 나타나는 것이다. 그렇다면 일상성을 벗어난 무한으로서의 지상의 양태, 자아라는 한계 바깥으로서의 자아의 또 다른 양태로서의 무한은 어떤 모습일까.

자세도 눈도 모두 욕정을 불러일으키는
이 나른한 큰 초상화와
이 야릇한 고독의 모습은
검은 애욕을 드러낸다.

그리고 죄 많은 쾌락을, 야단스런 입맞춤 가득한
괴상한 향연을,
수 많은 나쁜 천사들이 휘장의 주름 속에서 헤엄치며
즐겼을 그 향연을;
(『악의 꽃』 <악의 꽃> 편 「순교의 여인」 8-9연)
Le singulier aspect de cette solitude
    Et d'un grand portrait langoureux,
Aux yeux provocateurs comme son attitude,
    Révèle un amour ténébreux,

Une coupable joie et des fêtes étranges

하려는 열망, 현재를 파괴하지 않고 있는 그대로 포착하여 변형시키려는 열망과 분리될 수 없다>(푸코). 칸트와 보들레르가 공유하는 바는 현재에 대한 문제제기뿐만 아니라 현재의 영웅화이기도 하다."

Pleines de baisers infernaux,
Dont se réjouissait l'essaim des mauvais anges
Nageant dans les plis des rideaux;
110. Une Martyre.

제목에 따르면 이 "초상화"는 "순교의 여인"을 그린 것이다. 그리고 그 여인의 초상에는 "나쁜 천사들", 즉 "악마들"(mauvais anges)의 흔적이 배여있다. "악마"/"마귀"는 "무한을 찾는" 이이다(in 「천벌받은 여인들」). 그렇다면 이 초상화의 주인공인 여인의 순교는 무한을 위한 혹은 무한에 대한 갈망을 위한 것이었다는 추정이 가능하다. 그리고 "순교"는 초상화의 여인처럼 무한을 추구한 악마들과의 "향연" 끝에 있다. 그런데 그 무한의 추구, 그 완성이 가져오는 쾌락은 "죄 많은 쾌락"으로 묘사되어 있다. 무한을 갈망하는 이가 악마일 때, 그 갈망의 충족이 가져올 쾌락이 죄 많은 것은 자연스럽다. 여기서 주목해야 할 지점은 순교의 여인이 순교 이전에 추구했을 행각들, 즉 무한의 추구와 향연이, "한 없는 욕망을 채우"기 위해 "자신을 열어주"는 ─성적인─ 행위로 묘사되고 있다는 점이다. 그렇게 "굶주린 사내들에게" "저항 없이 너그러이 응해주"었던 순교의 여인은 마침내 "더러운 송장"이 된다. 그러나 다시 "신비로운" "괴상한 계집"이 되고(같은 시, 11-14연), 급기야 "불멸의 형상"으로 일컬어진다. 왜인가.

네 남편은 세상을 돌아다녀도, 네 불멸의 형상은
잠잘 때도 그의 곁에서 지새니;
너처럼 그도 죽도록 변함없이
네게 충실하리라.
(『악의 꽃』 <악의 꽃> 편 「순교의 여인」 마지막 15연)
Ton époux court le monde, et ta forme immortelle

Veille près de lui quand il dort;
　Autant que toi sans doute il te sera fidèle,
　　Et constant jusques à la mort.
　110. Une Martyre.

여기서 환기되는 것이, <죽음> 편의 「연인들의 죽음」에 나타난 "쌍둥이"이다(본고 Ⅱ장). 즉 순교의 여인이 이행한 -성적으로 표현된- 행위는 나와 너의 결합 혹은 나너 이원론의 해체에 그 요체가 있고, 그리하여 악마/마귀로 지칭된 무한 추구자들의 그 무한은 '나'의 한계를 넘어선 어떤 양태이자 나너의 경계를 무너뜨린 어떤 양상임을 알 수 있다. 순교의 여인은 그러한 무한, 즉 '나'의 경계를 넘어서는 추구의 끝에서 그러한 죽음을 맞이한 것으로('나의 경계를 넘어서는 추구의 끝은 나의 '죽음'과 맞닿아있을 수밖에 없다), 그녀의 타자는 그녀와 다름이 없다. 즉 그녀와 그녀의 타자인 남편과의 경계가 사라졌으므로, 마지막 연에서 그녀는 그녀의 남편에 대해 불멸이며(이것은 남편의 입장에서도 마찬가지이다), 이원성을 넘어선 둘은 더 이상 둘이 아닌, 타자 아닌 타자인 것이다.

즉, 무한이 갖고 있는 비일상성은 '나'라는 일상성의 바깥이자 '나'라는 한계를 넘어선 무분별적 심연이며, 그렇게 깊고 어두운 심연의 미지인 만큼 "지옥"으로 제시되고,[21] 따라서 그 지옥의 거주자가 악마 혹은 마귀로 표현되는 것이다. 다시 말해, 보들레르에게 악마는 '나'의 한계를 넘어선 나의 또 다른 모습이며, 심연 또한 나에게는 미지인 나 바깥으로의 나의 확장으로서의 새로운 영역이며, -악마의 거주지라는 점에서- 지옥이며, 나의 한계를 벗어난 또 다른 나로서의 무한이며, '악'은 그들 무한, 심연, 미지를 특징짓는 하나의 요소인 것이다. 『악의 꽃』의

---

21) Cf. Bertrand Marchal, *Lire le Symbolisme* (DUNOD, 1993) 79 : "『악의 꽃』의 시인은 […] 내면의 지옥을 가진 현대적 단테이다 […] 이 지옥의 탐색은 더 심오하고 더 신비한 또 다른 나를 드러낸다."

무한은 지상 저 너머의 천상이 아니고,[22] 그래서 '악'으로 특징지워지는 것이기도 하며, 따라서 '악마' 또한 하나의 "[나쁜] 천사"인 것이다. 그러므로, <악의 꽃> 편에서 <죽음> 편으로 넘어갈 때, 그 사이에 있는 <반항> 편에서 악마가 영웅적 외양을 띠고 나타나는 것이다(120. Les Litanies de Satan). 그리하여 마침내 『악의 꽃』의 '악'은 영웅적인 악마에 의해 성취된 새로움, 미지, 나의 이면, 하나의 심연으로서, 일상의 나 바깥, 나의 타자, 나의 너로 연결된다.

4 『악의 꽃』의 '악'의 '꽃'으로서 자아의 확장

시인이 『악의 꽃』을 통해 구현해야하는 '미'가 무엇보다도 자아의 층위에서 이루어져야하는 것이고, 그 정체는 새로운 미지의 영역으로서 '나'의 경계를 넘어서는 데, 그리하여 나너의 경계를 와해시키는 데 있으며, 그러한 탈경계가 악마라는 영웅이 성취해내어야 할 일이고, '악'은 그렇게 성취된 나의 이면으로서의 미지의 자질일 때, 이제 『악의 꽃』의 '그대'(tu/vous)가 새롭게 읽히게 된다.

> 방탕아의 방에 희뿌연 새벽이
> 마음을 괴롭히는 「이상」과 함께 비쳐들면,
> 신비한 응징자에 휘둘려
> 졸던 짐승 속에서 천사가 깨어난다.

22) Cf. 조희원, 「보들레르의 '예술가-주체'(sujet-artiste) 개념과 '상상력'(imagination)」, 『美學』 63 (2010) 155 : "보들레르에게 있어 진리는 재현될 수 있는 것이 아닐뿐더러 초월적인 것도 아니다. […] 그리하여 보들레르는 […] 형이상학적으로 다루어졌던 진리를 실존의 차원으로 끌어내린다."

다가갈 수 없는 「여러 영혼의 푸른 하늘들」은
아직 꿈속에서 고통받는 기진한 사내 앞에
심연의 매혹으로 열리며 파고든다.
이처럼, 다정한 「여신」이여, 명료하고 순수한 「존재」여,
(『악의 꽃』 <우울과 이상> 편 「영혼의 새벽」 1-2연)
Quand chez les débauchés l'aube blanche et vermeille
Entre en société de l'Idéal rongeur,
Par l'opération d'un mystère vengeur
Dans la brute assoupie un Ange se réveille.

Des Cieux Spirituels l'inaccessible azur,
Pour l'homme terrassé qui rêve encore et souffre,
S'ouvre et s'enfonce avec l'attirance du gouffre.
Ainsi, chère Déesse, Être lucide et pur,
46. L'Aube spirituelle.

새벽, 어둠을 물리는 빛은 "이상"과 "천사"와 함께 찾아들고, 그러한
새벽의 방문을 받는 이는 "아직 꿈속에서 고통받"으며 "기진"해있는
"졸던 짐승", "기진한 사내"이다. 그런데 그 천사는 졸던 짐승 "속에서"
깨어난다. 그리고 지쳐있는 사내에게 그 천사와 함께 찾아오는 것은
"이상"과 "여러 영혼의 푸른 하늘들"이고, 그 찾아오는 양상이 "심연의
매혹으로 열린"다. 즉, 밤을 새우며 이상을 추구하던 사내에게 새벽의
빛과 함께 졸음 위로 찾아든 것은 그가 그렇게 괴로움 속에서 추구한
그의 이상이며, 새벽의 빛과도 같이 영혼의 푸른 하늘 모양으로 나타나
는 그 이상은 사내의 내면 깊은 곳에서 솟아나는 자아의 또 다른 면, 즉
자기 속 천사를 일깨우며 새롭게 펼쳐지는 어떤 모습으로서, 하늘만큼
이나 깊은 "심연"을 자아 속에서 자아의 한 면으로서 매혹적으로 열어
보인다. 그런데 그렇게 밤샘 이후 새벽을 맞아 자신이 추구하던 곳에
사내가 다다른 다음 동이 틀 때까지의 시간을 점령하는 이는 다름 아닌

"그대"이다. 사내는 없다. 그리고 그 "그대"는 "언제나 승리에 찬 모습"으로 등장한다(같은 시, 3-4연). 즉, "불멸의 태양을 닮"은 "찬란한 넋"으로서의 "그대"는 다름 아닌 지친 사내에게 다가온 새벽녘의 —"사내"의 — "이상"이며, 사내 속에서 깨어난 "천사"로서, 사내가 추구해온 자기 자아 너머의 무한으로서의 타자, 나의 경계가 사라진 이후의 나 혹은 너, 나와 너의 이원성을 극복한 너 혹은 나인 것이다. 그러므로 그 "그대"는 "승리에 찬" 모습이다.

이와 같이 『악의 꽃』에는 확장된 자아, 경계를 넘어선 자아, 경계가 해체된 자아, 나너의 경계가 와해된 이후 확장된 자아로서의 너/그대가 있어, 나의 미지로서의 심연인 '악'의 '꽃'으로 피어난다. 그리고, 기존의 자아의 경계를 넘어선 이러한 '악'의 '꽃'은 <악의 꽃> 편 직전이 <술> 편인 것을 이해하게 한다. '악'의 '꽃'이라는 탈경계적인 승리물이 있기 위해서는 경계를 뛰어넘어야 하고, 술은 그 방편으로서 등장하는 것이다. 술 혹은 아편에 의한 취기는 '나'를 넘어선 일종의 '도취상태'와 같은 것이다. 그렇지만 여기서 주목해야 할 것은 이러한 술 혹은 술에 의한 도취는 시인의 시적인 추구 속에서 일시적인 방편일 뿐이라는 점이다. 무한이라는 이름으로 나의 경계를 넘어서려는 시인의 시도가 명료한 의식의 상태에서 추구되고 있음을 확인하는 것은 어렵지 않기 때문이다 : "화포처럼 팽팽하게 당겨진 우리 정신 위에"(「여행」). "내 생각의 칼날을 내 가슴 위에서 천천히 갈고 있을 때"(115. La Béatrice 1연). "언젠가 내 넋이 「학문의 나무」 아래, 그대[악마] 곁에서 / 쉬게 하여주소서, 그대의 이마 위에/ 새로운 「신전」처럼 그 가지들이 우거질 시각에!"(120. Les Litanies de Satan "기도"). 무엇보다도 시인을 이끄는 힘은 "악 속에서의 의식"(「돌이킬 수 없는」)에서 파생된 '악에 대한 의식' 및 '악과 관련된 자기 자신에 대한 의식'인 것이다. 즉, 무한을 향한 시인의 열망, '나'를 벗어난다는 거의 "광기"(126. Le Voyage 27연)에 가까운 시도는 나라는 개별적 자아에 의한 분별적 사유를 벗어나는 데까지 이르되 명료한 의식의 상태에서 이루어져야하는 것이다. 그렇다면 나의 한계를 넘어, 나너의 경계를 넘어, 의식적으로 도달하게 되는 어떤 정신의 양태, 그것은 무엇을 의미하는 것일까.

> 네 운명처럼 파란 많은
> 납빛의 기이한 저 하늘로부터
> 어떤 생각이 네 텅 빈 영혼 속으로 내려오는가?
> 대답하라, 바람둥이여.
>
> [⋯]
> 검은 거대한 네 먹구름은
>
> 내 꿈을 실어가는 영구차,
> 네 희미한 빛은
> 내 마음이 즐기는 「지옥」의 그림자.
> (『악의 꽃』 <우울과 이상> 편 「공감이 가는 공포」 1, 3-4연)
> De ce ciel bizarre et livide,
> Tourmenté comme ton destin,
> Quels pensers dans ton âme vide
> Descendent? reponds, libertin.
>
> [⋯]
> Vos vastes nuages en deuil
>
> Sont les corbillards de mes rêves,
> Et vos lueurs sont le reflet
> De l'Enfer où mon coeur se plaît.
> 82. Horreur sympathique.

명료한 의식을 갖고 이행되는 비분별적 상태, 혹은 나를 갖고 나를 넘어서는 탈자아의 양태가 구체적으로 모습을 드러내는 지점이다 : "어떤 생각이 네 텅 빈 영혼 속으로 내려오는가?" 즉 "모호함과 확실치 않은 것을 / 끝없이 탐내는 나는"(같은 시. 2연) "모래밭처럼 긁힌 하늘, / 그 속에 내 오만함을 비추고,"(같은 시. 3연) 그때 그 하늘을 지나가는 구름이 있으니 그것은 "먹구름"이며, "내 꿈을 실어가는 영구차"이며, "내 마음이 즐기는 「지옥」의 그림자"인 "너"이다. 그러니까 이 "너"는 내 마음의 또 다른 면, 먹구름이라고 할 만큼 어둡고, 그림자라고 할 만큼 불투명한 또 다른 나로서, "영구차"/죽음에 맞닿은 나의 너이며, 그러한 나의 다른 부분으로서의 '너'는 너의 생각의 주체가 아니라 어떤 생각의 방문을 받는 "텅빈 영혼"으로 나타나는 것이다. 즉, 나를 넘어선 또 다른 이면/심연으로서의 나 혹은 너는 '나'가 아닌 만큼 '나라는 생각'이나 '나의 생각'이 사라진 영역으로서, 분명히 '나'에 의해 이행되는 생각과 유리된 지점에 있는 존재의 양태가 되는 것이다. 이로써, 『악의 꽃』의 '악'의 '꽃'으로서 자아의 확장 혹은 개화는 '反-코기토'의 영역으로 나아가며, 보들레르를 反-코기토적 사유의 선구에 위치시킨다. 『악의 꽃』에서 '나'를 벗어난 나는 사유의 주체로서의 나를 벗어난 나이며, 나의 사유작용에 의해 증명되는 데카르트 코기토의 '나'를 벗어나, 말라르메와 랭보 보다 더 빨리 反-코기토적 사유를 펼친 보들레르의 면모를 보여주는 것이다.23) '나'의 '이'면인 '너'는 코기토의 '이'면인 '反'코기토에

---

23) Cf. "'내가 생각한다'고 말하는 것은 틀렸습니다. '누군가가 나를 생각한다'고 말해야 할 것입니다. 말장난을 이해하시길. […] 나는 하나의 타자입니다(Arthur Rimbaud, *OEuvres complètes* (Gallimard, 1963) 268. 1871. 5. 15 이전 편지). "나는 하나의 타자인 것입니다. 十나가 깨어나 나팔이 되어도 구리쇠의 잘못은 조금도 없습니다. 이것은 명백합니다 : 나는 내 사유의 개화에 참여합니다 : 나는 그것[내 사유]을 봅니다, 나는 그것[내 사유]을 듣습니다 : 나는 한번의 활놀림을 행합니다. [그러자] 심원[들]에서 교향악의 울림이 형성됩니다, 혹은 단번에 무대 위에 나타납니다 (Ibid., 270. 1871. 5. 15. 편지). '나'가 더 이상 사유의 주체로 자

의해 증명되는 나 혹은 너인 것이다. 이러한 새로운 나 혹은 너 혹은 나
와 너는

하늘에서 쫓겨나 「천국」의 어떤 눈도
미치지 않는 진흙의 납빛
「지옥」으로 떨어진
하나의 「관념」, 하나의 「형태」, 하나의 「존재」;
(『악의 꽃』 <우울과 이상> 편 「돌이킬 수 없는 것」 1연)
Une Idée, une forme, un Être
Parti de l'azur et tombé
Dans un Styx bourbeux et plombé
Où nul oeil du Ciel ne pénètre;
84. L'Irrémédiable.

이다. 즉, 데카르트 코기토에 의해 증명되는 존재가 사유를 본성으로 하
고, 그 사유를 보증하는 이가 '신'[천국]인데 반해, '나'의 경계를 넘어선
나 아닌 나의 존재증명을 위한 사유["관념"]의 보증은 "지옥"이 담당함으
로써, 『악의 꽃』의 '악'의 '꽃'으로서 자아의 와해 혹은 타아로의 개화
는 데카르트 코기토에 함축된 사유의 보증인에 의문을 제기하는 것, 근
대적 주체의 한계에 도전하는 것, 反코기토를 구현하는 것이 되는 것이
다. 이를테면, 「인간과 바다」(14. L'homme et la mer)에서, 인간의 정신
(esprit)이 바다와 같이 "심연"(1연)으로 표현되는 것은 인간 정신과 사유
의 정체와 기원이 불분명한 것의 다른 표현이며, 그러한 불분명함은 데

리매김하지 못함으로써 "하나의 타자"로 밀려나는 랭보의 편지글은 '反-코기토'
적 사유의 궤적을 여실히 보여주고, 그가 왜 무의식의 영역을 탐험하는 초현실주
의의 선구자로 요청되었는지를 확인시켜준다. 그리고 말라르메의 '反-코기토'적
사유의 궤적과 시적 창조에 관해서는 말라르메와 불교를 비교한 일련의 선행연
구에 나타나있다(졸고, 「『중론』으로 읽는 「주사위 던지기」의 '성좌'와 말라르메
코기토」, 『한국프랑스학논집』 제85집, 2014, 참조).

카르트 코기토의 사유 및 그 보증의 명확함과 배치됨으로써, 反코기토적 지평을 열어보이고 있다. 따라서 이제 '나'는 세계를 표상하는 기체로서의 코기토적 주체가 아니다. 그러므로 '나'의 해체를 통해 나와 너의 분별 바깥에 있게 된 자아는 나와 세계의 이원성까지도 넘어선 양상을 보인다. 이장 앞에서 인용한 시 「공감이 가는 공포」에서, 공포를 자아내는 풍경이 시인 내부에 부합함으로써, 나의 타자로서의 세계 또한 나라는 자아의 해체를 통해 나의 이면으로서 흡수되는 대상임을 보여주는 것과 같이, 이제 나의 이면으로서의 너는 하나의 타자에서 그치지 않고, 세계 자체로 확장되는 것이다.

이제, 시인이 추구하는 '미'에 도달하기 위한 통과의례로서의 '죽음'의 의미가 한층 명료해진다. 그것은 나의 사유작용에 의해 증명되는 나, 그 '나'의 죽음, 즉 '나라는 생각'의 죽음 및 '나의 생각'의 죽음인 것이다. 즉, 죽음을 통해 구현되는 무한이란 사유의 주체로서 일상적으로 영위되는 '나'의 정신적 죽음을 통해 (정신적 죽음 또한 정신의 힘에 의한 것임을 잊지 않아야 한다. 그러므로, 통과의례로서의 죽음이 명료한 의식을 동반하는 것이다) 또 다른 나, 즉 너 혹은 세계가 되는 새로운 자아의 형상에 다름아니다. 그리고 그것은 바로 「자신을 벌하는 사람」의 "상처이자 칼" "사형수이자 사형집행관"(83. L'Héautontimorouménos. 6연)의 관계에 의해 구성되는 새로운 나, 너/세계를 향해 열려있는 나, 너/세계와 혼용된 어떤 자아 혹은 무아의 상태가 되는 것이다.

5 '보는 나'에서 '보여지는 나'로

시인이 추구하는 '미'와 등가로서 존재 층위에서 추구되는 무한이 이
상과 같이 나너 혹은 나세계의 경계를 넘어서는 것일 때, 『악의 꽃』
이 보여주는 '악'의 '꽃'으로서의 자아의 개화는 한 걸음 더 나아간다.
이미 나가 되어버린 너 혹은 세계가 다시 나를 바라보는 하나의 시선이
되는 것이다. 보들레르의 시가 보여주는 "심리적 삶의 통일성"과 그에
대한 "의식"[24]이 더 농밀해진다.

금빛과 갈색이 섞인 그의 털에서
풍기는 냄새 그토록 달콤해,
어느 날 저녁 한 번, 꼭 한 번
어루만졌는데, 그 냄새 내 몸에 배어들었다.
이거야말로 이곳을 지켜주는 수호신;
제 왕국에 있는 모든 것을
판결하고 다스리고 영감을 준다;
그것은 요정일까, 신(神)일까?

사랑하는 내 고양이 쪽으로
자석에 끌리듯 끌린 내 눈이,
순순히 내 쪽으로 돌아와,
내 속을 들여다볼 때,

나는 깜짝 놀라서 본다
창백한 눈동자의 빛나는 불,

---

24) Marcel Raymond, *De Baudelaire au Surréalisme* (Librairie José Corti, 1963) 18.
마르셀 레몽, 김화영 역, 『프랑스 현대시사 -보들레르에서 초현실주의까지』 (문
학과지성사, 1983) 19.

밝은 신호등, 살아 있는 오팔,
지그시 나를 응시하고 있는 눈을.
((『악의 꽃』 <우울과 이상> 편 「고양이」 7-10연)
De sa fourrure blonde et brune
Sort un parfum si doux, qu'un soir
J'en fus embaumé, pour l'avoir
Caresée une fois, rien qu'une.

C'est l'esprit familier du lieu;
Il juge, il préside, il inspire
Toutes choses dans son empire;
Peut-être est-il fée, est-il dieu.

Quand mes yeux, vers ce chat que j'aime
Tirés comme par un aimant,
Se retournent docilement
Et que je regarde en moi-même,

Je vois avec étonnement
Le feu de ses prunelles pâles,
Clairs fanaux, vivantes opales,
Qui me comtemplent fixement.
51. Le Chat.

　화자 앞에서 고양이는 "수호신", "요정", "신"으로 격상되어 있다. 그
렇게 자기 앞의 대상, 즉 고양이를 바라보고 있는 화자에게, "사랑하는
내 고양이 쪽으로 // 자석에 끌리듯 끌린 내 눈이, / 순순히 내 쪽으로
되돌아와, / 내 속을 들여다보"는 놀라운 일이 벌어진다. 그러한 굴설된
시선 앞에서는 "깜짝 놀라"지 않을 수 없다. 나와 대상은 이미 자타의
경계를 넘어섰고("그 냄새 내 몸에 배어들었다"), 그러한 탈경계적 정황은

'나'를, '보는 나'에서 '보여지는 나'로 탈바꿈시킨 것이다. 그리하여 급기야 나를 보는 대상의 시선이 등장한다 : "창백한 눈동자의 빛나는 불, / 밝은 신호등, 살아 있는 오팔, / 지그시 나를 응시하고 있는 눈." 그런데 나를 보는 이 시선은 나의 것인가 아니면 대상의 것인가. 즉 보는 나가 보여지는 나가 되는 것은 내 앞의 대상이 나를 보기 때문이고, 그것은 사실상 보여지는 나를 내가 다시 볼 때 인식되며, 그러므로 그러한 굴절된 시선은 내가 이미 나의 객체가 되었다는 것을 의미하며, 따라서 보는 나가 보여지는 나가 되는 시선의 굴절은 나 아닌 나가 되어버린 나, 즉 너가 되어버린 나, 나와 너의 혼재를 전제하므로, 그러한 경지에서 나를 보여지는 나로 만드는 나 앞 대상의 눈은 사실상 나의 눈이면서 나 아닌 이의 눈인 것이다. 요약하면, '너'는 나의 눈이고, '나'는 너의 눈이다. 『악의 꽃』의 '악'의 '꽃'으로서의 자아의 확장 혹은 개화가 만개한 상황이다. 그런데 시는 여기서 한 발 더 나아간다.

> 나는 어느 작가의 파이프지요:
> 아비시니아나 카프라리아 여자 같이
> 새까만 내 얼굴 유심히 들여다보면 알게 되죠,
> 우리 주인님이 굉장한 골초란 걸.
>
> 그가 괴로움에 잔뜩 휩싸일 때면,
> 나는 마구 연기를 뿜어대죠,
> 일터에서 돌아오는 농부 위해
> 저녁 준비하는 초가집처럼.
>
> 불붙은 내 입에서 솟아오르는
> 움직이는 파란 그물 속에다
> 그의 넋을 얼싸안고 달래주지요
> 그리고 강한 향기 마구 감돌게 하여

그의 마음 홀리고
지친 그의 머리 식혀주죠
(『악의 꽃』 <우울과 이상> 편 「파이프」)

Je suis la pipe d'un auteur;
On voit, à contempler ma mine
D'Abyssinienne ou de Cafrine,
Que mon maître est un grand fumeur.

Quand il est comblé de douleur,
Je fume comme la chaumine
Où se prépare la cuisine
Pour le retour du laboureur.

J'enlace et je berce son âme
Dans le réseau mobile et bleu
Qui monte de ma bouche en feu,

Et je roule un puissant dictame
Qui charme son coeur et guérit
De ses fatigues son esprit.
68. La Pipe.

　나를 보여지는 나로 만드는, 내 앞 대상으로서의 "파이프"가 시의 화자가 된 것이다 : "나는 어느 작가의 파이프지요." 파이프를 소유한 "어느 작가"의 소유 대상으로서의 파이프는 이제 자기의 소유주인 작가를 대상화하여 바라보는 데서 그치지 않고, 판단·평가한다 : "알게 되죠 / 우리 주인님이 굉장한 골초란 걸." 그리고 그러한 사변적 판단은 실천적 행위의 자발성까지로 확대된다 : "그가 괴로움에 잔뜩 휩싸일 때면, / 나는 마구 연기를 뿜어대죠" 그리고 그러한 자발적 행위에는 위로의 정념까지 더해진다 : "불붙은 내 입에서 솟아오르는 / 움직이는 파란 그물 속에다 / 그의 넋을 얼싸안고 달래주지요. // 그리고 강한 향기 마구 감돌게 하여 / 그의 마음 홀리고 / 지친 그의 머리 식혀주죠" 즉, 파이프를 소유한 "어느 작가"의 정체성이 자기 이외의 모든 대상을 표상함으로써 자기 앞에 세우는 기체(基體)로서의 주체로 정초되는 것이 아니라, 자기 앞의 대상 혹은 소유물의 손에 달려있는 것으로, 대상 및 소유물과의 상호성 속에서 규정되는 것으로 드러난다. 이제 '나'의 한계를 넘어 너와 세계로까지 확장되어 '또 다른 나'로서 개화한 자아는 그 정체성 정립에 있어서도 나 바깥의 너 혹은 세계의 영향 하에 있게 되는 것이다.[25) 즉 『악의 꽃』의 '악'의 '꽃'으로서의 자아의 확장 혹은 개화는 탈근대적 자아로서 '反-코기토'적 사유의 자장 내에 군건히 자리하게 된다.

> 음악은 흔히 나를 바다처럼 사로잡는다!
> 창백한 내 별을 향해,
> 안개의 지붕 아래, 또는 망막한 창공 아래
> 나는 돛을 올린다;
>
> 돛처럼 가슴을 앞으로 내밀고
> 허파는 부풀어,
> 나는 기어오른다, 밤이 내게 가려놓은
> 겹겹 물결의 등을;
>
> 나는 느낀다, 요동치는 배의 온갖 격정이
> 내 안에서 진동함을;

---

25) Cf. Arden Reed, "Baudelaire's "La Pipe" : "de la vaporisation du moi"", *Romantic Review*, May 1 (1981) 275 : "[파이프의] 의인화가 이미 암시하는 대로, 이 시의 언어는 파이프와 작가의 차이를 지우고자 한다. 즉 파이프가 인간의 속성을 지니는 반면, 시 속에서 작가가 수행하는 유일한 행위는 담배피우기인 것이다. 이것은 정체성 수립이 우리가 일반적으로 생각하는 일방적 방식(사람이 사물을 명명하는 것)에 의한 것이 아님을 암시한다."

순풍과 태풍, 그리고 그 진동이

끝없는 심연 위에서
나를 어른다, 때로는 평온하고 잔잔한 바다,
그것은 내 절망의 커다란 거울!
(『악의 꽃』 <우울과 이상> 편 「음악」)

La musique souvent me prend comme une mer!
　　　　　Vers ma pâle étoile,
Sous un plafond de brume ou dans un vaste éther,
　　　　　Je mets à la voile;

La poitrine en avant et les poumons gonflés
　　　　　Comme de la toile,
J'escalade le dos des flots amoncelés
　　　　　Que la nuit me voile;

Je sens vibrer en moi toutes les passions
　　　　　D'un vaisseau qui souffle;
Le bon vent, la tempête et ses convulsions
　　　　　Sur l'immense gouffre
Me bercent. -D'autres fois, calme plat, grand miroir
　　　　　De mon désespoir!
　　69. La Musique.

이제 나와 대상, 나와 세계의 이원론적 분할은 의미가 없다. 나의 나
에 대한 인식은 이제 대상과 함께 혼융된 상태에 있는 나를 인식하는
것이고, 그렇게 나의 정체성은 나와 대상의 상호성 속에서 수립된다.
"음악"이 "나를 바다처럼 사로잡"을 때, 그 바다에 떠 있을 "배"는 나이
자 음악이며, 나와 음악이 둘이 아닌 상태를 부유하는 "떨림"인 것이다.
그렇게 펼쳐지는 새로운 나의 더 넓은 "바다"는 하나의 "심연", 즉 또

다른 나로서의 하나의 "거울"이며, 거기서 '나'의 경계는 의미를 잃고, 그런 만큼 '나'를 경계지웠던 '나의 사유' 또한 나와 나 이외의 모든 것의 사유로 마침내 자리잡는다 : "하늘과 바다의 광막함 속에 눈길을 담근다는 그 크나큰 환희! 고독, 정적, 창공의 비할 데 없는 순결함! 그 약소함과 고립으로 내 치유할 수 없는 삶을 닮아, 수평선에서 떨고 있는 조그만 돛, 물결의 단조로운 멜로디, 이 모든 것들이 나를 통하여 생각한다, 아니 그것들을 통하여 내가 생각한다(몽상의 강대함 속에서, 자아는 이내 소멸해버리고 말지 않는가!). 그것들이 생각한다, 나는 말하는데, 그러나 궤변도, 삼단 논법도, 연역법도 없이, 음악적으로 회화적으로 생각한다. 이 생각들은 나에게서 나왔건 사물에서 솟아올랐건 간에, 금세 너무나 강렬해진다"(『파리의 우울』「예술가의 고해기도」).[26]

6 나아가며

"그리스에는 코기토가 없었다. 그리스 시대에는 사람이 세상을 보지 않았다. <오히려 사람이 존재자에 의해 보여지고, 존재자가 현전으로 스스로를 열며 사람 주변에 모인다>(하이데거). […] 당시[그리스 시대]의 사람이야말로 본질을 지녔고 어떤 과제를 지니고 있었다고 [하이데거는] 본다. 그 과제는 <열림 속에 드러나는 것을 모으고 건져올리며, 받아서 보존하고, 모든 갈라짐의 혼란에 내맡기는 것>(하이데거)이다."[27] 『악의 꽃』이 보여주는 자아의 양상, 즉 나와 너/세상의 이원론적 분할을

---

26) 샤를 피에르 보들레르, 황현산 옮김, 『파리의 우울』(문학동네, 2015) 13.
27) 폴 리쾨르, 『해석의 갈등』, 259-260.

넘어서서 대상에 의해 보여지며 대상과의 상호 교호 속에서 정체성을 수립해가는 양태는 분명 데카르트 코기토에 의한 근대적 주체와는 거리가 멀고, 다분히 탈근대적이다. "근대철학은 자기반성에 의해서 주어진 의식의 작용들이야말로 우리에게 가장 의심할 수 없을 정도로 명증적으로 주어져 있다고 보면서, 다양한 의식작용들의 본질적인 구조들을 드러내는 것에 의해서 우리들의 자아가 해명될 수 있다고 생각"했고, "데카르트뿐 아니라 대부분의 근대철학이, 인간이 어떠한 존재인지를 알려면 그의 의식작용들을 분석하면 된다고 생각했"28)으므로, 反-데카르트 코기토적 사유는 데카르트가 드러낸 의식의 명석판명함에 제동을 걸고, 그러한 의식에 의해 증명되어 세계의 중심으로 자리잡은 근대적 주체의 견고한 성벽을 무너뜨리며, 타자를 향해 열림으로써 타자와의 상호성 등을 통해 그 정체성이 수립되는 어떤 새로운 주체를 모색하게 되는 것이다. 이러한 사유의 궤적에서 이의의 여지없이 선구자로 평가되는 니체, 프로이트, 맑스의 19세기에 탈근대적이고 反-코기토적인 사유를 예술작품으로 승화한 민감한 시인들이 있었고, 선행연구에서 말라르메의 탈근대적 모습을 드러낸 데 이어, 본고에서는 말라르메의 동시대인으로서의 보들레르 및 그의 『악의 꽃』이 가지는 탈근대적이고 反-코기토적인 양상을 조명해본 것이다. 프레데릭 제임슨이 보들레르야말로 진정한 포스트모더니즘의 선구자라고 표명한 것과 같이, 본고에서 탈근대적 주체 및 反-코기토적 사유를 『악의 꽃』을 통해 고찰함으로써, 현대성을 열어보인 보들레르가 사실상 현대성을 넘어서는 포스트 담론의 주체 혹은 해체된 주체 혹은 새로운 주체를 랭보보다, 말라르메보다 앞서 열어보이고 있음을 드러낼 수 있게 되었고, 확장된 자아의 개화의

---

28) 박찬국, 「본래적 자기와 존재지향적 자아, 그리고 우아한 자아 - 하이데거, 프롬 그리고 니체의 실존철학을 중심으로-」, 『나, 버릴 것인가 찾을 것인가』 (운주사, 2010) 214.

영역을 악, 악마, 심연 등으로 표현함으로써, 나의 또 다른 모습인 프로이트의 무의식으로도 연결되는 사유체계를 보들레르가 보였음을 확인할 수 있게 되었다. 보들레르에게 중요한 것은 '악'이라는 이름으로 유발되는 일시적이고 표피적인 스캔들이 아니라, 자아의 또 다른 면으로서의 심연, 즉 자아의 확장 가능한 영역으로서의 미지의 영역을 탐험하는 것이었으므로, 『악의 꽃』이 보여주는 '악'의 '꽃'으로서의 자아의 확장은 근대적 자아가 그 한계를 넘어서 발아하는 '나'의 탈근대적 개화로서, 보들레르를 새롭게 조명하는 지표가 되는 것이다. 이렇듯 탈근대적 인식 체계로 문학텍스트를 읽는 본고는 소통인문학의 예로서, 코기토에 대한 문제제기를 통해, 근대가 낳은 주변/중심의 경계 자체를 문제시하는 보다 근원적인 '횡단'의 한 양태가 되며, 동시에 19세기 프랑스 상징주의의 생태성 복원의 한 토대를 마련하는 기틀로서도 자리할 것이다.

참고문헌

김붕구, 『보들레에르, 평전·미학과 시세계』 (문학과지성사, 1990).

김상환, 『니체, 프로이트, 맑스 이후』 (창비, 2013).

김석, 「육화된 코기토와 새로운 주체와 - 미셸 앙리의 몸의 철학과 정신분석의 몸
　　이론을 중심으로」, 『철학과 현상학 연구』 41 (2009).

니체, 프리드리히, 강수남 옮김, 『권력에의 의지』 (청하, 2003).

레몽, 마르셀, 김화영 역, 『프랑스 현대시사 - 보들레르에서 초현실주의까지』 (문학
　　과지성사, 1983).

리쾨르, 폴, 김웅권 옮김, 『타자로서 자기 자신』 (동문선, 2006).

_____, 양명수 옮김, 『해석의 갈등』 (한길사, 2012).

박찬국 外, 『나, 버릴 것인가 찾을 것인가』 (운주사, 2010).

보들레르, 샤를 피에르, 윤영애 옮김, 『악의 꽃』 (문학과 지성사, 2003).

_____, 황현산 옮김, 『파리의 우울』 (문학동네, 2015).

심세광, 「미셸 푸고에 있어서 주체화와 실존의 미학」, 『프랑스학연구』 32 (2005).

장정아, 「불교의 '무아'(無我)를 바탕으로 말라르메의 「주사위 던지기」와 라깡의 『세
　　미나 11』에 나타난 '환상의 주체' 연구」, 『동아시아불교문화』 23 (2015).

장정아·전광호, 「『중론』으로 읽는 「주사위 던지기」의 '성좌'와 말라르메 코기토」, 『한
　　국프랑스학논집』 85 (2014).

조희원, 「보들레르의 '예술가-주체'(sujet-artiste) 개념과 '상상력'(imagination)」, 『美學』
　　63 (2010).

하이데거, 마르틴, 박찬국 옮김, 『니체와 니힐리즘』 (지성의 샘, 1996).

Baudelaire, Charles. *Oeuvres Complètes* (Éditions du Seuil, 1968).

Friedrich, Hugo. *Structure de la Poésie moderne* (Le Livre de Poche, 1999).

Lacan, Jacques. *Écrits* (Seuil, 1966).

Marchal, Bertrand. *Lire le Symbolisme* (DUNOD, 1993).

Raymond, Marcel. *De Baudelaire au Surréalisme* (Librairie José Corti, 1963).

Reed, Arden. "Baudelaire's "La Pipe" : "de la vaporisation du moi"", *Romantic Review*,
　　May 1 (1981).

Rimbaud, Arthur. *OEuvres Complètes* (Éditions Gallimard, 1963).

Ricoeur, Paul. *Le Conflit des Interprétations* (Éditns du Seuil, 1969).

Ricoeur, Paul. *Soi-même comme un autre* (Éditions du Seuil, 1990)

<춘향전>의 번역과 민족성의 재현방식[1)]
―이광수의 「春香」(1925-1926)과 게일 · 호소이 하지메의 고소설 번역담론

 이 상 현

이 소설이라는 것은 『九雲夢』(漢譯 게일 박사의 英譯이 잇다. *The Cloud Dream of The Nine*라는 표제로 런던에서 發行되어 잇다.)『春香傳』(이것은 조선인에 가장 많이 愛誦된 戀愛歌劇으로 英譯·佛譯·獨譯이 잇다. 漢譯도 잇다.) 또『洪吉童傳』등이 이 代表이다. 其中에서도 『春香傳』은 좃튼지 납흐든지 가장 잘 朝鮮人의 마음을 낫하내엿다.
― 이광수, 「조선의 문학」(1933)

…큰 누나가 고칠 수 없는 병으로 시집 갈 나이가 지나도록 뒷방에 가만히 앉아서 바느질하기와 책 보기로 세월을 보내는 것이었다. 나는 이 누나 인연으로 언문 책을 많이 얻어 보았다. 『사씨남정기』니 『창선감의록』이니 『구운몽』이니 이런 책들은 다 이 누나의 인연으로 보았고,

"석아, 너도 이런 책을 지어 보려무나."

하는 말도 이 누나에게 처음 들었다. 석이란 내 이름이다. 다른 일가 사람들은 내 아명인 수경을 부르지마는 이 누나는 나를 석이라고 불렀다. 그것이 나를 대접해주는 것 같아서 기뻤다.
― 이광수, 「그의 자서전」(1936-1937)

---

1) 이 논문은 『개념과 소통』 16(2015)에 실은 「<춘향전>의 번역과 민족성의 재현」을 이 책의 논지에 따라 수정하였다.

1 「춘향」과 <춘향전> '번역'이라는 실천

　본고의 목적은 이광수(李光洙, 1892~1950)의 「春香」(『동아일보』, 1925. 9.30.~1926.1.3 혹은 『一說 春香傳』(1929); 이후 「춘향」으로 표기)을 '게일(J. S. Gale, 1863~1937) 그리고 호소이 하지메(細井肇, 1886~1931)가 주관한 자유토구사의 <춘향전> 번역 실천'이라는 문맥 속에서 읽어 보는 것이다.[2] 이를 통해, 1910년대 중후반 이후 '한국의 근대 지식인·서구인·재조선 일본인'이 서로 달리 생각했던 한국 '문학·literature·文學(ぶんがく)'의 전체상과 '조선 민족성' 담론의 차이가 <춘향전> 다시 쓰기(혹은 번역 실천)에 투영된 양상을 조명해 보고자 한다.[3] 한국문학의 전체상과 조선민족성

---

2) 본고에서 살펴볼 이광수의 「춘향」은 『동아일보』 1925년 9월 30일부터 1926년 1월 3일까지 총 96회 연재되었으며, 1929년 한성도서주식회사에서 『일설 춘향전』이란 제명으로 출판되었다. 본고에서는 『이광수 전집 1』(누리미디어, 2011)에 수록된 텍스트를 주로 활용하도록 할 것이며, 논의 전개상 필요한 부분이 있을 경우 『동아일보』 역시 병용하도록 할 것이다. 더불어 이광수의 「춘향」과 대비해 볼 게일, 호소이가 편찬한 <춘향전 번역본> 서지를 제시하면 다음과 같다. J. S. Gale, "Choonyang", *The Korea Magazine*(1917.9~1918.7.); 趙鏡夏 譯, 島中雄三 校閲, 「廣寒樓記」, 細井肇 編, 『通俗朝鮮文庫』4(京城: 自由討究社, 1921).

3) 본고는 『일설 춘향전』에 대한 아래와 같은 성과를 그 기반으로 삼는다. 이광수의 <춘향전> 개작 양상을 명시하는 성과를 넘어, 그 개작을 가능하게 한 문학사 담론을 읽는 시도가 이미 있었다.(황혜진, 「춘향전 개작 텍스트의 서사변형 연구」, 서울대 석사학위논문(1997), 76-81쪽; 강진모, 「『고본 춘향전』의 성립과 그에 따른 고소설의 위상 변화」, 연세대 석사논문(2003), 54~60; 최재우, 「이광수 <일설 춘향전>의 특성 연구」, 설성경 편, 『춘향전 연구의 과제와 방향』(국학자료원, 2004); 홍혜원, 「이광수 <일설 춘향전>의 특성연구」, 『비교한국학』21(3) (2013) 또한 이광수의 문학적 노정이란 관점에서 『동아일보』에 연재되었던 그의 다른 소설 작품들과 관련하여 『가실』(1923.2.12~2.23), 『허생전』(1923.12.1~1924.3.21)과 함께 『마의태자』(1926.5.10~1927.1.9), 『단종애사』(1928.11.30~1929.12.11)와 같은 '역사소설로 향하는 전 단계이자 前史'로 그 의미를 조명한 연구도 있다.(박상준, 「역사 속의 비극적 개인과 계몽 의식－춘원 이광수의 1920년대 역사소설 논고」, 『우리말글』 28(2003), 215~216) 본고와 관련해서 가장 밀접한 논의는 1910년대 한문학·고전국문소설·번안소설 등이 혼재했던 당대의 문학장과 서사전통을 의식한

담론의 차이는 1910년대 한국문학의 현장을 "신구대립의 문예"라고 명명했던 안확(安廓, 1886~1946), 그리고 이 시공간을 공유했던 게일, 다카하시 도루(高橋亨, 1878~1967)의 한국문학론을 통해 발견할 수 있다. 세 사람에게 있어, 그들이 상상한 한국문학의 전체상은 결코 동일하지 않았기 때문이다. 이는 한국의 '전근대문학'(혹은 고전문학)과 '근대문학', 양자의 관계를 구성하는 방식의 차이지만 가장 중요한 변별점은 어디까지나 한국의 근대문학에 대한 인식의 차이에 있었다. 특히, 한국 근대문학을 중심에 놓고 본다면, 한국의 근대지식인 안확과 외국인 게일·다카하시의 인식은 명백히 구분된다. 안확은 근대문학을 한국문학의 전체상 속에 포괄한 후 전근대문학과의 관계를 '진보이자 발전'으로 상정했다. 이와는 달리 게일과 다카하시는 한국의 근대문학을 '서구 혹은 일본에 오염된 문학'이자 한국의 민족성을 보여주지 못하는 문학으로 인식했으며 한국문학의 전체상 속에서 배제했다.4)

하지만 세 사람이 보여준 한국 '문학·literature·文學ぶんがく'의 서로 다른 전체상과 민족성 담론은 어디까지나 그들의 한국문학론을 통해 도출된 것이다. 비록 '한국·서구·일본'이라는 역사·지정학적 맥락에는 부응할지 모르나, 이러한 포괄적인 구분만으로는 본고에서 고찰하고자 하는 '이광수, 게일, 호소이 하지메'라는 또 다른 개별 주체가 지닌 세밀한 차이점을 제시해 주지는 못하기 때문이다. 특히, 이광수의 「춘향」을 조명

─────────

이광수의 '패러디 문학 혹은 문학적 실험이 투영된 사례'란 관점에서, 『일설 춘향전』을 통해 이광수의 국민문학기획을 읽어낸 연구이다.(유승환, 「이광수의 「춘향」과 조선 국민문학의 기획」, 『민족문학사연구』 56(2014)). 본고는 기왕의 선행 연구에서 고찰된 이광수의 「춘향」이 전통적인 <춘향전>과 다른 텍스트 혹은 문체의 문제보다는 이광수, 게일, 호소이 사이의 접점을 주목해볼 것이다.

4) 이에 대한 상세한 검토는 이상현, 『한국 고전번역가의 초상, 게일의 고전학 담론과 고소설 번역의 지평』(소명출판, 2013), 389~396[初出: 이상현, 「춘향전 소설어의 재편과성과 번역」, 『고소설 연구』 30(2010), 400~406] ; 이상현, 「고전어와 근대어의 분기 그리고 불가능한 대화의 지점들」, 『코기토』 73(2013), 72~108을 참조

하는 데에는 조금 더 조심스러운 접근이 필요하다. 물론 '안확과 이광수', '다카하시 도루와 호소이'가 그들이 1910년대에 주목한 한국의 문학이 완전히 일치하지 않는 점을 간과할 수는 없다. 하지만 더 큰 문제점이 있다. 그것은 무엇보다도 안확, 게일, 다카하시 세 사람의 한국문학론은 <춘향전> 텍스트 내부의 언어(문학어)가 아니라 외부에서 작품을 규정해 주는 언어[학술어]라는 공통점을 지니고 있기 때문이다. 이러한 학술적 담론과 달리 이광수의 「춘향」은 근대 지식인이 <춘향전> 다시 쓰기를 통해 <춘향전> '텍스트 그 자체에 개입'한 사례이다. 또한 게일, 호소이[또한 다카하시]의 '외국어(영어, 일본어)로의 번역'과 달리, 「춘향」은 '동일한 한국어'라고 가정된 지평에서 이루어진 실천이라는 변별성을 지닌다. 이 글에서 논의의 초점은 이러한 한계를 분명히 노정하고 있다. 그럼에도 불구하고 이광수의 「춘향」과 게일·호소이의 <춘향전> 번역 실천을 함께 읽으며, 그 양상을 통해 세 사람의 서로 다른 민족성 담론을 살필 필요가 있다.

물론 「춘향」에는 근대적인 문예물의 수준으로 새로운 <춘향전>을 창출하고자 한 이광수의 지향점이 투영되어있다. 그렇지만 선행연구에서 잘 지적되었듯이, 이광수의 「춘향」은 단순히 '<춘향전>의 현대화'라는 맥락만으로 살필 수 없는 '조선 국민문학의 기획'이라는 성격을 동시에 지니고 있다. 즉, 이광수의 실천은 창작의 차원에서 이루어진 것이지만, 그 속에는 원전 <춘향전>에서 '한국민족의 고전'으로서의 가치를 발굴/모색하고자 한 한국문학사 담론과의 공유지점이 내재되어 있다. 「춘향」에는 이광수가 그 창작적 원천으로 과거 <춘향전>의 이본들을 검토하며 재해석하는 과정이 전제되어 있기 때문이다. 또한 그 이면에는 '조선 민족성'에 대한 탐구와 '민족개조론'으로 나아간 1920년대 이광수의 새로운 행보가 투영되어 있다.5)

더불어 한국의 고전 <춘향전>을 번역한 게일, 호소이의 '외국어'만큼,

「춘향」의 근대어는 한국에 있어서는 전통적인 고소설의 언어와는 다른 언어였다는 점도 주목할 필요가 있다. 즉, 「춘향」을 구성하는 언어와 문학적 형식은 1910년대 이해조(李海朝, 1869-1927)의 『옥중화』[나아가 최남선(崔南善, 1890~1957)의 『고본 춘향전』]와는 완연히 차별된다. 오히려 외국인의 <춘향전>에 대한 번역 실천은 '근대어'라는 동일한 지평에서 이광수의 실천과 대비해볼 만한 연구대상이 될 수 있다. 또한 이광수의 국민문학 기획은 결코 전래의 <춘향전> 원형을 그대로 기록 혹은 보존하는 기획이 아니었음을 주목할 필요가 있다. 즉, 그에게 있어 원전 <춘향전>의 형상은 조선의 국민문학이 될 가능성이 충만한 작품이었지만, 결코 원형을 있는 그대로 보존해야 될 '고전'이라는 형상과는 다른 것이었다. 이러한 「춘향」이 지닌 특징은 하나의 개별 텍스트만을 초점으로 삼게될 때, 그 윤곽이 선명히 드러나지 않는다. 「춘향」의 전사(前史)이자 그의 작품이 놓인 맥락, 한국인이라는 주체로 한정할 수 없고 나아가 '소설'이라는 문학양식만으로 규명할 수 없는 근대 초기 <춘향전> 소환의 다기한 역사들이 놓여 있기 때문이다. 본고는 그 역사를 살필 자그마한 단초로 게일·호소이의 <춘향전> 번역 실천(1917~1921)에서 이광수의 「춘향」(1925~1926)으로 이어지는 계보와 그 상관성을 탐구해보고자 한다.

---

5) 예컨대, 이광수의 「문학강화」(『조선문단』 1924.10-1925.3)를 보면, 「문학이란 하오」(1916)와 달리 초역사적인 문학개념이 아닌 국민교육, "學"으로서의 문학과 문학사를 포괄할 수 있는 개념층위로 전환되고 있음을 그리 어렵지 않게 발견할 수 있다.(이 점에 대해서는 윤영실, 「최남선의 근대 '문학' 관념 형성과 고전'문학'의 수립」, 『국어국문학』 150(2008), 475-480을 참조)

2 「춘향」과 국민문학의 기획

　이광수의 「춘향」은 본래 1920년 창간된 민간지, 『동아일보』 현상문예
의 산물이기도 했다. 이광수가 「춘향」을 연재하기 이전, 1924년 12월 18
일 『동아일보』는 일천 원의 상금을 걸고 <춘향전>에 대한 개작 작품을
모집했다.[6] 이 현상문예 기획은 과거 『동아일보』가 1천호 발간을 기념
했던 때(1923.5.25)와 같은 큰 상금 규모였다. 하지만 더욱 주목되는 바는
응모 작품이 순수 창작물이 아니라 과거 '고전 작품'에 대한 개작 작품
이라는 점이다. 물론 『동아일보』의 현상문예는 애초부터 신인 작가의
등단이 아니라, 독자의 참여유도 및 독자 확보에 초점이 맞춰진 기획이
었다. 이를 반영하듯이 현상문예의 모집장르[혹은 독자투고란의 장르]는 근
대문예물로 한정되기보다는 시조, 가요 혹은 한시, 동요, 야담, 사화, 전
설, 동화, 희곡 등과 같은 보다 포괄적인 장르적 잡종성을 보여주었다.[7]
　그럼에도 1924년 12월 18일 동아일보사가 <춘향전>의 개작 작품을
모집하고자 한 취지는 이러한 사례와는 크게 변별되는 점이 있었다. 왜
냐하면 동아일보사는 '<춘향전>을 조선의 참된 국민문학으로 정립하고
자 한 기획'이라고 그 현상문예의 취지를 명시했기 때문이다. <춘향전>
은 이미 당시 모르는 조선 사람이 없을 정도로 널리 알려진 작품으로
"조선의 국민문학"이라고 말할 수 있는 작품이었다. 따라서 이 기획의

---

6) 「二千圓 大懸賞 / 本報內容 擴張 前提, 朝鮮新聞界初有의 大懸賞 論文 內容은 新年號
　에, 小說은 春香傳改作 /各題 千圓 大懸賞」, 『동아일보』(1924.12.18.), 2.
7) 『동아일보』에 부인란(여성) · 소년소녀란(아동) · 문예란(문학), 현상문예모집 등
　학예면의 일련의 형성 과정에 대한 분석은 이혜령, 「1920년대 『동아일보』 학예면
　의 형성과정과 문학의 위치」, 『대동문화연구』 52(2005), 113-121; 『동아일보』가
　진행했던 현상문예 및 신춘문예에 대한 전반적인 검토는 김석봉, 「식민지 시기 『동
　아일보』 문인 재생산 구조에 관한 연구」, 『민족문학사연구』 30(2006)를 참조.

목적은 이렇듯 조선인에게 유명한 작품이며 대중적인 인기를 지닌 <춘향전>을 근대 문인의 손에 의해 '조선의 국민문학이자 근대 문예물'에 걸맞은 작품으로 재탄생시키려는 것이었다. 1925년 9월 24일 동아일보사는 이러한 기획에 맞춰 수십 편의 원고가 투고되었지만, 이 원고들이 조선의 국민문학에 부합한 수준이 아니었기에, 결국 이광수에게 <춘향전> 개작을 의뢰했음을 밝혔다.8)

① 「춘향」에 관한 김동인, 조윤제의 비평·학술적 담론

이광수 「춘향」의 말미를 펼쳐보면, "이때부터 팔도 광대들이 춘향의 정절을 노래지어 수백 년 노래로 불러오더니 후세에 춘향의 동포 중에 춘원이라는 사람이 있어 이 노래를 모아서 만고 열녀 춘향의 사적을 적은 것이 이 책이다"(524쪽)이라고 되어있다. 하지만 그가 참조한 <춘향전>이 무엇인지를 스스로 구체적으로 밝히지는 않았다. 또한 <춘향전>에 근대적 문예의 의장을 입혀 '참된 국민문학'으로 만들고자 한 그의 기획에 대한 비평들은, 그가 보기에는 그의 노고를 충분히 알아주지는 못했던 것 같다. 이광수는 "前日 『春香傳』에 對한 評을 보았는데, 나로서는 朝鮮 안에 있는 『春香傳』은 거의 다 보고 썼다고 생각하는데, 評者는 잘 보지도 않고 쓴 것이니, 되겠습니까"라고 술회한 바 있기 때문이다.9) 이광수의 이러한 언급은 아마도 김동인(金東仁, 1900~1951)의 평가와 관련되는 것처럼 보인다.10)

---

8) 「小說豫告: 春香傳 改作 春香」春園作」, 『동아일보』(1925.9.24), 2.
9) 이광수, 「朝鮮文學의 發展策」, 『朝光』(1930.11)(『이광수문학전집』 8(누리미디어, 2011), 612; 이하 '『전집』 권수, 면수'로 약칭)
10) 金東仁, 「春園研究 (六)」, 『삼천리』(1935.6.1), 269 ; 더불어 이광수의 「춘향」의 지본을 『고본 춘향전』이라고 논한 기사도 함께 있다.(「古典의 潤色補綴에 對하야」, 『동아일보』(1935. 7.13))

　　김동인은 이광수가 「춘향」을 통해 독자층의 확대와 그에 대한 성원을 획득했지만, 「춘향」은 그에 부응하는 문학적 성과를 획득하지 못한 작품으로 평가했다. 김동인이 보기에, 이광수의 「춘향」은 '소설'이라는 근대문학장르에는 여전히 미달된 "物語"였으며, "李海朝의 春香傳의 敷延에 지나지 못"한 것이었기 때문이다. 김동인은 이광수의 「춘향」에 내재된 '국민문학의 기획'을 '문화적 문화운동'이라고 적절히 표현했다. 이광수의 「춘향」은 "그의 민족개조운동에 관심을 갖고 호응해 줄 사람들을 가능한 한 많은 독자로" 확보하는 일종의 대중화 전략이었고, 또한 동시에 국문고소설이라는 과거 서사적 전통을 포괄하는 새로운 '국민문학'의 장을 모색하는 과정이었다. 또한 「춘향」은 이러한 이광수의 기획에 부응하여 『옥중화』와는 차별된 근대 소설의 의장을 일정량 갖추고 있었다.11)

　　하지만 왜 김동인은 이광수의 「춘향」에서 『옥중화』의 그림자를 발견했던 것일까? 김동인의 글을 보면, 그는 <춘향전>과 『옥중화』를 혼재해서 사용하고 있다. 즉, 김동인의 「춘향」에 대한 평가는 <춘향전>의 개별이본 텍스트의 차이를 세밀히 구분하여 인식하는 기반이 전제된 것이 아니었다. 요컨대, 여기서 『옥중화』는 <춘향전>의 한 이본이라기보다는 『옥중화』 계열 <춘향전> 이본 전반 혹은 <춘향전> 전반을 통칭하는 것으로 봄이 한결 더 타당하다. 이러한 김동인의 평가를 볼 때, 이광수가 자신이 본 조선에서의 모든 <춘향전>에서 어떠한 부분이 어떻게 「춘향」에 투영되었는지를 비평자가 알아보는 것은 애초에 불가능했던 것으로 보인다. 하지만 김동인이 이광수의 「춘향」에서 『옥중화』의 흔적을 감지한 까닭은 이러한 설명만으로 부족한 일면이 있다. 20여종의 <춘향전> 이본을 검토했던 초창기 국문학자인 조윤제(趙潤濟, 1904

---

11) 박상준, 앞의 글, 213~215; 유승환, 앞의 글, 299~327.

~1976)가 내린 이광수의 「춘향」에 대한 평가 역시 이와 유사한 바가 없지 않기 때문이다.

조윤제는 물론 「춘향」이 과거의 <춘향전>과 다른 '근대적 문예물'이란 사실을 명확히 감지하고 있었다. 그는 이광수가 "春香傳을 다시 한번 現代小說의 形式에 고쳐 써 보고자 하는 데서 本書를 編述한 것"이며, 춘향과 이몽룡 사이 한시가 아니라 시조를 주고받는 장면, 익살스럽고 인간적인 방자의 형상과 같은 면모들을 발견했다. 특히, 그는 고소설 형식과는 다른 「춘향」의 서두 부분, 신소설문체와 구분되는 "현대소설문체", "漢文句·漢詩句"를 상당량 소거한 모습을 예로 들며, "現代小說로서의 이본의 한 자리를" 차지한다는 긍정적인 평가를 내렸다.12) 그렇지만 이는 「춘향」에서 근대문학적인 면모를 찾고자 할 때 발견되는 한 부분이었다. 조윤제는 이광수의 「춘향」이 지닌 또 다른 일면에 관해서 다음과 같이 언급했다.

> "그러나, 從來의 異本을 無視할 수 없었고 그 中에도 **『古本 春香傳』** 과 **『獄中花』**에서는 가장 많은 影響을 받아 **單純한 前記 兩本의 飜案 本**에 지나지 못하였다. 이것 編者가 **古典을 古典으로 尊重하자**는 精神 에서 나온 結果일줄 생각되거니와……"13)

이러한 1940년경 조윤제의 지적은 <춘향전>의 형상이 이광수가 「춘향」을 『동아일보』에 연재하던 시기와 달라진 모습을 잘 보여준다. 즉, 그의 글 속에서 이광수의 「춘향」에 학술적 의미를 부여해주는 "異本", "古典", "飜案(本)"과 같은 학술용어를 주목할 필요가 있다. 이 용어들을 기반으로 <춘향전>의 개별 이본들의 존재가 전제되며, 이러한 이본들 속에서 이광수의 「춘향」은 <춘향전>의 번안본 즉, <춘향전>의 "각색(脚

---

12) 조윤제, 「춘향전 이본고(二)」, 『진단학보』 12(1940), 142~146.
13) 위의 글, 142(이하 강조는 인용자의 것).

色, Adaption)” 혹은 “옛 사람의” 작품을 “원안으로 고쳐”지은 작품이 된다. 무엇보다 근대 지식인의 번안 이전의 원전이 있는 작품이며, 현재 조선인에게 향유되는 국민문학이 아니라 ‘한국민족의 고전’이라는 <춘향전>의 새로운 형상이 전제되어 있는 셈이다.14) 이러한 <춘향전>의 형상은 이광수가 「춘향」을 연재했던 당시 ‘국민문학’으로서의 <춘향전>과는 연속점과 동시에 어떠한 불연속점을 지닌 것이다. 조윤제가 「춘향」을 ‘『고본 춘향전』과 『옥중화』 두 이본에 대한 번안본’이라고 지적한 내용을 조금 더 상세히 살펴 볼 필요가 있다. 조윤제는 이해조, 최남선이 편찬했으며 활자본으로 소환했던 <춘향전>과 「춘향」의 관계를 ‘번안’이라고 말하고 있다. 이러한 조윤제의 논의는 이광수의 「춘향」이 지닌 이중성을 매우 적절히 짚어준 것이다. 이광수의 기획은 한 편으로는 <춘향전>을 현대화하는 것이지만, 또 한편으로는 <춘향전>의 원전을 보존해야 하는 이중성을 함께 지니고 있었기 때문이다.

이광수의 「춘향」은 ‘연분, 사랑, 이별, 상사, 수절, 어사, 출또’란 7개의 장으로 구분되어 있다. 조윤제는 이 중 ‘연분’에서 ‘이별’까지의 전반부는 『옥중화』를 주로 참조한 것으로 파악했으며, ‘수절’에서 ‘출또’까지의 후반부는 『고본 춘향전』을 대표적인 참조저본으로 지적했다. 또한

---

14) 근대초기 한국어 관련 사전 속에서 이 어휘군의 등재양상을 정리해보면, “異本”의 경우 문세영의 사전에서 “같은 책으로 내용이 다소 다른 것”(문세영, 1937)이라고 최초로 등재된다. “古典”의 경우, 김동성의 영한사전에서 “Classic”(김동성, 1928)에 대응되는 모습으로 출현하는데, 이는 언더우드 사전에서 “Classic=四書三經”이란 영한 대응관계와는 변별된 한영 대응 쌍의 출현을 의미한다.(이 점에 대한 상세한 분석은 이상현, 「게일의 한국고소설 번역과 그 통국가적 맥락 -『게일 유고』 소재 고소설관련 자료의 존재양상과 그 의미에 관하여」, 부산대학교 점필재연구소 고전번역학 센터 편, 『한국 고전번역학의 구성과 모색』 2, 점필재, 2015, 326~330면을 참조) “飜翻案”의 경우, “案を飜すこと”(조선총독부, 1920), “Cassation; an adaptation”(김동성, 1928), “Adaptation. Reversal of judgement”(Gale, 1931), “① 옛 사람의 시문을 원안으로 하여 고쳐 짓는 것, ②안건을 번복하는 것”(문세영, 1937)으로 풀이된다.

조윤제는 이광수 개작의 모습이 전반부에 잘 보이는 반면, 후반부는 새로운 모습은 없고 『고본 춘향전』을 그냥 따라갔으며 『옥중화』에서 몇 구절을 끌어다가 증보한 양상에 불과하다고 평가했다.15) 즉, '이몽룡과 춘향의 사랑이야기'란 내용부분에서는 『옥중화』의 흔적이 강하며 더불어 이에 대한 이광수의 개작이 엿보이지만, 춘향이 정절을 지키고 이몽룡이 어사가 되어 사건이 마무리되는 부분에서는 개작의 모습보다는 『고본 춘향전』의 흔적이 더욱 강하게 새겨져 있음을 지적한 셈이다. 이러한 조윤제의 지적을 감안한다면, 이광수의 「춘향」 속에서 『옥중화』의 자장과 흔적을 발견한 김동인의 인식은 완전히 그릇된 시각은 아니었다. 이는 적어도 김동인-조윤제 사이의 어떤 공통된 감각(혹은 착시)이었기 때문이다.

② <춘향전>에 대한 이광수의 개작지평과 안확의 해석지평

왜 그랬던 것일까? 이와 관련하여 조윤제가 평가한 이광수의 「춘향」이 지녔던 <춘향전> 개작의 지평이 사실은 동아일보사의 현상문예 공고 그 자체에 새겨져 있었던 사실을 주목할 필요가 있다.16) 물론 이광수가 「민족개조론」(『개벽』, 1922.5) 이후 그의 문학활동에 큰 장애를 얻게 된 상황 속에서 돌파구를 열어준 매체가 『동아일보』였으며, 『재생』을 연재하던 시기(1924.11~1925.9)는 그가 『동아일보』의 연재소설과 사설을 도맡아서 담당했던 정황을 감안해볼 필요가 있을 것이다.17) 즉, 애초

---

15) 조윤제, 앞의 글, 142~145; 이광수의 「춘향」과 「옥중화」, 「고본 춘향전」의 화소 대비는 최재우, 앞의 글, 421~439을 더불어 참조
16) 「懸賞大募集」, 『동아일보』(1924.12.18.).
17) 이광수, 「多難한 半生의 途程」, 『朝光』(1936.4~6)(『전집』8, 454~455) ; 이광수, 「나의 告白」, 『春秋壯刊』(1948.12)(『신집』7, 200) ; 이광수, 「『端宗哀史』와『有情』-이럭저럭 二十年間에 十餘編을」, 『三千里』(1940.1)(『전집』10, 541~543) ; 이광수, 「東亞, 朝鮮 兩新聞에 小說 連載하든 回想」, 『삼천리』(1940.10), 182~183; 이러한 정황에 대해서는 김윤식, 『이광수와 그의 시대』2(솔, 2008), 94~152과 박상준, 앞의 글, 210~218을 참조

현상문예 기획의 기안자로서 이광수가 깊이 관여했을 가능성은 분명히 존재한다. 그렇지만 이러한 <춘향전> 개작의 지평이 최초의 한국문학 사가이자 국학자였던 안확의 『조선문학사』(1922) 속 <춘향전>에 관한 해석의 지평과도 궤를 함께 하고 있음을 주목해야 한다. 그것은 적어도 1920년대 이광수, 동아일보사, 안확이 공유하고 있던 <춘향전>에 대한 이해의 지평이기도 했던 것이다.

1924년 12월 23일 동아일보사의 현상대모집 공고에는 <춘향전>에 관한 작품 소개가 담겨져 있다. 전술했듯이 <춘향전>은 조선 사람이라 면 모를 사람이 없을 정도로 잘 알려진 작품이며, "아모리 내용이 보잘 것 업게 된 것이라 하더라도 근세 조선의 國民文學作品으로 너르게 알 려진 것은 이것 이외에 별로" 없었다. 즉, <춘향전>은 비록 근대의 시선 에서 본다면 미달된 문예물일지라도, 조선의 국민문학작품이 될 수 있 는 그 가능성만큼은 분명했다. 이를 성취할 수 있는 작품 속에 내재된 가치와 가능성에 관해 동아일보사는 다음과 같이 이야기했다.

> 하루밤 언약을 죽엄으로 직힌 춘향의 뜻을 단순한 뎡조관념 이외 에 보다 럴렬함 보다 심각한 의미로 해석할 수가 업지 안으며 죽어 서 사당에 들지 못한다함을 불고하고 지존한 (당시에) 관권의 총아 로 기생의 딸을 정부인으로 삼은 몽룡의 태도는 일시의 풍정으로 인 한 부득이의 결과라고만 해석할 수가 업슬 것이외다.

그 가능성의 중심에는 '춘향과 이몽룡의 사랑'이 있었다. 물론 이는 분명히 <춘향전>의 가장 핵심적인 골격이라고 말할 수 있을 것이다. 그 렇지만 이 지점에 <춘향전>을 "妓女의 貞節的 戀愛의 情事를 記述"한 것이며 "戀愛神聖과 人權平等의 情神"에서 나온 것이라고 규정한 안확의 『조선문학사』(1922) 속 기술을 함께 생각해볼 필요가 있다.[18] 즉, 여기

---

18) 안확, 『조선문학사』(한일서점, 1922), 104.

서 '정절'이란 어휘는 '개가를 하지 않는 과부, 충성스러운 재상에 국한
되던 순결함 혹은 더럽혀지지 않음'이 아니었다. 제한되는 대상 자체가
없는 '순결, 충성, 충실함'이라는 서구어와 대등한 함의를 지니고 있었
다. 동아일보사의 기사, 안확이 활용하는 '정절'이란 어휘의 함의는 단
순히 유가 '이데올로기'나 '이념' 안으로 제한되지 않는다. 오히려 춘향
이 한 사람의 인간이자 인격으로 간직하고 있었던 '보편적 이상'이 이
러한 '정절'이란 함의를 적절히 가리키는 말이다.19)

　춘향과 이몽룡 사이의 사랑은 결코 일방향적이지도 수직적이지 않다.
그 사랑은 간통, 바람'과 같은 '결혼의 골칫거리', '사회적 책무와 의무'
를 일탈하는 '찰나적인 매혹', '열정', '열병'과 같은 인류 보편적인 감정
으로서의 '사랑'이 아니었다. 오히려 유럽에서 18세기말 이후 '사랑'이
성, 계급, 경제 조건 등의 외부 조건이 배제된 채 남녀 개인 간의 평등
하며 동반자적인 위치에서 '자아실현' '자유' '결혼' 등의 개념과 결합된
특수한 문화적인 현상, '낭만적 사랑'이라는 理想에 근접한 것이다.20)
물론 이러한 <춘향전>에 대한 해석의 지점은 안확, 동아일보사의 담론

---

19) 이러한 함의에 대한 분석은 이상현, 앞의 책, 269~278 참조 춘향의 열 혹은 정절
　　관념을 게일은 동양의 'Ideal'이라고 번역했다. 이 서구어는 근대어 '理想'이라는
　　역어가 출현하기 이전, '烈'을 비롯한 <춘향전>을 구성하는 어휘로는 번역될 수
　　없는 것이었다. 이중어사전은 '정절'이란 어휘의 새로운 함의를 다음과 같이 재현
　　해 준다. "정절(貞節) Pure and undefiled—as a loyal minister or widow who will
　　not remarry(Gale 1897~1911) A Purity; loyalty; faithful.(Gale 1931)" 물론 이는
　　근대어 문맥에 배치된 정절이라는 조선어 자체의 의미 전환을 게일이 감지한 결
　　과라고도 말할 수 있다. 그러나 이 전환 자체는 과거 조선의 이상이 지닌 새로운
　　문맥을 제시해 주는 것이다. 여기서 정절은 단순히 한문문헌에 귀속되는 범위,
　　수직적인 질서인 상하의 구별을 제거하고, 국가/민족의 단위로 확대된 범주를 지
　　닌 것이었다. 이광수, 안확의 경우 역시, 그들이 말하고자 한 남녀 관계의 새로운
　　윤리는 전근대적인 유교의 '烈'과는 구분되는 이러한 근대적 의미를 분명히 가니
　　고 있었다.(이광수, 「婚姻에 對한 管見」, 『學之光』(1917.4)(『전집』10, 44~47; 안확,
　　『자각론』(회동서관, 1920), 16~17; 안확, 『개조론』(조선청년연합회, 1921), 14~17).
20) A. Giddens, 배은경 · 황정미 역, 『현대사회의 성 · 사랑 · 에로티시즘—친밀싱의
　　구조 변동』(새물결, 2003), 3장 참조

속의 이야기일 뿐만 아니라, <춘향전> 자체에 내재된 작품의 가치에 기인한 것이었기도 했다.21)

하지만 더욱 주목해야 될 점은 이러한 해석의 지점이 바로 곧, 이광수의 <춘향전> 개작의 방향과 긴밀히 연결된다는 점이다. 이는 이광수의 「춘향」을 '이광수 특유의 자유연애사상의 발현'으로 해석할 수 있는 근거이자 활자본으로 출현한 애정소설들이 보여주는 변주가 반영된 지점이며, 근대의 자유연애[혹은 낭만적 사랑] 담론이 <춘향전>에 개입하고 있는 지점이라고 말할 수 있다.22) 요컨대, 춘향과 이몽룡이라는 "두 주인공을 뼈로 하고 그 사이로 흐르는 그 시대 인물 풍속의 정조를 만일 솜씨 잇는 현대문사의 손으로 곳처 놋는다하면 그 소득이 얼마나" 클지가 기대된다는 진술은 안확의 해석의 지평 그리고 조윤제가 이광수의 「춘향」을 통해 발견한 '현대소설의 형식'에 대응되는 것이었다.

반면, 동아일보사의 공고문에는 <춘향전>의 후반부에 대한 현대적 해석의 지점이 생략되어 있다. 이 점은 안확의 『조선문학사』에서 역시 마찬가지였다.

非理處事와 御使의 出道의 情況은 實로 目睹함가티 滔滔한 興味가 紙上에 躍然이라 貪官汚吏의 非理行動은 地方民政의 腐敗에 至하고 御使의 出道는 公私 兩便의 正大를 取 함가트나 오히려 公보다는 私를 重하는 便이 强하니 當時 政治의 不健全함을 可見이오.23)

---

21) 일례로 홍종우가 관여한 『향기로운 봄(Printemps Parfumé)』이라는 <춘향전 불역본> 속 해제를 들 수 있다. 물론 쿠랑이 비판한 것처럼 보엑스 형제의 서문이자 해제 역시 그가 체험한 바와는 어긋나는 점이 분명히 있었지만, 보엑스 형제의 해제는 <춘향전> 속 남주인공이 지닌 전근대 봉건사회에 대한 저항이자 비판의 담론을 읽어 내는 모습을 보여준다. <춘향전>은 근대적 관념을 투영시켜도 읽어 낼 중요한 가치가 내재되어 있었음을 능히 짐작할 수 있다.

22) 황혜진, 앞의 논문, 76-81; 권순긍, 「근대의 충격과 고소설의 대응」, 『고소설연구』 (2004), 198-202; 권보드래, 『연애의 시대』(현실문화연구, 2003)을 참조.

23) 안확, 『조선문학사』, 104.

안확은 변학도의 모습 속에서 '조선 地方民政의 腐敗'를 읽어냈다. 또한 이몽룡의 어사출도 역시 관원으로서의 공적인 차원보다 개인적인 차원에서 행해진 실천으로 인식했다. 이를 통해 <춘향전> 속에서 과거 조선사회 "政治의 不健全함"을 발견했다. 물론 안확의 이러한 성찰 역시 <춘향전>에 대한 근대적인 해석의 모습이다. 하지만 안확의 이러한 해석은 춘향의 '정절 혹은 열'에 대한 해석과는 다른 차원이다. 무엇보다도 <춘향전>에 내재된 가치이자 안확이 서 있는 근대에도 통용되는 미래적 가치를 발견한 것이 아니기 때문이다. 즉, 그가 <춘향전>에서 발견한 과거 조선사회의 모습은 텍스트에 내재된 '과거 조선의 전근대성'이었으며, 이는 근대적인 시선 속에서 비판의 지점이었던 셈이다. 안확이 보여주는 이러한 해석의 지평은 상대적으로 이광수의 근대적인 개작을 발견할 수 없는 「춘향」 후반부의 일반적 경향 그리고 후반부에 보이는 개작의 모습들－예컨대, "관리들이 백성들을 수탈하는 현실을 환기시키고 목민관의 도리를" 제시한 측면과 '변 사또의 징치'란 결말부의 변개24)－등과 분명히 궤를 같이한다.

③ <춘향전>을 통한 국민문학 기획의 전사(前史)

이렇듯 「춘향」이 보여주는 <춘향전> 개작의 지평은 1910년대 이해조, 최남선이란 두 지식인이 마련했던 바이기도 하다. 『옥중화』와 『고본 춘향전』은 이광수의 개작 작업에 있어서 자양분을 제공해 준 중요한 참조 저본이자, 1910년대 한국 지식인의 <춘향전>에 대한 기획이 담겨져 있었다. 동아일보사의 '현상모집규정'과 '투고요령'에는 이해조, 최남선이 남겨 놓은 자취와 더불어 이광수가 만들어야 할 새로운 <춘향전>

---

24) 박상준, 앞의 글, 216~217.

의 형상이 새겨져 있다. 이와 관련하여 가장 주목되는 것은 아래와 같
은 두 가지 조항이다.25)

一. 改作範圍: 時代, 人物 等을 一切 隨意로 改作하되 **在來 春香傳의**
經緯를 損傷치 말 일. (①)
一. 文體長短: 文體와 長短도 一切 隨意로 改作하되 **되도록 長篇에**
順諺文으로 할 일. (②)

①이 잘 말해 주듯이 현상모집의 개작 범위는 <춘향전>의 경위를 훼
손하면 안 되는 것이었다. 즉, 애초에 <춘향전>을 <춘향전>이라고 인식
할 수 있는 최소 단위의 화소가 전제되어야 했던 것이다. 당연한 말이
겠지만, 이광수의 「춘향」은 <춘향전>과 완연히 분리될 수는 없는 작품
이었다. 오히려 관건은 '원전에 대한 개작과 보존의 긴밀한 연관성을 어
떻게 설정하느냐?'에 놓여 있었던 셈이다. 이광수가 "참된 국민문학"으
로 만들 <춘향전>과 관련하여, 과거의 <춘향전>을 벗어날 수 있는 범
주는 사실 ②에 있었다. 즉, 그것은 장편이라는 분량의 조건과 국한문혼
용 표기가 아닌 순국문 표기라는 조건이다. 또한 여기서 후자의 조건,
"순언문"은 당시의 정황을 감안해 본다면 단순히 표기 차원의 문제는
아니었다. 고소설 속 언어와는 다른 규격화되고 균질화된 근대의 어문
질서를 기반으로 한 언어라는 차별성이 더불어 존재했기 때문이다. 이러
한 '한국의 근대어'라는 조건에는 이해조, 최남선이 남겨 놓은 <춘향전>
이본과는 다른 새로운 <춘향전>의 형상이 잠재되어 있다.

즉, 이러한 조항에 부합한 작품은 이광수의 「춘향」이었다. 하지만 이
광수의 「춘향」에 대한 예고 기사를 펼쳐보면, 동아일보 편집부 측이 요
구한 새로운 <춘향전>의 모습에는 이해조, 최남선의 자취가 남겨져 있

---

25) 「懸賞大募集」, 『동아일보』(1924.12.18).

다.26) 동아일보사는 현재 <춘향전>의 문제점을 이야기한다. 첫째, <춘향전>은 여전히 "민요의 시대"를 벗어나지 못했기에, "광대에 따라 사설이 다르고 심지어 인물의 성격조차" 달랐다.(③) 둘째, "시속의 나즌 취미에 맞게 하느라고 야비한 재담과 음담패설을 만히 석거 금보다도 모래가 만하지게 되었다"라고 지적했다.(④) 여기서 ③과 관련하여 다양한 <춘향전> 이본과 판소리로 연행된 복수의 <춘향전>을 상정할 수 있다. 사실 ③은 <춘향전> 이본에서 하나의 정본을 선정하는 행위, 번역에 있어 하나의 저본을 선택하는 행위와 맞닿아 있는 실천이다. ④는 성을 연상시키는 '외설적 표현'이나 '저속하거나 해학적 표현' 등을 소거하는 작업, 요컨대 작품 속의 언어 표현을 순화시키는 작업과 연관된다. 하지만 이렇듯 <춘향전>을 참된 국민문학으로 재탄생시키기 위해 <춘향전>의 정본을 새롭게 구성하고 그 언어 표현을 정화/정제하는 기획은 사실 『옥중화』와 『고본 춘향전』에도 내재되어 있었다.

그렇다면 이광수가 훼손할 수 없는 "在來 <춘향전>의 經緯"를 제공해 준 작품은 무엇이었을까? 이와 관련하여 이광수 「춘향」의 전반부 자체의 개작은 어떠한 하나의 저본을 분명하게 추론할 수 없게 한다는 사실을 염두에 둘 필요가 있다. 더불어 이광수의 개작 흔적이 최소화된 후반부에서 드러나는 <춘향전>의 저본을 조윤제가 『고본 춘향전』이라고 감지한 점을 상기해볼 필요가 있다. 물론 조윤제가 잘 지적했듯이, 이광수의 「춘향」에서 『옥중화』의 영향력을 완전히 간과할 수는 없다. 하지만 조윤제는 당시 이본 연구의 현황 속에서 '남원고사 계열' 즉, 세책본 계열 <춘향전>의 존재를 모르고 있었다. 판소리와 긴밀한 친연성을 지닌 『옥중화』와는 달리 세책본 고소설의 전통—물론 이점을 이광수가 인식했다고 주장할 수는 없다—이 담겨져 있는 『고본 춘향전』은 사실

---

26) 「小說豫告: 春香傳 改作 「春香」春園作」, 『동아일보』(1925.9.24), 2.

새로운 <춘향전> 구상을 위하여『옥중화』에 대한 적절한 대안이 될 수 있었다. 또한 이광수의「춘향」의 화소전개 순서와 전체 윤곽을 감안해 본다면, 그의 작품에서 큰 윤곽과 틀을 제공한 바탕은 어디까지나『고본 춘향전』으로 추정된다.[27]

그렇지만『고본 춘향전』은 단지「춘향」에 가장 큰 영향력을 끼친 저본이라는 의미로 한정될 수 없는 중요한 의미를 지닌 판본이다. 왜냐하면「춘향」에 내재된 국민문학의 기획이『옥중화』보다는『고본 춘향전』에 더욱 더 근접하기 때문이다.『고본 춘향전』의 개작 양상은 "① 서두에 들어 있는 여러 가지 긴 노래를 자신이 새로 쓴 것으로 교체"했으며, "② 중국에 관한 것이나 중국을 높게 평가한 것으로 보이는 표현을 삭제하거나 조선적인 것으로" 전환했으며, "③ 외설적이거나 상스럽다고 생각한 내용을 모두 제거"한 모습을 보여준다.[28] 여기서 ①과 ②는「춘향」과『고본 춘향전』의 기획이 지닌 가장 큰 공통점이었다. 또한 '유교적 명분'을 통해 고소설 간행을 정당화한 이해조와 달리, 최남선은 근대 문학적 가치와 근대 소설의 관점을 통해 고소설을 옹호하는 이광수와의 공통된 논리를 보여준다.[29] 다만, 이광수는 조윤제가 "번안본"이라고 까지 말했을 수준으로 과거 고소설의 언어와는 다른 '근대어'로 <춘향전>을 새롭게 직조했다는 변별점이 있다.

그렇지만 지금까지 살펴본「춘향」에 관한 비평, 학술적 담론들과 함

---

27) 유승환, 앞의 글, 313 ;「고본 춘향전」와「옥중화」의 화소를「춘향」과 대비해보면 이 점을 발견할 수 있다.「고본 춘향전」의 화소에 관해서는 김동욱, 김태준, 설성경,『춘향전 비교연구』(삼영사, 1979), 20~24; 박갑수,『고전문학의 문체와 표현』(집문당, 2005), 150~165을 참조.『옥중화』의 화소에 관해서는 서유석,「20세기 초반 활자본 춘향전의 변모양상과 그 의미-『옥중화』계통본을 중심으로」,『판소리연구』24(2007), 159~165을 참조.

28) 박갑수, 앞의 책, 165~222 ; 이윤석,「『고본 춘향전』개작의 몇 가지 문제」,『고전문학연구』38(2010), 380~396.

29) 윤영실, 앞의 글, 463~467.

께 두 가지 측면을 함께 주목해야 한다. 첫째, 동아일보사의 현상모집 공고, 이광수의 <춘향전> 개작양상, 안확의 『조선문학사』 속 <춘향전> 인식과는 다른 조윤제의 새로운 시각이다. 그것은 「춘향」에서 근대 문인 이광수의 개작 흔적과 그가 참조한 저본 <춘향전>을 찾고자 하는 모습이다. 나아가 「춘향」, 『옥중화』, 『고본 춘향전』과 같은 1910년대 이후 한국 근대지식인의 <춘향전>과 과거의 <춘향전>을 구분하는 모습이다. 이러한 조윤제의 새로운 시각(1940)은 이광수의 「춘향」(1925~1926) 과는 시기적으로 또한 인식적으로 볼 때 상당히 큰 차이점을 지니고 있다. 따라서 「춘향」과 동시기에 이루어진 실천의 모습을 주목할 필요가 있다. 이와 관련하여 둘째, 이광수(동아일보사)의 개작 이전에, 근대 일본 어로 한국의 고소설이 번역된 사건을 주목할 필요가 있다. 즉 그것은 호소이가 주관한 자유토구사가 1921~1923년 한국의 고소설을 일본인 일반 독자를 위해 '통속역'의 형태로 번역하여 출판하고, 호소이가 이들 작품들을 함께 엮어 『朝鮮文學傑作集』(1924)으로 출판한 사건이다.[30] 물론, 자유토구사의 고소설 일역본 출판과 이광수의 「춘향」(혹은 동아일보사의 기획)의 직간접적인 관련성을 확정하기는 어려운 것이다. 그렇지만 이 우연성은 정밀하게 조망될 필요가 있다.

3 「춘향」과 '근대어'라는 번역의 지평

이광수의 「부활의 시광」(『청춘』, 1918.3)을 펼쳐보면, 한국의 근대지식

---

30) 박상현, 「제국 일본과 번역 ─ 호소이 하지메의 조선 고소설 번역을 중심으로」, 『일 어일문학』 71(2)(2009), 428~441.

인이 서구적이며 근대적 시선으로 바라본 <춘향전>의 형상이 잘 제시되어 있다. 이광수가 보기에, <춘향전>은 일종의 "歌劇"이라고 할 수도 있지만, 결국 "原始的·傳說的·遊戲的이요 決코 藝術的"이라고 말할 수 없는 것이었다. 왜냐하면 이에 대한 "刻本이 되는 春香歌"는 하나의 '傳說'에 불과한 것이었기 때문이다. 이 "朝鮮人의 傳說, 眞實로 朝鮮人의 生活에 接觸한 傳說"은 "어느 藝術家의 손을 거쳐 나오기 전에는 傳說的一材料에 不過"하다고 말했다.[31]

여기서 이광수가 문제 삼은 것은 연행되던 <춘향가>가 아니었다. 오히려 그것이 문자언어로 변모된 각본이다. 물론 <춘향전>을 비롯한 국문고소설은 근대적 문학개념을 상대적으로 투영할 수 있는 대상이었으며, 작품 속 언어는 '민족어'라는 조건을 충족시켜주었다. 따라서 이광수가 "조선인이 조선문으로 作한 문학"이라고 늘 강조했던 "조선문학"의 얼개에는 상대적으로 부합한 작품이었다. 하지만 「부활의 서광」에서 그것은 어디까지 하나의 가능성이었을 따름이다. 즉, <춘향전>은 '근대적 문예물', '근대어' 혹은 '국어'라는 요건을 모두 충족한 것이 아니었다. 사전에 등재된 공통된 함의를 지닌 어휘, 확정된 문법 및 철자법을 지닌 균질한 언어체계라는 조건, 작가, 저작권과 출판사 등의 근대 인쇄문화적 요소를 내면화한 시선에서 본다면, <춘향전>은 여전히 "藝術"이라고 말할 수 없는 구술문화적이며 원시적인 작품이었다.

물론 「부활의 서광」에서 이러한 이광수의 논리는 애초 일본의 시마무라 호게츠(島村抱月)의 글에서 비롯된 것이기도 하다.[32] 그렇지만 그

---

31) 이광수, 「부활의 서광」, 『청춘』(1918.3)(『전집』10, 547)

32) 이광수를 비롯한 조선의 지식인과 시마무라 호게츠의 우연한 만남, 그리고 그 체험에 대한 다소 다른 견해를 보인 이광수, 시마무라 호게츠의 논저(이광수, 「吾道踏破旅行」, 『매일신보』(1917.6.28)[최주한·하타노 세츠코 엮음, 『이광수 초기 문장집 Ⅱ』(소나무, 2015), 427~428]; 시마무라 호게츠의 글(島村抱月, 「朝鮮だより」, 『早稲田文學』(1917.10))에 대해서는 최주한, 「이광수의 이중어글쓰기와 오도답파여행」, 『민족문학사연구』55(2014), 40~44을 참조 ; 실제 「부활의 서광」과 시마

연원을 따져본다면, 이광수의 논지는 한국고소설을 '설화'의 관점에서 번역/인식했던 외국인의 실천들과 그들의 '한국문학 부재론'이라는 논리를 연상시킨다. 즉, 그것은 한국의 개항과 함께 시조와 고소설과 같이 민족어로 구성된 한국문학작품을 대면한 후 '한국에 국민국가 단위의 민족문화를 구성해 줄 높은 예술성과 고유성을 보유한 문학(문예)이 없다'고 내린 외국인의 결론이자 담론과 유사한 논리이다.[33] 아니 더 엄격히 말한다면, 근대인의 시선과 관점에서 본 <춘향전>을 비롯한 한국고소설에 대한 일관된 평가였던 셈이다. 그렇지만 이러한 외국인의 시선과 다른 이광수의 변별점이 있었다. 그것은 <춘향전>이 "藝術家"에게 있어서 "傳說的 一材料"란 표현 속에 담겨 있다. 그에게 <춘향전>은 '창작의 원천'이자 '참된 국민문학'이 될 가능성이 있는 작품이었던 것이다. 이광수의 이러한 독법은 사실 <춘향전>에 내재된 국민문학적 가치와 함께 '고전'적 가치를 전제로 출현한 것이었다. 다만, <춘향전>은 '고전'이 되기에는 당시도 여전히 너무나도 대중적으로 향유되고 있던 동시대적인 작품이었을 따름이다. 이는 한국문학사 담론 속에 <춘향전>을 배치시키는 것이 아니라, <춘향전>에 근대문학의 의장을 입히고자 한 이광수의 실천이 출현한 맥락이기도 했다.[34]

무라 호게츠의 글의 관계에 대한 검토는 유승환, 앞의 글, 304~312을 참조

33) 이 점에 대해서는 이상현, 앞의 책, 233~242과 이상현, 이은령, 「19세기 말 고소설 유통의 전환과 '민족지'로서의 고소설-모리스 쿠랑『한국서지』한국고소설 관련 기술의 근대 학술사적 의미」,『비교문학』 59(2013), 40~55.

34) 또한 이광수는 <춘향전>을 예술적인 작품으로 자리매김하는 데 가장 적합한 인물이기도 했다. 이와 관련하여 과거 한국고소설에 관한 가장 긍정적 시각을 보여주었던 개신교 선교사 헐버트의 언급을 겹쳐서 생각해볼 필요가 있다. 헐버트는 "소설 창작을 필생의 직업으로 삼고 또 그 위에 자신의 문학적 평가의 기초를 둔 사람"이 민든 "극히 세분화된 분야의 칭긱물"이란 관점으로는 한국의 고소설을 논할 수 없음을 지적했다. 그렇지만 디포우(D. Defoe)와 같은 선구적인 작가들이 "대중적인 독자층을 갖는 모범적 소설을 씀으로써 영미소설에 이바지한 바와 같이 한국에도 훌륭한 소설가가 나타나서 한국의 소설을 위해 이바지할 수 있는 때가 오기를" 기대했다.(H. B. Hulbert, 신복룡 역, 『대한제국멸망사』(집문당, 2009), 241).

　　자유토구사의 『광한루기』는 일본어로 <춘향전>을 번역했지만, 이광수와 동일한 지평을 지닌 실천이기도 했다. 이는 당시 제국 일본[어]와 식민지 조선[어]의 관계가 지닌 특수성에 기인한 것이기도 했다. 자유토구사, 이광수의 동일한 지평은 첫째, <춘향전>을 조선의 대표적인 국민문학이자 '미달된 문예물＝현재 조선인의 민족성'으로 보는 공통된 인식이며, 둘째 일본/조선의 '근대어'로 <춘향전>을 재탄생시키는 공통된 행위란 점이다. 호소이는 『조선문학걸작집』의 권두에서 자유토구사의 고전정리사업의 결과물 즉, '통속조선문고'와 '선만총서'시리즈의 특징, 다른 재조선 민간 학술단체의 사업들과의 차이점을 밝힌 바 있다. 그것은 원문을 그대로 간행했던 조선고서간행회, 원문을 직역하여 일본인으로서는 그 뜻을 이해할 수 있는 부분이 지극히 적었던 조선연구회의 번역과 다른 자유토구사의 '통속역'이라는 번역의 지향점이다. 자유토구사의 한국고전에 대한 번역문은 "난해하고 많은 분량인 조선의 古史・古書를 그 요점만을 잘 정리해서 일반인이 이해하기 쉬운 언문일치로 해석하고 설명한 것"이었다.[35] 그렇지만 자유토구사의 한국(국문) 고소설의 번역 과정은 이러한 호소이의 언급만으로는 면밀히 살펴볼 수는 지점이 존재한다. 특히, 한 사람의 문사(文士)로서 <춘향전>을 "예술"로 만들고자 한 그의 <춘향전> 개작과는 다른 모습들이다. 그것은 한국의 민족성을 말하기 위한 유용성으로 말미암아 '미달된 문예물'이란 존재방식 그 자체를 용인해주어도 괜찮은 그 '번역의 존재방식 및 목적', 한 사람의 개인이 아니라 '집단적인 작업형태로 창출된 번역본'이란 특징이다.

---

35) 細井肇, 『朝鮮文學傑作集』(奉公會, 1924), 5~6.

자유토구사의 <춘향전> 번역사정과 '통속역'이라는 번역지향

자유토구사의 <옥중화 일역본>이 『광한루기』라는 제명으로 출간되는 과정 속에는 다카하시 도루의 <춘향전 일역본>, 조선총독부에서 진행된 조선고서 정리사업이 개입되어 있다.36) 호소이는 그의 저술『朝鮮文化史論』(1911)에 <춘향전>의 줄거리 개관역 및 발췌역을 수록한 바 있었다. 그 이유는 호소이 이전에 다카하시의 번역 사례가 있었으며 다카하시의 번역문만으로도 원전의 내용을 충분히 자세히 알 수 있다고 판단했기 때문이다. 즉 "物語"로 구현된 <춘향전 번역본>만으로 <춘향전>은 충분히 이해할 수 있는 작품이었다.37) 자유토구사의 『광한루기』에 수록된 호소이의 발문에서도 여전히 십여 년 전 그의 추억과 함께 그의 발췌역이 함께 새겨져 있다. 그렇지만 그의 발문 속에서 <춘향전>은 다카하시의 번역문만으로 충분히 원서의 내용을 알 수 있는 작품은 아니었다.38)

이 시기 호소이에게 <춘향전>은 판소리로 연행되기도 하며, 2~3종의 다른 제목을 가진 이본이 있는 작품이었다. 그중 한 작품이 조선총독부 참사관 분실에서 발행한『조선도서해제』소설 관련 서목에 수록된 작품이자, 자유토구사가 발간한 <춘향전 일역본>의 제명, 한문본 <춘향전>인 『광한루기』였다. 그렇지만 제목이 다른 <춘향전>의 "내용이 모두 같은 것"이라는 호소이의 언급이 잘 말해주듯이, 호소이는 자유토구사의 이 일역본의 저본이 실은『광한루기』가 아니라『옥중화』란 사실을 잘 알지는 못했다.

이러한 사실은 자유토구사의 『선만총서』1권에 수록된 호소이의 서문을 통해서 알 수 있다.39) 이 글은 자유토구사가 '통속조선문고'에 이

---

36) 이에 대한 개관은 이상현, 앞의 책, 5장 참조.
37) 細井肇,「半島의 軟文學」,『朝鮮文化史論 』(朝鮮研究會, 1911), 628.
38) 細井肇,「廣寒樓記の卷末に」,『通俗朝鮮文庫』4(自由討究社, 1921), 77.

어 '선만총서' 시리즈에서 번역해야 될 한국 고전 목록을 선정하는 과
정이 담겨져 있다. 그 절차를 먼저 간략히 정리해 보면, 그들은 조선총
독부가 발간한 『조선도서해제』(1915: 1919)에 수록된 서목을 기초로 실
제 소장된 서적들을 점검하는 작업을 수행했다. 그러한 작업 과정 속에
서 조선총독부의 소설관련 서목에 있는 작품들이 "굳이 소설이라면 소
설이라 하겠지만, 매우 평범한 기술에 불과"하다는 사실을 발견했다. 그
들의 해결책은 종로에 있는 조선인의 서점에서 직접 소설 작품을 조사
하는 것이었다. 그리고 총독부 참사관 분실에 근무하는 한국 지식인, 한
병준(韓秉俊)[40]에게 그 중 가장 흥미 있는 작품을 선정해 줄 것을 부탁
하여 종국적으로 총 10편의 작품을 선정했다.

　최종적인 작품 선정의 과정 이전 호소이는 종로의 서점에서 총 41편
의 작품을 수집했는데, 이 목록 속에서 고소설, 신소설 작품들과 함께 『옥
중화』가 포함되어 있다. 한국 지식인의 최종 작품 선정 과정 속에서 『옥
중화』는 배제되었다. 그 이유는 물론 간단했다. 이 작품은 과거 자유토
구사가 번역한 동일한 작품이었기 때문이다. 즉 『옥중화』가 『광한루기』
라는 제명으로 출판된 <춘향전 일역본>의 저본이라는 사실이 여기서
처음 명기된 것이다. 이렇듯 호소이가 『옥중화』를 자신이 발행한 <춘향
전 일역본>의 저본이란 사실을 몰랐던 이유는, 자유토구사의 한국고전
에 대한 번역 작업 방식 때문이었다. 자유토구사가 출판한 한국고전 번
역물의 번역자[41]를 보면, 한 가지 흥미로운 특징이 발견된다. 그것은
일본인이 단독으로 번역 작업을 수행한 한문고전과 달리 국문 고소설
의 경우, 한국 지식인의 초역 작업 이후 일본인의 교정, 윤문 작업이 병

---

39) 細井肇, 「鮮滿叢書 第一卷の卷頭に」, 『鮮滿叢書』 1(自由討究社, 1922), 1~4.
40) 한병준은 조선총독부의 『조선도해제』와 『조선어사전』의 편찬과정에 참여했으며,
　　후일 경성사범학교 서기로 근무한 인물이었다.
41) 박상현, 「번역으로 발견된 '조선인' ─ 자유토구사의 조선 고서 번역을 중심으로」,
　　『일본문화학보』 46(2010)를 참조.

행되었다는 점이다. 즉, 호소이는 다카하시의 <춘향전>을 접했던 것과 마찬가지로 한국어 원전이 아니라 한국인에 의해 '일본어로 번역된 한국의 고소설'을 접촉했던 것이다. 또한 <춘향전 일역본>의 최종 교열자는 호소이가 아니라, 그의 벗 시마나카 유조(島中雄三, 1881~1940)로 그는 한문본 『사씨남정기』, 『구운몽』을 홀로 번역했으며 『추풍감별곡』의 교열자였다.[42)

자유토구사가 1921~1923년이란 짧은 기간 동안 다수의 한국 고소설을 번역할 수 있었던 근간에는 이처럼 '일본어로 한국의 고소설을 번역할 수 있었던 한국 지식인의 존재'가 있었던 것이다. 또한 한없이 가까워진 한국어와 일본어의 관계망도 염두에 들 수 있을 것이다. 그렇지만 호소이의 시각에서 본다면 그를 비롯한 일본인의 교정, 윤문 작업은 결코 의미 없는 실천은 아니었다. 과거 호소이는 다카하시의 번역본만으로 <춘향전> 원전을 충분히 대신할 수 있다고 판단했다. 왜냐하면 그가 보기에 <춘향전>의 요점을 '잘 선별한 후 쓸데없는 바'를 삭제했고 번역문 역시 매우 유창하고 아름다운 작품이었기 때문이다. 즉, 다카하시의 <춘향전 일역본>은 원전을 번역한 작품이기도 했지만, 또한 원전을 한층 더 정제된 형태로 번역한 작품으로 비쳐진 셈이다. 조선고서간행회, 조선연구회 등의 재조선 일본의 민간학술단체와 다른 '통속역'이라는 자유토구사의 번역 방식은 단순히 원전의 표현을 있는 그대로 직역하는 행위와는 또 다른 차원의 문제를 내포한다. 왜냐하면 그것은 일본인 독자를 위해 통상의 일본어로 원전의 가독성을 높이는 차원일 뿐만 아니라, 이광수의 <춘향전> 다시 쓰기와 같이 '원전을 한층 더 정제된 형태로 만드는 작업'이란 함의를 더불어 지니고 있었기 때문이다.

---

42) 그는 자유토구사의 상의원이었으며, 일본의 사회운동가이자 저술가였다. 자유토구사 임원진 명단에는 '문화학회 주간'으로 그의 소속 및 직책이 보이는 데, 이는 1919년 시마나카 본인 창설에 관여했던 단체였다. 그는 10년 전 호소이가 일본 본국으로 돌아갔던 시기에 교유한 인물이었다.

② 1910년대 후반 이후 <춘향전> 번역의 다층성과 그 계보

자유토구사의 <춘향전 일역본>에서 한국 지식인의 번역과 일본인 교열자의 윤문을 구별하는 작업은 물론 불가능하다. 그렇지만 『옥중화』의 원전과 그에 대한 일본어 직역문을 병기한 『萬古烈女 日鮮文 春香傳』 (1917)은, 적어도 일본인 독자에게 원전을 최대한 있는 그대로 번역한 행위의 결과물이 어떠한 것인지를 짐작할 수 있게 해 준다.43) 즉, 『만고열녀 일선문 춘향전』는 자유토구사의 국문 고소설 번역에 있어 전제 조건 즉, 한국 고전을 일본어로 번역할 수 있는 한국 지식인의 초역본을 보여주는 셈이기도 하다. 『옥중화』의 초두 부분을 『만고열녀 일선문 춘향전』, 게일의 <춘향전 영역본>, 자유토구사의 <춘향전 일역본>과 대비해 보도록 하자(다만 『만고열녀 일선문 춘향전』은 편의상 원문의 한자에 일본식 한자음을 표기한 후리가나와 한글 표기로 병기된 『옥중화』 원문을 생략한 채 제시한다).

> 絶對佳人 삼겨날 제 江山精氣 타셔난듯 苧蘿山下若耶溪 西施가 鍾出 ㅎ고 群山萬壑赴荊門에 王昭君이 生長ㅎ고(①) 雙角山이 秀麗ㅎ야 綠 珠가 삼겻스며(②) 錦江滑膩蛾嵋秀 薛濤文君 幻出이라 湖南左道 南原 府는 東으로 智異山, 西으로 赤城江 山水情神이 어리어서 春香이가 삼 겨있다.
>
> —『獄中花』(1912)

> 絶代佳人ガウマレルトキ、江山ノ精氣ヲ受ケテ出ル苧蘿山下若耶溪 ニ西施ガ鍾出シ、群山萬壑赴荊門　王昭君ガ生長シ、雙角山ガ秀麗シテ、 綠珠ガ生レテ居り、錦江滑膩蛾嵋秀ニ、薛濤文君幻出シタ、湖南左道 南原府ハ、東ハ智異山、西ハ赤城江、山水情神ガ凝テ、春香ガ生レタ、
>
> —남궁설 편, 『萬古烈女 日鮮文 春香傳』(1917)

---

43) 남궁설 편, 『萬古烈女 日鮮文 春香傳』(漢城: 唯一書館, 1917).

When specially beautiful women are born into the world, it is due to influence of the mountains and streams. Sosee(주석 1) <u>the loveliest woman of ancient China</u>(+), **sprung from** the banks of the Yakya River at the foot of the Chosa Mountain; Wang Sogun <u>another great marvel</u>(+), **grew up** where the waters rush by and hills circle round; and because the Keum torrent was clear and sweet, and the Amee hills were unsurpassed, Soldo and Tak Mugun **came into being.** / Namwun District of East Chulla, Chosen, lies to the west of the Chiri mountains, and to the east of the Red City River. The spirits of the hills and streams meet there, and on that spot Choonyang was born.[인용자 역문: 유난히 아름다운 여인이 세상에 태어나는 것은 산과 강의 영향을 받아서이다. <u>고대 중국의 가장 아름다운 여인</u>(+)인 서시는 저라산 아래 약야강변에서 태어났고, <u>또 다른 위대한 가인</u>(+) 왕소군은 <u>물살이 빠르고 산이 겹겹으로 둘러싸인 곳에서 성장하였고</u>(①), 맑고 향기로운 금강과 수려한 아미산이 있었기에 설도와 탁무군이 생겨나게 되었다. / 조선의 동 전라도 남원부는 지리산의 서쪽과 적성강의 동쪽에 있다. 산과 강의 정기가 만나는 바로 그곳에서 춘향이 태어났다.]

[주석 1] Sosee. who lived about 450 B.C., was born of humble parents, but by her beauty advanced step by step till she gained complete control of the Empire, and finally wrought its ruin. She is the *ne plus ultra* of beautiful Chinese women. [서시: BC 450년의 중국 여인으로 출신은 미천하나 미모가 뛰어나 조금씩 지위가 상승하여 마침내 중국을 완전히 장악한 뒤 중국을 멸망에 이르게 한 중국 제일의 미인이다.]

　　　　　　　　　　　　 ─ 게일의 <춘향전 영역본>(1917-1918)

昔から絶代の佳人は、常に江山の精氣を受けて生れるものである。西施が苧羅山の若耶溪に生れ、王昭君が群山萬壑の赴刑門に生れ、綠珠が秀麗なる雙角山に生れた如きは、皆その著しい例である。/ こ

こに全羅南道南原郡の生れで、名を春香といふものがあった。南原郡は東に智異山高く聳え、西に赤城江の流れを控へて、山水の景勝見るべきの地である。[인용자 역문] 예로부터 절대 가인은 항상 강산의 정기를 받아서 태어나는 법이다. 서시(西施)가 저라산(苧羅山) 약야계(若耶溪)에서 태어나고, 왕소군(王昭君)이 군산만학(群山萬壑)의 부형문(赴刑門)에서 태어나고, 록주(綠珠)가 수려한 쌍각산(雙角山)에서 태어난 것처럼, 모두 그 현저한 예이다. / 이때에 전라남도 남원군에서 태어나고 이름을 춘향(春香)이라고 부르는 자가 있었다. 남원군은 동으로 지리산이 우뚝 솟아 있고, 서로는 적성강(赤城江)의 흐름이 가로 놓여 있어, 가히 산수의 경승을 볼 수 있는 곳이다.]

　　　　　　　　　　　　　－ 자유토구사의 <춘향전 일역본>(1921)

　『만고열녀 일선문 춘향전』의 번역 양상은, 물론 예외적인 지점이 있지만 전반적으로 보면 『옥중화』의 한자를 일본식 한자음을 병기한 채 그대로 두고, 문법적 표지 역할을 담당하는 한글을 일본어로 번역한 방식이라고 말할 수 있다. 게일의 번역은 비록 다른 뜻으로 풀거나(①) 생략한 부분(②), 첨가한 부분(＋)이 있다. 하지만 그 첨가는 고소설 속의 전고이자 중국 고전 속 유명한 여성 인물을 주석과 함께 설명하고자 한 것이다. 원문(西施가 鍾出ᄒ고 (…중략…) 王昭君이 生長ᄒ고 (…중략…) 薛濤文君 幻出이라)에서 대구를 이루며 생동감 있는 변주를 보여주는 서술어를 반영하여 다른 어휘로 번역했다. 또한 그의 전체적인 번역 양상을 보면 원문의 한문 통사구조를 충실히 반영하고자 노력했다.44)

---

44) 이상현, 앞의 책, 374 ; 1917~1918년에 출현한 게일의 영역본은 한문고전과 공존했던 고소설 문체 및 판소리 사설을 보존하려는 지향점을 보인다. 게일의 영역본은 일종의 '한문현토체 고소설 일역본'이라고 할 수 있는 『만고열녀 일선문 춘향전』과 동일한 번역지평을 지니고 있다. 『만고열녀 일선문 춘향전』의 번역문체는 1910년대 조선연구회의 한국 한문고전소설 일역본과 상통하는 모습이다. 즉, 1910년대 <춘향전> 번역본은 일본의 현대어로 전환시킨 자유토구사의 일역본과는 변별된다.

이와 달리, 자유토구사의 일역본은 현대의 일본인 독자를 위해 본래 마침표가 없는 한문의 통사구조를 해체했다. 원문에서 계속 연이어 제시되는 언어 표현을 인과 관계를 지닌 문장 단위로 재편했으며, 단어 단위로 풀어서 서술한 특징을 보여준다. 또한 원전을 변개한 모습이 보인다. 『옥중화』의 서술부에서 각기 다른 어휘를 통해 제시되는 것과 달리, 모두 "태어났다" 정도로 풀었다. 더불어 薛濤·文君에 대해서는 생략했다. 또한 원문의 문장 제시 순서를 바꾼 부분도 있다. 예컨대 남원부의 산수를 먼저 제시하지 않고, 일역본에서는 춘향을 먼저 등장시켰다. 사실 이러한 번역은 이광수의 근대어로 번역된 「춘향」과도 상통되는 부분이 있다. 또한 『옥중화』의 상기 서두는 여느 한국고소설에 비한다면 세련된 형태이기도 했다. 그렇지만 이광수의 「춘향」은 다른 지향점을 보여준다. 그것은 '미달된 문예물'의 형식을 그대로 제시한 자유토구사의 번역과는 상당히 다른 차이점이다.

이광수 「춘향」의 도입부는 『옥중화』, <춘향전 번역본>들과는 상당히 다른 방식의 서술이다. 이 점은 기존논의 속에서도 크게 주목받았던 이광수의 「춘향」이 한국의 전통적인 고소설 서술 방식에서 벗어난 큰 차이점이다. 1925년 9월 30일자 『동아일보』에 첫 연재 지면과 초반 부분을 펼쳐보면 다음과 같다.

연분 (一)
"여봐라 방자야"

하고 책상우헤 펴 노혼 책도 보는 듯 마는 듯 우둑하니 무엇을 생
각하고 안젓든 몽룡은 소리를 치엇다.

"여이"

하고 익살ㅅ덩어리로 생긴 방자가 억개짓을 하고 뛰여 들어와 책
방 층계 압헤 읍하고 선다.

몽룡은 책상우헤 들어오는 볏을 막노라고 반쯤 다치엇든 영창을
성가신드시 와락밀며

"예 너의 남원고을에 어듸 볼만한 것이 없느냐"

『옥중화』와 그에 대한 번역본들과 상기 인용 대목을 비교해 보면, 고
소설의 통상적인 문법이라고 할 수 있는 소설적 시공간과 인물 소개 부
분으로 제시되는 초두 부분이 생략된 채, 바로 이몽룡과 방자의 대화로
제시된다. 이는 기존 논의에서 그 의의를 잘 지적했듯이, 서술자의 설명
이 아니라 등장인물의 대화와 묘사를 장면화함으로 소설을 여는 지극
히 근대적인 서술 양상이라고 평가할 수 있다.[45] 물론 구술 문화 혹은
연창을 전제로 한 판소리(혹은 판소리계 고소설)의 사설 역시도 과거 한국
인이 향유했을 구체적이고 생동적인 묘사가 존재한다. 그렇지만 그 연
행의 현장 혹은 서술 양상에 동참하기 위해서는 작품 내에 내재된 율격
미와 음악에 대한 정서적 공감이 전제된다.[46] 그것은 구술적인 것이었
고 또한 그 형상화는 세밀한 디테일을 지닌 사실적인 묘사는 아니었다.
이광수의 「춘향」의 서술을 보조해 주고 있는 『동아일보』에 수록되어
있는 삽화는 본래 <춘향전>의 형상화와는 다른 시각화 방식을 잘 보여
준다. 매회 연재 시기 마다 이러한 삽화는 결코 동양적인 회화의 방식
이 아닌 세밀한 디테일을 지닌 서구식 재현의 방식으로 장면을 제시해
주기 때문이다. 이광수의 장면화는 보다 구체적이며 생활적으로 '시각

---

45) 홍혜원, 앞의 글, 437~438.
46) 이에 관해서는 박영주, 『판소리 사설의 특성과 미학』(보고사, 2000)를 참조.

화'된 서술 양상이다. 또한 이러한 이광수의 서술방식은 실은 연극, 영화와 같은 과거와는 다른 <춘향전>의 소환방식에 상대적으로 더욱 부합한 것이기도 했다.[47)

③ 이광수와 호소이의 분기점, 고전 <춘향전>이라는 형상

그렇지만 이렇듯 고소설의 전통적인 도입부를 소거해 버린 것은 이광수만의 변용은 아니었다. 호소이는 『옥중화』의 번역에 직접 관여하지는 않았다. 따라서 그는 이 작품 속에서 발견할 수 있는 조선의 민족성에 관해 별도로 이야기하지는 않았다. 그렇지만 그가 최종적인 교열 작업을 담당했던 <홍길동전>, <장화홍련전>, <연의각>에서는 이와는 다른 모습을 보여준다.[48) 먼저, 작품의 도입부와 관련하여 호소이가 논평을 남긴 작품은 <장화홍련전>으로, 호소이는 그가 교열을 하는 과정에서 이 작품의 권두와 권말에 수록된 언어 표현을 삭제했음을 밝혔다. 왜냐하면 고소설에서 직접적으로 교훈을 전달하는 상투적인 권선징악적 내용이 거슬렸기 때문이다. 물론 『옥중화』의 서두는 <장화홍련전>보다는 한결 더 세련된 형태의 도입부이기는 했다.[49)

---

47) 이러한 진술은 이광수의 「춘향」이 최초의 발성영화 <춘향전>(1935)의 원작이 된 사실 그리고 이광수의 소설 쓰기란 실천이 실은 영화라는 근대 미디어와 함께 출현한 것이며, 또한 근대 문학과 근대 미디어와 상호번역관계란 측면을 주목한 황호덕의 논문에서 시사받은 것이다.(황호덕, 「활동사진처럼, 열녀전처럼 : 축음기·(활동)사진·총, 그리고 활자: '『무정』의 밤이 던진 문제들」, 『대동문화연구』 70(2010), 432~443).

48) 호소이가 제시한 한국인 민족성에 대한 구체적 진술양상은 박상현, 「호소이 하지메의 일본어 번역본 『장화홍련전』 연구」, 『일본문화연구』 37(2011)에 잘 제시되어 있다.

49) 細井肇, 「薔花紅蓮傳を閲了して」, 『通俗朝鮮文庫』 10(自由討究社, 1921). 더불어 그가 번역한 부분의 저본이 명백히 밝혀진 바가 없기에, 그가 참조한 저본은 한성서관에서 발행된 활자본 <장화홍련전>(초판 1915: 새판 1917: 삼판 1918)이란 사실을 병기해 둔다.

또한 <춘향전>과 관련해서 흥미롭게 볼 호소이의 교정의 원리는, 또 다른 판소리계 고소설 번역물인 <연의각 일역본> 서발문에 있다. <홍부전>을 한국의 소설 작품으로 분명히 인식한 호소이였지만, 그의 눈에 이 작품은 여전히 한 편의 문학작품은 아니었다. 이 작품은 일본의 "<혀 짤린 참새(舌切雀)>, <딱딱산(はカチ<山>)>과 같은 동화"와 다를 바 없는 것이었다. "과장(誇大)되고 거칠고 우스꽝(粗漫)스러운" 서술 양상을 보여 주며, 수와 시간이 일관적이며 명확하지 않아 읽어 나가기에는 매우 당혹스러운 작품이기도 했다. 따라서 그의 일역본에는 원전에 대한 상당한 변개가 이루어졌다.50) 즉, 일본인의 교열, 감수 작업이자 번역 과정에는 한국의 고소설을 정제하는 작업 역시 개입되어 있었다. 그렇지만 호소이가 자유토구사의 한국 고소설 번역과정 속에서 이러한 원전에 관한 정제 행위를 명시한 의미는 무엇 때문일까? 한 편으로는 원전에 대한 일정량 가감(加減)을 수행했음을 밝힌 번역자의 책무라고도 볼 수 있지만, 또 한 편으로는 번역본에 소거된 본래 원전의 '미개한 문예물'로서의 흔적을 제시하기 위한 것일 수도 있다. 그만치 자유토구사의 고소설 번역 실천에는 그들이 인식한 '조선인의 민족성을 재현'하고자 한 강한 목적의식이 투영되어 있었던 것이다. 이러한 호소이의 조선 민족성 담론은 의당 근대 한국 지식인이 수용할 수는 없는 논의였을 것이다.

예컨대, 그 대표적인 사례로 들 수 있는 글이 김태준(金台俊, 1905~1950)의 「고전섭렵 수감(古典涉獵 隨感)」이다. 김태준은 자유토구사의 <홍길동전 일역본> 권두에 수록된 호소이의 글을 포함한 일본인들의 논의들이 과거의 단편적인 사실 혹은 조선인의 풍속 및 습속을 선험적이며 전통적인 조선 민족성 전체로 환원했음을 비판했다.51) 흥미로운 점은 이러한

---

50) 細井肇, 「鮮滿叢書 第一卷の卷頭に」, 『鮮滿叢書』 1(自由討究社, 1922), 1~4.
51) 天台山人, 「古典涉獵 隨感」(三), 『동아일보』, 1935. 2.13, 3: 이에 대한 분석은 이상현, 앞의 책, 401~404[初出: 이상현, 「『조선문학사』 출현의 안과 밖」, 『일본문화연구』 40(2011), 457~461].

그의 글이 비단 일본의 지식인만을 향한 비판이 아니었던 사실이다.52)

> 文弱하고 懶惰한 것이 흔히 이 사람들의 民族性 같이 傳하지만 사
> 람이 어떤 境遇에 文弱해지며 懶惰해지는 것을 알아서 그를 匡正하려
> 는 努力이 없이 이러한 習性은 그 民族傳統의 것이라 해서 隱蔽하려
> 하며 이로써 그 民族의 運命을 規定하려는 것은 確實히 老獪한 官僚學
> 者의 常套手段이다 이를 그대로 引用하야 **"朝鮮民族性의 改造"를 쓰**
> **는 것이 얼마 危險한 것인가를 알아야 한다 民族性의 先天性이 이러**
> **하니 우리는 習性을 改造하자는 것이니 그 愛國心의 發露로서된 純**
> **良한 動機에서 出發하얏다 할 지라도 自己를 잘 못아는 點에서 모든**
> **行爲의 誤謬를 犯케 하나니 이는 宗敎家들이 이 現實의 悲慘을 宿世**
> **의 運命에 돌리는 것과 同軌의 罪惡이라는 것을 알아야 한다.**53)

김태준은 1920년대 한국 지식인의 개조론 전반이 조선총독부 관료
및 관변인사의 조선인 민족성론을 참조하거나 내면화한 결과란 사실
비판했다. 이광수의 「민족개조론」 역시 이러한 김태준의 비판을 벗어날
수 없는 논의였다. 아니 더 엄격히 말한다면, 김태준 이외에도 거센 반
발을 불러일으킨 논의라고 말할 수 있다. 물론, 김태준이 발견할 수 없
었던 이광수, 호소이[또한 다카하시 도루]의 민족성론이 지닌 대척점은 분
명히 존재했다. 또한 그의 「민족개조론」은 갑자기 돌출된 이광수의 사
유라기보다는 1910년대 이광수의 사유와도 연속된 측면이 있었다. 이광
수 역시 다카하시[나아가 호소이]의 조선민족성 담론의 핵심적 기조라고

---

52) 김태준의 글 속에 담겨져 있는 조선의 근대지식인을 향한 이러한 비판의 모습을 다
    카하시 도루의 조선 민족성론과 그 이후 근대 한국지식인과의 관계를 분석한 구인
    모의 글을 통해 발견할 수 있었다[구인모, 「다카하시 도루,『조선인』(1921), 민족(국
    민)성 담론 혹은 한국학의 한 원섬」, 부산대 짐펼새 연ㄱㅗ 편, 『둥이ㅣㅇ이, 근대릅
    번역하다—문명의 전환과 고전의 발견』(점필재, 2013), 305~319] ; 1920년대 초반
    한국 지식층의 개조론에 대한 검토는 박찬승, 『한국근대 정치사상사 연구 : 민족주
    의 우파의 실력양성운동론』(역사비평사, 1992), 176~185, 197~217을 참조
53) 天台山人, 앞의 글, 3.

할 수 있는 '사상의 고착', '사상의 종속'으로 표상되는 사대주의적이며 정체된 '조선'의 형상을 액면 그대로 받아들일 수는 없었기 때문이다.54) 일례로, 이광수가 「민요에 나타난 조선 민족성의 일단」(1927)을 통해, 호소이의 저술에서 기술된 조선 민족성론을 비판한 점을 볼 때 이러한 사실은 더욱 더 분명하다.55)

그렇지만 이광수의 「민족개조론」이 보여주는 제 양상들, 조선민족성의 '과거잔재'에 대한 개조를 통해 '미래의 이상'을 향해 나가야 한다는 논리 또한 여기서 부정적인 조선인의 민족성으로 규정했던 과거의 잔재(虛僞・懶怠・怯懦), 호소이의 저술을 비판하는 긍정적인 조선인의 민족성('낙천성')은 다카하시의 『조선인』(1920) 속 민족성 담론과의 긴밀한 연관성을 지니고 있다.56) 제국 일본과 식민지 조선 지식인이 공유한 학술어와 공론장의 모습과 함께 주목할 지점이 하나 더 있다. 이광수의 호소이에 대한 비판에서, 그가 민요와 함께 <춘향전>, <심청전>을 엮어 조선의 민족성을 논하는 모습이다.57) 이와 관련하여 이광수 「춘향」의

---

54) 예컨대, 최주한은 1910~1920년대 이광수의 사상적 논정을 다카하시 도루를 비롯한 재조선 일본인의 조선민족성 담론과 대비검토를 수행하며, 「민족개조론」이 지니고 있던 제국 일본의 조선 민족성 담론에 대한 전유의 지점과 독자성을 제시한 바 있다.(최주한, 『이광수와 식민지 문학의 윤리』(소명출판, 2014), 322~352을 참조[初出: 최주한, 「이광수의 민족개조론 재고」, 『인문논총』 70(2013)]) 더불어 상하이에서 귀국 이후 이광수가 처한 정황과 그의 논문들이 보여준 사상적 궤적에 관해서는 김윤식, 앞의 책, 17~49면을 함께 참조했다.

55) 이광수, 「민요에 나타난 조선 민족성의 일단」, 최주한, 『이광수와 식민지 문학의 윤리』(소명출판, 2015), 817~820[원전은 李光洙, 「民謠に現はれたる朝鮮民族性の一端」, 『眞人』(1927.1)[후일 市山盛雄 編, 『朝鮮民謠の硏究』(坂本書店, 1927)에 재수록]이다.]. 여기서 이광수가 비판한 호소이의 저술은 다카사키 소지, 최혜주 역, 『일본 망언의 계보』, 한울아카데미, 2010, 206면에서 언급된 바처럼, 1926년 6월 25일부터 『오사카아사히신문(大阪朝日新聞)』 부록 『조선아사히(朝鮮朝日)』에 「조선이야기」(1)로 연재된 기사였다. 이 연재물은 대원군을 다룬 것으로 후일 『國太公の眦』(1929)라는 단행본으로 출판된다.

56) 구인모, 앞의 책, 305~319; 구인모, 『한국 근대시의 이상과 허상』, 소명출판, 2008, 141~146.

57) 이광수, 「민요에 나타난 조선 민족성의 일단」, 앞의 책.

연재 이전, 동아일보사의 예고광고에서 <춘향전>이 '민요의 시대'를 벗어나지 못함을 언급한 내용을 상기해 볼 필요가 있다.

「춘향」의 밑바탕을 이루는 1920년대 이광수의 문학론은 과거와 달리 시조 고소설을 통해, '국민문학적 가치'를 재발견하려는 지향점을 지니고 있었다. 예컨대, 과거 그가 제출한 논문으로 충분히 논하지 못했던 "文學槪論의 知識" 즉, "文學研究하는 이", "文學的 創作을 하려"는 이, "文學的 作品을 感想하려 하는 이"에게 반드시 필요한 "基礎知識"을 제공하고자 한 「문학강화」(1924.10~1925.2)를 펼쳐보면, 시조는 문학의 정의를 말해주기 위해 "文學的" "快味"를 제공하는 "作品"의 예시로 활용된다.[58] 「민요소고」(1924.12)를 보면, 이러한 시조는 작가가 없는 "민족의 공동적 작품"으로 4·4조를 근간으로 한 "민족의 고유한 리듬"이 새겨진 장르인 민요와도 긴밀히 연결된 장르이다. 가사와 함께 "순전한 조선말로 된 것으로 민요의 역을 벗어난" 유일한 장르였기 때문이다. 그렇지만 이광수는 시조와 가사 역시도 "대부분은 형식이나 생각이나 다 한문식이기 때문에 일반적·민중적인 지경에는 달하지 못하였고, 우리의 노래는 아직 민요 시대를 벗어나지 못"함을 진단했다.[59]

이러한 그의 진단은 몇몇의 시편을 제외한 근대시 나아가 근대문학 일반에 관해서도 마찬가지였다. 여기서 민요의 존재는 "조선 사람의 정조와 사고 방법에 합치하기에", "새로운 문학을 짓고자 하는 이"가 "傳說(이야기)"과 함께 살펴야 할 대상이었다. 그는 이에 현전하는 민요의 연원, 그 곡조, 자수에 근거한 율격을 고찰했다.[60] 「시조」(1928.11.1.~11.9)에서 이러한 그의 민요에 대한 탐구방식이 시조에도 투영됨을 발견할 수 있다. 그렇지만 여기서 시조는 「민요소고」에서의 시조와 결코 동일

---

58) 이광수, 「文學講話」, 『조선문단』(1924.10~1925.2)[『전집』 10, 384~386].
59) 이광수, 「民謠小考」, 『朝鮮文壇』(1924.12)[『진집』 10, 394~395].
60) 위의 글, 395~398.

한 형상이 아니었다. 그는 "時調"를 어디까지나 "現存한 朝鮮文學 中 最古한 形式"으로 인식했으며, 시조가 지니고 있던 중국적인 요소는 이러한 고유한 형식으로 인하여 중요한 문제로 인식되지 않았다. 그는 최남선의 『시조유취』 수록 작품을 대상으로 시조의 명칭의 유래 및 연원을 언급한 후 작품에 내재된 고유한 율격("1編 3章 12句 45音"이라는 기본형을 지닌 "音樂的 形式美")과 시조의 초·중·종장이 지닌 시상의 보편적인 전개방식(意的 構成)을 제시했다.61)

「춘향」의 원전, <춘향전>은 그가 말미에서 기술한 바대로 "팔도 광대들이 춘향의 정절을 노래지어 수백 년 노래"(524쪽)로 전승된 것이며 또한 "설화"이자 "이야기"였다. 즉, 그 작품 속의 언어는 이광수의 「부활의 서광」, 동아일보의 예고광고에서의 언급이 잘 말해주듯, 이러한 민요, 시조와 대비해볼만한 율격미를 갖춘 언어였다. 그럼에도 「춘향」이 연재될 즈음, <춘향전>의 형상은 1928년 이광수가 논하고 있던 시조의 형상과 결코 대등한 것은 아니었다. '소설 혹은 근대 문예물에 미달된 작품'이자 '구술문화'로 여겨지는 외국인(근대)의 시각에서 열등한 고소설이라는 맥락이 일정량 존재하고 있었기 때문이다. 「부활의 서광」, 「민요소고」에서 드러나는 <춘향전>, 민요의 모습처럼, 고소설은 일종의 '창작적 원천'으로 향후 예술가의 손을 거쳐 구현된 '참된 국민문학작품'이 될 가능성이었던 셈이다. 여기서 고소설의 형상은 이광수의 「시조」에서 제시되는 시조의 형상과는 다른 것이었다. "近來에 似而非한 時調에 對하여 가지는 惡心的 反感을 나 自身의 作品에 對하여서도 아니 가지지 못하는 것이 슬플 뿐이다"62)라는 자신의 시조와 현대시조에 대한 그의 논평이 잘 말해주듯, 그곳에는 현대적 재창작의 소재라기보다는 보존해야 할 어떠한 '고유한 형식'과 '원형'이라는 개념이 전제되어

---

61) 이광수, 「時調」, 『동아일보』(1928.11.1~11.9)[『전집』 10, 443~449].
62) 위의 글, 443.

있기 때문이다.

다만, 「춘향」에는 「시조」에서 보이는 그의 인식이 출현하는 과정이 내재되어 있었다. 그것은 후일 경성제국대학 조선문학과에서 『擊蒙要訣』과 『九雲夢』을 교재로 활용하는 점을 비판하며, 교재로 활용해야 될 작품의 경개를 "新羅鄕歌・時調・春香傳・現代朝鮮作家의 作品" 즉, "조선문으로 된 문학작품"으로 밝힌 그의 조선문학의 얼개 안에 <춘향전>이 포괄되는 과정이라고 말할 수 있다.63) 이 글에서 이광수가 제시한 <춘향전>은 무엇일까? 그것은 단지 근대어와 근대소설적 형식을 통해 '구전물로서의 고소설'이라는 당대의 위상을 탈피하고자 시도한 「춘향」만을 의미하지는 않는다. 여기서 <춘향전>은 이광수가 「춘향」을 창작하기 위해 보았던 모든 <춘향전>을 지칭한다. 나아가 이러한 이광수의 진술 속에는 김동인이 비판했고 조윤제가 말했던 바 「춘향」에 내재된 "고전을 존중하는 정신"이 전제되어 있다. 사실 이렇듯 <춘향전>을 '고전'으로 존중하는 정신의 부재는 자유토구사의 번역이 지닌 최대의 한계점이었다. 경성제국대학의 학생 김종무가 호소이의 『조선문학걸작집』에 수록된 <춘향전 일역본>을 보고 남긴 다음과 같은 기사는 이 점을 잘 말해준다.

책의 冒頭에 『춘향전』이라는 그럴듯한 表題가 붙어 있었음에도 불구하고 그 내용에 있어서는 실로 飜譯・飜案이라고 하기는 어려웠기 때문에, 크게 참고할 수는 없었다. 나는 이러한 엉터리 번역이 세상에 돌아다님으로 인하여 조선문학에 관하여 잘못된 인상을 전하게 되지는 않을까 걱정하지 않을 수 없다.64)

---

63) 이광수, 「朝鮮文學의 槪念」, 『新生』(1929.1)(『전집』 10, 440·451).
64) 김종무, 「我觀春香傳」, 『淸凉』 6(京城帝國大學予科學友會文藝部, 1928), 46[허찬, 「1920년대 <운영전>의 여러 양상─일역본 <운영전(雲英傳)>과 한글본 『연정 운영전(演訂 雲英傳)』, 영화 <운영전 총희(雲英傳─寵姬)의 연(戀)>의 관계를 중심으로」, 『열상고전연구』 38(2013), 541~542 재인용].

　　<춘향전> 다시 쓰기 혹은 번역 실천은 의당 그 저본의 존재를 환기
시킨다. 또한 원전의 언어표현을 정제시키는 행위는 이러한 저본에 대
한 훼손을 수반하게 된다. 즉, 이렇듯 번역본이 일으키는 두 가지 작용
즉, 저본[원전]을 상기시키고 동시에 훼손하는 과정은 결국 보존해야 될
'고전'의 형상을 출현시킨다. 그것은 이광수의 「춘향」 뿐만 아니라 <춘
향전>을 문학텍스트가 아닌 연극, 영화와 같은 다른 양식으로 소환해야
될 사람들이 공통적으로 대면하게 될 문제점이기도 했다. 김종무가 말
한 '飜譯·飜案'이라고까지 평가하기 어려웠던 어떠한 기준점. 그 원전
의 형상은 이해조, 최남선, 이광수의 <춘향전> 이전에 존재했던 '고전'
<춘향전>의 형상이 출현함을 암시해주고 있다. 김종무의 지적은 지식
인 독자의 '고전' <춘향전>이라는 새로운 기대지평이 등장함을 보여준
다. 또한 자유토구사의 '통속역'이라는 번역지향의 한계점 즉 단순히
<춘향전>의 요점을 간추려 현대인 독자가 읽기 쉬운 근대어로 만드는
것만으로 해결할 수 없는 지점을 이야기해주는 것이다. 나아가 고전
<춘향전>이라는 형상은 '미달된 문예물'이라는 형태를 그대로 재현하
고자 했던 자유토구사의 실천 또한 근대 소설의 의장을 입혀 근대문예
물로 개작하고자 한 이광수의 실천과는 다른 새로운 '<춘향전>=조선인
민족성'의 재현방식이란 사실을 주목할 필요가 있다.

4　「춘향」과 민족성 담론

　　再昨年 三月一日 以後로 우리의 精神의 變化는 무섭게 急激하게 되
었습니다. 그리고 이러한 變化는 今後에도 限量없이 繼續 될 것입니다.

그러나 이것은 自然의 變化이외다. 또는 偶然의 變化이외다. 마치 自然界에서 끊임없이 行하는 物理學的 變化나 化學的 變化와 같이 自然히 우리 눈으로 보기에는 偶然히 行 하는 變化이외다. 또는 無知蒙昧한 野蠻人種이 自覺없이 推移하여 가는 變化와 같은 變化이외다.[65]

이광수는 "제일 욕먹어보기는 「民族改造論」을 썼을 때와 「先導者」를 썼을 때인데, 그때 中樞院 參議일동이 連名해서 들은즉 '李光洙란 놈이 어려서부터 아비없는 놈이여서 양반계급을 허는 글을 쓴다'고 總督府 당국과 京城日報社 사장에게 今後 李光洙의 글을 실리지 말라는 진정서와 經學院에선 반대 강연회, 東京에서도 李光洙 埋葬 연설회가 있었으며, 京城官立學校의 呂圭亨선생은 학생들에게 李光洙의 글을 절대로 읽지말라고 선언까지 했다"[66]라고 술회한 바 있다. 그가 귀국 후 비로소 자신의 이름을 내 걸은 「민족개조론」이 거센 반발을 불러일으킨 이유는, 물론 '상하이에서의 무사귀국[혹은 독립운동의 배반자]'이라는 그의 행보도 문제였겠지만, 식민지 시기 문인지식층에게 '미증유의 사건'이자 동시에 평생의 기억으로 남겨진 3·1운동에 관한 그의 저평가는 또 다른 중요한 이유였다.[67] 이광수의 「춘향」에 담겨진 국민문학의 기획 그 속에서 <춘향전>의 형상은 미달된 문예물이자 동시에 '개조'되어야 할 '민족성'을 표상하는 것이었다.

물론 이광수, 게일, 호소이의 3·1운동에 대한 인식 또한 그들의 민족성 담론을 엄격히 비교하는 작업 자체가 상당히 어려운 문제이며, 또한 이를 고찰함은 <춘향전>의 번역과 민족성의 재현이라는 이 글의 주제를 크게 벗어나는 일이다. 하지만 3·1운동이 이광수를 거세게 비판

---

65) 이광수, 「民族改造論」, 『開闢』(1922.5)[『전집』10, 116~117].
66) 이광수, 「東亞, 朝鮮 兩新聞에 小說 連載하는 回想」, 『삼천리』(1940.10), 182~183; 이광수, 「나의 告白」, 『春秋社刊』(1948.12)(『전집』7, 266).
67) 김윤식, 앞의 책, 44~45 ; 권보드래, 「3·1운동과 "개조"의 후예들－식민지 시기 후일담 소설의 계보」, 『민족문학사연구』 58(2015), 230~233.

받게 만들었던 숭고미를 지닌 역사적 사건이었으며, 이후 제국 일본의
문화통치 그리고 한국 사회문화 전반의 급격한 전환점이었던 사실은
간략하게나마 언급할 필요는 있다. 왜냐하면 3·1운동에 대한 직·간접
적인 체험과 이후 한국 사회문화의 전환은 게일, 호소이가 한국고소설
을 집중적으로 번역하게 된 중요한 동기이자 그들의 삶을 전환시킬 만
큼 큰 것이었기 때문이다. 이 역사적 사건과 관련하여 가장 극적인 인물
이라고 할 수 있는 이는 호소이였다. 그는 1918년『오사카아사히신문』
의 필화사건을 계기로 편집진에 대항하여, 동료들과 함께 도쿄 아사히신
문사를 집단 퇴사했다. 이러한 정황 속에서 호소이는 한국의 3·1운동
을 그에게 있어 인생의 전기(轉機)로 여기고, 자신의 몸을 '조선 문제' 해
결에 투신하고자 했다. 호소이는 3·1운동의 원인을 "수천 년의 특수한
역사와 습속 및 심성"을 지닌 조선민족에 대한 올바른 이해에 기반하지
않은 식민정책에서 찾았고, 향후 그 대안으로 내선융합을 위한 조선문화
에 관한 연구를 도모하고자 자유토구사를 설립하게 된다.68)

　호소이가 주관한 자유토구사의 실천은, 한국의 고전 속에 보이는 조
선인의 민족성을 도출하여 미래를 위한 어떠한 기획을 제시한다는 측
면에서 본다면, 이광수, 게일의 실천과도 분명히 겹쳐지는 것이다. 그렇
지만 그 배후에는 조선총독부 및 총독 사이토 마코토(齋藤實, 1858~1936)
의 지원이 있었다.69) 또한 호소이의 조선민족성론의 그 중심기조는 사

---

68) 島中雄三,「自由討究社趣意書」,『通俗朝鮮文庫』2(自由討究社, 1921), 1~2: 細井肇,「『朝
　　鮮文學傑作集』の卷頭に題す」,『朝鮮文學傑作集』(奉公會, 1924), 1~2 ; 다카사키
　　소지, 앞의 책, 187~209: 최혜주,「한말 일제하 재조 일본인의 조선고서간행사업」,
　　육당연구학회 편,『최남선 다시 읽기』(현실문화, 2009), 155~162, 169~184면[初
　　出: 최혜주,「한말 일제하 재조일본인의 조선고서 간행사업」,『대동문화연구』
　　66(2009)]: 박상현,「제국 일본과 번역 - 호소이 하지메의 조선고소설 번역을 중
　　심으로」,『일어일문학연구』71(2)(2009), 428~441; 윤소영,「호소이 하지메의
　　조선인식과 '제국의 꿈'」,『한국 근현대사 연구』45(2008), 15~18, 28~42; 최혜
　　주,「일제 강점기 고전의 형성에 대한 일고찰」,『한국문화』64(2013), 165~168.
69) 다카사키 소지, 앞의 책, 204~209: 윤소영, 앞의 글, 16.

실상 일관되었으며, 이는 그의 입장이 어디까지나 제국 일본이 제시하고자 했던 조선인의 민족성을 구현하는 데에 맞춰져 있었음을 반증해준다. 나아가 내지인이 조선인의 민족성을 이해하는 데 가장 중요한 연구대상이 한국문학이라는 인식, 그에 부응하는 고소설 작품선정 및 번역은 실상 그의 저술『조선문화사론』(1911)에서 부터 이미 마련되어 있었다. 예컨대『조선문화사론』의「敍說」에서, 그는 "文學"은 "人情의 極致를 蒸溜한 水晶玉"과 같은 것이며, 단지 당시의 시대정신을 밝힐 뿐만 아니라 고금을 횡단하여 영원한 국민의 성정을 지배, 감화시키는 것이라고 밝혔다. 그리고 "조선을 이해하는 유일한 捷徑"이 "朝鮮文學"을 탐구하는 것이라고 여겼다. 호소이가 1921~1922년경 서울 종로에서 조사한 소설 작품 목록, 그리고 번역작품 선정의 논리는 사실『조선문화사론』과 긴밀한 연속선을 지니고 있었던 셈이다.[70]

호소이에게 3·1운동은 결코 비폭력 저항운동이 아니라, "朝鮮暴力事變"이었다. 또한 이 사건은 과거 조선연구회의 일원으로 그가 조선에 있을 때 예상했던 일이며, 단지 그의 생각보다 빨리 나타난 것이었다. 그가 이 사건을 비탄하며 바라본 이유는 자신이 지녔던 과거 사회주의 이력으로 인해 조선을 떠나게 됨으로, 그 당시 미처 그의 과업을 완료하지 못했기 때문이다.[71] 이와 관련하여 그의 저술『조선문화사론』에는 번역이 마무리되지 못했던 고소설 작품들이 존재함을 주목할 필요가 있다. 즉, 호소이는 이렇듯 그가 이루지 못했던 기획을 완성시켜 조선인의 민족성에 관한 지식을 제시해준다면, 3·1운동이 보여준 일본 식민통치의 실패를 반복하지 않을 것이라고 여겼던 셈이다. 요컨대, 3·1운동은 실상 과거 자신이 완료하지 못했던 사업을 조선총독부의 은밀

---

70) 이상현, 앞의 책, 425~436[初出: 이상현,「묻혀진 <심청전> 정전화의 계보」,『고소설연구』32(2011)] ; 이상현,「『조선문학사』(1922) 출현의 안과 밖」,『일본문화연구』40(2011), 464~478.
71) 細井肇,「自序」,『大亞遊記』(自由討究社, 1922), 4.

한 지원을 받으며 다시 펼칠 수 있도록 해준 사건이자 기회였다. 그의 조선연구 또한 자유토구사의 수립을 가능하게 한 일종의 기회와 명분을 제공해준 셈이기 때문이다. 그리고 그는 '미달된 문예물' 혹은 조선인의 원시성을 조선인의 작품을 통해 보여주고자 시도한 셈이다.

게일의 3·1운동("己未萬歲事件")에 관한 관점은 이렇듯 호소이의 '제국 일본의 입장'과는 완전히 다른 것이었다. 역설적으로 외국인 게일은 이광수, 호소이와 달리, 한국에서 이 사건을 "目前에서 보"았고, "朝鮮과 가치 웃고 朝鮮과 가치 울"었다.[72] 물론, 그가 남긴 한국역사에 관한 서술(1924~1927) 속에서 3·1운동은 기술되어 있지 않다. 그가 남겨놓은 역사서의 마지막 장은 개별적인 역사적 사건에 초점이 맞춰지기 보다는, "우리 선교사들은 무의식중에 조선을 포함하나 동아시아의 파괴자가 되었다"고 스스로 자탄했던 19세기 말에서 20세기 초두에 일어난 주변부 한국에서의 '서구적 근대' 그리고 '옛 조선이 지녔던 고전적 문명의 소멸'로 마무리되기 때문이다.[73] 물론 이는 3·1운동 이후 한국사회 문화의 전변에 대한 그의 부정적 인식이 개입한 흔적이기도 하다.

그렇지만 3·1운동이 발발했던 당시, 게일은 이에 대한 상당수의 기록을 남겼다. 그는 서구인들에게 공포의 대상이었던 "흉노", 사람을 잡아먹는 도깨비("ogre"), "악마", "협오스러운 괴물" 등의 표현으로 제국 일본을 지칭하며 그들의 식민지 통치의 잔혹성과 야만성을 노골적으로 비판했다. 또한 그는 3·1운동이 지닌 숭고미를 지극히 공감했다. 조선인의 용기와 결코 동화되지 않을 조선민족의 고유한 문명을 옹호했기 때문이다.[74] 또한 그는 조선인의 입장에서 그들을 돕고자 했다. 그 대

---

72) 奇一, 「回顧四十年」, 『新民』 26(1927. 6), 10~11.

73) J. S. Gale, "A History of the Korean People," *The Korea Mission Field*(1927. 9).

74) 이 점에 대해서는 유영식, 『착훈 목쟈-게일의 삶과 선교』 1(도서출판 진흥, 2013), 435~441을 참조. 게일이 작성한 문건은 윤영식, 『착훈 목쟈-게일의 삶과 선교』 2(도서출판 진흥, 2013), 208~284에 수록되어 있다.

표적인 사례를 들자면, 1919년 3월 10일 한 때 영국의 주미대사를 역임했던 정치인 제임스 브라이스 경(Viscount Bryce)에게 3·1운동의 실상과 조선민족의 곤경을 알리는 비밀서한을 들 수 있다. 이는 브라이스가 한국에 방문했을 때, 통역 역할을 담당해주었던 인연으로 가능했던 것이다. 그렇지만 브라이스는 "조선은 이제 기술적으로 일본의 지배를 받고 있기 때문에, 우리 자신을 공개적으로 들추어내어 문제를 제기하는 것 이외에는 일본의 통치에 간섭할 수 없습니다"[75]라는 미국, 영국의 공식적인 입장을 알고 있었지만, 이 문제점을 주시하여 영국과 "미국 정부에게 일본에 대한 어떤 조치를 취하도록 우호적으로 촉구할 수는 있을 것"이라는 가능성을 제시해 주었다. 그리고 자신의 조언을 다음과 같이 제시했다.

> 좋은 날이 올 때까지 민족의 혼을 유지하기 위해서는 조선인들이 학문이나 혹은 그들이 장구하게 지녀왔던 전통을 고수함으로 민족의 혼을 유지하는 데 매진하는 것이 가장 좋은 방법이 아닐까요? ……조선에서 식자층이 늘어날수록 결국 조선은 더욱 더 강한 나라가 될 것입니다. 일본이 마음대로 하도록 내버려 두십시오. 자신의 언어를 고수하고 민족문화를 보존하려는 1,200만명에서 1,400만명에 달하는 사람들의 민족성을 말살할 수는 없습니다. 잠시 후면 일본의 그러한 처사는 효력이 없다는 것이 밝혀질 것입니다.[76]

리처드 러트가 잘 말해주었듯이, 게일의 주된 실천은 1910년 이전까지 '교육'이었으며 1910년대 이후에도 '한국학 전반에 관한 연구'였다. 1920년대 이후 그는 한국인을 위해 문학활동을 더욱 활발히 수행한

75) 「브라이스 경이 게일에게 보낸 회신」(1919), 유영식 역, 『착흔 목쟈-게일의 삶과 선교』 2(도서출판 진흥, 2013), 216~217.
76) 위의 글, 217.

다.77) 『게일 유고』 소재 그의 『일지』 18-20권에 수록된 다수의 국문 고
소설에 대한 육필 번역본의 기록 시기(1919~1922년경)는 매우 흥미로운
것이다.78) 3·1운동 이후의 이러한 정황을 본다면, 이러한 그의 고소설
번역 속에는 한국의 민족문화를 보존하고자 한 지향점이 새겨져 있었
던 셈이다. 물론 이러한 브라이스의 조언은 이광수가 회고했던 상하이
에서 들었던 『차이나 프레스』의 기자의 말을 연상시킨다.79) 물론 브라
이스의 언급은 게일의 소견에 대한 존중이 바탕이 되어 있으며 한국의
민족문화를 한층 더 강조하며 상대적으로 더욱 낙관적인 미래를 제시
해준다. 하지만, 3·1운동을 통해 이루어질 근본적 변혁을 바라던 이의
시각에서 본다면, 이는 이광수가 실망했을만한 동궤의 발언이었다.

다만 여기서 오래된 연원을 지닌 '조선의 민족성'은 분명한 실체를
지닌 것이었으며, 제국 일본과 식민지 조선 양자의 입장에서도 조선민
족의 미래를 설계하기 위해서는 탐구되어야 할 중요한 연구대상이다.
여기서 고소설 작품은 조선인의 민족성을 표상해주는 것으로 투명하게
재현되어야 할 번역대상이었다. 그렇지만 호소이와는 다른 게일, 이광수
에게 존재했던 <춘향전>의 새로운 형상을 주목해야 한다. 그것은 <춘
향전>이 '미달된 문예물'에서 '민족의 고전'으로 승화되는 모습이다. 이
승화의 과정 속에서 <춘향전>은 '조선의 국민문학'과 '민족의 고전'이
라는 두 가지 형상이 겹쳐지면서도 분리된다.

---

77) R. Rutt, *James Scarth Gale and his History of the Korean People*(Seoul: Royal
   Asiatic Society, Korea Branch in conjunction with Taewon Publishing Company,
   1972), 31-79.
78) 이상현, 「게일의 한국고소설 번역과 그 통국가적 맥락」, 앞의 책, 313~319을 참조.
79) 이광수, 「나의 告白」, 『春秋社刊』(1948.12)(『전집』7, 255). "일본 통치에 불복하고
   독립을 원한다는 뜻과 또 독립을 위하여서는 죽기도 두려워하지 않는다는 용기
   도 표시되었으니 더 동포를 선동하여 희생을 내지 말라. 지난 수십 년간에 길러
   내인 지식계급을 다 희생하면 다시 수십 년을 지나기 전에는 그만한 사람을 기를
   수 없으니 앞으로 교육과 산업으로 독립의 실력을 길러라. 내가 보기에는 현재의
   힘으로는 일본을 내쫓고 독립할 힘은 없다"

조선의 국민문학을 정초하기 위해 '창작의 영역'에서 현대물과 역사
물을 넘나들었던 이광수와 달리 게일, 호소이가 조선인의 민족성 탐구
를 위해 연구/번역한 대상은 어디까지나 한국의 전근대 문학으로 한정
된다. 예컨대, 호소이의 소설작품 목록에는 한국 고전 목록 이외에도 이
해조, 최찬식(崔瓚植, 1881-1951)이 창작한 『추월색』, 『화세계』, 『탄금대』
등과 같은 신소설 작품이 포함되어 있다. 호소이는 당연히 이들 작품을
번역하지 않았으며 그 배제의 이유를 별도로 밝혀 놓지는 않았다.[80] 그
렇지만 근대의 신문물과 새로운 사상이 담긴 이들 신소설 작품은 "호소
이가 주장하고자 한 조선민족성악론(朝鮮民族性惡論) 즉, 한국역사의 내재
적 발전을 인정하지 않고 '타율성사관'과 '정체사관'"[81]을 제시하기에
는 적절치 않았던 작품인 것은 분명하다. 또한 이러한 호소이의 번역작
품선정에는 이미 조선의 '신문예'와 '구문예'를 구분하는 시각이 분명히
전제되어 있었음을 알 수 있다. 게일 역시 1922년경 자유토구사와 동일
한 한국의 출판문화 속에 놓여 있던 인물이다. 그가 구입한 서적 1권은
자유토구사의 수집 서적목록에 포함된 작품이었다. 그는 종로에서 『천
리원정』이란 신소설 한 편을 구입했음을 다음과 같이 회고한 바 있다.

---

80) 細井肇, 「鮮滿叢書 第一卷の卷頭に」, 『鮮滿叢書』 1(自由討究社, 1922), 3-4: 물론
　　이 작품들은 조선총독부 참사관 분실의 한병준이 보기에, 다소 흥미성이 떨어지
　　는 작품이었을지도 모른다. 하지만 이 작품들은 이미 자유토구사가 번역한 작품
　　(『옥중화』), 한국인의 창작으로 보기에는 어려운 작품(『전등신화』), 중국의 역사
　　문화를 이야기한 작품(『금산사몽유록』), 소설 장르로는 보기에는 어려운 작품(『
　　사소절』), 조선의 종교 단체가 포교를 위해 만든 작품(『만강홍』)에는 결코 해당
　　되지 않는 것이었다. 따라서 호소이의 유일한 설명을 억지로 찾는다면, 이러한
　　신소설 작품들은 그들이 수집한 서적의 대다수를 차지하는 "기타 얼토당토않은"
　　작품들에 포함될 뿐이다.
81) 다카사키 소지, 앞의 책, 209.

시에서 뿐 아니라 소설에 있어서도, 그 세계는 공히 바다에 떠 있는 것과 같다. 최근 종로에 있는 가장 큰 서포를 지나며 나는 베스트셀러 소설이 무엇인지 물었는데, 즉시 『천리원정』이 건네졌다. 그것은 잘 채색된 겉표지를 지니고 있었는데, 해변에서 손수건을 흩날리고 있는 한 소녀에게 배 위의 한 남자가 왼손으로 모자를 흔들어대고 있었다.

이들의 두 번의 만남은, 처음에는 평양의 대동강에서 이루어졌으며 그 후에는 서울 서대문 밖 홍제원에서 이루어졌다. 그들은 서로를 그리며 힘들게 살다가 마침내 결혼하여 금강산으로 여행을 떠난다. 그들이 울릉도에 오름으로써 소설은 그 흥취를 더 하는데, 훅 불어 닥친 바람이 그들을 집어삼켜 바다로 데려갔고 더 이상 그들에 대한 소식은 들을 수 없었다.[82]

게일의 상기 진술을 통해서, 외국인이 한국고전 이외의 근대적 문학작품을 접촉했던 사실을 알 수 있다. 또한 그가 이 작품을 배제한 이유 역시 짐작할 수 있다. 『천리원정』은 잘 알려진 작품은 아니지만 고소설이라기보다는 '신소설' 작품에 더욱 근접한 모습이다. 게일은 이 작품이 "처음부터 신혼여행에 이르기까지 철저히 서양적 내용을 담고 있고, 또 최신의 것으로 행세하려고 하"며, "한민족이 우리의 길(서구의 길)을 앞 다퉈 가고 있"음을 지적했다. 하지만 게일의 시각과 입장은 자유토구사와는 달랐다. 이와 관련하여 주목해야 될 점은 이어지는 게일의 다음과 같은 진술에 있다. 그것은 게일이 『천리원정』을 "문학에는 전적으로 무지한 누군가에 의해 작성된 형편없는 작품"이며 오히려 "<홍길동전>과 같은 옛 이야기는 잘 숙련된 저자의 손에 의해 잘 씌어진" 작품이라고 말한 부분이다.[83]

---

82) J. S. Gale, 황호덕 · 이상현 편역, 「J. S. Gale, 「한국문학」(1923)」, 『개념과 역사, 근대 한국의 이중어사전』 2(박문사, 2012), 167~168[J. S. Gale, "Korean Literature," *The Christian Movement in Japan, Korea and Formosa*(1923)].
83) 위의 글, 168.

이렇듯 일종의 '문장전범'으로 고소설을 이야기 한 게일의 마지막 진술에는 선교사라는 그의 입장이 개입되어 있다. 요컨대 그가 한국입국과 함께 대면했고 1910년대를 전후로 변모된 '옛 조선의 문예'는 한국을 이해하기 위한 '민족지'학적 연구대상으로 한정되는 것이 아니었다. 오히려 이는 한국 민족성의 정수를 재현해줄 정신문화적 산물이었다. 물론 게일은 이광수와 같은 "춘향의 동포"(524쪽)는 아니었다. 하지만 적어도 그는 '내지인=한국인'이라는 시각과 입장을 지니고 있어야만 했다. 왜냐하면 그는 한국인에게 한국어로 성경 및 찬송가, 개신교의 교리를 전해야 했던 개신교 선교사였기 때문이다. 1895년 게일이 명시한 "명확하고 세밀한 묘사"를 근간으로 한 서구인과는 다른 "명확하지 않은 암시와 윤곽"만을 제시하는 한국인의 회화양식. 그것은 비유, 상징, 알레고리와 같은 언어적 재현의 문제를 함께 포괄하는 것이었고 게일은 이 낯선 이문화의 예술양식을 개신교선교사가 한국인을 전도하기 위해서는 반드시 습득하고 수용해야 될 것으로 여겼다.84) 물론 그가 한편의 "활동사진"처럼 한국인의 옛 언어적 재현양식을 공감한 문학작품은『대동야승』과 같은 한국의 한문고전이었다. 하지만 이러한 그의 교감에 관한 고백은 그가 <춘향전 영역본>을 연재하기 이전 한국문학연구의 목적을 말한 글에서 비로소 보이기 시작하며, 그에게 <춘향전>은 한국의 한문고전과 구별되는 문학작품이 아니었다.85)

게일이 한국문학연구의 방법 및 의의를 최초로 제시했고 <춘향전 영역본>을 연재했던 이 잡지에는 이광수와 한국의 근대어에 관한 그의 기사가 함께 수록되어 있다. 그가 보기에 이광수라는 근대 지식인의 새로운 글쓰기는 옛 한학적 지식인을 문맹자로 만들어 버리는 언어였다. 이광수는 옛 한학적 지식인과 대척되는 위치에 놓인 인물로 그의 글쓰

---

84) J. S. Gale, "A Few Words on Literature," *The Korean Repository* II (1895.11).
85) J. S. Gale, "Why read Korean Literature," *The Korea Magazine* I (1917.8), 355.

기는 한국의 근대어, 근대적 사상을 보여주는 훌륭한 표본이었다. 게일은 춘원이라는 이광수의 호, 그가 와세다 대학교 유학생이자 과거 일본 메이지대학의 일원이었으며, 한국 오산학교의 교사였던 사실을 잘 알고 있었다.[86]

그렇지만 게일이 한국근대문화에 대해 본격적인 비판의 시각과 그에 대한 실천의 모습을 보여준 것은 사실 1920년대였다. 선교사라는 입장에서 게일은 한국문학을 한국인의 내면이자 영혼으로 인식했다. 이러한 그의 시각에서 한국의 근대문학은 서구(일본)에 오염되며 타락한 한국의 문학이자 한국인의 내면 그 자체였다. 그는 한국어의 순화를 위하여 실천적으로 개입했다. 그것은 이광수가 「춘향」을 연재하기 이전, 한국인을 위해 서양의 문학을 고소설 문체로 번역한 실천들이다.[87] 이는 <춘향전>을 근대 문인의 손으로 '재탄생'시키고자 한 이광수와는 반대의 지향점을 보인 사건이라고 볼 수 있다. 그의 <춘향전 영역본>에는 이러한 한국의 문화생태 속에서 그가 보존하고자 했던 고소설의 형상이 새겨져 있었다.

② 게일의 <춘향전 번역본>과 「춘향」의 공유지점

게일의 <춘향전 영역본>은 단행본으로 출판되지는 못했기에 한국의

---

86) J. S. Gale, "The Korean Language," *The Korea Magazine* Ⅱ(1918), 498; J. S. Gale, "Christianity in Korea," *The Korea Magazine* Ⅱ(1918), 533.

87) 이 번역물에 관한 상세한 검토는 R. King, "James Scarth Gale and the Christian Literature Society(1922~1927): Salvific Translation and Korean Literary Modernity(Ⅰ)," In: Won-jung Min (ed.), *Una aproximacion humanista a los estudios coreanos*, (Ebook distributed by Patagonia, Santiago, Chile, 2014)를 참조 ; 물론 그의 실천은 그의 번역본들이 '희귀본'이 된 사실, 그가 연차 보고서를 통해 이 실천을 실패로 자인한 점에서 알 수 있듯이, 이광수의 실천 보다도 더욱 더 큰 실패였다. 결과적으로 본다면, 게일의 고소설 영역본은 남겨졌지만 그가 추구한 한국어문체는 사실 역사상에서 소멸될 성격이었기 때문이다.

지식인들에게 있어서 널리 알려지지 못한 일종의 '망각된 번역본'이었다. 또한 그의 <춘향전 영역본>을 제외한다면, 게일의 다른 판소리계 고소설 영역본들의 저본은 이해조가 산정한 구활자본이 아니었다.[88] 하지만, 그의 <춘향전 영역본>에는 호소이, 이광수의 작품보다 상대적으로는 더욱 원전을 충실히 번역하고자 하는 지향점이 담겨져 있었다. 한국의 근대어문학에 대한 부정적 시각을 지니고 있었던 게일에게『옥중화』는 적어도 '한국어로 씌어진 문학작품' 중에서 결코 '전근대의 한국문학' 혹은 '서구적 근대문예에 미달된 문학작품'을 의미하지 않았다. 그가 1916년경 조선호텔에서 한국인의 노래로 들은 작품과 동일한 것이자, 1927년 미의회도서관에 더 이상 한국에서 구입할 수 없는 책자라고 말했던 19세기 말 경판본 고소설 작품과 동일한 성격을 지닌 텍스트였던 셈이다.[89]

그가 번역저본으로 활용했던 고소설은 두 가지 형태를 찾아볼 수 있다. 예컨대, 미의회 도서관에 게일이 보낸 <홍길동전>과 별도로『게일유고』소재 한글 필사본이 수록되어 있다. 후자를 통해서 게일이 생각한 고소설에 관한 최소한의 변용은 한자가 병기되고 정서법이 통일된 규범화·시각화된 언어로 재편된 차원이었음을 알 수 있다.

---

88) 권순긍, 한재표, 이상현, 「『게일문서』(Gale James Scarth Papers) 소재 <심청전>, <토생전> 영역본의 발굴과 의의」, 『고소설연구』 30(2010), 428~438; 이상현·이진숙·장정아, 「<경판본 흥부전>의 두 가지 번역지평」, 『열상고전연구』 47 (2015), 305~309.

89) J. S. Gale, "List of Korean Book—Library of Congress, Washington D. C. Mar. 24th, 1927(from J. S. Gale)", 『게일 유고』 Box 11 ; 미의회도서관 한국과 수석사서 민성의(閔成義, Sonya Sungeui Lee) 신생의 도움을 통해, 게일이 미의회도서관 측에 보낸 17종의 고소설 작품 중 5종을 확인할 수 있었다.

미 의회도서관 소장 〈홍길동전〉

『게일 유고』 소재 한글 필사본 〈흥부전〉

게일의 한글필사본은 신문연재 시기보다 한 층 더 국한문혼용표기의 형식으로 출판된 『옥중화』의 단행본을 연상시켜준다. 『옥중화』는 게일이 새롭게 필사할 필요 없는 텍스트 즉, 이미 번역 저본으로 그 요건을 충족시켜주는 텍스트였다. 또한 본래 한문구를 보존하고자 한 이해조의 『옥중화』는 한문맥을 소거하고자 한 『고본 춘향전』의 기획보다는 게일이 더 거부감 없이 수용할 수 있는 저본이었다. 그의 시선 속에서 『옥중화』는 1910년대 이전 게일이 경판본 고소설을 통해 체험했던 '보존해야 되어야 할 고전어'이자 문학형식을 지닌 작품이었다. 1918년 게일의 작품이 연재되던 시기 잡지(*The Korea Magazine*) 편집자의 논평이 연재 작품의 초두에 배치된 바 있다. 여기서 편집자는 〈춘향전〉은 원전에서 무엇을 빼거나 더한다면 작품의 매력이 상실되기 때문에 의당 직역이 필수이고, 게일의 〈춘향전 영역본〉은 원전을 직역(literal translation)했기 때문에 충실한 번역(faithful translation)이라고 말했다.[90]

물론, 이러한 직역의 성취는 하나의 이념형이자 이상일 뿐이었으며, 게일의 <춘향전 영역본> 역시 원전『옥중화』의 모든 언어 표현을 보존할 수는 없었다. 그렇지만 번역자의 실수로 인한 사소한 오역이나 누락, 장황한 사설·외설적이거나 비속적인 표현들에 대한 의도적인 변용의 모습들은 결코 원전을 크게 변모시키는 차원으로는 인식되지 않는 것이었다. 예컨대, 이러한 변용에 대한 허용은『고본 춘향전』, 자유토구사의 일역본 나아가 이광수의 「춘향」에 있어서도 동일한 것이었다. 또한 게일에게 '충실한 번역'이란 '직역'과 '의역'이라는 이분법만으로 쉽게 환원되는 것이 아니었다. 그에게 번역 실천의 의미는 본래 텍스트가 지닌 어떠한 "감각(sense)을 다른 나라 말로 새기는" 행위였으며 여기서 '감각'은 '불변의 본질(the constant quality)'을 의미했다.91) 그것은 단순히 축자적인 차원의 의미뿐만 아니라 어휘 혹은 개념을 둘러싼 문맥과 용례와 그 문화사적 함의를 포괄해 주는 복합적인 것이었다. 나아가 게일에게 한국문학작품은 단순히 충실하게 번역해야 될 대상일 뿐만 아니라, '존중'되고 '보존'되어야 할 어떠한 본질─민족문화적이며 고전적 가치─을 지닌 텍스트였다. 이러한 게일의 번역본은 충실히 직역되어야 할 가치를 지닌 원전 <춘향전>을 지속적으로 상기시켜 준다. 그의 번역원리 속에서 원전 <춘향전>의 형상은 '고전' <춘향전>이라는 새로운 형상에 근접하게 되는 셈이다.

게일이 서구인에게 전하고자 했던 원전의 감각(본질)은 그의 서문 속에 표명한 바대로, 춘향의 열 실천이며 이를 "많은 동양인들이 목숨 그

---

90) NOTE: The Editors have been asked if this is a literal translation of Choonyang and they answer. Yes! A story like Choonyang to be added to by a foreigner or subtracted from would entirely lose its charm. It is given to illustrate to the reader phases of Korean thought, and so a perfectly faithful translation is absolutely required. (*The Korea Magazine*(1918), 21).

91) J. S. Gale, 유영식 편역, 「번역의 원직」, 『작호 목샤─게일의 삶과 선교』 2(도서출판 진흥, 2013), 318~319["The Principles of Translation" (1893.9.8.)],

자체보다 더 소중하게 생각하는 이 동양의 이상(Ideal)"라고 풀이했다.[92] 이와 같이 게일이 생각한 원전의 본질은 근대적 문학개념에 의거한 최남선의 고전정리사업보다는 유교적 교훈과 덕목을 활용하여 고소설 연재를 정당화했던 이해조의 방식에 더욱 근접한 것이었다.[93] 물론 이미 춘향의 열 실천을 "동양의 이상"이라고 번역한 게일의 명명법은 더욱 복잡한 문제를 야기하는 것이었으며, 게일의 번역 역시 전술했던 안확이 보여준 현대적 해석의 지평과 이광수가 보여준 개작의 지평을 함께 공유하고 있었다.[94]

더불어 원전을 보존하고자 한 게일의 번역지향이 이광수의 「춘향」에도 공유되는 지점이 있음을 주목할 필요가 있다. 이광수는 원전에 기록된 조선의 문물, 제도와 관련된 어휘에 관해서는 자유토구사의 일본인 교열자들 보다 더욱 친숙한 인물이었다. 안확은 <춘향전>의 사랑과 함께 이 작품 속 풍채, 용모, 의복, 기구, 인물의 행동거지에 대한 관찰이 지극히 정밀하며 세밀하다고 말했다.[95] 나아가 김태준은 작품 속 다양한 물산명(物産名)에 주목하며 그 속에서 각계각층의 생활의 단면 그리고 근대적 소유 관계와 수공업의 맹아를 발견하기도 했다.[96] 또한 그 속에 조선 사회의 다양한 관직명의 모습을 덧붙여 볼 수도 있을 것이다. 이는 『옥중화』, 『고본 춘향전』 모두에서 발견할 수 있는 지점이다. 이는 외국인의 입장에서 본다면 지극히 번역하기 어려운 난제였지만,

---

92) The heroine was true to her principles in the midst of difficulties and dangers such as the West knows nothing of (…중략…) May this ideal of the Orient, dearer to so many than life itself, help us to a higher appreciation of the East with its throbbing masses or humanity. (*The Korea Magazine*(1917), 382).

93) 이 점에 대해서는 윤영실, 앞의 글, 461-467을 참조.

94) 이에 대한 상세한 검토는 이진숙, 이상현, 「게일의 『옥중화』 번역의 원리와 그 지향점」, 『비교문학』 65, 한국비교문학회, 2015, 270~286을 참조.

95) 안확, 앞의 책, 114.

96) 김태준, 박희병 교주, 『증보 조선소설사』(한길사, 1990), 192(『朝鮮小說史』, 淸進書館, 1933; 學藝社, 1939(증보판)).

게일은 신임 사또의 부임 장면, 과거장과 같은 장면들을 충실히 재현하고자 노력했다. 또한 『옥중화』의 언어유희와 율격 역시 마찬가지였다.97) 비록 동일한 저본을 대상으로 수행한 작업은 아니지만, 이광수의 「춘향」에서도 이와 같은 유사한 지향점을 발견할 수 있다. 반면 자유토구사의 번역은 그렇지를 못했다. 요컨대, 이광수의 「춘향」은 비록 자유토구사와 동등한 지평의 근대어로의 전환을 전제로 한 작업이었지만, 상대적으로 원전을 보존하고자 한 지향점을 지니고 있었던 셈이다.98)

③ 이광수의 「춘향」과 <춘향전>의 문화생태

이광수의 「춘향」은 원전을 최대한 보존하고자 한 게일과 원전에 대한 축역이자 통속역을 지향한 자유토구사 사이에 놓여 있다. 나아가 이해조, 최남선과 달리 <춘향전>에 근대 소설의 의장을 부여하고자 한 그의 실천, 원전의 언어를 근대어로 변모시킨 이광수의 「춘향」 그 자체는, <춘향전>과 이를 구성하는 언어가 '고전문학' 또한 '고전어'로 재편되는 모습을 예비하는 실천이었다. 원전에 대한 다양한 변용의 산물들은 끊임없이 원전의 존재를 상기시켜주기 때문이다. 따라서 근대 문예물에 미달된 <춘향전>을 근대문학의 의장을 입혀 조선의 참된 국민문학으로 만드는 작업은 애초에 실패를 노정할 수밖에 없는 기획이었다. 왜냐하

---

97) 이 점에 대해서는 이상현, 이진숙, 「『옥중화』의 한국적 고유성과 게일의 번역실천」, 『비교문화연구』38(2015), 167~181을 참조.
98) 예컨대, 후일 이광수가 생각한 <춘향전>의 결점은 장황한 사설에 있었다. 또한 그가 발견한 <춘향전>의 다음과 같은 문예미를 보존하고자 한 지향점을 「춘향」에서도 발견할 수 있다. 그가 보기에 <춘향전>은 (1) "4·4·4·4調의 韻文"을 근간으로 하며 "散文的"으로 써나간 부분에서 발견할 수 있는 아름다운 리듬을 지닌 작품, (2) "朝鮮·朝鮮人"을 그린 작품, (3) 시인을 염두에 두고 場面轉換이 이루어지며, 時間, 舞臺, 效果에 대한 보이는 戱曲的 要素가 많은 작품, (4) 인물의 성격 묘사에 있어 유형(Type)묘사가 훌륭한 작품이었다.(이광수, 「朝鮮小說史」, 『사해공론』(1935. 5)(『전집』 10, 470))

면 <춘향전>이 근대소설의 의장과 근대어로 재구성된 텍스트로 재탄생
할 지라도, 이는 어디까지나 <춘향전>의 한 이본이며 나아가 근대 문예
물에 미달된 과거의 <춘향전>을 소거할 수는 없기 때문이다. 이광수의
「古典研究와 文士」와 「朝鮮小說史」(1935)에서의 새로운 <춘향전>의 형
상은 이러한 사실을 잘 말해준다.

> 文士가 되려는 이는 적어도 四書三經과 唐宋詩文과 佛經, 예수敎 聖
> 經, 古今 大文豪의 大作, 哲學, 歷史, 朝鮮에 關한 것으로는 朝鮮歷史·
> 鄕歌까지는 몰라도 時調集, <春香傳>, <沈淸傳>쯤은 通讀한 後에
> 文學 짓기를 始作할 것이라고 생각합니다. / 그렇다고 이러한 古典
> 을 다 讀破하기까지는 執筆 말자는 것은 아니지마는 이만한 讀書와
> 그 짝하는 瞑想과 및 年齒的 成熟에 達할 때까지는 謙遜한 習作의 態
> 度로 나아가는 것이 大成하는 正路라고 믿습니다.99)

> <春香傳>은 語彙가 풍부한 점은 놀랄 만한데, 오지 하나의 缺點
> 은, 所謂 문자를 늘어 놓은 것과 超人間的·超自然的인 것인데, 後者
> 는 希臘의 이야기나 세익스피어의 作品 속에서도 나오는 것으로 그
> 리 탓할 것이 아닙니다. 실상 이 缺點만 뺏다면 지금 내놓아도 훌륭
> 한 것입니다. 朝鮮 사람의 理想·人生觀 - 福善禍淫의 宿命觀은 비록
> 우리가 지금 이 <春香傳>·<沈淸傳>을 읽지 않더라도 벌써 우리의
> 뇌수에까지 깊이 젖어 있습니다. 또 이 노래의 이야기는 廣大·妓生
> 의 唱劇으로 因해서 널리 퍼져 가서 實로 論語·八萬大藏經보다 더욱
> 우리의 머리를 차지하고 있는 겝니다.100)

---

99) 이광수, 「古典研究와 文士」, 『朝鮮文學』, 발표연월일 미상(『전집』 10, 602) ; 이
광수의 기사에 대한 발표연월일을 확인하지는 못했다. 하지만 『조선문학』이
1933년 12월에 창간되어 1939년 6월까지 발간된 잡지를 감안할 때, 이 기사는 적
어도 이광수 「춘향」 이후의 기사이며, 국민문학으로서의 <춘향전>과는 다른 '고
전 <춘향전>의 형상'이 성립된 이후의 모습을 잘 보여주는 자료라고 볼 수 있다.
100) 이광수, 「朝鮮小說史」, 『사해공론』(1935. 5)(『전집』 10, 470).

상기 인용문에서 이광수가 이야기하는 <춘향전>은 「춘향」이 아니라 「춘향」의 창작적 원천이다. 또한 미달된 문예물 그 자체가 승화되어 출현한 고전 <춘향전>의 형상이다. 즉, 그것은 미달된 문예물 즉, "傳說" 혹은 구전물이 아니며 나아가 근대소설의 의장을 입은 그의 새로운 「춘향」을 의미하지도 않는다. 그의 말대로 '文士'가 되기 위해서는 필히 "通讀"해야 될 조선과 관련된 "古典"이며 한국"文學의 至寶"이다. 이광수는 <춘향전>에서 보이는 근대적 문예물에 미달된 어떠한 한계점을 개선하거나 심판하지 않는다. 그것은 그 시대의 한계이며 서구의 고전 역시 지녔던 한계이기 때문이다. 또한 작품 속의 이상, 인생관은 한국민족의 "뇌수에 깊이" 젖어있으며, <춘향전>은 유가, 불가의 경전보다 한국인에게 더욱 더 높은 위상을 지닌 작품이었다. 그것은 이 시기 이광수에게도 마찬가지였다. <춘향전>을 비롯한 한국의 고소설 작품은 그의 "文學教師" 외조부, 삼종누이를 통해 배운 그의 "幼年時代의 文學的 教養"의 원천으로 표상되기 때문이다.101) 이러한 <춘향전>의 형상은 「부활의 서광」, 동아일보의 문예공고 및 「춘향」의 예고와는 완연히 변별되는 것이었다. 무엇보다도 '미달된 문예물'이라는 의미망이 상당량 상쇄되어 있기 때문이다.

이와 관련하여 이광수 「춘향」 후반부에서 근대적인 개작의 모습을 발견하기 어렵다고 말했던 조윤재의 언급을 상기해볼 필요가 있다. 이광수의 「춘향」과 원전 <춘향전> 사이의 관계는 이광수의 「춘향」 그 자체에 내재된 문제이기도 했다. 이광수의 「춘향」에서 시조로 서로의 마음을 전하는 춘향과 이몽룡의 모습이 보이지만, 이몽룡과 다른 지식인, 관료들과의 관계 속에서는 여전히 한시와 한문구가 그대로 노출된다. 또한 이광수는 <춘향전>에서 보이는 '과거 급제, 어사 출도'로 사건을

---

101) 이광수, 「多難한 半生의 途程」, 『朝光』(1936. 4~6)(『전집』 8, 445~446).

해결하는 이야기 방식과는 다른 새로운 해결방식을 상상할 수 없었다. 즉, <춘향전>에서 '조선'이란 시대 배경은 정밀히 묘사될 수 있을지는 몰라도 결코 소거될 수 없는 과거였다. 이러한 측면을 감안해 본다면, 원전을 충실히 재현하고자 하며 고소설 전고에 주석을 부여하는 게일의 번역방식이야말로 <춘향전>을 한국 민족의 고전으로 개작하는 온당한 방식이었다. 즉, 고전 <춘향전>의 성립에 있어 필요한 담론과 텍스트는 이광수의 「춘향」과는 다른 성격을 지니고 있어야만 했던 것이다. 하지만 게일의 번역물 역시도 종국적으로 본다면, 고전 <춘향전>의 형상을 정립시킨 행위는 아니었다.

게일이 이 작품을 연재한 시기였던 1917~1918년이 지닌 의미를 안확의 『조선문학사』 속 기술과 함께 생각해볼 필요가 있다. 안확은 1910년대 "古代小說의 流行은 其勢가 漢學보다 오히려 大하야 八十餘種이 發行되니 此舊小說은 舊形대로 刊行함도 잇고 名稱을 變更한 것도 잇스니 春香傳은 獄中花라고 하고…(중략)…文學的 觀念이 七八年前보다 進步되야 漸次 小說을 愛讀하는 風이 盛하얏나니"라고 술회했다.[102] 게일이 본격적으로 고소설을 번역하는 모습은 안확이 지적한 이러한 시기에 부응하고 있었다. 또한 이 시기는 이광수의 『무정』이 출현했던 때이기도 하며, 게일이 <춘향전>을 번역, 연재했던 잡지(The Korea Magazine)에 이광수의 「신생활론」의 기독교 비판 부분을 번역, 소개하던 시기이기도 하다.

물론 이러한 안확의 진술이 포착한 현장은 <춘향전>을 비롯한 한국의 고소설을 '소설'이라고 명명하고 '문학연구'의 관점에서 검토한 의의를 지닌 다카하시 도루의 한국문학론에서도 발견할 수 없다. 애초에 다카하시는 자신의 연구대상을 "아직 현대 일본과 서양의 문학에 영향을

---

102) 안확, 앞의 책, 138.

받지 않던 시대의 조선인이"이 쓴 소설로 한정했기 때문이다. 따라서 『옥중화』는 다카하시에게 있어서 그가 볼 수 있었던 <춘향전>이본 중 한 판본이었을 따름이었다.[103] 그렇지만 이렇듯 『옥중화』를 '제목만 변경된 <춘향전>이라고 인식'하는 모습은 안확, 게일 두 사람 모두 마찬가지였던 점을 주목할 필요가 있다.

즉, 『옥중화』가 19세기 말 경판본 <춘향전>과 구별된 한 이본으로 인식되는 순간을 주목해야 한다. 1920년대 게일이 <심청전>, <흥부전>, <토끼전>의 번역저본으로 이해조의 구활자본이 아니라 경판본 고소설을 선택하는 순간, 이해조의 판소리 산정 작품은 경판본 고소설과 엄연히 분리된다. 이러한 변모 그리고 1927년경 게일이 더 이상 한국에서 구할 수 없는 서적이라며 한적과 함께 경판본 고소설을 미 의회에 도서관에 보내는 순간을 주목해야 한다. 즉, 한국의 고소설을 폐허 속의 유적처럼 소멸되어 가는 과거의 문학으로 인식한 시점이 출현할 때, <춘향전>은 한국의 '국민문학'에서 '한국민족의 고전'으로 재탄생한다. 『옥중화』를 최근에 '改編'된 작품으로 인식하는 관점은 김태준의 연구가 잘 말해주듯이 <춘향전>을 '고전'으로 규정하고 고전을 산출한 시대성을 이야기하고자 할 때, 비로소 가능한 것이었기 때문이다.[104] <춘향전> 이본연구의 개척자였던 조윤제는 이해조를 회고하며 당시 그가 "小說界에 活動할 時代는 世態가 時刻으로 變하여 文學을 즐기고 생각하는 것도 왼통 前과 달라졌"음을 회고했다. 또한 그는 이해조의 『옥중화』에 대한 한 결 더 높은 차원의 평가를 내렸다. 이러한 시대에 발을 맞춰 이해조는 "春香傳을 다시 復活시켰고 어드 程度까지 일로서 現代文學을 刺戟하였"음을 지

---

103) 다카하시 도루, 「朝鮮文學研究-朝鮮の小說」, 『日本文學講座』(1927), 1, 23~24.
104) 一步學人, 「李朝時代民心, 貞烈을 보인 春香傳의 特質」, 『조선일보』(1935.1.1); 김태준, 「春香傳의 現代的 解釋(一)」, 『동아일보』(1935. 1.1); 李在郁, 「春香傳 原本」, 『三千里』 9(5)(1937.10.1) 44~45.

적했다. 『옥중화』는 "홀로 春香傳의 이본으로서 그 光彩를 빛내고 있을 뿐 아니라, 實로 過渡期에 있는 朝鮮小說로서 잊을 수 없는 作品이라 할 것"이며 이후 <춘향전> 이본에 큰 영향을 미친 작품임을 지적했다. 그리고 이해조가 투영하고자 했던 1910년대 <춘향전>에 반영된 근대적인 감각들을 제시하고자 했다.105)

　이러한 조윤제의 분석은 최남선의 『고본 춘향전』에도 마찬가지였다. 조윤제는 『옥중화』, 『고본 춘향전』, 「춘향」에 남겨진 근대인의 자취를 발굴하며, 이들 텍스트를 하나의 개별 이본으로 자리매김했다. 이러한 조윤제의 실천 속에는 근대 지식인이 활용했을 저본, 고전 <춘향전>의 형상이 전제되어 있었던 셈이다. 조윤제의 모습이 잘 보여주듯, 민족의 고전으로 <춘향전>을 정립시키기 위해서는 <춘향전>과 근대 문학 혹은 근대적 실천 사이 어떠한 불연속선이 설정될 필요가 있었다. 이를 가능하게 한 것은 (1) 과거 사람들이 살았던 방식은 지금 사는 사람들이 사는 방식과는 '원칙적으로' '질적으로' 다르다고 주장하는 전제를 지니며, (2) 문헌학적 비평을 통해 매우 먼 과거에 대한 지식을 획득하고, (3) 이러한 탐구들에 의해 밝혀진 차이를 사회가 한 단계에서 다른 단계의 진보적 운동으로 이론화되는 근대 역사 담론106)이었다. 사실 이 점에 부합한 <춘향전> 텍스트는 이광수의 「춘향」이 아니었다. 오히려 후일 조윤제, 김사엽, 이가원 등의 문학 연구자들이 주석을 부여한 교주본이다.107) <춘향전>의 교주본은 <춘향전>을 현재와는 분리된 과거의 텍스트로 상정하고 이를 보존하는 행위 혹은 그 이본군을 조사하여 그 속에서 정본 및 계통을 상정하거나 과거의 사회문화사적 의미를 도출

---

105) 조윤제, 앞의 글, 107-116.
106) A. Callinicos, 박형신 역, 『이론과 서사－역사철학에 대한 성찰』(일신사, 2002), 108~117.
107) 이윤석, 「문학 연구자들의 <춘향전> 간행」, 『열상고전연구』 30(2009), 151~156.

하는 작업의 결과물이었다.

하지만 이광수의 「춘향」을 비롯한 근대 <춘향전>의 다양한 변주들은 이러한 변주들을 흔쾌히 수용하는 한국/외국인들에게 원전의 존재를 지속적으로 상기시켜주었다. <춘향전>의 작가와 그 원전의 기원은 풀어나가야 할 하나의 수수께끼와 같이 등장한다. 물론 그러한 원전들로부터 변용된 텍스트는 한국/외국인을 원전 <춘향전>으로부터 더욱 더 멀어지게도 해주었다. 하지만 근대초기 <춘향전>의 새로운 문화생태 그 속의 다양한 <춘향전>들의 탄생과 상호작용은, 종국적으로는 고전이자 원전 <춘향전>의 형상을 지속적으로 상상하게 해주며 이를 정립하게 한 실천들이었던 셈이다. 요컨대, 원전에서 벗어난 수많은 변형들이야말로 원전이자 고전 <춘향전>의 형상을 탄생시키는 가장 중요한 계기이자 동인이었던 것이다.

참고문헌

1. 자료

『게일 유고(Gale, James Scarth Papers)』(토론토대 토마스피셔 희귀본 장서실).

『동아일보』.

이광수, 『이광수 전집』3, 7~10 (누리미디어, 2011).

이광수, 「춘향」, 『동아일보』(1925. 9. 30.~1926. 1. 3.) (『일설 춘향전』(한성도서주식 회사, 1929)).

金東仁, 「春園研究 (六)」, 『삼천리』(1935. 6. 10).

奇一, 「回顧四十年」, 『新民』 26 (1927. 6.).

김종무, 「我觀春香傳」, 『淸凉』 6 (1928).

김태준, 박희병 교주, 『증보 조선소설사』(한길사, 1990)[『朝鮮小說史』, 淸進書館, 1933; 學藝社, 1939(증보판)]

남궁설 편, 『萬古烈女 日鮮文 春香傳』(漢城: 唯一書館, 1917).

李在郁, 「春香傳 原本」, 『三千里』 9(5) (1937. 10. 1.).

안확, 『자각론』(회동서관, 1920).

안확, 『개조론』(조선청년연합회, 1921).

안확, 『조선문학사』(한일서점, 1922).

조윤제, 「춘향전 이본고 (二)」, 『진단학보』 12 (1940).

최주한·하타노 세츠코 엮음, 『이광수 초기 문장집』II (소나무, 2015).

황호덕, 이상현 편, 『한국어의 근대와 이중어사전』I ~XI (박문사, 2012).

황호덕·이상현 편역, 『개념과 역사, 근대 한국의 이중어사전』 2 (박문사, 2012)

J. S. 게일, 유영식 편역, 『착훈 목쟈－게일의 삶과 선교』 2 (도서출판 진흥, 2013).

다카하시 도루, 「朝鮮文學研究-朝鮮の小說」, 『日本文學講座』(1927)

趙鏡夏 譯, 島中雄三 校閱, 「廣寒樓記」, 細井肇 編, 『通俗朝鮮文庫』4(京城: 自由討究社, 1921)

島中雄三, 「自由討究社趣意書」, 『通俗朝鮮文庫』2 (自由討究社, 1921).

細井肇, 「半島의 軟文學」, 『朝鮮文化史論』(京城: 朝鮮研究會, 1911).

細井肇, 「廣寒樓記の卷末に」, 『通俗朝鮮文庫』 4 (京城: 自由討究社, 1921).

細井肇, 「鮮滿叢書 第一卷の卷頭に」, 『鮮滿叢書』 1 (京城: 自由討究社, 1922).

細井肇, 「薔花紅蓮傳を閱了して」, 『通俗朝鮮文庫』 10 (京城: 自由討究社, 1921).

細井肇, 『朝鮮文學傑作集』(奉公會, 1924).

天台山人, 「古典涉獵 隨感」(三), 『동아일보』(1935. 2. 13.).

J. S. Gale, "A Few Words on Literature", *The Korean Repository* II (1895. 11.).

J. S. Gale, "Why read Korean Literature", *The Korea Magazine* I (1917. 8.)

J. S. Gale, "Choonyang", *The Korea Magazine* (1917. 9.~1918. 7.).

J. S. Gale, "The Korean Language", "Christianity in Korea", *The Korea Magazine* II (1918. 12.)

J. S. Gale, "List of Korean Book-Library of Congress, Washington D. C. Mar. 24th, 1927(from J. S. Gale)", 『게일 유고』 Box 11.

J. S. Gale, "A History of the Korean People," *The Korea Mission Field* (1927. 9).

2. 논저

강진모, 「『고본 춘향전』의 성립과 그에 따른 고소설의 위상 변화」, 연세대 석사논문, 2003, 1~72.

구인모, 「다카하시 도루, 『조선인』(1921), 민족(국민)성 담론 혹은 한국학의 한 원점」, 부산대 점필재 연구소 편, 『동아시아, 근대를 번역하다-문명의 전환과 고전의 발견』, 점필재, 2013, 305~319.

권보드래, 「3·1운동과 "개조"의 후예들-식민지 시기 후일담 소설의 계보」, 『민족문학사연구』 58(2015), 230~233.

권순긍, 「근대의 충격과 고소설의 대응」, 『고소설연구』(2004), 195~219.

권순긍, 한재표, 이상현, 「『게일문서』(Gale, James Scarth Papers) 소재 <심청전>, <토생전> 영역본의 발굴과 의의」, 『고소설연구』 30(2010), 428~438.

김석봉, 「식민지 시기 『동아일보』 문인 재생산 구조에 관한 연구」, 『민족문학사연구』 30(2006), 153~180.

박상준, 「역사 속의 비극적 개인과 계몽 의식-춘원 이광수의 1920년대 역사소설 논고」, 『우리말글』 28(2003), 205~231.

박상현, 「제국 일본과 번역-호소이 하지메의 조선 고소설 번역을 중심으로」, 『일어일문학』 71(2)(2009), 423~443.

박상현, 「번역으로 발견된 '조선인'-자유토구사의 조선 고서 번역을 중심으로」, 『일본문화학보』 46(2010), 391~412.

박상현, 「호소이 하지메의 일본어 번역본 『장화홍련전』 연구」, 『일본문화연구』 37 (2011).

서유석, 「20세기 초반 활자본 춘향전의 변모양상과 그 의미-『옥중화』 계통본을 중심으로」, 『판소리연구』 24(2007), 159~165.

윤소영, 「호소이 하지메의 조선인식과 '제국의 꿈'」, 『한국 근현대사 연구』 45(2008), 7~46.

유승환, 「이광수의 『춘향』과 조선 국민문학의 기획」, 『민족문학사연구』 56(2014), 287~330.

윤영실, 「최남선의 근대 '문학' 관념 형성과 고전'문학'의 수립」, 『국어국문학』 150 (2008), 457~484.

이상현, 「『조선문학사』 출현의 안과 밖」, 『일본문화연구』 40(2011), 457~461.

이상현, 「춘향전 소설어의 재편과정과 번역」, 『고소설 연구』 30(2012), 375~417.

이상현, 「고전어와 근대어의 분기 그리고 불가능한 대화의 지점들」, 『코기토』 73 (2013), 56~113.

이상현, 「게일의 한국고소설 번역과 그 통국가적 맥락 - 『게일 유고』 소재 고소설관련 자료의 존재양상과 그 의미에 관하여」, 부산대학교 점필재연구소 고전번역학 센터 편, 『한국 고전번역학의 구성과 모색』 2(점필재, 2015).

이상현, 이은령, 「19세기 말 고소설 유통의 전환과 '민족지'로서의 고소설 - 모리스 쿠랑 『한국서지』 한국고소설 관련 기술의 근대 학술사적 의미」, 『비교문학』 59(2013), 37~74.

이상현, 이진숙, 「『옥중화』의 한국적 고유성과 게일의 번역실천」, 『비교문화연구』 38(2015), 145~190.

이상현, 이진숙, 장정아, 「<경판본 흥부전>의 두 가지 번역지평」, 『열상고전연구』 47(2015), 385~389.

이윤석, 「문학 연구자들의 <춘향전> 간행」, 『열상고전연구』 30(2009), 133~161.

이진숙, 이상현, 「게일의 『옥중화』 번역의 원리와 그 지향점」, 『비교문학』 65(2015), 257~292.

이혜령, 「1920년대 『동아일보』 학예면의 형성과정과 문학의 위치」, 『대동문화연구』 52(2005), 95-133. 113~121.

최주한, 「이광수의 민족개조론 재고」, 『인문논총』 70(2013).

최주한, 「이광수의 이중어글쓰기와 오도답파여행」, 『민족문학사연구』 55(2014), 40~44.

최혜주, 「한말 일제하 재조 일본인의 조선고서간행사업」, 육당연구학회 편, 『최남선 다시 읽기』(현실문화, 2009), 155~162, 169~184.

최혜주, 「일제 강점기 고전의 형성에 대한 일고찰」, 『한국문화』 64(2013), 165~168.

허찬, 「1920년대 <운영전>의 여러 양상 - 일역본 <운영전(雲英傳)>과 한글본 『연정 운영전(演訂 雲英傳)』, 영화 <운영전 - 총희(雲英傳 - 寵姬)의 연(戀)>의 관계를 중심으로」, 『열상고전연구』 38(2013), 541~573.

홍혜원, 「이광수 <일설 춘향전>의 특성연구」, 『비교한국학』 21(3)(2013), 431~456.

황혜진, 「춘향전 개작 텍스트의 서사변형 연구」, 서울대 석사학위논문(1997), 1~111.

황호덕, 「활동사진처럼, 열녀전처럼 : 축음기 · (활동)사진 · 총, 그리고 활자: '『무정』의 밤'이 던진 문제들」, 『대동문화연구』 70(2010), 432~443.

Ross King, "James Scarth Gale and the Christian Literature Society(1922~1927) : Salvific Translation and Korean Literary Modernity(I)," In : Won-jung Min (ed.), *Una aproximacion humanista a los estudios coreanos*(Ebook distributed by Patagonia, Santiago, Chile, 2014).

3. 단행본

구인모, 『한국 근대시의 이상과 허상』 (소명출판, 2008).

권보드래, 『연애의 시대』 (현실문화연구, 2003).

김동욱, 김태준, 설성경, 『춘향전 비교연구』 (삼영사, 1979).

김윤식, 『이광수와 그의 시대』1~2 (솔, 2008[1999])

박갑수, 『고전문학의 문체와 표현』 (집문당, 2005).

박영주, 『판소리 사설의 특성과 미학』 (보고사, 2000).

박찬승, 『한국근대 정치사상사 연구 : 민족주의 우파의 실력양성운동론』 (역사비평
사, 1992).

설성경 편, 『춘향전 연구의 과제와 방향』 (국학자료원, 2004).

유영식, 『착훈 목쟈-게일의 삶과 선교』 1 (도서출판 진흥, 2013).

이상현, 『한국 고전번역가의 초상, 게일의 고전학 담론과 고소설 번역의 지평』 (소
명출판, 2013).

최주한, 『이광수와 식민지 문학의 윤리』 (소명출판, 2014).

다카사키 소지, 최혜주 역, 『일본 망언의 계보』 (한울아카데미, 2009).

Anthony Giddens, 배은경·황정미 역, 『현대사회의 성·사랑·에로티시즘-친밀성의
구조 변동』 (새물결, 2003).

Alex Callinicos, 박형신 옮김, 『이론과 서사-역사철학에 대한 성찰』 (일신사, 2002).

H. B. Hulbert, 신복룡 옮김, 『대한제국멸망사』 (집문당, 2006)

Rutt, Richard, *James Scarth Gale and his History of the Korean People*(Seoul :
Royal Asiatic Society, Korea Branch in conjunction with Taewon Publishing
Company, 1972).

한국근대문학사와 「운수 좋은 날」 정전화의 아이러니[1)]

손 성 준

1 　서론

「운수 좋은 날」은 한국인들이 좋아하는 단편소설 중에서도 늘 수위에 속하는, 그 정전으로서의 위상이 확고한 작품이다. 이 소설을 좋아하는가의 여부와 관계없이 대다수의 한국인들은 김첨지의 운수 좋았던 날이 결국 어떻게 그를 처참하게 무너뜨렸는지를 잘 알고 있다. 대표적 특징인 '제목의 아이러니'는 곧잘 미디어의 패러디 대상이 되고 있으며,[2)] 최근에는 유명 단편소설을 애니메이션으로 이식하는 기획을 통해 영상화되기도 했다.[3)] 이렇듯 어느덧 「운수 좋은 날」은 소설이라는 틀을 초월하여 소비되는 콘텐츠가 되었다. 심지어 문학에 취미가 없는 이들에게도 「운수 좋은 날」은 피하기 힘든 작품이다. 입시 대비에 요구되는 문학 관련 지식 속에 대개 포함되어 있기 때문이다.

---

1) 이 논문은 『한국현대문학연구』 50(2016: 515~546)에 실은 손성준(2016)의 「한국근대문학사와 「운수 좋은 날」 정전화의 아이러니」글 이 책의 논지에 띠러 수정하였다.
2) 「경신고 '운수 좋은 날'」, 『한겨레신문』, 1989.3.11, 9; 「97마스터스 존 휴스턴 "운수 좋은 날"」, 『매일경제』, 1997.4.12, 29; 이소담, 「'진짜사나이' 잭슨의 운수 좋은 날」, 『OSEN』, 2016.7.3. 등.
3) 안재훈·한혜진 감독 작품 <메밀꽃, 운수 좋은 날, 그리고 봄봄>(2014.8.21.개봉)

현재 「운수 좋은 날」에 덧씌워져 있는 이 같은 위상은 어떠한 경로로 형성된 것일까? 왜 우리는 이 작품을 높게 평가하고 있으며 그러한 인식은 언제 시작된 것일까? 앞서 언급했던 '현상', 즉 패러디, 콘텐츠 전환, 수험 지식 등은 모종의 '원인'이 도출한 정전화의 효과에 불과하다. 다시 말해 「운수 좋은 날」의 정전적 위상이 공고해진 연후에, 이것이 새로운 대중적 혹은 미디어적 수요와 결합하여 확대재생산 되고, 그로 인해 「운수 좋은 날」의 권위가 또 한 층 강화되는 방향으로 전개되었다는 것이다.

'정전(正典/cannon)'을 규범이나 기준의 개념으로 접근할 때 「운수 좋은 날」이 한국 현대소설사에서 정전적 지위를 갖게 된 것은 사실 연원이 그리 길지 않다. 따라서 '「운수 좋은 날」＝정전'이라는 공식은 이미 '정전화'가 완료된 현대인의 감각에서 온 것일 뿐, 역사적 견지에서는 긴 시간 동안 진상과 거리가 멀었다. 만약 그러하다면, 「운수 좋은 날」에 수반되는 익숙한 설명에는 필연적으로 오류가 노정될 수밖에 없다.

　　「운수 좋은 날」은 **과연 그의 대표작으로 손꼽히는 작품**답게 빈틈 없는 구성과 절제, 연마를 다한 언어의 기하학이 50년이 지난 오늘날까지도 찬연한 빛을 발하고 있다. 우리 문학에서는 단편소설의 고전적인 교본이 될 만한 작품이다.[4]

　　「운수 좋은 날」은 1924년에 발표되어 **특히 문단의 주목을 끈 작품**이다. 배고픔에 시달리는 인력거꾼의 생활상 같은 것은 딴 작가들이 거의 다룬 일이 없었기 때문에 그것은 문단에서 주목이 될 수밖에 없었다. 그리고 특히 인력거꾼의 아내가 굶주림 끝에 병을 얻어 죽어버리고 인력거꾼이 아내에게 주려고 설렁탕을 사들고 들어와 시체를 보는 장면이 너무나 감동적이었기 때문에 독자의 관심을 크게 끌었다.[5]

---

4) 이동기, 「현진건 작품 해설」, 『한국대표문학전집 2 박종화/현진건』(삼중당, 1976), 813. 이하 인용문의 강조 표기는 인용자.

두 인용문은 공히 1976년도에 나온 「운수 좋은 날」에 대한 해설이다. 일별하여 알 수 있듯 지극히 전형적인 「운수 좋은 날」 관련 소개에 해당한다. 그러나 전자는 「운수 좋은 날」을 현진건의 대표작으로 꼽고 있다는 데서, 후자는 「운수 좋은 날」이 발표 당시부터 문단의 주목을 받았다는 데서 1970년대 중반의 인상에 기댄 성급한 판단을 보여주고 있다. 물론 「운수 좋은 날」을 현진건의 대표작으로 꼽은 전자는 발화 당시를 기준으로 삼는다면 '거짓'으로까지 볼 수는 없겠지만, 그럼에도 '과연'이라는 수사 이면에는 전통적으로 현진건의 대표작이었을 것이라는 암시가 깔려 있다. 상상력을 동원하여 발표 당시의 반향을 기정사실화 한 후자의 경우는 다분히 문제적이다.

이 글은, 「운수 좋은 날」의 정전화 과정에 개입된 근원적 요인들을 추적하는 것을 목표로 한다. 필자는 최근 현진건 관련 연구를 다방면에서 진행하던 중, 유독 「운수 좋은 날」에 대한 역사적 인식의 편차가 크다는 사실을 발견했고 본격적으로 이 문제에 천착하기로 하였다. 주지하듯 한국문학의 정전화 관련 논의는 최근 활발하게 일어나고 있는 편이다.6) 그러나 주로 문학전집이나 교과서 등을 통한 거시적, 제도적 측면의 접근에 집중되어 있었고, 특정 텍스트의 인식 추이에 천착한 경우는 희소한 편이다. 본고는 정전적 권위가 가장 명징한 작품 중 하나인 「운수 좋은 날」을 연구의 대상으로 삼고 이 텍스트의 역사에 응축된 정전화의 아이러니를 탐색해보고자 한다.

---

5) 김우종, 「근대문학의 선구자들 -이광수·김동인·전영택·현진건」, 『한국단편문학대전집 1』(동화출판공사, 1981<1976>), 458.
6) 문학선집과 정전화의 권력 상상을 분석한 주요 연구는 강진호, 「한국문학전집의 흐름과 특성」, 『돈암어문학』 16(2003); 천정환, 「한국문학전집과 정전화: 한국문학전집사(초)」, 『현대소설연구』 37(2008); 이종호, 「1950~1970년대 문학전집의 발간과 소설의 정전화 과정」 (동국대학교 박사학위논문, 2013) 등을, 문학교육 방면의 정전 논의는 한국문학교육학회 편, 『정전(正典)』(역락, 2010)을 참조할 수 있다.

2 현진건과 유리(遊離)된 「운수 좋은 날」

「운수 좋은 날」의 출현을 지켜본 당대인들의 견해는 지금과는 사뭇 달랐던 듯하다. 단적으로 말해 이 소설은 1924년 6월 『개벽』(제48호)을 통해 발표된 이래 현진건의 생전에는 단 한 차례도 그의 대표작으로 거론된 바가 없다. 현진건은 활동 당시에도 주로 단편 전문작가로 통했는데, 많은 경우 대표작으로 인정된 것은 「운수 좋은 날」의 차기 단편인 「불」(『개벽』 55, 1925.1.)이었다. 가령 『조선문단』이 1925년 3월부터 7월 사이 총 5회에 걸쳐 실시한 「조선문단 합평회」 제1회 모임에서 「B사감과 레브레터」(『조선문단』 5, 1925.2.)가 평가 대상이 된 적이 있었다. 당시 합평회에 참석한 나도향, 방인근, 최학송, 박종화 등은 돌아가며 이 소설과 관련한 긍정적인 평들을 내놓았다. 그런데 「B사감과 레브레터」를 논하는 자리에서 나도향은 자연스레 「불」을 소환하여 함께 고평한다.[7] 또한 두 작품 사이의 우열관계가 언급되기도 했다. 「B사감과 러브레터」에 대한 평을 매듭짓는 순간 염상섭은 "『개벽』 정월호에 실린 「불」이 낫지?"라며 자연스레 동의를 구하였고, 이에 대해 김기진이 "아마 낫지요."[8]라고 화답한 것이다. 여기에 이론을 제기한 이들은 없었고, 합평회는 다음 화두로 넘어갔다. 「불」의 무엇이 더 나은지를 구체적으로 논하

---

7) "그것 꽤 음침하던데! 빙허의 작품은 얼핏 보면 체호프의 단편 같아. 『개벽』 정월호의 「불」로 말할지라도 체호프 작(作)에 어떤 계집애가 종일 괴롭게 일하다가 나중 어린애를 죽이는 데가 있는데, 「불」도 그렇게 체호프의 냄새가 나면서도 체호프는 아니에요. 모파상에는 비길 수 없으나 어떤 독특한 기분이 있습니다. 그리고 「B사감과 러브레터」도 처음부터 자자구구가 호기심을 일으켜서 맨 나중에 무슨 말이 나오나 하는 독자의 상상력을 끄는 것이 돗비나 도코로(とっぴなところ)라고 할지? 그런데 얼른 말하면 그것이 활동사진을 보는 것 같아요. 그러한 재미가 있습니다." 「조선문단 합평회(제1회) — 2월 창작소설 총평」, 『조선문단』, 1925.3. 현대어 윤문은 한기형 · 이혜령 편, 『염상섭 문장전집 1』(소명출판, 2013), 267.
8) 위의 글, 268.

지는 않았으나 이러한 장면들은 문인들의 뇌리 속에 「불」이 던져준 인상이 「B사감과 러브레터」 이상으로 깊이 각인되어 있었다는 방증이다. 1932년의 한 좌담회에서는 아예 작가 본인에게 '회심의 작', 즉 대표작을 물어보는 시간이 있었다. 「삼천리사 주최 문인좌담회」(『삼천리』 4-5. 1932.5.)가 그것인데, '본사 측' 인물9)이 화두를 던지며 진행을 이끌고 참석 문인들이 돌아가며 답하는 방식이다.

本社側 : 여러분이 오늘날까지 수십 수백편의 시가, 소설 등 많은 작품을 제작하여 내놓은 중에서 가장 잘 되었다고 생각하는 회심의 作은 무엇입니까. **물론 문예비평가와 독자의 감상을 통하여 여러분의 대표작 평가는 대개 결정되어 있지마는** 世論은 제외하고 작자 자신으로서의 생각을 말씀하여 주셔요.

(중략)

獨鵑 : 나도 그렇지요, 여러 10편을 써낸 과거의 작품 중에서 그렇게 절대성을 가진 會心의 작품이라고 없었지만 그중에서 고르라면 「푸로手記」가 나왔다고 할까요. 「新民」엔가 「朝鮮文壇」엔가 발표한 단편소설이었습니다.

本社側 : 金東仁씨는 「감자」일걸요.

金東仁 : 내게는 없어요. 비교적 마음을 끄는 작품을 가르친다면 「감자」도 들어갈는지 모르겠지만.

本社側 : 또 다른 분으로?... 憑虛는 문제의 「불」일걸요.

憑虛 : 그렇지도 않아요. 會心의 作을 꼭 하나 쓰고 싶기는 하지만 그것은 아마 장래의 일일걸요.

本社側 : 「會心의 作」이라면 語弊 있는 듯하여 퍽들 謙讓하십니다 그려. 그렇거든 處女作을 말씀하여 주세요 몇 살 나던 때에 어떤 작품을 맨 처음에 세상에 내놓았는지요.10)

---

9) 당시의 본사 측 인물로는 김동환과 최정희가 참석하였다.
10) 「三千里社 主催 文士座談會」, 『삼천리』 4-7, 1932.5, 28. 이하 인용문의 현대어 윤문은 별도의 언급이 없는 경우 인용자에 의한 것이다.

　'회심의 작' 질문은 좌담회의 여러 화두 중 하나였는데, 보아 알 수 있듯 응답에는 조심스러운 분위기가 감지된다. 일단 이익상과 최상덕만이 자발적으로 응하자, 이후 본사 측은 대답을 유도하는 형태를 띤다. 모두에 언급된 대로 세론을 통해 "대개 결정되어 있는" 대표작을 먼저 거론하며 작가 본인의 동의를 구한 것이다. 김동인에게는 「감자」가, 연이어 현진건에게는 「불」이 확인의 대상이 되었다. 특히 「불」 앞에는 '문제의'라는 수식어를 달았다. 현진건의 대답 역시 형식적 겸사일 뿐 적극적 부인은 아니었다. 1930년대로 가면 현진건은 거의 단편소설을 발표하지 않기 때문에[11] 위의 좌담회는 사실상 현진건의 모든 단편을 선택지에 올리고 있는 셈이었다. 동료들에 의해 대표작으로 인식되던 작품답게, 「불」은 1935년 『삼천리』 1월호에 재수록 되기도 했다.[12]

　그런데 「불」의 대표성은 차치하더라도, 「운수 좋은 날」 자체가 당대에 거의 언급되지 않았다는 점에 주목할 필요가 있다. 김태준은 「조선소설사」를 『동아일보』에 연재하던 1931년 당시, 염상섭, 김기진의 현진건 평을 인용하며 다음과 같이 서술했다.

　　빙허 현진건 씨는 김동인 씨와 같이 사실주의를 대성하여 묘사나 '플롯'이나 어느 점을 집어 흠할 곳이 없다. 그의 작품을 읽을 때에 누구나 이 작자의 두뇌가 얼마나 명절하고 성격이 안상한지 알 것이다. 상섭 씨는 그의 작품을 평하되 "현진건 씨의 『지새는 안개』 상편을 보고 문장에만 경의를 표하였더니 「할머니의 죽음」을 보고 광희(狂喜)하였다. …(중략)… 묘사의 필치로는 경탄할 만하겠다."라고 하고 팔봉은 빙허의 작 「불」을 평하되 "기교에 있어 결점 없는 원숙을 보였다."라고 한 것을 보아도 빙허의 작풍의 경향을 알 것이다. 「**빈**

11) 1931년 「서투른 도적」(『삼천리』 20, 1931.10)이 예외적으로 있을 따름이다.
12) 玄憑虛, 「불」, 『삼천리』 7-1, 1935.1. 참고로, 동년 7월호에는 치리코프 작, 빙허 역, 「고향」이 재수록되기도 하였다. 이 번역소설은 본래 현진건이 1922년 7월 『개벽』 25호에 발표한 것이다.

처」, 「타락자」, 『지새는 안개』, 「할머니의 죽음」, 그 밖에 「불」, 「조선의 얼굴」[13], 「해뜨는 지평선」에 이르도록 이 작자는 족적이 완연하게 리얼리즘을 걸어왔다. 묘사의 핍진한 것과 행문의 미묘한 것은 당시 조선의 독보라 하겠다.[14]

현진건 소설의 사실성 및 기교와 관련된 고평은 전술한 김태준이나 그가 인용한 염상섭, 김기진 외에도 해방이후까지 일관되게 확인된다. 하지만 필자가 이 인용문을 통해 강조하고 싶은 것은 단 하나다. 바로 빙허의 주요 작품 7편의 제목이 동시에 나열되는 지면에서조차 「운수 좋은 날」이 누락되어 있다는 사실이다.

비슷한 예는 적지 않다. 1927년 1월 2일자 『동아일보』에 실린 현상문예 평론 부문 수상 기사와[15] 동년 10월 29일자의 인물평 기사,[16] 1933년에 연재된 장편 『적도』의 예고 기사[17] 등에 나열되는 현진건의 작품 목록 중에 「운수 좋은 날」은 눈에 띄지 않는다. 1930년대에 이름을 바꿔가며 연이어 기획된 삼천리사의 문학선집들은 현진건 소설 중 「타락자」, 『지새는 안개』, 『조선의 얼굴』, 「할머니의 죽음」, 「B사감과 러브레터」를 차례차례 실었다.[18] 당대 최고 수준의 번역가이기도 했던 김억은

---

13) 현진건의 단편 「그의 얼굴」과 단편집 『조선의 얼굴』을 혼동한 것이 아닐까 한다. 왜냐하면 『조선의 얼굴』 속에 「할머니의 죽음」이나 「불」이 수록되어 있어서 위의 방식처럼 함께 나열되는 것이 적절치 않기 때문이다.

14) 김태준, 「조선소설사(66)」, 『동아일보』, 1931.2.22, 4.

15) 나열된 작품은 『조선의 얼굴』, 「타락자」, 『지새는 안개』, 『첫날밤』이다. 이 중 『첫날밤』은 실제로는 번역소설이다.

16) 나열된 작품은 「타락자」, 『지새는 안개』, 「불」이다.

17) 나열된 작품은 「타락자」, 『지새는 안개』, 『조선의 얼굴』이다.

18) 「타락자」, 『지새는 안개』, 『조선의 얼굴』은 『명작소설 30선』(삼천리사, 1931.12)이라는 명단에서 확인된다. 「할머니의 죽음」은 「신리싱도에서」, 「항도문하이 특질」이라는 기행문 및 에세이와 함께 『신문학전집』(삼천리사, 1932.4.)에 실렸으며, 「B사감과 러브레터」는 『朝鮮名作選集』(삼천리사, 1935.9)에 수록되었다. 이들 선집류의 연속적 간행에 대해서는 박숙자, 「1930년대 명작선집 발간과 정전화 양상」, 『새국어교육』 83(2009)을 참조.

1936년 두 차례에 걸쳐 번역 대상으로 희망하는 작품을 언급한 바 있는데, 현진건 소설로는 「B사감과 러브레터」, 「고향」을 꼽았다.19) 조선의 신문학사를 개괄한 1935년의 한 기사가 낭만성을 탈피한 '우수한 소설' 계보를 정리하며 현진건 소설의 예로 든 것은 「할머니의 죽음」이었다.20)

1920, 30년대 조선문단에서 「운수 좋은 날」의 존재는 마치 생략되기라도 한 듯 보인다. 필자의 조사 능력 한에서 '「운수 좋은 날」'이 언급된 경우는 1925년 『개벽』 56호에서 김기진이 「불」을 평할 때 몇 편의 최근작을 나열하며 등장한 것21), 1939년 학예사를 통해 나온 김태준의 『증보 조선소설사』에서 『조선의 얼굴』 수록작을 나열하는 가운데 등장한 것22) 정도가 전부인데, 두 경우 모두 작품의 내용을 다루는 맥락과는 아예 무관했다. 빙허의 작가 이력이 길지 않고 작품 수 역시 많지 않

---

19) 두 기사는 각각 「英語 又는 에쓰語로 飜譯하야 海外에 보내고 십흔 우리 作品」, 『삼천리』, 8-2, 1936.2.과 「朝鮮文學의 世界的 水準觀」, 『삼천리』, 8-4, 1936.4.이다. 둘 다 세계에 내세울 만한 조선 작품을 묻는다는 취지의 설문이었는데, 김억은 두 번 다 김동인과 현진건의 소설 몇 편을 제시하였다.

20) "그러나 「浪漫의 世紀末의 雜多한 傾向」은 표면 混沌과 模索을 뭇한 것 갓을지라도 己未年後의 暗澹한 현실하에 충분한 自然主義文學의 藝術的 發展을 보지 못하게 제약햇을 망정 想涉氏의 長篇 「萬歲前」 短篇 「標本室의 靑개고리」 「除夜」 등과 金東仁氏의 短篇 「笞刑」 「弱한 者의 슯음」 玄憑虛氏의 「할머니 죽음」 등 우수한 작품을 산출하엿으며 이땅의 客觀的情勢와 經濟的 背景이 藝術의 당연한 進路는 阻止되고 잇슬망정 희미하나마 幻滅의 감정과 정서를 취급한 부르문학의 興隆期에 도달하엿다고 볼 수가 잇고 이 興隆期란 것은 극히 感傷的이고 幻想的이면서 形式主義 藝術至上主義에로 달어나게 되엿든 것이다." 「삼천리문예강좌」, (제2회 개강), 『삼천리』, 1935.12, 269-270.

21) 제재의 선택과 확장을 긍정하는 문맥이었다. "何如튼 作者는 技巧에 잇서서 缺点 업는 圓熟을 보혓다. 題材를 取함에도 그는 어지간한 注意를 한 것 갓다. 그리고 이러한 作者의 傾向은─「한머니의 죽음」 『까막잡기』를 지나 서서 『운수조흔 날』로부터 또는 지금의 「불」까지에 이르른 作者의 그 取材上 傾向은 이 作者의 意識 限界가 擴大된 것이라고 밋고 나는 깃버한다." 김기진, 「一月創作界總評」, 『개벽』 56, 1925.2, 2.

22) "씨의 지은 단편 「사립정신병원장」・「불」・「B사감과 러브레터」・「할머니의 죽음」・「운수 좋은 날」・「까막잡기」 등 십일 편을 모아 『조선의 얼굴』이라는 제목으로 출판하였다." 김태준, 『증보 조선소설사』(학예사, 1939), 260. 이는 「조선소설사」의 『동아일보』 연재 당시에는 없던 내용이다.

다는 것을 감안하면, 이러한 「운수 좋은 날」의 희미한 존재감은 더욱 의미심장하게 다가올 수밖에 없다. 상황이 이러할진대, 당시 문인들이 의도적으로 「운수 좋은 날」을 입에 올리려 하지 않았을지 모른다는 생각도 고개를 든다. 물론 지나친 가설일 것이다. 하지만 현진건의 시대에 그 누구도 「운수 좋은 날」을 진지한 논의의 대상으로 삼지 않았던 것은 사실이다. 「운수 좋은 날」 이전 작인 「빈처」, 「타락자」, 「할머니의 죽음」 이나, 이후 작인 「불」, 「B사감과 러브레터」 등이 누차 회자되는 동안, 「운수 좋은 날」은 비평의 현장에서 배제되어 있다시피 했다. 물론 비슷한 시기에 나온 현진건의 소설 중 「운수 좋은 날」만이 이에 해당되는 유일한 사례는 아니다. 「까막잡기」, 「그리운 흘긴 눈」, 「발(簾)」 등의 경우는 「운수 좋은 날」의 신세와 별반 다를 바가 없었다. 다만 오직 「운수 좋은 날」만이 '그때와 지금'의 극단적 위상전이를 극적으로 보인다는 점은 강조될 필요가 있다.

그렇다면 어째서 「운수 좋은 날」은 동시대인들에 의해서는 주목받지 못한 것일까? 이는 「운수 좋은 날」을 고평하는 지금의 보편적 판단을 역으로 적용해보면 알 수 있다. 널리 알려진 「운수 좋은 날」의 장점은 크게 두 가지다. 하나는 아이러니로 대변되는 소설의 기법이고 나머지 하나는 사실주의에 입각하여 하층민의 비참한 삶을 고발했다는 소설의 사회의식 측면이다. 중요한 것은 「운수 좋은 날」의 이러한 미덕들이 1920년대의 조선문단에서 시간적으로 멀어질수록 강화되거나 비로소 형태를 갖추게 된다는 데 있다. 하나씩 살펴보자.

주지하듯 「운수 좋은 날」은 아이러니 기법의 전범(典範)으로서 그 가치가 확고하다. 너무나 완미한 반어적 구조로 짜여있기 때문이다. 하지만 임규찬의 말대로 이로 인해 "기교가 압노해버린 듯한 느낌"이 깅하며 "주인공의 비극적 현실보다는 이 역설, 아이러니 자체의 형식이 주는 미적 효과가 먼저 와닿"[23]게 되는 단점이 지적될 수 있다. 이러한 지점이 쉽게 부각되지 않는 것이야말로 정전화의 착시효과일지 모른다. 결국 현재 이 작품을 기법적 측면에서 고평하는 데는 역사성이 결부되어 있다. 기법 자체만이 아니라 그 '기원적' 가치에 대한 평가까지 덧붙여진 것이다.24)

그런데 시계를 되돌려 1920년대의 조선문단을 들여다보면, 대부분의 작가가 현진건과 마찬가지로 '기원적' 실험을 이어나가고 있었다. 「운수 좋은 날」의 기법만이 특별해보일 수 없었던 이유다. 문제는 이에 그치지 않는다. 필자는 최근 「운수 좋은 날」의 직접적 모태가 된 프랑스 소설을 문제 삼은 바 있다. 곧 뤼시앙 데카브(Lucien Descaves, 1861-1949)의 「나들이」로서, 이는 「운수 좋은 날」이 나오기 얼마 전인 1923년, 현진건이 직접 『동명』에 역재(譯載)한 작품이었다. 서사구조 및 주제의식이 일치하고 무엇보다 소설 전체를 관통하는 아이러니 기법까지 동일하다.25) 말하자면 당대에는 기법의 전형성이 문제가 아니라 창작의 독자성 자체가 의심받을 수 있는 상황이었다. 물론 거의 모든 작가들이 일어를 경유하여 외국문학을 사숙했고, 그중 상당수는 현진건처럼 번역가를 자처하며 그로부터 배우던 시기였다. 이에 「운수 좋은 날」에 큰 관심을 두지 않는 선에서 암묵적 정리가 이루어졌을 가능성이 높다. 물

---

23) 임규찬, 『한국 근대소설의 이념과 체계』(태학사, 1998), 241-242.

24) 물론 현진건의 문학을 고평하는 입장에서는 다음과 같은 설명이 보다 친숙하다. "동시대의 다른 작가 이를테면, 이광수나 김동인이나 염상섭의 경우도 20년대 전반에 쓴 초기 작품 중 몇 편이 아직 읽혀지고는 있지만, 읽혀지는 까닭은 주로 그 작품들이 지닌 문학사적 가치 때문이다. 작품 자체의 가치와는 인연이 멀다. 그러나 현진건의 경우는 사정을 달리한다. 그의 작품은 문학사적 고려를 떠나 그 자체로서 독보하는 생명력을 지니고 있다. 작품의 예술적인 완성도가 그만큼 높다는 산 증거일 것이다."(이동기, 앞의 글, 813) 그러나 "그 자체로서 독보하는 생명력"이 본고의 논의대로 정작 1920년대에는 나타나지 않았다면, 이러한 견해는 재고될 필요가 있다.

25) 손성준, 「번역과 정전(正典) : 현진건의 「나들이」 번역과 「운수 좋은 날」」, 『국제어문』 71(2016), 104에 의하면, 두 작품의 서사구조는 아래와 같이 호응하고 있다.

론 현진건은 아이러니의 중층화와 문제의식의 전달 방식 변화를 통해
「나들이」와의 충분한 차별화에 성공했다고 판단된다.[26] 따라서 현재의
「운수 좋은 날」 고평이 결코 실체와 유리되어 있는 것은 아니다. 다만
그 가치가 당대에 고평될 여지는 크지 않았다. 전년도에 발표한 번역작
과의 유사성이 더 두드러져 보일 수 있었기 때문이다. 그러나 번역과
창작이 맞물려 있던 상동성의 기억은 곧 퇴색되었다. 현재까지도 그렇
거니와 뤼시앙 데카브는 한국에 잘 알려진 작가도 아니었으며, 「나들이」
라는 작품의 한국어 번역 역시 그때나 지금이나 현진건의 것이 유일하
다.[27] 이후 시대가 바뀌며 소설사는 새로운 기준에 의해 다시 작성되었
고, 이 글의 후반부에서 상론하게 될 모종의 과정을 통해 「운수 좋은
날」은 명실상부한 정전이 되었다. 아이러니 기법은 핵심적 명분 중 하
나였다. 당대에는 학습의 산물로 비춰졌을 기법적 전형성이 시간이 흐
르자 정전의 요건으로 변모한 것이다.

　「운수 좋은 날」의 사회의식, 즉 식민지 현실에 대한 사실적 고발이라

구분	나들이	운수 좋은 날
1. 생사의 기로에 선 가족을 등진 채 일터로 나서는 주인공	석 달에 한 번 생사만 확인할 수 있는 기관에 아기를 맡겨 둔 채 식모살이를 전전하는 주인공	병이 위독한 아내를 뒤로 하고 인력거를 끌어 나가는 주인공
2. 어느 날 갑자기 찾아온 행운	오랜 고생 끝에 좋은 주인집에 들어가 높은 급료로 일할 수 있는 기회를 잡음	간만에 기이하게 운이 좋은 날을 맞아 많은 손님을 태움
3. 가족을 만나러 감	아기를 찾을 수 있는 돈을 모아 기관을 방문함	아내가 먹고 싶다던 설렁탕을 사서 집으로 돌아감
4. 가족의 죽음으로 무위로 돌아가 행운	외출에서 돌아온 주인공은 넋이 나가 채 눈물 섞인 저녁 유리를 함	아내는 이미 죽어있고 아이른 빈 젖을 빨고 있음

26) 보다 상세한 논의는 손성준, 위의 글(2016)을 참조.
27) 현진건의 저본이 된 것은 谷口武 譯, 「外出の口」, 『現代仏蘭西二十八人集』(新潮社, 1923)이다. 위의 글, 52.

는 미덕 역시 그 시대를 살아가던 이들에게 적극적 고평을 기대하기는 어려웠을 것이다. 백철은 "특히 「운수 좋은 날」에서는 사실성이 한층 현실적인 것으로 육박해 오는 것을 느낀다"[28]며, 이 작품을 "하층계급의 조야(粗野)하면서도 인정적인 생활감정을 파악하고 그들의 사용하는 일상어를 익숙하게 사용한 풍속화"[29]라고 규정한 바 있다. 많은 지면을 들여 현진건을 상세히 분석한 백철이지만, 「운수 좋은 날」에 부여하는 무게감은 비교적 가볍다. 사실성이라는 가치가 식민지 비판으로 연동되지 않고 있기 때문이다. 비록 설렁탕, 인력거, 하층 노동자의 거친 언어, 경성 풍경 등을 통해 일제강점기를 사실적으로 그려냈다 하더라도 그것은 일정한 시간이 경과하고 나서는 어렴풋한 근과거의 충실히 재현, 즉 문자 그대로의 '풍속화'가 될 뿐이라서 종국에는 '향토성'을 자극하는 방향으로 귀결, 재포장될 여지가 크다. 물론 이 역시 그 자체로 「운수 좋은 날」의 가치인 점은 분명하다. 하지만 사실성 그 자체가 사회고발과 직결되는 미덕은 아니다. 선행연구를 검토해보면 사실성과는 별개로 「운수 좋은 날」의 핵심적 메시지를 사회고발, 나아가 식민지 현실 비판으로 보는 데에는 적잖은 반발이 공존해왔음을 알 수 있다.[30]

중요한 것은 이미 확인했듯 발표 당시에는 「운수 좋은 날」이 동류의 문제의식을 가진 작품 중 대표적 지위를 점할 수 없었다는 데 있다. 여기서는 「운수 좋은 날」과 달리 당대에서도 누차 인정받은 바 있는 「불」을 통해 「운수 좋은 날」의 당대적 한계를 가늠해보기로 한다. 「불」은 학대당하던 어린 며느리가 결국 모든 것을 전복시키는 서사로서, 주제 면에 있어서는 일방통행로를 질주한다. 반면 「운수 좋은 날」의 색채는 복합

---

28) 백철, 『신문학사조사』, 신구문화사, 2003(수선사 판: 1948, 개정: 1980), 267.

29) 백철, 위의 책, 268.

30) 김우종, 신동욱, 임형택, 이재선 등 양적으로 긍정론이 주류였지만, 정한숙, 김윤식·김현, 김중하 등의 저평가 역시 눈여겨볼 부분이 많다. 관련 정리는 이주형, 「현진건 문학의 연구사적 비판」, 신동욱 편, 『현진건 연구』(새문사, 1981), 71-77 참조.

적이었다. 이 소설은 사회구조의 불합리성을 고발하는 데만 모든 것을 집중하지는 않는다. 이 경우 20년대 중반의 시기적 특성상 조선문단은 「불」을 보다 주목할 수밖에 없었다. 「불」에 대한 김기진의 평을 실마리로 삼아보자. 김기진은 현진건의 기교적 원숙함과 제재의 다양성 등을 높이 평한 후 다음과 같이 덧붙였다.

> 이러한 注文이 그에게 있어서 無理한 것인지 아닌지는 자세히 모르겠으나 作者는 어떤 한 개의 事件을 그대로 拘實하게 讀者의 눈앞에 보여주는 것뿐만으로 그치지 말고 좀 더 그곳에 作者의 態度를 보여주었으면 좋겠다는 注文을 하고 싶다. 卽 나는 이 作者에게서는 볼 수 없는 『핏氣』와 『힘』을 보았으면 하는 것이다. **그가 핀셋으로 꼭 집어가지고 우리의 눈앞에 내어놓는 한 개의 事件만 보고 있기에는 우리들은 너무도 가슴이 고달프다는 것이다.** 寫實主義는 어떤 意味에서 좋다. 그러나 寫實主義가 寫實主義로서 끝을 맞을 때 얼마나 애석한지… 나는 作者의 다시 더 한 번의 進展과 飛躍을 바라여 마지않는다. 或은 이것은 個性의 相違이어서 어찌할 수 없는 바일까.31)

김기진은 현진건의 단편 중 피억압자가 보여주는 가장 극적인 저항의 화소가 담겨 있는 「불」을 두고도 '핏기'와 '힘'이 부족하다고 아쉬워하고 있다. 물론 이는 카프 설립을 전후로 한 조선문단의 새로운 흐름과 김기진 개인의 성향까지 결부된 평이다. 하지만 사실적 묘사로만 만족하기에는 "우리들은 너무도 가슴이 고달프다"라는 그의 한탄 섞인 평에는 응당 동시대의 독자 및 평자들의 보편적 감각도 내재되어 있을 것이다. 진영을 차치하더라도 이른바 '빈곤문학'이나 '신경향파'가 전성기를 구가하고 있었다.32) 이상에 비추어볼 때, 시류에 적합했던 「불」에

---

31) 김기진, 「一月創作界總評」, 『개벽』 56, 1925.2, 2.
32) 물론 이 자이는 발표 시기로부터 50여년의 시간이 흐른 뒤 새로운 국면을 맞게 된다. 일제강점기에 대한 사회비판적 메시지가 해방 후 정전의 요건에 주효한 것

대한 평가가 이러할진대 하물며 빈자의 비극 그 자체를 조망하는 「운수 좋은 날」의 메시지가 당대에 호소력을 발휘했을 가능성은 크지 않다. 만약 카프류의 문학이 주류였다면 「운수 좋은 날」의 주제의식은 언제나 결여 혹은 과도기의 형태를 띨 수밖에 없었을 것이다.

3   대표작 인식의 변화, 혹은 정전화의 징후들

이상의 논의는 우리가 아는 「운수 좋은 날」의 상(像)이 특정 시점에 특정한 조건 속에서 주조된 것임을 의미한다. 변화는 언제, 어떻게 시작된 것일까? 해방 이후에도 오랜 시간 「운수 좋은 날」은 현진건의 대표작과는 거리가 멀었다. 한동안은 「불」의 위상이 지속되는 가운데, 작가 생전에 좋은 평을 얻은 바 있던 「빈처」와 「B사감과 러브레터」가 강세를 드러냈다. 예컨대 1948년에 나온 『조선문학전집』(한성도서)에서 현진건의 작품으로 선별된 것은 「빈처」였고, 1954년의 『현대한국문학전집』(창인사)의 경우 「빈처」와 「B사감과 러브레터」가 함께 실렸다. 이 중 창인사 판의 「서(序)」를 직접 쓴 박종화는 현진건을 소개하며 "단편으로는 「희생화」, 「빈처」, 「할머니의 죽음」, 「B사감과 러브레터」, 「불」, 「타락자」, 「할머니의 죽음」 등이 있고"[33]라며 주요작 다수를 나열하면서

은 매한가지였겠지만, '주류'였던 「불」의 방식은 1970년대의 급팽창한 전집 출판 시장과 정전화의 새로운 단계에서 수집된 많은 작품 속에서 흔하게 발견되었다. 후대인에게는 당장 김동인, 나도향의 일부 작품이나 최서해의 소설과도 색채가 겹쳐보였을 것이고, 시간의 '적립'으로 인해 카프 문학과도 직접적인 비교대상이 되었다. 반면, 「운수 좋은 날」의 경우, 사회 비판의식을 겸비하고 있으면서도 전혀 다른 방식으로 풀어나간다는 점에서 차별화되는 지점이 있었다.

33) 박종화 편, 『한국현대문학전집』 3(창인사, 1954), 「序」.

「운수 좋은 날」을 포함시키지 않았다. 1956년에 나온 조연현의 『한국현대문학사』 역시 "일반적으로 그의 대표작으로 평론되고 있는 「불」과 「B사감과 러브레터」는 부분적인 묘사에 있어서나 작품의 전반적인 취급에 있어서나 1920년대의 이 땅의 초기 사실주의문학을 대표할 만한 것"[34]이라며 대표작 군(群)에 「운수 좋은 날」은 거론하지 않았다. 동시기의 윤병로 또한 「불」과 「B사감과 러브레터」 두 편을 전제로 현진건의 대표작을 논하였다.[35] 한편, 윤병로는 다음 인용문에 나타나듯 1950년대에서는 이례적으로 「운수 좋은 날」의 의의를 높게 본 편에 속했지만, 결국 「불」의 예비 단계 정도로 한정지은 바 있었다.

더욱이 「운수 좋은 날」에서는 이제까지의 작가 자신을 중심으로 한 지식계급 혹은 소시민층의 생활에서 취재한 데 반하여 하층계급의 생활 속으로 뚫고 들어가 당시 현실과 직면하여 비애를 그리었는데 여기에서 사실성은 더 한 층 현실 속으로 파고 들어간 것이었다. 인력거꾼 '김첨지'는 오래간만에 「운수 좋은 날」을 만나 적지 않은 돈을 벌 수 있었고 저녁밥과 술을 사먹고 오랜 병으로 누운 아내가 먹고 싶어 하는 설렁탕을 사들고 집으로 들어가니 아내는 낳은 지 몇 달 안 되는 어린애에게 젖꼭지를 물린 채 이미 절명하고 있는 기막힌 사실을 그린 것으로서 야성적이면서도 넘쳐흐르는 인정을 느낄 수 있을 뿐 아니라 하층민들이 사용하는 속어를 유감없이 구사하여 독자에게 생생한 현실감을 충분히 보여주는 작품이었다. **그러나 빙허의 작가적 기능이 크라이막스에 달한 것은 「불」이었다.**[36]

---

34) 조연현, 『한국현대문학사』(증보판), 인문사, 1961(1956), 402.
35) "여하간 「불」은 흔히 세상에서 빙허이 대표작으로 오인되고 있는 「B사감과 러브레터」를 위시한 그의 수많은 모든 작품들을 압도하는 빙허 현진건의 대표작일 뿐만 아니라 본격적인 순수 객관소설의 하나로서 높이 평가되어야 할 작품이다." 윤병로, 「빙허 현진건론」, 『현대문학』 15, 1956.3, 194.
36) 윤병로, 위의 글, 193.

「운수 좋은 날」이 「빈처」나 「불」보다 부각되지 못하는 양상은 계속 되었다. 1958년 정인섭이 선정하여 영문으로 번역한 한국 단편소설 모음집의 경우,37) 현진건의 것은 「B사감과 러브레터」가 실렸다. 1963년 라디오를 통해 방송된 한국문학 명작선인 <명작은 전파를 타고>에서는 「빈처」를 호출하였다.38) 1965년 1월 『동아일보』에 실린 한 문예비평에서 임중빈은 "현진건이나 나도향이 비극적으로 묘사한 세계"를 소개할 때 전자의 경우는 「불」을, 후자의 경우는 「벙어리 삼룡이」를 거듭 환기했다.39) 정리해보면 당시까지는 체험문학을 대표할 때는 「빈처」, 빈궁문학을 대표할 때는 「불」, 현대적 감각과 기교가 강조될 때는 「B사감과 러브레터」가 현진건의 대표작이 되어 왔다고 볼 수 있다. 이처럼 「운수 좋은 날」이 현진건의 대표작으로서 존재감을 표출하지 못하는 상황은 적어도 1960년대 후반까지 이어진다.

하지만 상황은 변한다. 현진건 대표작에 대한 인식의 추이를 보다 거시적으로 살펴보기 위해 해방 이후 각종 문학전집 내의 수록 작품 추이를 참고해보자.40)

---

37) 정인섭 역, 『Modern Short Stories from Korea』(문호사, 1958). 이 영문소설집은 <PARTⅠ. LOVE STORIES>, <PARTⅡ. SOCIAL STORIES>의 구성으로 각 10편씩 총 20편의 소설을 수록하고 있다.

38) 「명작은 전파를 타고」, 『경향신문』, 1963.11.20, 3면. 동아방송에서 기획한 이 프로그램을 통해 방송된 기타 작품으로는 「감자」, 「봄봄」, 「무정」, 「화수분」, 「메밀꽃 필 무렵」 등이 있었다.

39) 임중빈, 「닫힌 社會의 캐리커추어3 -金裕貞硏究(抄)」, 『동아일보』, 1965.1.9, 5.

40) 1940년대부터 70년대 사이에 간행된 전집류를 대상으로 하였다. 항목 3에서 11, 그리고 13의 경우는 이종호, 「1950~1970년대 문학전집의 발간과 소설의 정전화 과정」(동국대학교 박사학위논문, 2013)의 <부록>에서 현진건 작을 찾아 재구성했고, 나머지는 필자가 추가로 조사하여 넣었다. 이 도표가 해당 기간에 출판된 전집의 총량을 구현한 것은 아님을 밝혀둔다.

구분	전집명	출판사	시기	수록 작품	비고
1	조선문학전집 (전9권)	한성도서	1948	빈처	7권
2	현대한국문학전집 (전12권)	창인사	1954	빈처, B사감과 러브레터	3권/박종화 해설
3	한국문학전집 (전36권)	민중서관	1958	무영탑, B사감과 러브레터	4권
4	한국단편소설전집 (전3권)	백수사	1958	빈처, 술 권하는 사회, 할머니의 죽음, 운수 좋은 날, 불, B사감과 러브레터	1권
5	한국단편문학전집 (전5권/증보신판)	백수사	1965	빈처, 술 권하는 사회, 타락자, 할머니의 죽음, 운수 좋은 날, 불, B사감과 러브레터	1권/백철 해설
6	신문학60년 대표작전집 (전6권/한국문인협회 편)	정음사	1968	불	2권
7	한국단편문학대계 (전12권/한국문인협회 편)	삼성출판사	1969	빈처, 술 권하는 사회, 타락자, 할머니의 죽음, 운수 좋은 날, 불, B사감과 러브레터	1권/김우종 해설
8	신문학전집 (전51권)	어문각	1970	적도, 빈처, 술 권하는 사회, 타락자, 할머니의 죽음, 운수 좋은 날, 불, B사감과 러브레터, 그리운 흘긴 눈, 희생화, 까막잡기, 피아노	5권/윤병로 해설
9	한국대표문학전집 (전12권)	삼중당	1970	무영탑, 빈처, 타락자, 할머니의 죽음, 운수 좋은 날, B사감과 러브레터	2권
10	한국장편문학대계 (전18권)	성음사	1970	적도, 타락자, 빈처, 운수 좋은 날, 할머니의 죽음	5권
11	한국단편문학전집 (전30권)	정음사	1972	희생화, 빈처, 술 권하는 사회, 우편국에서, 피아노, 유린, 타락자, 할머니의 죽음, 까막잡기, 불, 운수 좋은 날, 그리운 흘긴 눈, B사감과 러브레터, 사립정신병원장, 발, 동정, 고향, 정조와 약가, 연애의 청산, 서투른 도적 ※타이틀: 불	23권
12	한국중편소설문학전집 (전12권/국제펜클럽한국본부 편)	을유문화사	1974	지새는 안개	1권
13	한국단편문학대계 (전15권/1차 증보판/한국문인협회 편)	삼성출판사	1975	빈처, 술 권하는 사회, 타락자, 할머니의 죽음, 운수 좋은 날, 불, B사감과 러브레터	1권/김우종 해설
14	한국대표단편문학전집	정한출판사	1975	희생화, 빈처, 술 권하는 사회, 우편국	4권

구분	전집명	출판사	시기	수록 작품	비고
	(전30권)			에서, 피아노, 유린, 타락자, 할머니의 죽음, 까막잡기, 불, 운수 좋은 날, 그립은 흰긴 눈, B사감과 러브레터, 사립정신병원장, 발, 동정, 고향, 정조와 약가, 연애의 청산	
15	한국단편문학대전집 (전21권)	동화출판사	1976	빈처, 술 권하는 사회, 할머니의 죽음, 운수 좋은 날, 불, B사감과 러브레터	1권/김우종 해설
16	한국문학대전집 (전36권)	태극출판사	1976	적도, 무영탑, 빈처, 술 권하는 사회, 타락자, 할머니의 죽음, 운수 좋은 날, 불, B사감과 러브레터, 사립정신병원장, 고향	23권 (1979)/임헌영 해설
17	한국현대문학전집 (전60권)	삼성출판사	1978	적도, 운수 좋은 날	5권/김우종 해설
18	한국단편소설 100선 (전10권)	경미문화사	1979	운수 좋은 날	1권

이 도표의 흐름을 요약하면 「운수 좋은 날」이 「불」을 밀어내는 형국이다. 한때 공인된 대표작이었던 「불」은 1968년 정음사 판 전집(6)에는 현진건 작 중 유일하게 수록되기도 했지만, 1970년 삼중당 판(9), 성음사 판(10)에서는 아예 자취를 감춘다. 두 전집의 경우 「운수 좋은 날」은 건재했다. 나머지 전집들의 경우도 「불」은 「운수 좋은 날」과 공존하거나 1978년 삼성출판사 판(17)이나 1979년 경미출판사 판(18)처럼 단편 한 편만이 낙점되는 경우 자리를 「운수 좋은 날」에 내주어야만 했다.

1970년대로 들어선 후 「운수 좋은 날」은 현진건의 대표 단편을 넘어, 아예 한국 근대단편 자체를 대표하는 데까지 그 위상이 치솟게 된다. 1974년과 1975년에는 「운수 좋은 날」 자체가 제목인 현진건의 단편모음집이 잇달아 간행되었다.[41] 두 단편집 모두 첫 작품은 물론 「운수 좋은 날」이었다. 그 후 「운수 좋은 날」은 현진건 단편집뿐 아니라 각종 단편문학선집의 대표 얼굴 격이 되어 오늘에 이르고 있다.[42] 반면, 「불」

---

41) 1974년은 세종출판사, 1975년은 을유문화사를 통해 나왔다.
42) 예로 김동인 외 16인의 작품은 모은 『한국명단편선 : 한국 소설문학의 영원한 고

은 현진건의 소설 전체를 엮어내는 정도의 기획을 벗어나서는 그 자취를 찾아보기 힘들 정도가 되었다. 심지어 "여하간 「불」은 흔히 세상에서 빙허의 대표작으로 오인되고 있는 「B사감과 러브레터」를 위시한 그의 수많은 모든 작품들을 압도하는 빙허 현진건의 대표작일 뿐만 아니라 본격적인 순수객관소설의 하나로서 높이 평가되어야 할 작품이다."[43]라고 주장했던 윤병로조차 본인이 편집책임을 맡은 『한국대표 명작총서3 (현진건)』(도서출판 벽호, 1993)에서는 원작의 발표순서 대신 「운수 좋은 날」을 가장 첫머리에 위치시켰다.[44] 물론 어느 순간부터 후대 연구자에 의해 「운수 좋은 날」이야말로 현진건 소설의 정점, 나아가 "일제강점기의 모든 단편 가운데서 최고봉"[45]으로 당연시됨에 따라 이러한 딜레마는 은폐될 수 있었다.

「운수 좋은 날」이 근대문학사의 정전으로 편입된 이후, 제도권 교육에서의 정전화 또한 뒤따랐다. 현진건 소설은 1973년부터 시작된 제3차 교육과정에서 고등학교 국어교과서 3학년 과정에 처음 수록되었는데, 대상은 「빈처」였다.[46] 연구자들의 일정한 합의가 이루어진 후 공교육

전』(민성사, 1990)에는 「빈처」, 「운수 좋은 날」, 「B사감과 러브레터」가, 비슷한 기획인 『한국인이 가장 좋아하는 명단편 7선』(민예원, 2012)에는 「운수 좋은 날」과 「B사감과 러브레터」가 포함되어 있다.(참고로 '7선'의 구성은 다음과 같다. 「배따라기」(김동인), 「동백꽃」(김유정), 「벙어리 삼룡이」(나도향), 「메밀꽃 필 무렵」(이효석), 「B사감과 러브레터」(현진건), 「운수 좋은 날」(현진건), 「사랑 손님과 어머니」(주요섭)) 한편, 주로 중·고등학생을 대상으로 끊임없이 출판되고 있는 한국문학 단편선에서 「운수 좋은 날」이 누락된 경우는 찾아보기 어렵다는 사실도 언급해두고자 한다.

43) 윤병로, 앞의 글(1956), 194.
44) 해당 선집의 구성은 순서대로 다음과 같다. 「운수 좋은 날」, 「B사감과 러브레터」, 「빈처」, 「희생화」, 「불」, 「피아노」, 「술 권하는 사회」, 「그립은 흘긴 눈」, 「까막잡기」, 「할머니의 죽음」, 「타락자」, 「사립정신병원장」.
45) 이주형, 「현진건 단편소설의 변화와 성취 -지식인에서 민중으로」, 『향토문학연구』 2(1999), 89-90.
46) 김혜영, 「현대문학 정전 재검토」, 한국문학교육학회 편, 『정전(正典)』(역락, 2010), 226.

방면에 그것이 반영되는 보통의 수순을 고려해보면 이는 자연스럽다.「빈
처」는「운수 좋은 날」보다 앞서 이미 현진건의 주요 작품으로 인식되
어온 데다가, 당시까지만 해도 아직「운수 좋은 날」은 대표작으로서 보
편성을 획득하는 수준에는 이르지 못하고 있었다.「운수 좋은 날」의 공
교육 반영은 꽤 시간이 경과한 제7차 교육과정(1997)에 이루어졌다. 중
학교 국어교과서 3학년 과정에 실리게 된 것이다. 물론 당시는 이미「운수
좋은 날」의 위상이 견고하던 때로, 말하자면 이 경우 교과서는 문학사
차원의 정전화를 보다 대중적 차원으로 확장, 공고화하는 역할을 담당
했을 뿐이다. 18종 문학교과서가 도입된 제6차 교육과정(1992-1996)으로
시기를 소급해보아도 큰 차이는 없다.47)

　이상으로「운수 좋은 날」의 가시적 위상 변화를 살펴보았다. 남은 문
제는 바로 이것을 가능케 한 동력을 규명하는 데 있을 것이다. 과연 어
떠한 시대적 기류, 혹은 구체적 계기가「운수 좋은 날」의 재인식에 이
르게 한 것일까?

4　정전화의 동력: 리얼리즘 · 민족문학 · 노동문학

　문학사적 평가의 맥락에서「운수 좋은 날」의 재발견에 선행되었던

---

47) 참고로 문학교과서 18종 중「운수 좋은 날」은 천재, 금성출판사 등 5종에 수록되
　어 있다.「운수 좋은 날」보다 수록 종수가 많은 작품은 최인훈의「광장」(14종),
　조세희의「난장이가 쏘아올린 작은 공」(8종) 등 6편이 있다. 김혜영, 위의 글,
　244-245면의 <표> 참조. 현재 국어교과서는 2007년 개정된 교육과정에 따라 중
　학교 1학년 23종, 2학년 15종, 3학년 12종의 검정 교과서가 존재하는데,「운수 좋
　은 날」은 이 중 '대교' 한 권에만 실려 있다. 최은정,「소설 작품을 활용한 죽음
　교육 연구」(서강대학교 석사학위논문, 2013), 12.

것은 작가 현진건에 대한 재평가였다. 단편소설이라는 양식의 확립에 공헌한 바가 크고 기교에 빼어났다는 종래의 상찬은 장기간 효력이 유지되기 어려운 표피적 미덕이었다. 이 경우 뚜렷한 자기 색채가 있는 '문제 작가'로 각인되기는 어렵다. 이를테면 1967년 시점, 현역 작가 및 비평가 41명이 응답한 한 설문조사의 결과로 신문학 50년사의 문제작 11편, 문제 작가 10명이 추려진 적이 있는데, 여기서는 현진건의 이름 도 작품도 찾아볼 수 없다.48) 이미 언급했듯 그의 작품이 공적 교육제도에 처음 편입된 것도 1973년 제3차 교육과정에 이르러서였다. 비록 그 사이에도 현진건은 주요 문학전집류의 단골이었으나, 여기에는 이른바 '선구자'로서의 지분이 작용했을 것이며 1920년대부터 빙허의 문학에 우호적이었고 훗날 사돈 관계가 되는 월탄 박종화의 존재 역시 고려되어야 한다.49)

---

48) "(상략) 이에 한국현대소설문학 50년을 결산하기 위해 문학사적 의의와 문학적 가치가 있는 문제작 11편과 작가 10명을 41명의 작가·평론가·시인의 투표로 선정해봤다. 이 리스트는 절대적인 가치서열로 자부하지 않으나 우리의 짧은 문학사에 있어 중요한 대목을 지적하는 이정표 구실을 해주리라 믿는다.(하략)" 「『無情』 이후 小說文學 50年」, 『동아일보』, 1967.7.29, 5면. 설문조사의 결과는 다음과 같다. "【작품】<1위>날개(단편·李箱) 28표 <2위>무녀도(단편집·김동리) 25표 <3위>無情(장편·이광수) 24표 <4위>메밀꽃 필 무렵(단편·이효석) 21표 <5위>감자(단편·김동인) 20표 <6위>비오는 날(단편집·손창섭) 18표 <7위>삼대(장편·염상섭) 14표 <7위>북간도(장편·안수길) 14표 <7위>광장(장편·최인훈) 14표 <10위>동백꽃(단편집·김유정) 12표 <10위>서울·1964년 겨울(단편집·김승옥) 12표. 【작가】<1위>이광수 40표 <2위>김동인 36표 <3위>김동리 33표 <4위>염상섭 29표 <4위>이상 29표 <6위>황순원 28표 <7위>이효석 26표 <8위>손창섭 21표 <9위>최인훈 16표 <10위>안수길 15표." 아울러 본 설문의 존재는 이혜령, 「소시민, 레드 콤플렉스의 양각 -1960-70년대 염상섭론과 한국 리얼리즘론의 사정」, 한기형·이혜령 편, 『저수하의 시간, 염상섭을 읽다』(소명출판, 2014), 17을 통해 인지하였음을 밝힌다.

49) 문단 원로가 된 박종화는 창인사(1954), 삼성출판사(1969), 어문각(1970) 등 여러 한국문학전집의 편집위원 혹은 책임편집자였으며 창인사 판에는 현진건에 대한 해설을, 태극출판사(1976) 판에는 현진건의 연보를 직접 작성하기도 했다. 그 외에도 그는 해방 이후 「빙허 현진건 군」(『신천지』, 1954.10.), 「빙허 현진건 -단편소설의 기틀을 마련」(『대한』, 1966.4.) 등을 남겨 현진건의 선구자로서의 위치

한편, 흥미롭게도 현진건에 대한 긍정적 재평가는 김동인에 대한 부정적 재평가와 궤를 같이 한다. 김동인에 대한 문학사적 평가, 특히 문체론적 공헌에 균열을 낸 것은 1968년에 나온 김우종의 『한국현대소설사』가 직접적 계기를 제공했다. 김우종은 김동인이 자부한 공적에 대해 "그 '고심담'은 매우 무책임한 거짓말로 날조된 것"이라며 "이와 같은 네 가지 공적50) 중 사실상 동인의 것이요, 올바른 공적에 해당되는 것은 '사투리의 사용'뿐이요, 나머지는 모두 그의 노력이었다고 하더라도 공적이란 명칭에 상부하지 않는 것들"51)이라 선언하고 십여 페이지를 할애하며 조목조목 반론을 펼쳤다. 1973년에 초판이 나온 김윤식·김현의 『한국문학사』에서도 김우종의 견해를 수용, "그의 문체론적 공헌이 과도하게 과장되어 자신에 의해 표명"52)된 것을 지적했다.53) 같은 시기 임형택은 인간과 사회 현실을 객관적으로 인식하며 작품 속에서 부딪혀나간 작가로 이상화, 현진건, 염상섭을 다루는 가운데 김동인을 대조항으로 제시, "독자의 저속한 취미에 야합하여 통속작가 내지 야담가로 전락한 것은 다름 아닌 김동인 자신이었던 것"54)이라며 강도 높

를 상기시켜온 장본인이었다.

50) (1)'더라', '이라' 등 구투의의 탈피, (2)현재법 서사체에서 과거법 서사체로, (3)He, She에 해당하는 대명사 '그'의 사용, (4) 사투리의 사용. 김우종, 『한국현대소설사』(선명문화사, 1968), 116.

51) 김우종, 위의 책, 116.

52) 김윤식·김현, 『한국문학사』(민음사, 2012<1973>), 266. 해당 논의는 <김동인과 현진건의 문학사적 위치>라는 챕터 말미에 위치하고 있었다. 김동인의 자평을 바로 잡는 내용에서 짐작할 수 있듯 이 챕터는 김동인과 현진건의 공과 과를 직접적으로 비교·제시하면서도 김동인에게 경사되었던 기왕의 평가와는 다른 지점을 보여준다.

53) 김영화 역시 같은 시기 "종래의 문학사에서는 동인에게 큰 문학사적 비중을 둔대 비해 빙허를 소홀히 다룬 점이 없지 않다. 그렇게 된 이유는 동인 스스로의 증언을 대부분의 문학사들이 액면 그대로 받아들인 데서 빚어진 것 같다."라며 비슷한 발언을 남긴 바 있다. 김영화, 「빙허소설연구」, 『국문학보』 5(1973), 30-31.

54) 임형택, 「신문학운동과 민족현실의 발견 -1920년대에 있어서의 이상화·현진건·염상섭의 문학활동」, 『창작과 비평』 1973.봄, 42.

게 비판하기도 하였다.

그런데 김동인은 현진건이 기교파 작가라는 고정관념을 만든 이 중한 명이기도 했다. 현진건이 기교에 치우친 점을 지적한 인물은 여럿 있었지만, 김동인은 "그의 작품을 읽은 뒤에 머리에 남은 一物도 없는 것은 어떤 이유인가? 그는 인생의 사진사다. 가령 사진사라 하는 것이 어폐가 있다면 그는 정물화가다. 그는 '사람'을 보고 '사건'을 보았지만 '인생'을 못 보고 '생활'을 못 보았다."[55]라며, 그 자체를 아예 빙허의 정체성 혹은 근본적 한계로 규정해버리기까지 하였다. 하지만 언급했듯 김동인의 위상은 도전에 직면했고 그의 기존 발언들 역시 비판적으로 검토될 운명에 처했다. 1972년 신동욱은 위 비판에 대해 "김동인의 문학적 감각에 의하면, 빙허의 모든 작품은 정적인 인생을 다룬 것으로 보였는지 모르지만, 지금까지 필자의 검토한 바에 의하면 정반대로 동적인 인생을 정직하게 그리고 있다. 「감자」의 작가답지 않은 견해이다."[56]라며 논박하게 된다.

하지만 김동인에 대한 저평가와 현진건 재조명 사이에 필연적인 인과관계가 성립하는 것은 아니다. 사실 이는 이미 설정된 김동인의 탈정전화와 현진건의 정전화라는 두 개의 방향성이 함께 파생시킨 효과 중 하나에 가깝다. 현진건 자체가 긍정될 수 있었던, 그리고 「운수 좋은 날」이 새롭게 부각될 수 있었던 원동력은 다른 지점에서 찾는 것이 합당하다.

결정적으로 현진건의 재발견은 4.19를 체험한 새로운 비평가 세대의 등장과 1960년대 후반부터 1970년대에 걸쳐 있는 리얼리즘론 및 민족문학론 등의 흐름과 함께 한 것으로 보인다. 그 이론적 준비는 비교적 이른 시기에 이루어졌다. 1956년 3월 "처음부터 끝까지 사실주의에 시종된 작가가 빙허였다."[57]라며 현진건을 리얼리즘의 기수로 재규정한

---

55) 김동인, 「조선근대소설고」, 『조선일보』, 1929.8.7, 3.
56) 신동욱, 「현진건의 『무영탑』」, 『한국현대문학론』(1981<1972>), 123.

윤병로의 논의가 나왔고, 곧이어 동년 6월에도 "최초의 습작을 제외한다면 처음부터 끝까지 사실주의로 일관되었다는 점"58)이 조연현에 의해 강조되었다. 이 중 윤병로의 글 「빙허 현진건론」은 현진건이 재평가될 무렵인 1969년, 『월간문학』에 요약 형식으로 다시 한 번 등장하게 되는데, 당시의 기획 제목은 <고전의 재평가·작가의 재발견>59)이었다.

현진건을 리얼리즘 작가로서 이해하는 이상의 계보에 위치하면서, 특히 「운수 좋은 날」을 적극적으로 부각시킨 이는 김우종이었다. 그는 1960년대부터 1970년대에 걸쳐 여러 차례 「운수 좋은 날」을 고평하며 작품의 재인식에 전환점을 마련하였다. 그 이정표가 된 작업은 1962년 『현대문학』에 발표한 「현진건론」이다.60) 이 글에서 김우종은 현진건의 작품론을 다루는 장의 제목을 <역사의 증인>으로 하고, '애가(哀歌)'를 키워드로 한 소제목을 붙여 5편의 빙허 소설론을 전개했다. ①지아비의 애가: 「운수 좋은 날」, ②지성의 애가: 「술 권하는 사회」, ③애비의 애가: 「사립병원장」, ④소녀의 애가: 「불」, ⑤집시의 애가: 「고향」이 그것이다. 이미 여러 현진건론과 관련 문학사 서술이 있었지만 실제 발표순서와 상관없이 「운수 좋은 날」을 필두로 배치한 경우는 이것이 최초일 것이다. 이 글에서 김우종은 "작가가 사건을 행운으로 이끌고 가지 않고 그것이 비극으로 변형되도록 거기에 미리부터 그러한 상황을 설정해 놓은 근본적인 동기가 무엇이냐"라고 자문한 뒤 "그것은 두말할 것 없이 그의 눈으로 보건대 당시의 민중에게는 절망적인 한숨과 눈물 밖에는 없었기 때문이다. 거기에는 아무런 행운의 기적도 있을 수 없다는 것이 역사의 증인 빙허의 결론이었다."61)라고 자답하였다.

---

57) 윤병로, 「빙허 현진건론」, 『현대문학』 15, 1956.3, 190.
58) 조연현, 『「한국현대문학사(증보판)」』(인문사, 1961<1956>), 400.
59) 윤병로, 「현진건론」, 『월간문학』 9, 1969.7.
60) 김우종의 「현진건론」은 『현대문학』 91-93(1962.7-9.)에 '상, 중, 하'로 연재되었다.
61) 김우종, 「현진건론(상)」, 『현대문학』 91, 1962.7, 188.

한편 상기 김우종의 「현진건론」이 1968년 『한국현대소설사』(선명출판사)에 재수록 되며 수정된 부분이 있어 주목을 요한다. 우선 작품론을 개진하는 장의 제목이 <역사의 증인>에서 <민족의 슬픔과 리얼리즘>으로 바뀌었고, 소설론을 관통하는 키워드는 '비애(悲哀)'로 대체되었다. 소제목에도 손질이 가해졌다. ①노동자의 비애:「운수 좋은 날」, ②지식인의 비애:「술 권하는 사회」, ③애비의 비애:「사립병원장」, ④소녀의 비애:「불」, ⑤유랑민의 비애:「고향」. 이상이 1968년도 버전이었다. 사실상 의미상 차이가 있는 것은 ①「운수 좋은 날」뿐이다. 이렇듯 그는 1962년에서 1968년으로 건너가는 가운데 1960년대 후반의 담론 지형도를 대변하던 '민족'과 '리얼리즘'을 현진건 읽기의 코드로 재설정하였고, 「운수 좋은 날」에는 '노동자'의 이야기로서 새롭게 방점을 찍게 된다. 게다가 1962년에는 '배치'의 방식으로 「운수 좋은 날」을 부각시켰다면, 1968년에는 「운수 좋은 날」이 지닌 대표성 자체를 다음과 같이 첨가하였다.

스스로 이렇게 고백한 빙허는 사실로 굳건히 한국적 현실에 발바닥을 밀착시키고 **당시의 역사를 생생한 기록으로 남겨 놓은 증인이 되었다.** 풀 한 포기 남김없이 타버린 초토(焦土)―그 기아의 유형지에서 하나의 소녀가, 하나의 지아비가, 하나의 집시족이, 하나의 지성인이, 그리고 또 하나의 애비 녀석이 부른 한숨과 눈물의 애가(哀歌)―이것이 곧 빙허는 증언대에서 고발한 『조선의 얼굴』이었다. 다음에 **그 대표적인 작품들**을 통해서 역사의 증인으로서의 그의 문학 세계를 더듬어 보겠다.[62]

스스로 이렇게 고백한 빙허는 사신료 굳건히 한국적 현심에 발바닥을 밀착시키고 **당시의 민족적인 슬픔을 여러 모로 생생하게 그려**

---

62) 김우종, 위의 글, 185-186.

나갔다. 풀 한 포기 남김없이 타버린 초토(焦土)－그 기아의 유형지에서 하나의 소녀가, 하나의 지아비가, 하나의 집시족이, 하나의 지성인이, 그리고 또 하나의 애비 녀석이 부른 한숨과 눈물의 애가(哀歌)－빙허는 이것을 고발하고『조선의 얼굴』이라는 단편집에 모아놓았다. 다음에 **그 대표적인 작품으로서「운수 좋은 날」**의 내용을 알아보기로 하자.63)

두 판본의 차이는 크게 두 가지다. 또 한 번 '민족'이라는 기표가 전경화 되었다는 점(첫 번째 강조), 그리고『조선의 얼굴』을 소개하는 가운데 그 대표작으로서 "「운수 좋은 날」"이라는 구체적 작품명이 거론되었다는 점(두 번째 강조)이다.

당시 김우종은 참여문학 진영에 서서 "순수문학의 공허성에 맹공"64)을 가하던 날선 평론가로서 기억된다. 그가 현진건 소설, 특히「운수 좋은 날」의 사회고발·증언의 측면에 주목한 이유일 것이다. 또한 전술한「운수 좋은 날」에 대한 김우종의 키워드, 바로 '노동자의 비애' 역시「운수 좋은 날」이「불」의 자리를 대체하게 된 사정을 적확하게 대변해준다.「운수 좋은 날」은 도시 하층민 노동자를 내세운 소설이었고, 이는 1970년대에 전성기를 맞는 노동문학의 한국적 원류를 표징하기에 충분했다. 1960년대 후반부터『창작과 비평』을 주축으로 한 리얼리즘론이나 민족문학론 계보의 원점에는 1920-1930년대의 카프문학이 위치했다.65) 이미 언급했듯 노동문학의 연원 역시 마찬가지였다.66) 현진건의

---

63) 김우종, 앞의 책, 154.
64) 염무웅,「염무웅의 해방 70년, 문단과 문학 시대정신의 그림자」(7) －실존주의, 얼어붙은 문학에 '저항·참여' 비판정신 일깨우다」,『경향신문』, 2016.7.11. 당시에 발표된 김우종의 주요 평론으로는「파산의 순수문학」(『동아일보』, 1963. 8.),「유적지(流謫地)의 인간과 그 문학」(『현대문학』, 1963. 11.),「저 땅 위에 도표를 세우라」(『현대문학』, 1964. 5.),「순수와 자기기만」(『한양』, 1965. 7.) 등이 있다.
65) 오창은,「1960-1970년대 리얼리즘 논의와 외국문학 전공 비평가들의 상징권력」, 문학과비평연구회,『한국 문학권력의 계보』(한국출판마케팅연구소, 2004), 101;

작품 중에서도 특히 1924년의 「운수 좋은 날」이나 「불」 등은 프로문학의 맹아적 성격을 지닌 투철한 현실 참여·비판의식을 갖춘 작품으로 재해석될 여지가 충분했다. 이것이 1960년대 말 아래와 같은 작품 설명이 등장하게 된 배경이다.

그 후 그는 계속해서 식민지하의 조국의 어두운 그늘을 표현해 나갔지만 그중에서 인력거꾼 김첨지의 비참한 생활을 그린 「운수 좋은 날」 또는 민며느리로 들어간 어린 소녀의 비애를 그린 「불」 등은 특히 우수한 작품에 속한다. **이것을 만일 프로문학적인 경향으로 해석한다면 그것은 프로문학 제1기의 계열에 속하는 자연발생적인 것이라고 볼 수 있겠다. 다시 말하자면 그는 집단적 KAPF 활동 이전에 자연발생적 동기에서 우리 사회의 경제적 하층구조의 참상을 폭로하고 고발·증언해 나간 셈이다.** 그리고 그는 1930년대에 들어와서 한동안 작품 활동을 별로 아니하다가 일장기 말살 사건으로 동아일보 사회부장직을 그만 두고 옥고를 치렀다. 그 후 다시 『무영탑』, 『흑치상지』 등의 장편을 쓰다가 1943년에 작고했다.[67]

고봉준, 「민족문학론 속에 투영된 지식인의 욕망과 배제의 메커니즘-백낙청과 <창작과 비평>을 중심으로」, 문학과비평연구회, 위의 책, 272.

66) "1970년대 문학은 이러한 노동문제·농민문제·도시 빈민문제·분단문제를 언급하면서 강한 민중지향적·민족문학적 성격을 띠게 된다. 또 이러한 1970년대 문학의 성격은 필연적으로 '저항의 시학', '구속과 해방의 변증법'을 마련하게 된다. 그중에서도 1970년대 노동문학은 노동문제가 이 땅의 핵심적 모순이라는 사실을 여러 각도에서 천명해준다. 노동자의 입장에 서서, 노동자의 생활체험을 바탕으로 노동현실이나 노동문제를 묘사하되 그 극복을 지향하는 것이 노동문학이다. 분단과 한국전쟁으로 두 개의 체제가 이 땅에 고착된 후 거의 자취를 감추었던 노동소설의 전통은 윤정규의 「모반」을 출발점으로 하여 황석영의 「객지」·「야근」, 윤정규의 「장렬한 화염」, 송원희의 「비틀거리는 중간」, 조세희의 『난장이가 쏘아올린 작은 공』 연작, 윤흥길의 『아홉켤레의 구도로 남은 사나이』 연작으로 이어지면서 **1920~1930년대의 그 전통을 계승하기에 이른다.**" 김병순, 「노동기의 식의 낭만성과 비장미의 '저항의 시학' -70년대 노동소설론」, 민족문학사연구소 현대문학분과, 『1970년대 문학연구』(소명출판, 2000), 118-119.
67) 김우종, 「감상과 낭만의 한계 박종화, 현진건, 니도향, 최서해」, 『한국단편문학대계 1』(삼성출판사, 1972<1969>), 434.

인용문 후반부의 일장기 말살사건 언급 역시 작가의 사회 참여를 긍정하는 문맥에서 이해된다. 김우종의 기준에 현진건은 정전 작가로서 적극적으로 평가할 수 있는 필수적 요소를 갖춘 셈이었다.

5 결론

이 글은 「운수 좋은 날」의 정전화 과정을 시대별 평론 및 문학사 서술의 추이, 그리고 작가의 대표작에 대한 인식의 변천 등을 통해 살펴보았다. 「운수 좋은 날」은 1960년대 후반부터 대두된 리얼리즘론, 민족문학론, 그리고 노동문학이라는 현대문학사의 쟁점들을 배경으로 재발견되어 한국 단편소설의 정점에까지 오르게 된다. 시대적 흐름이 가속화시킨 리얼리스트로서의 현진건과 새로운 대표작 「운수 좋은 날」에 대한 강한 조명은, 본문에서 언급했듯 다른 각도에서 그의 문학을 이해하고 있던 이들의 반발도 수반할 수밖에 없었다. 그러나 이 역시 현진건이나 「운수 좋은 날」의 달라진 무게를 역으로 입증하는 셈이었다. 이후 우리가 잘 아는 「운수 좋은 날」의 위상이 확립되는 데는 오랜 시간이 걸리지 않았다. 연구자들은 별도의 주제 혹은 보다 광범위한 화두를 논구하는 과정에서도 「운수 좋은 날」을 끌어들이기 시작했다. 가령 1972년 신동욱은 그의 『무영탑』론 중 상당 부분을 「운수 좋은 날」 분석에 할애하며 작가의 사회의식을 상찬했고,[68] 1973년 『창작과 비평』 봄호에 실린 「신문학운동과 민족현실의 발견」에서 임형택은 "이처럼 가난하고 무지한 민중의 생활을 이해하고 그들의 진실성을 인식한 데

68) 신동욱, 「현진건의 『무영탑』」, 『한국현대문학론』(박영사, 1981<1972>), 107-111.

서 「운수 좋은 날」 같은 작품이 쓰여졌을 것"[69]이라 진단하는 한편 "빙허는 이런 불우한 민중 속에서 민족의 현실을 발견"[70]하게 되었다고 보았다. 이렇듯 무엇보다 작가의 정당한 사회의식 및 민족현실의 재현이라는 측면에서 「운수 좋은 날」의 가치는 가히 독보적 위치로 굳어지게 된다.

「운수 좋은 날」의 정전화 과정은 겹겹의 아이러니로 싸여있었다. 식민지시기의 암울함을 증언했지만 작가의 생전에는 대표작으로 추인된 적이 없다가 해방 이후 또 다른 시대적 폭력 속에서 조명된 사실도 그렇거니와, 번역을 통한 학습이 반영된 작품의 반어적 구조가 이후 한국 근대소설 최고의 기법적 성취로 평가받게 된 점도 그러하다. 하지만 이 글의 목적은 「운수 좋은 날」에 대한 평가를 절하하기 위함도, 문학사의 정전주의를 근본적으로 비판하기 위함도 아니다. 매우 당연히도, 정전의 기준은 시대적 요구에 따라 변할 수 있는 것이고, 그에 따라 묻혀 있던 작품이 재발견되기도 한다. 본고 2장에서 인용한 1932년의 좌담회에서 현재까지의 '회심의 작'을 묻는 질문에 빙허는 "會心의 作을 꼭 하나 쓰고 싶기는 하지만 그것은 아마 장래의 일일걸요."라고 답했다. 「운수 좋은 날」 자체가 현진건이라는 작가의 아이덴티티를 구성하고 있는 지금, 작가의 예견은 아무래도 빗나간 듯하다. 다만 언제가 될지는 알 수 없으나, 또 다른 어떤 시대에 또 다른 소설이 그를 대변하는 날이 올지도 모를 일이다.

필자는 이 글에서 시도한 「운수 좋은 날」 정전화의 연구방법론과 마찬가지로, 자명하다고 생각했던 기왕의 정전들, 혹은 정반대로 망각된 텍스트들 역시 그 역사성을 고려한 개별적 재검토가 필요하다는 것을 강조하고 싶다. 각각의 특수한 사정과 역사적 맥락이 결합하여 지금의

---

69) 임형택, 앞의 글, 43.
70) 임형택, 위의 글, 44.

형상이 되었을 것이기 때문이다. 이를 해명하는 작업은 텍스트 이해의 지평을 크게 확장시킬 것이며, 나아가 문학사의 근본적 재구성에도 새로운 가능성을 열어줄 것이다.

참고문헌

1. 자료
『개벽』, 『삼천리』, 『현대문학』, 『월간문학』, 『동아일보』, 『조선일보』, 『경향신문』 등

2. 논문
강진호, 「한국문학전집의 흐름과 특성」, 『돈암어문학』 16 (2003).

김영화, 「빙허소설연구」, 『국문학보』 5 (1973).

김우종, 「현진건론」, 『현대문학』 91-93, 1962.7-9.

박숙자, 「1930년대 명작선집 발간과 정전화 양상」, 『새국어교육』 83 (2009).

손성준, 「번역과 정전(正典) : 현진건의 「나들이」 번역과 「운수 좋은 날」」, 『국제어문』 71 (2016).

염무웅, 「염무웅의 해방 70년, 문단과 문학 시대정신의 그림자」(7) -실존주의, 얼어 붙은 문학에 '저항·참여' 비판정신 일깨우다」, 『경향신문』, 2016.7.11.

윤병로, 「빙허 현진건론」, 『현대문학』 15, 1956.3.

이종호, 「1950~1970년대 문학전집의 발간과 소설의 정전화 과정」 (동국대학교 박사학위논문, 2013)

이주형, 「현진건 단편소설의 변화와 성취 -지식인에서 민중으로」, 『향토문학연구』 2 (1999).

임중빈, 「닫힌 社會의 캐리커추어3 -金裕貞研究(抄)」, 『동아일보』, 1965.1.9.

임형택, 「신문학운동과 민족현실의 발견 -1920년대에 있어서의 이상화·현진건·염상섭의 문학활동」, 『창작과 비평』 1973 봄.

천정환, 「한국문학전집과 정전화: 한국문학전집사(초)」, 『현대소설연구』 37 (2008).

최은정, 「소설 작품을 활용한 죽음 교육 연구」 (서강대학교 석사학위논문, 2013).

3. 단행본
고봉준, 「민족문학론 속에 투영된 지식인의 욕망과 배제의 메커니즘 -백낙청과 <창작과 비평>을 중심으로」, 문학과비평연구회, 『한국 문학권력의 계보』 (한국출판마케팅연구소, 2004).

김복순, 「노동자의식의 낭만성과 비장미의 '저항의 시학' -70년대 노동소설론」, 민족문학사연구소 현대문학분과, 『1970년대 문학연구』 (소명출판, 2000).

김우종, 「감상과 낭만의 한계 -방종희, 현진건, 기도창, 최서해」, 『한국단편문학대계 1』 (삼성출판사, 1972).

김우종, 「근대문학의 선구자들 -이광수·김동인·전영택·현진건」, 『한국단편문학대전집 1』 (동화출판공사, 1981).

김우종, 『한국현대소설사』 (선명출판사, 1968).

김윤식·김현, 『한국문학사』 (민음사, 2012).

김태준, 『증보 조선소설사』 (학예사, 1939).

김혜영, 「현대문학 정전 재검토」, 한국문학교육학회 편, 『정전(正典)』 (역락, 2010).

백철, 『신문학사조사』 (신구문화사, 2003).

신동욱, 「현진건의 『무영탑』」, 『한국현대문학론』 (박영사, 1981).

오창은, 「1960-1970년대 리얼리즘 논의와 외국문학 전공 비평가들의 상징권력」, 문학과비평연구회, 『한국 문학권력의 계보』 (한국출판마케팅연구소, 2004).

이동기, 「현진건 작품 해설」, 『한국대표문학전집 2 박종화/현진건』 (삼중당, 1976).

이주형, 「현진건 문학의 연구사적 비판」, 신동욱 편, 『현진건 연구』 (새문사, 1981).

이혜령, 「소시민, 레드 콤플렉스의 양각 -1960-70년대 염상섭론과 한국 리얼리즘론의 사정」, 한기형·이혜령 편, 『저수하의 시간, 염상섭을 읽다』 (소명출판, 2014).

임규찬, 『한국 근대소설의 이념과 체계』 (태학사, 1998).

조연현, 『한국현대문학사(증보판)』 (인문사, 1961).

한기형·이혜령 편, 『염상섭 문장전집 1권』 (소명출판, 2013).

찾아보기

저자 소개

김성환 부산대학교 인문학연구소 HK연구교수로 재직 중이며, 한국 현대문학 및 문화를 다양한 관점에서 재해석하는 작업에 관심을 기울이고 있다. 논문으로 「1960-70년대 노동과 소비의 주체화 연구: 취미의 정치경제학을 위한 시론(試論)」(2017), 「하층민 서사와 주변부 양식의 가능성-1980년대 논픽션을 중심으로」(2016) 등이 있으며, 공저로 『1970 박정희 모더니즘』(2015), 『현대사회와 인문학적 성찰』(2014) 등이 있다.

김정현 부산대학교 인문학연구소 HK교수로 재직 중이며, 현재 데리다, 레비나스 같은 유럽 철학자들의 유럽 인식과, 철학의 주변이라 할 수 있는 라틴 아메리카, 아프리카 철학자들의 철학관에 관심을 두고 연구 중이다. 대표 저서로는 『레비나스 철학의 맥락들』(공저), 『상호문화 철학의 논리와 실천』(공역), 「비서구와 서구의 철학적 소통을 향하여-두셀과 리쾨르의 경우에서」, 「'유럽'의 해체-데리다의 다른 곶(L'Autre Cap)을 중심으로」 등이 있다.

서민정 부산대학교 인문학연구소 HK연구교수로 재직 중이며, 한국어학을 전공하였고 현재는 언어와 문화의 관계, 한국어와 한국어학의 인식 변화에 대해 관심을 두고 연구하고 있다. 저서로 『토에 기초한 한국어 문법』(2009), 『근대 한국어를 보는 제국의 시선』(2010, 공저), 『경계에서 만나다』(2013, 공저) 등이 있고, 논문으로 「한국어학에서 고바야시 히데오(小林英夫)의 흔적과 영향 관계」(2016), 「근대적 언어 인식에 따른 개화기 한국어 입말 동사토의 글말화」(2017) 등이 있다.

손성준 부산대 점필재연구소 HK연구교수로 재직 중이며 현재 근대 동아시아의 번역문학, 번역과 창작의 상관관계 등에 관심을 두고 연구하고 있다. 대표 저서로는 『저수하의 시간, 염상섭을 읽다』, 『투르게네프, 동아시아를 횡단하다』(이상 공저), 논문으로는 「전기와 번역의 '종횡(縱橫)'-1900년대 소설 인식의 한국적 특수성」, 「근대 동아시아의 애국 담론과 『애국정신담』」 등이 있다.

이상현 부산대학교 인문학연구소 HK교수로 재직 중이며, 현재 한국 고소설을 비롯한 고전문학 전반에 있어서의 번역의 문제, 외국인들의 한국학 연구, 한문 전통과 근대성의 관계, 한국문학사론 등에 관심을 갖고 공부하고 있다. 주요 저역서로 『개념과 역사, 근대 한국의 이중어사전 : 외국인들의 사전편찬사업으로 본 한국어의 근대』(2012), 『한국고전번역가의 초상, 게일의 고전학 담론과 고소설 번역의 지평』(2013) 등이 있다.

이효석 부산대학교 인문학연구소 부교수로 재직 중이며 주변부의 문화와 문학에 관심을 두고 연구를 진행하고 있다. 논문으로는 「마술적 리얼리즘의 범 주변부적 편재의 양상」과 「셰이머스 히니의 탈지역적 역사의식: 문화소통의 한 양상」이 있고 저서로는 『헨리 제임스의 영미문화 비판』, 역서로는 『황인종의 탄생』과 『팽창하는 세계』가 있다.

임상석 부산대 점필재연구소 HK교수로 재직 중이며, 한국근대문학을 전공하였고, 현재 한국을 중심으로 동아시아 한자권의 어문(語文) 전환 과정과 번역을 연구하고 있다. 주요 논저로 「20세기 국한문체의 형성 과정」, 『시문독본』(역서), "A Study of the Common Literary Language and Translation in Colonial Korea: Focusing on Textbooks Published by Government-General of Korea", 「1910년대 『열하일기』 번역의 한일 비교연구」 등이 있다.

장정아 부산대학교 인문학연구소 HK연구교수로 재직 중이며, '反-코기토'와 '비재현'으로 요약되는 선행연구를 바탕으로, 현재 '코기토'에서 '反-코기토'를 읽는 가능성을 불교의 연기(緣起), 특히 의상의 저서에 비추어 고찰하는 연구를 진 행중이다. 대표논문으로는 「이름에서 가명으로 : 말라르메의 '네앙'과 마그리트의 「이미지의 배반」에 나타난 비재현적 인식과 공(空)」, 「유식불교로 읽는 말라르메 : 라깡의 '상징계'에 대한 번역가능성과 탈경계의 생태성」, 「대학교양과목으로서 프랑스문학사 수업 구성-<나를 찾아 떠나는 프랑스문학산책> 수업 사례를 중심으로」, 「'민족지'로서의 고소설 번역본과 시선의 문제- 홍종우의 불역본 『심청전 Le Bois sec refleuri』을 중심으로」 등이 있다.

하상복 부산대학교 인문학연구소 HK교수로 재직 중이며, 프란츠 파농 등의 주변부 사상가와의 만남을 통해 주변부 문화와 문학을 연구하고 있다. 『프란츠 파농 새로운 인간』, 『유럽을 떠나라: 파농과 유럽인의 위기』를 번역하고, 『유럽중심주의 비판과 주변의 재인식』, 『동아시아, 근대를 번역하다』 등을 공저했다.

[고전번역+비교문화학연구단] 총서 5
주변의 보편과 문화의 복수성

초 판 1쇄 인쇄 2017년 5월 20일

초 판 1쇄 발행 2017년 5월 25일

저 자 김성환 김정현 서민정 손성준 이상현
     이효석 임상석 장정아 하상복

펴낸이 이대현

편 집 박윤정

디자인 최기윤

펴낸곳 도서출판 역락 | **등록** 제303-2002-000014호(등록일 1999년 4월 19일)

주 소 서울시 서초구 반포4동 577-25 문창빌딩 2층

전 화 02-3409-2058(영업부), 2060(편집부) | **팩시밀리** 02-3409-2059

전자우편 youkrack@hanmail.net

ISBN 979-11-5686-881-1 93800